KB199828

보바리 부인

보바리 부인

귀스타브 플로베르 | 민희식 옮김

문예출판사

Madame Bovary

Gustave Flaubert

차례

• 본문의 주는 모두 옮긴이 주다.

1부

1

우리가 자습실에서 공부하고 있을 때, 교장 선생님이 정복을 입은 '신입생'과 큰 책상을 든 사환을 데리고 들어왔다. 졸고 있던 학생들이 번쩍 눈을 떴다. 그리고 모두들 공부를 하다가 갑자기 놀란 듯 자리에서 벌떡 일어났다. 교장 선생님은 우리들에게 그냥 자리에 앉아 있으라고 손짓을 하고 선생님을 향해서 작은 소리로 말했다.

"로제 씨, 이 학생을 부탁합니다. 2학년 반에 넣어주시오. 넣어봐서 성적과 품행이 좋으면 상급반으로 올릴 테니까."

문 뒤 구석진 곳에 서 있어서 잘 보이지는 않았지만, 그 신입생은 열대여섯 살쯤 되어 보이는 시골 아이로 우리들보다 키가 훨씬 컸다. 머리를 마을 교회의 합창 단원처럼 이마 위로 바짝 올려 깎았고, 철이 든 듯 보이면서도 부끄러워하고 있었다. 어깨는 넓지 않았지만, 까만 단추가 달린 녹색 천으로 만든 윗도리는 소매통이 거북해 보이고, 빨간 손목이 소매깃 사이로 드러나 보였다. 또 파란 양말을 신은 발이 멜빵으로 바싹 추켜올린 누런 바지 밑으로 엿보였다. 그리고 닦지 않은, 튼튼한 징박은 구두를 신었다.

학과의 암송이 시작되었다. 그는 설교라도 듣듯 다리를 꼬지도 않고, 팔꿈치를 짚어 턱을 괴지도 않고 열심히 들었다. 2시에 종이 울렸을 때 자습 교사가 그에게 다른 사람들과 함께 줄을 서라고 주의를 주어야만 했다.

우리는 교실에 들어갈 때, 모자를 손에 들고 있기가 귀찮아서 마루에 집어던지는 습관이 있었다. 문턱에서, 굉장한 먼지를 내면서 벽에다 후려치듯이 걸상 밑으로 모자를 던져 넣어야 했다. 무척 멋있는 일이었다.

그런데 '신입생'은 그러한 식을 보지 못했는지 아니면 그렇게 할 용기가 없었는지 기도가 다 끝날 때까지도 모자를 무릎 위에 얌전히 놓고 있었다. 털모자, 창기병 모자, 둥근 모자, 수달피 모자, 나이트캡 등 갖가지 종류가 혼합된 복잡하기 짝이 없는 모자였다. 볼품없는 그 모자는 말없이 입을 다물고 있는 백치 얼굴의 심각한 표정 같은 그런 불쌍한 느낌을 주었다. 타원형으로 받침을 넣어 부풀리고 아래 자락에는 노끈 모양의 볼록한 줄이 석 줄 있었다. 그리고 벨벳과 토끼털이 마름모꼴로 엇갈린 빨간 줄이 쳐 있고, 그 위 머리가 들어가는 부분은 자루처럼 되어 꼭대기에는 다각형의 판지(板紙)가 대 있었으며, 그 곳을 복잡한 장식 끈으로 가장자리를 누벼 거기서부터 가는 줄이 늘어졌고, 끝에는 금실로 된 작은 술이 매달려 있었다. 이 모자는 새로 만든 듯 차양이 반짝거렸다.

"일어섯!"

선생이 말했다. 그가 일어서자 모자가 떨어졌다. 모두들 깔깔거리며 웃어댔다.

허리를 굽혀 주워 올리자 옆의 아이가 팔꿈치로 쳐서 떨어뜨렸다.

그는 다시 손을 내밀어 주워 올렸다.

"그 모자는 벗어놓지 그래."

멋쟁이 선생이 말했다.

학생들이 또 "와아" 하고 웃었기 때문에 가련한 소년은 너무나 당황하여, 모자를 손에 들고 있어야 할지, 바닥에 놓아야 할지, 또는 머리에 써야 할지 갈피를 잡지 못했다. 그는 다시 자리에 앉아 모자를 무릎에 올려놓았다.

"일어나!"

선생이 다시 말했다.

"이름을 말해요."

'신입생'은 허둥지둥 잘 알아들을 수 없는 목소리로 이름을 댔다.

"다시 한번 말해."

당황한 목소리가 입에서 다시 새어 나왔으나 반 아이들의 떠드는 소리에 묻히고 말았다.

"좀 더 크게!" 선생이 소리쳤다. "좀 더 크고 분명한 소리로."

그러자 '신입생'은 대단한 결심을 한 듯 입을 있는 대로 크게 벌리고 누구를 부르기라도 하듯 "샤를 보바리" 하고 힘껏 소리쳤다.

"와아" 하고 터지는 함성, 그것이 찢는 듯한 소리와 함께 차츰 높아졌다. (모두들 떠들어대고 아우성치고, 발을 구르며, 샤를 보바리, 샤를 보바리를 되풀이했다.) 겨우 잠잠해졌는가 하면, 별안간 여기저기서 다시 소리가 나고 사그라들지 않는 불꽃처럼 참으려던 웃음이 이곳 저곳에서 킥킥거리고 갑자기 터져나오곤 했다.

선생님이 조용히 하지 않으면 벌로 숙제를 많이 내겠다고 소리치고 나서야 교실 안은 조용해졌다. 선생은 드디어 샤를 보바리라는 이름을 알아듣고, 그것을 차근차근히 발음하게 하고 철자법을 물은 다음 다시 한번 고쳐 읽었다. 그리고 소년을 교단 옆의 공부 못하는 아이를 앉히는 자리로 불렀다. 소년은 걸어 나가려다 말고 잠시 머뭇거렸다.

"무얼 찾는 거야?"

선생님이 물었다.

"제 모……."

'신입생'은 겁을 먹은 불안한 눈초리로 주위를 둘러보며 대답했다.

"모두 시 5백 행을 써."

무서운 선생님의 목소리가 넵튠*의 질타가 거친 풍파를 가라앉히듯, 다시 법석을 떨며 일어나는 소란을 가라앉혔다.

"떠들지 마."

화가 난 선생은 모자 속에서 손수건을 꺼내 이마를 닦으며 계속해 말했다.

"신입생, 너는 ridiculus sum**이란 낱말을 스무 번 써라."

그리고 약간 누그러진 목소리로 덧붙였다.

"네 모자, 뭐 없어지진 않을 거야. 누가 훔치지는 않을 테니까!"

모두 다시 조용해졌다. 다들 머리를 노트 위에 숙였고 '신입생'은 두 시간 내내 모범적인 자세를 흐트러뜨리지 않았다. 이따금 펜촉에 꽂아 튕겨 던진 종이 뭉치가 얼굴에 날아와 맞아 잉크 방울이 튀었지만, 손을 올려 슬쩍 닦았을 뿐, 눈을 내리깐 채 꼼짝도 하지 않았다.

오후 자습 시간에는 책상에서 사무용 토시를 꺼내 끼고 자질구레한 물건들을 정리하고 종이에 조심스럽게 줄을 그었다. 그는 일일이

---

* 바다의 신

** '우스꽝스러운 놈'이라는 라틴어

사전을 뒤져 단어를 찾아보고, 퍽 힘들여 열심히 공부했다. 이 성실성을 지속한 때문인지 그는 예상대로 하급반으로 떨어지지는 않았다. 그러나 그는 문법 같은 것은 일단 한 번 일러주면 잘 기억했으나 작문에서는 멋진 표현을 할 줄 몰랐다. 부모가 학비를 절약하기 위해 늦게까지 학교에 보내지 않았기 때문에 라틴어는 마을의 신부에게 배웠다고 했다.

그의 아버지 샤를 드니 발톨로메 보바리 씨는 전에 군의관 보(補)였는데, 1812년경 징병 사건에 관련되어 퇴직한 사람이었다. 그는 타고 난 풍채를 미끼로 그의 용모에 홀딱 반한 어떤 메리야스 상인의 딸에게서 6만 프랑의 지참금을 손에 넣을 수 있었다. 미남이고, 수염이 멋지고, 박차를 자랑스럽게 울리며, 턱수염과 구레나룻을 기르고, 손에는 언제나 반지를 끼고, 늘 화려한 옷만 입는 그는 상점의 외판원 같은 쾌활함에다 어딘가 늠름한 인상까지 주었다. 결혼하고 이삼 년은 처의 재산으로 살며 잘 먹고 늦잠을 자고, 커다란 도자기 파이프로 담배를 피우며, 밤에는 구경을 하지 않곤 돌아오지 못하고, 뻔질나게 카페 출입을 했다. 그러던 중 장인이 죽었는데 거의 아무것도 남기지 않았다. 거기에 화가 난 그는 제조업을 한다고 뛰어들었으나 약간의 손해만을 보았다. 그다음엔 농촌으로 들어가 다시 '경영'을 하려 했다. 그러나 인도산 직물을 모르는 것만큼이나 농사일을 몰라 농장에서 몰아야 할 말을 타고 돌아다니고, 팔려고 만든 사과주는 통에 넣기 전에 자기가 다 마셔버렸으며, 제일 살진 닭도 자기가 먹고, 돼지 기름으로 사냥용 구두를 닦는 등 형편이 없었다. 얼마 안 가 그는 모든 사업에서 숫제 손을 떼는 것이 낫다는 결론에 도달했다.

그리하여 연 2백 프랑을 주기로 하고 코 지방과 피카르디 지방의 경계에 있는 한 시골에 반 농가 반 주택으로 된 셋집을 얻었다. 거기서 그는 우울과 회한으로 신음하며 하늘을 원망하고 모든 사람을 질투하다가 끝내는 사람이 싫어지고 남은 여생이나마 조용히 지내기로 했다고 말하면서 마흔다섯의 나이에 벌써 세상과는 인연을 끊었다. 그의 아내는 옛날에는 남편에게 홀딱 반해 있었다. 뭐든지 이르는 대로 복종하고 사랑했지만, 오히려 남편은 점점 멀어져갔다. 전에는 쾌활하고 명랑하고 애교도 있던 그녀는 나이를 먹어 감에 따라 (김빠진 포도주가 식초로 변하듯이) 까다로워지고, 꽥꽥 소리를 지르고, 신경질적으로 되었다. 남편이 마을의 젊은 처녀를 따라다니는 것을 보거나, 밤마다 술집이며 좋지 못한 곳에서 술냄새를 풍기면서 뻔뻔스럽게 돌아와도 처음에는 불평 한마디 하지 않고 참았다. 그러나 드디어 그녀의 자존심은 반항의 머리를 들었다. 그리하여 그녀는 죽을 때까지 무서운 분노를 묵묵히 가슴에 간직하고 절대로 입을 열지 않게 되었다. 그녀는 일거리 때문에 쉬지 않고 뛰어다녔다. 소송 대리인과 재판장에게 가서 약속어음의 지불 기한을 알아내고, 또 그 기한을 연기해 받기도 했다. 집에 있을 때는 다리미질을 하고 바느질과 빨래를 하고 고용인을 부리고 장부 정리를 했다. 그러면 남편은 아무것도 모른다는 얼굴로 언제나 잠과 술에 반쯤 취하여 거슴츠레해 있었고, 간혹 잠이나 술에서 깨어나면 그녀에게 욕지거리를 하거나 그렇지 않으면 재떨이에 침을 뱉어가며 난롯가에서 담배를 피우고 앉아 있었다.

사내애가 태어나자 유모에게 맡기기로 했다. 다시 집으로 돌아오자 이 아이는 마치 왕자처럼 귀여움을 받았다. 어머니는 잼만 먹이고 아버지는 구두를 신지 않고 뛰어다니게 했다. 진보파 사상가인 체하며 아이는 짐승 새끼들처럼 벗고 다녀야 된다는 주장이었다. 어머니의 생각과 달라 아버지의 머릿속에는 소년이라는 것에 대해 일종의 남성적인 이상이 있어 거기에 따라 아들을 키우려고 하고 좋은 체격을 위해서는 스파르타식으로 엄중히 키우려고 했다.

불도 피우지 않은 방에서 자게 하고, 럼주를 들이키는 법을 가르치고 종교의 여러 의식을 멸시하도록 가르쳤다. 그러나 날 때부터 얌전한 그 아이에게 아버지의 노력은 별로 효과가 없었다. 어머니는 그를 항상 옆에 바짝 붙여두었다. 마분지를 오려주고, 이야기를 들려주고, 외로운 농담과 수다스런 아양으로 가득 찬 끝없는 독백을 들려주었다. 고독하게 사는 그녀는 이 아이의 머릿속에 산산조각이 난 자기의 꿈을 몽땅 불어넣어 주려 했다. 이 아이가 성공할 것을 꿈꾸고, 이미 어른이 되어 잘생기고 재주가 있어 토목과나 재판소의 공무원으로 자리를 잡은 모습을 상상했다. 그리하여 직접 읽는 법을 가르치고 집에 있는 낡은 피아노로 몇 개의 짧은 노래를 가르쳐주기도 했다. 그러나 학문 따위에는 거의 관심이 없는 보바리 씨는 이런 것을 반대했다. 이 애를 관립학교에 넣어 공무원으로 만든다거나, 장사의 밑천을 대줄 여유가 있을 것 같은가, 뭐니 뭐니 해도 남자란 그저 실력만 있으면 성공하는 거야 하고 말했다. 보바리 부인은 입술을 지그시 깨물곤 했다. 할 수 없이 아이는 어슬렁거리며 돌아다녔다.

그는 들일을 하는 농부의 뒤를 따라다니고, 흙덩이를 던지며 날아가는 까마귀를 쫓아다녔다. 도랑가에 열린 오디를 따먹고, 긴 장대로 칠면조를 지키고 수확기에는 건초를 말리고 숲속을 뛰어다니고, 비 오는 날에는 교회 현관에서 돌차기를 하면서 놀고, 또 명절에는 종지기에게 종을 치라고 하고 종의 밧줄에 매달려 밧줄과 함께 흔들흔들하며 재미있어 하기도 했다. 이렇게 하여 그는 떡갈나무처럼 자랐다. 팔 힘도 세어지고 혈색도 좋았다.

열두 살이 되자 어머니의 소원대로 공부를 시키게 되었다. 그 일은 신부에게 맡겨졌다. 수업은 짧고 게다가 드문드문해서 별로 도움이 되지 못했다. 세례와 장례식 중간 중간에 약간씩 나는 틈을 타, 선 채 서둘러 하는 수업이었다. 그렇지 않으면 저녁 기도가 끝난 다음 외출할 일이 없을 때 소년을 불렀다. 먼저 사제의 방에 들어가 자리에 앉는다. 그러면 모기와 나방 같은 것들이 마구 덤벼든다. 더웠기 때문에 소년은 곧잘 꾸벅꾸벅 졸았다. 그러면 사제도 배 위에 손을 얹고 꾸벅꾸벅 졸다가 끝내는 입을 크게 벌리고 드르렁드르렁 코를 골곤 했다. 또 어떤 때는 신부가 근처에 사는 환자에게 임종의 성찬을 주고 돌아오는 길에 들에서 장난을 하며 노는 샤를을 보고 불러 잠깐 설교를 한 다음 그 기회를 이용해 나무 그늘 밑에서 동사의 변화를 가르치기도 했다. 비가 오거나 아는 사람이 지나가면 그나마 방해가 되었다. 신부는 이 아이에게 언제나 만족해하며, 어린 놈이 꽤 기억력이 좋다고 칭찬을 하기도 했다.

샤를을 그대로 두어서는 안 된다고 어머니는 완강하게 주장했다. 아버지는 창피해서가 아니라, 지쳐 빠져 별로 반대도 하지 않고 어머니가 하는 대로 내버려두었다. 어쨌든 소년이 첫 성체 성사를 받을 때까지 1년만 더 기다리기로 했다.

반 년이 지났다. 그 이듬해 샤를은 드디어 루앙에 있는 중학교에 가게 되어 10월 말경 생 로맹 장날에 아버지가 직접 아이를 데리고 갔다.

지금은 동급생 중 어느 누구도 그에 관해 생각하는 사람이 없다. 그는 휴식 시간엔 놀고, 자습실에서는 공부하고, 교실에서는 열심히 듣고, 침실에서는 잘 자고, 식당에서는 잘 먹는 얌전한 아이였다. 그의 보증인은 강트리가(街)의 철물 상인이었는데 매주 일요일마다 가게를 닫고 그를 기숙사에서 데리고 나와 배 구경을 시켜주고, 저녁 7시 식사 전에는 반드시 학교로 데리고 왔다. 매주 목요일 밤이 되면 그는 어머니에게 긴 편지를 썼다. 붉은 잉크로 쓰고 봉인 표시를 세 군데나 했다. 그러고 나선 역사 노트를 다시 보거나 자습실에 굴러다니는 '아나카르시스'의 낡은 책을 읽거나 했다. 산책을 할 때는 사환과 이야기를 했다. 사환도 그처럼 시골 남자였다.

열심히 공부했기 때문에 그는 언제나 반에서 중 정도는 되었다. 한 번은 박물(博物)에서 1등 상을 타기도 했다. 그러나 3학년 말이 되자 부모는 그에게 의학 공부를 시킬 심산으로 나머지 대학 자격 시험 준비는 독학으로 해도 된다며 학교를 그만두게 했다. 어머니는 그에게 오드 로베크 강가에 있는 염색업을 하는 친구 집 5층 방을 하나 얻어 주었다. 하숙비를 정하고 가구로 책상과 의자 두 개를 사놓고 집에서 낡은 벚나무 침대를 옮겨 온 다음 작은 쇠난로까지 하나 샀다. 그리고 귀여운 아들을 따뜻하게 해주려고 장작을 잔뜩 준비해놓았다. 그러고서 이제는 혼자 있게 되었으니 더욱 행실을 잘 하라고 신신당부한 다음 주말에 집으로 돌아갔다.

게시판에서 강의 일람표를 본 그는 어이가 없었다. 해부학, 병리학, 생리학, 약제학, 화학, 식물학, 임상학, 치료학, 게다가 위생학, 약물학 강의까지 있었다. 어느 것이나 다 어원조차 모르는 말들로 그 하나하나가 장엄한 어둠 속에 도사린 묘(廟)의 문처럼 생각되었다.

강의는 전혀 이해할 수 없었다. 열심히 귀를 기울였으나 뜻을 조금도 알 수 없었다. 그러나 그는 열심히 공부를 했다. 노트를 들고 어느 강의에나 들어갔고 단 한 번도 회진에 빠진 일이 없었다. 자기가 하고 있는 것이 무엇인지도 모르면서 눈을 가린 채 빙빙 도는 연습장의 말처럼 매일매일의 일과를 해나갔다.

비용을 절약하기 위해 그의 어머니는 매주 인편으로 화덕에 구운 송아지 고기 한 조각을 항상 보내주었으므로 그는 병원에서 돌아오면 구두창을 벽에 문질러 발을 따뜻하게 하고, 그것으로 점심을 먹었다. 그러고서 또 강의를 들으러 계단 교실로, 양육원으로 뛰어다닌 후에야 집으로 돌아왔다. 밤에는 하숙집의 변변찮은 식사로 저녁을 때우고 자기 방에 돌아와 벌겋게 단 난로 앞에서 전신에 김이 나는 축축한 옷을 입은 채 공부를 시작했다.

맑게 갠 여름날 저녁, 서늘해진 거리에 하녀들이 나와 공치기를 할 때면 그는 창문을 열고 팔꿈치를 괴었다. 그러면 눈 아래 루앙의 이 지역에서는 가장 더러운 작은 베니스라고 할 수 있는 강물이 누런색, 보라색, 게다가 푸른색까지 섞여서 다리며 철책 사이를 흘러내렸다. 노동자들은 강가에 꾸부리고 앉아 팔을 씻었다. 다락방에서 비어져 나온 장대에서는 커다란 무명실 꾸리가 널려 있었다. 지붕 너머 저쪽으로 맑은 하늘이 퍼지고 저물어가는 붉은 해가 보였다. 저기에 가보면 얼마나 기분이 좋을까! 너도밤나무 그늘 밑은 얼마나 시원할까! 그는 코를 벌름거리며 시골의 그 싱그러운 냄새를 맡으려고 했다. 그러나 그 냄새는 거기까지는 오지 않았다.

그는 야위고 키가 늘씬해졌다. 얼굴은 어딘가 느른한 게 생기가 없고, 그래서 오히려 사람의 눈을 끄는 표정이 되었다.

자연스러운 과정으로 자포자기적인 기분에서 처음 가졌던 확고한 신념이 점점 없어졌다. 회진을 게을리하고 이튿날 강의를 거르고 게으름에 맛을 들이자 점점 학교에 나가지 않게 되었다.

술에 맛을 들이고 도미노 놀이에 열중했다. 매일 밤 더러운 술집에 처박혀 까만 점이 박힌 작은 양뼈 골패쪽을 대리석 탁자에 던지는 것이 어쩐지 자기 자신의 품위를 높이고 자기의 자유를 행사하는 귀중한 행위같이 생각되었다. 말하자면 이 세상을 아는 일이고 금단의 향락을 아는 일 같았다. 그리고 그곳 방문의 손잡이를 잡을 때는 거의 감각적인 쾌감을 느꼈다. 그러자 그의 마음속 깊이 눌려 있던 많은 것이 부풀어오르기 시작했다. 그는 노래를 배워 여자들에게 들려주고, 베랑제의 노래에 심취되고, 펀치 술을 만드는 법을 배우고, 끝내는 여자까지 알았다.

이런 공부 덕분으로 의사 시험에는 보기 좋게 낙제하고 말았다. 그날 밤 집에서는 합격을 축하하려고 기다리고 있었다.

그는 걸어서 마을 어귀에 이르자 어머니를 불러내어 모든 것을 털어놓았다. 어머니는 낙제를 시험관의 불공평으로 돌리고 그를 용서해주었다. 그러고서 그녀 자신이 그 일의 처리를 맡고서 도리어 아들을 격려했다.

아버지 보바리는 5년이나 지난 후에야 사건의 진상을 알았는데, 그때는 이미 옛날 일인 데다 자기가 낳은 자식이 바보라 떨어졌다고 생각하기는 싫었기 때문에 그 일을 묵인해버렸다.

샤를은 다시 공부에 열을 올려서 시험에 나오는 문제를 끈기 있게 보아두고 문제를 모두 외워두었다. 그는 꽤 좋은 성적으로 합격했다. 어머니에게는 얼마나 경사스러운 날이었던가! 성대한 만찬이 벌어졌다.

어디서 개업하면 좋을까? 토스트가 좋다. 거기에는 늙은 의사가 하나 있을 뿐이다. 오래전부터 보바리 부인은 그 의사가 죽기를 기다렸다. 그러나 노인이 아직 저 세상으로 떠나기 전에 샤를은 그 후계로 그와 맞서 개업을 하였다.

그런데 아들을 키워서 의학 공부를 시키고 개업의로 좋은 자리를 물색해준 것만으로는 모든 것이 끝나지 않았다. 아들에게 색시를 얻어주는 일이 아직 남아 있었다. 어머니는 한 여자를 골라냈다. 디에프에 사는 집달리의 미망인으로 나이는 마흔다섯, 1천 2백 리브르의 연수입이 있는 여자였다.

용모는 추하고 몸은 장작개비같이 마르고 여드름이 봄의 나무 싹처럼 돋아난 여자였지만, 사실상 뒤뷔크 부인은 혼처 자리에 그렇게 궁색하지는 않았다. 보바리 부인은 목적을 달성하기 위해 구혼할 마음이 있는 이들을 모두 물리치지 않으면 안 되었다. 신부의 지원을 받은 푸줏간의 음모조차 멋지게 해치웠다.

샤를은 그녀와 결혼을 하면 전보다 자유로워지고 몸도 돈도 제멋대로 할 수 있을 것이기 때문에 자기에게는 좋은 상대가 될 것이라고 생각했다. 그러나 그는 엄처시하에서 살게 되고 말았다. 사람들 앞에서는 어떤 말은 해야 하고 어떤 말은 해서는 안 되며, 금요일에는 육식을 금하고 옷까지도 그녀의 취미에 따라야만 했다. 그리고 돈을 안 내는 환자에게 그녀의 명령에 따라 독촉을 해야만 했다. 그녀는 남편에게 오는 편지를 모조리 뜯어 보았고, 뒤를 밟으며 감시했고, 여자 환자가 왔을 때는 진찰실에서 하는 소리를 몰래 엿들었다.

이 마누라는 매일 아침 코코아를 마시라고 했다. 잔소리는 끝이 없었다. 줄곧 신경이 어떠니, 기분이 어떠니 하고 앓는 소리를 했다. 발소리조차 그녀의 기분을 상하게 했다. 옆에 없으면 쓸쓸해서 못 견디겠다고 하여 옆으로 가면 이번엔 또 죽는 걸 지켜보려고 왔느냐고 잔소리를 했다. 밤에 샤를이 돌아오면 그녀는 말라빠진 긴 팔을 이불 속에서 내밀어 그의 목을 감싸고 그를 침대 모서리에 앉힌 다음 잔소리를 늘어놓았다. 나를 잊고 다른 여자를 좋아하고 있는 게 아니냐는 둥, 어차피 자기는 불행한 여자가 될 것이라고 사람들이 말했다는 둥 하고 나서 마지막에 가서는 건강을 위해 몇 모금의 시럽과 좀 더 많이 사랑해달라는 요구를 했다.

2

어느 날 밤 11시경, 두 사람은 말발굽 소리에 잠을 깼는데, 말은 바로 문 앞에서 멈췄다. 하녀가 다락방 창문을 열고 길 한가운데 서 있는 남자와 이야기를 주고받았다. 그 남자는 의사를 모셔가기 위해 편지를 가지고 왔다. 나스타지는 추위에 벌벌 떨며 계단을 내려가 자물쇠를 열고 빗장을 하나하나 풀었다. 남자는 말을 그냥 둔 채 하녀의 뒤를 따라 들어와서 회색 술이 달린 털모자 속에서 헝겊 조각에 싼 편지를 꺼내 정중하게 샤를에게 내밀었다. 샤를은 베개에 팔꿈치를 괴고 편지를 읽었다. 하녀는 침대 옆에서 등불을 내려 들고 있고, 부인은 부끄러운 듯 벽 쪽을 향해 돌아누워 있었다.

조그맣게 푸른색으로 봉인한 이 편지는 다리가 부러졌으니 빨리 베르토 농장까지 와 접골을 해달라는 내용이었다. 토스트에서 베르토까지는 롱빌르와 생 빅토르를 지나 지름길로 가도 23킬로미터는 되었다. 그날 밤은 아주 캄캄했다. 부인은 남편에게 무슨 사고나 생기지 않을까 걱정했다. 그래서 어쨌든 심부름 온 마부를 먼저 보내고 샤를은 달이 뜨기를 기다려 세 시간 후에 출발하기로 했다. 심부름꾼이 마중 나와 그를 농장으로 안내하고 울타리 문을 열어주기로 하였다.

아침 4시경, 샤를은 외투를 입고 베르토를 향해 출발했다. 아직 잠이 덜 깬 채 꾸벅거리고 달리는 말에 몸을 흔들리며 갔다. 가시로 덮인 논두렁의 구덩이 앞에서 말이 멋대로 서자 샤를은 깜짝 놀라 눈을 뜨고 부러진 다리를 생각하며 골절증의 갖가지 경우를 머리에 떠올려보려고 했다. 비는 이미 그쳤다. 날이 새기 시작했고, 잎이 진 사과나무 가지에는 새가 차가운 아침 바람에 귀여운 날개를 떨며 앉아 있었다. 벌판은 한없이 넓고, 지평선 저쪽 하늘과 같은 색조의 음침한 평면에는 농장을 둘러싼 나무들이 검은 자색으로 점점이 흩어져 있었다. 샤를은 때때로 눈을 떴다. 그러나 아직 정신이 흐릿하여 저절로 잠이 밀려와서 곧 다시 꿈꾸는 듯한 기분이 되었다. 새삼 모든 감각이 기억과 하나가 되고 자기 자신이 이중으로 느껴지면서 학생 같기도 하고, 아내를 가진 사람 같기도 하고, 방금 침대 속에 누워 있었던 것도 같고 옛날처럼 외과 수술실 안을 돌아다니는 것 같기도 했다. 의식 속에서 해열제의 뜨거운 냄새가 아침 이슬의 산뜻한 향기에 섞여 풍겨 왔다. 침대 커튼의 쇠고리가 대 위에서 구르는 소리와 함께 아내의 숨소리가 들려왔다. 바송빌을 지날 때 도랑가 풀밭에 어린 사내아이가 앉아 있는 것이 보였다.

"의사 선생님이신가요?"

소년이 말을 걸었다.

대답을 듣자 소년은 나막신을 손에 들고 앞장을 서서 달려갔다.

의사는 가는 도중 안내자의 말로 루올이라는 사람이 아주 부유한 농부라는 것을 알았다. 그는 어젯밤 옆집에서 모레아 주현절*의 축하를 끝내고 돌아오다가 다리를 다쳤다고 한다. 아내는 2년 전에 죽었고 지금은 가사를 돌보는 딸과 단둘이 산다고 했다.

수레 자국이 점점 깊어졌다. 베르토에 가까이 온 것이다. 소년은 어떤 울타리 구멍으로 미끄러지듯 들어갔는가 싶더니 곧 다시 마당에 나타나 문을 열어주었다. 말이 젖은 풀에 몇 번이나 미끄러졌다. 샤를은 몸을 구부리고 나뭇가지 밑을 지나갔다. 개집에서 개들이 쇠줄을 당기며 짖어댔다. 베르토 농장에 들어가자 말은 기겁을 한 듯 뛰어올랐다.

훌륭한 농장이었다. 마구간의 열린 문으로 경작용 말이 새로 만든 꼴 시렁에서 조용히 꼴을 먹는 것이 보였다. 건물 옆으로 커다란 퇴비 더미가 있고, 거기서는 김이 무럭무럭 나고 있었다. 닭과 칠면조에 섞여 코 지방의 양계장으로서는 사치스러운 가금(家禽) 사육장 위에서 공작 대여섯 마리가 모이를 쪼아먹었다. 양 우리는 길게 뻗어 있고 곡식 창고는 손바닥처럼 매끈매끈한 벽에 둘러싸여 높이 치솟아 있었다. 광에는 커다란 수레 두 대와 쟁기 네 개, 채찍과 말의 목걸이 등 마구 일체가 놓여 있었다. 그중 파란 양 모피는 창고에서 떨어진 먼지로 더러웠다. 뜰은 경사가 지고 양쪽으로 똑같은 간격으로 나무가 심어져 있었다. 거위들이 즐겁게 울어대는 소리가 연못가에서 들려왔다.

밑단에 석 줄의 장식을 단 파란 모직 옷을 입은 젊은 여자가 문간으로 나와 보바리 씨를 맞아들여 주방으로 안내했다. 그곳에는 불이 활활 타오르고 여러 사람의 아침식사가 냄비마다 끓었다. 벽난로 안쪽에서는 젖은 옷들이 마르고 있었다. 부삽과 부집게와 풀무의 주둥

---

* 그리스도 탄생일에서 12일째 되는 제일

이가 어느 것이나 다 몹시 크고 잘 닦은 강철처럼 번쩍거렸다. 벽에는 다양한 냄비 종류가 걸려 있고 유리창 너머로 들어오는 아침 햇살과 난로의 밝은 불빛이 그 위를 환히 비추었다.

샤를은 환자를 보려고 2층으로 올라갔다. 환자는 이불 속에서 땀을 흘렸고, 집안에서 쓰는 모자는 저만큼 던져져 있었다. 쉰 살쯤 되어 보이는 땅딸막하고 작은 남자로 살빛이 희고 눈은 푸르고 이마는 벗어지고 귀에는 귀걸이를 했다. 옆의 의자 위에 큰 브랜디 병이 놓인 것으로 보아 기분을 회복하려고 가끔 마신 모양이었다. 그러나 의사를 한번 보자마자 흥분했던 기분이 가라앉아 벌써 열두 시간이나 더러운 쌍소리로 떠들어댄 주제에 갑자기 힘없는 소리로 신음소리를 내기 시작했다.

그 골절은 아무런 병발증도 없는 극히 단순한 것이었다. 샤를은 이처럼 간단한 상처일 줄은 예상하지 못했다. 그러나 그는 자기가 배운 선생들이 부상자의 침대 옆에서 하던 식을 생각하고 여러 가지 재미있는 말을 해 환자의 기운을 돋우어주었다. 그것은 잠깐 메스에 기름을 바르는 것과 같은 것이었다. 환부에 댈 받침대를 만들기 위해 차고에서 널빤지를 가져오게 했다. 샤를은 그 가운데 하나를 골라 가늘게 잘라 유리 파편으로 문질렀다. 그동안 하녀는 헝겊을 잘라 붕대를 만들고 딸인 엠마는 조그마한 베개를 몇 개 만들려고 했다. 그녀가 좀처럼 바느질 상자를 찾아오지 못하자 아버지는 소리치며 화를 냈다. 그녀는 입을 다물고 아무 말도 하지 않았다. 그리고 바느질을 하는 동안 때때로 손가락을 찔렀고 그때마다 손가락을 입에 대고 빨았다.

샤를은 그녀의 손톱이 너무나 흰 데 깜짝 놀랐다. 끝이 뾰족한 손톱은 반짝반짝 빛나고 디에프산 상아 세공보다도 더 깨끗하게 다듬어져 끝이 둥글게 깎여 있었다. 그러나 손은 그다지 아름다운 편은 아니었다. 희지도 않았고 손마디는 다소 말라 있었다. 게다가 좀 지나치게 긴 편이어서 윤곽에 곡선의 부드러움이 없었다. 그녀에게서 가장 아름다운 것은 눈이었다. 눈빛은 갈색이었으나 속눈썹 때문에 검게 보였다. 눈초리는 천진할 정도로 대담해서 사람의 눈을 거침없이 똑바로 쏘아보았다.

치료가 끝나자 루올 씨는 의사에게 함께 식사를 하자고 권했다.

샤를은 아래층 식당으로 내려갔다. 은잔을 곁들인 두 사람 분의 식기가 작은 테이블 위에 놓여 있었다. 테이블은 터키 사람을 무늬로 그린 인도산 사라사로 커튼을 친 커다란 침대 옆에 놓여 있었다. 창문 바로 옆에 놓인 높은 떡갈나무 옷장에선 그리스 향료와 함께 시트의 냄새가 풍겨 왔다. 방 구석구석에 밀가루 포대가 있었다. 돌계단 세 개만 올라가면 있는 곡식 창고에서 넘쳐 밀려나온 것들이었다. 허옇게 벗겨진 얼룩이 진 벽에는 이 방의 유일한 장식인 듯, 연필로 그린 미네르바의 얼굴이 금박 입힌 액자에 끼워져 못에 걸려 있고, 그 밑에는 고딕체로 '사랑하는 아버님께'라는 글씨가 씌어 있었다.

먼저 환자에 대한 이야기를 하고 다음에는 날씨와 심한 추위와 밤이 되면 들판에 나온다는 이리 이야기를 했다. 루올 양은 요즘은 이 농가의 감독을 거의 혼자 도맡아 하고 있기 때문에 시골은 조금도 재미있는 일이 없다고 했다. 식당이 몹시 추워서 그녀는 식사하는 내내 덜덜 떨었다. 잠자코 있을 때는 지그시 깨물고 있는 통통한 입술이 벌어졌다.

꺾은 하얀 깃 위로 목이 나와 있었다. 머리칼은 가는 가르마를 사이에 두고 양쪽으로 갈라졌고, 그 부드럽고 검은 머리는 양쪽으로 딱 붙어 머리 모양에 따라 가운데가 약간 움푹 들어갔다. 그리고 귓불을 약간 내놓고 볼 근처에서 부드러운 곡선을 그린 머리칼은 뒤에 틀어 올린 머리에 함께 묶여 있었다. 시골 의사인 그는 그런 머리를 생전 처음 보았다. 빰은 장밋빛이었다. 마치 남자처럼 가슴께의 단추 두 개 사이에 거북 껍질로 만든 코안경을 끼워놓았다.

샤를이 루오 노인에게 작별 인사를 하기 위해 2층으로 올라갔다가 떠나기에 앞서 식당으로 다시 들어갔을 때 그녀는 들창에 이마를 댄 채 창밖을 물끄러미 내다보고 있었다. 뜰에는 완두콩 덩굴이 바람에 쓰러져 있었다. 그녀는 몸을 돌렸다.

"무얼 찾으세요?"

"제 채찍을요."

그가 대답했다.

그리고 그들은 침대 위와 문 뒤와 의자 밑을 찾기 시작했다. 채찍은 밀가루 자루와 벽 사이에 떨어져 있었다. 엠마 양이 그것을 보고 자루 위에 몸을 굽혔다. 샤를은 미안해서 그녀 옆으로 달려갔다. 그리고 동시에 팔을 내밀자 자기의 가슴이 밑에 숙이고 있는 처녀의 등에 스치는 것을 느꼈다. 그녀는 얼굴을 붉히고 일어나 채찍을 내밀면서 어깨 너머로 남자를 보았다.

3일 후에 베르토에 갈 약속이었으나, 그는 이튿날 다시 나타났다. 그리고 그 후부터는 일주일에 두 번씩 꼬박꼬박 규칙적으로 찾아갔다. 가끔은 깜박 잊었다는 듯이 엉뚱한 때에 불쑥 찾아가기도 했다.

상처는 훌륭하게 나았다. 순조롭게 나아 46일 만에 루오 노인이 집 안을 왔다 갔다 하자 사람들은 모두 보바리의 솜씨가 대단하다고 생각했다. 이브토 지방이나 루앙 지방의 일류 의사도 이 이상은 못 했으리라고 루오 노인은 말했다.

한편 샤를은 자기가 왜 베르토에 다니는 것이 기쁜지 전혀 생각하려 하지 않았다. 또 생각했댔자 아마 병이 그만큼 중했기 때문이거나 아니면 사례금에 대한 기대 때문이라고 생각했을 게 틀림없다. 그러나 과연 이 농가에 자주 가는 것이 그의 보잘것없는 일상에 하나의 색다른 즐거움이 된 것이 그런 이유에서만일까? 요즈음은 일찍 일어나 바로 문 앞에서부터 말을 달리게 하고 역시 서둘러 말에서 내려 풀에 구두를 문지르고 안에 들어갈 때는 꼭 검은 장갑을 꼈다. 그 집 뜰에 들어갈 때 살문이 어깨에 밀리어 빙 도는 느낌은 무척 유쾌했다. 담 위에서 수탉이 울고 하인들이 그를 맞으러 나오는 것도 좋았고 곡식 창고도, 나의 은인이라고 부르며 손을 잡아주는 루올 노인도 좋았다. 그리고 깨끗이 닦은 부엌 바닥 위를 걸어 다니는 엠마 양의 작은 나막신 소리도 즐거웠다. 그 신은 굽이 높기 때문에 그녀의 키를 더 크게 보이게 했다. 그녀가 그의 앞을 서서 갈 때는 나막신 속에 신은 단화 가죽에 나막신 바닥이 스쳐 끼익끼익 소리를 냈다.

그녀는 언제나 현관 제일 첫 계단 위에 서서 그를 전송했다. 말이 아직 나와 있지 않을 때는 한참 동안 거기에 서 있었다. 작별 인사는 벌써 끝났기 때문에 더는 아무 할 말이 없었다. 세찬 바람이 그녀의 몸을 휘감아 목덜미의 잔털을 날렸다. 또 어떤 때는 허리 근처에서 앞치마 끈이 팔락팔락 날려 그것이 가는 깃발처럼 바위에 날리는 때도 있었다. 눈이 녹기 시작하는 어느 날이었다. 뜰에서는 나무껍질이 물방울을 떨어뜨리고, 지붕의 눈이 줄줄 녹아내렸다. 엠마는 문턱에 서 있었다. 양산을 들고 와 그것을 펼쳐 들었다. 비둘기 색 비단 양산에 햇빛이 비쳐 하얀 그녀의 얼굴에 그림자를 던져주었다. 양산 밑에서 그녀는 미소를 지었다. 나뭇결 무늬의 양산에 물방울이 똑똑 떨어지는 소리가 들렸다.

처음 샤를이 베르토에 다니기 시작했을 무렵에 보바리 부인은 잊지 않고 환자의 용태를 물었고, 그녀가 맡은 겹으로 된 장부책 위에 루올 씨를 위해 깨끗한 백지를 한 장 떼어 놓기까지 했다. 그러나 그에게 딸이 있다는 사실을 알고 난 다음부터 그녀는 사방으로 알아보기 시작했다. 그 결과 루올 양은 우르술라 수녀원에서 소위 '훌륭한 교육'을 받았고 춤과 지리와 미술을 잘했으며, 자수도 조금 하고 피아노도 칠 줄 안다는 것을 알게 되었다. 그녀는 이젠 더 참을 수가 없었다.

"거기 갈 때, 그렇게 싱글벙글한 것은 그 때문이었군. 비가 오는 것도 상관하지 않고 새 조끼를 입고 가는 것도. 아아, 그 여자, 그 여자!"

이리하여 그녀는 본능적으로 그 여자를 증오하기 시작했다. 처음엔 빙 돌려 화풀이를 했으나 샤를은 알아듣지 못했다. 그다음에는 이야기를 하는 사이사이 자기 생각을 얘기하곤 했으나 남편은 당황하다가 귀찮다는 듯 흘려버리고 말았다. 결국 그녀는 단도직입적으로 들이댔는데, 그렇게 되자 샤를은 대답할 말이 없었다.

"루올 씨는 벌써 다 나았고 또 계산도 다 끝났는데, 아직도 가끔 베르토에 가는 이유가 뭐죠? 흥, 거기 좋은 사람이 있어서 그러시죠. 말상대도 되고 수도 잘놓고 교양도 있는 사람, 그 여자가 좋아서 가는 거죠? 당신은 도회지 여자가 좋군요." 그리고 또 말을 이었다. "루올 씨의 딸이 도회지 여자라고요! 천만에요! 그 집 할아버지는 양치기였어요. 그리고 사촌 한 사람은 언쟁 끝에 사람을 심하게 때려 중죄판결을 받을 뻔한 일까지 있었고요. 주제넘게 사치나 부리고 백작 부인처럼 일요일에는 비단 옷을 차려입고 성당에 나오다니. 그 아버지는 작년에 채소 씨가 안 팔렸더라면 빚도 못 갚았을 그런 주제인데!"

귀찮아진 샤를은 베르토에 가는 것을 그만두었다. 엘로이즈가 애정을 폭발시켜 정신없이 웃어대고 키스를 퍼부은 다음, 두 번 다시는 가지 않겠다고 성서에 손을 얹고 맹세를 하게 했기 때문이다. 샤를은 복종했다. 그러나 강한 욕망은 반항을 일으켰다. 이렇게 그 처녀와 못 만나게 하는 것은 사랑할 권리를 준 것이나 같다고 그는 무의식적으로 자기합리화하였다. 게다가 그 과부 출신 마누라는 몸이 심하게 말랐고, 빼드렁니에 1년 내내 끝이 어깻죽지밖에 나오지 않는 작은 검은 숄을 두르고 다녔다. 뻣뻣한 몸에 마치 칼집에 칼이 들어 있는 것처럼 옷을 입고, 게다가 그 옷은 또 엄청나게 짧아 발목과 큰 구두에 단 리본이 쥐색 양말 위에서 교차되어 있는 것이 보였다.

샤를의 어머니는 때때로 그들이 사는 곳에 왔으나 이삼 일만 지나면 자기를 대하는 며느리의 태도가 칼날같이 날카롭게 느껴졌다. 그러면 시어머니와 며느리 두 사람은 마치 두 개의 칼날처럼 그녀들의 관찰과 생각으로 샤를을 몰아댔다. 그렇게 너무 먹지 말아라, 아무것도 아닌 손님한테 왜 항상 술을 내느냐, 플란넬 내의를 입지 않느냐, 그건 무슨 고집이냐, 이런 식이었다.

그런데 이른 봄에 뒤뷔크 미망인의 재산 관리인인 앙그빌에 있는 남자가 위탁금 전부를 가지고 밀물 때를 맞추어 배를 타고 도망쳐버렸다. 엘로이즈는 아직 6천 프랑의 선박 주식 외에 생 프랑수와 거리에 집을 한 채 가지고 있었다. 그러나 결혼 전에 그토록 떠들어대던 이 재산 중에 집에 들여온 것은 불과 몇 벌 안 되는 옷과 가구류뿐이었다. 디에프에 있는 집은 벌써 꼼짝할 수 없이 저당잡혀 있다는 것을 이제야 뒤늦게 알았다. 그녀가 공증인에게 얼마를 맡겼는지는 전혀 알 수 없고, 선박 주식도 3천 프랑 이상 되지 않았다. 그렇다면 이 늙은 여자는 거짓말을 해온 것이다. 화가 벌컥 치밀어 의자를 돌바닥에 메쳐버린 아버지 보바리 씨는 소중한 아들을 그런 말라빠진 여편네에게 주어 그 꼴을 만든 것은 너라고 아내를 무섭게 나무랐다. 그리고 그들은 같이 토스트로 갔다. 서로 변명을 하고 한바탕 싸움이 벌어졌다. 엘로이즈는 눈물을 글썽거리며 남편의 팔에 매달려 시부모에게 자신을 변호해달라고 애원했다. 샤를이 아내를 위해 한마디 하려고 하자 양친은 화가 나 그대로 가버리고 말았다.

그러나 그것이 '깊은 상처'가 되었다. 일주일이 지난 어느 날 그녀는 뜰에서 빨래를 널다가 피를 토했다. 그리고 다음날 샤를이 커튼을 치려고 몸을 돌린 순간 "아! 주여, 어떻게 한담!" 하고 한숨을 한번 쉬고 나서 정신을 잃었다. 그녀는 이미 죽어 있었다. 이 무슨 어처구니없는 일이란 말인가.

묘지에서 모든 일이 끝나자 샤를은 집으로 돌아왔다. 아래층에는 아무도 없었다. 2층으로 올라가 거실로 들어가자 아내의 옷이 아직도 침대 모서리에 걸쳐 있었다. 그는 책상에 기대 어두워질 때까지 괴로운 추억에 쫓겼다. 아내는 그를 사랑했다. 어쨌든.

3

어느 날 아침 루올 노인이 다리의 치료비를 가져왔다. 40수* 짜리로 75프랑, 게다가 칠면조 한 마리를 더 얹어서. 그는 샤를의 불행을 알고 있었기 때문에 있는 힘을 다해 위로했다. 그리고 어깨를 두드리며 말했다.

"저도 그 기분은 잘 알고 있습니다. 선생과 똑같은 처지였으니까요. 집사람을 잃었을 때 혼자 있고 싶어 들로 나갔습니다. 나무 밑에 엎드려서 한참 울었죠. 하느님을 부르고 넋두리를 늘어놓았습니다. 그리고 차라리 나뭇가지에 걸려 있는 두더지나 되었으면 하고 생각했습니다. 뱃속에서 벌레들이 우글거리고 마침내는 창자가 터지고 마는 그 두더지 말이에요. 다른 놈들은 귀여운 마누라가 있어, 그걸 꼭 껴안고 있을 걸 생각하면 복통이 터져 나뭇가지로 땅바닥을 쾅쾅 쳤습니다. 꼭 미칠 것 같았고 먹은 것이 목에서 넘어가지 않았어

---

* 프랑스의 예전 화폐 단위

요. 카페에 간다는 것은 생각만 해도 기분이 나빴어요. 정말이에요, 선생. 그런데 차차 세월이 가고 겨울이 지나고 봄이 오고 여름이 가고 가을이 오니까, 조금씩 조금씩 잊게 되더군요. 아주 가버렸어요. 아래로 쑥 내려가버렸다는 말이 옳을 거예요. 그런데도 뭔가 가슴 밑바닥에 언제까지나 남아 있는 것이 있어요……. 뭐라고 할까, 무거운 것이 이 마음속에, 하지만 이게 인간의 운명이니까요. 그것 때문에 약해져선 안 되죠. 다른 사람이 죽었으니까 나도 죽어야겠다고 생각해서는 안 됩니다. 용기를 내세요. 보바리 선생, 그런 일은 지나가버릴 거예요! 우리 집에 좀 오세요. 제 딸이 선생님 얘기를 곧잘 합니다. 선생님은 우리 같은 건 벌써 잊어버렸는가 보다고. 이제 얼마 안 있으면 봄입니다. 기분도 풀 겸 잘 잡히는 데서 토끼잡이라도 실컷 해봅시다."

샤를은 그의 충고에 따랐다. 다시 베르토에 가 보니 모든 것이 옛날, 즉 5개월 전 그대로였다. 배나무에는 벌써 꽃이 피고 루올 노인은 기운차게 돌아다니고 있었다. 이들이 농장에 활기를 주었다.

슬픔에 젖은 의사를 될 수 있는 대로 위로해야 한다고 생각한 노인은 모자를 벗지 말라고도 하고 마치 병자에게라도 하듯 작은 소리로 속삭이며 말했다. 그를 위해 크림이며 설탕을 넣고 찐 배 같은 약간 가벼운 음식을 특별히 장만하지 않았다고 화를 내는 모습까지 보였다. 그리고 좌석의 흥을 돋우기 위해 여러 가지 재미있는 이야기를 들려주었다. 샤를도 결국은 웃음을 터뜨렸다. 그러나 죽은 아내에 대한 생각이 문득 떠오르자 얼굴은 다시 우울해졌다. 커피가 나왔다. 그러자 그는 그 이상 그 일을 생각하지 않았다.

홀아비 생활에 익숙해짐에 따라 점점 아내 생각을 하지 않게 되었다. 아무 구속도 받지 않는 새로운 즐거움이 고독을 한층 견디기 쉽게 만들었다. 요즘은 식사 시간도 마음대로 바꿀 수 있었고, 이유를 말하지 않고 드나들 수 있었으며, 피로할 때는 침대 하나 가득 팔다리를 뻗고 잘 수도 있었다. 그는 편안히 지내며 남이 해주는 위로의 말에 흐뭇한 기분을 느꼈다. 또 아내의 죽음은 직업에도 그렇게 나쁜 영향을 주지 않았다. 왜냐하면 한 달 동안에 "젊으신 데 안됐습니다" 하고 모두 말해주어 그 때문에 이름이 팔려 환자가 늘었기 때문이다. 게다가 이젠 아무 염려 없이 베르토에 갈 수 있었다. 그는 덧없는 희망, 막연한 행복을 느꼈다. 그는 거울 앞에서 머리 손질을 하다가 자신이 즐거운 표정을 짓고 있음을 발견했다.

어느 날 그는 3시쯤 베르토를 방문했다. 모두 밭에 나가고 아무도 없었다. 부엌으로 들어갔는데 처음엔 엠마가 있는 것을 알지 못했다. 창문이 모두 닫혀 있었다. 판자 틈으로 햇빛이 들어와 돌바닥 위에 가느다란 선을 그리고 그 빛은 가구 모서리에 부딪히고 부서져 천장에서 흔들렸다. 식탁 위에는 마시다 둔 유리잔에 파리가 기어 올라가고, 바닥에 남은 사과주에 빠져 붕붕댔다. 굴뚝에서 떨어져 내려온 광선은 난로 뚜껑에 낀 그을음을 우단처럼 보이게 하고 식은 재를 파란색으로 보이게 했다. 엠마는 창과 벽난로 사이에 앉아 바느질을 하고 있었다. 숄을 두르지 않았기 때문에 드러난 어깨에 작은 땀방울이 맺힌 것이 보였다.

시골 관습대로 그녀는 마실 것을 권했다. 그가 사양하자 그녀는 그래도 마시라고 했다. 함께 리큐어 주를 마시자며 찬장에서 퀴라사오 병을 꺼내고 손을 뻗쳐 작은 잔 두 개를 꺼낸 다음 하나에는 가득, 또 하나에는 살짝 붓는 척만 하고 컵을 찰깍 부딪힌 다음 입으로 가져갔다. 그 술잔은 거의 빈 거나 다름 없었기 때문에 그녀는 고개를 젖히고 마셨다. 머리를 한껏 뒤로 젖히고 입술을 내민 다음 목을 길게 빼고 입에 아무 느낌도 없으면서 괜히 웃었다. 그리고 아름다운 이 사이로 혓바닥을 날름 내밀어 컵 밑바닥을 살짝 핥았다.

엠마는 다시 자리에 앉아 일을 시작했다. 흰 목양말을 깁고 있었는데 고개를 숙이고 그 일을 계속했다. 그녀는 아무 말도 하지 않았고 샤를도 묵묵히 앉아 있었다. 문 밑으로 바람이 스며들어와 돌바닥 위에 가볍게 먼지를 일으켰다. 샤를의 눈은 그 먼지의 움직임을 쫓았다. 그의 귀에는 머릿속이 쾅쾅 하는 소리와 멀리 마당에서 알을 낳은 암탉의 울음소리만 들릴 뿐이었다. 엠마는 가끔 두 손바닥으로 빨갛게 단 뺨을 지그시 누르고 그 손을 커다란 장식 받침쇠에 대어 식혔다.

금년에는 어떻게 계절 초부터 벌써 현기증이 난다고 그녀가 중얼거렸다. 그리고 해수욕이 몸에 좋은 것이냐고 물었다. 그녀는 수도원 이야기를, 샤를은 중학교 때 이야기를 했다. 점점 이야기하기가 쉬워졌다. 두 사람은 엠마의 방으로 올라갔다. 그녀는 옛날 악보 책이며, 상으로 받은 조그만 책이며, 옷장 밑에 처박아두었던 떡갈나무 잎 관(冠) 같은 것을 보여주었다. 그리고 또 어머니며 묘지에 대한 이야기도 했다. 정원의 화단을 손가락으로 가리키고 매달 첫 금요일에는 저기 있는 꽃을 꺾어 가지고 묘지로 간다는 것까지 일러주었다. 하지만 집의 정원사가 별로 신통치 않은 데다 솜씨가 없어 아무 도움도 되지 않아 큰일이라고 말했다. 적어도 겨울 동안만이라도 읍내에 가서 살고 싶다면서, 하긴 여름엔 날씨 좋은 날이 오래 계속되므로 그래서 시골 생활이 지루한지도 모르겠다고도 말했다. 말하는 내용에 따라 그녀의 목소리는 명랑해지기도 하고 날카로워지기도 하고, 갑자기 슬픔에 잠기기도 하고, 혼잣말을 할 때는 거의 속삭임에 가까웠다. 어떤 때는 순진한 눈으로 즐거워하는가 하면 또 금세 눈을 반쯤 감고 시름에 잠긴 눈빛으로 끝없는 생각에 잠기는 것 같았다.

저녁때 집으로 돌아오는 길에 샤를은 그녀가 한 말을 일일이 고쳐 생각하고 분명히 기억하려고 하고 의미가 부족한 것은 보충하려고 하며, 아직 알지 못하는 그의 생활을 마음속에 그려보려 했다. 그러나 처음 만났을 때의 모습이나 혹은 방금 헤어지고 온 그녀의 모습 이외엔 아무것도 떠오르지 않았다. 장차 그녀는 어떻게 될까. 결혼을 할까, 그렇다면 누구와? 아냐 아냐, 루오 씨는 굉장한 부자인 것 같고 게다가 그 여자는 저렇게 아름답고! 샤를의 눈에 엠마의 얼굴이 몇 번이나 떠오르고 팽이가 윙윙하는 소리 같은 단조로운 울림이 귀에서 울렸다.

"하지만 당신이 결혼한다면!"

그날 밤 그는 잠을 이루지 못했다. 목이 아프고 자꾸 말랐다. 그는 물병에 있는 물을 마시려고 일어나 창문을 열었다. 하늘에는 별이 가득했다. 따뜻한 바람이 불고 멀리서 개짖는 소리가 들렸다. 그는 베르토 쪽을 바라봤다.

어쨌든 밑질 것이 없다고 생각한 샤를은 기회가 있으면 구혼해보리라 결심했다. 그러나 기회가 올 때마다 적당한 말을 할 수 없을 것이라는 걱정이 입술을 틀어막아 버렸다.

루오 노인의 입장에서는 딸을 치우는 데 군소리가 있을 리 없었다. 노인은 딸을 농사 일을 시키기에는 과만하다고 생각해 관대하게 보아주었다. 농사꾼이 농사를 지어서 백만장자가 된 경우는 전혀 없다. 이 일은 하늘의 저주를 받은 일이다. 노인은 재산을 늘리기는커녕 해마다 손해만 보았다. 그는 거래에 능란하고, 장사 수단도 빈틈 없기는 했으나 그 반면에 진짜 경작과 농가의 내정에 대해서는 능란하지 못했다. 손을 주머니에서 꺼내기를 싫어했고, 맛있는 것과 따뜻한 것을 좋아하고, 기분 좋게 자는 것을 좋아했기 때문에 자기 의식에 관계되는 돈이면 조금도 아끼지 않았다. 도수 높은 사과주, 피가 뚝뚝 떨어지는 양고기, 정성들여 만든 글로리아*를 좋아했다. 그는 무대에서 하는 식으로 요리를 늘어놓은 작은 테이블을 날라다가 부엌에서 난로를 향해 혼자 앉아 식사를 했다.

딸 옆에 가기만 가면 샤를이 얼굴을 확 붉히는 것을 보고 가까운 장래에 결혼 신청을 할 것이 틀림없다고 생각한 루올 노인은 미리 만사를 빈틈 없이 생각해보았다. 우선 다소 긍지가 있는 남자라고 생각했다. 더할 수 없이 훌륭한 사윗감이라고는 생각되지 않았다. 그러나 소문으로는 품행이 단정하고 검소하고 교육도 많이 받았다고 하니까 적어도 지참금 때문에 시끄럽게 굴 것 같진 않았다. 게다가 자기는 미장이와 마구상에게 적지 않은 빚이 있고, 또 압착기의 굴레도 바꾸어야 하기 때문에 그의 '소유지' 22에이커를 언제 팔아야 할지 모르는 형편이었다.

"달라고 하면 주자." 노인은 이렇게 결론을 내렸다.

생 미셸 축일에 샤를은 베르토에 와서 사흘을 묵었다. 그 마지막 날도 앞의 이틀과 마찬가지로 우물쭈물 주저하는 동안에 지나가버렸다. 노인은 그를 전송하러 나왔다. 그들은 울퉁불퉁한 길을 걸어 나와 거의 헤어질 때가 되었다. 지금이다. 샤를은 울타리가 꾸부러진 곳에 오면 말하리라 결심했다. 그곳을 지나치려고 할 때, "루올 씨, 잠깐 드릴 말씀이 있는데요" 하고 그가 중얼거렸다.

"상관 없으니까, 말하세요. 내가 뭐 아무것도 모르는 줄 아십니까?" 노인이 빙그레 웃으며 말했다.

---

* 브랜디를 넣은 커피나 홍차

"루올 씨…… 사실은 루올 씨……."

샤를이 더듬거리며 말했다.

농부가 말을 이었다.

"나로선 과분합니다. 그 애도 나와 똑같은 생각이겠지만, 그래도 일단 한번 물어봐야죠. 어쨌든 오늘은 그냥 가십시오. 나는 이제 집으로 돌아갈 테니까요. 좋은 대답이면 좋겠는데, 그래도 오늘은 돌아오지 않는 게 좋을 거요. 다른 사람의 눈도 있고 하니까. 그리고 그 애도 오늘은 무척 흥분할 겁니다. 하지만 궁금하실 테니까 내가 창문의 덧문을 벽 있는 데다 쭉 내려놓죠. 울타리로 들여다보면 그게 보여요."

그리고 노인은 멀어져갔다.

샤를은 말을 나무에 맸다. 그리고 오솔길로 달려가 기다렸다. 반 시간이 지났다. 그리고 또 19분을 그는 시계를 들여다보며 재었다. 갑자기 벽에 뭔가 쾅 하고 부딪치는 소리가 들렸다. 덧문이 내려지고 쇠고리가 아직 흔들렸다.

이튿날 9시, 그는 벌써 농장에 와 있었다. 그가 들어가자 엠마는 약간 웃는 듯하더니 곧 얼굴을 붉혔다. 루올 노인은 미래의 사위에게 키스를 했다. 금전상의 여러 가지 문제는 뒤로 미루기로 했다. 어차피 체면상 식은 샤를이 상을 벗은 후, 즉 내년 봄까진 올릴 수 없으니까 서두를 필요는 없었던 것이다.

기다리는 동안에 겨울이 지나갔다. 루올 양은 시집갈 준비에 바빴다. 가구의 일부는 루앙에 주문하고 속옷이랑 나이트캡은 빌려 온 유행 도안을 보고 직접 만들었다. 샤를이 농장에 찾아오면 혼례 준비의 의논이며 피로연은 어느 방에서 할까, 그런 이야기가 나왔다. 음식은 얼마나 차릴까, 안주는 무엇이 좋을까, 그런 것까지 생각했다.

한데 엠마는 횃불을 켜고 한밤중에 결혼식을 하기를 원했다. 노인은 이런 생각을 전혀 이해하지 못했다. 그래서 결국 43명의 손님이 몰려와 열여섯 시간 내내 식탁에 붙어 앉아 있었고, 그다음 날도 또 그다음 날도 이삼 일 동안 그 기분이 계속되는 그러한 축하연이 되었다.

4

손님들은 아침 일찍부터 말 한 필이 끄는 포장마차, 의자 달린 이륜 마차, 포장 없는 구식 마차, 가죽 커튼이 달린 승합 마차를 비롯한 가지각색 마차를 타고 몰려왔다. 가까운 동네에 사는 젊은이들은 짐마차를 타고 왔는데, 덜컥거리며 냅다 달리는 통에 그들은 떨어지지 않으려고 난간에 바싹 한 줄로 붙어 있었다. 그중에는 고데르빌, 노르망빌, 가니같이 40킬로미터나 떨어진 곳에서 온 사람도 있었다. 양가의 친척들을 빠짐없이 초대하였고, 사이가 좋지 않은 친구들은 이 기회를 이용해 화해하고, 오랫동안 만나지 못한 친지들한테도 편지를 띄웠다.

이따금 울타리 밖에서 말채찍 소리가 들리고는 문이 열리면서 포장 마차가 들어왔다. 마차는 돌계단 밑까지 달려와 거기서 덜거덕거리며 멈췄다. 여기저기서 손님들이 밀려나오고, 그들은 모두 무릎을 문지르거나 기지개를 켰다. 보닛을 쓴 부인들은 읍내에서 유행하는 옷을 입고 금시계의 시곗줄을 늘어뜨리고 짧은 외투 자락을 허리띠로 맸다. 더러는 조그마한 색목도리를 뒷목덜미가 나오게 등에서 핀으로 고정시켜 놓았다. 아버지 옷을 본따서 옷을 입은 개구쟁이 녀석들은 새 옷을 무척 거북해했다. (이날 처음으로 구두를 신어본 아이도 적지 않았다.) 그 곁에는 이날을 위해 첫 영성체 미사 때 입었던 흰 옷을 길이를 늘여 입은 열대여섯 살 나 보이는 여자아이도 있었다. 남자애의 사촌누이 아니면 친누이이리라. 상기된 얼굴로 멍하니 서서, 머리엔 번쩍번쩍하게 향유를 바르고 장갑을 더럽힐까 봐 몹시 조심하는 것 같았다. 타고 온 마차에서 말을 떼는 데 마부들의 손이 모자라 남자 손님들이 소매를 걷어붙이고 돕고 있었다. 제각각 신분에 맞춘 듯 연미복, 프록코트, 긴 상의, 예복 비슷한 짧은 상의를 입고 있었다. 온 집안의 존경을 받으며 의식을 치를 때 이외에는 옷장에서 꺼내본 일이 없는 자랑스런 연미복, 칼라가 둥글고 긴 옷단이 바람에 펄럭이고 자루 같은 주머니가 달린 프록코트, 차양에 구리줄을 친 테 없는 모자에 어울리는 두툼한 나사 상의, 껑충한 짧은 상의는 등에 달린 두 개의 단추가 양 눈처럼 가까이 붙어 있고, 옷자락은 마치 목수가 도끼로 뚝 자른 것같이 보였다. 그중에는 또 (이런 사람들은 분명히 말석에서 식사를 해야 할 녀석들로 보였지만) 단별 작업복을 입은 사람들도 있었는데, 다시 말해서 그들의 옷은 칼라가 어깨까지 접히고, 등에는 작은 주름이 있고, 허리 훨씬 아래쪽에 꿰맨 띠가 달려 있었다.

와이셔츠는 모두 가슴 위에서 갑옷처럼 부풀려져 있었고, 박박 깎은 머리에서 귀가 툭 튀어나올 듯이 보였다. 수염도 아주 정성들여 밀고 왔다. 해가 뜨기 전부터 일어나 얼굴이 잘 보이지 않아 코 밑에 대각선의 상처를 낸 사람도 있고, 3프랑짜리 은화만 한 크기로 살가죽이 벗겨진 사람도 있었다. 허여멀겋고 커다란 얼굴에 군데군데 장밋빛 반점이 있었다.

면사무소는 농가에서 2킬로미터밖에 떨어져 있지 않기 때문에 모두 걸어갔다가 성당에서 식이 끝나자 다시 걸어왔다. 행렬은 처음 푸른 밀밭 사이로 난 오솔길을 따라 마치 기다란 리본처럼 들판 사이를 누비고 지나갔으나 조금 있으니까 기다랗게 늘어져 몇 무더기로 끊겨서로 쑥덕쑥덕 얘기하며 갔다. 악사가 끝에 리본을 단 바이올린을 들고 앞장 서서 갔다. 그다음을 신랑 신부가 따랐고, 친척과 친구들은 제멋대로 그 뒤를 이어가고, 맨 뒤에서 아이들이 귀리 이삭을 쥐어뜯거나 몰래 장난을 치며 갔다. 엠마의 옷은 너무 길어 단이 약간 땅에 끌렸기 때문에 그녀는 가끔 멈추어 서서 옷을 끌어올렸다. 그리고 장갑 낀 손 끝으로 살짝 옷에 붙은 풀이며 엉겅퀴의 작은 가시를 뜯어냈다. 그 동안 샤를은 두 손을 내리고 기다렸다. 루올은 새 실크해트를 쓰고 손톱 끝까지 가리는 긴 연미복을 입고 신랑의 어머니와 팔을 끼고 있었다. 신랑의 아버지 보바리 씨는 말하자면 이들 모든 사람들을 경멸했기 때문에 그저 군대식으로 된 단추가 한 줄 달린 프록코트 차림으로 와서는, 금발의 시골 아가씨를 보자 금세 기분이 좋아서 농담을 던졌다. 처녀는 인사를 하고 얼굴이 빨개져 변변히 대답도 못 했다. 다른 손님들은 장사에 대한 얘기를 하기도 하고 서로 장난을 치며 벌써부터 흥을 냈다. 귀를 기울이면 벌판을 걸어가며 계속 켜는 악사의 바이올린 소리가 아득히 들려왔다. 악사는 멈춰 서서 한숨 돌리고, 줄이 잘 울리도록 송진을 먹인 다음 몸으로 박자를 맞추려고 바이올린 통을 올렸다 내렸다 하며 갔다. 악기 소리에 놀라 먼 데 있는 새가 날아갔다.

잔칫상이 짐수레 헛간에 준비돼 있었다. 소 등심고기 네 덩이, 병아리 프리카세* 여섯 개, 송아지 스튜, 양 허벅다리 고기 세 조각, 그

---

* 닭고기나 쇠고기 등을 잘게 썰어서 부친 요리

리고 한가운데는 미나리를 곁들인 순대 네 개와 맛있게 구운 통돼지 한 마리가 놓여 있었다. 식탁 네 귀퉁이에는 통에 담긴 브랜디가 있었다. 병에 담은 달콤한 사과주가 병마개 언저리에 거품을 뿜어내고, 컵에는 벌써 잔마다 포도주가 넘치도록 담겨 있었다. 노란 크림을 쌓아올린 큰 접시는 식탁이 조금만 움직여도 흔들흔들 흔들리고, 그 위 평평한 표면에 작은 사탕 과자로 신랑 신부 이름의 이니셜이 당초 무늬로 새겨져 있었다. 투르트*와 누가 과자를 만들기 위해 일부러 이브토에서 기술자를 데려온 것이다. 기술자는 처음 온 지방이기 때문에 성심껏 일했다. 휴식 때는 자기가 직접 과자를 날라와 모두를 깜짝 놀라게 했다. 맨 밑에는 네모난 푸른 마분지로 신전 모양을 뜨고 그 주위에는 복도와 기둥도 다 갖추어 놓았으며, 금종이로 된 별을 뿌린 궤짝 속에 석고상이 늘어서 있었다. 이어 둘째 단에는 안젤리카로 만든 조그마한 성(城)과 잘게 썬 은행, 건포도, 오렌지로 에워싼 사브와 지방의 고성 모양을 한 과자탑이 서 있었고, 제일 꼭대기는 녹색 들판으로 되어 있어 거기에는 바위가 있고 잼 호수에는 개암 껍질로 만든 배가 떠 있었다. 초콜릿 그네에 큐피드가 타고 있고 그네의 두 기둥 끝에는 둥근 공 대신에 진짜 장미꽃 봉오리가 꽂혀 있었다.

사람들은 밤이 될 때까지 먹었다. 앉아 있기 지치면 뜰로 나가 거닐기도 하고 헛간에서 병마개로 놀이를 하다가 다시 돌아왔다. 나중에는 앉아서 꾸벅꾸벅 졸고 코를 고는 사람도 있었다. 그러나 커피가 나오자 다시 흥이 나서 노래를 하고 팔씨름을 하고 엄지손가락으로 장난을 하며 짐마차를 어깨로 들어보기도 하고, 또 상스러운 농담을

---

* 고기, 과일 따위를 넣은 파이

하고 여자들을 덥썩 껴안기도 했다. 이윽고 돌아갈 때가 되자 귀리로 잔뜩 배를 채운 말들은 끌채 손잡이 사이로 들어가기가 힘들었다. 견디다 못한 말들이 뒷발질을 하며 뛰어오르자 마구가 부서지고 주인은 고래고래 소리를 지르다 웃다 했다. 이리하여 한밤내 달빛이 휘황한 이 근처의 길은 달리던 포장마차가 시궁창에 빠지고, 쌓아놓은 자갈을 뛰어넘고 언덕에 올라가다 주저앉는 놈, 조약돌을 몇 미터나 튀기는 놈, 그때마다 말고삐를 잡으려고 마차 문 밖으로 몸을 내미는 여자들 소리로 법석이었다.

베르토에 머문 사람들은 부엌에서 밤새도록 마셨다. 아이들은 의자 밑에서 잠이 들었다.

신부는 결혼식 때 관습적으로 행하는 여러 가지 장난을 못 하게 아버지에게 단단히 부탁해놓았다. 그런데 사촌인 생선 장수(그는 결혼 선물로 넙치 두 마리를 가지고 왔다)가 입에 물을 머금었다가 열쇠 구멍으로 뿜어 넣으려고 했다. 그때 마침 루올 노인이 와서 말리며 사위는 지체 높은 사람이니까 그런 무례한 짓을 해서는 안 된다고 일렀다. 그러나 그 사촌은 금방 납득하지 못하고 마음속으로 루올 노인을 아니꼽게 생각하고 구석 자리에 손님 대여섯이 몰려 있는 곳으로 가 어울렸다. 이들도 역시 식탁에서 몇 번이나 질긴 고기만 먹게 되어 푸대접을 받았다고 생각하고 있던 차여서 이 집 영감을 흉보고, 빙 돌려 은근히 쫄딱 망해버렸으면 좋겠다고 쑥덕댔다.

어머니 보바리 부인은 하루 종일 입을 꾹 다물고 있었다. 그녀는 신부의 화장에 대해서나 잔치 순서에 대해서 한마디의 의논도 받지 못했다. 결국 그녀는 일찌감치 방에 틀어박히고 말았다. 남편은 그녀를 뒤따라 들어가지 않고 생 빅토르까지 가서 여송연을 사오게 해서 밤새도록 피우며 키르슈*를 섞은 그로그 차**를 마셔댔다. 이 근처 사람들은 이런 술은 전혀 몰랐기 때문에 그는 한층 경의를 표해야 할 사람으로 보였다.

샤를은 장난을 좋아하는 성품이 아니었기 때문에 피로연에서도 별로 두드러지지 않았다. 수프가 나올 때부터 모두가 던지는 농담이며, 장난이며, 야유며, 놀림에도 지극히 맥 빠지는 대답만 했다.

그런데 이튿날이 되자 그는 지금까지와는 다른 사람이 된 것 같았다. 어제까지 처녀였던 것은 오히려 샤를인 것 같고 신부는 무엇 하나 변한 느낌을 주지 않았다. 시끄러운 녀석들도 잠시 말을 끊고 그녀가 옆을 지나가면 이상하게 신경을 곤두세워 살펴보았다. 그러나 샤를은 노골적인 태도로 그녀를 '마누라'라고 부르고 여보라고 하며, 그녀가 보이지 않으면 모두에게 물으며 찾아 돌아다녔다. 그리고 가끔 그녀를 마당으로 데리고 나갔다. 멀리서 보니까 그가 아내의 허리를 안고 그녀 쪽으로 몸을 기댄 채 자기 머리로 아내 상의의 레이스 칼라를 구기며 나무 사이를 계속해서 걸어 다녔다.

이틀이 지나자 부부는 떠났다. 샤를의 환자 때문에 그 이상 비워둘 수가 없었다. 루올 노인은 마차로 두 사람을 보내고 자기도 바송빌까지 쫓아갔다. 거기서 딸에게 작별 키스를 하고 마차에서 내려 되돌아갔다. 백 보쯤 걸어가다 노인은 발걸음을 멈췄다. 마차가 점점 멀어지고 바퀴가 먼지를 일으키며 빙빙 도는 것을 보고 그는 후우 한숨을 쉬었다. 그리고 자기가 결혼할 때의 일, 젊었을 때의 일, 아내가 처음으로 임신했을 때의 일을 생각했다. 신부를 친정에서 처음으로 데려온 날, 아내를 말 뒤에 태우고 눈 위로 걸어올 때는 그도 즐거웠다.

---

* 앵두술

** 럼주에 설탕, 레몬, 뜨거운 물 따위를 탄 음료수

그 무렵은 마침 크리스마스 때여서 들판은 온통 새하얀 색이었다. 아내는 한 손으로 그에게 매달리고 다른 한 손에는 바구니를 끼고 있었다. 코 지방의 풍습인 두건에 달린 긴 레이스가 바람에 날리고 때때로 입에까지 와 부딪쳤다. 그리고 그가 고개를 돌리면 어깨 바로 옆에 장밋빛 조그마한 아내의 얼굴이 있었다. 그 얼굴은 두건에 붙은 금 배지 밑에서 조용히 웃고 있었다. 손이 시리면 그녀는 가끔 그의 가슴에 손을 넣었다. 모두, 모두 옛날 일이다. 그때 낳은 아들이 죽지 않았다면 벌써 서른 살이 됐을 것이다. 루올 노인은 몸을 돌렸다. 길에는 아무도 보이지 않았다. 문득 빈 집처럼 쓸쓸한 기분이 들었다. 덧없는 옛 추억으로 멍해진 머리에 우울한 생각이 섞여 달콤하고 다정한 추억이 떠올랐다. 문득 성당쪽으로 가보고 싶은 충동을 느꼈다. 그러나 성당을 보면 더 슬퍼질 것 같아 곧장 집으로 향했다.

샤를 부부는 6시쯤 토스트에 도착했다. 동네 사람들이 의사의 새색시를 보기 위해 창가로 몰려들었다.

나이 먹은 하녀가 나와 부부에게 인사를 하고, 저녁식사 준비가 아직 안 되었음을 사과하면서 기다리는 동안 아씨는 집 안을 한번 돌아보시라고 권했다.

5

벽돌로 된 건물 전면은 길이라기보다는 국도라고 해야 할 큰 도로와 면해 있었다. 문 뒤에는 작은 깃이 달린 외투, 말 고삐, 테 없는 까만 가죽 모자가 걸려 있고, 한쪽에는 마른 흙이 묻은 가죽 각반이 놓여 있었다. 오른쪽에는 식당 겸 거실로 쓰는 넓은 방이 있었다. 연한색 꽃다발 무늬로 약간 화려한 느낌을 주는 노란 벽지는 잘 발라지지 않은 바탕 종이와 함께 너울거리고 있었다. 빨간 테를 두른 하얀 무명 커튼이 창가에 무겁게 걸려 있고, 난로 위 좁은 선반에는 의학의 시조 히포크라테스의 얼굴을 새겨넣은 시계가 타원형 유리 덮개를 씌운 두 은촛대 사이에서 광채를 발하고 있었다. 그리고 복도 반대편에는 샤를의 진찰실이 있었다. 진찰실은 폭이 약 2미터쯤 되는 자그마한 방으로 탁자 하나, 의자 셋, 사무용 안락의자 하나가 놓여 있었다. 아직 페이지들이 붙어 있는, 책장을 자르지도 않았으나 여기저기 책방을 돌아다니는 동안에 가철(假綴) 겉장이 거의 해진 의학 사전이 전나무로 된 여섯 단짜리 책장을 거의 가득 메우고 있었다. 환자가 진찰실에서 기침을 하고 병에 대한 얘기를 꼬치꼬치 하는 소리가 부엌에서 들리는 것처럼, 밀가루와 버터를 볶는 냄새가 벽을 넘어 진찰을 받고 있는 사람들에게까지 풍겨 왔다. 다음엔 마구간이 있는 안뜰에 면한 낡은 커다란 방이 있었다. 그 방에는 아궁이까지 있었다. 이 방은 지금은 나무 광으로도 쓰이고 술 창고로도 쓰이고 그냥 창고로도 쓰여 방 하나 가득 고철이며, 빈 나무통이며, 쓰지 않는 농구며, 그밖에 용도가 분명치 않은 먼지투성이 물건들로 차 있었다.

뜰은 기다랗고, 살구나무에 덮인 흙벽에 둘러싸여 저쪽 가의 울타리가 있는 곳까지 뻗어 있고 거기서부터 앞은 밭이었다. 밭 한가운데는 슬레이트로 만든 해시계가 석대(石臺) 위에 놓여 있었다. 초라한 들장미가 심긴 네 개의 화단이 아주 실용적인 야채만을 기른 네모난 밭을 둘러싸고 있었다. 맨 안쪽 전나무 그늘에는 기도서를 읽는 신부의 석고상이 서 있었다.

엠마는 2층 방으로 올라갔다. 첫째 방은 가구고 뭐고 아무것도 없이 텅 비어 있었다. 그러나 다음 부부 방에는 붉은 빛 휘장을 늘어뜨린 마호가니 침대가 놓여 있었다. 자개를 박은 상자 하나가 옷장 위에 놓여 있고, 창가 책장에는 흰 새틴 리본으로 맨 오렌지 꽃다발이 병에 꽂혀 있었다. 그것은 신부의 꽃다발, 전처의 꽃다발이었다. 그녀는 가만히 그것을 쏘아보았다. 샤를이 그것을 눈치 채고 꽃다발을 광으로 가져갔다. 그동안 엠마는 팔걸이 의자에 걸터앉아서(그녀가 가져온 물건들이 벌써 주위에 놓여 있었다) 마분지 상자에 넣어온 그녀의 꽃다발을 생각했다. 만일 자기가 죽으면 그 꽃다발은 어떻게 될까……? 막연하게 그런 생각을 했다.

처음 며칠 동안 그녀는 집안을 어떻게 바꾸어야 할지 몰랐다. 촛대의 유리 갓을 벗기고 벽지를 새로 바르고 계단을 다시 칠하고 정원에 있는 해시계 주위에 벤치를 늘어놓아 보았다. 물고기를 기르는, 분수가 있는 연못은 어떻게 만들어야 하느냐고 물어보기도 했다. 남편은 엠마가 마차로 산책하기를 좋아하는 것을 알고 중고 소형 마차를 구해다 거기에 램프와 피케* 가죽 흙받이를 달았는데, 그러고 보니 모양이 좋아 꼭 이륜 마차처럼 되었다.

이렇게 하여 그는 무엇 하나 부족함이 없이 행복했다. 마주 앉은 식사 시간, 저녁 산책, 머리를 쓰다듬는 아내의 손길, 커튼 꼬리에 걸린 아내의 밀짚모자, 그리고 지금까지는 그런 것이 재미있으리라고는 전혀 상상하지 못한 갖가지 일들이 이제는 그에게 행복을 가져다주었다. 침대에 나란히 누워서 그는 나이트캡의 끈에 반쯤 가려진 아내 얼굴의 금빛 솜털에 햇빛이 비치는 것을 그윽한 눈으로 바라보았다. 이렇게 가까이 보니 아내의 눈은 아주 커 보였고, 더구나 잠이 깨어 눈을 깜빡깜빡할 때는 유난히 커 보였다. 눈동자는 그늘이 지면 까맣게, 밝은 데서는 진한 파란색으로 시시각각 변했고, 안쪽은 짙은 에나멜 같았으며 바깥쪽으로 나올수록 차츰 색이 엷어졌다. 샤를의 눈은 이 깊은 심연 속에 빨려들어, 그는 머리에 쓴 수건이며 앞가슴을 풀어헤친 잠옷까지 자신의 모습이 몽땅 그 속에 조그맣게 비친 것을 보았다. 그런 그가 일어나면 아내는 창문으로 가서 남편을 배웅했다. 그리고 착 늘어지는 실내복을 입고 제라늄 화분 두 개가 놓인 창가로 가서 팔꿈치를 고이고 서 있었다. 샤를은 길로 나와서 표지석 위에 발을 올려놓고 박차끈을 졸라맸다. 엠마는 위에서 계속 그에게 말을 하면서 입으로 꽃이며 잎사귀를 뜯어 그가 있는 쪽으로 불어 보냈다. 그것은 곧장 떨어지지 않고 바람에 날려 새처럼 공중에서 반원

---

* 면직물의 한 가지로 가구 장식에 쓰임

을 그리다가 문 앞에 서 있는 늙은 백마의 갈기에 부딪쳐 그대로 아래로 떨어졌다. 말 위에서 샤를이 키스를 보냈다. 그러면 그녀는 손을 잠깐 흔들고 창문을 닫았다. 그는 출발하는 것이다. 그는 끝없이 먼지가 일어나는 국도를 가로수가 터널 모양으로 구부러진 움푹 팬 길이며 밀이 무릎까지 닿는 밭둑을 지나 어깨에 햇빛을 받으며 아침 바람에 코를 벌름거리고 지난 밤의 기쁨으로 넘쳐 마치 식후에 마시는 송로(松露)의 맛을 음미하듯 하나 가득 자기의 행복을 음미하는 것이었다.

지금까지 그의 인생에 무슨 기쁨이 있었던가? 학생 시절이었을까? 높은 담에 갇힌 채 부잣집 아이들이 자기를 시골뜨기라고 비웃고 옷 입은 것을 놀리던 그 시절이었나? 아니면 어머니들이 토시 속에 과자를 넣어가지고 오곤 하던 많은 친구들 틈에서 혼자 쓸쓸하게 지낸 저 중학교 시절이었나? 아니면 의학 공부를 할 때 그의 정부(情婦)가 될 뻔한 아가씨와 춤을 추러 가려 해도 돈이 없어 쩔쩔매던 그 때였나? 그런 시절을 보내고 나서도 그는 침대 속에서도 발이 얼음덩이처럼 찬 그 과부와 14개월을 산 것이다. 그런데 이제는 저 아름다운 여인을 언제까지나 자기의 것으로 만들 수 있게 된 것이다. 그에게 이제 세계는 아내의 비단치마의 보드라운 감촉만이 전부였다. 아무리 해도 애정이 부족한 것 같고, 몇 번이고 아내의 얼굴을 보고 싶었다. 서둘러 다시 집으로 돌아가 가슴을 두근거리며 계단을 올라갔다. 엠마는 방에서 화장을 하고 있었다. 살그머니 다가가서 등에 키스했다. 그녀는 소리를 질렀다.

그는 아내의 빗이며 반지며 숄을 끊임없이 만져보고 싶어 견딜 수가 없었다. 어떤 때는 뺨에 쭉 소리가 나도록 키스를 하고, 또 어떤 때는 손끝에서 어깨 위까지 드러난 팔에 가벼운 키스를 연방 퍼부었다.

그녀는 매달리는 아이들에게 하듯 반쯤 웃으며 귀찮다는 듯 그를 밀쳐내었다.

결혼하기 전까지는 그녀는 자기가 그를 사랑하고 있다고 생각했다. 그러나 그 사랑에서 당연히 와야 할 행복이 없었기 때문에 그녀는 자기 생각이 틀렸었나 하고 생각하기 시작했다. 지극한 행복이라든가 정열, 도취 등 책에서 읽고 그토록 아름답다고 생각했던 말들이 과연 세상에선 정확하게 어떤 것일까, 엠마는 그것을 알려고 애썼다.

6

전에 그녀는《폴과 비르지니》를 읽고 대나무로 만든 오막살이며, 흑인 노예 도밍고며, 개 피델르를 머릿속에서 상상한 일이 있다. 그러나 그녀가 특히 꿈꾼 것은 종루보다 더 높이 치솟은 나무에 올라가 붉은 과실을 따준다든가, 맨발로 모래 위를 달려가 새 둥지를 갖다주는 오빠 같은 다정한 남자의 우정이었다.

열세 살 때 아버지는 그녀를 수도원에 보내기 위해 직접 도시로 데리고 갔다. 생 제르베 거리 어느 여관에 묵었는데 저녁식사 때 라 발리에르 아가씨의 이야기를 그린 그림 접시가 나왔다. 글자는 칼자국 때문에 많이 지워져 있었으나 전체적으로 신앙과 착한 마음과 궁중의 화려함을 찬양한 그림이었다.

수도원에서 처음 얼마 동안은 지루하지도 않고 수녀들과 사는 것이 즐거웠다. 수녀들은 그녀를 위로하기 위해 곧잘 성당으로 데리고 갔다. 성당은 식당에서 긴 복도를 지난 곳에 있었다. 그녀는 쉬는 시간에도 별로 놀지 않고 교리 문답을 열심히 외었기 때문에 보좌 신부가 어려운 질문을 하면 언제나 엠마가 맡아놓고 대답했다. 이리하여 그녀는 기숙사의 따뜻한 분위기 속에서 좀처럼 밖으로 나오지 않고, 구리 십자가가 달린 묵주를 가진 창백한 얼굴의 수녀들 사이에서 제단의 향기며 차디찬 성수반이며 촛불의 휘황한 빛에서 풍기는 신비한 분위기에 황홀하게 잠겨 지냈다. 어떤 때는 미사에도 가지 않고 책을 펼쳐놓고 앉아 짙은 청색으로 테를 두른 종교화를 들여다보았다. 그녀는 병든 양이며 날카로운 화살로 꿰뚫은 성심이며 십자가를 짊어지고 가다가 쓰러진 가련한 그리스도의 모습을 좋아했다. 그녀는 고행을 하기 위해 하루 종일 금식을 하기도 하고 자신이 지켜야 할 맹세 같은 것을 머릿속에서 생각해보기도 했다.

고해하러 갈 때는 작은 죄를 일부러 크게 만들었다. 어둠 속에 꿇어앉아 두 손을 합장하고 신부가 속삭이는 소리를 되도록 오래 들으려고 했다. 설교에 가끔 나오는 약혼자, 남편, 하늘의 연인, 영원한 결합 등의 이야기는 그녀의 마음속에 더할 수 없는 기쁨을 불러일으켜 주었다.

저녁때면 기도하기 전에 자습실에서 종교서를 읽었다. 보통 때는 교회사 개설이라든가 프레시누 신부의 《강론집》을 읽고 일요일에는 과외로 기독교 진수의 몇 절씩을 읽었다. 처음 그녀는 낭만파 문학의 우울하고 애조 띤 울림이 지상과 영원에 메아리치는 것을 얼마나 열심히 귀기울여 들었던가. 만일 그녀가 소녀 시절을 상가의 한 상점 뒷방에서 지냈다면, 이러한 때 보통은 문필가의 붓의 힘으로 소생하는 자연계의 시적이며 강한 인상에 마음도 몸도 몽땅 도취되고 말았을 것이다. 그러나 엠마는 시골을 너무나 잘 알았다. 가축의 울음소리도 젖을 짜는 법도 밭갈이도 잘 알고 있었다. 조용한 생활에 익숙한 그녀는 변화에 마음이 끌렸다. 폭풍우가 치는 바다가 좋았고 푸른 초목은 오로지 폐허 속에 듬성듬성 살아 있을 때만 사랑스러웠다. 그녀는 언제나 무슨 일에서나 자기의 만족을 끄집어내지 않고는 성이 차지 않았다. 그리고 필요 없다고 생각한 것은 모두 버려버렸다. 예술가적이라기보다 감상적인 기질로 풍경 감상보다 정서적 감동을 찾는 편이었다.

수도원에는 매달 한 주일씩 속옷을 꿰매러 오는 노처녀가 있었다. 프랑스혁명 때 몰락한 귀족의 딸이라서 대주교의 보호를 받았는데 2층으로 일하러 가기 전에 식당에서 한참 동안 잡담을 하곤 했다. 기숙사 학생들은 자습실을 빠져나와 곧잘 그녀 있는 곳으로 갔다. 그녀는 옛날 유행하던 사랑의 노래를 잘 외고 있어 바느질을 하며 그 노래를 작은 소리로 들려주곤 했다. 또 여러 가지 이야기를 해주기도 하고 세상 소식을 전해주기도 하고 어떤 때는 거리로 심부름도 가주고, 앞치마 호주머니 속에 살짝 소설책을 숨겨 들어와서는 상급생에게 빌려주기도 했다. 또 자신도 일하는 틈틈이 그 긴 문장을 몇 장씩 읽곤 했다. 그 내용은 언제나 사랑이라든가, 사랑하는 남녀, 쓸쓸한 외딴집에서 기절하는 귀부인, 역에 도착하자마자 살해당하는 마부, 페이지마다 지쳐 죽는 말, 음산한 숲, 산란한 마음, 사랑의 맹세 또는 흐느낌, 눈물과 키스, 달빛에 비친 조각배, 풀숲에서 우는 꾀꼬리, 사자처럼 용맹하고 양처럼 유순하고 상상할 수 없을 만큼 덕이 높고 항상 훌륭한 복장에다 그러면서도 한없이 다정다감한 '남자'들에 관한 것이었다. 열다섯 살 때 엠마는 반 년 이상이나 이 빌려온 책의 먼지에 손을 더럽혔다. 그 후에는 월터 스콧의 역사 소설에 열중하고서는 오래된 옷장이며 위병들의 대기실이며 방랑 시인을 동경했다. 그리고 중세풍의 아치 문 아래서 돌 위에 팔꿈치를 짚고 턱을 괸 다음 들판 저쪽에서 모자에 흰 깃털을 달고 검은 말을 타고 달려오는 기사를 매일 기다렸다. 그녀도 긴 가운을 걸친 왕비처럼 그런 오래된 저택에 살고 싶었다. 그 무렵은 마리 스튀알을 숭배하고 유명하고 불행한 여자들에게 열렬한 존경심을 바쳤다. 잔 다르크, 엘로이즈, 아녜스 소렐, 모나리자, 클레망스, 이조르, 이러한 여자들은 역사의 어둠 속에서 마치 찬란한 혜성처럼 빛나고 있는 것 같았다. 또 거기에는 떡갈나무 그늘 아래 있는 성(聖) 루이, 죽어가는 베야르 장군, 루이 11세의 잔인한 행위, 성 바르텔레미의 학살에 대한 얘기도 조금씩 있고, 앙리 4세가 썼던 투구의 앞장식, 그리고 루이 14세를 찬양하는 그림 접시의 기억, 이런 것들도 조금씩 여기저기에 아무런 연관도 없이 어두움 속에 더욱 흐릿한 모습으로 떠 있었다.

음악 시간에 엠마가 부르는 소곡에는 언제나 황금 날개를 가진 어린 천사와 마돈나가 베니스에서 목욕하는 얘기며 곤돌라의 뱃사공이 나왔는데, 이런 평화로운 노래들은 졸렬한 문구와 우스운 음절로 되어 있으면서도 뭔가 감정을 뒤흔드는 매혹적인 환상을 엿보게 해주었다. 친구들 중 몇몇은 새해 선물로 받은 책들을 수도원으로 가지고 왔는데, 그것을 숨기는 것이 큰 일이었다. 그들은 그 책을 침대 밑에 숨겨놓고는 밤마다 살짝 읽었다. 엠마는 아름다운 새틴 천으로 포장한 책 표지를 가만히 어루만지며 작품 끝에 대개는 백작이나 자작의 칭호와 함께 서명한 미지의 저자의 이름을 경이에 가득 찬 눈으로 물끄러미 바라보곤 했다.

그녀는 삽화 위에 덮인 얇은 종이를 입으로 훅 불어젖힐 때마다 몸을 떨었다. 종이는 반쯤 떠올랐다가 다시 천천히 떨어졌다. 그 그림은 짧은 외투를 입은 젊은 남자가 발코니 난간에서 띠에 주머니를 단 흰 드레스를 입은 여인을 껴안고 있는 것이거나 혹은 곱슬곱슬한 금발의 영국 부인이 둥근 밀짚모자를 쓰고 맑고 커다란 눈으로 이쪽을 보고 있는 것이었다. 때로는 공원 한가운데를 마차를 타고 여봐란듯이 달리는 여자의 그림도 있었고, 흰바지를 입은 소년 마부 둘이 끄는 마차 앞에 그레이하운드 개가 달리는 것도 있었다. 어떤 그림은 뜯은 편지를 옆에 놓고 안락의자에 앉아 꿈꾸듯 반쯤 가린 커튼 너머로 달을 바라보는 여자의 모습이었다. 순진한 처녀의 볼에 눈물방울이 떨어지고 고딕식 새장 사이로 작은 비둘기들이 키스하는 그림도 있었고, 또 고개를 갸우뚱하고 미소지으며 끝이 뾰족한 신발같이 위로 들린 뾰족한 손톱으로 데이지 꽃잎을 뜯고 있는 모습도 있었다. 그림 중에는 푸른 잎에 덮인 정자 밑에서 무희를 안고 얼근히 취해 긴 담뱃대를 빨고 있는 회교국의 추장도 있었다. 그리고 이교도, 터키식 칼, 그리스식 모자, 특히 디오니소스적인 나라의 파란 경치, 그 중에는 종려나무며 전나무, 오른쪽에 호랑이, 왼쪽에 사자, 지평선에는 타타르식 낡은 탑, 전경에는 로마의 폐허, 그리고 웅크린 낙타들, 이 모든 풍경이 씻은 듯 아름다운 원시림에 둘러싸여 있었다. 그리고 쏟아지는 햇빛은 물 위에서 흔들리고, 강철빛으로 빛나는 그 물 위를 백조들이 마치 손톱자국처럼 뚜렷한 자국을 남기며 헤엄쳐다니고 있었다.

엠마의 머리 위쪽 벽에 걸린 램프의 등피에 반사된 빛이 이러한 모든 풍경을 그린 그림을 비춰주었다. 조용한 침실, 밤 늦게 큰길을 지나가는 마차의 먼 울림 속에서 그 그림들은 차례로 그녀의 앞을 스쳐지나갔다.

어머니가 돌아가셨을 당시 엠마는 곧잘 울었다. 죽은 어머니의 머리칼로 무언가를 만들어달라고 하기도 하고, 집으로 보내는 편지에는 인생에 대한 허무를 꼼꼼히 적어 보내는가 하면, 또 자기도 언젠가 죽으면 어머니와 같은 묘에 묻어달라고 부탁하기도 했다. 아버지는 딸이 틀림없이 병에 걸렸다고 생각하고 그녀를 찾아왔다. 엠마는 평범한 사람은 도저히 미칠 수 없는 이러한 창백한 생활이 갖는 귀중한 이상에 한꺼번에 도달한 것을 속으로 대단히 만족해했다. 그리하여 그녀는 라마르틴 같은 마음의 미로에 스스로 미끄러져 들어가 호수 위의 하프 소리와 죽어가는 백조의 온갖 노래와 나뭇잎들의 속삭임과 승천하는 순결한 처녀와 계곡에서 가르침을 내리는 신의 소리에 귀를 기울였다. 그녀는 얼마 안 있어 그 일에 싫증이 났으나 습관과 허영심에서 계속해 나갔다. 그러나 끝내는 마음이 가라앉고 이마에 주름이 없는 것처럼 마음에도 슬픔의 그림자가 사라진 것에 스스로도 놀랐다.

수녀들은 처음 루올 양의 두터운 신앙을 높이 샀던 만큼 그녀가 점점 자기들의 교육에서 빠져나가는 것을 보고 대단히 놀랐다. 사실 수녀들은 처녀들에게 지나칠 정도로 근면과 정신 수양이며 기도며 설교를 강요했고, 또 성자와 순교자들을 존경할 것, 그리고 육체를 가벼이 여기고 영혼을 구혼하는 것이 중요하다는 충고를 해왔기 때문에 그녀는 마치 고삐 잡힌 말과도 같이, 잠깐만 말을 멈추면 곧 재갈이 이빨에서 빠져나가곤 했다. 꽃의 아름다움에 이끌려 교회를 사랑하고, 연애의 속삭임을 이야기하는 가사 때문에 음악과 친하고, 정열의 자극하는 맛 때문에 문학을 사랑했지만 결정적인 데다 실제적인 이 처녀의 마음은 차차 신앙의 신비에 반항하고, 동시에 철저하게 자기 기질에 맞지 않는 규율에는 화를 냈다. 아버지가 와서 드디어 기숙사에서 나오게 되었을 때는 그녀가 떠나는 것을 슬퍼하는 사람이 아무도 없었다. 수녀원장까지도 요즘 그녀는 원내 사람들을 존경하지 않는다고 생각했다.

집에 돌아온 엠마는 한동안 쾌활하게 하인들과 지냈으나 곧 얼마

안 가 시골을 싫증 내고 차차 수도원을 그리워했다. 샤를이 처음으로 베르토에 왔을 때는 마침 그녀가 이제 세상을 모두 알았다가 아무것도 새로운 것이 없다고 생각하고 한참 환멸에 빠져 있을 때였다.

그러나 새로운 생활에 대한 불안에서인지 혹은 이 남자가 옆에 있음으로 해서 일어나는 신경질 때문인지 아무튼 그녀는 지금까지 꿈꾼 그 장밋빛 큰 날개를 퍼덕이며 시적인 창공을 나는 새와 같은 그 멋진 정열이 드디어 자기의 것이 되었다고 생각했다. 그러나 지금은 평범하기 짝이 없는 이것이, 항상 꿈꾸어오던 그 행복이라고는 도저히 생각되지 않았다.

7

그녀는 이따금 지금이 자기 인생의 가장 좋은 때이고 세상 사람들이 흔히 말하는 밀월이라고 생각할 때가 있다. 밀월의 감미로움을 맛보기 위해서는 결혼 후의 나날이 좀 더 달콤한 권태를 느낄 수 있는 그 나라로 떠나야 했을 것인데! 마차를 타고 푸른 비단 커튼에 숨어 앉아 마부의 콧노래에 귀를 기울이며 험한 언덕길을 천천히 올라간다. 곧 그 노랫소리는 산양의 방울 소리와 멀리 폭포 소리에 섞여 산에 메아리친다. 날이 저물면 굽이치는 냇가에서 레몬 향기를 맡고 또 밤이 되면 별장 전망대 위에서 손과 손을 잡고 앞날의 계획을 이야기한다. 별을 바라보며, 지상 어디에나 고유한 성질이 있어서 그 땅이 아니면 자라지 않는 식물이 있는 것처럼 행복을 낳는 그런 곳이 어디엔가 있을 것 같았다. 왜 자기는 옷자락이 긴 검은 벨벳 옷을 입고 우아한 장화를 신고 끝이 뾰족한 모자와 소맷부리에 장식을 단 남편과 같이 스위스 산장 발코니에 걸터앉아 혹은 스코틀랜드의 산골집에서 애수에 젖을 수가 없단 말인가?

이러한 모든 것을 그녀는 누구에겐가 털어놓고 싶었다. 그러나 구름같이 자주 모습을 바꾸고 바람처럼 싱글벙글 회오리치는 종잡을 수 없는 그 기분을 대체 무어라 표현하면 좋을 것인가! 적당한 말을 찾을 수 없고, 또 기회도 그만한 대담성도 그녀에겐 없었다.

그러나 샤를만 이쪽 기분을 살필 여유가 있었다면, 다만 한 번이라도 자기가 생각하고 있는 것을 이해하려고 했더라면 마치 과일나무에서 과일이 떨어지듯 가슴에 넘치는 상념들이 쏟아져나왔을 텐데, 하고 그녀는 생각했다. 그러나 부부 생활이 익숙해질수록 마음은 자꾸 멀어지고, 자신을 남편에게서 떼어놓는 것이었다.

샤를의 말은 밋밋한 길처럼 평범해서 지극히 상식적인 생각들이 평복을 입은 채 줄지어 그곳을 지나갔다. 아무런 감동도 주지 않고, 웃음도 꿈도 불러일으키지 않았다. 그의 말을 들어보면 루앙에 있을 때도 파리의 배우들을 보기 위해 극장에 간 일이 한 번도 없었던 것 같았다. 그는 수영도 못 했고, 검술도 몰랐고, 권총도 못 쏘았다. 어떤 날은 그녀에게 어떤 소설에서 나오는 마술에 관한 술어도 설명해주지 못했다.

남자란 그래서는 안 되고 모든 것에 뛰어나고 격렬한 정열이라든가 세련된 생활이라든가 모든 신비한 세계로 안내해주는 안내자이어야 하지 않을까. 그런데 이 남자는 무엇 하나 가르쳐주지 못하고, 아는 것이 하나도 없고, 아무것도 바라는 것이 없다. 그는 아내가 행복하다고 믿고 있는 것이다. 그래서 그녀는 남편의 이 침착성, 조그만 불안도 감지하지 못하는 우둔함, 그리고 그녀가 그 남자에게 준 행복까지도 원망스럽게 생각하고 있었다.

그녀는 가끔 그림을 그리곤 했다. 그러면 샤를은 옆에 서서 그림을 자세히 보려고 눈을 껌벅껌벅하기도 하고, 엄지손가락으로 빵 조각을 둥글게 말기도 하며, 엠마가 스케치북 위에 몸을 숙이고 있는 모습을 재미있다는 듯 바라보았다. 피아노를 칠 때는 그녀의 손가락이 빨리 뛰면 뛸수록 그의 놀람은 점점 커갔다. 엠마는 자신 있게 고음에서 저음까지 모든 건반을 쉬지 않고 내리쳤다. 그러면 선이 비뚤어진 낡은 피아노 소리는 열린 창 너머로 먼 동네 끝까지 퍼지곤 했다. 어떤 때는 모자도 안 쓰고 실내화를 신은 채 큰길을 지나가던 집달리의 서기가 발을 멈추고 서류를 손에 든 채 피아노 소리에 귀를 기울이기도 했다.

한편 엠마는 집안일은 잘 처리해 나갔다. 그녀는 환자들이 계산서라고 생각하지 않도록 완곡한 내용으로 왕진비를 청구하곤 했다. 일요일에 이웃집 사람들을 식사에 초대해서는 정성들인 맛있는 음식을 내놓고 포도나무 잎에 자두를 피라미드 모양으로 모양 좋게 쌓아올려 단지에 든 잼을 접시에 곁들여 내놓기도 했다. '그리고 식사 후에는 손을 씻는 핑거볼을 특별히 준비해놓았다.' 이런 모든 것은 주인 보바리에 대한 존경심을 높이는 데 많은 도움이 되었다.

'샤를도 차차 이런 것을 자랑으로 여기게 되었다.' 아내가 연필로 그린 작은 스케치를 커다란 액자에 끼워 파란 끈으로 벽지 위에 매단 다음 응접실에 들어오는 사람마다 자랑을 했다. 일요일 미사에서 돌아오는 사람들은 그가 여러 가지 색실로 짠 아름다운 실내화를 신고 문 앞에 서 있는 모습을 볼 수 있었다.

그는 곧잘 늦게 집에 돌아왔다. 밤 11시, 어떤 때는 한밤중에 돌아와서는 밤참을 들고 싶어 했다. 하녀는 일찌감치 돌아가기 때문에 엠마가 그의 시중을 들었다. 그는 프록코트를 벗고 편안하게 식사를 하며 오늘 만났던 사람에 대한 얘기, 다녀온 마을 얘기, 또 그가 써준 처방에 대한 얘기를 늘어놓고 아주 만족하여 남은 스튜를 먹고 치즈의

껍질을 벗기고 사과를 먹고 물그릇을 비우고 그리고 침대로 들어가 반듯이 누워 이내 코를 골았다.

그는 오랫동안 챙 없는 나이트캡을 쓰는 버릇이 있었기 때문에 머리에 두른 스카프가 귀에서 곧 벗겨져버렸다. 그래서 아침이 되면 마구 헝클어진 머리가 얼굴을 덮고, 밤 사이에 끈이 풀어진 베개에서 떨어진 깃털로 하얗게 되었다. 그는 언제나 튼튼한 장화를 신었다. 발목에는 복사뼈 속으로 비스듬하게 굵은 주름이 있었고, 구두 등을 뺀 다른 부분은 마치 의족을 넣은 것처럼 뻣뻣하게 뻗쳐 있었다. 그리고 언제나 "시골길을 다니는 덴 이거면 충분해" 하고 말했다.

그의 어머니는 이러한 검소함을 대단히 칭찬했다. 어머니는 자기 집에 조금이라도 시끄러운 일이 생기면 곧 이전처럼 아들을 만나러 왔다.

그러나 어머니는 며느리를 탐탁지 않게 생각했다. 며느리가 분에 넘치는 사치를 한다고 생각한 것이다. 장작이고 설탕이고 양초고 뭐든지 꼭 '대갓집 같은 쓰임새'였다. 이 집 부엌에서 쓰는 불의 양이라면 스물다섯 명의 음식은 충분히 장만할 수 있을 텐데! 시어머니는 자기가 직접 속옷을 정리하기도 하고, 고기 장수가 고기를 가져오면 잘 지켜봐야 한다고 며느리에게 잔소리했다. 엠마는 시어머니의 가르침을 얌전히 들었다. 어머니는 몇 번이고 되풀이해 말했다. 집안에는 하루 종일 "며늘아" 또는 "어머니" 하는 말이 오고갔으나 그때마다 두 사람의 입은 가냘프게 떨렸고, 양쪽 다 분노에 가득 찬 어조였지만, 애써 다정한 듯 가장했다.

전처 뒤뷔크 부인 때 어머니는 자기가 아들한테 사랑을 받는다는 자신이 있었다. 그러나 이번에 샤를이 엠마를 사랑하는 것은 어머니에 대한 애정을 버린 것이고, 엄연히 자기 영역을 침범당한 것으로 생각되었다. 그래서 늙은 어머니는 마치 파산자가 옛날 자기가 살던 집 식탁에 둘러앉아 식사하는 사람들을 유리창 너머로 들여다보는 것 같은 기분으로 아들의 행복을 슬픈 침묵에 싸여 물끄러미 지켜보았다. 그녀는 옛날 이야기 하듯이 슬쩍 자기의 오랜 고생이며 희생을 아들에게 회상시키려고 했다. 그리고 그것을 엠마의 주책 없는 행동과 비교하면서 그런 색시만 귀여워하는 것은 큰 잘못이라고 못 박았다.

샤를은 언제나 대답에 궁했다. 그는 어머니를 존경했고, 아내도 또한 더없이 사랑했다. 그는 어머니의 비판이 옳다고 생각하면서도 아내의 행동에 아무 불만이 없었다. 어머니가 돌아가고 나서 그는 자기가 들은 잔소리 중에 극히 사소한 것만을 골라 한두 가지 아내에게 말해보았다. 그러나 엠마는 한마디로 그의 잘못을 짚어내고 곧장 그를 진찰실로 쫓아버렸다.

그동안 엠마는 자기가 생각해온 방식대로 사랑을 느껴보려고 애썼다. 정원에 나가 달빛 속에서 정열적인 시구들을 읊어보기도 하고, 우울한 아다지오의 곡조를 한숨을 섞어가며 노래해 그에게 들려주기도 했다. 노래가 끝나면 그녀는 곧 평온한 기분으로 되돌아와 있었다. 샤를은 전혀 사랑을 자극받은 것 같지 않고 감동한 것 같지도 않았다.

이렇게 남편의 가슴에 부싯돌을 그어보아도 불꽃 하나 피울 수 없자, 자기가 느끼지 못하는 것은 이해하려 하지 않고, 모든 것이 판에 박은 대로 나타나지 않으면 믿으려 하지도 않는 그녀는 샤를의 정열도 이미 색다른 것이 전혀 없는 평범하기 짝이 없는 것이라고 아주 단정해버리고 말았다. 그가 정열을 표현하는 동작은 늘 똑같았다. 그는 그녀를 일정한 때만 포옹했다. 이것은 말하자면 다른 모든 습관과 같이 단조로운 식사 뒤에는 반드시 디저트가 나온다는 그런 것과 같은 것이었다.

'선생'에게 폐렴을 치료받은 한 사냥터지기가 부인에게 보낸다고 이탈리아산 작은 그레이하운드를 선사했다. 엠마는 그 개를 데리고 산책을 했다. 잠시 혼자 있고 싶거나 혹은 먼지 나는 변화 없는 집 정원에 질리면 밖으로 나갔다.

그녀는 반느빌의 너도밤나무 숲까지 갔다. 들판으로 면한 사람이 살지 않는 외딴집까지. 거기엔 잡초가 우거진 도랑이 있고 잎이 날카로운 긴 갈대가 잡초와 어우러져 있었다.

그녀는 지난번에 왔을 때와 달라진 것이 없나 주위를 한번 둘러보았다. 디기탈리스며 계란풀이며 커다란 돌을 둘러싼 쐐기풀 덤불이며 세 개의 창에 낀 이끼며 모두가 그전 그대로였다. 꽉 닫힌 창의 덧문이 녹슨 쇠고리 위에 썩어 떨어진 듯 걸려 있었다. 엠마는 한참 동안 그레이하운드가 들판에 원을 그리며 뛰어다니고 노랑나비를 보고 짖어대고 들쥐를 잡으러 쫓아가 보리밭 둔덕 위의 양귀비를 물어뜯는 것을 바라보며 하염없이 방황하고 있었다. 이윽고 생각은 조금씩 정리되었다. 그녀는 주저앉아 잔디를 양산 끝으로 콕콕 찍으며 혼자 중얼거렸다.

"아! 왜 결혼 같은 걸 했지?"

우연한 인연으로 딴 남자를 만날 수 있지 않을까 생각해보고, 그리고 실제로는 일어나지 않았던 그러한 일들과 지금과 색다른 생활이며 알지 못하는 남편을 마음속에 그려보려 했다. 어떤 쪽이든 지금의 남편보다는 나을 것이 틀림없었다. 어쩌면 미남에다 재주도 있고, 품위 있고, 매력적이었을지 모른다. 수도원 시절의 친구들이 결혼한 사람들은 틀림없이 그런 사람들이겠지, 그녀들은 지금쯤 어떻게 살고 있을까? 도시에 살며 거리의 소음이며 극장의 떠들썩한 분위기, 그리고 무도회의 휘황한 불빛 아래에서 마음이 부풀고 관능이 충족되는 생활을 하고 있겠지. 그런데 지금 자기의 생활은 북쪽 창밖에 없는 창고처럼 쓸쓸하고 권태라고 하는 지긋지긋한 거미가 마음 구석구석에 거미줄을 치고 있다. 그녀는 상품 수여식이 있던 날을 회상했다. 상품으로 작은 관(冠)을 받으러 연단에 올라갔었다. 머리를 땋아 늘이고, 흰옷을 입고, 검은 가죽 단화를 신은 무척 귀여운 모습이었다. 자리로 돌아오자 남자들은 그녀에게 축하의 말을 해주기 위해 몸을 구부렸다. 뜰에는 사륜 마차가 가득 차 있고 계단 위에 선 사람들은 모두 입을 모아 잘 가라고 인사했다. 음악 선생은 바이올린 케이스를 들고 지나치며 인사했다. 아! 그러나 그 일들은 이제 얼마나 아득한 옛날인가! 아주 먼 옛날 일이다!

엠마는 개 잘리를 불러 무릎 사이에 넣고 그 예쁘고 긴 머리를 손가락으로 쓰다듬으며 말했다.

"자, 내게 키스를 해줘야지. 넌 슬픈 일이 아무것도 없잖니."

그러고 나서 친천히 하품을 하는 그 날씬한 개의 우울한 표정을 보자 그녀는 왠지 그 개가 가여워졌다. 그리고 자기와 개를 견주어보면서 괴로워하는 자를 위로하듯 소리를 내어 중얼중얼 말을 건넸다.

때로 돌풍이 불어오는 때가 있다. 그 바람은 바다에서부터 코 지방의 고원지대를 단번에 휩쓸어 지나가는 바람으로 멀리 떨어진 들판에까지 소금기를 머금은 찬 바람을 실어다주었다. 등심초는 일제히 땅에 엎드려 휙휙 소리를 내고 너도밤나무 잎들은 요란한 소리를 내며 흔들렸다. 높은 나뭇가지도 와스스 흔들리며 크게 출렁거렸다. 엠마는 숄을 꽉 여미고 자리에서 일어났다. 길에는 나뭇잎 색으로 푸르게 물든 햇빛이 이끼를 비추고 그것이 발밑에서 조용히 소리를 냈다. 해는 벌써 저물고 있었다. 나뭇가지 사이로 하늘이 빨갛게 물들고 한 줄로 늘어선 가로수가 황금색 하늘을 배경으로 우뚝 선 긴 기둥의 행렬처럼 보였다. 엠마는 무서워져 잘리를 가까이 불러 큰길로 얼른 빠져나왔다. 그리고 토스트에 돌아와 안락의자에 푹 파묻힌 채 그날 밤은 한마디도 입을 열지 않았다.

그런데 9월도 다 간 무렵 그녀의 생활에 한 가지 이상한 일이 일어났다. 보비에사르의, 즉 앙데르빌리에 후작집에 초대를 받은 것이다.

왕정복고시대에 국무장관을 지낸 일이 있는 이 후작은 다시 정계로 돌아가기 위해 국회의원 선거 운동을 하고 있었다. 겨울에는 사방에 장작을 나누어주고, 도의회에선 언제나 열렬히 그의 부(部)에 새로운 도로를 만들도록 요구하곤 했다. 한여름에 이 사람의 입에 종기가 난 것을 샤를이 마침 적당한 때 수술을 해서 기적적으로 고쳐주었다. 수술비를 지불하러 온 대리인이 의사의 집 안뜰에 훌륭한 벚나무가 있는 것을 보고 그날 밤 주인에게 이야기했다. 마침 보비에사르에서는 벚나무가 잘 자라지 않아 애쓰고 있던 참이라 후작은 보바리에게 접붙일 나무를 몇 가지 달라고 부탁하고 특별히 그 사례를 하러 왔다가 엠마의 아름다운 모습을 보고 그 시골 여자답지 않은 자태에 마음을 빼겼다. 이런 연유로 이번 기회에 이 젊은 부부를 초대해도 그렇게 지나친 호의를 보이는 것도 아니고 우스울 것도 없다고 생각하게 되었다.

어느 수요일 오후 3시 보바리 부처는 자가용으로 쓰는 소형 마차에 올라타고 보비에사르를 향해 출발했다. 그 마차 뒤에는 커다란 트렁크가 매달려 있고 앞에는 모자 상자가 놓여 있었다. 그리고 샤를은 무릎 사이에 또 하나의 커다란 종이 상자를 끼고 있었다.

그들은 해가 다 져갈 무렵 그 곳에 도착했다. 마침 정원에는 마차길을 비추기 위해 불을 켜기 시작하고 있었다.

8

저택은 이탈리아식의 근대적 건축물로, 양쪽 날개가 앞으로 나오고 돌계단이 세 개 있는 입구 앞은 굉장히 넓은 잔디밭으로 되어 있었다. 잔디밭에는 드문드문 선 커다란 나무 사이로 암소 몇 마리가 풀을 뜯고 있었다. 또 철쭉꽃과 산매화와 관목들이 자갈을 깐 길을 따라 크고 작은 푸른 덤불을 이루고 있었다. 다리 밑에는 냇물이 흘렀다. 안개 저 너머로 목장 여기저기에 흩어져 있는 초가 지붕이 보였다. 목장은 나무가 무성한 두 개의 밋밋한 언덕으로 둘러싸여 있었는데, 그 뒤 숲속에는 마차 창고며 마구간 같은 무너진 옛날 저택의 잔재가 나란히 늘어서 있었다.

샤를이 탄 소형 마차가 가운데 층계 앞에 멈추자 하인들이 문 앞에 나타났다. 후작이 걸어 나와 의사의 부인에게 팔을 내밀고 현관으로 안내해 들어갔다.

현관은 대리석이 쫙 깔리고 천장이 아득히 높아 발소리며 사람의 목소리가 마치 교회당처럼 울렸다. 정면에 곧바로 계단이 있고 왼쪽에는 뜰로 면한 마루가 당구장으로 연결되어 그 방문에서 상아로 된 공이 서로 부딪치는 소리가 들려왔다. 객실로 가려고 그 앞을 지날 때 엠마는 당구대 주위에 매우 위엄 있는 얼굴을 한 남자들이 서 있는 것을 보았다. 턱밑에 높이 넥타이를 매고 모두 훈장의 약장(略章)을 달고 큐를 치며 빙그레 웃고 있었다. 벽에 붙은 그을은 판자 위에는 금테를 두른 커다란 액자가 걸려 있고, 그 밑에 이름이 검은 글자로 써 있었다. "장 앙트안느 후작, 프레네이의 남작, 1857년 10월 20일 구트라의 전장에서 전사함", 다른 액자에는 "장 앙트안느 앙리 뒤 앙데르빌리에 드라 보비에사르 프랑스 해군 제독으로 생 미셸 훈장 받음. 1692년 5월 29일 우그 상 바아스트의 전쟁에서 부상을 입고 1693년 1월 23일 보비에사르에서 사망함"이라고 씌어 있었다. 그리고 그 다음 그림은 무언지 분명히 알아볼 수가 없었다. 램프 불이 당구대 위를 비추고 방 안은 어두컴컴한 그림자에 싸여 있었다. 빛은 옆으로 나란히 걸려 있는 화폭을 갈색으로 물들이고 니스가 갈라진 부분에서 가는 선으로 부서졌다. 그리고 금테를 두른 이들 커다란 검은 사각형 여기저기에서 그림의 밝은 부분이 떠올라 보였다. 인물의 창백한 이마라든가, 이쪽을 쳐다보는 두 눈, 빨간 옷, 분을 바른, 주홍빛 제복의 어깨 위까지 늘어진 가발이라든가 또는 터질 듯한 종아리 위에 묶여진 양말 대님이라든가.

후작은 객실 문을 열었다. 그러자 부인들 중의 한 여자(바로 후작 부인)가 일어나 엠마를 찾아 바로 자기 옆의 2인용 의자에 그녀를 앉히고 마치 옛날부터 잘 아는 친한 사이처럼 다정하게 말을 걸었다. 대략 마흔쯤 돼 보이는 어깨가 아름답고 약간 매부리코에다 목소리가 느릿한 여자로, 그날 밤은 밤색 머리에 깔끔한 레이스 장식만을 얹었는데 그것이 삼각형 모양으로 뒤로 늘어져 있었다. 그 옆 등의자에는 금발의 젊은 여인이 걸터앉아 있었다. 그리고 윗도리 단춧구멍에 조그마한 꽃을 하나씩 단 신사들이 벽난로 옆에서 부인들과 잡담을 하고 있었다.

만찬은 7시가 되어 나왔다. 남자들은 수가 많았기 때문에 현관에 차린 첫번째 테이블에 앉고 여자들은 후작 내외와 함께 식당에 놓은 두번째 테이블에 앉았다.

식당에 들어간 엠마는 꽃과 아름다운 식탁보와 고기와 송로의 향기들이 뒤섞인 따뜻한 공기에 휩싸였다. 큰 촛대에서 타는 촛불은 요리를 담은 은그릇에 빛을 던지고 커트글라스는 김에 서려 둔중한 빛을 반사했다. 꽃다발은 식탁 끝에서 끝까지 놓이고 전이 넓은 접시에 냅킨들이 마치 주교의 모자 모양으로 놓여 있고, 그것들이 벌려져 있는 두 개의 주름 사이에는 각각 타원형의 조그마한 빵이 하나씩 끼워져 있었다. 바닷가재의 붉은 다리가 접시 밖으로 삐져나와 있었고, 속이 들여다보이는 바구니 속에는 커다란 장식용 파슬리 위에 과일이 얹혀 있었으며, 메추라기들은 깃털이 붙은 채로 김이 솟고 있었다. 비단 양말을 신고 짧은 바지를 입고, 하얀 넥타이를 매고, 가슴 장식을 단 재판관 같은 엄숙한 얼굴을 한 급사장이 아예 미리 잘라놓은 요리를 손님들의 어깨 사이로 내민 다음 손님이 고르는 조각을 멋진 솜씨로 집어주었다. 놋쇠로 테를 두른 커다란 사기 난로 위에는 턱밑까지 닿는 옷을 입은 여인의 조상이 우뚝 서서 손님이 가득 찬 방을 내려다보고 있었다.

보바리 부인은 여자 손님 중에도 컵 속에 장갑을 넣지 않은* 사람이 많다는 것을 알았다.

---

* 술을 거절한다는 표시

그런데 식탁 상석 끝에는 여자 손님들 사이에 섞여 오직 혼자 산더미처럼 쌓아놓은 요리 접시에 엎드려 어린애처럼 냅킨을 가슴에 대고 국 국물을 질질 흘리며 먹고 있는 노인이 있었다. 툭 튀어나온 눈에 검은 리본으로 머리 꼭지를 묶은 이 노인은 후작의 장인인 라베르디에르 노공작이었다. 옛날 콩프랑 후작이 베푼 보드뢰이유 수렵대회에서 아르트와 백작의 사랑을 독차지했던 사람으로 떠도는 소문에는 드 쿠와니와 드 로죙과 함께 마리 앙투아네트 왕비의 정부였다는 말도 있었다. 그는 결투와 도박, 여자 납치 등 방탕한 생활만 일삼다가 결국 있는 재산을 다 탕진하고 가족들을 진저리 나게 한 인물이었다. 하인 하나가 이 노인 뒤에 대기하고 서서 그가 더듬거리며 가리키는 요리 이름을 입에 손을 대고 큰 소리로 가르쳐주었다. 엠마의 눈은 쉴 새 없이 뭔가 평범하지 않은 장엄한 것을 보듯 입을 헤벌리고 있는 이 노인에게로 향했다. 이 사람은 궁정에서 살았었고 왕비의 침대에서 잔 사람인 것이다!

얼음에 채운 샴페인이 부어졌다. 그 차디찬 맛이 입안에 느껴지자 그녀는 진저리를 쳤다. 그녀는 지금까지 석류를 본 적이 없고, 파인애플은 더구나 본 일이 없었다. 가루설탕까지도 다른 것보다 더 희고 고운 것처럼 보였다.

잠시 후 부인들은 무도회 준비를 하기 위해 각기 자기 방으로 올라갔다.

엠마는 첫무대에 올라가는 배우처럼 정성껏 화장을 했다. 미용사의 권고대로 머리를 빗고 침대에 펼쳐놓은 바레쥬로 짠 옷을 입었다. 샤를은 바지가 작아 배를 꽉 졸라매고 있었다.

"바지 끈*이 걸려 춤추기가 어렵겠는데" 하고 그가 말했다.

"춤추신다고요?"

엠마는 물었다.

"물론이지!"

"어머, 우스워. 남이 웃을지 모르니까 한 자리에 가만히 앉아 계세요. 게다가 당신은 의사잖아요. 그 편이 훨씬 어울려요."

그렇게 그녀는 덧붙였다.

샤를은 아무 말도 하지 않았다. 그리고 방안을 왔다 갔다 하며 엠마가 옷을 다 입기를 기다렸다.

그는 뒤에서 두 촛대 사이로 거울에 비친 아내의 모습을 보고 있었다. 검은 눈이 한층 검게 보였고, 귀 근처에서 살짝 부풀린 머리칼이 푸른빛을 띠며 빛났다. 올려 빗은 머리에 살짝 꽂은 한 떨기 장미는 일부러 잎 끝에 이슬까지 붙여 하늘하늘한 가지 위에서 가냘프게 흔들리고 있었다. 그녀의 옷은 연한 사프란색으로 푸른 잎이 섞인 장미꽃 세 송이로 장식되어 있었다.

샤를은 아내의 어깨에 키스하려고 했다.

"하지 마세요. 구겨져요."

그녀가 일렀다.

바이올린의 전주와 호른 소리가 들려왔다. 그녀는 뛰어 내려가고 싶은 기분을 누르며 계단을 내려갔다.

카드릴**이 시작되고 있었다. 사람들은 모여들어 서로 밀고 당기며 춤을 추었다. 엠마는 출입구 옆 의자에 걸터앉았다.

---

* 스피에라는 것으로 발 밑으로 돌려매는 것임

** 네 사람이 한 패가 되어 추는 옛 춤

카드릴이 끝나고 마루가 비자 거기에 남자들이 여기저기 떼지어 서서 잡담을 주고받고, 제복을 입은 하인들이 큰 쟁반을 들고 들어왔다. 부인들 좌석에서는 부채가 흔들리고 꽃다발이 웃는 얼굴을 살짝 가렸으며, 황금 마개가 달린 향수병들이 부드럽게 쥔 손 속에 쥐어져 있었다. 그 손에 낀 장갑은 손톱 모양을 분명히 나타내고 손목의 살을 꽉 졸라매고 있었다. 레이스 장식, 다이아몬드 브로치, 로켓이 달린 팔찌, 이러한 것들이 드레스 위에서 흔들리고, 가슴 위에서 빛나고, 드러난 팔 위에서 소리를 내고 있었다. 이마에 딱 붙여 목덜미에서 한데 묶은 머리에는 물망초며, 재스민, 석류꽃, 보리 이삭, 수레국화 들이 둥근 꽃모양이나 나뭇가지 모양으로 장식되어 있었다. 까다로운 얼굴을 하고 앉아 있는 늙은 부인들은 빨간 두건을 두르고 있었다.

춤 상대에게 손끝을 잡혀 대열에 들어가, 춤이 시작되는 바이올린 소리를 기다리고 있을 때 엠마의 가슴은 약간 두근거렸다. 그러나 곧 흥분은 가라앉았고 현악기의 리듬에 맞추어 몸을 흔들며 미끄러지듯이 앞으로 나아갔다. 때때로 다른 악기들의 소리가 그치고 혼자만 울리는 바이올린의 부드러운 소리가 들려올 때는 그녀는 자기도 모르게 입가에 미소를 띠었다. 옆방에서 받침대 위에 금화를 던지며 내기를 하는 소리가 덜그덕덜그덕 들려왔다. 그러고는 모든 악기가 일제히 연주를 다시 시작하자 코넷 소리가 높아지면서 발들은 박자를 맞추기 시작하고, 치마는 부풀어올라 가볍게 흔들리고, 손에 손을 맞잡았다가는 다시 떨어졌다. 같은 눈길이 내리떴다가는 다시금 상대방의 눈길과 마주치곤 했다.

스물다섯 살부터 마흔 살쯤 되어 보이는 남자들(열다섯 명 정도)이 춤추는 사람들 속에 끼이기도 하고, 문 앞에 서서 잡담을 주고받기도 하고 있었는데, 나이며 차림새며 용모로 보아 어딘가 다른 사람들과 많이 닮은 것 같으면서 유난히 눈에 띄었다.

그들의 옷은 다른 사람들보다 맵시 있고 옷감도 더 부드러워 보였다. 관자놀이까지 곱슬곱슬하게 내린 머리칼은 고급 포마드로 번쩍번쩍 빛났다. 부티가 나는 흰 살결은 도자기의 새하얀 색과 새틴 천의 광택과 아름다운 가구의 윤기로 한층 더 돋보였고 영양가 있는 음식을 적절하게 취하여 건강을 유지한 것처럼 보였다. 목은 얕게 맨 넥타이 위에서 자유스럽게 움직이고, 기다란 구레나룻이 접힌 옷깃 위에 늘어져 있었다. 커다란 이니셜이 새겨진 냅킨에서는 좋은 향기가 풍겨나왔다. 그럭저럭 노인이 다 된 사람들은 오히려 젊게 보이고 젊은 사람들 얼굴에는 어딘지 성숙한 어른 같은 면이 나타나 있었다. 그들의 무관심한 눈빛에는 매일의 욕망이 충분히 채워진 데서 오는 듯한 침착성이 엿보였다. 그들의 정중한 태도에는 좋은 말을 다룬다든가, 바람기 있는 여자를 꾄다든가 하는 일들로 힘도 기르고 허영심을 만족시킬 수 있는 어느 정도 손쉬운 일을 해낸 데서 생긴 특유의 냉혹성이 엿보였다.

엠마와 서너 걸음 떨어진 곳에서 푸른 야회복을 입은 남자가 진주 목걸이를 한 얼굴이 창백한 한 젊은 여자와 이탈리아에 대한 이야기를 하고 있었다. 그들은 생 피에르 성당의 기둥이 얼마큼 굵다는 둥, 티볼리 마을과, 베스비어스 화산 이야기며, 카스텔라마레 온천, 제노아의 장미며, 달빛에 비친 콜로세움 등 그런 것들을 찬양하고 있었다. 엠마는 벌써부터 한쪽 귀로 자기는 의미도 알 수 없는 단어가 잔뜩 나오는 이 대화를 듣고 있었다. 또 다른 사람들은 지난주 영국에서 있은 장애물 경주에서 '아라벨 양'과 '로뮐뤼스'를 이기고 상금 2천 루이를 벌었다는 한 젊은 남자를 둘러싸고 있었다. 한 사람은 자기 말이 너무 살이 쪘었다는 둥, 인쇄가 잘못되어 자기 말의 이름은 아주 우스운 것이 되어 있었다는 둥 투덜대고 있었다.

무도장의 공기가 탁해지고 램프 빛이 차차 희미해졌다. 사람들은 다시 당구실로 몰려갔다. 하인 하나가 환기를 시키기 위해 의자에 올라갔다가 유리창을 두 장 깼다. 유리가 깨지는 소리에 고개를 돌린 보바리 부인은 정원에서 유리창 너머로 안을 들여다보고 있는 농부들의 얼굴을 보았다. 그녀는 문득 아버지의 농장을 생각했다. 질퍽한 늪이며, 작업복을 걸치고 사과나무 밑에 서 있는 아버지의 모습을. 옛날처럼 낙농장에서 우유 단지에서 손가락으로 크림을 떠내고 있는 자기의 모습도 보였다. 그러나 현재의 휘황한 불빛 속에서 그 생각들은 흔적도 없이 사라지고 지금껏 그토록 선명했던 과거의 생활들이 과연 자기가 정말 그런 생활을 했었던가 의심스러울 지경이었다. 엠마는 한참 동안 꼼짝하지 않고 서 있었다. 이윽고 무도실 주위에는 그림자만이 남아 점점 사방에 퍼졌다. 엠마는 마라스캉주를 넣은 아이스크림을 먹었다. 도금을 한 은컵을 왼손에 들고 숟가락을 입에 문 채 눈을 반쯤 감고 있었다.

그녀 옆에 있던 부인이 부채를 떨어뜨렸다. 춤추던 한 남자가 앞을 지나갔다.

"여보세요, 제 부채를 집어주시지 않겠어요? 저 긴의자 뒤에 있는데요."

그 남자는 몸을 굽혔다. 그리고 그가 팔을 뻗으려 하고 있는 동안 그 젊은 부인이 재빨리 세모로 접은 하얀 뭔가를 그 남자의 모자 속에 집어넣는 것을 보았다. 남자는 부채를 집어 공손히 부인에게 바쳤다. 그 부인은 고개를 끄덕이고 감사의 뜻을 표하고 들고 있던 꽃다발의 냄새를 맡았다.

밤참으로 스페인 술과 라인 포도주가 잔뜩 나오고 새우와 아몬드 즙이 섞인 수프며 트라팔가르의 푸딩과 온갖 냉육, 주위에 젤리가 흔들리는 온갖 음식들이 나온 후 마차가 하나씩 돌아가기 시작했다. 얇은 비단 커튼을 쳐들자 마차의 등불이 어둠 속을 미끄러져가는 것이 보였다. 의자에 걸터앉아 있는 사람들도 차차 줄어들었다. 내기를 하고 있는 사람들만이 아직 몇 명 남아 있었고, 악사들은 혀로 손끝을 식히고 있었다. 샤를은 문에 기대어 반쯤 졸고 있었다.

새벽 3시가 되자 코티용 댄스가 시작되었다. 엠마는 왈츠는 출 줄 몰랐다. 앙데르빌리에 양과 후작 부인까지도 끼어 모두들 왈츠를 추었다. 손님이라고는 성에서 묵어갈 열두어 명밖에 남아 있지 않았다.

그런데 모든 사람들로부터 "자작"이라고 다정하게 불리고 가슴에 꼭 맞는 조끼를 앞이 확 벌어지게 입은 한 남자가 자기가 리드할 테니까 아무 염려 말고 추자고 두 번이나 보바리 부인에게 청했다.

두 사람은 처음엔 천천히 추었으나 차차 템포가 빨라졌다. 빙빙 도니까 주위에 있는 모든 것이 돌았다. 램프도 가구도 벽도 마루도 모두 마치 축을 중심으로 도는 원판같이 빙글빙글 돌았다. 홀 입구 근처에서 엠마의 치맛자락이 남자의 바지에 감겼다. 발과 발이 서로 얽혔다. 남자는 그녀를 내려다보고 그녀는 상대를 올려다보았다. 그녀는 얼굴이 빨개져 우뚝 그 자리에 멈춰 섰다. 잠시 후 그들은 다시 춤을 추기 시작했다. 자작은 더욱 빠른 속도로 엠마를 리드했고, 그녀와 함께 복도 끝으로 사라졌다. 그곳에서 엠마는 숨이 차 거의 쓰러질 것같이 되어 한참 동안 남자의 가슴에 얼굴을 묻고 있었다. 남자는 이번엔 속도를 늦추어 천천히 돌다 먼저 자리로 돌아왔다. 그녀는 벽에 몸을 기대고 손으로 눈을 가렸다.

눈을 뜨자 살롱 한가운데 앉아 있는 한 부인 앞에 세 남자가 무릎을 꿇고 있는 것이 보였다. 그 부인은 자작을 택했다. 바이올린이 다시 울리기 시작했다.

모두들 그들의 춤을 지켜보았다. 두 사람은 이리저리 왔다 갔다 했다. 여자는 몸을 반듯이 하고 턱을 숙이고 남자는 아까와 같은 자세로 몸을 약간 뒤로 젖힌 다음 팔꿈치를 둥글게 굽히고 입을 앞으로 내밀고 있었다. 그녀는 왈츠를 아주 능숙하게 잘 추었다. 두 사람은 너무 오랫동안 추어, 보는 사람들을 지치게 만들었다.

그러고서 한참 동안 잡담을 한 사람들은 안녕히 주무세요보다는 차라리 안녕하십니까 하는 인사가 더 적당한 시간에 침실로 올라갔다.

샤를은 오랫동안 서 있었던 탓에 다리가 말을 잘 듣지 않아 계단 난간을 짚고 겨우겨우 올라갔다. 그는 다섯 시간이나 테이블 앞에 서서 사람들이 하는 휘스트 놀이를 잘 알지도 못하면서 들여다보았던 것이다. 간신히 발에서 장화를 벗었을 때 그는 사뭇 만족한 듯 큰 한숨을 내쉬었다.

엠마는 어깨에 숄을 두르고 창문을 연 다음 팔꿈치를 괴었다.

밖은 캄캄했다. 비가 후두둑후두둑 떨어졌다. 그녀는 눈꺼풀에 와 닿는 축축한 찬 바람을 힘껏 들이마셨다. 무도곡이 아직까지도 귀에 들리는 것 같았다. 그녀는 이제 곧 사라져버리고 말 그 화려한 생활의 환상을 조금이라도 더 오래 간직하고 싶어서 애써 잠을 자지 않으려고 노력했다.

날이 서서히 밝아오기 시작했다. 그녀는 어젯밤 본 사람들의 방은 어떤 방일까 생각하며 저택의 창들을 유심히 바라보았다. 그리고 그들의 생활을 알고 그 안에 끼어들어 한데 어울리고 싶은 강한 충동을 느꼈다.

그러나 추위 때문에 몸이 차차 떨려왔다. 그녀는 옷을 벗고 이불을 쓰고 잠들어 있는 샤를 옆에 가만히 들어가 잠이 들었다.

아침식사에는 많은 사람이 모여들었다. 식사는 10분 정도에 다 끝났다. 리쾨르가 나오지 않아 샤를은 이상하게 생각했다. 식사가 끝나자 앙데르빌리에 양은 연못에 있는 백조들에게 과자와 빵 부스러기를 주기 위해 작은 바구니를 들고 나갔다. 사람들은 모두 온실 쪽을 산책했다. 털이 곤두선 이상한 식물이 피라미드 모양으로 겹쳐져 있고, 그 위에 매달린 화분들은 뱀이 가득 든 뱀집같이 칭칭 얽힌 파란 끈이 길게 늘어져 있었다. 오렌지 재배실은 제일 안쪽에 있었는데 거기에서 곧장 한 지붕으로 본관에 연결되어 있었다. 후작은 엠마를 즐겁게 해주기 위해 마구간으로 안내했다. 거기엔 바구니 모양을 한 꼴시렁 위에 말 이름을 새겨넣은 사기판이 붙어 있었다. 그가 혀를 차며 옆을 지나가자 말들이 모두 마구간 안에서 몸을 움직였다. 마구를 넣어둔 방의 바닥은 객실의 마루처럼 번들거렸다. 마차용 마구 두 벌이 방 한가운데 있는 회전 기둥에 걸려 있었고, 벽을 따라 재갈이며 채찍, 등자, 고리 등이 쭉 한 줄로 늘어서 있었다.

그동안에 샤를은 하인이 있는 곳으로 가 자기 소형 마차에 말을 대라고 일렀다. 마차는 현관 계단 앞으로 끌려왔다. 짐을 모두 신자 보바리 부부는 후작과 그 부인에게 인사를 하고 토스트를 향해 출발했다.

엠마는 아무 말없이 빙빙 도는 바퀴만 물끄러미 바라보았다. 샤를은 걸상 맨 끝에 걸터앉아 두 팔을 벌리고 말을 몰았다. 작은 말은 너무 큰 끌채 속에서 이리 비틀 저리 비틀거리며 달렸다. 헐렁한 고삐는 말 엉덩이에 닿아 땀에 흠뻑 젖어 있었고, 뒤에 매단 상자가 차체에 부딪쳐 덜거덕덜거덕 소리를 냈다.

티부르빌 언덕 근처에 오자 여송연을 피워 물고 말을 탄 사람들이 웃으며 그들 앞을 지나갔다. 엠마는 자작이 그 속에 있었던 것처럼 생각되었다. 돌아다보니 아득히 먼 곳에 말 걸음의 리듬에 따라 사람들의 머리가 올라갔다 내려갔다 하는 것이 보일 뿐이었다. 여덟 아홉 정보쯤 가자 말 엉덩이에 댄 끈이 끊겨서 노끈으로 잇기 위해 멈추지 않으면 안 되었다.

마구를 힐끗 돌아본 샤를은 말 다리 사이에서 땅 위로 뭔가 떨어져 있는 것을 보았다. 그것은 녹색 비단으로 선을 두르고 그 한가운데 사륜 마차 문에 다는 것 같은 문장을 그린 여송연 담배갑이었다.

"잎담배가 두 개비 들어 있군. 오늘 밤 식후에 피워야겠어."

그는 말했다.

"당신 담배 피울 줄 아세요?"

엠마가 물었다.

"가끔 기회가 있으면."

그는 그 주운 물건을 주머니에 넣고 말에 채찍질을 했다.

그들이 집에 도착했을 때 저녁 준비가 되어 있지 않자 부인이 벌컥 화를 냈다. 나스타지는 건방지게 말대답을 했다.

"나가버려! 사람을 뭘로 아는 거야. 당장 나가버려."

엠마가 말했다.

식사에는 양파 수프와 미나리를 곁들인 암소 고기가 나왔다. 샤를은 엠마를 향해 돌아앉아 손을 비비며 말했다.

"역시 집에서 이렇게 먹는 게 좋군."

나스타지가 우는 소리가 들려왔다. 샤를은 그 하녀를 약간 좋아했다. 전에 홀아비 생활을 하고 있을 때 몇 밤이나 그와 같이 지내주었던 것이다. 그 여자는 샤를에게 최초의 환자였으며 이 지방에서 가장 오랜 친구이기도 했다.

"당신 정말 저 애를 내쫓을 거요?"

참다 못해 그가 물어보았다.

"네, 안 되나요?"

그녀는 이렇게 대답했다.

그래서 두 사람은 침실 준비가 될 때까지 부엌에서 몸을 녹였다. 샤를은 입술을 쑥 내밀고 잎담배를 피우며 연방 침을 뱉고 연기를 내뿜을 때마다 몸을 약간씩 뒤로 젖혔다.

"너무 피우면 기분이 나빠져요."

엠마가 경멸하듯 말했다.

그는 담배를 놓고 펌프로 달려가 찬물을 한 컵 들이켰다.

엠마는 담뱃갑을 집어서 찬장 구석으로 휙 던져버렸다.

이튿날, 하루가 얼마나 긴지 알 수 없었다. 그녀는 집안 작은 정원을 거닐었다. 같은 길을 몇 번이나 왔다 갔다 하며 화단 앞이며 과수 앞이며 사제의 석고상 앞에 걸음을 멈추고 너무나 잘 알고 있는 모든 것들을 이상한 기분으로 바라보았다. 그 무도회가 벌써 먼 옛날 일처럼 생각되었다. 그저께 아침과 오늘 저녁을 무엇이 이처럼 멀리 떼어놓았을까? 보비에사르에 갔던 일은 마치 폭풍우가 단 하룻밤 사이에 산에 커다란 균열을 만들어놓듯 그녀 생활에 구멍을 뚫어버리고 말았다. 그러나 그녀는 모든 것을 체념했다. 아름다운 옷도 새틴 구두도 옷장 속에 소중하게 간직해두었다. 구두 바닥은 마루에 칠한 초로 노랗게 물들어 있었다. 그녀의 마음과 똑같았다. 사치스런 생활과 접촉함으로써 그녀의 마음엔 영원히 지워지지 않을 무언가가 남게 된 것이다.

이리하여 엠마는 그 무도회를 추억하는 일이 하나의 일과처럼 되었다. 수요일이 될 때마다 그녀는 눈을 뜨기가 무섭게 혼자 중얼거렸다.

"아! 일주일 전에는…… 이 주일 전에는…… 삼 주일 전에는…… 거기에 있었는데."

그러나 날이 감에 따라 조금씩 사람들의 얼굴이 기억 속에서 흐려지고 카드릴 곡도 잊혔다. 이젠 하인들의 제복이며 방의 모양조차 머리에 분명히 떠오르지 않았다. 사소한 일들은 모두 사라지고 오직 안타까운 미련만이 남아 있었다.

9

샤를이 없는 동안에 그녀는 옷장 속에다 속옷과 함께 넣어둔 녹색 명주 담뱃갑을 곧잘 꺼내보곤 했다.

찬찬히 살펴보고 열어보기도 하고 향수와 담배 냄새가 섞인 담뱃갑 속에 코를 대고 맡아보기도 했다. 이건 누구의 것일까? 자작의 것이 틀림없다. 애인한테서 받은 선물일 것이다. 자단 자수대 위에서 이 수를 놓았겠지. 조그만 귀여운 자수대, 그리움에 잠긴 여인이 머리를 늘어뜨리고 오랫동안 이 수를 놓았을 것이다. 사랑의 숨결이 이 헝겊의 올마다 지나갔겠지. 바늘 땀 하나하나가 그곳에 희망과 추억을 남기고 있을 것이다. 서로 얽혀 있는 명주실은 모두 그대로 말없는 정열의 흔적이겠지. 그리고 어느 날 자작은 이것을 받았을 것이다. 커다란 가름대가 달린 난로 선반 위, 이것이 아직 화병과 퐁파두르풍 시계 사이에 놓여 있었을 때 연인들은 대체 무슨 얘기를 주고받았을까? 그녀는 토스트에 있고 그는 지금 머나 먼 파리에 있다. 파리, 얼마나 엄청난 이름인가! 작은 소리로 그 이름을 몇 번이나 반복해

보았다. 그녀에게는 그 이름이 마치 대성당의 종소리처럼 울리고 눈에는 포마드 병의 상표에서까지 찬란한 빛이 뿜어나오는 것같이 보였다.

밤에 생선장수가 짐마차를 타고 〈마요라나 꽃〉 노래를 부르며 창 밑을 지나갈 때면 그녀는 눈을 번쩍 떴다. 그리고 쇠를 낀 차바퀴 소리에 귀를 기울이다가 그것이 돌바닥을 벗어나 변두리의 흙길에 부드러운 소리를 내면 혼자 이렇게 중얼거렸다.

"저기 탄 사람들은 내일이면 파리에 닿을 텐데."

그리고 그녀의 상상은 그들의 뒤를 따라 언덕을 오르내리고 마을을 가로질러 밤하늘의 별이 총총한 국도를 달려갔다. 그러나 어느 거리까지 가면 반드시 그녀의 꿈은 자신도 알 수 없는 미지의 장소에 부딪쳤다.

그녀는 파리 지도를 하나 샀다. 손가락 끝으로 지도 위를 더듬으며 그 도시를 온통 헤맸다. 골목마다, 길과 길 사이, 집을 나타낸 하얀 사각형 앞에서 머뭇거리며 큰길을 거슬러 올라갔다. 나중엔 눈이 피로해서 눈을 감아버리고 말았다. 그러자 어둠 속에 작은 가스등 불빛이 바람에 흔들리는 모습이며 극장 앞에서 커다란 소리를 내며 마차의 발판이 내려지는 소리가 들려왔다.

그녀는 부인신문 〈코르베이유〉와 〈살롱의 요정〉을 구독했다. 연극, 경마, 야회 등에 관한 기사는 한 줄도 빠뜨리지 않고 읽고, 여가수가 처음으로 등장하는 무대나 새로 문을 여는 잡화상을 모조리 훑어보았다. 또 최신 유행이며, 유명한 양장점의 위치, 브와의 날*이며, 오페라좌에 사교계 사람들이 언제 모이는가를 알아두었다. 외젠 쉬

---

* 볼로뉴 숲의 제일(祭日)

의 소설에서 실내장식에 대한 묘사를 알아두고 발자크나 조르주 상드를 읽고 그 속에서 자기 욕망과 환상을 만족시켰다. 그녀는 식사할 때도 책을 들고 와서 샤를이 떠들며 먹고 있는 동안 책장을 넘겼다. 그 자작의 추억은 책 속에서 언제나 되살아왔다. 그리고 그 사람과 작중 인물을 연결지어 생각하곤 했다. 그러나 자작이 중심이 되어 있는 원은 점차로 그의 주위에 퍼져, 그에게 달려 있는 후광은 그의 얼굴에서 떨어져 나가 더욱더 멀리 다른 여러 가지의 꿈을 비춰주었다.

엠마의 눈에 파리는 바다보다 넓어 진홍빛 분위기 속에서 찬란하게 빛나고 있는 것 같았다. 그 혼잡 속에 북적대는 갖가지 생활은 자세히 보면 몇 갠가의 부분으로 나뉘어, 확실히 구분되는 장면들로 분류되었다. 엠마에게는 그중에 두세 가지밖에 보이지 않고 그것이 다른 모든 것을 가려 그것만이 인간의 삶 전체를 대표하는 것같이 생각되었다.

외교관들은 사방에 거울이 있는 살롱에서 금빛 줄을 단 벨벳 테이블보를 씌운 타원형 탁자를 가운데 놓고 미끄러질 듯 번쩍거리는 마룻바닥을 왔다 갔다 하고 있다. 거기에는 옷자락이 끌리는 긴 옷과 커다란 비밀, 미소 속에 감추어진 불안이 있었다. 다음에는 공작 부인들의 생활이 있었다. 모두 창백한 얼굴을 하고 일어나는 시간은 오후 4시, 어느 여자나 속치마 단엔 값비싼 영국 레이스를 달고 있다. 남자들은 경박한 외모에 재주도 없고, 야외로 말이나 타고 놀러다니고, 여름엔 바덴으로 피서를 가고 사십이 다 되어 겨우 돈 있는 집 딸과 결혼하는 것이다. 끝으로 한밤중이 지나 밤참을 먹는 식당 특별실에 모이는 문인과 많은 여배우들의 생활이 있다. 그들은 휘황한 촛불 밑에 둘러앉아 떠들며 이야기하고 있다. 이들은 모두 왕처럼 돈을 써대고 꿈 같은 야심과 환상 같은 흥분에 차 있는 사람들이다. 엠마의 눈엔 이들 세 가지 삶만이 하늘과 땅 사이에 폭풍우 속의, 숭고한 뭔가로 생각되고, 그 외의 삶들은, 모두 분명한 장소를 갖지 못한, 존재조차 없는 생활로 여겨졌다. 뿐만 아니라 가까운 곳에 있는 것일수록 그녀의 생각은 그들에게서 멀어졌다. 바로 옆에 있는 지루한 시골 생활, 어리석은 소시민들, 이것들은 모두 이 세상 속의 예외로, 자기만이 억지로 붙잡혀 끌려들어가 있는 우연처럼 생각되었다. 반면 아득히 먼 곳에는 행복과 정열의 광막한 나라가 끝도 없이 펼쳐져 있을 것 같았다. 그녀는 자기 욕망 속에서 사치의 쾌락과 마음의 기쁨, 그리고 습관의 우아함과 감정의 섬세함을 혼동하고 있었다. 사람에게도 인도산 식물처럼 그것을 위해 준비된 땅과 특수한 기온이 필요한 것이 아닐까. 달빛 아래서의 한숨, 긴 포옹, 상대에게 맡긴 손에 흐르는 눈물, 모든 격렬한 욕정도, 애정의 괴로움도 어디까지나 한가한 날이 흐르는 거대한 저택의 발코니라든가, 두꺼운 융단을 깔고 화분을 놓고 침대는 한 단 높이 놓은 비단 장막을 친 침실이라든가, 보석의 번쩍거림과 하인 옷에 달린 장식의 번쩍거림, 이러한 모든 것들과 떼어놓을 수 없다고 생각했다.

아침마다 말을 돌보러 오는 젊은이가 커다란 나막신을 신고 복도를 지나갔다. 그의 작업복엔 구멍이 뚫리고 발은 맨발이었다. 이게 겨우 짧은 바지를 입은 시동의 꼴이고 이것으로 참아야 하는 것이다. 일이 끝나면 젊은이는 돌아가고 그는 다시 나타나지 않았다. 샤를은 돌아오면 자기가 직접 말을 마구간에 넣고 안장을 떼고 목에 고삐를 맨다. 그동안에 하녀가 짚단을 갖다 구유에 집어넣어 준다.

나스타지 대신(이 여자는 몹시 흐느껴 울며 토스트를 떠났다) 엠마는 상냥하게 생긴 열너덧 살쯤 된 고아 소녀를 고용했다. 엠마는 이 소녀에게 목면 모자를 쓰지 못하게 하고 주인에게 하는 말도 상류식으로 가르치고 물컵은 꼭 쟁반에 받쳐서 들여오게 하고 들어오기 전에는 문에 노크할 것, 그 외에 다림질하는 법, 풀먹이는 법, 옷 입히는 법 일체를 가르쳐주어 훌륭한 하녀를 만들려고 했다. 새 하녀는 해고당하지 않으려고 불평하지 않고 복종했다. 그런데 마님은 언제나 찬장에 자물쇠를 채우지 않기 때문에 펠리시테는 매일 저녁 설탕을 조금씩 꺼내서 기도를 한 다음 잠자리에서 몰래 먹었다.

오후가 되면 때때로 그녀는 마부들과 잡담을 하러 나갔다. 마님은 2층 거실에서 꼼짝하지 않고 앉아 있었다.

엠마는 늘 앞이 툭 터진 실내복을 입고 있었다. 그래서 가슴께의 숄 모양으로 접은 깃 사이로 금단추가 네 개 달린 주름 잡힌 속옷이 들여다보였다. 장식이 있는 허리띠는 실을 꼬아 만든 커다란 술이 달린 것이었고, 붉은색 작은 슬리퍼에는 폭 넓은 리본이 발목까지 잔뜩 매달려 있었다. 편지를 보낼 상대도 없으면서 그녀는 곧잘 압지와 편지지와 펜대와 봉투를 사들였다. 그리고 책장의 먼지를 털어내고 자신의 모습을 거울에 한번 비춰보고, 책을 한 권 꺼낸 다음 천천히 그것을 읽으며 공상을 좇다가 끝내는 책을 무릎 위에 떨어뜨렸다. 그녀는 여행을 하고 싶기도 했고 수도원으로 돌아가고픈 충동을 느끼기도 했다. 어떤 때는 죽어버리고 싶기도 하고, 파리에 가서 살고 싶기도 했다.

샤를은 눈 오는 날이나 비 오는 날이나 매일 지름길을 가로질러 마차를 달렸다. 그는 농가 식탁에서 오믈렛을 먹고 축축한 자리 밑에 손을 넣고, 쏟아져나오는 미적지근한 핏방울을 얼굴에 튀기기도 하고, 빈사 상태에 빠진 병자의 신음소리를 듣기도 하고 또 대야 속을 뒤적거려 더러운 속옷을 집어올리기도 했다. 그러나 밤이 되면 언제나 활활 타는 따뜻한 난로와 차려놓은 식탁, 푹신한 의자 그리고 우아하고 아름답고 향내 나는 옷을 입은 아내를 볼 수 있었다. 그리고 생각했다. 대체 이런 향내는 어디서 나는 것일까, 아내 살결의 향기가 속옷에 옮아 이런 냄새를 풍기는 것일까.

엠마는 여러 가지 멋을 부려 남편을 기쁘게 했다. 양초에 지금까지와는 다른 종이 접시를 받치기도 하고, 옷단의 주름을 바꾸기도 하고 아무것도 아닌 음식에 신기한 이름을 붙이기도 했다. 그러면 그는 하녀가 잘못 만들어 형편없는 음식을 아주 맛있어 하며 먹었다. 그녀는 루앙에서 여자가 회중시계 줄에 장식품을 몇 개나 달고 있는 것을 보고 그런 장식품들을 샀다. 그리고 벽난로 위에는 푸른 유리 그릇을 놓고 싶어 했다. 그러고 한참 지난 다음에는 상아로 만든 바느질 상자와 은에 도금한 골무를 사고 싶어 했다. 샤를은 이러한 사치스런 물건들을 몰랐기 때문에 더한층 매력을 느꼈다. 그런 물건들은 그의 감각적 쾌락과 가정의 즐거움에 뭔가 많은 것을 덧붙여주었다. 다시 말해서 그의 삶 속에 난 오솔길에 뿌려진 작은 금모래알 같은 것이었다.

샤를은 건강하고 혈색이 좋았다. 그는 신용도 얻었다. 거만하게 굴지 않았기 때문에 시골 사람들한테서도 대환영을 받았다. 아이들을 귀여워하고, 술집엔 발도 들여놓지 않고, 게다가 품행은 누구한테나 신뢰를 얻게 했다. 그는 특히 카타르성 질환과 폐렴을 잘 고쳤다. 환자를 죽이는 것을 몹시 두려워하여 사실상 진정제 외의 약 처방은 거의 하지 않았고, 간혹 구토약이나 찜질이나 거머리를 쳤다. 그렇다고 해서 외과 수술을 겁내서 하지 않는다는 이야기는 아니고, 마치 말들에게서 피를 뽑듯이 많은 사람들한테서 나쁜 피를 뽑고 또 이빨을 뺄 때는 '귀신 같은 힘'을 발휘하곤 했다.

그리고 그는 또 '새로운 지식'을 습득하기 위해 광고에서 본《의학

통보》를 구독했다. 그는 식후에 이것을 조금씩 읽는데, 따뜻한 방의 온기와 나른한 식후의 쾌감 때문에 5분이 채 가지 않아 끄덕끄덕 졸아버렸다. 그리고 마지막엔 두 손으로 턱을 괴고 갈기 모양으로 머리칼을 램프대에까지 늘어뜨리고 꼼짝하지 않게 되었다. 엠마는 이 모습을 보고 어깨를 으쓱했다. 그리고 밤 늦게까지 책을 읽으며 열심히 공부하는 남자, 환갑이 다 되어 류머티즘에 걸릴 나이가 되었어도 촌스러운 검은 옷에 훈장을 달고 다니는 그런 남자를 왜 남편으로 갖지 못했던가 하고 생각했다. 자기의 성(性)이 된 이 보바리란 성이 유명해지고, 서점에 진열되고, 신문에 되풀이해 나오고 프랑스 전역에 알려지면 얼마나 좋을까 하고도 생각했다. 그런데 샤를은 애초에 야심 같은 건 전혀 갖고 있지 않았다. 최근 진찰에 입회한 이브토의 한 의사가 병자의 베갯머리에서, 가족과 친척들이 있는 자리에서 그에게 약간 모욕을 준 일이 있다. 그날 밤 샤를한테서 이 말을 들은 엠마는 분개해 그 의사한테 막 욕을 퍼부었다. 그것을 보고 샤를은 기뻐했다. 눈물을 글썽이며 아내 이마에 키스했다. 그러나 엠마는 받은 모욕 때문에 참을 수가 없었다. 남편을 때려주고 싶었다. 그녀는 복도로 나가 창문을 열고 마음을 진정하기 위해 찬 공기를 들이마셨다.

"정말 할 수 없는 사람이야! 정말 할 수 없는 사람!"

그녀는 입술을 깨물며 몇 번이나 중얼거렸다.

요즘은 남편에게 그전보다 훨씬 더 싫증을 느꼈다. 남편은 나이가 들수록 점점 더 둔해졌다. 식후에 빈 병마개를 칼로 자르기도 하고, 음식을 먹고 나서는 이를 혀로 핥기도 하고, 수프를 마실 때는 한 모금 넘길 때마다 꼬록꼬록 소리를 냈다. 또 요즘은 살이 부쩍 올라 원래 작은 눈이 광대뼈가 두드러지는 바람에 이마 위로 바싹 올라붙은 것처럼 보였다.

엠마는 이따금 남편이 입고 있는 메리야스 셔츠의 가장자리에 두른 빨간 선을 조끼 속에 밀어넣어 주기도 하고 또 비뚤어진 넥타이를 고쳐주고, 그가 끼려고 하는 색이 다 바랜 장갑을 빼앗아 멀리 던져 버리기도 했다. 그러나 그것은 샤를이 생각하는 것처럼 그를 위해서가 아니라 그녀 자신 때문에, 그녀의 참을 수 없는 이기적인 기분과 신경질적인 초조감 때문이었다. 또 간혹 엠마는 자기가 읽은 소설의 한 구절이라든가, 새로운 희곡이라든가, 신문에서 읽은 상류사회의 가십 같은 것을 남편에게 들려주기도 하였다. 샤를은 어쨌든 마주 앉은 상대였고 언제나 열려 있는 귀, 항상 응, 응 하고 맞장구를 쳐주는 사람이었기 때문이다. 엠마는 그레이하운드한테도 갖가지 이야기를 들려주었다. 난로 속 장작이며 시계의 추한테라도 이야기했을지 모른다.

그러나 마음 저 밑바닥에서는 뭔가 사건이 일어나기를 기다리고 있었다. 마치 난파선의 수부처럼 고독한 생활 속에서 절망적인 눈을 굴리며 아득히 먼 수평선 위 짙은 안개 속에 흰 돛이 나타나기를 기다리고 있었다. 그 우연이 무엇인가, 그 우연을 자기 쪽으로 불어주는 바람은 어떤 바람인가, 그 바람은 앞으로 자기를 어떤 해안으로 데려다줄 것인가, 작은 배인가, 아니면 3층 갑판이 있는 큰 배인가, 배 입구까지 가득 쌓인 것은 고민인가 아니면 행복인가, 그녀는 알 수 없었다. 그러나, 매일 아침 눈을 뜨면 그 우연이 그날 일어나기를 바라는 것이었다. 그리고 그녀는 모든 소리를 주의해 듣고, 벌떡 일어나선 그런 일이 일어나지 않는 것에 놀라곤 했다. 그리고 저녁이 되면 언제나 더욱 슬퍼져서는 내일을 기대하는 것이었다.

다시 봄이 돌아왔다. 배꽃이 활짝 피고 따뜻해졌을 무렵, 엠마는 숨이 막힐 듯한 기분을 느꼈다.

7월 초에서 10월까지가 몇 주일이나 남았는가를 손꼽아보았다. 그때쯤 앙데르빌리에 후작이 다시 보비에사르에서 무도회를 열지 모른다고 생각했기 때문이다. 그러나 9월이 다 가도록 편지 한 통도 또 사람도 찾아오지 않았다.

이 기대가 무너지자 그녀의 마음은 다시 공허해졌다. 그리고 또 똑같은 변화 없는 나날이 계속되었다.

앞으로는 이러한 날이 영원히 변함없이 무엇 하나 일어나지 않고 한없이 계속될 것인가. 다른 사람들의 생활은 아무리 평범하다고 해도 뭔가 사건이 일어날 기대가 있다. 그리고 그 하나의 사건은 때로 무한한 변화를 일으키고 또 무대의 배경을 바꾸어놓는다. 그러나 자기에게는 무엇 하나 일어나지 않는다. 그것이 하느님의 뜻인 것이다! 미래는 하나로 길게 뻗은 캄캄한 복도고 그 속의 문은 모조리 꽉 잠겨 있다.

그녀는 음악을 포기했다. 음악을 한들 무엇 할 것인가? 누가 들어주겠는가? 음악회에서 소매가 짧은 벨벳 드레스를 입고 에라르 피아노에 앉아 상아 건반을 경쾌하게 두드리며 주위에서 일어나는 황홀한 속삭임을 미풍같이 느낄 수가 없다면 구태여 애써 연습을 해서 무엇 하겠는가. 스케치북도 자수도 모두 장롱 속에 처넣어버리고 말았다. 그게 무슨 소용이 있는가? 무슨 소용이 있단 말인가? 그녀는 바느질을 하는 것조차 견딜 수 없었다.

"읽을 것은 모조리 다 읽었고."

그녀는 마음속에서 중얼거렸다. 그러곤 부젓가락을 되도록 빨갛게 달구고 비가 오는 것을 꼼짝하지 않고 바라보았다.

일요일, 교회의 저녁 종소리를 들을 때마다 그녀의 마음은 얼마나 침울하게 가라앉았던가. 갈라진 종소리가 한 번 두 번 울리는 소리를 아무 감동 없는 지친 마음으로 들었다. 지붕 위에는 어딘가에서 온 고양이가 살금살금 걸으며 엷은 햇살 아래 등을 둥그렇게 구부리고 있었다. 국도 위를 바람이 먼지를 일으키며 지나갔고, 때때로 먼 데서 개짖는 소리가 들려왔다. 종은 일정한 간격으로 단조롭게 울리고 그 소리는 아득히 먼 들판 저쪽으로 사라졌다.

이윽고 성당에서 사람이 나왔다. 반들반들하게 닦은 나막신을 신은 여자, 새 작업복을 입은 농부, 그 앞을 모자도 쓰지 않은 채 깡충깡충 뛰는 아이들, 모두들 집으로 발길을 돌렸다. 그리고 언제나 똑같이 남자 대여섯 명이 술집의 커다란 테이블에서 캄캄하게 어두워질 때까지 코르크 놀이를 했다.

겨울은 몹시 추웠다. 매일 아침 유리창에 성에가 끼었다. 그 곳을 지나는 햇빛은 젖빛 유리를 지날 때처럼 뿌옇게 하루 종일 그대로 변치 않을 때도 있었다. 그런 날은 오후 4시가 되면 벌써 램프를 켜지 않으면 안 되었다.

맑은 날엔 그녀는 정원으로 내려갔다. 양배추에 이슬이 은빛 레이스처럼 덮여 있고, 하얗고 가느다란 실이 길게 늘어져 있었다. 새도 울지 않고, 짚에 덮인 과일나무도 벽과 지붕 밑에 병든 뱀처럼 누워 있는 포도나무도 모두 잠든 것처럼 보였다. 포도나무 옆에 가까이 가 들여다보니 발이 많은 쥐며느리가 기어다녔다. 그리고 울타리 옆 전나무 숲에는 삼각 모자를 쓰고 기도서를 든 신부의 석고가 오른쪽 다리를 잃고, 석고조차 얼어 벗겨진 채 얼굴에 흰 버짐을 뒤집어쓰고 있었다.

잠시 후 그녀는 다시 방으로 되돌아와 문을 걸어잠그고 숯불을 활활 일구었다. 따뜻한 불에 얼굴이 빨개지자 한층 무거운 권태가 엄습하는 것을 느꼈다. 아래층에 내려가 잡담이라도 하고 싶었으나 부끄러운 생각에 그만두었다.

매일 같은 시각에 까만 명주 모자를 쓴 초등학교 교사가 자기 집 덧문을 올렸다. 숲지기가 작업복 위에 삽을 메고 지나갔다. 아침과 저녁, 역마차의 말이 세 마리씩 물탱크로 물을 마시러 지나갔다. 때때로 술집 문에 달린 방울이 찌르릉 하고 울렸다. 그리고 바람이 부는 날이면 이발관의 간판으로 쓰는 작은 구리 대야가 두 개의 기둥 위에서 삐걱거리는 소리가 들렸다. 그 가게는 유리창에 낡은 유행 판화를 풀로 붙여놓고 머리칼이 노란 양초로 만든 여인의 흉상을 앞에 걸어놓고 있었다. 여기에서 일하는 이발사도 역시 막다른 직업과 희망이 없는 미래를 탄식하고 있었다. 다시 말해 루앙같이 큰 도시의 부두 가까운 곳에서 극장 옆 어디에라도 가게를 가질 것을 꿈꾸며 종일 침울한 표정으로 가게에서 교회에서 손님을 기다리며 왔다 갔다 했다. 이 남자는 항상 터키식 모자를 깊숙이 눌러쓰고, 나사옷을 입고, 보초병처럼 언제나 같은 자리에 서 있었다.

오후가 되면 가끔 창 너머로 남자의 얼굴이 나타날 때가 있었는데, 그는 햇빛에 그을은 얼굴에 검은 수염을 기르고 흰 이를 드러내며 천천히 빙그레 웃었다. 곧 왈츠곡이 시작되고 작은 살롱의 오르간 위에서 손가락 크기만 한 남녀가 춤을 추기 시작했다. 장미색 터번을 감은 여자, 재킷을 입은 티롤 사람, 야회복을 입은 원숭이, 짧은 바지를 입은 신사들, 그런 것들이 안락의자와 소파와 객실 탁자 사이를 빙글빙글 돌았다. 그것들은 가는 금종이로 모서리를 이어 맞춘 거울들에 비쳤다. 남자는 왼쪽, 오른쪽, 창 쪽을 보면서 핸들을 돌리고 있었다. 때때로 길 옆 경계석에 누런 침을 뱉으며 어깨에 가죽 멜빵으로 짊어진 악기가 무거워 무릎 위에 내려놓을 때도 있었다. 상자에서 나오는 음악은 어떤 때는 애닯고 기운 없게, 또 어떤 때는 쾌활하게 빠른 템포로 당초 무늬의 구리 걸쇠 아래 장밋빛 막에서 신음하듯 들려왔다. 그것은 무대 위에서 연주되는 곡, 살롱에서 부르는 노래, 밤에 휘황한 샹들리에 불빛 아래에서 춤추는 음악, 다시 말해 세상의 모든 화려한 메아리가 어딘가 다른 곳으로부터 엠마에게 들려오는 것 같이 느껴지게 했다. 그녀 머리에는 사라반드 곡이 끝도 없이 울려퍼지고 꽃무늬 융단을 밟는 인도의 무희처럼 마음은 선율과 함께 뛰놀고 꿈에서 꿈으로 슬픔에서 슬픔으로 떠돌아다니고 있었다. 남자는 동냥을 모자에 받자 푸른색 낡은 나사 포장을 걷고 오르간을 등에 진 다음 무거운 다리를 이끌며 멀어져갔다. 그녀는 그의 뒷모습을 눈으로 전송했다. 그녀가 특히 견딜 수 없는 것은 식사 시간이었다. 난로는 아래층 작은 방에서 새까맣게 연기를 토해내고 문은 삐걱거리고 벽은 사방에 얼룩이 졌고 돌바닥은 축축했다. 어려운 생활의 쓴 맛이 그대로 접시에 쌓여 있는 것같이 생각되었다. 그리고 스튜에서 피어오르는 김에 섞여, 연기가 그녀의 영혼의 밑바닥까지 진저리를 치게 했다. 샤를은 천천히 먹었다. 그녀는 개암을 씹기도 하고 팔꿈치를 괴고 칼끝으로 방수 테이블보에 줄을 긋기도 했다.

그녀는 이제 가사를 일절 돌보지 않았다. 샤를의 어머니가 사순절의 며칠을 토스트에서 보내려고 왔다가 이 변화를 보고 깜짝 놀랐다. 전에는 그처럼 알뜰하고 취미가 고상하던 엠마가 지금은 며칠씩이나 평상복에다 쥐색 무명 양말을 신고 양초에 불을 켜고 있었다. 부자가 아니니까 절약해야 한다고 몇 번이나 되풀이해 말하고, 자신은 대단히 행복하고 만족하며 토스트는 정말 좋은 곳이라고도 말했다. 그리고 또 그 외 여러 가지, 아무튼 전과는 아주 다른 소리를 해서 시어머니를 깜짝 놀라게 했다. 엠마는 이제 시어머니의 충고 같은 건 전혀 들으려 하지 않았다. 한번은 보바리 노부인이 주인은 하인의 신앙에 신경을 써야 한다고 말하자 무척 화가 난 듯 아주 쌀쌀하게 미소를 지었다. 그래서 시어머니는 다시는 그 말을 입 밖에 내지 않았다.

엠마는 점점 까다롭고 변덕스러워졌다. 자기만을 위해 요리를 만들게 하고는 손도 대지 않는가 하면, 또 어떤 날은 하루 종일 우유만 마시고 그 이튿날은 홍차를 열두 잔이나 마셨다. 밖에 나가지 않겠다고 고집을 부리는가 하면, 가슴이 답답하다고 창문을 열어놓고 얇은 옷을 꺼내 입기도 했다. 하녀를 실컷 혼내고서는 물건을 주기도 하고 이웃집으로 놀러보내기도 했다. 이런 식으로 별로 마음이 부드러운 것도 아니면서, 그리고 시골 출신들 대부분이 그렇듯 아버지 손에 박힌 굳은 살 같은 것을 언제까지나 마음속에 간직하고 있어 다른 사람의 감정의 움직임에 전혀 민감하지 못하면서도 가난한 사람에게 지갑에 있는 은화를 몽땅 털어주기도 했다.

2월 말경 루올 노인은 자기 건강이 완전히 회복된 기념으로 훌륭한 칠면조를 손수 사위에게 가지고 와서 토스트에서 사흘 묵고 갔다. 샤를은 환자를 봐야 하기 때문에 엠마가 말 상대가 되어드렸다. 노인은 침실에서 담배를 피우고 장작 받치개 위에 침을 뱉어가며 농사에 대한 이야기라든가 송아지, 암소, 닭, 면 위원회에 대한 이야기를 했다. 그러고 나서 노인이 돌아갔는데 그때 엠마는 대문을 닫으며 자기도 모르게 안도의 한숨을 쉬고 들어와 현관 문을 쾅 닫았다. 게다가 그녀는 어떤 일에도 또 어떤 사람에 대해서도 비난을 퍼부었다. 남이 좋다고 하는 것을 나쁘다고 하고, 비뚤어지고 부도덕한 것을 찬양하고 때로는 아주 기묘한 의견을 내놓았다. 그것이 남편을 몹시 놀라게 했다.

이런 비참한 생활이 언제까지 계속될 것인가? 영원히 빠져나갈 수 없는 것일까? 게다가 그녀는 행복하게 살고 있는 어떤 다른 여자보다도 못할 것이 없는데! 보비에사르에서 후작 부인을 몇 명이나 보았지만 자기보다 용모도 떨어졌고 태도도 우아하지 못했다. 그런 생각을 할 때마다 그녀는 신의 불공평함을 원망하며 벽에 머리를 기대고 울었다. 그녀는 떠들썩한 생활과 가면무도회의 밤, 대담한 쾌락, 그리고 그것들이 주는 미지의 흥분을 한없이 갈구했다.

그녀는 점점 창백해졌다. 그리고 두근거리는 증세가 생겼다. 샤를은 쥐오줌풀과 캠퍼 목욕을 권했다. 그러나 무엇을 해도 그녀의 화증은 점점 더 심해가기만 했다.

어떤 날은 열에 들뜬 것처럼 하루 종일 떠들어댔다. 그러고 난 다음에는 흥분 뒤에 돌연한 무기력 상태에 빠져 말도 안 하고 손가락 하나 꼼짝하지 않았다. 그럴 때 그녀의 기운을 돋워주는 것은 오직 오드콜로뉴 화장수 한 병을 그녀의 양팔에 뿌려주는 것이었다.

아내가 항상 토스트에 대한 불평을 말하자 샤를은 그녀의 병의 원인이 혹시 풍토에서 온 영향이 아닌가 생각하고, 다른 곳에 가서 개업할 것을 진지하게 생각하기 시작했다.

그 후부터 그녀는 마르기 위해 식초를 마시고 간간이 헛기침을 하고 완전히 식욕을 잃었다.

4년 동안이나 거기에 살며 '겨우 얼굴을 익힌' 토스트를 떠나는 것은 샤를에겐 괴로운 일이 아닐 수 없었다. 그러나 정 필요하다면! 그는 아내를 데리고 루앙에 가서 그의 옛 스승에게 진찰을 받아보았다. 의사는 신경성 병이라고 말했다. 이사하는 것이 좋을 것 같았다.

여기저기 수소문한 끝에 뇌샤텔 군에 용빌 라베이라는 큰 마을이 있고, 그곳 의사가 폴란드의 망명자로 지난 주일에 다른 곳으로 갔다는 것을 알았다. 그곳에 있는 약제사에게 편지를 내어 주민의 수는 어느 정도인가, 가장 가까운 동업자의 거리며, 전 의사의 수입 등을 물었다. 답장이 만족할 만한 것이었기 때문에 그는 엠마의 건강이 계속 회복되지 않으면 봄쯤에 그곳으로 이사하기로 결심했다.

이삿날이 가까워진 어느 날, 엠마는 서랍을 정리하다가 뭔가에 손가락을 찔렸다. 결혼 꽃다발의 철사였다. 오렌지 꽃봉오리는 먼지에 노랗게 변색되어 있었고 은빛 테를 두른 새틴 리본은 가장자리가 많이 풀려 있었다. 엠마는 꽃다발을 불 속에 던져버렸다. 그것은 마른 짚보다 더 빨리 타버렸다. 그리고 잠시 후 재 위에 새빨간 덤불 모양이 만들어지더니 서서히 무너졌다. 엠마는 그것이 타는 것을 지켜보고 있었다. 마분지로 만든 작은 열매가 떨어져나가고 구리 철사가 꾸부러지고, 장식용 끈이 녹아버렸다. 그리고 종이로 만든 꽃은 굳어져 까만 나비처럼 난로 철판 속을 한들한들 돌아다니다 끝내는 연통 속으로 날아가버렸다.

3월, 토스트를 떠날 때 보바리 부인은 임신하고 있었다.

2부

1

용빌 라베이(지금은 흔적조차 남아 있지 않지만 카퓌상의 낡은 수도원이 여기에 있었기 때문에 이렇게 불린다)는 루앙에서 30여 킬로미터이며 아베빌 도로와 보베 도로 사이에 뤼엘강이 흐르는 분지 아래쪽에 있다. 뤼엘강은 하구 근처에 물레방아 세 대가 돌고 거기서부터 앙댈강으로 흐르는 조그마한 강이다. 여기에 송어가 있어서 일요일이면 아이들이 낚시질을 하며 즐긴다.

라 브와시에르에서 국도를 벗어나 루 언덕 위까지 평탄한 길을 계속해 걸어 나가면 거기에서 그 분지가 내려다보인다. 가로지른 강물이 그 분지를 뚜렷하게 다른 두 개의 지역으로 갈라놓고 있다. 왼쪽은 완전히 초원이고 오른쪽은 완전히 경작지다. 목장이 둥그렇게 부풀어오른 얕은 언덕이 이어져 있는 아래로 뻗어서 베레 지방의 목초지와 뒤에서 맞닿아 있는 한편 동쪽에는 비스듬히 경사진 평원이 전개되어 눈이 다 닿지 않을 정도로 너른 황금빛 보리밭을 펼쳐놓고 있다. 초원의 가장자리를 흐르는 물은 목장의 빛깔과 밭이랑의 빛깔을 한 개의 흰 선으로 갈라놓아 들판은 마치 가장자리를 은빛 장식 끈으로 두른, 녹색 벨벳 깃이 달린 큰 외투와 아주 흡사했다.

이곳에 이르면 앞쪽 지평선 저 너머 아르괴이유 숲의 떡갈나무들과 위에서부터 아래까지 고르지 않은 붉은 선이 그어져 있는 생 장 언덕의 절벽이 보인다. 산의 잿빛 속에 떠올라 있는 붉은 갈색은 빗물의 흔적인데, 건너 쪽에서 이 근처로 철분을 함유하는 샘이 많이 흘러들어서 그렇게 된 것이다.

이곳은 마침 노르망디와 피카르디와 일 드 프랑스와의 접경이며, 경치에 특색이 없는 것과 마찬가지로 언어에도 강한 사투리가 없는 중간적인 곳이다. 군 전체에서 가장 질이 떨어지는 뇌샤텔 치즈를 만드는 곳도 바로 여기다. 뿐만 아니라 모래와 자갈뿐인 퍼석퍼석한 땅을 기름지게 하기 위하여 많은 비료가 들기 때문에 여기서는 경작하는 데 비용이 많이 든다.

1835년까지는 여기에서 용빌까지 길다운 길이 하나도 없었다. 그러나 그 무렵 '촌길'이 생겨서 이것이 아베빌 가도를 아미앙 가도와 연결하고, 때로는 루앙에서 플랑드르 지방으로 가는 짐마차꾼들에게 이용되고 있다. 그런데 용빌 라베이는 소위 '새로 생긴 출구'에도 불구하고 조금도 발전하지 않았다. 이곳 사람들은 농사 방식을 개량하지도 않고 아무리 수지가 맞지 않아도 여전히 방목장을 계속하고 있다. 이 게으른 마을은 평야쪽으로 뻗지 않고 자연히 개울쪽으로 확대되어 갔다. 멀리서 바라보면 마치 강기슭을 따라 물가에서 목동이 낮잠이라도 자는 것처럼 길게 가로 누워 있는 것이다.

언덕 아래 다리를 건너면 백양나무 묘목을 심은 길이 시작되고, 그것이 일직선으로 마을 변두리의 집들로 이어져 있다. 집은 모두 생울타리에 둘러싸여서 마당 한가운데에 서 있고, 마당에는 포도를 압착하는 곳, 짐차를 두는 곳과 사과주를 만드는 건물들이 우거진 나무들 밑에 흩어져 있고 나뭇가지에는 사다리며 장대며 커다란 낫이 걸려 있다. 짚을 이어놓은 지붕은 눈 위까지 깊숙이 덮어쓴 털가죽 모자처럼 얕은 창의 거의 삼분의 일까지 내려와 있다. 볼품없는 창 유리는 병 밑바닥처럼 한복판에 혹이 나 있었다. 검은 가름나무가 비스듬히 가로질러 있는, 석회와 찰흙을 반죽해 바른 벽에는 군데군데 메마른 배나무가 기대 서 있고, 아래층 입구에 있는 조그마한 회전 울타리는 병아리가 문지방을 올라와 사과주가 밴 빵조각을 쪼아먹는 것을 막기 위한 것이다. 안으로 들어갈수록 안마당은 좁아지고 집들 사이가 가까워서 생울타리는 없어진다. 어떤 창문에는 빗자루 끝에 매단 고사리 묶음이 창 밑에서 흔들렸다. 말발굽에다 편자 박는 가게가 있고, 다음에 마차 만드는 목수의 가게 앞에는 새로운 짐마차가 두서너 대 길로 비어져나와 있다. 이윽고 울타리 너머로 손가락을 하나 입에 대고 있는 큐피드 상으로 장식한 둥근 잔디밭 저편에 하얀 집이 나타났다. 돌 계단 양쪽에는 무쇠로 만든 두 개의 항아리가 놓여 있고, 입구에는 방패 모양의 문장(紋章)*이 빛나고 있다. 그 집은 공증인의 주택이며 이 동네에서 가장 훌륭한 집이다.

성당은 거기에서 스무 발자국을 더 가서 한길 건너편 광장 입구에 있다. 성당 곁에 있는 조그마한 묘지는 팔꿈치 높이의 담에 둘러싸여 있고, 무덤이 많이 있어 옆으로 쓰러진 묘석이 마치 돌을 깔아놓은 것처럼 되어 있었고 거기에는 잡초가 저절로 반듯한 녹색의 사각형을 이루고 있다. 이 교회는 샤를 10세의 통치 만년에 재건한 것이었다. 나무로 만든 둥근 천장은 꼭대기 쪽이 썩기 시작해서 파란 칠의

---

* 공증인 등의 집을 표시한 것

군데군데가 검고 우묵하게 들어가 있다. 파이프 오르간이 있어야 할 입구 위에는 남자용 자리가 마련되어 있고, 거기에 나막신 소리가 잘 울리는 나선형 계단이 있었다.

무늬가 없는 밋밋한 유리창으로 들어오는 밝은 햇빛은 벽 옆에 직각으로 놓인 의자를 비스듬히 비추고, 의자에는 군데군데 매트가 못으로 박혀 있고, 그 아래에 '……의 자리'라고 굵은 글씨로 씌어 있었다. 좀 더 저편, 폭이 좁아진 곳에는 고해실이 조그마한 성모상과 마주보고 있었다. 성모상은 새틴 옷을 입고, 은빛 별을 뿌려 박은 엷은 명주 망사 베일을 쓰고 하와이 섬들의 우상처럼 볼이 붉게 칠해져 있다. 마지막에 내무대신이 기증한 〈성가족〉 그림이 네 개의 촛대 사이로 제단에 높이 걸려 있고, 그곳이 가장 깊숙한 곳이 되어 있다. 성가대의 전나무로 만든 의자는 아직 칠하지 않은 채다.

스무 개쯤 되는 기둥으로 기와 지붕을 받치고 있는 공동 시장은 용빌의 대광장을 거의 절반이나 차지해버리고 있다. 면사무소는 파리의 어떤 건축가가 설계한 그리스식 건물이고, 이것이 약제사의 집과 함께 길의 모퉁이를 이루고 있다. 그 맨 아래층에는 이오니아식의 둥근 기둥이 세 개 서 있고 2층에는 반원형 아치가 붙은 회랑이 있고 그 끝의 거울판에는 한쪽 다리를 프랑스 '헌장(憲章)' 위에 걸치고 다른 다리로 정의의 저울을 붙들고 있는 갈리아풍의 수탉이 커다랗게 그려져 있다.

그러나 무엇보다도 사람들의 눈을 끄는 것은 '황금 사자'라고 불리는 여관 맞은 편에 있는 오메 씨의 약방이었다. 그중에서도 특히 밤에 켕케등에 불이 켜지고 가게 앞을 장식한 빨갛고 파란 유리 구슬이 멀리 땅 위까지 두 가지의 빛을 일제히 뻗칠 때면, 그 빛을 통해 마치 방갈로의 불꽃 속에 있는 사람 그림자처럼, 책상의 팔꿈치를 짚고 있는 약사의 그림자가 보일 때 그랬다. 온 집안에 영국 글씨체, 둥근 글씨체, 인쇄 글씨체로 쓴 표가 붙여져 있다. 뷔시 수(水), 셀츠 수, 바레쥬 수, 정화제 시럽, 라스파이유 씨약, 아라비아 분말, 다르세 정, 르뇨 연고, 붕대, 욕약(浴藥), 자양 초콜릿 등등이다.

입구에 가득 찰 만큼의 넓은 간판에는 '약사 오메'라고 금빛 글씨로 씌어 있었다. 또 가게 안쪽 카운터 위에 있는 봉인된 커다란 저울 뒤에는 '조제실'이라는 글씨가 유리문 위쪽에 가로놓이고 그 문 한복판쯤에 검은 바탕에 금자(金子)로 다시 한번 '오메'라고 씌어 있다.

이것 말고 용빌에는 볼 만한 것이 아무것도 없었다. 단 하나뿐인 길은 겨우 착탄 거리 정도의 길이었고 양쪽에 가게 대여섯 개가 서 있기는 하나 한길이 구부러지는 모퉁이에서 끊어져버렸다. 그 한길을 오른쪽으로 두고 생 장 언덕 밑으로 내려가면 묘지가 나타난다.

콜레라가 유행했을 때, 묘지의 한쪽 담을 부수고 이웃 토지를 3에이커 가량 사들여 확장했으나, 이 새로운 터는 이용하는 사람이 거의 없고 무덤은 그전처럼 여전히 입구 가까이에 쌓여갔다. 무덤 파기에 성당지기를 겸한 그 묘지기는 (이리하여 신자들의 시체에서 이중의 이익을 얻고 있는 사나이) 빈터에다 감자를 심었다. 그러나 그 조그마한 밭은 해마다 좁아져 갔다. 그래서 만약에 유행병이라도 번지면 사람이 죽는 것을 기뻐해야 할지 무덤이 느는 것을 슬퍼해야 할지 그는 갈피를 잡지 못했다.

"자넨 죽은 사람을 먹으며 살고 있는 거야. 레스티부드와!"

어느 날 본당 신부가 이렇게 말했을 정도다.

이런 언짢은 말을 듣고 그는 생각에 잠겼다. 그리고 한동안 감자를 안 심었다. 그러나 지금도 그는 여전히 다시 감자 심기를 계속할 뿐만 아니라, 감자는 저절로 나는 거야, 하고 태연하게 말하고 있다.

지금부터 이야기하고자 하는 사건 뒤에도 용빌은 조금도 변하지 않았다. 교회당의 높은 종각에는 양철로 만든 삼색기가 돌고 있고 신기한 유행물품들을 늘어놓는 잡화상에는 지금도 두 줄의 사라사로 만든 길쭉한 작은 기가 바람에 나부끼고, 약제사 가게의 태아 표본은 흰 부싯깃 다발처럼 어둠침침하게 흐린 알코올 속에서 점점 썩어가고, 그리고 여관의 큰 대문 위에는 비를 맞아서 퇴색한 낡은 황금 사자가 지나가는 사람들에게 변함없이 복슬개처럼 곱슬곱슬한 털을 보여주고 있는 것이다.

보바리 부부가 용빌에 도착하는 날 저녁 이 여관의 여주인 르프랑수와 과부는 국냄비를 휘저으며 구슬 같은 땀방울을 흘리면서 손님을 맞을 준비에 법석이었다. 다음 날은 이 마을에 장이 서는 날이다. 미리부터 고기를 썰어두고, 닭 내장을 빼놓고, 수프며 커피를 만들어 놓지 않으면 안 되었다. 게다가 그녀는 묵어가는 손님의 식사와 의사와 의사 부인과 그리고 그들의 하녀의 식사까지도 준비해두어야 했다. 당구실은 터지는 웃음소리로 떠들썩했다. 조그만 홀에서는 제분소 남자들 셋이 브랜디를 가져오라고 고함을 질렀다. 장작불 불꽃이 일고, 숯이 튀고, 부엌에 있는 긴 식탁 위에는 잘라놓은 생 양고기 덩어리 사이로 접시가 높이 쌓여 있었고, 그것이 시금치를 잘게 써는 도마의 울림으로 흔들리고 있었다. 하녀가 요리에 쓰려고 닭을 잡으러 쫓아다니고 닭들이 닭장 근처에서 비명을 질러댔다.

금빛 술이 달린 벨벳 모자를 쓰고, 푸른 털가죽 실내화를 신고 얼굴에는 조금 얽은 자국이 있는 사나이가 난로에 등을 녹이고 있었다. 그의 얼굴엔 온통 자기 만족이 드러나 있다. 그의 머리 위에 걸려 있는 버드나무 세공의 새장 속에 있는 방울새만큼이나 인생살이가 태평하다는 표정인 것 같다. 그가 바로 약제사다.

"아르테미즈!"

여관집 여주인이 고함을 질렀다.

"장작을 준비하고, 주전자에 술을 가득 담아라. 그리고 브랜디를 손님에게 갖다드려라. 빨리빨리! 기다리는 손님들에겐 어떤 후식을 드려야 좋을까요? 어머나! 이삿짐을 나르는 짐꾼들이 당구실에서 또 떠들기 시작하는군! 저 사람들 어쩔라구 짐마차를 문 앞에 세워 놓은 채 저 모양이야. 역마차 '제비'가 도착하면 부딪쳐서 망가져버릴 거야, 저대로 두면 말야. 이폴리트를 불러서 저 짐마차를 빨리 옆으로 비켜 놓으라고 말해! …… 아 글쎄, 오메 씨! 아침부터 저 패거리들은 아마 열다섯 번쯤은 내기를 하고 사과주를 여덟 병이나 비웠답니다……. 저러다간 우리 집 당구대 양탄자가 다 닳아서 떨어져버리겠어요."

그녀는 거품 뜨는 숟갈을 한 손에 쥐고 멀리서 당구를 치는 패들을 바라보면서 계속해서 말했다.

"대수로울 것 없지요. 하나 더 사요."

오메 씨가 대답했다.

"당구대를 하나 더 사라는 거요?"

과부는 소리를 높였다.

"저것은 이제 못 쓰겠던 걸요. 르프랑수와 부인! 거듭 말하지만, 이 가게에도 손해죠. 아주 큰 손해예요. 게다가 요즈음의 당구 애호가들은 포켓은 작은 걸 좋아하고 큐는 무거운 걸 좋아한답니다. 아무도 이젠 그냥 굴리는 당구는 하지 않아요. 모든 것이 다 변했단 말이오. 시대의 흐름을 따라가야 해요. 텔리에 군을 좀 보란 말이에요. 오히려……."

주인 여편네는 화가 나서 얼굴이 시뻘게졌다. 약제사는 더 덧붙여서 말했다.

"그 집 당구대는 누가 뭐래도 당신네 것보다 훨씬 멋지단 말이오. 게다가, 이를테면 폴란드를 구원한다든가 또는 리용의 수해 이재민들을 위한 의연금을 걷기 위해서 돈을 걸고 내기를 하게 한다는가 하는 생각은……."

"그런 노랑이 같은 녀석 나는 조금도 두렵지 않아요" 하고 여주인은 억센 어깨를 으쓱하면서 말을 막았다. "자자! 오메 씨, '금사자'가 서 있는 한 손님들은 우리 집에 올 거예요. 암요, 우리에게는 이래 뵈도 우리 재산이 있는 걸요! 머지않아 저 '카페 프랑세'가 창문에 보기 좋게 딱지를 붙이고 문을 닫게 된다는데 우리 당구대를 바꾸다니." 하고 여주인은 혼잣말처럼 계속했다. "저 당구대는 빨랫거리를 늘어놓기에 꼭 알맞는 데다가 사냥 철이 돼서 바쁜 철에는 손님을 여섯 명이나 그 위에 재울 수 있단 말이에요……. 그건 그렇고 느림뱅이 이베르가 아직 안 오는군!"

"그 사람이 도착하는 것을 기다렸다가 손님 식사를 내놓을 작정인가요?"

약사가 물었다.

"그 녀석을 기다린다고요? 기다리는 건 비네 씨지요. 그분은 여섯 시 정각에 오신답니다. 그렇게 빈틈없이 꼼꼼한 양반은 이 세상에 또 없을 거예요. 그 분은 언제나 저 조그만 방안에 있는 자리가 아니면 마음에 차지 않아 하신답니다. 딴 자리에서 식사를 하라는 것은 나가라는 것과 마찬가지예요. 게다가 음식에는 얼마나 까다로운지 말도 못 해요. 사과주 같은 것도 참 까다로워요. 레옹 씨는 또 아주 달라요. 레옹 씨는 7시에 올 때도 있고, 7시 반이 되기도 하죠. 음식 같은 건 신경도 안 써요. 참 좋은 젊은이예요. 그 분은 언제나 아주 조용해요."

"그야 아주 다를 수밖에 없지. 제대로 교육을 받은 사람과 중기병대 출신의 세무 관리하고는 말이오."

6시를 쳤다. 비네가 들어왔다.

그는 푸른 프록코트를 입었는데 코트는 바짝 여윈 몸에 꼭 들어맞았다. 머리 위에서 늘어진 끈으로 잡아매도록 되어 있는 가죽 모자를 쓰고 있는데, 접어올린 차양 밑으로 모자를 오래 눌러쓴 자국이 난 벗겨진 이마가 환히 드러났다. 그리고 까만 나사 조끼와 식물성 섬유의 칼라와 쥐색 바지를 입고, 1년 내내 신고 있는 잘 닦은 장화는 튀어나온 발가락 때문에 두 줄 나란히 불룩 부풀어 있었다.

턱을 둥그렇게 에워싼 볼수염은 한 가닥의 털도 삐져 나오지 않도록 깨끗하게 다듬어져서 화단 가장자리처럼 긴 얼굴을 둘러싸고 있고, 조그만 눈에 비뚤어진 코였다. 이 사나이는 카드 놀이라면 무엇이든 잘했고, 사냥 솜씨도 좋고 글도 썩 잘 썼다. 자기 집에 녹로를 갖고 있어서 그것으로 취미 삼아 냅킨 고리를 만들었다. 예술가다운 집념과 부르주아적인 독선으로 만든 고리로 온 집 안이 가득찼다.

그는 조그만 방쪽으로 걸어갔다. 그러나 무엇보다도 먼저 거기에서 세 사람의 제분업자들을 몰아내야만 했다. 그의 식탁을 준비하는 동안 비네는 줄곧 묵묵히 난로 옆에 있는 자기 자리에 앉아 있었다. 그러고서 문을 닫고 언제나처럼 모자를 벗었다.

"인사 정도 한다고 혀가 오그라들지는 않을 텐데."

약사는 여주인과 단둘이 남게 되자 말했다.

"언제나 저렇답니다" 하고 그녀가 대답했다. "지난 주일에도 포목장수가 두 사람 여기 왔었는데 그 사람들이 그날 밤은 아주 재미있는 이야기를 많이 하더군요. 어찌나 우스운지 나는 눈물이 나올 만큼 웃었답니다. 그런데도 저분은 한 마디 말도 하지 않고 무뚝뚝하게 입을 꾹 다물고 계시던 걸요."

"그렇군그래. 상상력도 없고 재치도 없고 사교인의 자격이 전혀 없군요."

약사가 말했다.

"하지만 그분이 총명하다고 하더군요."

주인 여편네가 말을 붙였다.

"총명하다고요? 저 사나이가 말이요? 총명하단 말이지? 흥, 저런 장사치라면 그럴지도 모르지요."

약사는 전보다도 침착한 어조로 덧붙였다. 그리고 말을 계속했다.

"커다란 거래를 하고 있는 장사꾼이라든가 법률가, 의사, 약제사 같은 사람들은 너무 일에 정신을 쓰기 때문에 조금은 보통 사람과 다르거나 무뚝뚝해지거나 하는 것은 이해가 되죠. 소설 같은 데에도 그런 예가 많이 나오지요. 그러나 그것은 적어도 그 사람들에게는 무언가 깊이 생각하는 일이 있기 때문이에요. 나부터도 그래요. 약의 이름을 라벨에 쓰려고 책상 위에 놓았던 펜을 찾아요. 그러다가 문득 귀에 끼워둔 걸 깨닫는단 말이오. 그런 일은 여러 번 있었어요."

그사이에도 르프랑수와 부인은 '제비'가 아직 도착하지 않았나 하고 입구까지 보러 나갔다. 그녀는 깜짝 놀랐다. 검은 옷을 입은 한 남자가 불쑥 부엌으로 들어온 것이었다. 해 질 녘의 희미한 빛을 받아서 붉은 얼굴에 빼대가 늠름한 사나이였다.

"무슨 볼일이라도 있으신가요? 신부님."

여관 주인은 벽난로 위 선반에 줄을 나란히 세운 것처럼 초를 꽂아 놓은 놋촛대를 하나 집어들면서 물었다.

"무얼 좀 드시겠어요? 구즈베리주라도 좀 어떠세요. 아니면 포도주를 하시겠어요?"

신부는 매우 공손하게 사양했다. 그는 얼마 전에 에르느몽 수도원에다 잊어버리고 놓고 간 우산을 찾으러 온 것이었다. 그는 우산을 르프랑수와 부인에게 오늘밤 안으로 사제관에 갖다달라고 부탁하고, 저녁 기도 시간을 알리는 종이 울리는 성당으로 가려고 나갔다.

신부의 구두 소리가 들리지 않자, 약제사는 조금 전 신부의 태도를 헐뜯기 시작했다. 고작 마실 것 한 잔 정도를 거절하다니 참으로 못된 위선이라는 것이다. 사람이 보지 않는 데서 신부들은 모두 먹고 마시고 하면서 십일조* 시절로 되돌아가고 싶어 하는 것 같아 보인다는 것이다.

주인 여편네는 신부의 역성을 들었다.

"저 신부님은 당신 같은 사람 넷쯤은 무릎 위에다 포개놓고 부러뜨릴 만한 힘이 있어요. 작년에도 우리집 사람들을 거들어서 볏단 나르는 것을 도와주셨는데 여섯 묶음을 한꺼번에 짊어지시던 걸요. 그만큼 힘이 세다니까요."

"그거 참 신통하군" 하고 약제사는 말했다. "그럼 그렇게 혈기 왕성한 사나이에게 젊은 따님을 고해하러 보내시는 게 좋겠군. 만일 내가 정치가라면 한 달에 한 번씩 신부들에게서 피를 잔뜩 뽑게 할 텐데 말이오. 암 그렇고말고, 안 그래요, 부인? 이 사회의 풍기를 바로잡기 위해서 매달 정맥을 뚫어서 피를 뽑게 할 거요."

"그만두세요. 오메 씨! 당신은 어쩌면 그렇게 신앙심이 없지요! 당신은 정말 신앙심이 없군요."

약제사는 대답했다.

"나에게는 신앙이 있지요. 나 개인의 신앙 말이에요. 오히려 허식

* 종교 개혁 전에 영주나 사원에 해마다 바치던 공물

이나 엉터리 같은 저 사람들보다도 훨씬 신앙이 있다고 할 수 있소. 나는 말이오, 그네들과는 반대로 신을 숭배해요. 나는 가장 높으신 존재인 창조주를 믿고 있어요. 그것이 누구이던 간에 상관없어요. 하여간 국민으로서의 의무와 한 가정의 가장으로서의 의무를 다하도록 우리들을 세상에 보내신 그 조물주를 말이오. 하지만 나는 은접시에 키스를 하거나 우리들보다 더 잘 먹고 살이 찐 많은 어릿광대의 무리를 내 주머니 돈으로 한층 더 배부르게 해주기 위해서 일부러 성당 같은 데에 나가지는 않는단 말이오. 신을 존경하는 거라면 숲속에 있거나 들 가운데 있거나 고대 사람들처럼 푸른 하늘을 바라보면서도 할 수 있는 거예요. 내가 말하는 신은 소크라테스이며 플랭클린이며 볼테르나 베랑제의 신이오. 나는 '사보아의 보좌신부의 신앙고백'*과 1789년의 불후의 원칙에 찬성해요. 그러니까 나는 지팡이를 짚고 화단을 소요하거나, 고래 뱃속에 친구들을 머물게 하거나, 외마디 소리를 지르면서 죽었다가 사흘 지나자 되살아나는 예수 따위는 인정하지 않는단 말이에요. 그러한 일은 그 일 자체에 있어서 모든 물리학적 법칙에 완전히 모순된단 말이에요. 그러니까 그것은 신부들이 여태까지 언제나 부끄러워해야 할 무지에 빠져 살며 그들과 함께 세상 사람들을 이 무지의 밑바닥으로 빠지게 하려고 한다는 것의 증명이 되는 거예요."

그는 여기에서 입을 다물었다. 주위에 듣는 사람이 없나 하고 둘러보았다. 약제사는 너무나 흥분하여 일순간 마을 회의에라도 나가 있는 것 같은 착각을 일으켰던 것이다. 그런데 여관집 여주인은 이미

---

* 루소《에밀》의 한 구절. 자연에 접해서 생겨난 종교 감정이 설교되어 있다. 교회에서는 이단이라 하여 배격했다.

그의 말을 듣지 않고 먼 곳에서 울려오는 마차 소리에 귀를 기울이고 있었다. 느슨해진 편자가 땅을 때리는 소리에 섞여서 마차 구르는 소리가 분명하게 들려왔다. 그리고 잠시 후 '제비'가 집 문 앞에 가까스로 멈췄다.

그것은 커다란 바퀴 두 개 위에 올려놓은 노란 상자 같은 마차였다. 그 바퀴는 포장 높이만큼 높이 올라와 있기 때문에 승객은 오는 동안에 길의 경치도 볼 수 없었고, 어깨는 튀어오른 진흙으로 엉망이 되었다. 마차에 달린 조그마한 유리창은 마차 문이 닫혀 있는 동안 틀 속에서 흔들렸고 소나기가 세게 쏟아져도 깨끗이 씻겨지지 않은 오래 묵은 먼지 위에 진흙이 여기저기 튀어 있었다. 이 마차는 맨 앞에 한 필의 말을 내세우고 그 뒤에 두 필의 말을 가지런히 세워 세 필의 말이 끌고 있었는데 언덕을 내려갈 때에는 가장 앞의 말이 뛰었으므로 마차 뒤 끝은 흔들려서 덜컹덜컹했다.

용빌의 주민 몇 사람이 광장으로 나왔다. 모두 제각기 한마디씩 지껄여대고 소식을 궁금해하며 사정을 묻기도 하고 광주리를 달라는 둥 소리를 질렀다. 마부 이베르는 누구에게 대답을 해야 좋을지 모를 지경이었다. 그는 이 동네에서 부탁을 받은 여러 가지 일들을 읍에서 보아주고 있었다. 그는 사방의 가게를 찾아가서 구둣방에는 둘둘 말은 가죽을, 대장간에는 고철을, 여관집 주인 여편네에게는 청어 한 궤짝, 모자점에는 보닛 모자, 이발소에는 가발을 각각 구해가지고 왔다. 그리고 돌아가는 길엔 제멋대로 마차를 달리게 하고서는 마부석 위에 일어서서 목청껏 소리를 지르면서 각각 그 보따리를 마당 울타리 너머로 던져서 배달하는 것이었다.

오늘은 뜻하지 않은 사고 때문에 늦어졌다. 보바리 부인의 토끼 사냥개가 들판을 가로질러 도망갔기 때문이었다. 사람들은 15분 동안이나 휘파람으로 그 개를 불렀다. 이베르도 이제나 보일까, 이제나 보일까 하면서 2킬로미터 가량 되돌아갔다. 그러나 결국은 가던 길을 계속 갈 수밖에 없었다. 엠마는 울며 화를 냈다. 같은 마차에 타고 있던 양복점 주인 뤼르 씨는 없어진 개가 몇 해가 지나고도 주인을 잊지 않고 알아보더라는 얘기를 수없이 하면서 그녀를 위로하려고 무진 애를 썼다. 어떤 개는 콘스탄티노플에서 파리까지 찾아온 일도 있었다는 이야기도 했고, 또 어떤 개는 2백 킬로미터 길을 곧장 똑바로 달려와 강을 네 개나 헤엄쳐 건넜다는 이야기도 했다. 그리고 지금 자기 아버지도 삽살개를 기르는데 잃어버린 지 12년이나 되던 해 아버지가 어느 날 저녁 읍에서 저녁식사를 하러 요릿집으로 가는 도중 한길에서 갑자기 아버지 등에 뛰어올랐다는 그런 얘기들을 했다.

2

엠마가 제일 먼저 내리고, 다음에 펠리시테, 뤼르 씨, 그리고 유모의 차례로 내려왔다. 그리고 구석에 있던 샤를을 깨우지 않으면 안 되었다. 해가 지자 그는 구석에서 곧 곤히 잠이 들어버린 것이다.

오메가 자기 소개를 했다. 그는 부인에게 예의를 갖추고 주인에게 인사하고, 조금이라도 도움이 될 일이 생겨서 기쁘다고 말했다. 또 자기 아내가 집에 없어, 실례인 줄 알면서 자기가 나왔다고 다정하게 인사말을 덧붙였다.

보바리 부인은 부엌에 들어가 난로 가까이로 갔다. 두 손가락 끝으로 무릎께에서 옷자락을 가볍게 집어 복사뼈까지 들어올리고 검정 구두를 신은 발을, 꼬챙이에 양의 넓적다리 고기를 꿰어 굽고 있는 불에 쬐었다. 장작불이 그녀가 입은 옷감의 올올과 온몸을 비추어 하얀 살결의 부드러운 털구멍이며 이따금 깜박거리는 속눈썹까지도 강한 빛으로 비췄다. 반쯤 열린 문틈으로 바람이 불어올 때마다 그녀 위로 새빨간 불빛이 확 스치고 지나갔다. 난로 저편에서는 금발의 한 청년이 말없이 그녀를 지켜보고 있었다.

공증인 기요맹의 사무소에서 서기 일을 보고 있는 레옹 뒤퓌 씨는 용빌엔 이젠 싫증이 나 있었기 때문에(그가 '금사자'의 두 번째 단골 손님이었다) 하룻밤 말 상대가 되어줄 손님이라도 나타나지 않을까 기대하면서 식사 시간을 가끔 늦추어가며 기다리곤 했다. 일이 일찍 끝난 날은 하는 일도 없었기 때문에 정확한 시간에 여기 와서 식사가 시작될 때부터 끝날 때까지 비네와 마주 앉아 있는 수밖에는 도리가 없다. 그렇기 때문에 그는 지금 막 도착한 새손님들과 함께 식사를 하라고 권한 여관 주인의 말에 매우 기뻐하면서 승낙했다. 사람들은 넓은 방으로 안내되었다. 르프랑수와 부인은 여기에다 특별히 네 사람분의 식사를 차려놓았다.

오메는 코감기가 들까 봐 걱정된다며 터키 모자를 그대로 쓰고 있겠다고 양해를 구했다. 그리고 옆자리의 엠마를 돌아보고 말했다.

"부인, 피곤하시겠습니다. 저 '제비'호는 몹시 흔들리니까요."

"네, 그러게 말예요." 엠마가 대답했다. "하지만 저는 흔들리는 것이 도리어 재미있던걸요. 장소를 자꾸 바꾸는 걸 좋아하니까요."

"똑같은 장소에 못 박혀 산다는 것은 사실 지긋지긋한 일이지요."

서기가 말하고는 한숨을 쉬었다.

"당신도 나처럼 항상 말을 타고 있어야만 하는 입장이 되어보시면……."

샤를이 말했다.

"하지만" 하고 레옹은 보바리 부인을 쳐다보면서 "내가 만일 그런 처지라면 말을 타는 것처럼 유쾌한 일은 없을 것 같은데요" 하고 덧붙였다.

"어쨌거나" 하고 약제사가 말했다. "의사란 직업이 이 지방에서는 그다지 곤란할 게 없습니다. 길이 좋기 때문에 마차도 부릴 수 있고 게다가 농민들은 살림이 윤택하기 때문에 지불도 그만하면 잘하는 편이죠. 의학적 관점에서 말하면 장염, 기관지염, 간장염 같은 흔한 증상을 제외하고는 수확기에 가끔 간헐열이 유행합니다만, 대단한 병, 즉 특히 주의할 만한 병은 없어요. 다만 연주창이 상당히 많은데 아마도 한심스러운 농가의 위생 상태 때문일 겁니다. 그러나 보바리 씨, 당신은 틀림없이 여기서 여러 가지 편견과 관습에서 오는 완고하고 무지한 것과 싸우지 않으면 안 될 겁니다. 당신의 학식과 모든 노력이 이런 것들과 매일매일 부딪칠 겁니다. 하여튼 이 지방 사람들은 아직 의사나 약제사에게 의논하기보다는 오히려 기도를 한다든가 성자의 유물*을 얻어 온다거나 신부에게 의뢰하기 때문입니다. 그러나 기후는 사실상 그렇게 나쁘지 않죠. 이 마을에는 구십 세가 넘도록 오래 사는 노인도 몇 분 계시죠. 온도계는(내가 여러 차례 관측을 해 보았는데) 겨울에는 4도까지 내려가지만 더울 때는 섭씨 25도, 기껏해야 최고 30도밖에 안 돼요. 즉 화씨로(영국식 눈금으로) 45도를 넘는 일은 없습니다. 한쪽으로는 아르괴이유의 숲이 북풍을 막아주고 다른 한쪽으로는 생 장 언덕이 서풍을 막고 있기 때문이죠. 그런데 이 더위는 강에서 증발하는 수증기가 원인이고 또 목장에 많은 가축이 있기 때문에 그것이 아시는 바와 같이 다량의 암모니아 가스, 즉 질소와 수소와 산소(질소와 수소뿐만은 아닙니다)를 발산해요. 또 그 무더위가 땅의 부식토를 들이마신 데다가 이것들에 여러 가지 발산물이 모두 섞여서 공중에 전기가 있을 때에는 그것들과 저절로 결합되어 결국 열대 지방처럼 건강에 좋지 않은 독기를 발생시키는지도 모르

* 그리스도 또는 성자의 유골이나 의류

죠. 그런데 이 무더위는 오히려 그것이 불어올 방향, 즉 남쪽에서 마침 남동풍 때문에 완화되죠. 이 남동풍이란 게 세느강을 지나면서 자연히 냉각되어서 가끔 러시아의 미풍처럼 갑자기 이리로 불어닥치거든요."

"이 근처에 잠깐 산책할 만한 곳은 있을까요?"

보바리 부인이 물었다.

"아뇨, 거의 없답니다" 하고 그는 대답했다. "꼭 한 군데 언덕 위에 있는 숲 둘레에 '목장'이라는 데가 있습니다. 저는 일요일에 거기에 가죠. 책을 갖고 가서 지는 해를 바라보기도 합니다."

"나는 낙조만큼 멋진 것은 없다고 생각해요" 하고 그녀가 다시 말을 이었다. "더욱이 바닷가에서 볼 때는 특히 그렇죠."

"오! 저는 바다를 아주 좋아해요."

레옹 씨가 말했다.

"그리고 당신은 어떻게 생각하시죠? 저 끝없는 바다 위라면 마음은 한층 더 자유롭게 방황할 것 같지 않아요? 바다를 가만히 바라보고 있으면 영혼은 고양되어 염원이라든가 이상 같은 것도 떠오르는 것 같아요."

"산의 경치라도 마찬가지입니다." 레옹이 계속 말을 했다. "제 사촌 형이 작년에 스위스 여행을 했었죠. 그의 말을 들으니 시적인 호수며 매력적인 폭포며 장엄한 빙하는 도저히 상상조차 할 수 없을 정도라더군요. 도무지 믿을 수 없을 만큼 커다란 소나무들이 급류 위에 뻗쳐 있고, 오두막집이 깎아지른 듯한 절벽 위에 걸려 있어서 구름이 걷히면 천길 저 밑으로 골짜기 전체가 한눈에 내려다보인다더군요. 이러한 경치를 보면 틀림없이 감격하여 기도하고 싶은 마음도 일어날 것이고, 황홀해질 겁니다. 그러기에 저는 저 유명한 음악가가 상상력을 자극하기 위해서 언제나 장엄한 경치 앞에 가 피아노를 쳤다는 이야기를 결코 이상하게 생각하지 않아요."

"당신은 음악을 하시나요?"

그녀가 물었다.

"아뇨, 하지만 퍽 좋아는 합니다."

"아뇨, 거짓말이에요, 보바리 부인."

오메가 접시 위에 몸을 구부리면서 말참견을 했다.

"지금 말은 지나치게 겸손한 말이에요. 어떻게 된 거야, 자네! 언젠가 자네가 방안에서 〈수호 천사〉를 아주 멋지게 부르는 걸 들었는데, 약국에서 들었는데 뭐 가수 못지않던데. 아주 잘 부르던걸."

사실 레옹은 이 약제사 집 3층에 하숙을 하는데, 광장으로 향한 조그마한 방을 하나 빌려 쓰고 있었다. 그는 집주인의 칭찬에 얼굴이 새빨개졌다. 그때 집주인은 벌써 의사 쪽으로 다시 돌아앉아서 용빌에 사는 유지들을 하나하나 손꼽아 가르쳐주고 있었다. 그는 여러 가지 소문들을 이야기하기도 하고 참고될 만한 정보를 가르쳐주기도 했다. 공증인의 재산을 정확히 아는 사람은 아무도 없다든가 듀바슈네라는 집이 있는데 이 집 사람들이 꽤 거드름을 피운다든가 하는 말이었다.

엠마가 다시 말을 이었다.

"그래, 당신이 좋아하는 음악은 뭐죠?"

"그야 도이치 음악이지요. 꿈을 꾸게 하는 음악 말이에요."

"이탈리아 극장을 잘 아시나요?"

"아직 모릅니다. 그러나 내년에는 볼 수 있어요. 저는 법률 공부를 하러 파리로 가게 되니까요."

"이것은 지금 의사 선생님에게도 말씀드린 것이지만" 하고 약제사가 말했다. "저 가엾은 야노다가 도망가버려서 말예요. 그 사나이가 신분에 맞지도 않는 호사를 했기 때문에 부인께선 이 용빌에서도 가장 살기 좋은 집에 사시게 된 거죠. 그분 집이 의사에게 특히 더 편리한 점은 골목길에 문이 나 있어서 환자들이 남의 눈에 띄지 않고 출입할 수 있거든요. 그뿐 아니라 집 구조가 편리하게 돼 있어서 말이죠. 세탁실, 찬방이 붙어 있는 부엌, 거실, 과일 저장고 등…… 그 야노다란 사나이는 제법 호강을 했단 말이에요. 마당 깊숙한 연못 곁에 정자를 지어놓고 여름에는 거기에서 맥주를 한 잔 마시곤 했죠. 그러니까 부인께서 원예에 취미가 있으시다면……."

"집사람은 그런 것엔 별로 흥미가 없답니다. 아무리 운동을 권해도 언제나 방안에 틀어박혀서 책 읽는 것만 좋아하죠."

샤를이 말했다.

"저도 그래요" 하고 레옹이 말을 받았다. "사실 밤에 책을 들고 난롯가에 앉아 있는 것처럼 즐거운 일이 또 있겠습니까. 바람이 유리창을 두드리고 등불이 탈 때……."

"정말 그래요."

그녀는 까맣고 커다란 두 눈으로 그를 쳐다보면서 말했다.

"아무것도 생각하지 않은 채 시간이 흘러가버립니다. 가만히 앉아 있는 채 사방 여러 나라를 돌아다니고 눈앞에 떠오르는 생각이 소설과 함께 뒤얽혀서 자질구레한 일들을 즐기기도 하고, 사건의 기발한 줄거리를 뒤쫓기도 합니다. 또 나의 생각은 작중의 인물과 하나가 되어서 내가 그 인물들의 옷을 입고 움직이고 있는 것 같은 생각이 들기도 하죠."

그는 말했다.

"정말 그대로예요. 정말이에요."

엠마가 말했다.

"부인께서도 이따금 책을 보시면서 예전에 막연하게 생각했던 일이며, 아득한 옛날에서 되살아온 듯한 희미한 모습, 또는 자기의 가장 미묘한 감정이 그대로 씌어져 있는 것 같은 생각을 하신 적이 있으십니까?"

"그런 느낌을 맛보았어요."

그녀가 대답했다.

"그래서 저는 역시 시인이 좋습니다. 시는 산문보다 더 감정이 섬세하고 한층 더 눈물을 자아내게 하지요."

그가 말했다.

"하지만 시는 언젠가는 싫증이 나죠" 하고 엠마는 말을 이었다. "그래서 전 지금은 오히려 단숨에 읽어버릴 수 있고 읽으면서 무서운 마음이 드는 그런 이야기가 아주 좋아요. 일상생활에 흔히 있는 평범한 인물이나 하다가 만 것 같은 미적지근한 감정은 싫어요."

"사실" 하고 서기는 조심스럽게 말했다. "그러한 작품들은 사람들의 마음을 감동시키지 못하죠. 이른바 예술의 진정한 목적을 벗어난 거겠죠. 인생의 여러 가지 환멸 속에서 상상으로나마 숭고한 성격이라든가 순수한 사랑이라든가 행복에 충만된 장면을 머릿속에 그리며 마음으로 좇을 수 있다는 것은 얼마나 즐거운 일입니까? 여기서 혼자 살고 있는 저로서는 그것이 단 하나의 위안입니다. 사실 이 용빌이라는 곳은 다른 데 마음을 둘 만한 것이라곤 없는 데니까 말이에요."

"아마 토스트하고 같은 모양이군요" 하고 엠마가 말을 받았다. "그래서 저는 거기에서는 언제나 대본(貸本) 집에서 책을 빌려 읽었어요."

"만약 부인께서 원하신다면" 하고 부인의 마지막 말꼬리를 귀담아 들은 약제사가 끼어들었다. "제게도 볼테르라든가 루소, 드릴르, 월터 스콧이라든가《에코 드 푀이유통》* 등 일류 작가의 작품을 모은 장서가 있습니다. 그밖에도 저는 정기적으로 간행되는 여러 가지 신문 잡지도 받아 보고 있습니다. 〈루앙의 등불〉은 매일 옵니다. 실은 제가 이 신문의 뷔쉬와 포르쥬와 뇌샤텔, 용빌과 그 근처 구역의 특파원으로 있거든요."

그들은 두 시간 반이나 식탁에 앉아 있었다. 심부름하는 아르테미즈가 헝겊 실내화를 느릿느릿 마룻바닥에 끌면서 요리 접시를 하나씩하나씩 날라오는 데다가 또 이것저것 잊어버리길 잘해서 도무지 시키는 것을 잘 알아차리지 못하기 때문이었다. 게다가 당구장 출입문을 제대로 닫지 않아서 손잡이가 벽에 덜거덕거리며 부딪히곤 했다.

이야기를 하는 동안 레옹은 자기도 모르는 사이에 보바리 부인이 앉아 있는 의자의 가름나무에 발을 올려놓고 있었다. 그녀는 푸른 빛의 조그마한 깃장식을 달고 있었는데 그것이 볼록볼록 주름 잡힌 깃을 마치 프레즈**처럼 똑바로 세우고 있었다. 그녀가 머리를 움직일 적마다 그녀의 턱은 옷 속에 살짝 파묻히기도 하고 또는 아름답게 드러나기도 했다. 샤를과 약제사가 이야기하는 동안 엠마와 레옹은 이렇게 서로 가까이 다가앉아서 무심코 건넨 이야기에서 서로의 공감의 핵심 속으로 이끌리는 것 같은 끝없는 대화를 주고받았다. 파리의 연극, 소설의 제목, 새로운 댄스, 심지어는 그들이 알지도 못하는 사

---

* 신문의 문화면 기사를 요약한 것

** 앙리 4세 시대에 유행하던 넥타이

교계, 그녀가 살았던 토스트의 거리, 그들이 지금 있는 용빌에 관하여 그들은 식사가 끝날 때까지 여러 가지 일을 생각하고 서로 이야기했다.

커피가 나왔을 때 펠리시테는 새집에 방을 준비하러 한발 먼저 갔다. 얼마 후 회식자들도 자리에서 일어섰다.

르프랑수와 부인은 난로 곁에서 졸고 있었고, 외양간지기는 등불을 손에 들고 보바리 부부를 그 집까지 안내하려고 기다리고 있었다. 그의 붉은 머리카락에는 지푸라기가 묻어 있었고, 그는 왼쪽 다리를 절었다. 그가 다른 한쪽 손에 신부님의 우산을 집어들자 사람들은 모두 걷기 시작했다.

마을은 잠들어 있었다. 시장의 기둥들은 기다란 그림자를 던지고 있었고 지면은 마치 여름밤처럼 모두 회색빛이었다.

의사의 집은 여관에서 겨우 쉰 발자국쯤 떨어진 곳에 있었기 때문에 곧 작별 인사를 해야 했다. 그리고 모두들 뿔뿔이 헤어졌다.

엠마는 현관에 들어서는 순간, 칠 먹인 회벽의 싸늘한 냉기가 젖은 천같이 두 어깨 위에 내리덮이는 듯이 느껴졌다. 벽은 산뜻했지만, 나무 층계는 삐걱거렸다. 위층 침실에는 희끄무레한 빛이 커튼이 없는 창문에서 비쳐 들어오고 있었다. 나무들의 우듬지가 보이고 또 그 너머에는 절반 가량 안개에 가라앉은 목장이 냇물의 흐름을 따라서 달빛 아래 마치 연기를 뿜은 것처럼 희미하게 보였다. 방 한가운데는 옷장 서랍이며 병이며 커튼의 받침대며 도금한 막대기들이 흩어져 있었고, 또 침대 시트는 의자 위에, 대야는 마루에 마구 어질러져 있었다. 가구를 운반한 두 남자가 그것들을 그냥 아무렇게나 내버려두고 가버렸던 것이다.

엠마가 생소한 장소에서 자기는 이번이 네 번째였다. 처음엔 수도원에 입학한 날이었고, 두 번째는 토스트에 도착했을 때였고, 세 번째는 보비에사르에서였으며, 네 번째가 오늘이었다. 그때마다 취임식이기나 한 듯 언제나 그녀의 생활에는 새로운 일이 시작되곤 했다. 그녀는 다른 장소에서 똑같은 일이 일어나리라고는 믿어지지 않았다. 오늘까지 겪어온 생활이 좋지 않았으니까 아마 새로 시작되는 이제부터의 생활은 틀림없이 좀 더 행복할 것이라고 생각했다.

3

다음 날 아침 일어났을 때 광장에 있는 서기가 그녀의 눈에 띄었다. 그녀는 잠옷을 입고 있었다. 서기는 고개를 들어 그녀에게 인사했다. 그녀는 가볍게 머리를 숙이고 곧 창문을 닫았다.

레옹은 그날 종일토록 저녁 6시가 되기를 기다렸다. 그러나 여관으로 들어서자 비네 씨만이 홀로 식탁에 앉아 있을 뿐이었다.

어젯밤의 만찬은 레옹에게 예삿일이 아니었다. 여태까지 그는 한 번도 계속하여 두 시간씩이나 부인을 상대해서 이야기한 일이 없었다. 예전에는 도저히 그렇게 술술 이야기할 수 없었는데 어떻게 그렇게 멋진 말을 그분에게 늘어놓을 수 있었을까? 평소 그는 수줍어하는 버릇이 있어서 부끄러움을 타는 것과 그런 척하는 것을 한데 버무린 것 같은 조심스러움을 지니고 있었다. 그는 늙은이들이 주책없이 떠드는 말을 얌전하게 듣고, 정치 문제에 열중하지 않았다. 이것은 젊은 사람에게는 신기한 일이었다. 게다가 그에게는 다소의 재능이 있어서 수채화도 그리고 악보도 읽을 줄 알고 저녁식사 후 카드 놀이를 하지 않을 때에는 문학에 몰두했다. 오메 씨는 이 청년의 교양에 경의를 품고 있었고, 오메 부인은 그의 다정한 마음 씀씀이를 사랑했다. 언제 보아도 지저분하고 가정 교육이 좋지 못한 데다가 어머니를 닮아서 약간 선병질적인 체질을 지닌 오메의 아이들과 그가 뜰에서 곧잘 놀아주었기 때문이다. 부부는 아이들의 시중을 들어주기 위하여 하녀 외에 쥐스탱이라는 약국 견습생을 두었다. 쥐스탱은 오메 씨의 먼 친척 아이인데 그 아이를 동정하여 데려왔기 때문에 그는 집안 일도 돌보아야만 했다.

약제사는 더없이 친절한 이웃이 되어주었다. 그는 보바리 부인에게 물건을 어디서 사면 좋은지 가르쳐주기도 하고 자기네 사과주 장수를 일부러 보내서 자기 자신이 맛을 보고는 술창고에 들어가 술통을 올바로 놓는 것까지 감독하는 그런 식이었다. 또 버터를 싸게 사는 방법을 가르쳐주기도 하고 성당지기인 레스티부드와에게 교섭하여 일을 거들어주기도 했다. 그는 성당지기와 묘지기 일 외에도 사람들의 취미에 따라 시간제로 또는 1년제로 용빌의 주요한 정원을 손질해주었다.

약제사가 이렇게 친근하게 구는 것은 남의 일을 잘해주는 성미이기도 했지만, 속으로 한 가지 노리는 것이 있었기 때문이었다.

그는 예전에 혁명력 제11년 풍월* 19일(1803년 3월 8일)에 발표한 법률 제1조를 위반한 일이 있었다. 면허가 없는 사람이 의료 행위를 해서는 안 된다는 조항이었는데 밀고된 오메는 루앙의 검사실로 소환되었다. 검사는 흰 담비 가죽을 어깨에다, 머리에는 법모를 쓰고 일어선 채 그를 맞았다. 아직 법정이 열리기 전인 오전이었다. 복도

---

* 프랑스 공화력의 제6월로 2월 20일부터 3월 19일까지

에서는 지나다니는 헌병의 둔중한 군화 소리가 들렸고 멀리서는 커다란 자물쇠를 채우는 듯한 소리가 들려왔다. 약제사의 두 귀에서는 당장에 뇌일혈로 졸도하는 것이 아닌가 싶을 만큼 윙윙 소리가 났다. 지하 감옥의 깊은 속, 눈물에 젖은 가족들과 남에게 약방이 팔리는 광경, 약병들이 모조리 흩어져 있는 모습이 눈앞에 어른거렸다. 이윽고 그는 기운을 내기 위하여 카페에 가서 셀츠수에다 럼주를 섞은 것을 한 잔 마시지 않으면 안 될 정도였다.

그때에 견책을 받던 기억도 조금씩 희미해져 또 이전과 같이 가게 뒤에서 별로 효력도 없는 진찰을 계속하고 있었다. 그러나 촌장도 그것을 좋지 않게 여겼고 동업자들의 시기도 있었기 때문에 언제 어떻게 될지 알 수 없는 노릇이었다. 그래서 보바리 씨가 자기와는 떨어질 수 없도록 친분을 쌓고 이렇게 은혜를 입혀두었다가 만약에 나중에 눈치를 채더라도 다른 사람들에게 이야기하는 일이 없도록 만들어 놓으려는 조심에서였다. 그래서 매일 아침 어김없이 오메 씨는 전에 말했던 그 신문을 가져다주곤 했다. 이따금 오후에는 잠시 약방을 비우고 의사와 이런저런 잡담을 하려고 찾아가기도 했다.

샤를은 매우 언짢은 기색이었다. 환자가 도무지 오지 않았던 것이다. 그는 몇 시간씩이나 말도 하지 않고 가만히 앉아 있기도 했고, 진찰실에 가서 낮잠을 자기도 했으며, 때로는 아내가 바느질하는 것을 가만히 바라보고 있기도 했다. 지루한 것을 덮기 위하여 힘드는 일을 하기도 했고, 칠장이가 잊어버리고 놓고 간 페인트로 광을 칠해보기도 했다. 그러나 돈 문제가 걱정이 되었다. 토스트의 집 수리며, 아내의 옷값이며 이사 비용으로 뭉텅 지출을 했기 때문에 3천 에퀴가 넘는 아내의 지참금은 2년 동안에 모조리 없어져버렸다. 게다가 토스트에서 용빌로 운반하는 도중에 물건이 얼마나 상하고 없어졌는지 모른다. 신부의 석고상만 하더라도 캥캥프와의 보도 위에서 짐차가 몹시 흔들리는 바람에 산산조각이 나버렸다.

무엇보다도 즐거운 걱정거리가 생겨 그의 마음을 산란하게 했다. 아내가 임신을 한 것이다. 해산달이 가까워질수록 그는 더욱더 아내를 소중히 했다. 새로운 육체의 인연이 생겨서, 전보다도 더 견고한 결합이라는 것이 느껴지는 것 같은 감정이었다. 그는 아내의 힘겨운 걸음걸이며 코르셋도 하지 않은 허리 위에서 귀찮은 듯이 몸을 돌리는 것을 멀리서 볼 때, 또는 마주 앉아서 천천히 아내를 바라다보며 그녀가 팔걸이 의자에서 아주 피로한 듯한 자세를 취할 때에는 이미 행복감을 누를 수가 없었다. 그는 일어나서 아내를 껴안기도 하고, 얼굴을 어루만져주기도 하고, 귀여운 엄마라고 불러보기도 하고, 그녀에게 춤을 추게 하기도 하고, 가슴에 떠오르는 여러 가지 다정한 농담을 절반은 웃고 절반은 울면서 말했다. 자기의 아이가 생겼다고 생각하면 기뻐서 견딜 수가 없었다. 이젠 아무것도 부족한 것이 없었다. 인생의 전부를 완전히 경험한 것이다. 그래서 그는 참으로 상쾌한 마음으로 인생의 식탁에 두 팔꿈치를 짚었다.

엠마는 처음에는 매우 놀랐으나, 이윽고 어머니가 된다는 것이 어떠한 것인지 알고 싶었기에 빨리 아기를 낳고 싶었다. 그러나 마음대로 돈을 쓸 수가 없어서, 장밋빛 비단 커튼이 달린 조그마한 배 모양의 요람이라든가 수놓은 아기 모자를 사거나 할 수가 없어서 화가 나 아기에게 필요한 것들을 자신의 손으로 장만하는 것을 단념하고 마을의 옷 만드는 여자에게 모조리 맡겨버리고 고르지도 흥정도 하지 않고서 주문해버렸다. 그렇기 때문에 세상의 여느 어머니들이 기쁘게 마련하는 그런 준비에 대한 즐거움을 그녀는 제대로 즐겨보지 못했다.

이런 일로 해서, 그녀의 아이에 대한 애정은 처음부터 얼마간 식어 버렸는지도 모른다.

그러나 샤를이 식사 때마다 어린애 이야기를 하는 바람에 그녀도 전보다는 좀 더 그 일을 진지하게 생각하게 되었다.

그녀는 사내아이가 갖고 싶었다. 튼튼한 체격의 갈색 머리면 좋을 것 같았다. 이름은 조르주라고 하리라고 생각했다. 아들을 낳고 싶다는 이 생각은 과거의 자기의 모든 무기력했던 일들에 대한 희망으로, 대신 채워넣을 수 있는 것이 될 것이다.

아무튼 남자는 자유롭다. 남자는 온갖 정열을 경험하고, 여러 나라를 돌아다닐 수가 있고, 모든 장애를 뛰어넘고 아무리 멀리 떨어져 있는 행복이라 해도 야심을 품을 수가 있다. 그러나 여자는 언제나 방해받기만 한다. 무기력해서 남이 말하는 대로 되기 쉬운 여자는 육체의 연약함과 법률상의 속박에 묶여버린다. 여자의 의지는 마치 모자의 끈으로 매놓은 베일처럼 바람 부는 대로 나부낀다. 언제나 무언가의 욕망에 이끌리고 어떤 세상에 대한 체면에 규제를 받는 것이다.

그녀는 어느 일요일, 해가 떠오르는 아침 6시쯤에 해산했다.

"딸이군."

샤를이 말했다.

그녀는 머리를 돌리고 정신을 잃었다. 즉시 오메 부인이 '금사자' 집의 르프랑수와 부인과 함께 달려와서 산모에게 키스했다. 약제사는 점잖게 반쯤 열려 있는 문틈으로 우선 짧은 인사말만 했다. 그는 어린아이를 언뜻 보고는 매우 잘 생겼다고 칭찬을 했다.

아직 자리에서 조리를 하는 동안 엠마는 딸아이의 이름을 어떻게 지을 것인가에 마음을 무척 썼다. 처음에 그녀는 이탈리아식의 어미(語尾)를 가진 클라라라든가 루이자라든가 아망다라든가 아탈리 같은 이름을 전부 생각해보았다. 갈쇠드도 아주 마음에 들었고, 이쥘르와 레오카디 같은 이름은 한층 더 마음에 들었다. 샤를은 자기 어머니의 이름을 붙여주고 싶어 했다. 그러나 엠마가 반대했다. 그들은 성자의 이름이 적힌 달력을 한 장 한 장 처음부터 끝까지 뒤져보기도 하고 다른 사람들에게 의논하기도 했다.

"샤를 씨. 전번 날 레옹 군과 그 일로 의논했는데, 그는 지금 한창 유행하는 마들렌느라는 이름을 어째서 쓰지 않는지 모르겠다더군요."

약제사가 말했다.

그러나 보바리 노부인은 그처럼 죄 많은 여인의 이름은 절대 안 된다고 반대했다. 오메 씨 자신은 위인이나 이름난 업적이나 고귀한 사랑을 연상시키는 그런 류의 이름이 좋았기 때문에 자기의 네 아이들에게도 그런 식으로 이름을 붙여주었다. 즉 나폴레옹은 영광을, 프랭클린은 자유를 상징한다. 이르마는 아마도 당대의 낭만주의 문예 사조를 물려받았음을 뜻하는 것으로 보이나, 아탈리*는 프랑스 연극계의 불후의 최대 걸작에 대한 찬미였다. 그의 철학적인 신조가 예술에 대한 찬미를 방해하는 것은 아니었고 그에게 사상가는 감정이 풍부한 인간을 억압하지 않는 것이었다. 그는 그러한 것을 구별하고 상상과 광신을 각각 구별해서 생각하고 있었다. 예를 들면 이 비극 〈아탈리〉만 하더라도 그는 그 사상은 비난하지만, 그 문체만은 찬양했다. 전체의 내용은 비난하면서도 모든 세부적인 것은 칭찬했다. 그리고 인물에 대해서는 격분하면서도 그들의 대화에는 감동했다. 그는 명문구를 읽을 때에는 황홀해지곤 했다. 그러나 이런 것을 성직자들이

---

* 1691년에 발표된 라신느 최후의 명작의 제목

돈 버는 데에 이용한다고 생각하면 분해서 참을 수가 없었다.* 이와 같이 여러 가지로 마음이 혼란스러워서, 그는 자기의 두 손으로 라신느에게 월계관을 씌워주고 싶기도 하고, 또 이 작자와 잠시 동안 토론하고 싶은 생각도 드는 것이었다.

마침내 엠마는 보비에사르 저택에서 후작 부인이 어떤 젊은 부인을 베르트라고 부르던 것이 생각났다. 그래서 즉시 그 이름을 따기로 했다. 루오 노인은 올 수가 없었기 때문에 오메 씨에게 대부가 되어 달라고 부탁했다. 그는 자기 가게에서 만들어내는 물건들을 있는 대로 선물로 가지고 왔다. 그것들은 기침을 막는 사탕 대추 여섯 상자와 쌀, 감자 전분, 설탕, 코코아 등으로 만든 식용 가루 한 항아리, 분홍색 접시꽃으로 만든 크림 세 통, 게다가 또 벽장 속에서 찾아낸 얼음 사탕 여섯 개 등이었다. 축하식 날 밤에는 만찬이 벌어졌다. 본당 신부도 초대되었으며, 모두가 매우 즐겁게 떠들었다. 오메 씨는 식후의 리쾨르주가 나올 무렵 〈선남 선녀의 신〉이란 노래를 불렀고, 레옹 씨는 〈뱃노래〉를, 대모가 된 보바리 노부인은 제정 시대의 사랑의 노래를 불렀다. 그리고 끝으로 보바리 노인은 억지로 갓난아이를 데려오게 하여 그 머리에 샴페인을 뿌려 세례받는 흉내를 냈다. 사제인 부르니지앙 신부는 신성한 종교 행사를 우롱당했다고 분개했다. 보바리 노인은 〈신들의 싸움〉의 일절을 인용해서 그에게 응수했다. 신부가 자리를 박차고 일어나 나가려 하자, 부인들은 애원하고 부탁하며 붙들고 오메 씨는 사이에 끼어들어서 말했다. 그리하여 간신히 신부를 제자리에 앉게 할 수 있었고, 신부는 침착해져서 마시다 만 작은 커피잔을 들어 올렸다.

---

* 〈아탈리〉는 그리스도적인 내용을 담고 있다.

보바리 노인은 그로부터 한 달 가량 용빌에 머물렀다. 매일 아침 광장에 나가 은색 장식줄이 달린 화려한 군모를 쓰고 담배를 피우면서 마을 사람들을 놀라게 했다. 그는 또 브랜디를 마구 마시는 버릇이 있기 때문에 종종 하녀를 '금사자'에 보내서 한 병씩 가져오게 하고 계산은 아들에게로 돌렸다. 그리고 목에 감은 엷은 비단 수건에 냄새를 피우기 위하여 며느리의 오드콜로뉴를 있는 대로 모두 써버렸다.

며느리는 시아버지를 그렇게 싫어하지 않았다. 노인은 사방의 나라를 두루 돌아다닌 사람이다. 베를린, 빈, 스트라스부르의 일이며, 장교 시절의 이야기며, 그가 가졌던 정부들 이야기, 그 자신이 개최했던 대연회의 이야기 등을 해주기도 했다. 또 이따금 계단이나 뜰에서 엠마의 허리를 안고서 "샤를, 조심해라" 하며 친절하게 굴기도 했다.

보바리 노부인은 아들의 행복을 염려하면서, 남편이 점점 젊은 며느리의 사고방식에 좋지 않은 영향을 주지는 않을까 걱정하여 결국은 급히 돌아가기로 했다. 어쩌면 어머니는 좀 더 심각한 근심을 했는지도 모른다. 보바리 노인은 어떤 일이라도 벌일 수 있는 인물이기 때문이다.

어느 날 엠마는 목수의 부인인 유모에게 맡겨둔 자기의 딸아이가 갑자기 보고 싶어졌다. 그래서 해산 뒤 모든 일을 삼가야 하는 육 주가 지났는지 어떤지를 달력으로 확인해보지도 않고 롤레의 집으로 갔다. 그 집은 마을 변두리 언덕 밑의 큰길과 목장 사이에 있었다.

마침 정오였다. 집집마다 덧문을 달았고 슬레이트로 된 지붕은 맑게 개인 하늘의 강한 햇빛에 빛나서 박공 꼭대기에 섬광을 비추는 것처럼 보였다. 답답한 바람이 불었다. 엠마는 걸으면서 정신이 아득해지는 것 같았고, 땅바닥의 조그마한 돌에도 걸렸다. 그녀는 차라리 그대로 집으로 돌아갈까 그렇지 않으면 어디든 들어가서 쉴까 하고 망설였다.

그때 마침 서류 뭉치를 옆구리에 낀 레옹 씨가 가까운 어떤 집에서 나왔다. 그는 다가와서 인사를 하고 뤼르 가게 앞에 비죽 나온 잿빛 차양 그늘로 들어섰다.

보바리 부인은 딸아이를 보러 가는 길인데 무척 피곤해졌다고 말했다.

"혹시……."

레옹은 그렇게 말했지만, 다음 말을 계속할 용기는 없었다.

"어디에 볼일이라도 있나요?"

그녀는 물었다.

그리고 그 서기의 대답을 듣고 난 그녀는 함께 가주지 않겠느냐고 부탁했다. 이 사실이 저녁 나절에는 벌써 용빌 마을에 퍼졌다. 튀바슈 촌장 부인은 자기집 하녀 앞에서 똑똑히 말했다.

"보바리 부인은 좀 이상해."

유모네 집에 가려면 거리를 지나서 묘지로 갈 때와 마찬가지로 왼쪽으로 구부러져 조그마한 집들과 마당 사이의 쥐똥나무 가로수가 있는 좁은 오솔길을 따라서 죽 가야만 했다. 쥐똥나무에는 꽃이 피어 있었고, 또 개불알풀, 들장미, 쐐기풀, 그리고 숲속에서 뻗어 나와 있는 딸기나무들도 모두 꽃이 피어 있었다. 울타리 구멍으로는 농가의 마당에 돼지가 퇴비 더미 위에 누워 있는 모습이며 끈이 매어져 있는 암소가 나무 줄기에 뿔을 비비대고 있는 것이 보였다. 두 사람은 어깨를 가지런히 하고 조용히 걸어갔다. 그녀는 그에게 약간 기대 서고 그는 그녀의 발걸음에 맞추어 천천히 걸었다. 두 사람 앞을 파리 떼가 더운 공기 속으로 윙윙 소리를 내면서 날아다녔다. 찾아가는 집은 그 위에 덮여 있는 오래 된 호두나무로 알아낼 수 있었다. 그 집은 갈색 기와를 입힌 나지막한 집이고 다락방의 채광창 밑에 양파를 염주처럼 주렁주렁 엮어 걸어놓았다. 가시 울타리에 세워져 있는 땔나무 묶음이 네모난 상추밭과 라벤더 몇 그루의 받침대에 꽃이 얽혀 피어 있는 완두콩을 둘러싸고 있었다. 더러운 물이 풀 위를 흐르고 있었다. 그 주위에 잔뜩 무엇인지 알 수 없는 누더기며 손으로 짠 양말이며 붉은 부인용 사라사 윗도리며 두껍고 커다란 천 홑이불이며, 그러한 것들이 울타리에 널려 있었다. 울타리 문을 여는 소리를 듣고 유모가 아기를 안고 젖을 먹이면서 나타났다. 한 손에는 종기가 잔뜩 난 약해 보이는 사내 아이를 데리고 있었다. 루앙의 메리야스 장사를 하는 사람의 아이로 양친이 장사일로 바쁘기 때문에 맡겨진 것이었다.

"어서 들어오세요. 따님은 저쪽에서 자고 있어요."

그녀는 말했다.

이 집에는 아래층 방이 단 하나밖에 없었는데 이 방의 벽 옆에 커튼이 없는 커다란 침대가 하나 놓여 있고, 그 맞은편에는 밀가루 반죽을 하는 통이 창 쪽을 차지하고 있었다. 그리고 유리창 한 장은 둥그런 푸른 종이를 발라서 깨진 곳을 막아놓았다. 구석에 있는 문 뒤에는 번쩍번쩍하는 징이 박힌 편상화가 빨래터의 빨랫돌 밑에 나란히 놓여 있었고 그 옆에는 가느다란 병의 주둥이에 새털을 하나 꽂아 놓은, 기름이 담긴 병이 하나 있었다. 먼지가 뽀얗게 앉은 벽난로 선반 위에는 '마티외 랑스베르그 달력'이 부싯돌이며, 양초 토막이며, 부싯깃 부스러기 등과 함께 흩어져 있었다. 끝으로 아무래도 이런 방에는 과분해 보이는 명성의 여신이 나팔을 부는 그림이 있었다. 이것은 아마도 향로 상점의 어떤 광고에서 오려낸 그림인 모양으로 여섯 개의 나막신용 못으로 벽에 못박혀져 있었다.

엠마의 아기는 마루 위에 놓인 버드나무로 만든 요람 속에서 잠자고 있었다. 그녀는 이불 포대기에 싸여 있는 아기를 이불째 안아 올려서 몸을 좌우로 흔들며 조용히 노래를 부르기 시작했다.

레옹은 하릴없이 방 안을 서성거렸다. 이 누추한 곳에서 이렇게 두툼한 비단 옷을 입은 아름다운 사람을 본다는 것에 이상스러운 기분이 들어 견딜 수가 없었다. 보바리 부인은 얼굴이 빨개졌다. 레옹은 혹시 자기의 눈길이 무례한 짓이라도 했나 해서 고개를 돌렸다. 이윽고 보바리 부인은 아기가 턱받이 위에 무엇인가를 토해 깃을 더럽혔기 때문에 아기를 다시 먼저 자리에 눕혔다. 유모가 곧 달려와 아무것도 아니라고 변명하면서 더러워진 곳을 닦았다.

"저는 언제나 이래요……. 언제나 아기를 닦아주느라고 꼬박 붙어 있답니다. 저, 잡화상 집 카뮈에게 이따금 제가 필요할 땐 비누를 가져올 수 있도록 말씀 좀 해주세요. 그렇게 하면 마님께도 하나 귀찮게 해드리지 않아서 편리하니까요."

유모가 말했다.

"좋아요, 좋아! 그렇게 하죠. 그럼 롤레 아줌마, 안녕히 계세요!"

엠마는 말했다. 그리고 그녀는 문턱에서 발을 닦고 밖으로 나왔다.

유모는 마당 끝까지 배웅을 하는 동안에 밤중에 일어나야 하는 고생스러움에 대해서 여러 가지를 호소했다.

"그래서 저는 너무 고단해 가끔 의자 위에 앉은 채 그냥 자곤 한답니다. 그런 형편이니까 가루 커피를 반 파운드 가량 사주시면 말이죠, 그것으로 한 달 반 동안은 충분하거든요. 매일 아침 우유에 타서 먹을 수 있을 테니까요."

유모의 수다스러운 공치사를 한참 듣고 나서 보바리 부인은 그 자리를 떠났다. 오솔길을 조금 갔을 때 나막신 소리가 들리기에 돌아다보니 유모였다.

"무슨 일이에요?"

그러자 그 시골 여자는 느릅나무 그늘로 그녀를 끌고 가서 자기 남편의 이야기를 끄집어냈다.

"남편은 장사 외에도 1년에 6프랑의 수입이 있었는데 그것을 소방장(消防長)이……."

"그래서 어쨌다는 거죠? 빨리 말하세요."

엠마가 말했다.

"그렇기 때문에" 유모는 한 마디 한 마디에 한숨을 쉬면서 말했다. "제가 혼자서 커피를 마시는 것을 보면 주인이 풀이 죽을 것 같아서요. 뭐니 뭐니 해도 남자란……."

"주겠다고 했잖아요. 그럼 됐잖아요? ……귀찮게 구는군요."

엠마는 말했다.

"하지만 말이에요, 마님, 실은 저의 주인은 다친 뒤부터 가슴이 몹시 아프답니다. 게다가 사과주만 자꾸 마시면 몸이 약해진다고 그러지 않겠습니까?"

"빨리 말해봐요, 롤레 아줌마!"

"결국" 하고 유모는 공손하게 절을 한 번 하고 "대단히 염치없는 말씀입니다만……" 하고 또다시 절을 하고 "형편 좋으실 때에" 하고 애원하는 눈초리로 "브랜디를 한 병만" 하고 드디어 말했다. "그렇게 해주시면 아기 발도 문질러드릴 수 있고요. 정말 혓바닥처럼 부드러운 발이거든요."

가까스로 유모를 쫓아버리고 엠마는 레옹의 팔을 잡았다. 그녀는 한참 동안은 빠른 걸음으로 걸었다. 그리고 걸음을 늦추자, 앞쪽을 보고 있던 그녀의 눈이 문득 청년의 어깨에 멈추었다. 그의 프록코트에는 까만 벨벳 깃이 달려 있었다. 머리는 단정하게 빗겨져 그 깃 위에 얹혀져 있었다. 그의 손톱은 용빌에 사는 사람들에게서는 본 적이 없을 만큼 길게 다듬어져 있었다. 손톱 손질은 서기의 중요한 일 중 하나다. 손톱을 다듬는 데에만 쓰는 조그만 칼이 그의 필기 도구 속에 들어 있을 정도였다.

그들은 개울을 따라 용빌로 돌아왔다. 더운 계절이 되면 강둑이 넓어져서 사방의 마당 돌담 밑까지 환하게 보이고 거기에서 강으로 내려가는 낮은 돌층계가 있었다. 시냇물은 소리도 없이 빠르게, 보기만 해도 시원하게 흐르고 있었다. 길고 힘 없는 풀들이 흐르는 물에 밀린 채 모두 엎드려서 마치 버려진 녹색의 머리카락처럼 투명한 물 속에 휩쓸리고 있었다. 이따금 등심초 끝이며 수련 잎사귀 위를 다리가 가느다란 곤충이 기어다니기도 했고, 가만히 있기도 했다. 햇살은 조그맣게 부서지고, 흐르는 냇물이 파란 물방울을 말갛게 비추고 있었다. 나뭇가지가 다 없어진 늙은 버드나무가 잿빛 나무껍질을 물에 비추고 있었다. 맞은편 일대의 목장은 텅 비어 있었다. 마침 농가는 저녁식사 시간이어서 걸어가는 여인과 동반한 사나이의 귀에 들려오는 것은 오솔길 흙을 밟는 자신들의 발소리와 그들이 주고받는 말과 엠마 주위에서 사락사락 옷자락이 스치는 소리뿐이었다.

깨진 병조각을 심어놓은 마당을 둘러싼 담벽은 온실의 유리창처럼 따뜻했다. 벽돌 사이에 새로 계란풀이 돋아나고 있었다. 보바리 부인이 지나가면서 펼친 양산 끝으로 건드리자 시들어버린 꽃들이 약간 노리끼한 가루가 되어서 떨어져 내렸다. 혹은 밖으로 늘어진 인동 덩굴과 참으아리의 가지가 양산 술에 걸려서 비단 천에 스치기도 했다.

그들은 루앙의 극장에 곧 올 스페인 무용단에 관해서 이야기했다.

"당신, 구경가시겠어요?"

그녀가 물었다.

"네, 되도록이면."

그가 대답했다.

이 밖에는 아무것도 할 이야기가 없었을까? 그러나 그들의 두 눈은 좀 더 심각한 이야기를 하고 싶은 것 같았다. 두 사람 다 평범한 말을 찾아내려고 애쓰면서도 두 사람은 똑같이 나른한 기분에 휩싸여 가는 것을 느꼈다. 목소리의 속삭임과는 별도로 좀 더 깊은 끊기지 않는 영혼의 속삭임 같은 것이었다. 이러한 새로운 쾌감에 두 사람 다 놀랐으나 그들은 그 느낌을 서로 말하려고도 하지 않았고, 또 그 원인을 찾아내려고도 하지 않았다. 미래의 행복은 열대 지방의 해변처럼 그 고장이 갖는 관능적인 쾌감과 향기로운 미풍을, 행복에 앞서는 넓디넓은 대양을 향하여 던져주는 것이다. 사람들은 아직 보이지 않는 지평선에 마음을 쓰지 않고 현재의 도취 속에 잠드는 것이다.

땅이 가축들에게 밟혀서 웅덩이가 된 곳이 몇 군데 있었다. 진흙 속에 군데군데 놓여 있는 이끼낀 커다란 돌을 딛고 걸어가야만 했는데, 그녀는 어디를 디디면 될까 살피면서 몇 번씩이나 멈추어 섰다. 그리고 흔들거리는 돌 위에서 몸을 가누지 못하면서 팔꿈치를 쳐든 채 몸을 앞으로 구부리고 눈을 두리번거리며 물구덩이에 빠지지나 않을까 싶어 겁을 먹고 웃었다.

그들이 그녀의 집 뜰 앞까지 왔을 때 보바리 부인은 조그마한 살문을 열고 계단을 뛰어올라가서 모습을 감추어버렸다.

레옹은 자기 사무소로 돌아왔다. 주인은 부재중이었다. 그는 서류를 한번 죽 훑어보고 거위 깃 펜을 깎아놓고 나서 잠시 후에 모자를 들고 밖으로 나왔다.

그는 아르괴이유 언덕 위 숲 초입에 있는 목장으로 갔다. 전나무 그늘 밑에 누워서 손가락 사이로 하늘을 보았다.

"아아! 지루하다. 말할 수 없이 권태롭구나!"

그는 혼자서 중얼거렸다.

그는 오메 같은 남자를 친구로 하고 기요맹 씨를 주인으로 섬기며 이런 시골에서 지내는 자신을 불쌍하게 생각했다. 기요맹 씨는 일 이외에는 관심이 없었고, 금테 안경을 끼고 흰 넥타이 위에 붉은 구레나룻 수염을 기르고 위엄이 있는 체하며 영국식 신사처럼 행동해서 처음에는 이 서기를 어리둥절하게 했지만, 정신적인 섬세함에 대해서는 전혀 모르는 인물이었다.

약제사의 아내는 노르망디 부근의 매우 사람이 좋은 가정 주부형이어서, 양처럼 유순하고 아이들이나 부모나 일가 친척들을 소중하게 알고 남의 불행에 눈물을 보이고 집안 일은 되는 대로 내팽개쳐 놓고 코르셋은 아주 질색이라는 여자였다. 그러나 동작이 안타까울 정도로 느리고 말은 지루하고 자태는 품위가 없고 너무나 세상 일에 어둡기 때문에 이 여자가 서른 살이며 자기가 스무 살이고, 언제나 옆방에서 자면서 매일 이야기를 주고받는 사이인데도 그는 이 여자가 누군가에게는 역시 여자라는 것, 여자의 옷을 입고 있다는 것 외에는 이성이라는 것을 한 번도 생각해본 일이 없었다.

그러면 다음에는 누가 있을까? 비네, 그리고 몇몇 장사꾼들과 두서넛의 술집 주인과 본당 신부와 그리고 끝으로 촌장 튀바슈와 그의 두 아들이 있었다. 그 두 아들은 돈이 좀 있고 성질이 까다롭고 우둔하며 제각기 자기 땅을 자기 손으로 가꾸며 집에서 좋은 음식을 먹고 게다가 대단한 신자여서 도저히 사귈 수 없는 인간들이었다.

그러나 이러한 인간의 얼굴들이 모인 무취미한 배경에서 엠마의 얼굴만이 홀로 떨어져 더욱 멀리 떠올랐다. 그녀와 자기와의 사이에는 막연하고 깊은 연못 같은 것이 가로놓여 있는 것처럼 느껴졌다.

처음에 그는 약제사와 함께 몇 번인가 그녀의 집에 갔었다. 그가 찾아오는 것을 샤를은 별로 좋아하는 것 같지 않았다. 그리고 레옹은 실례되는 일을 하면 안 된다는 두려운 마음과 도저히 불가능하다고 체념은 하면서도 지울 수 없는, 친하게 지내고 싶은 욕망 사이에서 어찌할 바를 모르고 있었다.

4

추위가 시작되자 엠마는 자기의 침실을 떠나 아래층 거실에서 지내기로 했다.

천장이 얕고 좁은 기다란 방인데, 벽난로 위 거울 옆에는 가지가 많이 뻗은 산호나무가 놓여 있었다. 창가의 팔걸이 의자에 앉아서 그녀는 마을 사람들이 지나가는 것을 바라보았다.

레옹은 하루에 두 번씩 사무소에서 '금사자'로 가곤 했기 때문에 엠마는 멀리서부터 그가 오는 소리를 듣곤 했다. 귀를 기울이면서 가만히 듣곤 했는데, 그 청년은 언제나 같은 복장으로 머리를 똑바로 든 채 커튼 저쪽을 미끄러지듯 지나가버리곤 했다. 그러나 저녁때쯤 왼손으로 턱을 괴고 수놓기 시작한 천을 무릎 위에 내려놓고 있을 때, 눈앞을 홱 지나가는 그 사람의 그림자에 엠마는 이따금 가슴을 두근거렸다. 엠마는 일어나서 식사 준비를 시켰다.

오메 씨는 식사 중에 찾아왔다. 터키 모자를 손에 들고 방해가 되지 않도록 조심한다는 표시로 발소리를 죽이면서 "안녕하십니까, 여러분!" 하고 언제나 정해진 인사말을 하면서 들어오는 것이었다. 그리고 식탁 옆의 부부 사이에 언제나처럼 자리를 잡고는 의사에게 환자들의 상태를 묻고, 의사는 대개 어느 정도의 사례를 받겠는가를 질문하곤 했다. 그 다음에는 '신문'에 실려 있는 것들에 관하여 잡담을 하는 것이다. 오메는 이미 그러한 것들은 모두 암기하고 있었기 때문에 신문 기자의 의견에서부터 프랑스에서 일어난 일뿐 아니라 외국에서 일어난 한 사람 한 사람 개개인의 불행까지 빠짐없이 들려준다. 그러다가 화제가 끊기면 그는 재빨리 식탁에 늘어놓은 음식에 대해서 말했다. 반쯤 일어서서 부인에게 가장 연한 고기를 손가락으로 가르쳐주기도 하고, 또는 하녀를 돌아다보고 스튜를 만드는 방법이며, 조미료의 위생적 용법에 대하여 주의를 주기도 하고 향료며 엑기스며 고기 국물이며 젤라틴에 대한 이야기를 해서 사람들을 어리둥절하게 했다. 어쨌든 이 사나이의 머릿속은 약국에 늘어놓은 약병보다도 더 많은 처방으로 가득 차 있기 때문에 각종 잼이며 식초며 달콤한 리쾨르주를 만드는 데 솜씨가 있었다. 또 새로 고안해낸 경제적인 냄비며 치즈를 보존하는 방법이며 상한 포도주를 되살리는 방법도 제법 잘 알고 있었다.

8시에는 약방을 닫기 때문에 쥐스탱이 주인을 마중하러 왔다. 그러면 오메 씨는 견습생이 의사의 집에 오는 것을 좋아한다는 눈치를 채고는, 특히 펠리시테가 함께 있으면 놀리는 것 같은 눈길로 "우리 젊은 녀석도 제법 익어가는 모양이야. 아무래도 이 집 하녀에게 반한 것 같은 걸" 하고 말했다.

그러나 쥐스탱의 가장 나쁜 버릇은, 언제나 야단을 맞는 것이지만, 남의 이야기를 엿듣고 싶어 하는 것이었다. 이를테면 일요일에 아이들이 팔걸이 의자에 누워서 덮기에는 좀 지나치게 큰 캘리코 커버를 덮고 미끄러져 떨어질 듯이 낮잠을 자면, 오메 부인이 쥐스탱을 불러들여 아이를 객실에서 데리고 나가라고 아무리 일러도 그는 도무지 나가려고 하지 않았다.

그 같은 약사 집의 밤의 모임에는 그다지 사람들이 모이지는 않았다. 그의 입은 험했고, 그의 정치 의견 때문에 사회적으로 명망있는 사람들은 차례로 발을 멀리 했다. 그래도 서기만은 빠짐없이 참석하곤 했다. 초인종이 울리면 그는 재빨리 보바리 부인을 마중하러 나가서 숄을 받아주고, 눈이 오는 날이면 그녀가 신 위에 신고 온 커다란 덧신을 약방 책상 밑에 치워놓기도 했다.

먼저 모두 트랑 에 왼* 놀이를 몇 번 하고 나서 오메 씨가 엠마를 상대로 에카르테** 게임을 했다. 레옹은 그녀 뒤에서 여러 가지 충고를 했다. 서서 그녀의 의자등에 양손을 얹고 그녀의 빗어올린 머리에 꽂혀 있는 빗살을 내려다보았다. 그녀가 트럼프의 카드를 던지려고 몸을 움직일 때마다 윗도리의 오른쪽 겨드랑이가 위로 올라가곤 했다. 틀어올린 머리가 갈색의 그림자를 등에 떨어뜨렸는데 그것이 점점 엷어져서 드디어는 어둠 속으로 사라졌다. 그녀의 주름이 가득 잡힌 옷은 부풀어올라 의자 양쪽으로 늘어져서 마루 위에 많은 주름을 만들면서 끌렸다. 레옹은 이따금 자기의 장화로 그 옷을 밟은 줄 알고 마치 사람 발을 밟기라도 한 것처럼 옆으로 비켜서곤 했다.

트럼프 놀이가 끝나자 약제사와 의사는 도미노 놀이를 시작했고 엠마는 자리를 바꾸어서 책상에 팔꿈치를 짚고《일뤼스트라시옹》***

---

* 트럼프 놀이의 일종

** 역시 트럼프 놀이의 일종

*** 그림이 든 잡지

을 뒤적거렸다. 그녀는 자기가 보던 그 유행 잡지를 들고 왔던 것이다. 레옹이 그녀 곁으로 왔다. 그들은 함께 그림을 바라보고 먼저 읽으면 책장 맨 끝에서 기다리고 있기도 했다. 그녀는 곧잘 청년에게 시를 읊어달라고 졸라댔다. 레옹은 길게 빼는 목소리로 천천히 시를 읊었으며, 사랑의 글귀가 나오면 특히 더 잦아드는 것 같은 목소리가 되었다. 그런데 도미노 놀이를 하는 시끄러운 소리가 방해가 되었다. 오메 씨는 노름을 잘했기 때문에 풀 더블 식스*로 샤를을 이겼다. 그리고 백 점 게임을 세 번 하고는 두 사람 모두 난로 앞에 길게 몸을 펴고 잠들었다. 불이 다 타서 재 속에서 꺼지려 했고, 차 주전자는 텅 비어 있었다. 아직도 레옹은 계속하여 읽고 있었고, 엠마는 마차에 올라탄 어릿광대며 장대를 들고 줄타기하는 여자를 얇은 헝겊에 그린 램프의 갓을 기계적으로 돌리면서 듣고 있었다. 레옹이 잠들어 있는 사람들을 몸짓으로 가리키며 갑자기 읽던 것을 멈추었고, 두 사람은 낮은 소리로 이야기를 나누었다. 아무도 듣는 사람이 없어서 그런지 그들의 이야기는 한층 더 즐거운 것 같았다.

이렇게 하여 두 사람 사이에는 일종의 교류가, 즉 책과 사랑의 노래의 끊임없는 교제가 이루어졌다. 질투심이 없는 샤를은 별로 그것을 마음에도 두지 않았다.

그는 생일 선물로 멋진 골상학용 해골을 받았다. 가슴뼈에 가득 번호가 붙어 있고 파란 칠이 되어 있었다. 서기가 호의로 보낸 것이었다. 레옹은 이 밖에도 여러 차례 호의를 나타내면서 의사의 심부름으로 몇 번인가 루앙에도 가주었고, 어떤 소설가가 쓴 책 때문에 선인장이 몹시 유행하자 부인을 위해 그것을 사 가지고 '제비'를 타고 그

* 도미노 놀이의 최고점

딱딱한 가시에 손을 몇 번이나 찔리면서 무릎 위에 안고 돌아온 일도 있었다.

엠마는 화분들을 놓기 위하여 창가의 난간에 선반을 하나 달았다. 서기도 또한 창가에 화분 선반을 달아매 놓았다. 그들은 각각 창가에서 꽃을 손질하면서 서로 상대편 모습을 바라보았다.

마을의 수많은 창문 중 그 이상으로 빈번히 사람 모습이 보이는 창문이 또 하나 있었다. 일요일이면 아침부터 밤까지, 날씨가 좋은 날은 오후마다 다락방 채광창으로 녹로대에 구부리고 있는 비네 씨의 여윈 옆얼굴이 반드시 보였다. 녹로를 돌리는 단조로운 소리는 '금사자'에까지 들렸다.

어느 날 밤 레옹은 집에 돌아오자 방 안에서 연한 푸른빛 바탕에 꽃잎 무늬가 있는 양털로 된 양탄자를 한 장 보았다. 그는 오메 부인이며 오메 씨며 쥐스탱과 아이들이며 하녀까지 불러서 보여주었다. 사무소의 주인에게도 그 이야기를 했다. 모든 사람들이 그 양탄자를 보고 싶어 했다. 어째서 의사 부인이 서기에게 이런 선물을 주는 것일까? 그것이 이상했다. 결국 모두들 그녀가 청년의 애인임에 틀림없다고 단정해버렸다.

그렇게 생각하는 것이 당연할 만큼 청년도 부인의 매력이며 재치에 대해 항상 사람들에게 말했기 때문에 비네도 한 번은 매우 무뚝뚝하게 다음과 같이 그에게 대답했을 정도였다.

"그런 건 아무래도 상관없는 일이야. 나는 그런 여자와는 사귀지 않으니까."

레옹은 자기 마음을 어떻게 그녀에게 고백할까 골똘히 생각했다. 그녀의 마음을 언짢게 하지나 않을까 하는 걱정과 부끄러워하는 마음 사이에서 언제나 주저하면서 약한 마음과 욕망 때문에 울었다. 드디어 그는 단호한 결심을 했다. 그리하여 편지를 썼다가 찢어버리고 시기를 미루고 또 미루었다. 가끔 대담하게 해치울 마음이 생겼지만 막상 엠마 앞에 나가기만 하면 굳은 결심도 곧 흔들려버렸다. 그리고 샤를이 갑자기 나타나서 그의 마차로 함께 근처 환자를 보러가자고 권하면 그는 곧 승낙하고 부인에게 인사하고는 나가버리곤 했다. 그녀의 남편 역시 그녀의 그 무엇이라는 그런 심정으로.

엠마는 자기가 그를 사랑하고 있는지 어떤지는 생각해보지도 않았다. 연애란 뇌성(雷聲)이나 번개처럼 별안간에 나타나는 것, 하늘에서 큰 바람이 불어와서 생활을 뒤엎고 인간의 의지를 뿌리째 뽑아 버리고 사람의 마음을 깊은 못 속으로 끌고 들어가는 것이라고 엠마는 그렇게 믿고 있었다. 그녀는 지붕의 낙숫물 통이 꽉 막혀 있을 때에는 빗물이 집의 발코니 위에도 호수를 만든다는 것을 몰랐다. 그래서 그녀는 이렇게 편안한 마음으로 있을 수 있었는지도 모른다. 그러나 그때 갑자기 엠마는 벽에 틈이 생긴 것을 발견했다.

5

눈이 내리는 2월 어느 일요일 오후였다.

보바리 부부와 오메 씨와 레옹 씨 이렇게 모두 다 함께 용빌에서 2킬로미터 가량 떨어진 계곡에 이번에 세워지기 시작한 제마(製麻) 공장을 구경하러 갔다. 약제사는 운동 삼아 아들 나폴레옹과 딸 아탈리를 데리고 갔다. 쥐스탱은 우산을 여러 개 어깨에 메고 따라나섰다.

그런데 구경거리 치고 이처럼 보잘것없는 것이 없었다. 그저 모래며 자갈 사이에 벌써 녹이 슨 톱니바퀴들이 너저분하게 흩어져 있는 넓은 공터가 있고, 그 한가운데에 조그마한 창문들이 여러 개 붙어 있는 좁고 기다란 사각형 건물이 있을 뿐이었다. 건물은 아직 완공이 되지 않았기 때문에 지붕의 서까래 사이로 하늘이 보였다. 박공의 작은 들보에 매단, 아직 이삭이 붙어 있는 한 다발의 짚은 세 가지 빛깔의 리본을 바람에 펄럭이고 있었다.

오메는 쉼 없이 지껄여댔다. 이 공장이 장차 아주 대단하게 될 것이라는 설명을 죽 하고, 판자의 강도라든가 벽의 두께를 재보기도 하고, 비네 씨가 언제나 애용하는 자(尺)를 가지고 오지 않은 것을 대단히 아쉬워했다.

약제사에게 팔을 맡긴 엠마는 그의 어깨에 기대는 것처럼 하면서 저 멀리 안개 속에서 눈부시게 창백한 빛을 발하는 둥근런 태양을 바라보고 있었다. 문득 그녀가 머리를 뒤로 돌렸다. 거기에 샤를이 있었다. 챙 달린 모자를 눈썹까지 깊숙이 눌러 쓰고 두꺼운 입술을 추위에 부들부들 떨고 있는 모습이 뭔가 우둔한 느낌을 더해 주고 있었다. 그의 뒷모습, 그 태연한 잔등을 보고 있자니 초조한 기분이 들었다. 이 프록코트 위로 이 인물의 하찮음이 그대로 드러나 있는 것같이 느껴졌다.

그녀가 이렇게 초조한 마음속에 일종의 비꼬인 듯한 쾌감을 맛보면서 남편의 모습을 바라보고 있을 때 레옹이 한 걸음 앞으로 나섰다. 추위로 새파랗게 질린 얼굴이 한층 더 감미로운 우수를 드리우고 있는 것처럼 느껴졌다. 넥타이와 목 사이에 약간 구겨진 속옷의 깃으로 살이 들여다보이고 머리카락 밑에 귓불이 드러나 있었다. 가만히 구름을 쳐다보는 커다란 푸른 눈동자는 엠마에게는 하늘이 비치는 산속의 호수보다도 더 맑고 더 아름답게 보였다.

"야, 이녀석아!"

약제사가 별안간 소리를 질렀다.

그는 신에 흰 칠을 하려고 석회가 쌓여 있는 곳으로 막 뛰어내린 아이 쪽으로 달려갔다. 아버지에게 마구 야단을 맞은 나폴레옹은 큰 소리로 울기 시작했다. 그러자 쥐스탱은 짚을 묶어 나폴레옹의 구두를 닦으려고 했다. 그러나 아무래도 칼이 있어야만 했다. 샤를은 자기가 갖고 있던 칼을 빌려주었다.

"어머나! 저이가 칼을 주머니에 넣고 다니네. 마치 농사꾼처럼!"

그녀는 혼자 중얼거렸다.

진눈깨비가 오기 시작하여 모두들 용빌로 돌아왔다.

그날 밤 보바리 부인은 이웃집에 가지 않았다. 그리고 샤를이 나가고 혼자 있게 되자 현재 느끼는 감각처럼 선명하게, 그리고 추억이 사물에게 주는 거리감과 함께 두 사람에 대한 비교가 또 시작되었다. 침대에 들어가서 밝게 타는 불을 지켜보면서 오늘 오후에 거기서 레옹이 한 손으로 가느다란 스틱을 휘게 하면서, 또 한손으로 얼음 조각을 태연히 핥고 있는 아탈리의 손을 잡고 서 있는 모습을 다시 마음속에 떠올렸다. 그녀는 그가 매력 있는 사람이라 생각했다. 그에 대한 생각을 하지 않을 수가 없었다. 여러 가지 태도며 그가 한 말 한마디 한마디를, 그의 음성이며 그 사람 전체를 다시 생각해보았다. 그리고 키스라도 하는 것처럼 입술을 삐죽 내밀면서 이렇게 되풀이해서 중얼거렸다.

"참으로 매력적인 사람이야! 정말 매력 있어! 그 사람 혹시 사랑을 하고 있는 것이 아닐까? 그렇다면 누구를? 누구라니 그야 나일 게 뻔하잖아?"

그녀는 마음에 물어보았다.

증거가 될 만한 일들이 모두 한꺼번에 펼쳐져서 가슴이 마구 뛰었다. 난로의 불빛이 천장에 즐거운 반사를 가물거리게 했다. 그녀는 두 팔을 쭉 뻗으며 천장을 보고 누웠다.

그러자 또 불평이 쏟아져 나왔다.

"아아! 운이 좋았다면! 어째서 그렇게 되지 않았을까? 도대체 무엇이 방해를 놓았을까?"

샤를이 밤중에 돌아오자 그녀는 지금 막 잠에서 깬 시늉을 하고 그가 옷을 벗으면서 소리를 내자 머리가 아프다고 중얼거렸다. 그러고는 오늘밤 모임은 어땠느냐고 아무렇지도 않게 지나가는 말처럼 물었다.

"레옹 군은 일찍 자기 방으로 올라가버렸어."

그는 말했다.

그녀는 무심히 빙긋 웃었다. 그리고 새로운 기쁨으로 충만된 마음을 안은 채 잠들었다.

다음 날 해질 무렵 잡화상을 하는 뤼르가 그녀를 찾아왔다. 이 남자는 매우 빈틈이 없는 사나이였다.

가스코뉴 태생으로 그 뒤에 노르망디에 살아서 그 지방 사람이 된 그는 코 지방의 독특한 교활함과 남쪽 지방 사람들의 구변을 두루 갖추고 있었다. 그의 부드럽고 수염이 없는, 기름기가 흐르는 얼굴은 감초를 엷게 달인 것을 바른 것처럼 보이고, 흰 머리는 조그마한 검은 눈의 날카로운 빛을 한층 더 돋보이게 했다. 이 사나이가 원래 무엇을 했었는지는 아무도 알지 못했다. 어떤 사람은 자질구레한 잡화 행상인이라고도 하고 또 어떤 사람은 루토의 은행가였다고도 했다. 다만 확실한 것은 비네조차도 뒤로 물러설 만큼 복잡한 계산을 그가 암산으로 해치우는 일이었다. 그는 비굴하리만큼 정중하게 상대방에게 인사를 하거나 부탁이라도 하는 사람처럼 언제나 허리를 절반쯤 구부리고 있었다.

크레이프 장식이 달린 모자를 입구에 놓은 후, 푸른 종이 상자를 책상 위에 놓고, 그는 대단히 세련된 말투로 오늘날까지 그녀가 단골이 되지 못한 것을 퍽 섭섭하게 생각한다고 부인에게 말하기 시작했다. 저희처럼 빈약한 가게는 '멋진 분'이 오실 만한 곳이 못 된다고 하면서 특히 '멋진 분'에 힘을 주어 말했다. 하지만 무슨 물건이건 주문만 해주신다면 원하시는 건 옷감이건 잡화건 리넨 제품이건 모자건 새로운 유행품이라도 무엇이든지 당장 구해다주겠다는 것이었다. 왜냐하면 한 달에도 네 번씩은 반드시 시내에 들어가기 때문이었다. 가장 일류 상점들과 거래를 하고 있어서 '트르와 프레르' 상점이나 '바르브 도르' 상점이나 '그랑 소바쥬' 상점이나 어느 상점에서도 그의 이름을 그들 자신의 돈주머니나 마찬가지로 잘 알고 있다고 했다. 그래서 오늘은 지나가는 길에 극히 구하기 어려운 여러 가지 물건이 마침 손에 들어왔기에 부인께 보여드리려고 찾아왔다는 것이었다. 그는 그렇게 사정을 늘어놓으면서 상자 속에서 반 다스 가량 되는 수 놓은 칼라를 꺼냈다.

보바리 부인은 그것들을 죽 살펴보았다.

"지금은 아무것도 필요 없어요."

그녀가 말했다.

그러자 뤼르 씨는 알제리풍의 숄 세 개와 영국제 바늘 몇 갑과 밀짚으로 만든 덧신 한 켤레, 그리고 마지막으로 죄수들이, 구멍이 숭숭 뚫리게 판 야자 열매의 세공품인 삶은 계란을 넣는 그릇 네 개를 제법 자랑스러운 듯이 꺼내놓았다. 그리고 그는 책상 위에 두 손을 짚고, 목을 길게 빼고 허리를 굽히면서 입을 크게 벌린 채 이런 것들을 멍해서 둘러보고 있는 엠마의 시선을 뒤쫓고 있었다. 이따금 그는 먼지라도 터는 것처럼 하나 가득 펼쳐놓은 비단 숄을 손톱으로 툭 튕기곤 했다. 그러자 옷감에 찍힌 금박이 푸른 빛을 띤 저녁 햇살에 작은 별처럼 반짝거리며 가벼운 소리를 내며 떨었다.

"이건 얼마죠?"

"싼 겁니다. 얼마 되지 않습니다. 그렇다고 값을 곧 치르시라는 말씀도 아닙니다. 언제라도 형편 좋으실 때 주시면 됩니다. 저희들은 유대 사람이 아닌걸요."

그녀가 한참 생각하다가 또다시 그만두겠다고 하자 뤄르 씨는 아무렇지도 않은 것처럼 다시 대답했다.

"네, 좋습니다. 언젠가는 마음에 드실 때가 있으시겠지요. 저는 부인들과 언제나 잘 통하거든요. 저의 집사람과는 그렇지 않습니다만."

엠마는 웃었다. 그는 농담을 하고 나서 참으로 의리가 있는 사람처럼 말을 덧붙였다.

"저는 돈 같은 것은 아무래도 좋습니다……. 만약 필요한 물건이 있으시다면 언제든지 마련해드리겠습니다."

그녀는 설마 하고 놀란 듯한 몸짓을 했다.

"괜찮습니다. 부인!" 하고 그는 재빨리 낮은 소리로 말했다. "부인께 필요한 물건이라면 구태여 먼 데까지 가지 않으셔도 됩니다. 말씀만 하십시오."

그리고 그는 보바리 씨가 치료해주고 있는 '카페 프랑세'의 주인인 텔리에 노인의 소식을 묻기 시작했다.

"도대체 어찌 된 셈일까요? 텔리에 노인은? 집이 울릴 만큼 심한 기침을 하더군요. 이제 곧 플란넬 속옷 대신 전나무 외투*가 필요한 형편인 것 같더군요. 그 사람은 젊었을 때 너무 방탕했습지요. 사모님, 그런 사람들은 옛날에는 이루 말할 수도 없이 엉망이었답니다. 그 사람도 브랜디를 너무 마셨거든요. 하지만 어쨌든 옛날부터 잘 아는 사람이 죽어간다는 것은 역시 마음이 언짢은 일이어서 말입니다."

마분지로 만든 상자를 고쳐 매면서 그는 이렇게 환자의 이야기를 지껄였다.

---

* 전나무로 만든 관을 말한다.

"기후 탓일까요?" 하고 그는 얼굴을 찡그리고 유리창을 바라보면서 말했다. "그런 병이 많이 생기는 건 말입니다. 저도 좀 어쩐지 기분이 좋지 않아요. 언제 한번 선생님께 진찰을 받으러 가야겠습니다. 등이 아프거든요. 그럼 안녕히 계십시오. 사모님, 앞으로 잘 부탁드립니다."

이렇게 말하고 그는 조용히 문을 닫았다.

엠마는 거실에서 저녁을 들기로 했다. 쟁반에 담아서 난로 곁으로 가져오게 했다. 그리고 천천히 먹었다. 모두가 다 맛이 있는 것 같았다.

'난 참 현명했어!'

그녀는 숄에 대한 일을 생각하면서 마음속으로 말했다.

계단에서 발소리가 들려왔다. 레옹이었다. 그녀는 일어서서 가장자리를 감침질하려고 옷장 위에 쌓아두었던 행주 중에서 제일 위에 있는 것을 집어들었다. 레옹이 들어왔을 때에는 그녀는 자못 바쁜 것처럼 보였다.

이야기는 활기를 띠지 못했다. 보바리 부인은 말을 끝까지 잇지 못하고 금세 끊어버리기 일쑤였고, 한편 레옹도 머뭇머뭇하는 것 같았다. 그는 난로 옆에 있는 낡은 의자에 앉아서 상아로 된 바느질 그릇을 손가락으로 매만지고 있었고, 엠마는 부지런히 바늘을 움직이기도 했고, 또는 가끔 손톱으로 헝겊에다 주름을 잡기도 했다. 그녀는 도무지 말을 꺼내지 않았다. 그도 그녀가 말을 하기만 하면 그 말에 매혹된 것처럼 그녀의 그 침묵에 사로잡혀 잠자코 있었다.

'가엾어라.'

그녀는 생각했다.

'내 어느 곳이 이분의 마음에 들지 않는 걸까?'

그는 생각해보았다.

마침내 레옹은 가까운 시일 안에 사무소 일로 루앙에 가게 되었다고 말을 꺼냈다.

"당신의 악보의 구독이 끊어졌는데, 다시 예약해드릴까요?"

"괜찮아요."

그녀가 대답했다.

"왜요?"

"그건……."

그녀는 그렇게 말하고 나서 입술을 꼭 오므리며 바늘에 꿴 기다란 회색 실을 천천히 잡아 뺐다.

이런 모습은 레옹을 초조하게 했다. 엠마의 손가락에 상처가 날 것 같아서 견딜 수가 없었다. 애정이 깃든 근사한 말이 머리에 떠올랐으나 말할 수는 없었다.

"그럼 그것은 이젠 그만두는 거군요."

"무엇을요?" 하고 그녀는 성급히 되물었다. "음악 말씀이에요? 아! 그것은 이제 아예 그만두겠어요. 집에 일이 많아요. 주인의 시중도 들어야 하고 그밖에도 여러 가지 일이 많거든요!"

그녀는 벽에 걸린 시계를 바라보았다. 샤를이 돌아올 시간이 지났다. 그러자 그녀는 걱정스러운 표정을 지었다. 두서너 번이나 이렇게 되풀이했다.

"참 다정한 분이에요."

서기는 보바리 씨를 좋아했다. 그러나 부인이 그에게 이렇게 분명하게 애정을 나타내 보이는 것은 그다지 유쾌하지 않았다. 그래도 그는 보조를 맞추어서 그를 칭찬했고, 약제사 역시도 그를 칭찬한다고까지 말했다.

"그분은 마음씨가 좋은 분이신 걸요."

"아무렴요. 그렇고말고요."

서기는 맞장구를 쳤다. 그러고는 오메 부인의 이야기를 하기 시작했다. 그녀가 몸단장을 너무 소홀히 하는 것이 언제나 두 사람의 웃음거리가 되고 있었다.

"그런 거야 아무러면 어때요? 아이를 많이 둔 부인은 자신의 몸치장 같은 것은 신경 쓰지 않는 법이에요."

엠마는 상대의 말을 막았다.

그러고 나서 또 말이 끊기고 침묵이 흘렀다.

그 후 매일매일이 마찬가지였다. 그녀의 말투며 태도가 완전히 변해버렸다. 그녀는 가사에 전념하고 성당에도 어김 없이 나갔고, 하녀도 엄격하게 다루었다.

그녀는 유모에게 맡겼던 베르트도 집으로 데려왔다. 펠리시테가 아기를 데리고 왔을 때 마침 손님이 몇 명 와 있었다. 부인은 그 앞에서 베르트의 옷을 벗기고 손발을 보이게 했다. 그녀는 아기를 아주 좋아한다면서 이것이야말로 그녀의 위안이고 즐거움이고 기쁨이라고 했다. 용빌에서 사는 사람 아닌 다른 사람이 이 이야기를 들었다면 누구나 《노트르담의 파리》*의 사셰트를 연상할 정도로 자상하게 아기를 어루만졌다.

샤를이 밖에서 돌아오면 그의 덧신이 난로 곁에 따뜻하게 녹여져 있었다. 이제는 그의 조끼 안이 떨어져 있다든가 속옷의 단추가 떨어졌다든가 하는 일도 없어졌다. 또 옷장 속에 잠잘 때 쓰는 모자들이 모두 가지런히 놓여 있는 것도 기뻤다. 그녀는 옛날처럼 뜰을 거니는

---

* 빅토르 위고의 소설

것을 싫어하지도 않았다. 남편의 말은 무엇이든 잘 따랐다. 남편의 기분이 어떤지 확실하게 알지 못하더라도 잠자코 따르는 것이었다. 레옹은, 샤를이 저녁식사 후 난로 곁에 앉아서 양손을 배에 올려놓고 양다리를 장작 받침대 위에 올려놓고 음식을 소화시키느라 볼을 벌겋게 하고서 양탄자 위를 기어다니는 아이며, 의자 뒤에서 이마에 키스하러 오는 아내를 보고 행복에 겨워서 눈물을 글썽이는 것을 바라보면서 이렇게 혼자서 중얼거리곤 했다

"바보 같은 생각을 하고 있군! 어떻게 저 여자에게 가까이 가려 한단 말인가?"

사실 그는 이 여성이 참으로 정숙하고 다가가기가 점점 더 어렵게 여겨졌기 때문에 모든 희망, 극히 미미했던 희망마저도 사라져버렸다.

그러나 이렇게 체념해버리자, 그녀가 이상한 대상으로 생각되었다. 그가 볼 때 부인은 육체의 아름다움을 떠나 있었다. 이제 그는 그 육체에 손가락 하나도 건드릴 희망을 잃었기 때문이었다. 그의 마음속에서 그녀는 하늘을 나는 숭고한 존재처럼 높이 떠올라 그에게서 떠나간 것이다. 그것은 인간 세상의 삶과는 무관한 순수한 감정, 매우 희귀하기 때문에 사람들이 즐겨 키우는 순수한 감정, 그 감정을 잃는다는 것은 이를 소유하는 기쁨 이상으로 사람을 슬프게 만드는 순수한 감정의 하나였다.

엠마는 야위어갔다. 두 뺨은 창백해지고 얼굴이 길어진 것 같았다. 머리를 한가운데서 똑바로 가르고 두 눈은 커다랗고 콧날은 똑바르고, 새처럼 가벼운 발걸음, 그리고 지금 와서는 언제나 잠자코 있는 그녀는 생활 속에 있으면서도 거의 거기에 접촉하지 않는 것처럼 스쳐 지나가는 듯했고, 이마에는 무언지 막연한 어떤 장엄한 운명의 표

적을 찍은 것처럼 보였다. 그녀는 슬픈 것처럼 조용하면서도 상냥했고 조심스럽기도 해서 그녀 곁에 간 사람은 마치 얼음과 같은 매력을 느꼈다. 성당 안에 들어가서 차디찬 대리석의 냉기에 섞인 꽃향기에 부르르 떨리는 것을 느끼는 것과 마찬가지였다. 다른 사람들조차 이러한 매혹을 느끼지 않을 수가 없었다. 약제사는 이렇게 말하곤 했다.

"아주 대단한 여자야. 그만하면 군수의 부인으로도 손색이 없겠던걸."

마을의 아낙네들은 그녀가 살림꾼인 것에 감탄했고 환자들은 그녀의 예의바름을, 가난한 사람들은 그녀의 자비로운 마음을 칭찬했다.

그러나 그녀의 마음은 욕망과 극심한 고통과 증오로 가득 차 있었다. 주름이 똑바로 잡힌 옷은 동요하는 마음을 감추고, 정숙해 보이는 입술은 미칠 것 같은 마음의 괴로움을 털어놓지 않았다. 그녀는 레옹을 사랑했다. 그리고 마음껏 그의 모습을 혼자서 남모르게 그려보려고 고독을 선택했다. 그의 모습을 보면 이렇게 혼자 생각하는 기쁨이 충만되었다. 엠마는 그의 발소리만 들어도 가슴이 설레었다. 그러나 막상 그의 앞에 있으면 그 감동은 사라지고 그 뒤에 그저 멍한 기분만이 남아서 드디어는 슬픔으로 변해갔다.

레옹이 절망적인 마음이 되어 그녀의 집을 나올 때면 그녀는 그 뒤에서 일어나 한길을 걸어가는 그의 모습을 전송하고 있다는 사실을 그는 눈치 채지 못했다. 그녀는 그의 일거일동에 주의를 기울이고 걱정하고 얼굴 빛을 살펴보고, 그의 방을 방문하기 위하여 참으로 얌전한 구실을 만들어냈다. 약제사의 아내가 그와 같은 지붕 밑에서 함께 살고 있는 것이 무척 행복해 보여서 부러워졌다. 그리고 그녀의 생각은 '금사자' 집의 비둘기 떼가 자기네 낙숫물 통에 그 연분홍빛 발과 흰 날개를 적시러 오는 것처럼 언제나 그 집 위에 머물렀다. 그러나 엠마는 자신의 사랑을 깨닫게 되면 될수록 더욱더 그 마음이 밖으로 나타나지 않고 사랑이 사라지도록 억눌렀다. 그녀는 그것을 레옹이 알아차려 주었으면 하고 생각했다. 그리고 그러한 일을 쉽사리 이루어지게 할 만한 우연한 기회라든가 천지 이변을 공상해보기도 했다. 그녀를 붙들고 있는 것은 틀림없이 무기력함과 공포와 혹은 수치심이기도 했을 것이다.

그녀는 그를 지나치게 멀리했다.

이제는 이미 때를 놓쳤고, 모든 것이 다 틀려버렸다고 생각하기도 했다. 그러고서 "나는 정숙한 여자다" 하고 혼자 자기 자신에게 말하기도 하고, 체념한 모습으로 거울에 비친 자기 모습을 바라볼 때면 그 순간의 자긍심과 기쁨을 통해서 자신의 대단한 희생을 조금쯤 위로받는 느낌이었다.

이리하여 육체적인 욕망도, 금전적인 욕망도, 그리고 정욕에서 오는 우울증도 모조리 하나의 괴로움 속에 한데 뒤엉켜버렸다. 그리고 그녀는 자기의 이 괴로움에서 생각을 돌리려고 하지 않고, 그 고뇌를 닥치는 대로 어디서고 찾아내어 점점 생각을 그곳에만 집중했다. 그녀는 음식이 입에 맞지 않는다든가 또는 방문이 반쯤 열려져 있다든가 하는 데에 화를 내고, 자기에게는 벨벳이 없으니까 자기에게는 행복이 없다, 꿈이 너무나 컸다, 집이 너무 좁다 하고 한탄을 했다.

도무지 참을 수 없는 것은 샤를이 그녀의 이러한 고통을 전혀 눈치채지 못하는 것이었다. 그녀를 행복하게 해주고 있다고 믿고 있는 자신의 남편이 그녀에게는 어리석은 모욕처럼 생각되었고, 그런 마음으로 안심하고 있다는 것은 은혜를 모르는 것이라고 생각되었다. 그렇다면 그녀는 누구를 위하여 몸을 단정하게 하는 것인가? 그 상대인 샤를이야말로 사실 모든 행복의 장해가 되고 모든 불행의 원인이 되는 것이 아닌가? 나를 사방팔방에서 꼼짝 못하게 꽉 졸라매고 있는 이 복잡한 혁대의 구멍에 끼우는 뾰족한 쇠꼬챙이 같은 것이 아닌가 말이다.

그러므로 그녀는 평소의 여러 가지 불쾌한 일 때문에 생긴 각양각색의 증오심을 오직 남편에게로 돌렸다. 증오심을 덜려고 노력하면 할수록 도리어 더 커져가기만 했다. 왜냐하면 이와 같은 쓸데없는 노력이 다른 절망의 원인에 겹쳐서 한층 더 그와의 사이를 벌어지게 해가는 것이었기 때문이다. 착하고 얌전하게 하려는 마음에서 도리어 반항심이 생겨났다. 평범한 가정 생활이 도리어 그녀에게 호사스러운 것에 대한 공상을 하게 했고, 부부간의 애정은 불륜한 욕망을 갖도록 부추겼다. 좀 더 정당한 이유로 샤를을 미워할 수 있고 복수할 수 있게끔 자기를 때려주었으면 좋겠다고 생각했다. 그녀는 마음에 떠오르는 여러 가지 잔인한 추측을 하다간 깜짝 놀라기도 했다. 더욱이 시종 방글방글 미소를 띠어야만 했고, 당신은 행복한 분이라는 말을 몇 번씩이나 되풀이하는 것을 듣고, 자신도 그런 것처럼 보여야 하고, 다른 사람에게도 그렇게 믿도록 해야만 하는 것이었다.

그녀는 그러한 위선이 도무지 싫었다. 새로운 운명을 개척하기 위하여 어디론가 머나먼 곳으로 레옹과 단둘이서 달아나고 싶은 유혹에 사로잡혔다. 그러나, 곧 그녀의 마음속에는 캄캄하고 막연한 심연이 커다랗게 입을 벌렸다.

'게다가 그분은 이젠 나를 사랑하지 않는걸' 하고 그녀는 생각했다. '나는 어떻게 될 것인가? 어떠한 구원이나 위로나 어떠한 마음의 편안함을 기다려야 한단 말인가?'

그녀는 너무나 피로해서 숨을 헐떡이며 기진맥진해서 낮은 목소리로 흐느껴 울었다.

"왜 나리께 말씀드리지 않으시죠?"

주인 마님이 발작을 일으키는 도중에 들어온 하녀가 그렇게 말했다.

"신경이 예민해서 그래. 그분께 말씀드리지 말아. 걱정 끼치면 안 되니까."

엠마는 대답했다.

"아아, 그렇다면 말이죠. 마님은 말이죠, 제가 여기에 오기 전에 디에프에서 알았던 폴레의 어부 게랑 노인의 딸 게린느와 꼭 같습니다. 그 아가씨는 몹시 우울한 성품이었어요. 집 문지방에 서 있는 것을 보면 그 집에 초상이나 난 것처럼 생각될 정도였어요. 그 아가씨의 병이란 머릿속이 멍하니 안개가 끼인 것처럼 희미해지는 병이라더군요. 의사들도 신부님도 어떻게 손을 댈 수가 없었답니다. 병이 심해지면 그 아가씨는 혼자서 바닷가에 가곤 했어요. 세관 사람이 순찰하는 도중에 여러 번 그 아가씨가 모래 위에 엎드려서 울고 있는 것을 보았다고 하더군요. 그런데 시집을 가더니 그 병이 씻은 듯이 없어졌다던 걸요."

펠리시테가 말했다.

"하지만 내 병은 말이다, 시집을 온 뒤에 시작된 거야."

엠마가 대답했다.

6

어느 날 해질 무렵, 열어젖힌 창가에 앉아서 성당지기 레스티부드와가 회양목의 가지를 치는 것을 바라보던 그녀는 문득 앙젤뤼스의 종이 울리는 소리를 들었다.

마침 벚꽃이 피는 4월 초였다. 따뜻한 바람이 막 김을 맨 화단 위로 불었고, 뜰은 마치 여름 축제를 위하여 여자들처럼 화장을 한 것 같은 풍경이었다. 아치형 나뭇가지를 올려놓은 선반을 받친 가름장 너머로 목장 사이를 흐르는 시내가 보이고, 그것은 풀밭 위에 멋대로의 곡선을 그렸다.

저녁 안개가 잎 떨어진 포플라나무들 사이에 끼어서 가지에 엷은 비단을 걸쳐놓은 것보다도 더 희미하고 투명하게 나무의 윤곽을 보랏빛으로 연하게 물들였다. 아득히 먼 곳에서 가축들이 걸어 다니고 있었으나 발소리도 우는 소리도 들리지 않았다. 종소리만이 계속 울리면서 마음을 가라앉히는 것 같은 슬픈 노래를 하늘에 울려퍼지게 했다.

되풀이되는 종소리를 들으면서 젊은 여자의 마음은 옛날 소녀 시절과 기숙사 생활의 추억 속을 방황하는 것이었다. 그녀는 제단 위에 꽃이 가득한 화병이나 조그마한 기둥이 달린 성궤 위에 우뚝 솟아 있던 커다란 촛대를 생각해냈다. 그녀는 그 무렵처럼 하얀 베일을 쓴 기다란 대열 속에 섞여 있고 싶은 심정이었다. 기도대 위에 몸을 굽히고 있는 수녀들의 엄숙한 머릿수건이 그 행렬에 검은 반점을 만들고 있었었다. 일요일 미사를 올릴 때 잠깐 고개를 들면 모락모락 피어오르는 푸르스름한 향 연기의 소용돌이 속에서 성모 마리아의 부드러운 얼굴이 보이곤 했다. 그것이 생각나자, 마음이 갑자기 어떤 감동에 사로잡혀서 자신이 폭풍 속에 휘말린 작은 새의 가슴털처럼 믿을 수 없이 가냘프게 느껴졌다. 그리고 영혼을 모조리 집어넣고 모든 생활을 거기에 바칠 수가 있다면 어떠한 신앙심이라도 바칠 각오로, 거의 무의식적으로 그녀는 성당 쪽으로 걸어갔다.

광장에서 그녀는 마침 돌아오는 성당지기 레스티부드와를 만났다. 이 사나이는 하루의 벌이에 손해가 가지 않도록 일을 하다 말고 성당에 나와 종을 치고는 다시 되돌아가서 일을 계속했다. 따라서 성당의 시간을 알리는 종도 자신의 형편대로 치는 것이었다. 그러나 조금 빠르게 종을 치는 것은 근처 아이들에게 교리 문답 시간을 알려주기 위해서이기도 했다.

벌써 모여든 몇몇 아이들이 묘지의 포석 위에서 구슬치기를 하고 있었다. 다른 아이들은 담장 위에 말타듯이 올라앉아서 다리를 건들건들 흔들면서 낮은 울타리와 구석에 있는 묘 사이에 돋아난 키큰 잡초를 나막신으로 차서 쓰러뜨리고 있었다. 이곳에만 푸르게 풀이 있었고 나머지 다른 곳은 모두 묘석뿐이었고, 성구실에 빗자루가 있는데도 불구하고 청소가 잘 되지 않아서 묘석은 언제나 뽀얗게 먼지가 되덮여 있었다.

운동화를 신은 아이들은 그 묘석이 마치 자기들을 위해 만든 놀이터인 양 이리저리 뛰어다녔고, 윙윙거리는 종소리의 울림에 섞여서 아이들이 떠드는 소리가 들려왔다. 종소리는 종루 꼭대기에서 늘어져서 끝이 땅에 끌리는 굵은 밧줄이 흔들리기를 멈춤에 따라 점점 작아졌다. 제비가 조그마한 소리로 지저귀며 날다가 갑자기 날카롭게 바람을 가르면서 추녀 끝 기와 밑에 있는 노란 둥지 속으로 재빨리 돌아갔다. 성당 안쪽에는 등불이 하나 타고 있었다. 매달아놓은 유리 상자 속에서 야등(夜燈)의 심지가 타고 있었는데, 그 빛은 멀리서 보면 기름 위에 떨고 있는 하얀 점 같았다. 기다란 햇살이 본당 안을 가로질러 양쪽 옆이나 구석진 곳을 한층 더 어둡게 만들었다.

"본당 신부님은 어디 계시지?"

보바리 부인은 몹시 느슨한 구멍에 박힌 회전문의 축을 흔들면서 장난하고 있는 한 소년에게 물었다.

"곧 오실 거예요."

그 소년이 대답했다.

아이 말이 끝나자마자 사제관의 문이 삐걱 소리를 내면서 부르니지앙 신부가 나타났다. 아이들은 서로 한데 뒤섞여서 성당 안으로 몰려 들어갔다.

"이 장난꾸러기들! 할 수 없는 놈들이구나."

신부가 중얼거렸다. 그리고 발밑에 걸린 너덜너덜 떨어진 교리 문답서를 집어들면서 말했다.

"저 나이에는 도무지 물건을 아낄 줄을 모른단 말야."

그러다가 문득 보바리 부인의 모습을 발견했다.

"이것 참 실례했습니다. 그만 몰라 뵈었습니다."

그는 교리 문답서를 주머니에 넣고 성구실의 무거운 열쇠를 두 손가락 사이에 끼고 흔들면서 우뚝 섰다.

그의 얼굴을 활짝 비추는 저녁 햇살이 법의의 나사지를 하얗게 바래 보이게 했다. 옷의 팔꿈치께는 반들반들하고 옷깃은 헤져 있었다. 넓은 가슴 위에는 조그마한 단추의 줄을 따라 기름때며 담배 얼룩이 묻어 있고 그것이 가슴께에서 멀어질수록 눈에 많이 띄었다.

가슴 장식 위에는 주름이 잔뜩 잡힌 붉은 피부가 있었고, 그 피부에는 희끗희끗 센 거친 수염 속에 가려진 누런 얼룩들이 군데군데 보였다. 그는 방금 식사를 끝낸 참이라 숨을 가쁘게 쉬고 있었다.

"몸은 괜찮으신가요?"

그가 말을 덧붙였다.

"좋지 않아요, 괴로워서 견딜 수가 없어요."

엠마는 대답했다.

"하하, 그렇다면 저와 마찬가지군요. 요즘 같은 이른 봄에는 누구나 몹시 나른하지요. 어쩔 수 없는 일 아니겠어요? 성 바오로께서 말씀하신 것과 마찬가지로 인간은 누구나 괴로워하기 위해서 태어난 것이지요. 한데 보바리 선생은 부인의 병에 대해서 어떻게 생각하시는지요."

"그분이야 뭐……."

그녀는 짜증스러운 듯한 태도로 말했다.

"저런! 선생께서 아무 약도 주시지 않더란 말입니까?"

신부는 몹시 놀란 것 같았다.

"아아! 저에게 필요한 것은 이 세상의 약이 아닙니다."

엠마가 말했다.

신부는 자꾸만 성당 안을 돌아보았다. 거기에서는 아이들이 무릎을 꿇고 앉아서 서로 어깨를 밀어, 마치 카드로 만든 카퓌신느*를 쓰러뜨리는 것처럼 놀고 있었다.

"제가 알고 싶은 것은……."

그녀가 다시 말을 시작하려고 했다.

"두고 봐라, 리부데. 지금 당장 때려줄 테다. 장난꾸러기 녀석아!"

신부는 성난 목소리로 소리를 질렀다. 그러고서 엠마 쪽을 보고 말했다.

"저놈은 부데 목수의 아들인데 살림이 좀 넉넉해지니까 제멋대로 버릇없이 키우고 있답니다. 그러나 꽤 영리한 놈이어서 마음만 먹으면 공부도 퍽 잘할 겁니다. 근본적으로 바보는 아니에요. 그러니까 나도 가끔 놀려준답니다. 마롬므로 가는 도중에 그런 이름의 언덕이 있죠? 그래서 몽리부데**라고도 부릅니다. 하하하. 리부데산이라고 말이죠***. 언젠가 한번 내가 주교님께 그 말씀을 드렸더니 주교님도 웃으시고…… 아니 웃어주시더군요. 그런데 보바리 씨는 여전하신가요?"

엠마는 못 들은 척했다.

"여전히 언제나 바쁘시겠지요? 사실 바깥 분과 나는 이 교구에서 가장 일이 많은 사람이니까요. 바깥 분은 육체의 의사시고……" 하고 벙긋 웃으면서 덧붙였다. "나는 영혼의 의사니까요."

그녀는 애원하는 듯한 눈길로 신부를 보았다.

"그렇습니다……. 신부님께선 모든 괴로움을 덜어주시는 분이죠."

---

* 신앙이 두텁지 못한 사람

** 나의 리부데라는 뜻

*** 몽은 산이라는 뜻도 있다.

그녀가 말했다.

"아니 아니, 말씀도 마세요, 보바리 부인! 오늘 아침에도 나는 바디오빌에 '붓는 병'에 걸린 소가 있다고 해서 갔다왔는데 사람들은 소가 저주받은 게 아닌가 생각하고 있더란 말입니다. 왜 그런지 모르지만 차례차례로 그 집 소가……. 잠깐 실례하겠어요. 야 이놈! 롱그마르, 그리고 부데! 얌전하게 못 있겠니, 그만하란 말이야!"

그렇게 소리를 지르고 나서 신부는 후다닥 성당 안으로 뛰어들어갔다.

장난꾸러기들은 그때 큰 책상 주위에 몰려들어 성가대 의자 위에 기어올라가서 기도서를 펼친 녀석도 있었고, 살그머니 고해실 안에까지 기어 들어가려는 녀석도 있었다. 신부는 녀석들 모두를 연달아 소리가 나도록 때렸다. 멱살을 잡아 번쩍 쳐들었다가는 마치 땅 위에 나무를 심는 것처럼 단단히 성가대 돌바닥 위에 힘껏 무릎을 꿇려 앉혔다.

그는 엠마에게로 되돌아와서 인도 사라사의 커다란 손수건 끝을 입에 물고 펴면서 이렇게 말했다.

"사실 농민들은 정말 불쌍하지요."

"가엾은 사람은 그밖에도 있습니다."

엠마가 대답했다.

"그건 그렇지요. 예를 들면 도시의 노동자들."

"그런 사람들만이 아닙니다."

"아니 그렇게 말씀하시지만 들어보십시오. 저는 도시에서 보고 왔습니다. 아이를 거느린 불쌍한 어머니들과 훌륭한 여자, 행실도 좋고 아주 마음도 발라 성녀 같은 여자인데 그런 사람도 먹을 것이 없어서 고생하는 것을 보았단 말입니다."

"하지만 저어……."

엠마가 다시 말했다.

(말하는 엠마의 입 가장자리가 비틀렸다.)

"저, 신부님, 빵은 있어도 다른 무엇이 없는 사람들은……."

"겨울에 불이 없는 사람들."

신부가 말했다.

"아니, 그런 게 아니고."

"무슨 말씀을! 그런 게 아니라니! 내 생각으로 아무튼 우리는 따뜻하게 지내고 먹을 것만 충분하면…… 그렇지……."

"아아! 아아!"

그녀는 탄식했다.

"기분이 나쁘신가요? 필경 소화가 잘 안 되시는 모양이지요? 부인, 댁에 돌아가셔서 차를 좀 드시는 게 좋겠습니다, 보바리 부인. 그러면 기운이 납니다. 그렇지 않으면 찬물에 흑설탕을 타서 한 잔 마셔도 좋을 겁니다."

신부는 걱정스러운 듯이 다가왔다.

"왜요?"

그렇게 말하고 그녀는 마치 꿈에서 깨어난 사람 같은 표정을 지었다.

"당신이 이마에 손을 대셨거든요. 그래서 현기증이 나시는 줄 알았습니다." 그러고는 문득 생각난 것처럼 말했다. "그런데 당신은 조금 전에 저에게 무엇인가를 물으셨지요? 뭐였는지 전혀 생각이 나지 않는데……."

"제가요? 아뇨. 아무것도…… 아무것도……."

엠마는 되풀이해서 말했다.

그리고 천천히 주위를 둘러보다가 법의를 입은 노인 위에 조용히 멈췄다. 두 사람 다 얼굴을 마주 본 채 아무 말도 없었다.

"그럼, 보바리 부인. 실례하겠습니다" 하고 드디어 신부가 말문을 열었다. "제게 할 일이 있어서요. 나는 저 장난꾸러기들에게 공부를 좀 시켜야겠습니다. 얼마 안 있어 그들의 첫 영성체가 있거든요. 어차피 올해도 그때가 되어서야 허둥지둥할 것 같아서 걱정이 되어서 말입니다. 그래서 부활절 이래로 매주 수요일마다 한 시간씩 더 녀석들을 붙들어 놓고 공부를 봐주고 있답니다. 보시다시피 저렇게 장난이 심한 놈들은 조금이라도 빨리 하느님의 길로 인도하는 게 긴요한 일입니다. 하느님께서도 그리스도의 입을 통해 그렇게 말씀하셨으니까요……. 그럼 몸조심하십시오, 부인. 주인께도 안부 전해주십시오."

이렇게 말하고 그는 입구에서 약간 허리를 구부려 인사를 하고 성당 안으로 들어갔다.

엠마는 그가 머리를 약간 어깨 쪽으로 기울이고 팔을 조금 벌린 채 흔들흔들 내저으며 무거운 듯한 걸음걸이로 두 줄로 줄지어 선 의자 사이로 사라지는 것을 전송했다.

이윽고 그녀는 마치 인형이 축 위에서 빙그르르 회전하는 것처럼 발뒤꿈치를 돌리고 집을 향해서 걸었다.

그러나 신부의 굵은 목소리며 장난꾸러기들의 떠드는 목소리가 아직도 쟁쟁하게 귀 뒤에서 들려왔다.

"그대는 그리스도 교도인가?"

"네, 저는 그리스도 교도입니다."

"그리스도 교도란 어떠한 것인가요?"

"그것은 영세를 받은 자입니다……. 영세를…… 영세를 받고……."

그녀는 난간에 매달리듯이 의지하면서 계단을 올라갔다. 그리고 자기 방에 들어가서는 팔걸이 의자에 푹 쓰러져버렸다.

유리창으로 들어온 하얀 햇빛이 흔들흔들 물결치면서 서서히 엷어져갔다.

언제나 같은 자리에 놓여 있는 가구들은 한층 더 움직일 수 없는 형태로 보이고 컴컴한 바다 속으로 떨어지는 것처럼 어둠 속으로 잠겨 들어갔다. 난로의 불은 꺼지고 시계만이 여전히 소리를 내고 있었다. 마음속이 이렇게 크게 동요하고 있는데 주위의 물건들이 이처럼 조용한 것이 어쩐지 이상하게 여겨졌다. 그러나 창문과 재봉대 사이에 서 있던 어린 베르트가 뜨개질하여 만든 반장화처럼 긴 신발을 신고 위태로운 걸음걸이로 뒤뚱거리고 걸어와서 엠마의 앞치마에 달린 리본 끝을 붙잡으려고 했다.

"귀찮게 구는구나."

어머니는 손으로 아기를 떼밀어냈다.

그러나 딸아이는 또 어머니의 무릎께로 더 가까이 다가와서는 두 팔로 그녀의 무릎에 매달리며 커다랗고 푸른 눈으로 가만히 어머니를 올려다보았다. 한 줄기의 침이 입술에서 비단 앞치마 위로 흘렀다.

"귀찮다니까!"

엠마는 짜증이 나서 화를 버럭 냈다.

어머니의 얼굴 표정에 아이는 겁을 집어먹고 울기 시작했다.

"에이! 정말 귀찮게 하는구나."

그녀는 이번에는 팔꿈치로 아기를 떠다밀었다.

베르트는 옷장 밑으로 넘어지면서 놋쇠 장식에 얼굴을 부딪쳤다. 빰에 상처가 생겨서 피가 흘렀다. 보바리 부인은 깜짝 놀라서 허둥지둥 달려가 아기를 안아 일으키고 초인종 끈을 힘껏 당기면서 있는 힘을 다해 큰소리로 하녀를 불렀다. 그리고 자신의 경솔한 행동을 자책하는데 샤를이 들어왔다. 저녁식사 때가 되어 돌아온 것이었다.

"당신이 좀 보아주세요, 여보. 이 애가 지금 여기서 놀다가 마룻바닥에 넘어져서 다쳤어요."

엠마가 침착한 목소리로 그에게 말했다.

샤를은 대수롭지 않은 일이라고 엠마를 안심시키고 나서 연고를 찾으러 내려갔다.

보바리 부인은 식당에 내려가지 않았다. 그녀는 혼자서 아기를 보살필 생각이었다. 그리고 잠든 아기를 가만히 바라보자 불안한 마음이 조금씩 사라지고, 조금 아까 대수롭지도 않은 일에 허둥지둥했던 자신이 무척 바보스럽고 어리석게 느껴졌다. 베르트는 이젠 울먹이지 않았다. 지금은 무명 홑이불이 아이가 숨쉴 때마다 살짝살짝 들먹거릴 뿐이었다. 큰 눈물방울이 반쯤 감은 눈꺼풀 끝에 괴어 있어서 속눈썹 사이로 가라앉은 엷은 두 개의 눈동자가 보였다. 뺨에 붙인 반창고가 팽팽한 피부를 비스듬히 지나가며 잡아당기고 있었다.

'참 이상도 하지. 이 애는 어쩌면 이렇게도 못생겼을까!' 하고 엠마는 생각했다.

밤 11시쯤 샤를이 약방에서 돌아왔을 때(그는 저녁식사 후 남은 연고를 돌려주러 약방에 갔었다) 아내는 아기의 침대 곁에 서 있었다.

"아무렇지도 않아요, 괜찮다니까. 걱정할 것 없어요. 여보, 당신이 병나겠구려."

그는 엠마의 이마에 키스하면서 말했다.

그는 약제사 집에서 너무 오랫동안 지체해버렸다. 그다지 걱정스러운 태도를 보이지 않았는데도 오메 씨는 그를 안심시키고 기운을 돋우어주려고 애를 썼다. 그래서 어린애들에게 흔히 생기기 쉬운 여러 가지 위험한 일이며 하녀들의 부주의에 관한 이야기가 화제에 올랐다. 오메 부인에게도 경험이 있는 일이었다. 그녀의 가슴에는 어릴 때 하녀가 떨어뜨린 숯불이 목둘레로 들어가서 덴 상처가 지금도 뚜렷하게 남아 있었다. 그랬기 때문에 그녀의 양친은 그때부터 몹시 주의하게 되어서 칼은 절대로 갈아 놓지 않았고, 마룻바닥에는 절대로 초칠을 하지 않아서 미끄러지지 않도록 조심했고, 창문에는 철창을 해 달았고, 창문 틀에는 튼튼한 받침살을 댔다. 오메는 아이들이 멋대로 놀도록 내버려두기는 했지만 애 보는 아이를 꼭 붙여두었다. 조금이라도 감기 기운이 있으면 아버지는 곧 감기약을 억지로라도 먹이고, 네 살이 될 때까지는 솜을 넣은 두건을 꼭 씌워두었다. 사실 이것은 오메 부인의 고집이었는데 남편은 그렇게 아이의 머리를 압박하면 두뇌 기능에 좋지 않은 영향이 있을지도 모른다고 근심하여 내심으로는 달갑지 않았다. 그래서 그녀에게 이렇게까지 말했던 것이다.

"도대체 당신은 아이들을 카리브*나 보토쿠도스** 같은 야만인으로 만들 작정이요?"

샤를은 이런 긴 이야기를 몇 번인가 적당히 끊으려고 애썼다.

"당신에게 할 얘기가 있는데요."

그는 앞장서서 층계를 내려가려는 서기의 귀에 대고 조그맣게 속삭였다.

'무슨 눈치를 챘을까?'

---

* 중앙아메리카의 앙티르족

** 남부 브라질의 원주민

레옹은 혼자서 생각했다. 가슴이 두근두근하며 여러 가지 억측이 솟아올랐다.

이윽고 입구의 문을 닫고 나서 샤를은 서기에게 제일 고급인 은판 사진*은 얼마나 하는지 루앙에 가거든 알아봐주지 않겠느냐고 부탁했다. 검은 예복을 입은 사진을 찍어 자기 부인에게 선물을 해서 깜짝 놀라게 해주려는 살뜰한 애정의 표시였다. 그러나 그는 얼마나 드는가를 미리 알아두고 싶다는 것이었다. 그리고 이러한 부탁은 거의 매주 시내에 나가는 레옹 씨에게는 그리 큰 폐가 된다고는 생각하지 않은 것이었다.

무슨 일로 매주 나가는지 오메 씨는 거기에 무슨 젊은 사람에게 있을 법한, 기껏해야 젊은 장난기 같은 것이 있을 거라고 생각했다. 그러나 잘못된 생각이었다. 레옹은 절대로 마음이 들떠 허튼 일은 하지 않았다. 그는 어느 때보다도 우울한 심정이었다. 요사이 식사를 제대로 못 하고 남기곤 했기 때문에 르프랑수와 부인은 그것을 눈치 채고 있었다. 자세한 내용이 알고 싶어서 그녀는 수세 관리(收稅 官吏)인 비네 씨에게 물었다. 그러나 비네는 무뚝뚝한 말투로 자기는 경찰에서 월급을 받지 않는다고 대답했다.

그렇지만 그에게도 청년의 태도는 이상하게 생각되었다. 레옹이 양팔을 벌리고 의자에 벌렁 자빠지듯 드러누워 알 수 없는 말로 인생에 대해서 한탄을 늘어놓곤 했기 때문이었다.

"당신에겐 즐거운 일이 너무 없기 때문이오."

수세 관리는 말하곤 했다.

"어떠한 즐거움 말입니까?"

---

* 사진술의 초기의 것

"내가 당신이라면 녹로를 하나 사겠소."

"하지만 나는 그런 걸 쓸 줄을 모르는 걸요."

서기는 대답했다.

"딴은 그렇군."

상대방은 경멸과 만족이 뒤섞인 얼굴로 턱을 만지면서 말했다.

레옹은 보답 없는 사랑에 지쳐 있었다. 게다가 아무런 계획도 없고, 아무런 희망도 없는 똑같은 생활이 매일 되풀이되는 데서 일어나는 견딜 수 없는 압박감을 느끼기 시작하고 있었다. 그는 용빌에도 그곳의 사람들에게도 싫증이 났고, 거기에 있는 어떤 사람들이나 집을 보면 견딜 수 없을 만큼 마음이 끓었다. 약제사도 사람은 좋았지만 참을 수 없는 구석이 있었다.

그러면서도 앞날의 새로운 생활을 상상하면 유혹을 느낌과 동시에 두려운 마음도 들었다.

그러한 두려움은 곧 조바심으로 바뀌었다. 그러자 저 멀리서 파리가 요란스러운 가면무도회의 음악이며, 아가씨들의 웃음 소리를 보내왔다. 어차피 장래에는 파리로 가서 법률 공부를 마쳐야 하는데 어째서 빨리 가지 않는 것인가? 무엇 때문에 머뭇거리는 것인지? 드디어 그는 마음의 준비를 하기 시작했다. 그쪽으로 가고 난 다음의 생활을 상상해보았다. 머릿속에서 방 안의 가구도 갖추어 보았다. 예술가 같은 생활을 하리라. 기타도 배우리라. 실내복을 입고 바스크 지방식의 베레모를 쓰고 푸른 벨벳 실내화를 사서 신으리라! 그는 벌써부터 벽난로 선반 위에 비스듬히 열십자로 두 개의 펜싱용 칼을 장식하고, 그 위에 해골과 기타를 나란히 놓은 모양을 상상하면서 음미해보았다.

어려운 것은 어머니의 승낙을 얻는 일이었다. 그러나 결코 무리한 소망은 아닐 것이라고 생각했다. 그의 주인까지도 좀 더 공부를 할 수 있을 만한 사무소가 있으면 옮겨도 좋다고 권하고 있었다. 그래서 레옹은 절충안을 취하여 우선 루앙에 견습 서기 자리를 찾아보았으나 발견되지 않았다. 마침내 그는 어머니에게 즉시 파리로 가야 할 까닭을 적은 긴 편지를 보냈다. 어머니는 승낙했다.

그는 그다지 서두르지 않았다. 꼬박 한 달 동안 매일같이 마부인 이베르가 용빌에서 루앙으로, 루앙에서 용빌로 여러 가지 상자며, 여행용 트렁크, 짐꾸러미를 운반해주었다. 의복을 새로 장만하고 세 개의 팔걸이 의자를 다시 고치고 비단 목도리를 여러 개 샀다. 요컨대 한마디로 말해서 세계일주 여행에 나서는 것 이상의 준비가 다 끝나고도 그는 한 주일 또 한 주일 날짜를 미루었다. 결국은 휴가 전에 시험에 합격하려면 빨리 출발하라는 재촉 편지가 어머니에게서 두 번씩이나 날아오는 형국이 되었다.

작별할 때가 오자 오메 부인은 눈물을 흘리고, 쥐스탱은 흐느껴 울면서 슬퍼했다. 오메는 침착한 남자답게 감정을 억누르고 있었다. 그리고 그는 레옹을 루앙까지 자기 마차로 전송하겠다는 공증인의 집 앞까지 레옹의 외투를 들어다주겠다고 했다. 레옹은 간신히 보바리 씨와 인사를 나눌 시간 여유밖에 없었다.

계단 위에까지 올라갔을 때 몹시 숨이 차서 그는 발을 멈추고 섰다. 그가 들어오는 것을 보자 보바리 부인이 황급히 일어섰다.

"접니다. 또 왔습니다."

"당신일 거라고 생각했어요."

그녀는 입술을 깨물었다. 피부 아래로 피가 몰려서 일순간 이마에서 목덜미까지 발그레해졌다. 그녀는 어깨를 벽에 기대고 서 있었다.

"주인어른은 안 계십니까?"

"네, 안 계셔요."

거기서 이야기는 뚝 끊기고 두 사람은 서로 얼굴을 가만히 쳐다보기만 했다.

그들의 마음은 똑같은 괴로움으로 참을 수 없는 감정에 녹아들어 두근거리는 두 개의 가슴처럼 서로 꽉 얽혀 있었다.

"베르트에게 키스해주고 가고 싶습니다."

레옹이 말했다.

엠마는 계단을 몇 단 내려가서 펠리시테를 불렀다.

그는 재빠르게 주위를 둘러보았다. 그의 시선은 벽이며, 선반이며 난로 위로 퍼져서 거기 있는 모든 것을 가져가기라도 하려는 것 같았다.

그러자 엠마가 돌아왔다. 그리고 하녀가 끈 끝에 거꾸로 매달린 바람개비를 흔들고 있는 베르트를 데리고 왔다. 레옹은 몇 번이나 아기의 목덜미에 입을 맞추었다.

"아가야, 안녕! 잘 있어요, 예쁜 아기. 잘 있어!"

이렇게 말하고 나서 그는 아기를 어머니에게 돌려주었다.

"데리고 나가라."

어머니는 말했다. 다시 두 사람만 남았다.

보바리 부인은 그에게 등을 돌리고 유리창에 얼굴을 대고 있었다. 레옹은 모자를 손에 들고 그것으로 무릎께를 가볍게 치고 있었다.

"비가 올 것 같군요."

엠마가 말했다.

"외투가 있습니다."

그가 대답했다.

"아, 네!"

그녀는 턱을 숙이고 이마를 앞으로 내밀며 얼굴을 돌렸다. 햇빛이 그 얼굴 위를 눈썹의 곡선이 있는 데까지 마치 대리석 위를 미끄러지듯 흘렀다. 엠마가 지평선 저 멀리 무엇을 보고 있는 건지, 마음속 깊이 무엇을 생각하는지 알 길이 없었다.

"그럼 안녕히!"

그는 한숨을 쉬었다.

그녀가 갑자기 머리를 번쩍 들었다.

"네, 안녕히…… 가세요!"

그들은 서로 앞으로 다가섰다. 그가 손을 내밀었다. 그녀는 망설였다.

"그럼 영국식으로."

그녀는 억지로 웃는 얼굴을 하면서 자기 손을 청년에게 내밀었다.

레옹은 그녀의 손의 감촉을 자신의 손가락 사이에서 느꼈다. 그러자 자신의 생명의 알맹이가 그대로 차분한 그 여자의 손 속으로 빨려 들어가는 것처럼 느껴졌다.

그러고 나서 그는 손을 놓았다. 두 사람의 눈과 눈이 다시 마주쳤다. 그리고 그는 돌아섰다.

시장 지붕 밑으로 오자 그는 발을 멈추었다. 그리고 네 개의 푸른 덧문이 달린 그 하얀 집을 마지막으로 한 번 더 보려고 전봇대 그늘에 몸을 숨겼다. 그녀의 방 창문 뒤로 사람의 그림자가 보이는 것처럼 느껴졌다. 그러나 커튼이 저 혼자 커튼 걸이에서 벗겨져서 기다랗고 비스듬한 주름이 흔들리고 쫙 한꺼번에 펼쳐지는 것 같았다. 그러고는 꼼짝도 하지 않고 늘어져서 석회벽처럼 더는 움직이지 않았다. 레옹은 달리기 시작했다.

주인의 이륜 마차가 멀리 길 위에 나와 있는 것이 보였다. 그 옆에는 거친 헝겊 앞치마를 두른 사나이가 말을 붙들고 서 있었다. 오메 씨와 기요맹 씨가 함께 이야기를 하고 있었다. 모두들 그를 기다리고 있는 것이었다.

"포옹해주게. 이건 자네 외투일세. 감기 들지 않도록 조심하게나. 몸조심하라고. 무리를 하면 안 되네."

약제사가 두 눈에 눈물을 글썽거리며 말했다.

"자, 레옹, 어서 타라고."

공증인이 말했다.

오메는 수레바퀴의 흙받이 위에 몸을 굽히고, 흐느낌 때문에 토막 토막 끊기는 목소리로 슬픈 인사를 보냈다.

"조심해 가게나."

"안녕히!"

기요맹 씨가 대답했다.

"자, 떠납시다!"

그들은 출발했다. 그리고 오메는 자기 집으로 돌아갔다.

보바리 부인은 뜰로 향한 창문을 열고 구름을 바라보고 있었다.

구름은 서쪽 루앙 쪽 하늘에 모여서 시커먼 소용돌이처럼 재빠르게 움직였고, 그 뒤에서 태양 광선이 마치 벽에 걸어놓은 트로피를 금화살이 쏘는 것처럼 뻗치고 있었다. 그러나 하늘의 나머지 넓은 부분은 도자기처럼 희었다. 갑자기 불어온 바람이 포플라 나뭇가지를 휘청거리게 했고, 굵은 빗방울이 떨어지기 시작했다. 빗방울이 푸른 잎사귀 위에 후두둑후두둑 소리를 냈다. 이윽고 다시 해가 나고 암탉이 울고 참새는 젖은 숲속에서 날개를 퍼덕거리고 모래 위에 생긴 물구덩이는 아카시아의 분홍 꽃잎을 떠내려 보내고 있었다.

'벌써 멀리 가버렸을 거야!'

그녀는 생각했다.

오메 씨는 언제나처럼 6시 반, 그들이 한참 식사를 하는 중에 찾아왔다.

"아! 이젠 그 젊은 친구도 끝내 떠나고 말았군요."

자리에 앉으면서 그는 말했다.

"그렇군요."

의사가 대답했다. 그리고 의자 위에 앉은 채로 오메 쪽을 돌아보면서 물었다.

"댁엔 별일 없지요?"

"뭐 별다른 일은 없어요. 오늘 오후에 그저 집사람이 조금 흥분했을 뿐이에요. 아무튼 여자들은 아무것도 아닌 일에 흥분을 해버리거든요. 우리 집사람은 또 특별히 유난스럽지요. 여자들의 신경 조직은 남자들보다 훨씬 연약하게 생겨서 말이죠. 그렇다고 이쪽에서 화를 낼 수도 없지요."

"레옹 군도 섭섭할 겁니다. 파리에서 어떻게 지낼는지? ……용케 익숙해질까요?"

샤를이 말했다.

보바리 부인은 한숨을 쉬었다.

"뭘요!"

약제사는 혀를 차며 말했다.

"요릿집에서는 여자아이들과 섞여서 떠들어댈 거고, 가면무도회다! 샴페인이다! 걱정할 거 없어요. 만사 아주 잘할 겁니다."

"설마 그 사람이 단정치 못한 일을 하게 되리라고는 생각지 않아요."

보바리가 약간 불평스럽게 말했다.

"저도 그렇게 생각하지는 않아요. 하지만 다른 사람들이 하는 일을 하지 않으면 일단 위선자라고 생각될 테니까요. 아무튼 그러한 난봉꾼들이 라틴구 주위 일대*에서 어떤 생활을 하고 있는지, 여배우들과 어울려 말이죠. 아마 모르실 겁니다. 첫째 파리에서는 학생들이 여간 인기가 아니랍니다. 조금이라도 사교성이 있으면 상류사회에 초대되죠. 포부르 생 제르맹**의 부인들 가운데는 이러한 청년들과 사랑을 하는 사람까지 있어서, 엄청난 출세를 할 수 있는 발판이 될 결혼을 할 기회도 생겨나곤 한답니다."

오메 씨는 황급히 말했다.

"그러나 저로서는 거기에서…… 그를 위해 근심이 되는 것은……."

의사가 말했다.

"그건 그렇지요."

약제사가 말을 가로채버렸다.

"어떤 일에든 좋은 일과 궂은 일이 있지요. 파리에서는 언제나 주머니 끈을 단단히 잡아매두어야만 합니다. 예를 들면 말입니다, 선생께서 어느 공원엘 간다고 합시다. 거기에 옷차림도 훌륭하고 단정한 외교관 같은 사람이 나타나거든요. 그 사람이 다가와서 선생께 환심을 사려고 담배를 권하기도 하고 또 선생의 모자를 집어주기도 한단 말입니다. 거기서 점점 친해져서 그 남자는 선생을 술집에도 안내하고 자기의 별장에도 와 달라고 끌지요. 술을 마시면서 여러 사람에게 소개를 합니다. 그런데 그런 사람들은 십중팔구가 선생의 주머니에서 돈을 끌어내려고 하든가 위태로운 사업에 끌어넣으려고 하든가 그것이 목적이거든요."

---

* 파리의 학생 마을

** 파리의 귀족 거리

"그건 옳은 말씀이에요. 그러나 제가 근심하는 것은 특히 병에 대한 겁니다. 예를 들면 지방에서 온 학생들은 장티푸스에 잘 걸리죠."

샤를이 대답했다.

엠마는 몸서리를 쳤다.

"음식이 달라지니까요. 그 때문에 몸의 균형에 이상이 오거든요. 게다가 파리의 물이란 말도 못 하죠. 음식점의 음식만 해도 그처럼 향신료를 듬뿍 친 음식만 먹으면 열이 높아질 뿐일 것이고 뭐니 뭐니 해도 집에서 만드는 음식을 당할 수가 없지요. 저는 말이죠, 집에서 만드는 요리를 가장 좋아해요. 훨씬 위생적이거든요. 루앙에서 약제학을 공부했을 때도 저는 식사를 제공하는 하숙에 있으면서 거기서 교수님들과 함께 식사를 하곤 했답니다."

약제사가 말을 이었다.

이렇게 그는 자기 생각이나 자기가 좋아하는 것과 싫어하는 것에 대해서 긴 이야기를 계속 지껄여대며 쥐스탱이 에그녹을 만들어야 한다고 부르러 올 때까지 그치지 않았다.

"잠깐 쉴 짬도 없군. 1년 내내 사슬에 묶여서 말입니다. 1분도 밖에 나와 있지를 못합니다! 마치 농사꾼의 말처럼 땀을 뚝뚝 흘리면서 계속해서 일해야 하다니, 가난한 사람의 괴로움이란 바로 이런 걸까요?"

그는 큰 소리로 말했다. 그리고 문 바로 앞까지 가서 말했다.

"그런데 그 소식은 들으셨나요?"

"무슨 소식 말입니까?"

"그게 아마 그럴 거라고 생각되는데" 하고 오메 씨가 눈썹을 치켜올리고 진지한 표정을 지으며 말을 이었다. "세느 엥페리에르 지방의 농사 공진회가 금년에는 이 용빌 라베이에서 열리는 모양이에요.

어쨌든 그렇다는 소문이 돌고 있죠. 오늘 아침에도 신문에 그 일에 관한 것이 조금 나와 있었습니다. 만약 그렇다면 우리 군으로서는 대단히 중대한 사건이지요. 어쨌든 이 문제에 대해서는 나중에 또 천천히 이야기합시다. 아니 괜찮아요. 걱정 마세요. 쥐스탱이 등불을 가지고 있으니까요."

7

이튿날은 엠마에게 침울한 하루였다. 음산한 분위기가 모든 것을 감싸며 사물 위에 막연하게 감돌고 있는 것처럼 생각되었다. 그리고 슬픔이 마치 사람이 살지 않는 성 안으로 불어닥치는 겨울 바람처럼 그녀의 마음속에 쓸쓸한 소리를 내면서 파고들었다.

두 번 다시 돌아오지 않을 것을 좇는 꿈, 일이 다 이루어진 뒤에 사로잡히게 되는 권태 같은 것이었고, 결국은 습관이 되어 있던 움직임이 딱 멈췄을 때, 오랜 진동이 갑자기 멈췄을 때 일어나는 그런 고통 같은 것이었다.

보비에사르에서 돌아왔을 때, 카드릴 춤이 그녀의 머릿속에서 소용돌이치던 그때처럼 그녀는 음침하고 우울한 기분과 멍한 것 같은 절망을 느끼고 있었다. 레옹의 모습이 전보다도 더 크게 더 아름답게 더 상냥스럽게 더 어렴풋하게 떠올랐다. 그는 비록 엠마와 헤어졌지만 그녀 곁을 완전히 떠나지 않고 그곳에 있었다. 집안 벽에는 그의 그림자가 아직 남아 있는 것 같았다. 그녀는 그가 걸어 다니던 양탄자며 그가 앉아 있었던 텅 빈 의자에서 눈을 뗄 수가 없었다.

시냇물은 지금도 변함없이 흐르고, 미끄러운 강둑을 따라 잔잔하게 물결치고 있었다. 이끼가 끼어 있는 조약돌에서 나는 언제나와 같은 물결의 속삭임을 들으면서 그들은 몇 번이나 여기를 산책하곤 했다. 얼마나 상쾌한 햇빛을 받았던가. 또 몇 번이나 뜰 깊숙한 나무 그늘에서 단둘이 즐거운 오후를 보냈던가. 그는 모자도 쓰지 않고 고목을 엮어서 만든 의자 위에 앉아서 소리 높이 책을 읽곤 했다. 목장에서 불어오는 서늘한 바람이 읽고 있던 책과 가자 위의 한련화를 흔들곤 했다……. 이제 그 사람은 가버린 것이다. 그녀 생활의 유일한 즐거움, 행복에의 유일한 희망이라고 생각했던 그 사람! 어째서 자신은 이 행복이 눈앞에 나타났을 때 붙잡으려고 하지 않았을까? 그것이 달아나버리려고 할 때 어째서 무릎을 꿇고 두 손으로 붙잡지 못했단 말인가?

그녀는 레옹을 사랑하지 못한 자기 자신을 책망하며 그의 입술을 갈망했다. 그녀는 그의 곁으로 달려가서 그의 품안에 몸을 내던지면서 "저예요, 저는 당신 거예요"라고 말하고 싶은 욕망에 사로잡혔다. 그러나 엠마는 그것을 행동으로 옮기기 전에 그 계획이 지닌 여러 가지 어려움에 괴로워했다. 그리고 그녀의 욕망은 후회하는 마음에 촉발되어서 더욱 심해져갔다.

그때부터는 레옹에 대한 추억이 그녀의 괴로움의 중심처럼 되어버렸다. 그 추억은 러시아의 광활한 설원 위에 나그네가 버리고 간 모닥불보다도 더 강하게 고통 속에서 타올랐다. 그녀는 그곳으로 달려가서 그 곁에 웅크리고 앉아 꺼져가는 모닥불을 되살릴 수 없을까 하고 주위를 둘러보았다. 아득한 옛날의 어렴풋한 추억이건, 엊그제 같은 생생한 추억이건, 실제로 느꼈던 일이건, 공상 속에서 그렸던 것이건, 산산이 흩어져버린 관능의 욕망이건, 죽은 나뭇가지처럼 바람에 꺾이는 행복의 계획이건, 보람 없는 정조건, 깨져버린 희망이건, 가정 생활이라는 지푸라기건, 이 모든 것들을 끌어모아 집어들고서 자기의 슬픔을 따뜻하게 해보려고 했다.

그러나 땔감이 저절로 떨어졌는지, 아니면 너무 많이 쌓아올린 탓인지 불길은 그대로 사그러져버렸다. 상대가 곁에 없는 사랑은 조금씩 사라지고, 후회는 익숙해질수록 덮여버렸다. 그녀의 파란 하늘을 붉게 물들였던 불길의 남은 빛도 차차 어두워지고 끝내 꺼져갔다. 분명하지 못한 의식 속에서 그녀는 남편에 대한 혐오감을 애인에 대한 동경으로 착각하기도 하고, 불타오르는 증오를 사랑의 정열이 되살아온 것으로 착각하기도 했다. 그래도 폭풍 같은 바람은 여전히 몰아쳤고 정열은 너무 타버려서 재가 되었고, 더욱이 아무런 구원의 손길도 뻗어오지 않았고, 어떠한 태양도 나타나지 않았기 때문에 사방은 캄캄해지고, 그녀는 뼛속으로 스며드는 무서운 추위 속에 그저 혼자 목적지도 없이 방황하는 것이었다.

그래서 토스트에서와 같은 저주스러운 나날이 또다시 시작되었다. 이번에는 전보다도 더욱 불행한 것처럼 생각되었다. 왜냐하면 그녀는 이미 슬픔을 경험했던 만큼, 그 슬픔에는 끝이 없다는 것을 잘 알았기 때문이다.

이처럼 커다란 희생을 자진해서 해치운 여자는 일시적으로나마 멋대로 하고 싶기도 할 것이다. 그녀는 고딕식의 기도대를 샀다. 그리고 손톱 손질을 하려고 한 달에 레몬을 14프랑어치나 소비했다. 파란 캐시미어 옷을 루앙에 주문하고 뤼르네 가게에서 가장 좋은 목도리를 골라서 실내가운의 허리에다 맸다. 그리고 그런 모습으로 덧문을 닫고 책을 한 권 손에 든 채 안락의자 위에 길게 누워 있었다.

그녀는 머리 모양도 종종 바꿨다. 평소에는 부드럽게 끝을 말아올린 머리를 중국식으로 땋아 늘어뜨렸는데, 때로는 남자처럼 옆에다 가르마를 타서 그대로 곱게 내려 빗기도 했다.

그녀는 이탈리아어를 공부하려고 여러 가지 사전이며 문법책이며 많은 종이를 사들였다. 역사라든가 철학이라든가 하는 진지한 책들을 읽으려고도 했다. 샤를은 때때로 밤중에 환자의 집에서 그를 부르러 온 줄 알고 갑자기 눈을 번쩍 뜨고 벌떡 일어나는 일이 있었다.

"네, 지금 곧 갑니다."

졸린 듯한 목소리로 그는 중얼거렸다.

그러나 그것은 엠마가 램프의 불을 다시 켜려고 성냥을 긋는 소리였다. 그런데 그녀는 이것저것 시작만 해놓고, 수를 놓다 말고 벽장 속에 그대로 처넣어둔 헝겊들과 마찬가지로, 독서도 시작하다가는 곧 그만두고 다른 책을 집어들곤 하는 형편이었다.

가끔 히스테리 발작을 일으키곤 했는데, 그럴 때는 곁의 사람이 어떻게 하느냐에 따라서 무슨 짓을 할는지 알 수가 없었다. 어느 날은 브랜디를 커다란 컵으로 절반 가량이나 마셔보이겠다고 남편에게 대들었다. 샤를이 어리석게도 마실 테면 마셔보라고 하자 그녀는 단숨에 그 브랜디를 한 방울도 남기지 않고 꿀꺽꿀꺽 마셔버렸다.

용빌의 아낙네들이 말하듯이 그녀는 겉보기에 매우 불안정해 보였다. 그러나 마음이 즐거워 보이지도 않았고, 나이 찬 노처녀나 실의에 빠진 야심가가 얼굴을 잔뜩 찌푸리고 있는 것처럼 굳은 표정이 좀처럼 입가에서 떠나지 않았다. 전신이 핏기가 없었고, 병적으로 흰 빛이었다. 코의 피부는 콧구멍 쪽으로 늘어지고 사람들을 쳐다보는 눈초리도 멍해졌다. 관자놀이에서 흰 머리카락을 세 개나 보았다며 자기는 이미 다 늙은 사람이 되어버렸다고 자주 뇌까렸다.

가끔 기절을 했다. 또 어떤 날에는 각혈을 한 일도 있었다. 샤를이 걱정스러운 표정으로 다가가자 그녀는 말했다.

"어때요? 이런 것쯤이야."

샤를은 진찰실로 달아나듯 뛰어 들어가서 양팔꿈치를 책상 위에 짚고 사무용 안락의자에 앉아서 골상학용의 해골 밑에서 울었다.

그는 어머니에게 와달라는 부탁 편지를 썼다. 그리고 그들은 엠마의 일에 대해서 오랫동안 의논했다.

어떻게 하면 좋을 것인가? 그녀는 어떠한 치료도 받지 않겠다고 고집을 부리고 있으니 어떻게 할 수 있으랴.

"네 아내를 어떻게 하면 좋겠느냐고? 억지로라도 일을 시켜야 하는 거다. 아무 일이라도 좋으니 말이다. 세상 다른 사람들처럼 먹고 살기 위해서 어떻게든지 일해야 하는 사람이라면 저런 신경질 같은 것은 생기지 않는다. 몸이 한가해서 빈둥거리고 쓸데없는 일만 생각하니까 생기는 병이란 말이다."

보바리 노부인은 말했다.

"하지만 그 사람은 여러 가지 일을 하는 걸요."

샤를이 대답했다.

"흥! 여러 가지 일을 한다고! 어떤 일을 한다는 거지? 소설 같은 돼먹지 않은 책을 읽는 것? 교의를 헐뜯고 볼테르가 한 말을 빌려서 신부님들을 비방하는 그러한 책들을 말이다. 그런 것들은 아무래도 결과가 좋지 않아. 알아듣겠니? 신앙심이 없는 사람은 틀림없이 좋지 못하게 되는 법이니까."

그래서 엠마에게 소설을 읽지 못하게 하기로 결론이 내려졌다. 그러나 그 일은 매우 어려울 듯했다. 노부인이 그 일을 맡았다. 그녀는 루앙을 지날 때 책방에 들러서 엠마는 이젠 구독을 그만두기로 했다고 말하기로 했다. 책방에서 그래도 세상에 해독을 끼칠 장사를 여전히 계속하려고 하면 이쪽에서는 경찰의 손을 빌릴 권리가 있을 것이었다.

시어머니와 며느리의 작별 인사는 매우 매정했다. 함께 지냈던 삼주일 동안에도 식탁에서 얼굴을 맞대었을 때와 그렇지 않으면 밤에 자리에 들기 전에 그날그날에 일어났던 일에 대한 보고나 인사말을 제외하곤 거의 말을 하지 않았다.

보바리 노부인은 수요일에 떠났다. 마침 그날은 용빌의 장날이었다.

광장은 이른 아침부터 늘어선 짐마차들로 혼잡했다. 모두 꽁무니를 땅에 붙이고 끌채는 공중으로 뻗친 마차들이 성당에서부터 여관까지 추녀 끝을 따라 쭉 늘어서 있었다. 반대쪽에는 포장을 둘러친 바라크들이 세워졌고, 거기에는 무명으로 만든 제품이며, 담요며, 모직 양말이며, 그밖에 말 고삐며, 바람에 펄럭거리는 푸른 리본 다발 같은 것을 함께 팔고 있었다. 산처럼 쌓아올린 계란과 끈적끈적한 지푸라기가 비어져 나온 치즈 바구니 사이에, 일용품인 쇠그릇들이 땅바닥에 펼쳐져 있었다. 보리를 훑는 기계 옆에는 넓적한 대소쿠리에 든 암탉이 꼬꼬댁거리면서 바구니 사이로 목을 내밀고 있었다. 군중은 한덩어리로 엉켜서 움직일 줄 모르고 있다가는 이따금 약방 가게를 부숴버릴 것처럼 밀려들었다. 언제나 수요일에는 이 가게가 매우 붐볐는데 약을 사는 것보다는 진찰을 받으려고 사람들이 모여들었다. 그만큼 오메 씨의 이름은 이 근방에 널리 알려졌다. 그의 대가인 척하는 침착한 태도가 농촌 사람들의 눈을 어리게 하고 현혹시켰다. 그들은 이 사나이를 어느 의사보다도 훨씬 훌륭한 의사라고 생각하였다.

엠마는 창가에 팔꿈치를 짚고 있었다. (그녀는 종종 거기에 와서 앉았다. 시골에서 창문은 극장이나 산책을 대신한다.) 시골 사람들의 혼잡을 바라보면서 즐기던 그녀는 그때 문득 초록색 벨벳 프록코트를 입은 한 신사를 보았다. 이 신사는 단단한 각반을 치고 있으면서도 손에는 멋진 노란 장갑을 끼고 있었다. 그는 고개를 푹 숙이고 생각에 잠긴 것 같은 한 농부를 거느리고 의사의 집 쪽으로 걸어왔다.

"선생님을 뵐 수 있겠습니까?"

그는 집 문 앞에서 펠리시테와 이야기하고 있던 쥐스탱을 이 집의 하인으로 알고 말을 걸었다.

"라 위셰트의 로돌프 불랑제라는 사람이 왔다고 선생께 전해주십시오."

이 방문객이 자기 이름 앞에 라 위셰트 운운하면서 귀족처럼 붙인 것은 자기 관할 영지를 뽐내기 위해서가 아니라, 자기의 신분을 확실하게 알리기 위해서였다. 사실 라 위셰트란 지방은 용빌 가까이에 있는 한 영지로서 그는 최근 그곳에 별장과 두 개의 농장을 한꺼번에 사들여서, 재미 삼아 몸소 그 농장을 경작하고 있었다. 그는 독신이었고, '줄잡아 연수입 1만 5천 리브르'는 되리라는 소문이었다.

샤를이 진찰실로 나왔다. 불랑제 씨는 데리고 온 사람을 소개했다. 그는 '온몸이 개미가 기어다니는 것처럼 근질근질하다'면서 나쁜 피를 뽑아달라고 했다.

"그렇게 해주시면 피가 깨끗해질 겁니다."

그는 의사가 무슨 말을 해도 고집을 부렸다.

그래서 보바리는 팔에 감는 붕대와 고름 대야를 가져오게 하고 쥐스탱에게 그 대야를 들고 있도록 했다. 그러고서 벌써부터 파랗게 질려 있는 그 시골 남자에게 말했다.

"조금도 겁낼 것 없어요."

"뭘요, 뭘요. 아무렇지도 않습니다. 어서 해주십시오."

남자는 대답했다.

그러고서 일부러 괜찮은 체하면서 굵직한 팔을 내밀었다. 바늘로 찌르자 피가 솟구쳐서 거울에까지 튀었다.

"대야를 좀 더 가까이!"

샤를이 소리쳤다.

"이크! 마치 작은 분수 같군요. 어쩌면 제 피가 이렇게 시뻘겋지요? 아마 이건 좋은 징조겠지요? 그렇습지요?"

농부가 말했다.

"어떤 사람들은" 의사가 말을 이었다. "처음에는 아무렇지도 않다가 나중에 기절하기도 해요. 특히 체격이 좋은 사람이 그렇죠, 이 사람처럼."

농부는 그 말을 듣자 손가락으로 만지작거리고 있던 침 상자를 떨어뜨렸다. 그의 어깨가 부들부들 떨리면서 의자등이 삐걱 소리를 냈다. 그는 모자도 떨어뜨렸다.

"이렇게 될 줄 알았지."

보바리는 혈관을 손가락으로 누르면서 말했다.

쥐스탱의 손 안에서 대야가 흔들리기 시작했다. 그의 무릎이 와들와들 떨리면서 얼굴이 새파래졌다.

"여보! 이봐요, 엠마!"

샤를이 불렀다.

엠마는 단숨에 층계를 뛰어내려왔다.

"자, 초를 가져다줘요. 이것 참 난처하군. 한 번에 두 사람이 다 기절하다니!"

그는 당황해서 가제를 갖다 대는 것도 제대로 되지 않았다.

"아무것도 아닙니다."

불랑제 씨가 침착하게 쥐스탱을 양쪽 팔로 껴안으면서 말했다. 그리고 농부를 탁자 위에 앉혀 놓고 벽에 기대게 했다.

보바리 부인은 쥐스탱의 넥타이를 풀기 시작했다. 셔츠의 끈에 매듭이 있었기 때문에 그녀는 한참 동안 그의 목줄기에서 가느다란 손가락을 움직였다. 이윽고 그녀는 자기의 바티스트* 손수건에 초를 묻혀서 그의 관자놀이를 적시고 톡톡 쳤다. 그리고 그 위에 입김을 불어주었다. 농부는 이내 정신을 차렸으나 쥐스탱은 아직 깨어나지 못해서 그의 눈동자는 마치 우유 속에 푸른 꽃잎이 가라앉는 것처럼 허연 막 속으로 사라져 보이지 않았다.

"그걸 치워주구려."

샤를이 말했다.

보바리 부인은 대야를 들었다. 대야를 탁자 밑에 놓으려고 허리를 굽힐 때 그녀의 옷이(그 옷은 치맛단 주름이 네 단 접힌 허리가 길고 치마폭이 넓은 노란 빛깔의 여름 옷이었다) 방의 돌바닥 위에 쫙 펼쳐졌다. 그리고 허리를 구부린 엠마가 양팔을 벌리면서 조금 비틀거렸기 때문에 옷이 부풀어 가슴께의 천이 군데군데 터졌다. 그리고 그녀는 물주전자를 가져와서 설탕을 물에 녹이고 있는데 약제사가 들어왔다. 소동이 난 것을 보고 하녀가 부르러 간 것이었다. 눈을 뜨고 있는 자기의 조수를 보자 그는 안도의 숨을 쉬었다. 그리고 그의 주위를 한 바퀴 돌고 나서 위아래로 그를 훑어보았다.

"바보로군그래."

---

* 12세기경 바티스트가 발명한 치밀한 마포(麻布)

그가 말했다.

"할 수 없는 놈이로군. 정말 멍텅구리구나, 피를 뽑는 게 그렇게 굉장한 일인가? 도무지 겁도 없는 녀석이 말이다! 이 녀석은 말이죠, 다람쥐처럼 높은 나무에 기어올라가서 호두를 휘둘러 떨어뜨린답니다. 눈이 핑핑 돌 만큼, 안 그래? 말 좀 해보라고. 그래 가지고서야 약제사 노릇을 하겠나 말이야. 일이 잘못되면 재판소에 불려가 장차 재판관 앞에서 진술도 해야 할 때가 있는데 말이야. 그런 때에는 냉정한 태도로 침착하게, 그리고 당당하게 그 까닭을 말해서 남자다운 가치를 보여주어야 하는 거야. 그렇지 않으면 바보 취급을 받는단 말이다."

쥐스탱은 대답하지 않았다. 약제사는 말을 계속했다.

"누가 너보고 여기에 와달라고 그랬어? 네 놈은 언제나 여기 선생님이나 부인께 폐만 끼치고 있단 말이다. 게다가 수요일에는 네가 집에 있어주어야 하잖나. 지금도 가게에 스무 명 넘는 손님이 있단 말이다. 나는 네가 근심이 되어서 만사 제쳐놓고 달려왔단 말이야. 자, 빨리 돌아가라고! 빨리 가서 내가 돌아갈 때까지 약병들을 지키고 있으란 말이야!"

쥐스탱이 옷을 고쳐 입고 나간 뒤 잠시 기절에 대한 이야기가 나왔다. 보바리 부인은 아직 기절해본 적이 없다고 말했다.

"여자분으로서는 이상한 일인데요" 하고 불랑제 씨가 말했다. "세상에는 대단히 마음 약한 사람도 많지요. 저는 결투할 때 권총에 총알을 재는 소리만 듣고는 정신을 잃은 입회인을 보았습니다."

"저는 말이죠." 하고 약제사가 말했다. "남의 피를 보는 것은 아무렇지도 않은데, 제 피가 흐르는 것은 생각만 해도 머리가 멍해지는걸요. 너무 깊이 생각하면 말이죠."

그러는 동안에 불랑제 씨는 데리고 온 농부에게 뜻대로 했으니 마음을 푹 놓으라며 안심시키고 타일러서 돌려보냈다.

"저 사나이의 소원 덕분에 이곳 선생님들과 사귀게 되었습니다."

그는 이렇게 말하면서 엠마를 가만히 지켜보았다.

그러고는 탁자 위 한 구석에 3프랑을 놓고 가볍게 인사를 하고 나가버렸다.

잠시 후 그는 시냇가 건너편 언덕에 가 있었다(그 길은 위셰트로 돌아가는 길이었다). 엠마는 목장을 지나가는 그의 모습을 보았다. 이따금 무언가 깊은 생각을 하는 것처럼 발걸음을 늦추면서 포플라 밑을 걸어갔다.

'귀여운 여인이야. 꽤 괜찮던걸. 그 의사의 부인 말이야.'

그는 마음속으로 중얼거렸다.

'깨끗한 이, 검은 눈, 화사한 발, 그리고 파리의 여인 같은 그 자태, 도대체 어디 출신의 여자일까? 그 뚱뚱한 선생은 어디에서 그런 훌륭한 사람을 찾아냈을까?'

로돌프 불랑제 씨는 서른네 살이었다. 그는 과격한 기질을 지녔고, 머리는 예민했고, 여자 관계가 무척 복잡해서 그 방면에는 일가견이 있었다. 조금 전에 본 보바리 부인은 대단한 미인이었다. 그래서 그는 그 여자에 관한 일, 그 남편에 관한 일을 멍하니 생각하고 있었다.

'남편은 그다지 영리하지 않더군. 그 아내는 틀림없이 싫증이 나 있을 게 뻔해. 그 남자는 손톱도 더럽고 수염도 다듬지 않았던걸. 그 선생이 환자에게 왕진 간 사이에 아내는 양말 따위를 깁고 있을 테지. 그래서 지루한 거야. 도시에서 살고 싶을 거야. 매일밤 폴카 춤이라도 추고 싶겠지. 가엾어라! 도마 위의 잉어가 물을 그리워하듯이 그 여자는 사랑을 동경하고 있을 거야. 틀림없어. 두서너 마디 다정한 말을 해주면 그만 홀랑 넘어올 거야. 다정하고 귀엽겠던걸…….
그래 그런데, 막상 그런 뒤에 어떻게 떼어버리면 좋을까?'

그는 장차 예감되는 이것저것 쾌락을 생각함과 동시에 이것에는 대조적으로 지금의 정부에 대한 것을 생각해냈다.

그의 정부는 루앙에서 몰래 살림을 차리고 있는 여배우였다. 지금은 이미 생각만 해도 넌더리가 나는 그 여자의 모습이 마음속에 떠오르자, 아니, 아니, 보바리 부인이 훨씬 아름답다. 게다가 무엇보다도 신선하다. 확실히 비르지니는 너무 살이 쪘어. 그토록 신나게 떠들어대는 것도 귀찮아. 게다가 어째서 그토록 새우만 먹으려고 하는지 모르겠어!' 하는 생각이 들었다.

들판에는 사람들의 통행이 없었다. 로돌프에게는 구두에 밟히는 규칙적인 풀 소리와 멀리 보리밭 속에 숨어서 우는 귀뚜라미 소리 외에는 아무것도 들리지 않았다. 엠마가 방 가운데에 아까 그대로의 옷차림으로 있는 모습이 다시 눈앞에 떠올랐다. 그는 그 옷을 벗겨보았다.

"음, 그래! 그녀를 내 것으로 만들어버릴 테다."

자기 앞에 있는 흙덩이를 단장 끝으로 쿡쿡 찌르면서 그는 말했다.

그리고 곧 그 계획에 대한 계략적인 부분에 대해서 여러 가지로 궁리해보았다.

'어디서 만날까? 어떤 방법으로? 저쪽은 언제나 아이가 달려 있을 거다. 게다가 또 하녀며 이웃 사람들이며 남편, 귀찮은 방해물들이 잔뜩이로군. 그만둘까? 시간 낭비일 것 같은걸.'

그는 다시 생각을 고쳤다.

'그 여자의 눈은 송곳으로 쿡 찌르는 것처럼 내 가슴 속을 꿰뚫었다. 게다가 그 창백한 살결. 나는 창백한 살결을 한 여자가 너무 좋단

말야.'

아르괴이유 언덕에 왔을 때, 이미 그는 결심을 굳혔다.

'좋은 기회를 기다리는 일만 남았다. 그렇지, 그래! 가끔 내가 그 집으로 찾아가기로 하지. 사냥해서 잡은 짐승이며, 집에서 기르는 닭을 그들에게 선물로 들고 가는 거야. 필요하다면 나도 피를 뽑아 달래도 되지. 아무튼 서로 가까워지도록 하고 좀 친해지면 저 부부를 우리 집에 초대하기로 하자……. 아아! 그렇게 하면 되겠다!'

그러고는 덧붙였다.

'이제 곧 농사 공진회가 열린다. 거기에 그녀도 오겠지. 그러면 거기서 그 여자를 만날 수가 있다. 그러면 그때부터 일을 시작해야겠다. 그리고 대담하게 밀고 나가야지. 아무튼 여자에겐 밀어붙이는 게 가장 좋은 방법이니까.'

8

드디어 그날이 왔다. 소문만 떠들썩한 공진회! 그날 아침 일찍부터 마을 사람들은 하나도 남김없이 모두 자기집 문 앞에 나와서 여러 가지 준비에 대한 이야기로 한창이었다. 면사무소 정면 옥상은 담쟁이덩굴로 장식을 하고 들판에는 연회를 하기 위한 천막이 둘러쳐졌다. 성당 앞 광장 한복판에는 대포 비슷한 것이 마련되어서 도지사의 도착과 표창받는 농부들의 이름을 알릴 때 사용하게 되어 있었다. 뷔시의 국민방위군(용빌에는 그것이 없었기 때문에)이 도착해서 비네가 지휘하는 소방대와 합류했다. 이날 비네는 보통 때보다 한층 더 높은 칼라를 달고 있었다. 제복으로 단단히 죄어진 이 사나이의 상반신은 딱딱하게 굳어져서 몸 가운데에서 살아 있는 것은 발걸음을 맞추어서 기운차게 쳐드는 두 개의 다리뿐인 것처럼 보였다. 수세 관리와 방위군 대장 사이에는 옛날부터 경쟁 의식이 있었기 때문에, 서로 각자의 재주를 보일 때가 왔다는 듯이 제각기 부하들을 자기들 나름대로 행진시켰다. 붉은 견장과 까만 흉갑이 교대로 왔다 갔다 하는 것이 보였다. 그것은 끝날 줄을 모르고 몇 번이고 되풀이되었다. 이 같은 대규모 행진은 여태까지 본 일이 없었다. 어제부터 집안을 깨끗하게 청소해놓은 마을 사람도 있었다. 반쯤 열린 창문에는 삼색기가 걸려 있었고, 선술집은 어디나 몹시 붐볐다. 마침 날씨가 좋아서 풀을 빳빳이 먹인 두건이며 금으로 만든 십자가며, 여러 가지 빛깔의 목도리가 밝은 햇빛에 반짝반짝 구름보다도 희게 보이고, 그 가지각색 빛깔들이 프록코트며 푸른 작업복을 입은 점잖고 단조로운 남자들을 한결 돋보이게 했다. 인근의 농사꾼 아낙네들은 말에서 내리며 도중에 더러워질까 봐 허리춤에 찔러넣은 웃옷에 꽂아놓았던 커다란 핀을 뽑았다. 남편들은 그와 반대로 모자가 다치지 않도록 그 위를 손수건으로 덮고 그 끝을 입에 물고 있었다.

군중이 마을 양쪽 끝에서부터 큰길로 모여들었다. 좁은 골목 길에서, 가로수 길에서, 모든 집에서, 사람들이 얼마든지 쏟아져 나왔다. 간혹 실로 짠 장갑을 끼고 이제부터 축제를 보러가려고 집에서 나오는 아낙네들 뒤에서 문에 붙은 노커* 소리가 들려왔다. 특히 모든 사람들의 눈을 끈 것은 조명등을 많이 매달은 높다란 커다란 두 개의 삼각대인데, 이것이 신분 높은 명사들이 늘어앉을 연단의 양쪽에 세워져 있었다. 또한 면사무소의 네 개 기둥 옆에 기다란 장대 같은 것이 세워졌는데, 그 하나하나에 달린 작은 깃발에는 푸른 바탕에 금문자로 화려한 문구가 적혀 있다. 하나에는 '상업을 위하여' 다음에는 '농업을 위하여' 세 번째는 '공업을 위하여' 네 번째에는 '예술을 위하여'라고 씌어 있었다.

그러나 모든 사람의 얼굴을 환하게 하는 이 커다란 기쁨은 도리어

* 현관문에 달린 문 두드리는 쇠

여관집 여주인 르프랑수와 부인의 얼굴을 우울하게 하는 것 같았다. 그녀는 부엌 계단 위에 우뚝 서서 입 속으로 중얼거렸다.

"정말로 어리석은 짓들이라니까. 저렇게 천막을 치고 연회를 열다니. 도지사님께서 어릿광대들처럼 저런 천막 밑에서 음식을 잡수시고 좋아하실 거라고 생각하다니! 저렇게 쓸데없는 소란을 피우면서 이 마을을 위한다고 하니 참 딱하기도 하지. 이럴 줄 알았으면 구태여 뇌샤텔에서 요리사를 데려올 필요가 없었는데 말야. 도대체 누구에게 먹이려는 거란 말이야? 소치는 놈들 아니면 맨발 벗은 거지 같은 놈들뿐이 아니냔 말이야?"

그때 약제사가 지나갔다. 그는 검정색 예복을 입고 무명 바지에다 해리(海狸) 가죽구두를 신고, 오늘은 특별히 납작한 모자를 쓰고 있었다.

"어이구, 안녕하세요! 실례합니다. 좀 바빠서요."

그러고는 이 뚱뚱한 과부가 어디로 가느냐고 묻자 대답했다.

"이상한가요? 하기야 나는 언제나 라 퐁테에느 아저씨의 우화 속에 나타나는 착한 쥐새끼 놈이 치즈 곁에서 떨어지지 않는 것 이상으로 우리 집 약국에 틀어박혀 있기만 하는 사람이니까요."

"치즈라니 무슨 말이죠?"

여관집 주인은 물었다.

"아니 아무것도 아니에요. 저는 그저 제가 항상 집에만 틀어박혀 있는 사람이라고 했을 뿐이에요. 그렇지만 말입니다. 오늘 같은 날에는 저도 말이죠……."

"네에, 당신도 거기에 가시는 건가요?"

그녀는 경멸하는 태도로 말했다.

"그럼요. 저도 가는 길이죠." 하고 약제사는 무슨 소리를 하는 거냐고 묻는 것 같은 표정으로 "제가 심사원인걸요" 하고 말했다.

르프랑수와 부인은 잠깐 동안 그를 바라보다가 웃으면서 이렇게 말했다.

"그렇다면 이야기는 다릅니다만. 그렇지만 말이에요, 도대체 농사짓는 일이 당신하고 어떤 관계가 있다는 거지요? 그런 것까지 당신이 아신단 말씀인가요?"

"알다마다요. 알다 뿐인가요? 저는 약제사입니다. 즉 화학자란 말이에요. 화학이라는 것은 말이죠, 부인. 모든 자연계 물질의 상호간의 분자 작용을 아는 데 목적이 있어요. 그렇다면 농업도 당연히 화학의 분야에 포함되어 있는 거죠. 사실 말이죠, 비료의 성분이라든가, 약제의 발효라든가, 가스의 분석이며 독기의 영향이라든가, 그러한 모든 것은 그럼 무어란 말인가요? 부인, 이게 모두 화학이 아니고 무엇이겠습니까?"

여관집 주인은 아무 대답도 하지 않았다. 오메는 또 말을 이었다.

"당신은 농학자가 되기 위해서는 그 사람 자신이 농토를 경작하고 닭이나 짐승을 길러야 한다는 건가요? 그것은 아무것도 모르는 사람의 생각이고요, 그보다 알아야 할 것은 근본적 문제인 물질의 조직이라든가 그 성립이라는 것에 있어요. 지층이라든가, 공기의 작용이라든가, 토지며 광물이며 물 같은 여러 가지 물체의 밀도와 그 모세관 현상을 알아야 한단 말이에요. 그밖에도 여러 가지 일이 있지요. 게다가 집을 세우는 방법이라든가, 동물의 사육법이며, 가축의 영양이라든가, 고용인의 음식물 같은 데 주의를 주고 비판하려면 위생학의 모든 원리를 아주 잘 알아두어야 한단 말이에요. 또 거기다가 식물학도 알고 있어야 해요. 식물을 분명하게 식별할 수 있어야 해요. 아시겠어요? 어느 것이 약이고 어느 것이 독인지를 분간해야 하죠. 어느 것이 영양이 있고 어느 것이 필요 없는 것인가를 말입니다. 여기에서는 뽑아버리고 저기에단 심어야 하는 것을 말입니다. 요컨대 책이나 신문 잡지를 읽고 과학의 현상이 진보하는 데에 떨어지지 않아야 해요. 언제나 정신을 잃지 말고 개량해야 할 점을 세상 사람들에게 가르쳐야 하죠……."

여관집 여주인은 카페 프랑세의 입구에서 잠시도 눈을 떼지 않았다. 약제사는 아직도 말을 그치지 않는다.

"바라건대 우리 농업하는 사람들이 모두 화학자가 되었으면 합니다. 그렇지 않으면 적어도 과학이 가르치는 바에 한층 더 귀를 기울여 주었으면 하죠. 그래서 최근 저도 이러한 생각에서 주목할 만한 글을 하나 썼습니다. 72페이지 이상 되는 논문인데 제목은 〈사과주와 그 제조법 및 효력과 아울러, 본 문제에 관한 약간의 새로운 고찰〉입니다. 그 논문을 루앙에 있는 '농학협회'에 보냈었지요. 그래서 저는 그 협회 농업부 과실재배 위원의 한 사람으로 추천을 받게 되었단 말이에요. 그러니까 만약 제가 저술한 책이 널리 세상에 알려진다면……."

르프랑수와 부인이 다른 곳에 정신이 팔린 것을 깨닫고 그는 입을 다물었다.

"저, 저것을 보십시오." 그녀는 말했다. "저 사람들 좀 보시란 말이에요. 도대체 무슨 생각인지 나는 도무지 알 수가 없군요. 저렇게 형편없는 식당엘 가다니 말이에요!"

그리고 털실로 짠 옷이 가슴께에서 찢어질 만큼 어깨를 추켜올리면서 노랫소리가 들려오는 경쟁 선술집을 두 손으로 가리켰다.

"어차피 저것도 오래 계속될 리는 없을 거예요. 한 주일도 못 가서 끝장이 나버릴 거예요." 그녀는 말을 덧붙였다.

오메는 기가 막혀서 뒤로 물러섰다. 그녀는 층계를 세 단쯤 내려와서 그의 귀에다 소곤거렸다.

"기가 막히군요. 모르셨나요? 저 집은 이번 주일 안에 차압을 당할 거래요. 뤄르가 팔아버린다는군요. 뤄르가 돈을 빌려 준 증서를 들이대고 저놈의 숨통을 눌러버렸다는군요."

"정말 너무나 끔찍한 파국이군!"

약제사는 소리쳤다. 그는 언제 어떠한 경우에나 거기에 알맞는 표정을 항상 준비해두고 있는 사나이였다.

그리고 여관집 여주인은 기요맹 씨네 하인인 테오도르한테서 들은 이야기를 들려주었다. 그리고 그녀는 텔리에를 몹시 싫어하기는 했지만 뤄르가 취한 행동은 좀 지나치다고 비난했다. 그 사람은 입을 능수능란하게 놀려서 남을 속이는 비열한 사나이라고 했다.

"어머나, 저것 좀 보세요. 그 사나이가 장터 처마 밑에 서 있군요. 보바리 부인에게 인사를 하네요. 부인은 푸른 모자를 쓰고 있고요. 저분은 불랑제 씨하고 정답게 팔짱을 끼고 있군요."

"응, 틀림없는 보바리 부인이군. 잠깐 나도 인사하고 와야겠어요. 아마도 부인은 천막 가운데 기둥 밑에 자리를 잡아드리면 기뻐하실 거야."

좀 더 자세한 이야기를 하고 싶어 하는 여관 주인을 그곳에 내버려두고 약제사는 입가에 미소를 띠고, 무릎을 펴고 좌우로 연방 인사를 해가면서 검은 예복의 커다란 옷자락을 거만스럽게 뒤로 펄럭거리며 재빠른 걸음으로 가버렸다.

로돌프는 약제사의 모습을 먼 데서 보고 발걸음을 빨리했다. 그러나 보바리 부인은 숨이 가빴다. 그래서 그는 또 발걸음을 늦추고 웃으면서 거칠게 말했다.

"저 뚱뚱보 사나이에게 붙들리는 것은 질색이란 말입니다. 아시겠어요? 저 약제사 말입니다."

엠마는 팔꿈치로 사나이를 쿡 찔렀다.

'무슨 뜻일까?'

로돌프는 생각해보았다. 그리고 그는 걸으면서 곁눈으로 그녀를 흘끔 살폈다.

그녀의 옆얼굴은 너무나도 잔잔했기 때문에 거기에서는 아무것도 알아낼 수가 없었다. 갈대잎과 흡사한 엷은 푸른빛 리본이 달린 부인용 모자의 타원형 속에서 그 얼굴은 햇빛을 담뿍 받아서 윤곽이 뚜렷하게 떠올라 있었다. 속눈썹이 긴 그녀의 두 눈은 앞을 가만히 보고 있었다. 커다랗게 뜨고 있는 두 눈은 투명한 살갗 밑에서 조용히 맥박치는 피 탓인지 광대뼈 쪽으로 다소 당겨진 듯한 느낌이었다. 콧구멍을 가로지른 데가 장밋빛으로 빛나고 있었다. 머리를 어깨 위로 기울이고 있었다. 입술 사이에 새하얀 이 끝이 진주빛으로 반짝거렸다.

'이 여자는 나를 놀리는 것일까?'

로돌프는 생각했다. 그러나 조금 전 엠마의 몸짓은 그저 조심하라는 뜻일 뿐이었다. 뤼르 씨가 그들의 뒤를 따라와서 이야기에 끼어들려고 이따금 말을 걸어왔기 때문이었다.

"참 날씨가 좋습니다! 모두들 밖으로 나와 있군요. 바람은 동풍 같지요!"

보바리 부인도 로돌프도 제대로 대답을 해주지 않았다. 그러나 뤼르는 두 사람이 조금만 몸을 움직이기만 해도 "네, 무슨 말씀입니까?" 하면서 가까이 다가와서 모자에 손을 대는 것이었다.

대장간 앞까지 오자 로돌프는 살문이 있는 쪽 길로 가지 않고, 갑자기 보바리 부인을 끌고 작은 길로 들어섰다. 그리고 커다랗게 소리쳤다.

"뤼르 씨! 안녕히 가십시오. 또 만납시다."

"어머나, 저 사람을 멋지게 따돌리셨군요!"

그녀는 웃으면서 말했다.

"방해꾼을 그냥 둘 수 있습니까? 더구나 오늘은 당신과 같이 있게 되어서 이렇게 행복한걸요……."

엠마는 얼굴이 빨개졌다. 그는 시작한 말을 끝까지 마무리하지 않았다. 그리고 화창한 날씨며 풀 위를 걷는 즐거움에 대해서 이야기했다. 데이지가 군데군데 피어 있었다.

"예쁜 데이지가 피어 있군요" 하고 그는 말했다. "이만하면 사랑에 빠진 온 마을의 여인들에게 사랑 점을 쳐주는 데 충분하지요."

그러고는 이어 물었다.

"꺾을까요? 어떠세요?"

"당신은 사랑을 하고 계신가요?"

엠마는 가볍게 기침을 하면서 말했다.

"글쎄요, 어떤지 모르겠는데요."

로돌프는 대답했다.

목장에는 사람들이 많아지기 시작했다. 커다란 양산이나 바구니를 든, 또는 아이들을 데리고 가는 부인네들과 자꾸 부딪치곤 했다. 시골에서 온 여자들의 기다란 행렬도 있었다. 이들은 푸른 양말에 납작한 구두를 신고 은반지를 꼈는데, 옆을 지날 때면 우유 냄새가 확 끼쳐오곤 했다. 이 여자들은 손을 붙잡고 백양나무 가로수가 있는 데서부터 연회용 천막이 있는 데까지 줄지어 걷고 있었다. 마침 심사가 시작되어서 농부들은 줄줄이 서서 나무에 긴 밧줄을 쳐서 만든 경마

장 같은 곳으로 들어갔다.

거기에는 가축들이 새끼줄을 쳐 놓은 쪽으로 코를 돌리고, 여러 크기의 방둥이가 되는 대로 뒤섞여서 늘어서 있었다. 돼지들은 코를 땅에 박은 채 졸고 있었다. 송아지는 울음소리를 내고, 암양들은 매애매애 울고, 암소는 한쪽 무릎을 꺾고 잔디 위에 배를 척 깔고 누워서 한가롭게 반추하면서, 그 근처를 붕붕 날아다니는 파리와 모기떼 밑에서 무거운 눈꺼풀을 껌벅거리고 있었다. 팔소매를 걷어붙인 마차꾼들이 어미 말 곁에서 코를 벌름거리며 소리 높이 울면서 뒷발로 일어서는 종마의 고삐를 잡아 누르고 있었다. 어미 말은 목을 길게 빼고 말갈기를 늘어뜨리고 조용히 있었고, 어미 말 곁에서 놀고 있던 새끼 말이 이따금 젖을 먹으러 다가오곤 했다. 이처럼 여러 종류의 가축이 뒤섞여서 길게 이어져 있는 그 위로 멀리 건너다보면 바람 때문에 파도처럼 물결치는 흰 말갈기며 불쑥 나온 뾰족한 뿔이며 뛰어다니는 사람들의 머리가 보였다. 거기에서 백 발자국쯤 떨어진 울타리 밖에는 주둥이에 부리망을 씌운 커다란 검은 황소 한 마리가 따로 떨어져서 코에 쇠고리를 끼우고 마치 청동으로 만든 소처럼 꼼짝도 하지 않고 있었다. 누더기를 입은 소년이 그 고삐를 잡고 있었다.

그러는 가운데 두 줄로 늘어선 동물 사이를 여러 명의 심사원이 동물들을 한 마리씩 검사하면서 천천히 걸어 다녔다. 그러고는 작은 소리로 서로 의논을 했다. 그중에서 제일 높은 자리에 있는 듯한 사람이 걸으면서 장부에 무엇인가 기록을 하였다. 그가 바로 심사위원장인 팡빌르드 드로즈레 씨였다. 그는 로돌프를 보자 재빨리 걸어왔다. 그리고 정다운 웃음을 띠면서 이야기했다.

"여어 불랑제 씨, 우리 쪽에 안 오시는 겁니까?"

로돌프는 지금 가려던 참이라고 변명했다.

그러나 위원장이 가고 나자 말했다.

"가긴 무엇 하러 가요. 이렇게 당신하고 함께 있는 데 뭣 하러 구태여 저런 델 가겠습니까?"

그리고 공진회에 대해서 마구 헐뜯으면서 보다 자유롭게 걸어 다닐 수 있도록 헌병에게 파란 쪽지를 내보이며 자꾸 걸어갔다. 이따금 그는 훌륭한 '출품작' 앞에서 발을 멈추곤 했는데, 보바리 부인은 무엇을 보든지 별로 감탄하는 빛이 없었다. 그는 그것을 눈치 채고는 이번에는 용빌 부인들의 복장에 대해서 농담을 하기 시작했다. 그리고 곁들여서 자기 자신의 복장이 소홀한 것을 사과했다. 그의 복장은 멋있는 것이 뒤섞였으나 짝이 맞지 않았다. 속된 사람들은 이러한 데에서 이상 야릇한 생활을 엿보기도 하고 감정의 혼란이나 예술에 대한 한결같은 봉사를 알아내기도 하고, 요컨대 반드시 거기에서 세상의 관습에 대한 일종의 경멸을 엿볼 수 있다고 믿고, 혹은 매혹되기도 하고 혹은 불쾌해하기도 하는 것이었다. 옷소매에 주름이 잡힌 그의 마직 셔츠는 조끼 사이로 바람이 불 때마다 부풀어 올랐는데, 조끼는 회색의 목면이었다. 그리고 거친 줄무늬 바지 밑자락으로는 복숭아 뼈가 있는 데에서 가장자리에 가죽을 댄 구두가 드러나 보였다. 구두는 풀이 비쳐 보일 만큼 반들반들하게 칠이 잘 되어 있었다. 그는 한 손을 웃옷 호주머니 속에 넣고 밀짚모자를 비스듬히 쓰고 말똥 위를 그 구두로 밟으며 걸었다.

"아무튼 시골에 살면……."

그는 덧붙여 말했다.

"무슨 일을 해도 보람이 없지요."

엠마가 말을 받았다.

"정말입니다!" 하고 로돌프가 대답했다. "이 근처에 사는 사람들은 누구 한 사람 옷차림이 좋고 나쁜 것조차도 이해하는 사람이 없으니까요!"

그리고 그들은 시골의 쓸모없는 평범함에 대해서, 그 평범한 생활에서 오는 숨막힐 것 같은 일상과 평범함 속에서 상실되어버리는 꿈 같은 것에 대해서 이야기했다.

"그렇기 때문에 저도 그만 어두운 마음이 되어버려서……."

로돌프가 말했다.

"당신이요!" 하고 그녀는 놀라서 말했다. "하지만 전 당신을 대단히 명랑한 분이라고 생각하는데요?"

"그야 그저 겉으로 보기에는 그렇죠. 사람들 앞에서는 농담만 말하는 사람의 가면을 쓸 줄 알기 때문이지요. 그러나 달빛이 비치는 무덤 같은 것을 보면 그곳에 잠자고 있는 사람들 틈에 끼는 것이 오히려 좋지 않을까 생각한 적이 한두 번이 아니었습니다……."

"어쩌면. 그렇지만 친구들이 계실 것 아녜요?" 하고 그녀는 말했다."당신은 친구 분들을 잊고 계시는 게 아녜요?"

"제 친구라구요? 어떤 친구들 말씀입니까? 그런 것이 저에게 있을 것 같습니까? 누가 저 같은 사람의 일을 걱정해주겠습니까?"

그는 마지막 말을 할 때 입술 사이로 자조하는 듯한 휘파람 같은 소리를 내었다.

마침 그때 그들 뒤에서 한 남자가 산더미 같은 의자를 날라왔기 때문에 그들은 잠깐 떨어지지 않으면 안 되었다. 그 남자는 나막신 끝과 어깨 위로 벌린 양쪽 팔끝만이 보일 정도로 많은 의자를 들고 있었다. 그는 묘지기 레스티부드와였는데 군중 속으로 성당의 의자를 날라온 것이었다. 자기에게 이득이 되는 일에는 빈틈이 없는 그 사람은 그러한 식으로 마을의 공진회를 이용하여 한몫 보려는 수단이었다.

그의 생각은 적중했다. 누구 말을 들어야 할지 알 수 없을 정도로 사람들이 몰려들어서 짚 냄새와 향 냄새가 풍기는 이 의자일망정 서로 다투어 가며 빌리려 했던 것이다. 사람들은 촛농으로 더러워진 의자의 단단한 등받이에 제법 고마운 듯한 표정으로 기대 앉는 것이었다.

보바리 부인은 또다시 로돌프의 팔을 잡았다. 그는 혼잣말을 하듯 말을 이었다.

"그렇습니다! 저에게는 여러 가지 모자라는 것이 많았습니다. 언제나 혼자뿐이었지요. 아! 만약 내가 인생에 하나의 목적을 갖고 있었다면, 만약에 진정으로 나를 사랑해주는 사람을 제가 만날 수 있었다면, 누군가를 찾아낼 수 있었다면……. 오! 그야말로 나 자신에게 있는 모든 힘을 기울여서 어떠한 것도 뛰어넘고, 모든 것을 부숴버릴 수가 있었을 것입니다."

"하지만 저는 당신이 그렇게 불쌍한 분이라고는 생각되지 않는 걸요."

엠마는 대답했다.

"아아! 그렇게 생각하십니까?"

로돌프는 말했다.

"그렇지만 무어라고 한데도…… 당신은 무엇이든지 마음대로 하실 수 있으시죠."

그녀는 말했다. 그리고 잠깐 머뭇거리다가 다시 덧붙였다.

"부자이시고."

"놀리지 마십시오."

그는 대답했다.

그러자 그녀는 결코 놀리는 것이 아니라고 말했다. 그때 대포 소리가 울렸다. 금방 사람들은 마을 쪽으로 제각기 뒤섞여서 밀려갔다.

그 포성은 잘못 울린 것이었다. 도지사는 아직껏 도착하지 않았다. 심사위원들은 몹시 당황하여 더 기다릴지 어쩔지 결정짓지 못하고 쩔쩔맸다.

드디어 광장 너머로 말라빠진 두 마리의 말이 끄는 커다란 임대 포장마차가 나타났다. 흰 모자를 쓴 마부가 힘껏 말을 채찍질하고 있었다. 비네는 겨우 "받들어 총!" 하고 호령을 할 겨를이 있었고, 경비 대장도 그를 흉내내서 소리쳤다. 사람들은 총을 걸어놓은 곳으로 달려갔다. 서로 허둥지둥 달려가고 떠다밀었다. 그 중에는 칼라를 잊어버린 사람까지 있었다. 그런데 도지사의 마차도 이 허둥거리는 혼잡을 알아차렸는지, 나란히 매어진 두 마리의 늙은 말이 쇠사슬을 당기고 몸을 흔들어대면서 잰 걸음으로 면사무소의 둥근 기둥 앞에 도착했을 때는, 마침 국민방위군과 소방대는 북을 치며 발을 맞추어서 그곳을 행진하는 중이었다.

"제자리 걸어!"

비네가 소리쳤다.

"모두 서!"

대장이 소리쳤다.

"왼쪽으로 나란히!"

그리고 받들어 총을 하자 소총 고리의 절그덕거리는 소리가 주위에 울려퍼졌다. 마치 구리 냄비가 계단을 굴러떨어지는 소리 같았다. 받들어 총이 끝나자 총은 다시 제자리로 내려졌다.

그때 은으로 수놓은 짧은 예복을 입은 사람이 마차에서 내리는 것이 보였다. 앞머리가 깨끗하게 벗어지고, 뒤통수에만 머리가 조금 남아 있고, 얼굴빛은 창백하지만 매우 온화해 보이는 인물이었다. 몹시 크고 두꺼운 눈꺼풀에 덮인 두 눈은 군중을 바라볼 때마다 절반쯤 감겨지곤 했고, 동시에 뾰족한 코를 쳐들고 오목하게 오므라진 입가에 미소를 짓고 있었다. 그는 장식 혁대를 맨 촌장을 알아보고, 지사님은 오시지 못한다고 알렸다. 자기는 이 도의 참사관이라고 했다. 그러고 나서 그는 두서너 마디 변명을 덧붙였다. 튀바슈가 그에게 공손히 인사를 하자 상대방은 참으로 황송하다고 했다. 이리하여 두 사람은 그대로 마주선 채 이마가 서로 맞닿을 것 같은 모습으로 서 있었다. 그 주위를 심사위원들이며 그 지방 유지들이며 게다가 방위군이며 일반 군중들이 둘러쌌다. 참사관이 조그맣고 까만 삼각모를 가슴에 대고 몇 번이고 인사를 되풀이하자, 튀바슈도 또 역시 허리를 활처럼 구부리고 벙글벙글 웃기도 하고, 말을 떠듬거리기도 하고, 왕국에 대한 충성을 맹세하는 문구를 읊기도 하고, 용빌에 주어진 명예를 기뻐하기도 했다.

여관집 심부름꾼인 이폴리트가 마부에게로 와서 말고삐를 받아들고 사뭇 절뚝거리며 '금사자'의 현관까지 말을 끌고 갔다. 그 앞에까지 수많은 농민이 마차를 보려고 몰려왔다. 북소리가 나고 대포 소리가 울렸다. 그러자 드디어 열을 짓고 있던 높은 양반들이 단 위로 올라가 튀바슈 부인이 빌려준 붉은 빛의 위트레흐트산 벨벳으로 만든 팔걸이 의자에 앉았다.

그 높은 양반들은 모두가 비슷한 모습들이었다. 조금 볕에 그을은 늘어진 얼굴은 부드러운 사과주와 같은 빛이었고 화려한 흰 넥타이로 잡아맨 딱딱하고 높은 깃 밖으로 풍성한 수염이 비어져나왔다. 누구나 한결같이 벨벳 조끼를 입었고, 깃이 넉넉하게 접혀 있었다. 시계는 또 시계대로 모두 기다란 리본 끝에 홍옥으로 된 타원형 도장 같은 것이 달려 있었다. 그들은 일부러 바짓가랑이 사이를 잔뜩 벌리고 두 손을 양 무릎 위에 놓았다. 아직 윤기가 지워지지 않은 그들의 바지는 튼튼한 장화의 가죽보다도 더 반짝반짝 빛났다.

그 뒤에 상류 부인들이 현관의 기둥과 기둥 사이에 자리잡았는데, 일반 군중들은 그 맞은편에 서 있기도 하고 의자에 앉아 있기도 했다. 레스티부드와는 풀밭에서 의자를 전부 이곳으로 옮겨놓고 그러고도 다른 의자를 가지러 쉴 새 없이 성당으로 뛰어가곤 했다. 의자를 빌려주는 그의 장사 때문에 혼잡은 한층 더해서 연단으로 올라가는 조그마한 계단까지 가는 것도 매우 힘들었다.

"저는, 저는 이렇게 생각합니다" 하고 (자리에 앉으려고 지나가는 약제사를 보고) 뤼르 씨가 말했다. "저기에는 장식 기둥을 한 쌍 세웠어야 했지 않을까 하고 말이지요. 거기에 새로 나온 천으로 약간 무리를 하더라도 조금 훌륭한 유행품이라도 장식했더라면 말이죠. 틀림없이 아름다웠을 겁니다."

"정말 그렇군요" 하고 오메가 대답했다. "그러나 어쩔 수 없지요. 모두 다 촌장 생각에 맡겨버렸으니까요. 그 튀바슈란 사람은 도무지 아무런 취미도 없는 양반인걸. 우선 예술에 대한 감각 같은 것은 전혀 없는 인물이니까."

이 사이에 로돌프는 보바리 부인과 함께 면사무소 2층의 회의실로 올라갔다. 그 방에는 아무도 없었기 때문에 그는 여기라면 편안히 구경할 수가 있겠습니다, 라고 했다. 그는 국왕의 흉상 밑에 놓여 있는 타원형 탁자 둘레에 있던 접는 의자를 세 개 들어다가 창가에 가까이 갖다 놓았고 두 사람은 나란히 앉았다.

언덕 위가 떠들썩하더니 오랫동안 쑤군쑤군 의논하는 소리가 일어났다. 마침내 참사관이 일어섰다. 사람들은 그의 이름이 리외뱅이라는 것을 그제야 비로소 알았기 때문에 군중 가운데서는 차례차례로 이 이름을 서로 전달해나갔다. 그는 여러 장의 연설문 요지를 초고한 종이를 확인하고 좀 더 잘 보이도록 그 종이 위에 가까이 대고 입을 열었다.

여러분! 오늘의 이 모임의 목적에 대해서 여러분들에게 말씀드리기에 앞서서, 저는 이와 같은 기분을 여러분들도 모두 다 같이 느끼고 계시리라고 확신합니다만, 우선 여러분들의 허락을 받고 최고 관청과 정부의 공적, 우리들이 경애하는 군주이신 국왕의 덕을 찬양하고 싶습니다. 국왕 폐하께옵서는 사적인 번영을 공적인 번영과 마찬가지로 생각하고 계시며, 또한 한 가지라도 관심을 갖지 아니하시는 일이 없고, 더욱이 확고하고 현명하신 판단으로 거친 바다의 끊임없는 위기를 극복하고 국가의 힘든 일을 손수 이끌어 나가고 계십니다. 더욱이 전쟁뿐만 아니라, 평화, 공업, 상업, 그리고 예술까지도 존중하고 계십니다.

"저는" 하고 로돌프가 말했다. "조금 더 뒤로 물러나야겠는데요."

"왜요?"

엠마가 물었다.

그러나 이때 마침 참사관의 목소리가 이상한 가락으로 한층 더 높아지며 연설이 계속되었다.

여러분! 이제 내란으로 말미암아 우리들의 광장을 피로 물들이던 때는 지나갔습니다. 그와 같은 시대에는 지주도 상인도, 아니 노동자까지도 하룻밤 편안히 잠들었다가도 별안간 화재를 알리는 경종 소리에 잠이 깨어야 하는 것은 아닌가 하고 전전긍긍했고, 무엇보다도 파괴적인 심한 말들이 오고가서 대담하게도, 사회의 기초를 뒤엎으려고 하던 시대는 다행히 과거의 것으로 사라져버렸습니다…….

"암만해도 말이죠" 하고 로돌프가 다시 말을 이었다. "아래 있는 사람들이 우리 얼굴을 알아볼 것 같군요. 그렇게 되면 거의 보름쯤은 무어라고 변명을 하고 다녀야만 될 거예요. 특히 저는 평판이 좋지 못한 사람이니까……."

"어머나, 당신은 무슨 그런 말씀을 하세요."

엠마가 말했다.

"아니, 아니, 저의 평판은 참으로 좋지 않아요. 정말이에요."

그러나 여러분, 이러한 비참한 광경의 추억을 떠나서 눈을 우리의 아름다운 조국의 현재 상태로 돌린다면 거기에서 우리는 무엇을 보게 되겠습니까? 도처에서 상업과 예술은 번영해가고 있습니다. 가는 데마다 새로운 교통로가 열리고 국가의 새로운 혈맥으로서 새로운 연결을 하고 있습니다. 우리 공업의 대중심지는 또다시 활기를 띠고 활동하기 시작했고, 종교는 더욱 지반을 굳게 하고 안정되어 모든 사람의 마음에 미소를 던져주고, 항구에는 배들이 가득하고 신용은 또다시 회복되고 이리하여 드디어 프랑스는 호흡을 하게 된 것입니다…….

"하기야 아마도 세상 사람들의 관점으로 보면 당연한 일인지도 모르겠지요."

로돌프는 덧붙였다.

"어째서죠?"

그녀가 말했다.

"그렇지 않을까요? 이 세상에는 끊임없이 고통받는 사람이 있다는 것을 모르고 계십니까? 그러한 사람들에게는 꿈과 행동이, 그리고 보다 더 순수한 정열과 보다 더 격렬한 향락이 번갈아가며 필요한 겁니다. 그래서 끝도 없는 공상이나 분별없는 짓들을 하게 되는 겁니다."

그가 말했다.

이때 그녀는 이 사나이를 이상한 나라들을 돌아다니다 온 나그네를 바라보는 것처럼 가만히 지켜보았다. 그리고 말했다.

"우리 불쌍한 여자들에게는 그러한 즐거움조차도 없는걸요."

"따분한 즐거움이겠죠. 거기에서 행복을 찾아낼 수 없는 것이라면 말입니다."

"행복 같은 것이 찾아지는 것일까요?"

"암요, 찾을 수 있고말고요. 언젠가는 어느 날엔가는 만나지지요."

그가 대답했다.

창밖에서는 여전히 참사관이 연설을 하고 있다.

바로 이러한 것들은 여러분도 이미 잘 알고 계시는 일입니다. 농업에 종사하는 분 및 농촌에서 일하는 여러분, 당신들이야말로 진정한 문명 사업의 평화적인 선구자입니다. 진취적이고 올바른 품성을 지닌 여러분! 되풀이합니다만 당신들은 정치적인 폭풍우가 불순한 천기보다도 더욱 두려운 것이라는 것을 잘 아셨을 줄 압니다…….

"언젠가는 행복을 만날 수가 있는 겁니다." 로돌프는 되풀이했다. "어느 날 갑자기 이제는 단념하고 절망해버렸을 때 말이죠. 아시겠어요? 그때 눈앞이 활짝 열리고 '행복은 여기 있어요!' 하는 듯한 목소리가 들려오지요. 당신은 그 사람에게 자기의 일생을 털어놓고 이야기하고, 모든 것을 바치고, 모든 것을 그를 위해서 희생하고 싶어지죠! 설명을 하지 않더라도 서로 다 알아차리게 됩니다. 꿈 속에서 서로 만나고 있는 겁니다."

그렇게 말하고 그는 엠마를 지켜보았다.

"그토록 간절히 찾아 헤매던 보물, 그 보물이 거기에 있는 거죠. 바로 당신의 눈앞에 말입니다. 그것이 번쩍번쩍 빛나고 눈부시게 빛을 내죠. 그러나 아직도 의심이 남아 있기 때문에 믿을 용기가 없죠. 마치 캄캄한 곳에서 환한 빛 속으로 나왔을 때처럼 눈이 멀어버렸으니까요."

이렇게 말을 끝내면서 로돌프는 자기 말에다 몸짓을 덧붙였다. 그는 느닷없이 어지러움이 일어난 사람처럼 얼굴에 손을 갖다 댔다. 그리고 그 손을 엠마의 손 위에 슬쩍 내려놓았다. 그녀는 자신의 손을 거둬들였다. 이러는 동안 참사관은 여전히 낭독을 계속하였다.

그렇다면 여러분, 누가 이것을 이상하다고 하겠습니까? 그들은 다만 구시대에 대한 편견에 깊이 잠겨서 (이렇게 거침없이 말할 수 있습니다) 깊이 가라앉아 버려서 농촌 사람들의 정신을 인정하려고 하지 않는 사람들뿐일 것입니다. 진정, 농촌이 아니고 어디에서 이와 같은 애국심과 공공 이익에 대한 헌신과 지성의 위대함을 발견할 수 있겠습니까? 저는 아무 쓸모도 없는 인간들의 소용없는 장식품과 같은 천박한 지성을 여기서 말하는 것이 아닙니다. 무엇보다도 유익한 목적을 추구하기 위하여 각자의 행복과 일반적인 사회의 개량 국가를 유지하는 데 공헌하여 마지않는 가장 깊고 온건한 이성을 말하는 것입니다. 이것이야말로 법을 존중하고 의무를 실천하는 데서 나오는 성과일 것입니다…….

"아, 또 저 소리군" 하고 로돌프가 말했다. "언제나 변함없이 의무, 의무, 하지만 저 말은 딱 질색입니다. 플란넬 조끼를 입은 바보 같은 노인들과 화로와 묵주를 끼고 사는 늙은 맹신자들이 우리 귀에 대고 쉴 새 없이 '의무, 의무' 하고 부르짖고 있다니까요. 천만의 말씀이죠. 의무라는 것은 위대한 것을 느끼게 하는 것이고, 아름다운 것을 찾는 일이에요. 하나에서 열까지 사회의 모든 인습을 그 때문에 받게 되는 굴욕과 함께 받아들이는 것이 아니란 말입니다."

"하지만…… 그렇지만……."

보바리 부인은 이에 항변하려고 했다.

"아니오, 그렇지 않습니다! 어째서 정열을 반대하시는 겁니까? 정열이야말로 이 지상에 있는 가장 아름다운 것이 아니겠습니까? 영웅적인 행위와 감격과 시와 음악과 예술의, 요컨대 모든 것의 원천이 되는 것이 아니겠습니까!"

"하지만" 엠마는 말했다. "어느 정도는 일반적인 사회의 의견에도 따라야 하고 사회의 도덕을 지켜나가지 않으면 안 돼요."

"그렇죠. 그러한 두 가지가 있습니다" 하고 그가 대답했다. "아주 조그마한 것, 서로 의지하기 위한 도덕, 인간의 도덕, 끊임없이 변천하고 귀찮도록 떠들어대는 도덕은 저기 보이는 바보들이 놓여 있는 것처럼 극히 보편적이어서, 낮은 곳에서 비속하게 움직이는 도덕이지요. 그러나 또 하나의 다른 도덕, 이것은 영원한 것이며, 모든 것에

통용되어서 한층 더 높은 도덕입니다. 마치 우리를 에워싼 경치, 우리를 비추는 저 푸른 하늘과 같은 것입니다."

리외뱅 씨는 손수건으로 입을 닦았다. 그리고 다시 말을 계속했다.

그리고 여러분, 제가 이 자리에서 여러분들에게 농업의 효용에 대해서 구구하게 설명할 필요가 있겠습니까? 우리의 요구를 충족시켜주는 것이 누구인가? 우리에게 생활의 필수품을 제공하는 것은 누구인가? 농민 아니겠습니까? 농민인 여러분은 부지런한 손으로 풍요한 전원의 경작지에 씨를 뿌리고 밀을 생산합니다. 그 밀은 교묘한 기계에 의해서 분말이 되어 이른바 밀가루가 되어 그곳에서 도시로 운반되어 이윽고 빵 공장으로 갑니다. 빵 공장에서는 빈부를 따지지 않고 여러 사람을 위한 식품을 제조합니다. 그리고 또한 우리의 의복을 위하여 목장에서 많은 가축의 무리를 키우는 것도 농민 아니겠습니까? 농민이 없다면 어떻게 우리가 옷을 입을 수가 있으며, 어떻게 우리가 음식을 먹을 수가 있겠습니까? 아닙니다, 여러분. 이렇게 먼 곳에서 예를 찾을 필요조차 없습니다. 우리의 잠자리에 폭신폭신한 베개를 공급하고, 혹은 식탁에 자양분이 풍부한 고기며, 또 달걀을 동시에 공급해주는 곳인 농가의 뜰을 장식하는 소박한 동물에게서 얻을 수 있는 이익의 중요함을 누가 깊이 생각하지 않겠습니까? 그러나 훌륭하게 경작한 대지가 자비로운 어머님처럼 그 아들에게 아낌없이 주는 것처럼 제공하는 갖가지의 산물들을 여기에서 하나씩 열거하자면 한이 없을 겁니다. 여기에는 포도나무가 있고, 저기에는 사과주를 만드는 사과나무가 있고, 저쪽에는 채소의 종자, 더 멀리에는 치즈 또는 아마가 있습니다. 여러분, 아마를 잊어서는 안 됩니다. 이것이야말로 근년 매우 현저한 증산을 나타낸 것으로 특히 여기에 주의를 촉구하고자 합니다.

구태여 일부러 주의를 촉구하지 않아도 좋았다. 군중의 입은 모두 그의 말을 받아 먹으려는 것처럼 떡 벌어져 있었기 때문이다. 그의 곁에서는 튀바슈가 눈을 동그랗게 뜨고 그의 말을 경청하고 있었다. 드로즈레 씨는 가끔 살짝 눈을 감곤 했다. 조금 떨어진 곳에는 약제사가 자기 아들 나폴레옹을 두 무릎 사이에 끼고 단 한마디도 놓치지 않으려고 손을 귀에 대고 있었다. 그밖의 심사위원들은 동감이라는 표시로 조끼 속에서 턱을 천천히 끄덕이고 있었다. 단상 밑에 있는 소방대는 총검에 기대어 쉬고 있었다. 비네는 팔꿈치를 내밀고 칼끝을 공중에 뻗치고 미동도 하지 않고 서 있었다. 그의 모자의 차양은 코끝에까지 덮여 있었기 때문에, 귀에는 분명 말이 들렸지만 눈으로는 아무것도 볼 수가 없었다. 부대장인 튀바슈 촌장 막내아들의 모자는 그보다도 한층 더 커다란 것이었다. 그것은 터무니없이 엄청난 것이어서 머리 위에서 건들건들하며, 얇은 인도 사라사의 목도리 끝이 그곳으로 엿보였다. 그는 그 모자 밑에서 마치 애기같이 히죽히죽 웃고 있었다. 땀방울이 흐르는 해쓱하고 조그마한 얼굴에는 기쁜 듯한, 피로해서 괴로운 것 같은, 졸리운 듯한 표정을 띠고 있었다.

광장은 인가의 추녀 끝까지 사람들로 가득 차 있었다. 창문이라는 창문에는 팔꿈치를 짚고 내다보는 사람들이 보이고, 어느 집 문 앞에나 사람들이 서 있었다. 그리고 약방 문 앞에는 쥐스탱이 서서 눈앞의 이 광경에 완전히 마음을 빼앗기고 있는 모양이었다. 주위는 조용한데도 리외뱅 씨의 음성은 사방으로 흩어져서 잘 들리지 않았다. 군중들의 의자 움직이는 소리에 섞여서 토막토막 끊긴 문구가 들려왔다. 그러자 갑자기 뒤쪽에서 길게 우는 황소의 울음소리며 거리 모퉁이에서 울어대는 어린 양들의 울음소리가 났다. 소 치는 아이들이며 목동들이 그 근처까지 짐승을 끌고 온 것이다. 그리고 그 짐승들은 그들의 코밑에 늘어져 있는 나뭇잎을 혀로 핥으려고 하면서 이따금 소리를 질렀다.

로돌프는 엠마에게로 더욱 가까이 다가가서 낮은 목소리로 재빨리 말했다.

"당신은 이렇게 세상이 한덩어리가 되어 꾸미는 음모에 화가 나지 않습니까? 세상이 비난하지 않는 감정이 하나라도 있습니까? 무엇보다도 고상한 본능도 무엇보다도 순수한 공감도 박해당하고 중상당하고 있습니다. 가령 두 개의 고독하고 불쌍한 영혼이 가까스로 만났다고 하면 그것이 결합할 수 없도록 여러 가지 일들이 계획되는 것입니다. 그렇지만 그 두 영혼끼리는 기를 쓰고 날갯짓을 하고 서로 불러댈 겁니다. 뭘요, 걱정 없습니다. 이르든 늦든 간에 여섯 달이나 그렇지 않으면 10년쯤 지나면 어쨌든 그들은 양쪽이 하나로 결합될 겁니다. 서로 사랑하게 되겠지요. 숙명적으로 그렇게 결정되어 있는 일이니까요. 두 사람은 서로를 위해서 태어난 것이니까요."

그는 두 팔을 깍지끼어 무릎 위에 올려놓았다. 그리고 엠마 쪽으로 얼굴을 쳐들고 옆에서 가만히 그녀를 지켜보았다. 그녀는 그의 눈 속의 까만 눈동자 언저리에 조그마한 금빛이 반짝반짝 빛나는 것을 보았다. 그의 머리를 빛내고 있는 포마드의 냄새까지도 느꼈다. 그러자 그녀는 황홀해져서 보비에사르에서 왈츠를 함께 췄던 그 자작을 생각해냈다. 그 자작의 수염도 이 남자의 머리처럼 바닐라와 레몬의 향내를 풍기고 있었다. 엠마는 기계적으로 그 향내를 좀 더 잘 맡으려고 눈을 감았다. 그러나 의자 위로 몸을 젖히면서 눈을 가느다랗게 했을 때 아득한 지평선 저 너머에 헐어빠진 승합 마차인 '제비'가 보였다. '제비'는 기다란 흙먼지의 꼬리를 끌면서 천천히 뢰 언덕을 내려왔다. 레옹은 몇 번씩이나 바로 저 노란 마차를 타고 그녀에게 돌아왔었다. 그리고 레옹이 영원히 사라져간 것은 저 멀리에 보이는 저 큰길이었다!

그녀는 그 젊은이의 모습이 맞은편 창가에 보이는 것 같았다. 이윽고 모든 것이 한데 섞여서 마치 구름 같은 것이 눈앞을 지나갔다. 그녀는 아직도 그 자작의 팔에 안겨서 휘황한 샹들리에 등불 밑에서 지금도 왈츠를 추고 있는 것 같은, 또한 레옹이 아직 가까이에 있어서 지금이라도 올 것 같은 기분이었다…….

그러나 그녀는 역시 로돌프의 얼굴을 몸 가까이 느끼고 있었다. 이 감각의 쾌감이 이렇게 과거의 욕망 속에 스며들어갔다. 모래 먼지가 바람에 불려서 흩어지는 것처럼 그 욕망은 조그마한 가루처럼 되어서 향기로운 숨결 속에 섞여 그녀의 영혼 위에 퍼져갔다. 엠마는 몇 번이나 콧구멍을 커다랗게 벌리고 기둥머리에 엉켜 있는 담쟁이덩굴의 신선한 냄새를 들이마셨다. 그녀는 장갑을 벗고 손을 닦았다. 그리고 손수건으로 얼굴을 부채질했다. 그러는 동안에 그녀의 관자놀이가 뛰는 소리를 통하여 군중의 와글거리는 소음과 단조로운 문구를 낭독하는 참사관의 음성이 들려왔다.

그 목소리는 이렇게 말하고 있었다.

끝까지 이러한 마음으로 전진하시기 바랍니다. 인습에 젖은 목소리나 무모한 경험주의자들의 성급한 충고에 절대로 귀를 기울여서는 안 됩니다. 토지의 개량이며 비료의 질을 높이고 말, 소, 양, 돼지 등의 발육에 전력을 다해주시기 바랍니다. 오늘의 이 공진회가 여러분을 위한 평화로운 각축장이 되기를 바랍니다. 이긴 사람이 이곳에서 나갈 때는 진 사람에게 손을 내밀어 보다 큰 성공을 하여 패한 사람과 서로 친교를 맺도록 하십시오! 그리고 여러분, 위대하고 겸허한 고용인 여러분! 오늘에 이르기까지 어떤 정부도 여러분들이 괴로운 노동을 돌보아주지 않았던 여러분, 여러분의 말없는 미덕의 보상을 받으러 와주시기 바랍니다. 국가가 금후 여러분들에게 관심을 갖고 격려하고 보호해줄 것을 믿어주십시오. 여러분들의 정당한 요구를 받아들이고 될 수 있는 대로 괴로운 희생의 무거운 짐을 조금이라도 덜도록 노력할 것을 믿어주시기 바랍니다.

리외뱅 씨는 이렇게 말하고 자리에 앉았다. 드로즈레 씨가 일어나서 다른 연설을 시작했다. 이 연설은 참사관의 연설만큼 아름다운 말이나 화려한 문구로 꾸며져 있지 않고, 좀 더 착실한 말투로 한층 더 전문적인 지식과 보다 더 높은 생각으로 되어 있는 것이 장점이었다. 그래서 정부에 대한 찬사는 아까처럼 많지 않고 종교와 농업에 대한 말이 더 많이 언급되었다. 종교와 농업과의 관계가 설명되고 그리고 어떻게 해서 이 양자가 항상 문명에 기여했는가를 설명했다. 로돌프와 보바리 부인은 꿈이라든가 예감이라든가 동물 자기(動物 磁氣)에 대한 이야기를 하고 있었다. 연단 위에서는 사회의 요람기로 거슬러 올라가서 인간이 숲속에서 도토리를 주워 살던 야만 시대를 그려내고 있었다. 그 후 인간은 동물의 가죽을 버리고 섬유로 만든 옷을 입게 되고, 밭을 갈고 포도나무를 심었다. 이것은 과연 행복했을까? 이 발견에는 이익보다는 오히려 이롭지 못한 점이 더 많지는 않았을까? 드로즈레 씨는 이러한 문제를 제기했다. 로돌프는 동물 자기에 대한 것에서부터 조금씩 친화력에 대한 이야기로 진행시켜 갔다. 그리고 공진회 위원장이 스스로 쟁기를 손에 든 독재자 신시나투스와 양배추를 심은 디오클레티아누스 황제와 연초 행사로 씨를 뿌리고 일을 했던 중국 황제들의 이야기를 하고 있는 동안에 젊은 사나이는 젊은 여자에게 그러한 저항할 수 없는 이끌림이라는 것은 전생의 인연에서 비롯한다고 설명하고 있었다.

"그러니까 우리의 경우도 어째서 이렇게 서로 알게 되었을까요? 어떠한 우연으로 이렇게 되었다고 생각하십니까? 의심할 여지도 없이 두 개의 냇물이 흐르던 끝에 하나로 합쳐지는 것처럼 우리들 각각이 지닌 개성에 떠밀려서 가까워진 결과가 된 겁니다."

그는 말했다. 이렇게 말하고 나서 그는 엠마의 손을 잡았다. 그녀는 그 손을 빼지 않았다.

"경작 성적이 전반적으로 양호한 자!" 하고 위원장이 소리쳤다.

"예를 들면 조금 전에 제가 댁에 갔을 때……."

"캥캉프와의 비제 씨, 수상."

"제가 당신과 함께 올 수 있으리라 확신하고 계셨습니까?"

"70프랑!"

"몇 번이나 저는 되돌아가려고 생각했는지 모릅니다. 그러면서도 저는 당신의 뒤를 쫓아서 당신 곁에 머물러 있기로 했습니다."

"비료상."

"그리고 저는 이대로 오늘 밤도 내일도, 그리고 다른 날에도, 아니 내내 한평생이라도 당신 곁에 머물러 있을 작정입니다."

"아르괴이유 마을의 카롱 씨에게 금메달!"

"제가 이렇게 말씀드리는 것은 지금까지 어떠한 사람과 함께 있었어도 이처럼 완전한 기쁨을 느낀 일은 없었으니까요."

"지브리 생 마르탱의 뱅 씨에게!"

"그러니까 저는 당신의 추억을 언제까지라도 마음속에 간직할 것입니다."

"메리노의 숫양 상으로는……."

"하지만 당신은 저를 잊으실 거예요. 저 같은 것은 그야말로 그림자처럼 사라져버릴 거예요."

"노트르담의 블로 씨에게……."

"아뇨! 절대로 그렇지 않습니다. 그런 일은 없다고 믿어주십시오. 당신의 마음속에서, 당신의 생활 속에서 제가 적어도 아무것도 아닌 것은 아니라고 믿게 해주십시오."

"돼지 부문에 르에리세 씨와 퀼랑부르 씨에게 각각 60프랑!"

로돌프는 엠마의 손을 꼭 쥐고 있었다. 그는 그 손이 대단히 뜨겁고 마치 붙잡힌 비둘기가 달아나려는 것처럼 떨고 있는 것을 느꼈다. 그러나 그 손을 빼려고 하는 것인지 아니면 이 사나이가 움켜쥔 손의 힘에 응하려는 것인지 그녀는 손가락을 움직였다. 로돌프는 목소리를 약간 높여서 소리쳤다.

"오오! 고맙습니다! 당신은 저를 거절하지 않으신 겁니다! 참으로 다정한 분입니다. 제가 완전히 당신 것이라는 것을 당신은 알아주셨군요. 얼굴을 보여주십시오. 좀 더 자세히 보고 싶습니다!"

창으로 불어온 바람이 탁자 위의 상보를 주름지게 했다. 아래의 광장에서는 시골 여인들의 커다란 두건이 흰나비의 날개가 움직이는 것처럼 한꺼번에 펄럭거렸다.

"함유 종자 제유조(含油 種子 製油糟) 사용자" 하고 위원장은 계속 불러댔다.

"플랑드르 비료…… 아마의 재배법…… 배수법…… 장기 임대차 계약의 배수 작업…… 고용인의 근무."

로돌프는 이제 아무 말도 하지 않았다. 그들은 서로 가만히 얼굴을 바라보고 있었다. 격렬한 욕망이 그들의 메마른 입술을 떨게 했다. 자기들도 모르는 사이에 그들의 손가락과 손가락은 단단히 얽혀 있었다.

"사스토 라 게리에르 마을의 카트린느 니케즈 엘리자베트 르루는 같은 농장에 54년 동안 근속했으므로 25프랑 상당의 은메달 하나!"

"카트린느 르루는 어디 있습니까?" 하고 참사관은 되풀이했다.

당사자는 좀처럼 나타나지 않았다. 그러자 쑤군대는 소리가 들렸다.

"나가거라!"

"싫어!"

"왼쪽이다!"

"조금도 겁낼 것 없다."

"정말 천치 같은 여자군!"

"도대체 있는 건가? 없는 건가?"

튀바슈는 소리쳤다.

"네! ……있습니다요……. 저기 말입니다!"

"있으면 얼른 나오시오!"

그때 허름한 무명옷 속에 웅크리고 있는 것 같은 한 노파가 겁먹은 듯한 모습으로 식단 위로 조심조심 걸어 나가는 것이 보였다. 발에는 튼튼한 나무창이 달린 신을 신고, 허리에는 크고 푸른 앞치마를 두르고 있었다. 테두리 장식이 없는 모자에 싸여 있는 그 마른 얼굴은 시들어버린 레네트종 사과보다도 더 쪼글쪼글했다. 그리고 붉은 재킷의 소매에서 마디가 굵은 기다란 두 손이 나와 있었다. 광 속의 먼지와 세탁용 탄산칼리와 양털에 붙어 있는 기름기 때문에 손의 피부가 너무 꽉 굳어버리고 거칠어서 깨끗한 물로 씻고 왔는데도 더럽게 보였다. 오랫동안 너무나 일을 많이 했기 때문에 여태까지 시달려 온 많은 고통을 일일이 증거를 보이고 있는 것처럼 반쯤 벌어져서 손가락이 맞지 않았다. 수도하는 수녀들을 생각하게 하는 엄격함이 그녀의 얼굴 표정을 더 한층 돋보이게 하고 있었다. 그 창백한 눈길은 어떠한 슬픔이나 감동의 빛도 부드럽게 할 수는 없었다. 항상 가축들만 돌보고 있는 동안에 그 동물의 침묵과 평정이 그녀에게도 옮겨버린 것이었다. 노파가 이렇게 많은 사람이 있는 데 나가는 것은 이번이 처음이었다. 깃발이며, 북이며, 까만 예복을 입은 신사들이며, 참사관의 훈장에 놀라서 앞으로 나아가야 할 것인지, 달아나야 할 것인지, 주위의 사람들은 어째서 자기를 내밀어 보낼려고 하는 것인지, 어째서 심사원들이 자기를 보고 미소짓고 있는 것인지, 도무지 알 수 없었기 때문에 그녀는 가만히 서 있었다. 이리하여 활짝 웃음짓고 있는 마을의 유지들 앞에 반 세기 동안의 헌신자들의 모습이 서 있는 것이었다.

"좀 더 가까이 오십시오. 존경하는 카트린느 니케즈 엘리자베트 르루 할머니!"

위원장의 손에서 수상자 명부를 받아든 참사관이 말했다. 종이 쪽지와 노파를 번갈아 보면서 다정한 목소리로 다시 한번 되풀이했다.

"가까이 오십시오!"

"앞으로 나오세요. 좀 더 앞으로!"

"당신은 귀가 먹었소?"

튀바슈는 안락의자에서 몸을 일으키며 말했다. 그리고 그는 그녀의 귀에다 대고 큰 소리로 외쳤다.

"54년간 근속! 은메달 하나! 25프랑! 당신에게 주는 거란 말이오."

노파는 상을 받아들자 가만히 그것을 바라보았다. 그러자 아주 기쁜 미소가 그녀의 얼굴 가득히 퍼졌다. 그리고 물러나면서 이렇게 중얼거리는 것이 들렸다.

"이걸 마을 본당 신부님께 드려야겠다. 그리고 미사를 드려 달라고 부탁해야지."

"정말 광신자로군!"

공증인 쪽으로 몸을 기울이며 약제사가 탄성을 올렸다.

식이 끝나자 군중은 뿔뿔이 흩어졌다. 그리고 연설 낭독도 끝났기 때문에 사람들은 모두 원래의 자리로 되돌아가고 모든 것은 평소 상태로 돌아갔다. 주인들은 하인들을 거칠게 다루었고 하인들은 가축을 몰아세웠다. 가축은 뿔과 뿔 사이에 푸른 잎사귀의 면류관을 쓰고 육중한 동작의 승자로서 마구간으로 돌아갔다.

그러는 동안에 국민방위군은 총검 끝에 달콤한 빵을 꽂고 포도주병 바구니를 안은 대대의 고수(鼓手)와 함께 면사무소의 2층으로 올라갔다. 보바리 부인은 로돌프의 팔을 잡았다. 그는 엠마를 집까지 바래다주었다. 두 사람은 집 문 앞에서 헤어졌다. 그러고 나서 그는 연회의 시간을 기다리면서 혼자서 들판을 거닐었다.

연회는 길고 떠들썩하기만 하고 음식은 도무지 형편없었다. 너무나 북적대서 팔꿈치조차 움직일 수 없을 정도였다. 의자 대신으로 사용한 좁은 나무 판자는 너무나 많은 손님의 무게 때문에 거의 부러질 지경이었다. 모든 사람이 배불리 먹었다. 각자 자기에게 할당된 몫을 남기지 않고 모두 먹었다. 이마에서 땀이 흘렀다. 마치 가을 아침의 강 안개처럼 하얀 김이 식탁 위에 매달린 램프불 사이에 감돌았다. 로돌프는 천막 천에 등을 기대고 엠마의 일에 골몰하고 있었기 때문에 아무것도 귀에 들리지 않았다. 그의 뒤편 잔디밭에서는 하인들이 더러워진 접시를 쌓아올리고 있었다. 옆에 있는 사람들이 말을 걸어와도 그는 대답하지 않았다. 그의 컵에 포도주가 부어졌다. 점점 더 소음이 커져 가는데도 그의 머릿속은 착 가라앉아서 조용했다.

그는 엠마가 말한 것이며 그녀의 입술 모양을 멍하니 돌이켜 생각하고 있었다. 마법의 거울에 비친 것처럼 그녀의 얼굴이 군모의 휘장 속에 빛나 보였다. 그녀의 옷주름이 천막의 벽을 따라 늘어져 있었다. 사랑의 나날이 미래의 전망 속에 끝없이 전개되고 있었다.

그날 밤 불꽃놀이 때 그는 엠마를 또 만났다. 그러나 남편과 오메 부인과 약제사와 함께 있었다. 약제사는 쏘아올린 불꽃의 불발탄의 위험에 대해서 몹시 근심하고 쉴 새 없이 자리에서 빠져나가 비네에게 여러 가지 주의를 하러 가곤 했다.

튀바슈 씨 앞으로 보내진 불꽃놀이 재료는 너무 조심하느라고 지하실에 두었기 때문에 화약이 축축해져서 제대로 터지지 않았다. 가장 인기를 끌 만했던 용이 꼬리를 무는 모습을 하는 불꽃은 완전히 실패해버렸다. 이따금 빈약한 불꽃이 튀었다. 그러자 입을 헤 벌리고 있던 관중은 함성을 올렸다. 거기에는 어둠 속에서 허리가 간지럽혀진 여자의 외침 소리도 섞여 있었다. 엠마는 잠자코 샤를의 어깨에 몸을 살짝 기대서서 목을 쳐들고 캄캄한 하늘로 올라가는 불꽃의 빛나는 선을 눈으로 좇고 있었다. 로돌프는 타고 있는 장식등의 희미한 불빛으로 그녀의 얼굴을 바라보고 있었다.

장식등들이 차츰 꺼져갔다. 별들이 반짝이기 시작했다. 비가 한 방울 두 방울 떨어지기 시작했다. 그녀는 모자를 쓰지 않은 머리를 숄로 감았다.

마침 그때 참사관의 마차가 여관에서 나왔다. 술에 취한 마부는 끝내 졸기 시작했다. 그리고 포장 위에 있는 두 개의 등불 사이로 마부의 커다란 몸뚱이가 차체를 매단 가죽띠가 움직이는 데 따라서 좌우로 흔들리는 것이 먼 데서 보였다.

"사실 말이오" 하고 약제사가 말했다. "주정뱅이만은 엄하게 다뤄야 해요. 매주 면사무소 앞에 있는 특별 게시판에 그 주일 동안에 취했던 사람들의 이름을 써 붙였으면 해요. 그렇게 하면 한눈에 볼 수 있는 연간 기록이 나올 테니까요. 통계학상의 참고 자료도 되고 필요할 때면 그것을 면사무소에서 그런 놈을…… 잠깐 실례합니다."

이렇게 말한 그는 또 소방대 대장 쪽으로 뛰어갔다. 대장은 이미 집으로 돌아가는 길이었다. 그는 또 즐기는 녹로가 보고 싶어졌던 것이다.

"조심하려면 당신의 부하 중의 누군가를 보내든가 당신이 직접 가서 감독을 하거나 해야 할 거예요."

오메는 그에게 주의를 주었다.

"아, 내버려두십시오" 하고 수세관은 대답했다. "걱정할 거 없다니까요."

약제사는 다시 자리로 되돌아와서 말했다.

"안심하십시오. 비네 씨가 말이죠, 충분히 주의를 주었다고 분명히 말했습니다. 불덩어리 하나도 떨어지지 않았지요? 펌프에도 물이 가득 들어 있습니다. 자, 돌아가서 잡시다."

"정말이에요! 저도 졸린데요." 커다랗게 하품을 하던 오메 부인이 말했다. "오늘 축제는 참으로 날씨가 좋았습니다."

로돌프는 다정해 보이는 시선을 하고 조그만 소리로 되풀이했다.

"그렇고말고요! 정말 좋은 날씨였습니다."

그리고 그들은 서로 인사를 나누고 헤어졌다.

이틀 후 〈루앙의 등불〉에 공진회에 관한 과장된 기사가 실렸다. 그것은 오메가 그다음 날 재빨리 열변을 토해서 쓴 것이었다.

이 꽃 레이스, 이 꽃, 이 꽃장식은 무엇 때문인가? 우리들의 경작지 위에 널리 열기를 뿜는 타는 듯한 햇빛 아래 마치 성난 노도와도 같은 이 군중들은 어디로 밀려든 것이겠는가?

계속해서 그는 농민들이 처한 상황에 관하여 말했다. "확실히 정부가 많은 노력을 한 것은 사실이지만 아직 충분하지는 않다! 용기를 내라!" 하고 그는 외쳤다. "수많은 개량은 불가피한 것이다. 그것들을 완성해야 한다." 그다음에는 참사관의 입장에 대해서, "우리 국민방위군의 위풍당당한 태도"라든가 "쾌활하고 발랄한 마을의 여성"들에 대해서도 빼놓지 않았고, 장로인 체하고 회의에 나온 머리가 벗어진 노인들에 대한 일도 빼놓지 않고 "그 가운데에 어떤 사람은 불후의 국군 중에서 살아 남은 사람으로 씩씩한 북소리를 들으면 지금도 새삼스럽게 가슴 설렘을 금하지 못하는 사람들"이라고 썼다. 그는 자기 이름을 쟁쟁한 심사원 중의 한 사람이라 쓰고, 또 거기에 주를 달아서 약제사 오메 씨는 사과주에 관한 논문을 농사협회에 제출했다는 것까지 써놓았다. 상품 수여에 이르자 수상자의 기쁨이 열광적인 찬미시와 같은 문구로 씌어 있었다. "아버지는 아들을 안고, 형은 동생을, 남편은 아내를 얼싸안았다. 획득한 보잘것없는 상패를 자랑스럽게 내보이는 사람도 적지 않았고, 아마 추측하건대 이윽고 자기집 착한 아내 곁에 돌아가서는 눈물을 흘리면서 초라한 초가집 가난한 벽에 상패를 걸어놓을 것이리라."

여섯 시경 리에제아르 씨의 목장에 준비된 연회에는 그날 식에 참석했던 주빈들이 모여서 시종 화기애애한 가운데 진행되었다. 몇 번씩 건배를 했다. 리외뱅 씨는 국왕을, 튀바슈 씨는 도지사를, 드로즈레 씨는 농업을, 오메 씨는 자매와 같은 관계에 있는 공업과 예술을, 르플리셰이 씨는 여러 가지 개량을 위하여 각각 건배했다.

밤이 되자 눈부신 불꽃이 갑자기 하늘을 빛냈다. 그야말로 만화경이며 오페라의 무대라고도 할 만큼 아름다웠다. 그리하여 잠시 동안 우리의 좁은 이 고장은《아라비안나이트》와 같은 꿈의 세계로 옮겨진 느낌이었다.

특기할 것은 이와 같은 가족적인 회합이 열리는 동안, 이것을 문란케 하는 좋지 못한 사고는 하나도 일어나지 않았다는 사실이다.

그리고 그는 덧붙여 썼다.

다만 눈에 띈 것은 사제가 출석하지 않았다는 것이다. 아마도 종교계는 진보에 대한 견해가 우리와는 다르기 때문일까? 로욜라*의 제자인 성직자 여러분, 그대들이 무엇을 하든 그것은 자유다!

* 제주이트파의 개조(開祖)인 이그나티우스 로욜라

9

6주가 지났다. 로돌프는 전혀 모습을 보이지 않았다. 어느 날 저녁 나절, 드디어 그가 나타났다.

공진회 다음날 그는 이렇게 생각했었다.

'너무 빨리 찾아가지 말자. 틀림없이 좋지 않을 테니까.'

그리고 주말에는 사냥을 하러 갔다. 사냥에서 돌아오자 이미 늦었다는 생각이 들었다. 그러나 그는 이렇게 생각했다.

'만약 우리가 만났던 첫날부터 나를 좋아했다면 그녀는 틀림없이 나를 한 번 더 만나고 싶어서 초조해할 테니까 이대로 만나지 말고 있어야겠다!'

그는 객실로 들어서면서 엠마의 안색이 창백하게 변하는 것을 보고 자기의 짐작이 들어맞았다는 것을 알았다. 그녀는 혼자였다. 해가 저물고 있었다. 유리창에 걸려 있는 조그만 모슬린 커튼 몇 장이 저녁노을을 한층 더 짙어 보이게 했다. 다만 청우계(晴雨計)의 금박에 저녁 햇살이 반사되어 산호의 두툴두툴한 가지 사이로 거울 속에서 반짝반짝 빛나고 있었다.

로돌프는 그 자리에 가만히 서 있었다. 엠마는 그의 첫 인사말에 대답도 제대로 하지 못했다.

"저는 여러 가지 일이 많았고, 몸이 좀 불편했습니다."

"많이 아프셨나요?"

엠마는 목소리를 약간 높이며 물었다.

"아뇨. 그렇지는 않습니다만…… 사실은 찾아뵙고 싶지 않았습니다."

로돌프가 그녀 곁에 있는 의자에 앉으면서 말했다.

"왜요?"

"그걸 모르시겠습니까?"

그는 다시 한번 그녀의 얼굴을 쳐다보았다. 너무나 정이 담뿍 어린 눈길이었기 때문에 그녀는 얼굴을 붉히면서 머리를 숙였다.

"엠마……."

"어머나 당신은!"

그녀는 조금 물러서며 말했다.

"그대로군요."

그가 침울한 어조로 말했다.

"오지 않는 편이 좋다고 제가 생각한 것은 당연한 거지요. 왜냐하면 엠마라는 이름이 내 마음을 가득 채워주고 있어서 무심중 입에서 튀어나와 버린 이 이름, 이 이름을 당신은 불러서는 안 된다고 하십니다! 보바리 부인……! 이것은 세상 누구나가 부르는 이름입니다. 그러나 그것은 당신의 이름이 아닙니다. 다른 사람의 이름인 겁니다!"

그는 다시 한번 되풀이했다.

"다른 사람의 이름입니다."

그리고 양손으로 자기의 얼굴을 가렸다.

"그렇습니다, 저는 계속해서 당신만을 생각하고 있습니다."

"……당신을 생각하면 저는 도무지 견딜 수가 없습니다…… 용서해주십시오…… 저는 이것으로 이별하겠습니다…… 안녕히 계십시오…… 저는 어딘가로 멀리 가버리겠습니다…… 이제 다시는 당신이 나 같은 사람의 이야기를 들을 수 없는 먼 곳으로 가겠습니다…… 그러나…… 오늘은 저 자신도 알 수 없는 힘에 떠밀려서 당신의 곁으로 왔습니다. 하늘에 거역할 수가 없는 것입니다. 천사의 미소에 거역할 수 없는 것입니다. 아름다운 것, 매력이 있는 것, 멋있고 훌륭한 것에는 어쩔 수 없이 끌려갈 수밖에 없지요."

엠마가 이러한 말을 듣는 것은 생전 처음이었다. 그녀의 자존심은 마치 증기 목욕탕에서 피로가 풀려버린 사람처럼 이 말의 열기에 함빡 젖어서 맥없이 늘어져갔다.

"그러나 오늘까지 찾아뵙지 않았어도 당신을 만나지는 못했어도 적어도 당신을 에워싸고 있는 것들은 언제나 눈여겨 바라보고 있었습니다. 밤마다 저는 이곳에 오곤 했습니다. 저는 당신의 집을, 달빛에 빛나는 지붕을, 당신의 방 창가에 흔들리는 정원의 나무들을 보았습니다. 유리 창문을 통해서 어둠 속에 빛나고 있는 조그만 램프의 그 조그마한 빛을 바라보았습니다. 아아! 당신은 그렇게도 가까이에 그리고 또 그렇게도 멀리에 가련한 사나이가 있다는 것을 알지 못한 겁니다……."

그의 말에 엠마는 흐느껴 울면서 사나이 쪽으로 얼굴을 돌렸다.

"참으로 다정한 분이세요."

그녀가 말했다.

"아닙니다. 저는 당신을 사랑하고 있다는 것뿐입니다. 그것만은 믿어주시겠지요! 제발 말씀해주십시오. 한마디만 단 한마디만 말씀해주십시오."

이렇게 말하면서 로돌프는 조금씩 의자에서 마룻바닥으로 미끄러져 내려갔다. 그때 부엌에서 나막신 소리가 들려왔다. 객실 문은 잠겨 있지 않았다. 그는 그것을 알아챘다.

"한 가지만 제 부탁을 들어주십시오."

그는 일어서면서 계속 말했다. 그는 그녀의 집 안을 돌아보고 싶다는 것이었다. 즉 그녀의 집의 모습을 잘 보아두고 싶다는 것이었다. 보바리 부인은 별로 무례한 일이 아니라고 생각했고 두 사람은 일어섰다. 그때 샤를이 들어왔다.

"안녕하십니까, 선생님?"

로돌프가 말했다. 의사는 뜻밖에 선생이라고 불리운 것이 흐뭇해져서 친절하게 대해주었다. 로돌프는 그러는 사이에 조금 마음을 가라앉혔다.

"부인께선 저한테 몸의 건강에 대해서 말씀을 하고 계셨습니다……."

샤를은 그 말을 가로막고 거기에 대해서는 자신도 여러 가지로 걱정이 된다고, 아내에게 다시 숨이 갑갑한 증세가 나타나기 시작했다고 말했다. 로돌프는 승마가 좋지 않겠느냐고 물었다.

"그렇군요. 그 이상 더 좋은 것은 없어요! 그것 참 좋은 명안입니다. 여보, 당신 꼭 승마를 해보구려."

말이 없지 않냐고 엠마가 반대하자, 로돌프 씨는 자기 말을 한 필 주겠다고 했다. 그녀는 사양했다. 그는 강요하지는 않았다. 그러고서 그는 방문 이유를 찾기 위하여 전에 피를 뽑았던 하인이 아직도 어지러워서 고생하고 있다고 말했다.

"제가 한번 댁에 들르지요."

보바리 씨가 말했다.

"아닙니다. 그를 여기로 보내겠어요. 제가 데리고 오겠습니다. 그러는 편이 편하실 테니까요."

"그러시면 더욱 좋지요. 감사합니다."

이윽고 부부만이 남게 되자 샤를이 말했다.

"어째서 당신은 불랑제 씨가 그처럼 친절를 베푸는데 거절해버렸소?"

엠마는 조금 화난 표정으로 여러 가지 변명을 하다가 끝내는 그렇게 하면 이상하게 생각하실 것 같아서요, 라고 말했다.

"원참! 그런 걱정은 필요 없단 말이요! 당신 건강이 제일이란 말요! 당신의 생각이 잘못이었소!"

샤를이 발뒤꿈치로 빙글 돌면서 말했다.

"하지만 승마복도 없는데 어떻게 말 같은걸……."

"한 벌 맞추면 될 거 아니오!"

그가 대답했다. 승마복 때문에 그녀는 마음을 결정했다.

복장을 갖추고 나자 샤를은 불랑제 씨에게 아내는 언제라도 좋으니까 잘 부탁한다는 편지를 보냈다.

다음날 정오때쯤 로돌프는 자기네 승마용 말 두 필을 끌고 샤를의 집 앞에 당도했다. 한 필에는 귀에 장밋빛의 술이 달려 있고, 사슴가죽으로 만든 부인용 안장이 놓여 있었다.

로돌프는 부드러운 가죽 장화를 신고 있었다. 저 여자는 아마 이러한 것을 본 일이 없을 걸 하고 그는 생각했다. 과연 그가 우단으로 만든 커다란 저고리에 하얀 저지 바지를 입고 계단 위에 나타나자 엠마는 그의 풍채에 매혹되었다. 그녀는 모든 준비를 마치고 그를 기다리고 있었다.

쥐스탱은 엠마의 모습을 보려고 약방에서 빠져나왔다. 약제사도 일손을 놓고 일부러 나왔다. 그는 불랑제 씨에게 여러 가지 주의를 주었다.

"사고라는 것은 불시에 일어나는 것이니까 주의하십시오! 말들이 기운이 세 보이는군요."

엠마는 머리 위에서 무슨 소리가 나는 것을 들었다. 펠리시테가 어린 베르트를 달래면서 유리창을 똑똑 두드리는 소리였다. 아기가 멀리서 키스를 보냈다. 어머니는 승마용 채찍 손잡이를 흔들어 답했다.

"다녀오십시오! 무엇보다도 주의하십시오! 조심하세요!"

오메 씨가 소리쳤다. 그는 멀어져가는 그들을 바라보면서 들고 있던 신문을 흔들었다.

발바닥에 흙을 느끼자 엠마의 말은 곧 달리기 시작했다. 로돌프는 그 곁에 붙어서 달렸다. 이따금 그들은 몇 마디 말을 주고받았다. 그녀는 얼굴을 약간 숙이고 손을 높이 추켜들고 오른팔을 똑바로 버티고 안장 위에서 흔들리는 리듬에 몸을 맡기고 있었다.

언덕 아래에 이르자 로돌프는 말고삐를 늦추었다. 두 사람은 함께 나란히 달리기 시작했다. 이윽고 꼭대기에 다다르자 갑자기 말들이 발을 멈췄다. 그녀의 크고 푸른 베일이 늘어져 내려왔다.

10월 초순이었다. 들판에는 안개가 자욱했다. 언덕의 윤곽 사이로 지평선에 안개가 흐느적거렸다. 그것은 더러는 끊어져서 높이 올라갔다간 사라져갔다. 이따금 안개가 끊어진 사이로 햇빛을 받아 저 멀리 용빌의 지붕들이 보였다. 냇물을 낀 정원이며 안뜰과 벽 그리고 성당의 종루도 보였다. 엠마는 자기 집을 찾아보려고 눈을 가느다랗게 떴다. 자기가 살고 있는 보잘것없는 쓸쓸한 마을이 이처럼 조그맣게 보인 적은 없었다. 그들이 서 있는 높은 곳에서는 산골짜기의 평야 전체가 대기 사이에서 증발해가는 허옇고 넓은 호수처럼 보였다. 나무가 우거진 숲들이 군데군데 꺼먼 바위처럼 튀어나와 있었다. 그리고 안개를 뚫고 높이 솟아 있는 포플라나무 대열이 바람에 흔들거리는 모래밭 같았다.

전나무 사이의 잔디밭 위에는 갈색의 햇빛이 미지근한 공기 속으로 움직이고 있었다. 담배 가루같이 불그스레한 흙을 밟는 말발굽 소리가 부드러웠다. 말은 발굽 끝으로 굴러다니는 솔방울을 차면서 앞으로 나아갔다.

로돌프와 엠마는 이렇게 숲가를 따라서 갔다. 엠마는 이따금 사나이의 시선을 피하려고 얼굴을 돌리곤 했다. 그러면 눈에 들어오는 것은 다만 한 줄 늘어선 전나무의 밑동들뿐이었고, 그것이 너무 길게 이어져 있기 때문에 가벼운 현기증이 났다. 말은 숨을 헐떡거렸고, 안장의 가죽은 삐걱 소리를 냈다.

그들이 숲속에 들어간 순간 햇살이 비치기 시작했다.

"하느님이 우리를 지켜주시는 겁니다!"

로돌프가 말했다.

"그렇다고 생각하세요?"

그녀가 물었다.

"계속 앞으로 갑시다!"

그가 혀를 찼다. 두 필의 말은 달렸다.

길가에 웃자란 고사리들이 엠마의 발을 디디는 등자에 걸렸다. 그때마다 로돌프는 말을 달리면서 몸을 굽혀 그것들을 잡아빼주었다. 또 어떤 때는 나뭇가지를 젖혀주려고 그녀 곁에 다가가기도 했다. 그

때 엠마는 사나이의 무릎이 자기 다리에 가볍게 닿는 것을 느꼈다. 하늘은 파랗게 개었다. 나뭇잎들은 움직이지 않았다. 꽃이 만발한 히이드로 가득 찬 널따란 공터가 있었고, 융단처럼 제비꽃이 가득히 피어 있는 들판이 나무가 우거진 숲과 번갈아 나타났다. 나무들은 잎사귀의 종류에 따라서 잿빛, 갈색, 금빛 등 여러 가지였다. 때때로 관목이 우거진 덤불 속에서 희미하게 날개를 퍼덕이는 소리며, 떡갈나무 쪽으로 날아가는 까마귀의 목쉰 소리가 몇 번씩이나 낮게 들려왔다.

그들은 말에서 내렸다. 로돌프는 말을 잡아맸다. 엠마는 이끼 위에 마차 바퀴자국이 난 사이를 앞장서서 걸어갔다.

그러나 옷자락을 손으로 들어올려도 옷이 너무 길어서 걷기가 힘들었다. 로돌프는 그녀의 뒤를 따라 걸어가면서 까만 나사로 만든 옷과 검은 반장화 사이로 보이는 하얗고 부드러운 양말을 지치지도 않고 쳐다보았다. 그것들이 그녀의 맨몸의 살갗처럼 생각되었다.

엠마는 발을 멈추었다.

"저, 좀 피곤해요."

"자. 조금만 더 기운을 내십시다."

백 발자국쯤 가자 그녀가 또다시 발을 멈췄다. 그러자 그녀가 쓰고 있는 남자용 모자에서 허리 위까지 비스듬히 늘어진 베일을 통해서 마치 하늘빛 물결 속에 잠겨서 하느적거리는 것처럼 그녀의 얼굴이 파르스름하게 투명한 속에서 나타나 보였다.

"어디까지 가는 거죠?"

로돌프는 아무 대답도 하지 않았다. 그녀는 가슴이 답답한지 숨을 몰아쉬었다. 로돌프는 주위를 둘러보고 수염 끝을 잘근잘근 씹었다.

두 사람은 좀 더 넓은 곳으로 나왔다. 거기에는 어린 나무가 여러 그루 베어 넘어져 있었다. 그들은 나뒹굴어 있는 한 나무 밑동 위에 앉았다. 그리고 로돌프는 그녀에게 자기의 사랑을 이야기하기 시작했다.

그는 느닷없이 정다운 말들로 상대방을 당황하게 하는 일 없이 조용하고 진지했으며 사뭇 우울한 듯한 태도였다.

엠마는 머리를 숙이고 발끝으로 땅 위에 널려 있는 나뭇조각들을 건드리면서 그의 말을 듣고 있었다. 그러나 "우리 두 사람의 운명은 이미 하나가 되어버린 것이 아니겠습니까?"라는 사나이의 말에는 "아니에요!" 하고 대답했다.

"당신은 잘 아실 텐데요. 그런 일은 있을 수 없다는 걸 말이에요."

그녀는 일어서서 돌아가려 했다.

사나이가 그녀의 손목을 잡았다. 그녀는 우뚝 섰다. 얼마 동안 애정이 담긴 윤기 있는 눈으로 그를 쳐다보다가 또렷한 목소리로 말했다.

"이젠 그만두기로 해요. 그런 이야기는…… 말은 어디 있어요? 돌아가요."

로돌프는 화난 것처럼 불쾌해 보이는 몸짓을 했다. 그녀가 되풀이해서 말했다.

"말은 어디 있죠? 어디에 있느냐고요!"

그러자 사나이는 야릇한 미소를 띠고 눈을 똑바로 쳐다보며 이를 악물고 두 팔을 활짝 벌리고 앞으로 다가왔다. 엠마는 몸서리를 치면서 뒤로 물러섰다. 그리고 떠듬거리면서 말했다.

"오! 무서워요! 심술궂으시군요! 그만 돌아가요."

"그렇게 말씀하신다면."

그는 얼굴 표정을 전처럼 바꾸면서 말했다.

그리고 곧 다시 점잖고 상냥하고 수줍은 태도로 되돌아갔다. 엠마는 그에게 팔을 맡겼고 그들은 돌아섰다.

로돌프가 말했다.

"어떻게 되신 거죠? 어째서? 저는 알 수가 없군요. 아마도 착각을 일으키신 모양입니다. 내 영혼 속에서 당신은 대좌(臺座) 위에 모셔 놓은 성모처럼 높고 확고하고 때묻지 않은 깨끗한 곳에 계십니다. 그러나 저는 살기 위해서 당신이 꼭 필요합니다. 저에겐 당신의 눈, 당신의 목소리, 당신의 마음이 필요합니다. 제 친구가, 제 누이동생이, 아니 제 천사가 되어주십시오."

그렇게 말하면서 그는 팔을 뻗어 그녀의 허리를 감았다. 그녀는 살짝 몸을 빼내려고 했다. 그는 이러한 자세로 여자의 몸을 받치면서 걸었다.

이윽고 두 필의 말이 풀을 뜯어먹는 소리가 들렸다.

"아아! 조금만 더. 돌아가지 맙시다! 좀 더 있어주십시오!"

로돌프가 말했다.

그는 좀 더 저편에 부평초가 파랗게 덮여 있는 조그마한 연못가로 그녀를 데리고 갔다. 골풀 사이에 시든 수련이 흔들리지 않고 가만히 떠 있었다. 풀을 밟는 발소리에 놀란 개구리가 펄쩍 뛰어 몸을 숨겼다.

"제가 나빠요, 당신 말씀을 듣다니 제정신이 아니에요."

"어째서요……? 엠마! 엠마!"

"오! 로돌프……."

젊은 여자는 사나이의 어깨에 기대면서 천천히 말했다.

옷자락이 사나이의 우단옷에 엉겨들었다. 엠마는 한숨으로 부푼 하얀 목줄기를 뒤로 젖혔다. 그리고 정신을 잃어버린 것처럼 울면서 한없이 몸을 떨었다. 그러고서 얼굴을 가리고 사나이에게 몸을 내맡겼다.

저녁 빛이 들기 시작했다. 저무는 햇빛이 나뭇가지 사이로 비쳐 그녀는 눈이 부셨다. 그녀 주위에는 나뭇잎들이 떨어져 있었고, 땅 위엔 벌새들이 날아다니며 깃털을 뿌린 것같이 빛의 반점들이 흔들리고 있었다. 사방은 조용했다. 나무들 사이에서 무언가 달콤하고 기분 좋은 것이 발산되고 있는 것처럼 생각되었다. 그녀는 다시금 심장이 심하게 뛰고 피가 젖이 흐르듯 온몸으로 도는 것을 느꼈다. 그때 저 너머 다른 언덕 위에서 길게 알아들을 수 없이 외치는 소리가 들렸다. 꼬리를 길게 빼는 것 같은 목소리였다. 그 목소리는 미처 흥분에서 깨어나지 못한 신경의 마지막 떨림에 음악처럼 녹아들었다. 그녀는 가만히 그 소리에 귀를 기울였다. 로돌프는 입에 여송연을 물고 한쪽이 잘려진 말고삐를 조그만 칼로 손질하고 있었다.

그들은 올 때와 같은 길을 지나서 용빌로 돌아왔다. 그들은 진흙 구덩이 위에 나란히 박힌 그들의 말 발자국을 보았다. 그리고 올 때 보았던 갈대숲이며 풀숲 속의 조약돌을 보았다. 주위에 있는 것들은 무엇 하나 변한 것이 없었다. 그러나 그녀에게는 산이 움직인 것보다도 더 중대한 무엇인가가 일어나고 있었던 것이다. 로돌프는 이따금 몸을 숙여서 그녀의 손을 잡고 키스하곤 했다.

말에 올라탄 그녀의 모습은 아름다웠다. 날씬한 몸을 똑바로 세우고 무릎을 말의 갈기 위로 굽히고, 바깥 공기를 쐬어서 약간 발그레해진 얼굴이 저녁놀 속에 빛나고 있었다.

용빌에 도착하자 그녀는 말을 탄 채 포장된 보도 위를 걸었다. 사람들이 창문으로 그녀를 바라보았다.

저녁식사 때에 남편은 그녀의 얼굴빛이 좋다고 했다. 그러나 산책에 대한 것을 묻자, 그녀는 못 들은 척하고 타고 있는 두 개의 양초 사이에 놓인 자기의 접시 옆에 팔꿈치를 짚고 가만히 앉아 있었다.

"엠마!"

남편이 불렀다.

"왜 그래요?"

"사실은 말이야, 오늘 오후에 내가 알렉상드르네에 들렀는데 말이오, 그 사람한테 암말이 한 마리 있더군. 조금 나이는 먹은 것 같았지만, 무릎에 상처가 조금 있을 뿐이고 아직은 넉넉히 탈 수 있는 좋은 말이었어. 한 3백 프랑쯤 주면 틀림없이 줄 것 같기에 말이오……."

그리고 그는 덧붙여서 말했다.

"당신 마음에도 들 것 같아서 약속했소……. 아니 사실은 이미 사 버렸단 말이오……. 잘한 일이겠지? ……어떻게 생각하오?"

엠마는 잘했다는 표시로 머리를 끄덕였다. 그리고 15분 가량쯤 지나서 물었다.

"오늘 밤 외출하세요?"

"나갈 건데. 왜?"

"아뇨, 아무것도 아니에요! 아무것도."

거추장스러운 샤를이 외출하자 그녀는 자기 방에 가서 틀어박혔다.

처음에는 어지럼증을 느낀 것 같았다. 나무와 길과 도랑과 로돌프의 모습이 눈앞에 보였다. 그리고 아직도 사나이의 포옹이 느껴졌다. 나뭇잎이 한들거리고 골풀이 바람에 살랑거리고 있는 듯했다.

그러나 거울을 들여다보았을 때 거기에 비친 자기의 얼굴을 보고 깜짝 놀랐다. 그녀의 눈이 이토록 커다랗고 이토록 검고 이토록 깊숙했던 적은 지금까지 없었다. 무언가 어떤 미묘한 것이 그녀의 몸에 퍼져서 그녀의 모습을 일변시킨 것이다.

'애인이 있다! 나에게 사랑하는 사람이 있다!'

그녀는 되풀이했다. 이렇게 생각하자 또 한번 청춘이 되살아난 것처럼 즐거웠다. 마침내 사랑의 기쁨과 한없이 그리워했던 행복의 열정을 이제 자기 것으로 할 수가 있는 것이다. 자기는 이제 영묘하고 황홀한 열광적인 불가사의한 경지로 막 들어가려 하는 것이었다. 하늘빛의 광대한 것이 그녀를 둘러싸고, 마음속 깊은 곳에는 최고도의 감정이 빛났다. 그녀의 생각은 감정의 산맥이 빛나는 봉우리들을 넘어서 높이 날았다. 평범한 일상은 벌써 훨씬 멀어지고 까마득한 저 아래쪽 그림자 속의 산 사이로 멍하게 보일 뿐이었다.

그때 그녀는 예전에 읽었던 여러 가지 책의 여주인공들을 생각해냈다. 불륜의 사랑을 하는 서정적인 여자들 한 무리가 그녀의 기억 속에서 자매들과 같은 매혹적인 목소리로 노래를 부르기 시작했다. 엠마 자신도 이러한 상상의 일부가 되어버려서 자신이 그토록 부러워했던 사랑하는 여자의 전형이 되어버린 것 같은 기분으로 젊었을 때 언제나 그렸던 몽상을 실현하고 있는 것이었다. 그뿐만 아니라 거기에는 복수에 대한 쾌감도 있었다. 지금까지 그녀는 그토록 괴로워하지 않았던가? 지금이야말로 자기는 승리를 거둔 것이다. 그리고 오랫동안 눌리고 눌렸던 사랑이 기쁨에 들끓으며 한꺼번에 쏟아져 나온 것이다. 그녀는 이미 아무런 양심의 가책도 불안도 번민도 없이 사랑을 맛보는 것이었다.

다음날 하루는 완전히 새로운 기쁨 속에서 지냈다. 그들은 서로 맹세했다. 엠마는 그에게 자기의 슬픔을 이야기했다. 로돌프는 키스로 그녀의 이야기를 막았다. 그녀는 눈을 반쯤 감고 사나이의 얼굴을 바라보면서 다시 한번 자기의 이름을 불러달라고, 그리고 사랑한다고 말해달라고 졸랐다. 어제와 마찬가지로 숲속 나막신을 만드는 직공의 오두막이었다. 벽은 짚으로 되어 있었고, 지붕이 낮았기 때문에 내내 허리를 굽히고 있어야 했다. 그들은 가랑잎으로 만든 자리 위에 꼭 붙어 앉아 있었다.

그날부터 그들은 매일 밤 서로 편지를 주고받았다. 엠마는 자기 편지를 뜰 끝 쪽 냇가에 가까운 작은 테라스의 갈라진 틈에 끼워놓았다. 로돌프가 그것을 가지러 와서 자기의 편지를 놓아두곤 했다. 그녀는 언제나 사나이의 편지가 너무 짧다고 나무랐다.

어느 날 아침 샤를이 날이 새기 전에 외출하자, 그녀는 갑자기 로돌프를 당장 만나고 싶다는 충동을 느꼈다. 위셰트는 금방 갈 수 있는 데였고 한 시간쯤 있다가 용빌로 돌아온데도 모두가 아직 자고 있을 것이라고 생각하자 치미는 욕정에 숨이 막힐 것 같았다. 이윽고 엠마는 목장을 빠져나가고 있었다. 그녀는 뒤도 돌아보지 않고 빠른 걸음으로 걸어갔다.

날이 밝기 시작했다. 엠마는 멀리서 애인의 집을 찾아냈다. 제비꼬리 같은 두 개의 바람개비가 희끄무레한 새벽 어스름 속에 검게 솟아 있었다.

농장의 안뜰을 지나자 저택으로 보이는 건물이 있었다. 그녀가 가까이 가자 벽이 저절로 열린 것처럼 그녀는 안으로 빨려 들어갔다. 똑바로 난 커다란 계단이 2층 복도로 통해 있었다. 엠마는 한 문의 문고리를 돌렸다. 그 순간 방 안쪽에 자고 있는 한 사나이가 보였다. 로돌프였다. 그녀는 외마디 소리를 질렀다.

"당신이 여기에! 당신이 여기에!" 하고 그가 되풀이했다. "어떻게 잘도 빠져나왔군요! 아…… 옷을 이렇게 적시고!"

"전 당신이 제일 좋아요!"

그녀는 사나이의 목에 매달리면서 대답했다.

이 최초의 대담한 모험이 성공한 다음부터 샤를이 아침 일찍 외출

할 때마다 엠마는 서둘러 옷을 입고 강가로 통하는 돌계단을 살금살금 내려가곤 했다.

그러나 소를 건네주는 판자 다리가 떼어져 있을 때는 강을 따라 있는 울타리를 끼고 돌아가야만 했다. 강둑은 꽤 미끄러웠다. 그녀는 미끄러지지 않도록 시든 계란풀의 밑동에 매달리곤 했다. 그리고 밭을 가로지를 때는 발이 빠져서 비틀거리고 화사한 반장화가 벗겨질 것만 같았다. 목에 두른 엷은 비단 스카프가 잡초 속에서 바람에 펄럭거렸다. 그녀는 소가 무서워서 뛰기 시작했다. 그녀는 뺨을 장밋빛으로 물들이고 나무 냄새와 풀과 신선한 대기의 냄새를 온몸에서 마구 풍기며 숨을 헐떡거리고 저택에 도착했다. 로돌프는 그때까지 아직 자고 있었다. 마치 봄날 아침이 그의 방에 들어온 것 같았다.

창에 죽 걸쳐놓은 노란빛 커튼이 무거운 황금빛 햇빛을 부드럽게 걸러 스며들게 했다. 엠마는 눈을 깜박거리면서 손으로 더듬으며 나갔다. 그녀의 머리에 붙어 있는 이슬방울이 마치 황옥의 후광처럼 얼굴 둘레를 어렴풋하게 에워싸고 반짝였다. 로돌프는 웃으면서 그녀를 끌어당겨서 자기의 가슴 위에 힘있게 안았다.

조금 뒤에 그녀는 방 안을 둘러보았다. 가구의 서랍을 열어보기도 하고 로돌프의 빗으로 자기 머리를 빗기도 하고 수염 깎는 거울에 자기 모습을 비춰 보기도 했다. 베갯머리에 놓인 조그마한 탁자 위의 레몬이며 사탕, 그리고 물주전자 옆에 놓여 있는 커다란 파이프를 장난삼아 입에 물어보기도 했다.

헤어질 때는 적어도 15분은 족히 걸렸다. 그때면 엠마는 울었다. 그녀는 잠깐 동안이라도 로돌프의 곁을 떠나고 싶지 않은 것이다. 자기로서는 어떻게도 할 수 없는 무엇인가가 그녀를 로돌프에게로 떠밀어버리는 것이다. 그래서 이런 일이 너무 자주 되풀이되던 어느 날, 생각지도 않았을 때 그녀가 찾아온 것을 보고 그는 난처한 것처럼 얼굴을 찡그렸다.

"어쩐 일이세요? 몸이 안 좋으신가요? 네? 말씀해주세요!"

그녀는 말했다.

마침내 그는 상기된 얼굴로, 이렇게 자주 찾아오는 것은 경솔한 짓이다, 세상 사람들의 이목도 생각을 해야 할 게 아니냐고 웃지도 않고 분명하게 말했다.

10

로돌프의 이러한 근심은 이윽고 엠마에게로 옮겨졌다. 처음에는 완전히 사랑에 취해서 그 이외에는 아무것도 생각하지 않았다. 그러나 지금처럼 사랑이 삶에 없어서는 안 되는 것이 되고 보니 사랑을 조금이라도 잃게 되지나 않을까 혹은 잃어버리지는 않더라도 어떠한 방해물이 생기지나 않을까 하는 근심까지 하게 되었다. 그의 집에서 돌아올 때 그녀는 불안스러운 눈길로 사방을 두리번거리며 먼 곳을 지나가는 사람들이며, 누군가가 내다보고 있을지도 모르는 마을 집의 창문들을 하나하나 살펴보았다. 그녀는 발소리며 외치는 소리며 쟁기 소리에도 귀를 기울였다. 그러다가 머리 위에서 흔들거리는 포플라 나뭇잎보다도 더 새파랗게 떨면서 걸음을 멈추곤 했다.

어느 날 아침 이렇게 돌아오다가, 갑자기 기다란 총신이 자기 쪽을 겨누고 있는 것을 보았다. 그것은 풀숲에 절반쯤 파묻힌 조그마한 통 속에서 비스듬히 나와 있었다. 엠마는 겁에 질려서 까무러칠 것 같았지만 억지로 앞으로 나갔다. 그러자 상자 밑바닥에서 용수철이 달린 도깨비 장난감이 튀어나오듯 한 사나이가 나왔다. 무릎까지 졸라맨 각반을 차고 납작한 모자를 눈까지 푹 눌러쓰고 입술을 떨면서 코는 새빨개진 남자, 그는 물오리를 기다리느라고 숨어 있는 비네 씨였다.

"멀리서 소리를 질러주셨으면 좋았을 걸 그랬군요. 총을 보면 반드시 소리를 질러야지 위험합니다."

그렇게 말하고 수세 관리는 자기가 지금 겁먹었던 것을 얼버무리려 했다. 물오리 사냥은 배를 타고 잡는 것 외에는 현(縣)령으로 금지되어 있었기 때문이다. 평소에 법률에 대한 잔소리를 많이 하는 비네 씨 자신이 지금 법을 어긴 것이다. 그래서 그는 전원 감시원의 발소리가 들리지 않는가 해서 잔뜩 긴장하고 있었던 것이다. 그러나 이러한 불안감이 도리어 쾌감을 주기도 했다. 그래서 이렇게 혼자 그 통속에 용케 들어가 있는 자신의 재주에 대해서 우쭐해하고 있었던 것이다.

엠마의 모습을 보고 그는 마음을 놓고는 말을 걸었다.

"날씨가 아주 춥군요. 살을 에는 것 같은데요."

엠마가 아무 대답도 하지 않자 비네는 다시 말을 이었다.

"그런데 부인께서는 어떻게 이렇게 일찍 나오셨습니까?"

"네, 아기를 맡겨둔 유모집에 갔다오는 길이에요."

엠마가 더듬거리면서 말했다.

"아! 네에! 그러시군요. 그러신 거군요. 저는 벌써 새벽부터 여기에 이러고 있습니다만, 아무래도 날씨가 이렇게 안개가 잔뜩 끼었으니 새가 총끝에 와 앉기라도 하지 않고서야 어디……."

"실례합니다. 비네 씨."

상대의 말이 채 끝나기도 전에 그녀는 홱 돌아섰다.

"네, 부인, 안녕히 가십시오."

비네는 무뚝뚝한 어조로 대답했다.

그리고 그는 통 속으로 다시 들어가버렸다.

엠마는 수세 관리와 그렇게 갑작스럽게 헤어진 것을 후회했다. 틀림없이 그는 당치도 않은 억측을 할 것이다. 유모 이야기를 꺼낸 것은 정말 서툰 일이었다. 용빌 사람들 중에서 보바리네 갓난아이가 1년 전부터 양친에게 돌아와 있다는 것을 모르는 사람은 한 사람도 없었다. 무엇보다도 이 근처에는 아무도 살지 않았다. 이 길은 다만 위셰트 별장으로만 통하는 길이다. 그러니까 비네는 그녀가 어디서 오는 길인지쯤은 짐작하고 있을 것이다. 틀림없이 그는 잠자코 있지 않고 떠벌일 것이다. 의심할 여지도 없다. 그날 저녁때까지 그녀는 어떻게 거짓말을 꾸며댈 것인가 궁리하느라고 머리를 싸맸다. 사냥 구럭을 늘어뜨린 그 바보가 끊임없이 눈앞에 어른거렸다.

샤를은 저녁식사 후에 아내가 수심에 차 있는 것을 보고 기분을 풀어주기 위해 약제사의 집으로 데리고 갔다. 그런데 그 약방 문 앞에서 제일 먼저 그녀의 눈에 띈 사람은 바로 그 수세 관리였다. 그는 빨간 유리 병의 빛을 받으면서 카운터 앞에 서서 말했다.

"유산 반 온스만 주시오."

"쥐스탱, 유산염을 이리로 가지고 오너라."

약제사가 소리쳤다.

그리고 오메 부인의 방으로 올라가려는 엠마에게 말했다.

"아니올시다, 여기 계십시오. 일부러 올라가시지 않아도 아내가 곧 내려올 겁니다. 난롯불이나 쬐면서 기다리십시오……. 잠깐 실례하겠습니다……. 안녕하십니까. 선생님(이 약제사는 '선생'이라는 말을 매우 좋아했다. 그 말이 지니는 장중한 느낌이 자기에게로 되돌아오는 것 같았던 것이다). ……얘야, 뭘 하는 거냐? 그 유발(乳鉢)을 뒤집어엎으면 안 돼! 그보다도 빨리 작은 방에 가서 의자를 가져오너라. 객실의 안락의자는 건드리면 안 된다고 일렀잖아."

그리고 안락의자를 제자리에 다시 놓으려고 오메가 카운터에서 급히 뛰어나오는데 비네가 당산(糖酸)을 반 온스 주문했다.

"당산이라고? 그런 건 모르겠는데, 그게 뭡니까? 수산(蓚酸) 아닌가? 수산일 겁니다."

약제사는 경멸하는 투로 말했다.

비네는 여러 가지 사냥 기구의 녹을 빼는 놋그릇 닦는 약을 손수 만드는 데 거기에 부식제가 필요하다고 설명했다. 엠마는 흠칫 놀랐다.

"사실 요사이는 날씨가 좋지 못하죠. 습기가 많은 걸요."

약제사가 말했다.

"하지만 날씨 따위는 아무렇지도 않게 여기는 사람도 있더군요."

수세 관리가 음흉스러운 표정으로 말했다.

엠마는 숨이 막혔다.

"그리고 또 필요한 것은……."

'이러다간 이 사람 언제 갈지 모르겠군!' 엠마는 속으로 생각했다.

"송진하고 테르빈유를 반 온스씩, 황납 4온스, 골탄(骨炭) 1온스 반만 주십시오. 사냥 기구의 에나멜 가죽을 깨끗이 닦는 데 쓸 거예요."

약제사가 초를 자르기 시작했을 때, 오메 부인이 이르마를 안고, 나폴레옹은 곁에, 그리고 아탈리는 뒤에 데리고 나타났다. 그리고 창 옆에 있는 우단 의자에 앉았다. 그러자 사내아이는 접는 의자 위에 웅크리고 앉고 큰 딸아이는 아버지 옆에 있는 대추즙으로 만든 기침약 상자 근처에서 서성거렸다. 아버지는 그것을 깔때기에 따르고 병마개를 한 후 종이를 붙이고 포장을 했다. 주위 사람들은 모두 조용했다. 가끔 저울 접시에 추가 닿아 달가닥거리는 소리와 조수에게 이르는 약제사의 나지막한 소리만 들렸다.

"댁의 따님은 잘 자랍니까?"

갑자기 오메 부인이 물었다.

"조용히!"

장부책에 숫자를 적어넣던 그녀의 남편이 소리쳤다.

"왜 애기를 데리고 오시지 않으셨어요?"

그녀가 다시 나지막한 소리로 물었다.

"쉿! 쉿!"

엠마는 손가락으로 약사를 가리키며 말을 막았다.

그러나 비네는 계산서를 읽는 데 열중해서 아무 말도 듣지 못한 모양이었다. 마침내 그는 밖으로 나갔다. 그러자 엠마는 짐을 벗은 듯 크게 안도의 숨을 쉬었다.

"어머나, 숨소리가 아주 거칠어요!"

오메 부인이 말했다.

"네에, 좀 덥군요."

엠마는 대답했다.

다음 날 엠마와 로돌프는 밀회 방법을 의논했다. 엠마는 자기 집 하녀에게 무엇이든 주어서 자기 말을 듣게 하겠다고 했다. 그러나 그것보다도 용빌 마을 어딘가에 사람의 눈에 띄지 않는 집을 찾아보는 것이 좋겠다면서 로돌프가 알아보겠다고 약속했다.

겨울 동안은 매주 서너 번씩 밤이 이슥해진 다음 그가 뜰 안까지 들어오곤 했다. 엠마는 일부러 살문의 자물쇠를 빼놓았다. 샤를은 어느 사이엔가 자물쇠를 잃어버린 줄로 알고 있었다.

뜰 안으로 들어오면 로돌프는 그녀에게 알리기 위해서 모래를 한 줌 집어 덧문에다 던졌다. 그러면 엠마는 벌떡 일어났다. 그러나 때로는 잠시 동안 기다려야 할 때도 있었다. 샤를이 난롯가에서 이야기를 늘어놓는 버릇이 있어서 좀처럼 일어날 생각을 하지 않았다. 그녀는 안절부절못했다. 만약에 그녀의 두 눈에 그러한 힘만 있었다면 샤를을 잡아서 창 밖으로 내던져버리고 싶은 마음이었다. 간신히 엠마는 잠잘 준비를 시작했다. 그리고 책을 한 권 집어들고 재미있는 것처럼 침착하게 앉아서 읽었다. 그러자 먼저 잠자리에 들어간 샤를이 그만 자자고 부른다.

"자, 어서 오구려, 엠마. 벌써 늦었는걸."

"네, 곧 갈게요!"

그녀가 대답했다.

이윽고 촛불에 눈이 부셔서 샤를은 벽 쪽으로 돌아누워 이내 잠이 들어버렸다. 그녀는 숨을 죽이고 미소를 짓고 가슴을 두근거리며 잠옷을 입은 채 살그머니 방을 빠져나오는 것이다.

로돌프는 커다란 망토를 입고 있었다. 그는 그것으로 엠마를 폭 싸서 두 팔로 그녀의 허리를 안고 입을 다문 채 뜰 안쪽으로 데리고 갔다.

그곳은 푸른 잎으로 덮인 정자 밑, 옛날엔 레옹이 여름 밤마다 그녀를 사모하여 바라보곤 하던 바로 그 썩은 통나무로 된 의자 위였다. 이미 그녀는 레옹에 대한 일은 거의 생각하지 않았다.

잎이 떨어진 재스민의 나뭇가지 사이로 별이 빛나고 있었다. 그들 뒤에서 시냇물 흐르는 소리가 들리고 이따금 강둑에서 마른 갈대가 바스락거리는 소리도 들렸다. 시커먼 그림자가 어둠 속 여기저기서 이따금 한꺼번에 떨면서 두 사람을 집어삼키려는 검은 파도처럼 우뚝 일어서기도 하고 한편으로 쓰러지기도 했다. 차가운 밤 공기가 두 사람을 더욱더 꼭 부둥켜안게 했다. 입술에서 새어나오는 한숨 소리는 한층 더 심해졌고 희미하게 보이는 서로의 눈이 커다랗게 느껴졌다. 아무런 소리도 나지 않고 잠잠한 정적 속에서 조그맣게 소곤거리는 말은 그들의 영혼 위에 투명한 음향으로 떨어져서 여러 개의 울림이 되어 마음속에 메아리치는 것이었다.

비가 오는 밤에는 그들은 헛간과 마구간 사이에 있는 진찰실로 숨어들어갔다. 그녀는 책 뒤에 감춰두었던 부엌용 촛대에 불을 켰다. 로돌프는 마치 자기 집인 것처럼 편안하게 자리잡곤 했다. 책장이며 사무용 책상이며 방 전체의 모습을 이렇게 보는 것이 기분 좋은지 그는 엠마가 무안할 만큼 샤를에 관한 농담을 수없이 늘어놓곤 했다. 엠마는 그가 좀 더 진지해주기를 바랐다. 경우에 따라서는 더 연극적인 태도라도 취해주었으면 좋겠다고까지 생각했다. 이를테면 언젠가 뜰 쪽에서 발소리가 가까워오는 것 같아서 "누가 오나 봐요" 하자, 로돌프가 촛불을 불어 껐다.

"당신 권총 가지고 계세요?"

"왜?"

"저…… 호신용으로 말이에요."

엠마가 대답했다.

"당신 남편한테서 몸을 지키기 위해서? 걱정 말아요! 그런 남자!"

로돌프는 그렇게 말하고는 '그까짓 남자쯤은 한 손가락으로 퉁겨서 없애버릴 테다' 하는 듯한 몸짓을 해보였다.

엠마는 그러한 몸짓에서 무언지 모르게 거칠고 너무 드러내는 것 같은 졸렬함을 느끼고 불쾌해지면서도 그의 사나이다움을 믿음직하게 생각했다.

로돌프는 그 권총 이야기가 나중에 몹시 마음에 걸렸다. 만약 그 여자가 본정신으로 그러한 말을 했다면 그것은 우스꽝스러운 일이고 괘씸한 일이기도 하다고 생각했다. 왜냐하면 그로서는 샤를의 질투심 같은 것에 시달리는 일이 없으므로 그토록 사람 좋은 샤를을 하등 미워할 이유가 없었기 때문이었다. 그녀의 남편과의 일에 대해 엠마는 그에게 과장될 만큼 굳은 맹세를 했는데, 그것도 로돌프는 그다지 좋은 취미라고는 생각하지 않았다.

게다가 그녀는 매우 감상적이 되어버렸다. 조그마한 초상화를 서로 교환하기도 했고, 서로의 머리카락을 한줌씩 잘라서 바꿔 갖기도 했다. 영원한 인연이라는 표시로 최근에는 결혼반지가 갖고 싶다고 졸라댔다. 종종 엠마는 그에게 저녁종이라든가 '자연의 소리'에 대한 이야기를 했었다. 그리고 그녀는 자기 어머니와 또 로돌프의 어머니에 대한 이야기를 하고 싶어 했다. 로돌프는 20여 년 전에 어머니를 여의었다.

그것에 대해서도 엠마는 마치 어머니를 여읜 갓난아이에게 말하는 것처럼 달콤한 말로 그를 위로했다. 때로는 달을 쳐다보면서 이런 말을 하기도 했다.

"틀림없이 우리 어머니들은 저 높은 하늘에서 함께 우리의 사랑을 허락해주실 거예요."

그러나 엠마는 참으로 아름다웠다. 로돌프는 지금까지 이처럼 순진한 여자를 소유해본 적이 없었다. 장난칠 마음이 없는 이 같은 사랑은 그에게는 새로운 것이어서 지금까지의 방탕한 습관에서 그를 벗어나게 했고, 자존심과 정욕을 동시에 만족시켜주는 신기한 매력이 있었다. 그녀가 흥분하곤 하는 것도 그의 부르주아적 상식으로 따지면 쓸데없는 것처럼 생각되기도 해서 경멸했지만, 그것이 어디까지나 로돌프 자신을 향하고 있는 것이기 때문에 마음속으로는 역시 기쁜 것이었다. 사랑받고 있다는 확신을 가지게 되자 더는 거리낄 것이 없어졌고, 저도 모르는 사이에 태도가 점점 달라져갔다.

그는 이젠 그녀를 울릴 만큼 달콤한 말도 하지 않았고, 또 그녀를 미치게 할 만큼 열렬한 애무도 하지 않았다. 엠마는 두 사람이 끝없는 사랑 속에 잔뜩 잠겨서 지내는 줄 알고 있었는데, 언제부터인지 그 사랑은 마치 시냇물이 강 밑바닥의 흙 속으로 빨려 들어가는 것처럼 그녀의 발목까지 줄어들어버려서 끝내는 그녀의 눈에 바닥의 흙이 보였다. 그녀는 그 사실을 믿으려 하지 않고 더욱더 애정을 쏟았다. 그러자 로돌프는 점점 더 자기의 냉담함을 감추지 않았다.

엠마는 이 사나이의 유혹에 끌려 들어간 것을 후회하는 것인지, 그렇지 않으면 오히려 이보다 더 강하게 그를 사랑하고 싶은 것인지 자기 자신도 알 수가 없었다. 자신의 연약함을 인정하는 데서 오는 굴욕감이 원한으로 바뀌어갔지만, 그 원한을 사랑의 쾌락이 녹여주고 있었다. 그것은 이미 애정이 아니었으며 끊임없는 유혹 속으로 떨어져 들어가는 것이었다. 로돌프는 엠마를 정복해버린 것이다. 엠마는 그 점이 말할 수 없이 두려웠다.

그러나 로돌프가 자기 좋은 대로 교묘하게 간통을 끌고 나갔기 때문에 겉으로 보기에는 매우 평온 무사했다. 어느덧 6개월이 지나 봄이 왔을 때, 그들은 안정된 살림을 하는 부부 같은 사이가 되어 있었다.

때마침 친정 아버지 루올 노인이 다리를 치료받은 기념으로 언제나 칠면조를 보내오는 계절이었다. 편지는 꼭 선물과 함께 왔다. 엠마는 그 편지를 매어놓은 끈을 끊고 다음과 같은 문구를 읽었다.

사랑하는 아이들에게

이 편지를 받아볼 때 둘 다 건강하리라 믿으며, 또 이 칠면조도 예전 것보다 못하진 않으리라 생각한다. 실은 이번에 보내는 놈은 비교적 살이 연하고 살도 좀 더 찐 것이다. 요 다음 번에는 물건을 바꾸어서 수탉 한 마리를 보낼까 한다. 그러나 아무래도 칠면조가 좋다면 그대로 하겠다. 그리고 바구니는 먼젓번 것들과 함께 돌려 보내 주기 바란다. 지난번 밤에 심하게 불어닥친 폭풍에 여기 헛간의 지붕이 숲속으로 날아가버렸다. 금년에는 추수도 도무지 신통치 못하단다. 이런 형편이라 너희들을 만나러 가기가 쉽지 않을 것 같구나. 내가 홀로 된 이후로는 집을 비우고 떠나기가 이렇게 힘이 드는구나. 내 귀여운 엠마야!

여기까지 쓰고 두어 줄 사이가 떼어져 있는 것을 보니 노인이 펜을 놓고 한동안 무엇인가 생각에 잠겨 있었던 것 같다.

나는 아주 건강하다. 며칠 전에 이브토 시장에 갔다가 감기가 들은 것 빼고는 말이다. 집에 양치는 녀석이 너무 음식 타박을 하기에 내보내고 다른 사람을 데려오려고 거기에 갔었다. 그런 녀석을 상대하자니 귀찮아서 안 되겠구나. 게다가 먼젓번 녀석은 나쁜 짓을 했단다.

이번 겨울 너희들이 사는 곳으로 장사하러 갔다가, 이를 하나 뽑고 온 행상 한 사람이 하는 말을 들으니, 보바리도 여전히 열심히 집안 일을 돌보는 모양이구나. 참으로 다행한 일이다. 그 사람이 자기 이를 보여주더구나. 우리들은 커피도 함께 마셨단다. 그에게 너를 보았느냐고 물으니 너는 못 보았지만 마구간에 말 두 필이 있는 것을 보았다고 하더라. 그래서 나는 장사가 잘 되어간다는 것을 알 수가 있었다. 대단히 좋은 일이다. 사랑하는 아이들아, 자비로우신 하느님께서 너희들에게 온갖 행복을 베풀어주실 것을 빌겠다. 내가 아직도 귀여운 손녀 베르트 보바리를 못 본 것이 매우 유감이다. 그 애를 위해 네가 쓰던 방 아래 뜰에 살구나무 한 그루를 심어놓았다. 이 나무가 장차 그 애를 위하여 잼을 만들게 될 때까지 아무도 다치지 못하도록 할 작정이다. 열매가 열리면 내 손수 잼을 만들어서 그 애가 올 때까지 벽장에 간직해두겠다. 잘 있거라, 나의 사랑하는 아이들아. 너에게 키스를 보낸다. 내 딸아, 그리고 사위 자네에게도. 그리고 귀여운 손녀딸아, 너의 두 뺨에도 입을 맞춘다. 잘 있거라.

너를 사랑하는 아버지

테오도르 루올

이 거친 종이에 쓴 편지를 그녀는 한동안 가만히 들고 있었다. 잘못 쓴 글씨가 군데군데 눈에 띄었지만 엠마는 마치 가시나무 울타리에 반쯤 몸을 감추고 숨어서 꼬꼬댁거리는 암탉처럼 글자를 통해서 전달되어 오는 다정한 마음을 좇고 있었다. 난로의 재로 잉크를 말린 듯, 편지에서 옷 위로 잿빛 먼지가 조금 떨어져 내렸다.

엠마의 눈에 부젓가락을 집으려고 등을 동그랗게 구부리고 있는 아버지의 모습이 보이는 것 같았다. 벽난로에 달린 의자에 걸터앉아서 아버지 곁에서 막대기 끝을 탁탁 불꽃이 튀는 장작 불에 태운 것은 이미 아득한 옛날 일이었다……. 그녀는 햇빛이 강하게 비치던 여름 저녁때 일을 생각해냈다. 망아지가 사람이 지나갈 때마다 울음소리를 내며 펄쩍 뛰어서 달아났지……. 내 방 유리창 밑에는 꿀벌의 벌통이 있었다. 이따금 그 꿀벌들이 빛 속을 마구 날아다니며 유리창에 부딪쳐서 황금 구슬처럼 튀곤 했다. 그 시절은 얼마나 행복했던가! 얼마나 자유롭고 희망에 넘쳐 있었고, 얼마나 많은 꿈을 지니고 있었던가! 지금은 이미 털끝만큼도 남은 것이 없다. 처녀 시절, 결혼 생활, 연애 이렇게 잇따라 일어나는 일들을 겪으면서 별별 마음의 동요를 겪는 동안 완전히 이러한 꿈을 다 써버리고 만 것이었다. 마치 길가 여관에 묵을 때마다 주머니의 돈을 조금씩 주고 온 나그네처럼 인생길의 한 장면 한 장면에 그것들을 하나씩 놓고 와버린 것이다.

그러나 누가 대체 그녀를 이처럼 불행하게 만들었단 말인가? 그녀의 마음을 뒤엎어버린 엄청난 비극이 도대체 어디에 있었단 말인가? 엠마는 마치 자신의 몸을 괴롭힌 원인을 찾으려는 것처럼 고개를 들어 주위를 둘러보았다.

4월의 햇빛이 선반 위 도자기에 반사되어 여러 빛으로 빛났다. 난롯불은 뻘겋게 타올랐다. 그녀는 실내화 바닥에 부드러운 양탄자의 감촉을 느꼈다. 주위의 햇빛은 밝고 공기는 따스했다. 딸아이가 커다랗게 웃는 소리가 들렸다.

마침 딸아이는 베어서 말려놓은 풀 속을 뒹굴고 있었다. 쌓아올린 풀 위에 배를 깔고 엎드리고 하녀가 아기의 치맛자락을 붙들고 있었다. 레스티부드와가 그 옆에서 갈퀴로 풀을 긁어모았다. 그가 가까이 다가올 때마다 아기는 헤엄치는 것처럼 두 팔을 휘저으면서 앞으로 몸을 굽히곤 했다.

"아기를 데려다줘!"라고 말하면서 엠마는 뛰어가 아기에게 키스했다. "귀여워라! 그렇지 아가야! 엄마는 네가 가장 좋단다!"

아가의 귓불이 좀 더러워진 것을 보자 그녀는 얼른 초인종을 눌러서 더운 물을 가져오게 하여 깨끗이 닦아주었다. 속옷도 양말, 구두도 갈아신기고 마치 여행에서 돌아오기라도 한 것처럼 건강 상태가 어떠냐고 꼬치꼬치 물어보고 흐느껴 울면서 한 번 더 키스하고 하녀에게 아기를 돌려보냈다. 하녀는 너무나 지나치게 아기를 애지중지하는 것을 보고 어리둥절했다.

로돌프는 그날밤 엠마가 보통 때보다 심각한 모습을 하고 있다고 생각했다.

'이제 곧 나아질 거야. 한때의 변덕이니까.'

그는 판단했다.

그리고 그는 계속해서 세 번이나 밀회 장소에 오지 않았다. 그다음에 그가 나타나자 그녀는 냉담하고 거의 경멸하는 듯한 태도였다.

"이런…… 그러면 모처럼의 즐거운 시간이 그냥 지나간단 말이오. 귀여운 사람……."

그는 엠마가 우울한 듯 한숨을 쉬는 것도 손수건을 꺼내는 것도 도무지 모르는 척했다.

엠마가 후회한 것은 바로 그때였다.

자신은 어째서 샤를을 싫어하는 것일까? 만약에 샤를을 사랑할 수 있다면 그편이 훨씬 더 행복하지 않을까, 그런 것까지 생각했다. 그러나 샤를은 그녀의 이러한 감정의 전화(轉化)를 위해서 도무지 어떻게 달라붙을 적당한 기회를 주지 않았다. 그래서 그녀가 이런 심정을 어떻게 해야 좋을지 몰라 망설일 때 마침 약제사가 좋은 기회를 만들어주었다.

11

최근 약제사는 굽은 다리를 치료하는 방법에 대한 추천문을 읽었다. 그는 본래가 진보주의자였기 때문에 용빌이 '세상에 뒤떨어지지 않으려면' 이 굽은 다리를 고치는 수술도 반드시 해보아야 한다는 애향적인 생각을 갖게 되었다.

"뭐 손해볼 일은 하나도 없습니다. 잘 생각해보십시오."

그는 엠마에게 말했다. 그리고 이 시도에서 얻을 수 있는 이익을 손꼽아 세어보면서 말했다.

"십중팔구 성공은 거의 의심할 여지도 없는 일로서 수술 당사자는 치료를 받으면 훌륭한 다리가 될 수 있습니다. 그리고 수술한 사람은 단번에 명성이 세상에 널리 알려질 겁니다. 그러니까 댁의 선생께서도 한번 저 불쌍한 '금사자' 집의 이폴리트를 구해줄 생각을 해보시는 게 어떻겠어요? 그의 병이 나아보십시오. 그는 틀림없이 이 지방으로 오는 손님들에게 자신의 치료 결과를 이야기할 겁니다. 게다가 말입니다."

그는 목소리를 낮추고 주위를 둘러보고는 말을 이었다.

"제가 신문에 그 일을 좀 적어 보내면 안 된다는 법도 없을 겁니다. 그렇게만 되면 그 기사는 세상에 널리 알려질 것이고…… 사람들의 입에 오르내리게 될 것입니다. 그리고 끝내는 눈사람 굴리듯 자꾸자꾸 커질 겁니다. 그리고 또 누가 알겠어요? 또……."

사실 샤를이 그것을 잘하지 못할 리가 없었다. 엠마가 보기에도 그의 기술이 나쁘다는 증거는 없었다. 그런 데다가 이름을 떨치고 돈을 벌 수 있는 일을 남편에게 시킬 수 있다면 그녀에게도 얼마나 만족스러운 일이겠는가? 사랑이라는 것보다도 좀 더 견실한 것에 매달리는 것을 한결같이 소망했던 바였다.

샤를은 약제사와 엠마가 양쪽에서 한사코 권하자 마침내 그럴 마음을 먹었다. 그는 루앙에서 뒤발 박사의 저서를 구해오도록 하여 저녁마다 머리를 싸안고 열심히 읽었다.

이 의사가 말굽형 다리, 안짱다리와 밭장다리, 즉 말하자면 스트레포카토포디, 스트레펜도포디, 그리고 스트레펙소포디(쉽게 말해서 말처럼 다리 밑이 굽은 다리, 안으로 굽은 다리, 그리고 밖으로 굽은 다리 등등 여러 가지로 다리가 구부러진 것), 그리고 또 스트레피포포디와 스트레파노포디(달리 말하면 밑이 뒤틀린 것과 위가 뒤틀린 것)들을 샤를이 연구하는 동안 한편에서는 오메 씨가 여관집 일꾼에게 수술을 받으라고 별별 소리를 다하면서 권했다.

"그저 조금 아프기만 할 뿐 거의 못 느낄 걸세. 나쁜 피를 뽑을 때 조금 따끔하는 정도일 거야. 물집 잡힌 곳을 터뜨리는 것보다도 더 쉬운 일이란 말일세."

이폴리트는 생각에 잠겨서 얼빠진 사람처럼 눈을 굴렸다.

"게다가 이것은 내게는 아무 상관이 없는 일이야. 오직 자네를 위한 일이란 말일세. 순전히 인정 때문에 절름거리는 흉한 걸음걸이와 허리가 흔들거리는 게 낫는 것을 보고 싶단 말일세. 자네가 뭐라 하든 그 허리는 일하는 데 매우 방해가 될 테니까 말일세."

약제사는 다시 말했다.

그리고 수술을 받고 나면 어떻게 건강한 다리가 되고 기운이 얼마나 나며 발이 얼마나 가벼워지는가를 설명했다. 그렇게 되면 여자들에게도 인기가 있을 거라고까지 추켜세웠다. 그 마부는 벙글벙글 웃었다. 다음에 그는 마부의 그 허영심을 들뜨게 했다.

"이봐, 자네도 사내가 아닌가! 어때, 자네가 나라를 위해서 군에 복무하게 되어서 군의 깃발 아래서 싸워야 할 경우에는 어떻게 되겠나? 아, 아, 이폴리트!"

그러고 나서 오메는 과학의 축복에 대해서 이렇게 고집을 부리고 이렇게 알아듣지 못하는 것을 이해할 수 없다고 말하면서 가버렸다.

불쌍한 사나이는 마침내 굴복하고 승낙을 하고 말았다. 마치 모든 사람들이 한통속이 되어 벌인 음모 같은 것이었다. 지금까지는 절대로 남의 일을 돌보아준 일이 없는 비네도, 르프랑수와 부인도 아르테미즈의 이웃 사람들도, 그리고 촌장인 튀바슈 씨까지도 온통 들러붙어서 권하기도 하고 설교를 하기도 하고 혹은 부끄러운 줄 알라고 나무라기도 했다. 그러나 그가 결심을 하게 한 결정적인 요소는 '수술비는 무료'라는 것이었다. 보바리는 수술에 필요한 기구는 자기가 제공하겠다고 했다. 이 박애적인 행위를 생각해낸 것은 엠마였다. 샤를은 충심으로 자기 아내는 천사와 같은 착한 여자라고 생각하면서 그 제안을 승낙했다.

그는 약제사의 충고에 따라서 목수와 자물쇠 제조업자에게 주문해서 세 번 만에야 겨우 한 관이나 되는 상자와 같은 것을 만들게 했다. 쇳조각이며 널빤지며 철판과 나사못과 쇠고리 등을 잔뜩 써서 만든 상자였다.

그런데 다리의 어느 힘줄을 잘라야 할지를 알기 위해서 샤를은 우선 이폴리트의 굽은 다리가 어떤 종류의 것인가를 알아야 했다.

그의 발은 종아리와 거의 일직선이 되어 있었는데도 약간 안으로 굽어 있었다. 즉 말굽형 다리에 약간 안짱다리가 섞인 것, 혹은 가벼운 안짱다리가 기형으로 굳어진 것이라고 할 수 있었다. 이 말발굽형 다리는 실제로 말 다리만큼 커서 피부는 거칠고, 힘줄은 단단하고, 발가락은 굵고, 검은 발톱이 마치 편자처럼 보였다. 이러한 기형 다리로 아침부터 밤까지 사슴처럼 뛰어다녔던 것이다. 이 사나이가 한쪽이 짧은 다리를 앞으로 삐쭉삐쭉 내밀면서 짐마차 주위를 뛰어다니는 것을 언제나 광장에서 볼 수 있었다. 불구인 이 다리가 도리어 다른쪽 다리보다 튼튼해 보이기조차 했다. 그 다리는 어찌나 일을 많이 했는지 인내라든가 정력 같은 정신적인 성질을 갖게 된 듯했다. 무슨 힘드는 일을 부탁받으면 그는 즐겨 이 다리에 힘을 주곤 했다.

어쨌든 이 다리는 말발굽형 다리였으므로 우선 아킬레스건을 절단하고 안짱다리를 고치기 위해서 며칠이 지난 뒤에 정강이의 근육을 수술할 작정이었다. 이 의사는 한꺼번에 두 가지 수술을 해치울 용기가 없었고, 그런 데다가 자기가 알지도 못하는 소중한 부분을 건드려 상처를 내지 않을까 겁을 먹었기 때문이었다.

켈수스 이래 15세기 만에 처음으로 동맥의 직접 결합 수술을 한 앙브르와즈 파레나 또는 뇌의 두꺼운 층을 절개하고 농양을 절개하려고 했던 뒤퓌트랑이라든가 또는 처음으로 상막골을 잘라낸 장술, 이와 같은 사람들은 힘줄을 끊는 칼을 잡고 이폴리트에게 다가갔을 때의 보바리 씨만큼 심장을 심하게 두근거리고 손을 떨며 정신을 긴

장시키지는 않았을 것이 틀림없다. 그리고 마치 병원에서처럼 옆 테이블 위에는 거즈를 산처럼 쌓아놓고 상처를 꿰맬 초먹인 실이며 붕대가 있었다. 약국에나 있는 붕대가 책상 위에 피라미드처럼 쌓여 있었다. 이러한 일체를 준비한 것은 오메였다. 그는 모든 사람들을 놀래키고 자기도 우쭐한 기분을 즐기기 위해서 아침부터 애를 썼던 것이다. 샤를이 피부를 찔렀다. 뚝 하는 소리가 났다. 이것으로 힘줄은 절단되었고 수술은 끝난 것이다. 이폴리트는 어리둥절했다. 그는 샤를의 두 손을 끌어다 얼굴에 대고 마구 키스를 퍼부었다.

"자아, 이봐, 진정해. 선생님께 대한 인사는 나중에 천천히 하게나!"

약제사가 말했다. 그리고 그는 정원에서 기다리고 있던 대여섯 명에게 수술 결과를 알려주러 내려갔다. 이 사람들은 이폴리트가 똑바로 서서 걸어 나올 줄 알고 있었다. 그 뒤 샤를은 환자의 다리를 보행기에 붙들어 매어놓고 자기 집으로 돌아왔다. 집에서는 엠마가 걱정스럽게 문 앞에서 기다리고 있었다. 그녀는 남편의 목에 매달렸다. 그들은 식탁에 마주 앉았다. 샤를은 굉장히 많이 먹었고 식후에는 커피를 한 잔 마시겠다고까지 했다. 커피는 일요일에 손님이 왔을 때만 내놓는 귀중한 것이었다.

그날 밤은 즐거웠다. 이야기도 많았고, 부부가 함께 여러 가지 몽상에 잠겼다. 그들은 장래의 가운(家運)에 대한 일이며, 집안에서 해야 할 여러 가지 수선에 대한 일 따위를 이야기했다. 샤를은 자신의 명성이 차차 높아지고 생활은 편안해질 것이며, 아내가 언제나 자기를 사랑해줄 것을 마음속에 그렸다. 그리고 엠마는 지금까지보다도 더욱 건전하고 보다 더 좋은, 새로운 기분에 젖어서 마음이 상쾌한 것이, 자기를 이토록 사랑해주는 이 불쌍한 사나이에게 그 어떤 애정을 느끼게 된 것이 기뻤다. 문득 로돌프 생각이 머리에 떠올랐다. 그러나 그녀의 눈은 얼른 다시 샤를에게로 꽂혔다. 그녀는 샤를의 이가 그다지 보기 흉하지 않다는 것을 깨닫고 놀라운 마음이 들기까지 했다.

부부가 이미 잠자리에 들었을 때, 오메 씨가 하녀의 만류도 듣지 않고 방금 쓴 원고를 손에 들고 침실로 들어왔다. 〈루앙의 등불〉에 실으려는 기사였다. 그는 그것을 의사 부부에게 읽어주려고 가지고 왔다.

"당신이 읽어주시오."

보바리가 말했다.

약제사는 낭독했다.

"여러 가지 편견이 오늘날까지도 여전히 유럽의 한 구석을 그물처럼 덮고 있는데도 광명이 우리의 전원에까지도 이미 비치기 시작했다. 그리하여 우리의 조그마한 마을 용빌은 지난 화요일 어떠한 외과적인 수술이 행하여지는 무대가 되었다. 이 실험이야말로 하나의 숭고한 박애적인 행위였다. 우리 지방에서 그 명성이 가장 높은 의사인 보바리 씨는……."

"좀 쑥스러운데요. 너무 과장했어요! 과장이 심해요."

샤를은 감동해서 숨이 막힐 지경이었다.

"웬걸요, 절대로 그렇지 않습니다! '절름발이 수술을 했다…….' 저는 학술상의 용어는 쓰지 않습니다. 아시다시피 신문에서는…… 누구나 다 아는 게 아닐 터이고…… 결국 대중이……."

"그럴 테지요. 다음을 읽어보십시오."

보바리는 말했다.

"네, 읽지요. 우리 지방에서 가장 이름이 높은 의사인 보바리 씨는 절름발이의 수술을 했다. 환자는 아르므 광장의 르프랑수와 부인이 경영하는 '금사자' 여관에서 25년 동안 마부 노릇을 하고 있는 이폴리트 토탱이라는 사람이다. 그 새로운 시도라는 것과 수술 환자에 대한 관심 때문에 많은 군중이 모여서 이 여관 문 앞은 큰 혼잡을 이루었다. 게다가 수술은 훌륭하게 행해지고 완고한 힘줄도 기술의 힘에는 굴복한 것처럼 불과 몇 방울의 피가 흐른 것으로 끝났다. 이상스럽게도 환자는(목격자로서 확언하지만) 아무런 고통도 호소하지 않았다. 현재까지 경과는 이상적이다. 회복은 빠를 것이라고 믿어진다. 그러니 가까워오는 다음 축제일에는 환자는 쾌활한 합창이 울려퍼지는 가운데 바커스 춤을 추는 한 사람으로 나가서 그 흥겨운 노랫소리와 절묘한 발걸음으로 모든 사람 앞에 완쾌된 모습을 나타내 보이게 될 것이다. 고매한 학자를 찬양하자! 동포를 개선하고 구제하기 위하여 매일 밤을 고스란히 바치는 불요불굴의 이와 같은 지성에 영광이 있을지어다! 영광 있으라! 세 번 거듭 영광 있으라! 이제야말로 장님이 눈을 뜨고 귀머거리는 듣게 되고 절름발이는 걸을지어다(마태복음 11장 5절)라고 할 수 있지 않겠는가! 옛날에는 광신이 소수의 선택된 사람들에게만 약속했던 것을 오늘의 과학은 모든 인간들을 위해서 성취해 보이는 것이다. 이 주목할 만한 치료의 금후의 경과에 대해서는 계속하여 독자에게 보도할 것이다."

그런데 그로부터 닷새 뒤 얼굴빛이 달라진 르프랑수와 부인이 고함을 지르면서 뛰어들어왔다.

"큰일났습니다! 큰일났어요! 이폴리트가 죽어갑니다! ……전 어떻게 해야 할지 도무지 알 수가 없군요!"

샤를은 '금사자'로 뛰어갔다. 샤를이 모자도 쓰지 않고 광장을 뛰어가는 것을 본 약제사도 약국에서 나왔다. 그도 숨을 헐떡거리며 얼굴이 빨개져서 불안한 표정이었다. 그리고 층계를 올라가는 사람마다 붙잡고 물었다.

"아니, 그 다리 병신이 도대체 어떻게 됐다는 건가?"

그 절름발이는 심한 경련을 일으키면서 발에 끼운 보행기를 벽에 구멍이 날 만큼 후려치면서 몸부림을 치고 있었다.

다리 위치가 비뚤어지지 않도록 조심하면서 상자를 떼어내고 보니 차마 볼 수도 없는 꼴이었다. 피부가 터질 듯 부어올라서 다리의 형태도 알아볼 수 없었다. 그 기구에 상처를 입은 다리 전체가 피하 출혈을 일으키고 있었다. 이폴리트가 이미 고통을 호소해왔으나 아무도 그의 말을 귀담아 들어주지 않았던 것이다. 상태를 보니 그가 아파하는 것도 무리가 아니었다. 그래서 몇 시간 동안 기계를 떼어놓기로 했다. 그러나 부기가 약간 걷힌 듯하자, 이 두 선생은 다시 다리를 기계 속에 넣고 더욱 빨리 효과를 올리기 위해서 좀 더 단단히 잡아매는 편이 좋다고 판단했다. 그리고 사흘 뒤에 이폴리트가 더는 도저히 참을 수가 없다고 해서 그들은 다시 한번 기계를 떼내고 뜻밖의 결과에 정신을 잃을 만큼 놀랐다. 부기는 다리 전체에 번져서 온통 납빛이 되었고, 군데군데 물주머니가 생겨 거기에서 검은 물이 흘러나오고 있었다. 실로 위험한 증세였다. 이폴리트는 비관을 하기 시작했다. 그러자 르프랑수와 부인은 조금이라도 기분 전환이 되도록 부엌 옆에 있는 조그만 방으로 환자를 옮겨주었다.

그러자 매일 이 방에서 식사를 하는 수세 관리가 이런 환자가 곁에 있는 게 싫다고 투덜대기 시작했다. 그래서 이폴리트는 당구실로 옮겨졌다.

그는 그 방에서 거친 이불을 뒤집어쓰고 신음했다. 그의 얼굴은 창백하고 수염은 제멋대로 자라고 눈은 움푹 꺼진 채 파리가 달려드는 베개 위에서 땀에 흠씬 젖은 머리를 흔들어댔다. 보바리 부인은 그의 병문안을 오곤 했다. 그녀는 찜질용 헝겊을 가지고 와서 위로하기도 하고 격려하기도 했다. 그밖에도 말동무가 부족하지는 않았다. 특히 장이 서는 날엔 농부들이 그의 주위에 모여서 당구를 치기도 하고, 당구 큐대로 검술 흉내를 내기도 하고, 담배를 피우기도 하고, 술을 마시기도 하고, 노래를 부르기도 하며, 큰소리로 떠들어댔다.

"어떤가, 좀?"

그들은 그의 어깨를 치면서 말을 걸었다.

"기운이 하나도 없군! 그러나 이것은 자네 잘못일세. 이렇게도 해보고 저렇게도 해보아야지 그렇게 가만히 있다니 말일세."

그들은 다른 방법으로 거뜬히 나은 사람들의 이야기를 해주었다. 그리고 위로라도 해주는 것처럼 이렇게 덧붙였다.

"자네 너무 신경을 쓰는 거 아닌가! 좀 일어나보란 말야! 마치 대감님처럼 몸을 사리고 그게 뭔가! 그건 그렇고 자네 몸에서 웬 냄새가 이렇게 고약한가?"

사실 냄새가 나는 것도 당연한 것이 상처 부위가 썩어 나갔기 때문에 보바리조차도 그 냄새로 비위가 상할 지경이었다. 그는 아무 때나 틈나는 대로 자주 들렀다. 이폴리트는 겁에 질린 눈으로 샤를을 가만히 지켜보고 흐느끼면서 투덜거렸다.

"언제나 낫게 됩니까……? 아아, 저를 살려주십시오! ……이렇게 될 줄은! 이렇게 될 줄은 정말 몰랐습니다!"

의사는 그럴 때마다 음식을 줄이라고 권하고 돌아가버렸다.

"그 사람 이야기 같은 것은 아예 듣지 마. 그 사람들이 모두 들러붙어서 너를 골탕먹였지 뭐냐? 먹지 않으면 점점 더 약해질 거야. 자 어서 먹어!"

르프랑수와 부인이 말했다.

그리고 여주인은 맛있는 수프며 양의 넓적다리 고기며 베이컨이며 때로는 작은 컵에 브랜디를 조금 권하기까지 했지만, 이 환자는 그런 음식을 입에 가져갈 용기가 없었다. 부르니지앙 신부는 그의 병세가 좋지 않다는 소문을 듣고 그를 만나고 싶다고 했다. 신부는 우선 병자의 병세에 대해 동정하고 그러나 이것도 천주님의 뜻이니까 기쁘게 생각해야 한다고 하고 이 기회에 확고한 신앙심을 가지라고 일렀다.

"알았느냐?"

신부는 자식에게 타이르듯 말했다.

"자네는 평소에 자네 의무를 좀 등한히 했어. 자네는 미사 때도 좀처럼 안 나왔잖나? 지난번에 성체를 받고 나서 벌써 몇 해째냐 말이야. 자네의 일이 바쁘다는 것, 세속의 번잡한 일에 얽매여서 영혼의 구제에 대한 것을 생각할 겨를이 없었다는 것은 나도 알아. 하지만 마침 지금은 그것을 깊이 생각할 매우 좋은 시기란 말이야. 그렇다고 해서 낙심해서는 안 돼. 아주 몹쓸 악인들이라 할지라도 마지막 천주님 앞에 나갈 때에 임박해서는 (그렇다고 자네가 지금 그렇다는 것은 아니야) 천주님의 자비를 내려줍시사고 열심히 빌었던 예를 나는 많이 알지. 그러한 사람들도 완전히 구제되어서 죽어갔을 걸세. 자네도 그 사람들처럼 훌륭한 본보기가 되어주길 바라네. 그래, 어떤가? 만일의 경우를 생각해서 경건한 마음으로 '성총이 깊으신 마리아님'과 '하늘에 계신 우리 아버지' 하고 매일 아침저녁으로 외어보면, 응? 그렇게 하라고. 나를 위해서, 나를 기쁘게 하기 위해서라고 생각하고 말이야. 손해될 것 하나도 없지 않아? ……어때, 약속할 텐가?"

이폴리트는 맹세했다. 본당 신부는 그 후 매일같이 왔다. 찾아와서는 여관집 주인 마누라를 상대해서 이폴리트가 알아들을 수 없는 농담도 하고 세상 사람들의 소문 이야기도 하고 서툰 재담을 늘어놓곤 했다. 그런가 하면 이야기 끝에 어떤 기회를 잡아서 갑자기 진지한 표정을 짓고 이야기를 신앙심에 대한 것으로 돌리곤 하는 것이었다. 신부의 열성은 성공한 것 같았다. 왜냐하면 얼마 가지 않아서 이 환자는 병이 나으면 봉 스쿠르로 순례를 떠나고 싶다고 말했기 때문이다. 부르니지앙 신부는 그건 참 좋은 일이라고 대답했다. 두 가지를 조심하는 것이 한 가지를 조심하는 것보다 더 좋은 것은 말할 것도 없다고 했다. 절대로 덕은 있을망정 손해는 없다는 것이다.

약제사는 그 '사제의 술책'에 대하여 분개했다. 그가 쓸데없는 짓을 하여 이폴리트의 회복을 방해하고 있다고 주장했다. 그는 르프랑수와 부인에게 몇 번씩이나 되풀이해서 말했다.

"가만히 놔두십시오! 상관하지 말고 내버려두세요. 당신네들의 이상스러운 신심 때문에 저 남자의 마음만 혼란해지잖아요."

그러나 이 여주인은 이젠 그의 말 같은 것은 들으려 하지도 않았다. 일이 이렇게 된 원인은 모두 이 사나이에게 있었던 것이다. 그녀는 반항심으로 성수를 가득 담은 성수반(聖水盤)에 회양목 가지를 곁들여서 병자의 베갯머리에 매달아놓았다.

그러나 종교도 외과 의술도 어느 쪽도 효과는 없는 모양이어서 손을 댈 수도 없을 만큼 다리에서부터 점점 썩어들어가서 배로 올라왔다. 약을 여러 가지로 바꾸어보기도 하고, 찜질을 여러 가지로 달리 해보기도 했지만, 살은 매일매일 썩어들어가기만 했다. 보다 못한 르프랑수와 여주인이 이제는 하는 수 없으니까 궁여지책으로 뇌샤텔에 있는 유명한 카니베 선생을 불러오면 어떻겠느냐고 물었을 때, 샤를은 고개를 끄떡거리는 수밖에 없었다.

의학박사이며 쉰 살쯤 된, 그리고 그 높은 지위나 명성에 부족함이 없는 자신만만한 이 의사는 무릎까지 썩어버린 다리를 보자 무례하게 경멸에 찬 웃음을 보였다. 그리고 다리를 절단하지 않으면 안 된다고 분명하게 말하고 약제사에게 가서 이 가련한 남자를 이런 꼴로 만든 어리석은 사람들을 호되게 욕했다. 그는 오메 씨의 프록코트 단추를 쥐고 흔들면서 이렇게 고함을 질렀다.

"이런 것이 파리의 발명이란 말이오! 모두가 그 수도 나리들의 생각이란 말이오! 사팔뜨기를 치료한다든가, 클로로포름이라든가, 방광 쇄석술이라든가, 그런 것은 정부가 마땅히 금지해야 할 엉터리 요법 나부랑이란 말이오! 그런데 저런 사람들은 혼자 영리한 체하고 결과가 어떻게 될지 생각해보지도 않고 함부로 약을 집어 처넣는단 말이오. 우리는 그 선생님들만큼 훌륭하지 못해요. 나는 학자가 아니오, 멋쟁이나 아부꾼도 아니지요. 나는 의사요, 치료학자란 말이에요. 펄떡펄떡 뛰는 건강한 사람을 수술하려는 생각은 안 해요. 절름발이를 고친다고요? 절름발이가 어떻게 나아진단 말이오? 그건 마치 곱사등이를 꼿꼿하게 세우려는 것과 똑같은 일이란 말이오!"

오메는 이런 욕지거리를 듣기가 매우 거북했다. 그러나 카니베 선생의 처방전은 이따금 용빌에도 오기 때문에 이 사람의 기분을 아주 상하게 할 수는 없었으므로 불쾌한 마음을 아첨하는 웃음으로 얼버무리고 말았다. 그래서 그는 보바리를 변호하는 반대 의견을 조금도 내세우지 않았다. 그리고 평소의 진보에 대한 신조를 내던지고 그것보다도 소중한 장사 이익 때문에 평상시의 체면까지도 희생해버린 셈이었다.

카니베 박사의 이 넓적다리 절단 수술이야말로 이 마을의 큰 사건이 되었다. 그날 마을 사람들은 모두 어느 날보다도 일찍 일어났다. 큰길을 사람들이 가득 메웠는데 마치 사형 집행이라도 있는 것처럼 무언가 처절한 공기가 감돌았다. 식료품 상점에는 사람들이 모여서 이폴리트의 병에 관해서 이야기했다. 어느 상점이고 모두 문을 닫아 버렸다. 그리고 튀바슈 촌장 부인은 그 수술 의사를 빨리 보고 싶다면서 창가를 떠나지 않았다.

카니베는 삼륜 마차를 손수 끌고 왔다. 그러나 너무 살이 찐 몸무게 때문에 오른쪽 용수철이 끝내 납작해져버려서 마차는 조금 기울어진 채 달려왔다. 그의 옆자리 방석 위에는 빨간 양피로 덮인 커다란 상자가 보이고 그 상자에는 세 개의 구리로 된 자물쇠 장식이 장엄하게 번쩍이고 있었다.

태풍처럼 '금사자'의 현관에 들어서서 박사는 큰 소리로 말을 풀어 놓으라고 명령했다. 그리고 자신이 직접 외양간에 가서 말이 귀리를 잘 먹는지 어떤지를 살펴보았다. 그는 어느 환자의 집에 가든지 먼저 자기의 말과 마차부터 챙겼다. 그 때문에 사람들은 "아, 카니베 씨는 좀 이상해" 하고 쑤군거렸다. 그리고 이렇게 거침없는 안하무인격 태도 때문에 한층 더 신용을 얻었다. 만약 지구가 무너져서 사람들이 한 사람도 남김 없이 죽어버린다 해도 그는 자기의 습성을 조금도 바꾸지 않을 것이다.

오메가 나왔다.

"잘 부탁하네" 하고 박사가 말했다. "준비는 다 되었는가? 자, 가세."

그러나 약제사는 얼굴을 붉히면서 자기는 신경이 너무 예민해서 이러한 수술에는 입회하기 어렵다고 털어놓았다.

"곁에서 그저 아무것도 하지 않고 보기만 하는 것은 편할 것 같지만, 그 뭡니까, 멋대로 상상에 끌려서 말이죠. 게다가 제 신경 조직이라는 게 아무래도……."

"무슨 소릴 하는 게요?" 카니베가 가로막았다. "새파래져서 쓰러지는 게 아니라 오히려 중풍으로 쓰러질 염려가 있군. 그것도 그다지 이상스러울 것은 못 되지. 당신들처럼 약방을 하는 사람들은 언제나 조제실에 들어박혀 있으니까 말이오. 몸이 약해지는 것도 당연해요. 자아, 나를 좀 보시오. 나는 매일 아침 4시에 일어나서 냉수로 수염을 깎아요. 조금도 차다는 것을 느끼지 않지요. 나는 플란넬을 입지 않지만 그래도 감기에 걸리지 않는단 말이에요. 가슴이 이렇게 튼튼하거든. 건강 그 자체예요. 무엇이든지 닥치는 대로 먹고 투정 같은 건 하지 않아요. 그러니까 당신처럼 징징 우는 소리는 안 하지요. 사람을 하나 자르는 것쯤 닭을 한 마리 잡는 것과 조금도 다르지 않단 말이오. 게다가 뭐니 뭐니 해도 습관이죠! 알겠소! 역시 습관이라는 것…….”

거기서 두 사람은 이불 속에서 식은땀을 흘리면서 신음하고 있는 이폴리트에 대해선 조금도 개의치 않고 자기들 멋대로 한없이 지껄였다. 약제사는 외과의사의 침착한 태도를 장군의 태도에 비교했고, 그것이 마음에 든 카니베는 자기 의술이 보통 어려운 것이 아니라는 것을 길게 늘어놓기 시작했다. 세상의 모든 개업의들이 의술을 모독하지만 자신은 의술을 신성한 직업이라고 생각한다고 했다. 그러고 나서야 겨우 의사는 환자에게로 돌아가서 오메가 가지고 온 붕대(전에 절름발이를 수술할 때 내놓았던 바로 그 붕대)를 검사하고 나서 누구든지 환자의 다리를 잡아줄 사람이 없겠느냐고 했다. 레스티부드와를 부르러 보냈다. 카니베 선생은 팔소매를 걷어올리고 당구실로 들어갔다. 약제사는 아르테미즈며 여관집 주인 마누라와 함께 뒤에 남아 있었다. 두 사람 다 앞치마보다도 더 얼굴이 창백해져서 방문에 귀를 기울였다.

그러는 동안에 보바리는 집에서 한 발짝도 밖으로 나갈 용기를 내지 못하고 있었다. 아래층 방의 불도 없는 난로 앞에 앉아서 고개를 푹 숙이고 두 손을 꽉 움켜쥔 채 눈은 한 군데를 응시하고 앉아 있기만 했다. 이 무슨 실패란 말이냐! 어떻게 이렇게 예상이 빗나갔단 말이냐! 하고 그는 생각했다. 그러나 자신은 신중을 다했다고 생각했다. 운이 나빴던 것이다. 어떻든 간에 만약에 이폴리트가 죽기라도 한다면 내가 죽인 게 된다. 만약 왕진 때 누가 묻기라도 한다면 무어라고 변명을 할 것인가? 혹시 무슨 실수가 있었던 것이 아닐까? 아무리 생각해도 알 수가 없었다. 어떤 명의라도 실수는 하게 마련이다. 그러나 그런 것은 아무도 이해해주지 않는다. 그뿐이겠는가? 오히려 사람들은 비웃을 것이다. 그리고 욕지거리를 할 것이다. 그리고 이 소문은 포르쥬까지 퍼질 것이다. 아니 뇌샤텔까지도, 루앙에까지도, 어디고 도처에 퍼질 것이다. 의사들 중에서 공격하는 글을 쓸지도 모른다. 논쟁이 벌어질 것이다. 그렇게 되면 신문 지상에다 무엇이라고 답변을 해야만 할 것이다. 이폴리트가 소송을 제기하지 않는다고도 장담할 수 없다. 명예를 잃고 파산하고 형편없이 몰락한 자신의 모습을 생각해보았다. 그의 상상은 수없는 억측에 사로잡혀서 바다에 떠도는 빈 통이 물결 위에서 뒹구는 것처럼 그 속을 떠돌아다녔다.

엠마는 맞은편에 앉아서 남편을 가만히 지켜보았다. 그녀는 샤를의 굴욕에는 동정하지 않고 다른 굴욕을 느꼈다. 남편의 무능함을 누차 알고 있었으면서, 그래도 그가 무엇인가를 할 수 있으리라고 문득 기대한 것, 그것이 부끄러웠다.

샤를은 방 안을 서성거렸다. 구두가 마루 위에서 삐걱 소리를 냈다.

"앉아 계세요, 시끄러워요!"

샤를은 앉았다.

또다시 터무니없이 남편을 잘못 보다니(이처럼 영리한 자신이 말이다)! 도대체 어찌 된 일이란 말인가? 게다가 연달아 내 몸을 희생해 버리고 자신의 생활을 이렇게까지 엉망진창으로 만들어버리다니, 이 무슨 미치광이 같은 짓이란 말인가? 사치를 좋아하는 자신의 본능, 여러 가지 불만, 형편없는 결혼 생활이며 집안 꼴, 상처 입은 제비처럼 진창 속에 떨어진 갖가지 꿈들, 자신의 소망이었던 모든 것, 체념해버린 모든 것, 손만 내밀었다면 얻을 수 있을 것 같았던 모든 것들을 생각해냈다. 아아, 어째서 나는 이렇게 희생했던가? 그것은 무엇 때문이었단 말인가?

마을에 가득 찬 침묵을 깨뜨리고 별안간 무서운 비명이 울려 퍼졌다. 보바리는 기절할 정도로 창백해졌다. 엠마는 불안한 생각에 이마를 찌푸리고 또다시 생각하기 시작했다. 그러나 그것은 이 사나이, 아무것도 알려고 하지 않는, 아무것도 느끼지 않는 이 사나이 때문이었다. 그 사나이는 거기에 태연하게 가만히 있는 것이 아닌가. 이제부터는 자신의 이름이 세상 사람들의 웃음거리가 되고 본인뿐만 아니라 나 자신까지 부끄러운 생각을 해야 한다는 것도 깨닫지 못하고 있는 것이다. 이러한 사나이를 사랑하려고 애쓴 일도 있었다니, 다른 사나이에게 몸을 맡긴 데 대해서 울며 후회하기도 했었다니.

"그렇다면 혹시 발장다리였을까?"

깊은 생각에 잠겨 있던 보바리가 갑자기 말했다.

은반 위를 구르는 납덩이처럼 그녀의 의식 위에 떨어진 이 말의 뜻하지 않은 충격으로 엠마는 몸을 부르르 떨면서 그것이 무슨 의미인가를 알아내려고 얼굴을 들었다. 그리고 두 사람은 서로 어이 없는 표정으로 말없이 얼굴을 바라보고만 있었다. 그만큼 서로의 마음은 서로 멀리 떨어져 있었던 것이다. 샤를은 다리를 잘리는 이폴리트의 마지막 비명에 귀를 기울이면서 술취한 사람처럼 멍한 눈으로 아내를 지켜보았다. 그 비명은 마치 목을 잘린 짐승이 먼 데서 울부짖는 것처럼 날카로운 목소리가 섞여서 높게 그리고 낮게 꼬리를 끌면서 들려왔다. 엠마는 핏기가 가신 입술을 깨물었다. 그리고 깨진 산호의 작은 가지를 손가락 하나로 만지작거리면서 튀어나올 듯한 두 개의 불화살 같은 불타는 눈초리를 샤를에게 고정시켜놓았다. 이제는 남편의 모든 것이 싫었다. 얼굴도, 옷도, 아무 말도 하지 않는 것도, 그의 온몸, 그의 모든 인격, 나아가서는 남편의 존재 자체가 도무지 싫었다. 그녀는 자기가 과거에 남편에게 바쳤던 정절을 마치 죄악인 것처럼 후회했다. 아직도 남아 있던 정절은 그녀 자존심의 맹렬한 매질로 깨져버렸다. 그녀는 개가를 올리는 불의의 사람 편에 서서 마음속으로 짓궂은 야유를 있는 대로 남편에게 퍼붓고 통쾌해했다. 추억이 또다시 현기증이 날 만큼의 매혹을 지니고 되살아왔다. 엠마는 새로운 감격으로 그 그리운 환영에 끌려서 영혼을 사랑의 추억 속에 던져 넣었다. 그리고 샤를이라는 사나이는 그녀의 눈앞에서 죽어가며 마지막 신음소리를 내고 있는 것처럼, 그녀의 생활과 떨어져버려서 영원히 자취를 감추고, 있을 수 없는 것, 전혀 없는 것과 다름없는 것이 되어버린 것처럼 느껴졌다.

문 밖에서 발소리가 들렸다. 샤를은 바라보았다. 그러자 내려놓은 덧문 너머로 시장 어귀에 햇빛을 담뿍 받은 카니베 박사가 수건으로 얼굴을 닦는 모습이 보였다. 뒤에서 오메가 붉은 커다란 상자를 손에 들고 따르고 있었다. 두 사람 다 약방 쪽으로 걸어갔다.

그때 갑자기 낙담이 된 샤를은 아내에게 매달리고 싶어져서 돌아보면서 말했다.

"여보, 키스해주구려!"

"그만두세요!"

그녀는 얼굴을 붉히고 성을 내면서 말했다.

"왜 그러오? 왜 그러지?" 샤를은 깜짝 놀라서 되풀이했다. "침착하구려! 진정해요……. 내가 당신을 사랑한다는 것은 당신도 잘 알잖소! 자, 이리 오구려."

"싫다니까요."

그녀는 무서운 표정으로 소리를 질렀다.

그녀가 방에서 뛰어나가면서 있는 힘껏 방문을 닫았기 때문에 청우계가 벽에서 떨어지며 마루 위에 산산이 부서져버렸다.

샤를은 정신이 뒤집히는 것 같아서 안락의자에 털썩 주저앉았다. 엠마가 도대체 어떻게 된 것일까 하고 생각해보았다. 신경증이 도진 것일까 하고 생각하고 울면서, 무엇인가 불길한 기운이 자기의 주위를 감도는 것을 막연하게 느꼈다.

그날 밤 뜰 안으로 들어온 로돌프는 애인이 문 앞 계단 밑에 서서 기다리고 있는 것을 보았다. 두 사람은 꼭 껴안았다. 그리고 뜨거운 키스에 서로의 언짢은 마음은 눈처럼 녹아버렸다.

12

그들은 또다시 사랑하기 시작했다. 엠마는 때때로 대낮에도 갑자기 그에게 편지를 썼다. 그리고 창 너머로 쥐스탱에게 신호를 보내면 쥐스탱은 재빨리 앞치마를 벗어버리고 위셰트 저택으로 달려가는 것이었다. 그러면 곧 로돌프가 나타났다. 그리고 엠마에게서 듣는 말은, 심심해서 견딜 수가 없다, 남편이 싫어서 견딜 수가 없고 생활이 못 견디게 지루하다는 것들이었다.

"그렇다고 나더러 어떻게 하란 말이오?"

어느 날 로돌프가 견디다 못해서 이렇게 말했다.

"아아! 당신이 원하기만 하신다면……."

엠마는 로돌프의 무릎 사이에 끼어서 마루 위에 주저앉아 있었다. 머리카락은 이리저리 흐트러지고 눈동자는 초점이 없었다.

"무슨 말이오?"

로돌프가 물었다. 그녀는 한숨을 쉬었다.

"우리 둘이서 딴 데로 가서 살아요……. 아무 데라도 좋아요……."

"농담하지 말아요. 그게 될 법이나 한 말이오?"

사나이는 웃었다.

엠마는 거듭 그 이야기를 되풀이했다. 그는 도무지 모르겠다는 듯이 화제를 돌려버렸다.

로돌프가 이해할 수 없는 것은 한낱 남녀간의 정사 같은 대수롭지 않은 일로 이렇게까지 정신을 잃어버리는 것이었다. 엠마에게는 물론 그럴 만한 동기와 이유가 있었다. 그리고 그 사나이에 대한 애착을 필사적으로 만드는 작용도 있었던 것이다.

사실 남편에 대한 혐오감 때문에 이러한 애정이 날로 강해져갔다. 한쪽 사나이에게 정신을 뺏기고 몸을 맡기면 맡길수록 다른 한쪽 사나이에 대한 증오는 커져갔다. 로돌프와 밀회를 한 뒤에 부부가 서로 마주앉아 있을 때처럼 샤를의 손가락이 모가 나 보이고, 우둔해 보이고, 태도가 하찮게 보이는 일은 없었다. 그래서 겉으로는 아내답게 정숙하게 행동하면서도 햇빛에 그을은 이마에 검은 머리가 잘 손질되어서 늘어져 있는 그 얼굴, 튼튼하면서도 우아한 그 모습, 사물을 판단하는 데 충분한 경험이 있고, 정욕에 그토록 격렬한 힘이 있는 그 사나이를 생각하고 남 모르게 정열을 태우곤 하는 것이었다. 그녀가 조금사(彫金師)처럼 공들여 손톱을 깎는 것도 이 사나이를 위해서였고, 살갗에 콜드크림을 바르고 손수건에 파출리 향수를 뿌리고 그것이 모자라지 않을까 염려하는 것도 모두가 이 사나이 때문이었다. 그녀는 팔찌며 반지와 목걸이로 잔뜩 치장했다. 로돌프가 오기로 되어 있을 때는 파란 커다란 유리 화병 두 개에 장미꽃을 가득 꽂고 마치 왕자의 행차를 기다리는 시녀처럼 방 안과 몸을 말끔히 단장했다. 끊임없이 속옷을 빨아야 했기 때문에 하루 종일 펠리시테는 부엌에서 떠나지를 못했다. 그러면 쥐스탱이 곧잘 놀러와서 그녀의 일하는 모습을 바라보며 말동무가 되어주곤 했다.

쥐스탱은 펠리시테가 다리미질을 하는 긴 판자 위에 팔꿈치를 짚고 그 주위에 펼쳐져 있는 여러 가지 여자의 옷가지들, 즉 면으로 만든 속치마, 숄, 칼라, 그리고 허리께는 넓고 아래를 오므린 끈이 달린 부인용 속바지 같은 것들을 탐내듯이 우두커니 바라보았다.

"이건 뭐 하는 것이지?"

젊은이는 안을 받쳐서 넓게 편 스커트며 호크 등을 만지면서 물어보았다.

"어머나, 너 아직까지 아무것도 본 적이 없구나? 그럼 너의 주인 아주머니 오메 부인은 이런 것을 입지 않는단 말이냐?"

펠리시테는 웃으며 대답했다.

"흥! 오메 부인이야 뭐……."

그리고 그는 무슨 생각을 하는 것처럼 덧붙였다.

"우리 주인 아주머니야 뭐, 이댁 마님 같지 않은걸."

그러나 펠리시테는 쥐스탱이 이렇게 곁에서 어물쩡거리는 게 귀찮아졌다. 그녀는 쥐스탱보다 여섯 살이나 위인 데다가 테오도르라는 기요맹 씨네 하인이 요사이 그녀에게 은근히 색다른 눈짓을 보내기 시작했던 것이다.

"참 귀찮게 구는구나?"

그녀는 풀 그릇을 옮겨놓으면서 야단쳤다.

"어서 돌아가서 아망드 열매라도 찧도록 해. 너는 언제나 여자들 곁에 붙어다니고 싶어 하고 말이다. 그런 일은 수염이라도 난 뒤에 하는 게 좋겠다."

"아, 그렇게 성내지 마, 너의 주인 구두를 내가 닦아줄게."

그리고 곧 그는 선반 위에서 엠마의 진흙투성이 구두(밀회의 진흙)

를 집어들었다. 진흙은 그의 손가락에 닿아서 가루가 되어 흩어졌다. 그는 그 먼지가 햇빛 속에서 조용히 피어오르는 것을 보았다.

"구두가 다칠까 봐 꽤 겁이 나는 모양이지!"

하녀가 말했다. 엠마는 자기의 물건이 조금이라도 낡으면 하녀에게 주어버리곤 했기 때문에 그녀는 구두를 닦을 때도 그다지 조심해 닦지 않았다.

엠마는 신장 안에 여러 켤레의 구두를 두고 그것들을 아까워하지도 않고 신었지만 샤를은 거기에 대해 잔소리를 한 적이 없었다.

엠마가 이폴리트에게 의족을 선사하는 것이 마땅하다고 하자 샤를이 그 값으로 3백 프랑을 지불한 것도 그와 마찬가지였다.

의족의 몸체는 코르크로 되어 있었고 용수철 장치가 된 관절이 붙어 있었다. 그 복잡한 기구는 검은 바지로 싸여 있었고 끝에는 에나멜 칠을 한 장화가 달려 있었다. 그러나 이폴리트는 그런 훌륭한 다리는 평소에 아무렇게나 쓸 수 없다면서 보바리 부인에게 좀 더 싼 것을 하나 더 사주십사고 부탁했다. 이것 또한 의사의 주머니에서 지출되었다.

이렇게 해서 이 젊은 마부는 조금씩 일을 하기 시작했다. 예전처럼 마을을 뛰어다니는 모습을 보게 됐다. 보도 위에 딸가닥거리는 의족 소리가 멀리서 들려오면 샤를은 얼른 옆길로 피하곤 했다.

이 의족의 주문을 맡은 것은 바로 상인 뢰르 씨였다. 이것이 기회가 되어서 그는 엠마에게 드나들게 되었다. 그리고 파리에서 새로 온 물건이라든가 여러 가지 부인용 신기한 물건들에 대해 이야기를 하고, 매우 상냥했으며 돈에 대해 일절 독촉하지 않았다. 엠마는 자기의 변덕스러운 욕망을 무엇이든지 만족시켜주는 이러한 너그러운 처사에 홀딱 반했다. 그녀는 로돌프에게 선사하기 위해서 루앙에 있는 우산 장수 집에서 파는 훌륭한 승마용 가죽 채찍을 주문했고, 뤼르 씨는 그다음 주일에 그것을 엠마의 책상 위에 갖다놓았다.

그런데 그다음 날 그는 273프랑의 계산서를 들고 그녀의 집에 나타났다. 엠마는 몹시 당황했다. 책상 서랍은 모조리 비어 있었다. 레스티부드와에게는 15일치 이상의 노임이 밀려 있었고, 하녀에게는 여섯 달 분의 급료가 밀려 있었다. 그밖에도 많은 부채가 있었다. 보바리는 드로즈레 씨의 송금을 기다리고 있었다. 그는 해마다 성 베드로 축일(6월 29일)께에 돈을 부쳐주곤 했다.

엠마는 처음에는 뤼르를 적당히 돌려보내는 데 성공했다. 이윽고 그는 더 참을 수가 없었다. 그는 지금 고소를 당하고 있는데 수중에 자금이 떨어져서 만약 조금이라도 회수하지 않으면 엠마가 산 물건을 모조리 다시 찾아가지 않으면 안 된다고 했다.

"좋아요, 모두 도로 가져가세요."

엠마는 말했다.

"아닙니다. 그것은 농담이고요. 다만 그 채찍 한 가지만은 좀 난처하기 때문에 하는 수 없습니다. 이것은 주인께 부탁해서 돌려주십사고 하겠습니다."

"안 돼요! 그건 안 돼요!"

그녀는 말했다.

'흥! 이제야 꼬리를 잡았구나!'

뤼르는 생각했다. 그는 엠마의 비밀을 알아낸 것을 확신하고 언제나처럼 쉬쉬하는 휘파람 같은 소리를 내면서 낮은 목소리로 몇 번씩이나 되풀이했다.

"좋습니다! 그럼 또 뵙겠습니다! 며칠 뒤에 말이죠!"

그녀가 어떻게 이 다급한 처지에서 빠져나갈까 궁리하고 있을 때,

하녀가 "드로즈레 씨에게서 왔습니다" 하면서 푸른 종이에 조그맣게 싼 것을 벽난로 위에 놓았다. 계산에 대한 지불이었다. 펼쳐보니 그 속에는 열다섯 개의 나폴레옹 금화(20프랑)가 들어 있었다. 그만하면 채찍의 대금으로는 족했다. 그때 층계에서 샤를의 발소리가 들려왔다. 그녀는 그 금화를 서랍 속에 던져넣고 열쇠를 잠갔다.

사흘 뒤에 뤼르가 또다시 나타났다.

"당신께 한 가지 상의드릴 일이 있습니다만, 청구 금액을 지불하시는 대신에 부인께서 생각만 있으시다면……."

"자, 돈이라면 여기 있어요."

그녀는 그의 손에 열네 닢의 나폴레옹 금화를 놓았다.

상인은 깜짝 놀랐다. 그리고 실망을 감추려고 여러 가지로 변명을 하고 앞으로도 많은 일을 도와드리겠다는 말들을 잔뜩 늘어놓았으나 엠마는 모두 깨끗이 거절했다. 그리고 그녀는 그가 거슬러준 5프랑짜리 동전 두 개를 앞치마 주머니 속에서 만지작거리면서 얼마 동안 가만히 서 있었다. 이제부터 절약해야겠다. 그래서 그 돈을 갚아야지…….

'괜찮아, 그이는 곧 잊어버릴 테니까.'

그녀는 생각했다.

은도금을 한 손잡이가 달린 채찍 외에 로돌프는 '사랑을 마음에'라는 문구가 새겨져 있는 도장도 받았다. 또 목도리를 만드는 얇은 비단, 그리고 샤를이 언젠가 길가에서 주운 것을 엠마가 간직하여 둔 자작의 엽궐련 케이스와 똑같은 물건도 받았다. 그러나 그런 선물을 받는 것은 자존심이 꺾이는 것 같아서 그 중 몇 개인가는 사양했다. 엠마는 기어이 받으라고 강요했다. 로돌프는 하는 수 없이 끝내 승낙하기는 했지만 속으로는 제멋대로 떠맡기는 고집 센 여자라고 생각했다.

그러더니 그녀가 우스운 것을 생각해냈다.

"밤 12시가 울리면 저를 생각해주세요!"

그러고는 잊었었다고 솔직하게 털어놓으면 갖은 잔소리를 늘어놓고 마지막에는 반드시 정해진 말을 했다.

"당신은 나를 사랑하나요?"

"그야 물론, 사랑하지요!"

그는 대답했다.

"진심으로?"

"물론!"

"다른 여자를 사랑한 일은 없지요, 네?"

"내가 당신을 만나기 전까지 여자를 만난 일이 한 번도 없다고 생각하는 거요?"

그는 웃으면서 큰 소리로 말했다. 엠마는 울었다. 로돌프는 잘못했다고 사과하면서도 장난하는 듯 농담을 섞어서 그 나름대로 엠마를 위로하려 했다.

"아아! 제가 이렇게 귀찮게 하고 울고 하는 것도 다 당신을 사랑하기 때문이에요. 전 이제는 당신 없이는 살 수 없을 만큼 당신을 사랑하고 있어요. 아시겠어요? 이따금 당신을 만나고 싶어지면 사랑이 괴로워서 몸이 갈기갈기 찢어지는 것 같아요. 그분은 지금 어디에 계실까? 혹 다른 여자와 이야기하고 있는 건 아닐까? 여자가 방글방글 웃고, 그분은 다가간다…… 이런 걸 생각하고 말이죠. 아니겠죠, 그렇지 않을 거예요. 그렇죠? 맘에 둔 여자 따위는 없겠죠! 그야 물론 세상에는 저보다 예쁜 여자들이 많이 있을 거예요. 하지만 저는……

사랑만큼은 지지 않아요! 저는 당신의 종이에요. 당신의 정부예요! 당신은 저의 왕이시고요, 저의 우상이세요! 당신은 참으로 다정하신 분이에요! 아름답고, 영리하고 강한 분이에요!"

그는 이런 이야기를 이미 수 없이 들어서 진력이 났기 때문에 이런 말은 조금도 새롭게 들리지 않았다. 엠마 역시 세상의 보통 정부들과 별로 다를 게 없었다. 새로운 매력도 이제는 마치 의복처럼 하나씩 벗겨져 나가고 언제나 같은 형태와 같은 말을 지닌 변함없이 단조로운 정욕만을 앙상하게 드러내고 있었다. 이 실제적인 경험이 풍부한 사나이도 같은 표정 밑에 숨겨진 여러 가지의 차이를 구별할 수가 없었다. 돈으로 살 수 있는 음란한 입술이 그와 똑같은 말들을 속삭였기 때문에 그는 엠마의 말의 순수함을 그다지 신용하지 않았다. 평범한 애정을 감추고 있는 과장된 말은 그것을 적당히 덜어내고 들어야 한다고 생각했다. 그는 가슴에 하나 가득 넘치는 영혼에서 때로는 참으로 공허한 비유가 되어서 감정이 나오는 일도 있다는 것을 몰랐다. 누구라도 자기의 욕망이나 상상이나 고통을 정확하게 표현할 수 있는 것도 아니고, 게다가 사랑의 언어는 깨진 냄비와 같은 것이어서 그것을 두드려서 별을 감동케 하려고 해도 곰을 춤추게 할 정도의 멜로디밖에 나오지 못하게 하는 것이다.

그러나 로돌프는 어떠한 입장에 놓이더라도 한 걸음 뒤로 물러설 줄 아는 사람들이 지니는 탁월한 비판력을 갖추고 있었기 때문에, 이 사랑에서 아직도 다른 향락을 끌어낼 수 있다고 판단했다. 그는 엠마를 함부로 다루었다. 이 여자를 사나이 마음대로 다룰 수 있는 타락한 여자로 만들었다.

그것은 그에게는 자신을 찬탄해 마지않을 만한 것이었고, 여자에게는 쾌락에 넘치는 일종의 백치와 같은 집착이었고, 여자를 완전히 마비시키는 행복감이었다. 그녀의 영혼은 이러한 도취에 젖어서 마치 그리스 포도주 통 속에 잠긴 클라랑스 공작*처럼 그 속에 빠져서 조그맣게 시들어버렸다.

사랑에 빠져서 지내는 습관의 힘은 보바리 부인의 거동을 무섭게 변화시켰다. 눈초리는 한층 더 대담해지고 말씨는 더욱 노골적이 되었다. 그녀는 세상을 비웃기라도 하듯 담배를 입에 문 채 로돌프와 함께 산책을 하는 무례한 태도를 취하기에 이르렀다. 어느 날 엠마가 남자들이 하는 것처럼 허리를 조끼로 졸라매고 '제비'에서 내리는 것을 보았을 때 지금까지 설마했던 사람들도 이제 더는 의심하지 않았다. 남편과 크게 싸우고 아들의 집으로 도망쳐와 있던 샤를의 어머니도 역시 이맛살을 찌푸렸다. 노부인은 그밖에도 여러 가지 일들이 마음에 들지 않았다. 우선 소설을 읽지 못하게 하라는 그녀의 충고를 샤를이 듣지 않았다는 것, 다음에는 이 집의 가풍이 마음에 들지 않았다. 그녀는 여러 가지 잔소리를 해보았고, 어떤 때는 펠리시테의 일로 마구 화를 내기도 했다.

보바리 부인은 그 전날 밤 복도를 지나가다가 펠리시테가 한 사나이와 함께 있는 것을 보았다. 턱에서부터 뺨까지 검은 수염을 기른 40세 정도의 남자였는데 발소리를 듣자 살그머니 부엌으로 해서 달아났다. 엠마는 그 말을 듣자 웃었다. 노부인은 버럭 화를 내면서 예의범절 따위는 아무래도 상관없다면 또 몰라도, 고용인의 행위에 대해서 주의를 줘야 한다고 했다.

"그러시는 어머니는 얼마큼 훌륭하신 분이시죠?"

---

* 에드워드 4세의 동생. 당시 영국 왕 에드워드 4세에 반란을 일으켜 사형 선고를 받았다. 그때 소원이 무어냐고 묻자 그리스 포도주 통 속에 잠기고 싶다고 말했다.

그렇게 말하는 눈빛이 너무나 날카로웠기 때문에, 노부인은 자신의 행동이 떳떳치 못하니 하녀를 싸고도는 게 아니냐고 싫은 소리를 했다.

"나가주세요!"

며느리는 펄쩍 뛰면서 말했다

"이봐, 엠마! ……아이고, 어머니!"

샤를은 그들을 말리려 했다. 그러나 두 여자는 두 사람 다 분별없이 흥분했고 노부인은 나가버리고 말았다. 엠마는 발을 동동 구르면서 되풀이했다.

"뭐예요? 아무것도 모르는 시골뜨기 할멈이!"

샤를은 어머니의 뒤를 쫓아갔다. 노부인은 극도로 흥분해서 말도 제대로 못할 정도였다.

"저런 버르장머리 없는 것! 경솔한 년! 아니 그 정도가 아냐, 훨씬 더 나빠!"

시어머니는 며느리가 빌러 오지 않으면 당장 돌아가겠다고 엄포를 놓았다. 샤를은 엠마에게 가서 두 손을 붙잡고 한 번만 양보하라고 애원했다. 그는 무릎을 꿇었다. 그러자 마침내 엠마는 대답했다.

"좋아요! 가죠."

그리고 엠마는 마치 후작 부인 같은 태도로 시어머니에게 손을 내밀었다.

"잘못했습니다."

그러고는 자기 침실로 돌아와서 침대 위로 엎드려 머리를 베개에 파묻고 어린애처럼 울었다.

엠마와 로돌프 사이에는 미리 약속해둔 일이 있었다. 갑자기 돌연한 일이 생기면 그녀가 덧문에 하얀 종이쪽지를 달아두기로 한 것이다. 만약 그때 마침 로돌프가 용빌에 와 있으면 집 뒤의 골목으로 달려오기로 한 것이다. 엠마는 그 신호를 걸어놓았다. 그러자 기다린 지 한 시간도 안 되어 시장 모퉁이에 로돌프의 모습이 보였다. 엠마는 창문을 열고 그를 부르려 했다. 그러나 그때 벌써 그의 모습은 자취를 감추고 없었다. 그녀는 실망해서 또다시 쓰러져버렸다.

이윽고 다시 보도 위를 걷는 발소리가 들리는 것 같았다. 의심할 것도 없이 로돌프였다. 그녀는 계단을 내려가 안뜰을 가로질렀다. 그가 밖에 서 있었다. 그녀는 사나이의 품안에 뛰어들었다.

"누가 보면 어쩌려고 이러오?"

사나이가 말했다.

"아아, 정말 너무해요! 글쎄 들어보시란 말이에요!"

그녀는 이야기하기 시작했다.

자초지종을 재빠르게 이야기했는데 사실을 과장하기도 하고 말을 만들어내기도 하면서 중언부언했으므로 사나이는 도무지 영문을 알 수가 없었다.

"아, 안됐군. 하지만 용기를 내요. 그리고 마음을 진정하고 꾹 참아요!"

"그렇지만 저는 4년이나 참고 괴로워했어요! 우리 두 사람의 사랑이라면 하늘을 우러러 고백해도 좋을 거예요! 모두 들러붙어서 저를 못 살게 구는걸요. 저는 더는 참을 수가 없어요! 저를 도와주세요!"

엠마는 로돌프에게 몸을 바싹 댔다. 눈물이 가득 괸 두 눈은 마치 물 속의 불꽃처럼 빛나고 가슴은 심하게 물결치고 있었다. 로돌프도 지금까지 이때만큼 그녀가 귀엽게 보인 적은 없었다.

그래서 그는 자기 자신을 잃고 이렇게 말했다.

"어떻게 하면 좋겠소? 어떻게 하란 말이요?"

"저를 데려가줘요! 저를 데리고 달아나주세요! ……네, 부탁이에요!"

그녀는 이렇게 말하고 사나이의 입술에 매달렸다. 그리고 생각지도 못했던 승낙이 사나이의 키스 속에 담겨 있는 것을 재빨리 잡아내려는 듯 그의 입술에 세게 덮쳤다.

"그렇지만……."

로돌프가 말했다.

"어쨌다는 거죠?"

"아이는 어떻게 하겠소?"

그녀는 잠깐 동안 생각하더니 곧 대답했다.

"데리고 가겠어요. 하는 수 없는걸요!"

"참으로 어처구니없는 여자로군!"

그는 멀어져가는 그녀를 바라보며 혼자서 중얼거렸다. 엠마는 그때 누군가가 부르는 소리를 듣고 뜰안으로 달려간 것이다.

그날부터 보바리 노부인은 며느리의 태도가 완전히 달라진 데 대하여 매우 놀랐다. 사실 엠마는 훨씬 얌전해졌고, 오이 절이는 법을 시어머니에게 물어볼 만큼 겸손해졌다.

시어머니와 남편 양쪽을 다 교묘하게 속이려는 속셈이었는지, 아니면 자기를 억제하는 은밀한 즐거움을 맛보면서 언젠가는 내버리고 갈 사람의 괴로움을 한층 더 깊이 느끼려는 것인지, 그러나 사실 그녀는 그런 것을 마음에 두고 있지는 않았다. 그녀는 머지않아 닥쳐올 행복을 남모르게 예감하면서 꿈속같이 살고 있었다. 로돌프와 이야기할 때도 언제나 그런 말만을 했다. 그녀는 사나이의 어깨에 기대어서 이렇게 속삭였다.

"저기요. 우리가 역마차에 타게 될 때의 일을 생각하신 적 있으세요? 정말로 그렇게 될 수 있을까요? 마차가 드디어 달리기 시작하는 순간에는 마치 풍선을 타고 구름 위로 날아오르는 것 같을 거예요. 틀림없이 그럴 거예요. 저는 그 날을 손꼽아 기다리고 있어요……. 당신은 안 그래요?"

보바리 부인이 이때처럼 아름다웠던 적은 일찍이 없었다. 그녀는 환희와 정열과 성공에서 우러나오는 말할 수 없는 아름다움을 지니고 있었다.

기질과 처지가 아주 잘 어울리는 그러한 아름다움이었다. 그녀의 욕망, 슬픔, 환락의 경험, 그리고 언제나 샘솟는 환상들이 마치 비료와 비와 바람과 태양이 꽃을 기르는 것처럼 그녀를 점점 성장시켰다. 그래서 그 결과 지금이야말로 그녀는 자기의 천성을 충분히 살린 풍만한 모습으로 피어난 것이다. 그녀의 눈꺼풀은, 젖은 눈동자가 깊숙이 상대방의 마음속에 스며드는 것 같은 사랑의 눈길, 특히 그 눈길을 위하여 일부러 새겨놓은 것 같았다. 뜨거운 숨결은 그녀의 넓은 콧구멍을 볼록하게 했고 그 포동포동한 입술 한구석을 위로 치켜올렸다. 햇빛이 비치면 그곳은 솜털로 거뭇하게 그늘을 지었다. 묶은 머리가 목덜미에 늘어져 있는 것은, 마치 음란한 화가가 사람의 마음을 들뜨게 하기 위해서 그려놓은 것 같았다. 매일처럼 되풀이되는 밀회와 정사로 하여 마구 풀리는 대로 아무렇게나 무거운 듯이 묶여 있었다.

그녀의 목소리는 지금 와서는 한층 더 부드러운 억양을 띠었고, 몸매 또한 그러했다. 사람의 가슴속에 스며드는 듯한 미묘한 무언가가 그녀의 옷주름이나 발의 선에서부터 발산되었다. 샤를은 그녀가 신혼 시절처럼 귀엽고 매력적이라고 생각했다.

한밤중에 돌아왔을 때 그는 아내를 깨우는 것을 삼갔다. 도자기로 만든 등잔불이 천장에 흔들리는 불빛을 둥글게 그리고, 조그만 어린 아이 침대에 둘러친 커튼은 하얀 오두막처럼 침대 옆의 그림자 속에 부풀어 있었다. 샤를은 물끄러미 그것을 지켜보았다. 귀여운 딸의 가벼운 숨소리가 들리는 것 같았다. 이제부터 눈에 띄게 자라갈 나이다. 계절마다 부쩍부쩍 성장할 것이다. 이 아이가 잉크로 얼룩진 옷을 입고 책가방을 손에 들고 저녁에 방실방실 웃으면서 학교에서 돌아오는 모습이 눈앞에 떠올랐다. 머지않아 이 아이를 기숙사에 보내야지. 그러자면 적잖은 비용이 들 텐데 어떻게 하면 좋겠는가? 그래서 그는 곰곰이 생각했다. 근처에 조그마한 농장을 빌리고 매일 아침 환자를 왕진하러 가는 길에 자기 스스로 감독할 것을 생각했다. 농원에서 나는 수입을 절약해서 저금을 하리라. 그리고 어느 것이라도 좋으니까 주권(株券)을 사리라. 그러노라면 환자도 늘겠지. 그는 그렇게 믿었다. 베르트를 훌륭하게 키워서 여러 가지 재주도 가르치고 피아노를 익히게 하고 싶다. 열다섯 살쯤 되어, 여름에 엠마와 같이 커다란 밀짚모자를 쓰면 자기 엄마를 닮아서 얼마나 예쁘겠는가! 먼데서 보고 사람들은 모두 자매로 착각할 것이다. 밤에 딸이 램프 불빛 아래서 양친 옆에 앉아 일을 하는 모습을 상상했다. 저 아이가 내 실내화에 수를 놓아줄 것이다. 집안일도 열심히 돌볼 것이다. 또 온 집안을 단정하고 쾌활한 분위기로 가득 차게 해줄 것이다. 멀지 않아 결혼시킬 것도 생각해야 할 것이다. 그녀에게 든든한 지위를 가진 착실한 남자를 찾아주리라. 사위는 내 딸아이를 행복하게 해주겠지. 그리고 그것이 언제까지나 영원히 계속되겠지. 엠마는 잠들어 있지 않았다. 그녀는 자는 체하고 있었던 것이다. 그리고 샤를이 그녀 곁에서 겨우 잠이 들어가는 동안 그녀는 다른 몽상 속에 잠을 깼다.

네 마리의 말이 달리는 대로, 그녀는 이미 한 주일 전부터 그곳에서 두 번 다시 돌아오지 않을 어떤 새로운 나라로 달리고 있었다.

그들은 서로 팔을 낀 채 한마디 말도 나누지 않고 그저 한결같이 앞으로 나아가는 것이다. 이따금 산꼭대기에서 갑자기 둥근 지붕이며, 다리며, 배와 함께 어느 아름다운 도시가 눈앞에 나타났다. 레몬나무의 숲과 하얀 대리석으로 지은 성당이 보이고 뾰족한 종루에는 황새 둥지가 있었다. 포석이 깔려 있는 길을 두 사람은 천천히 걸어간다. 땅 위에는 붉은 코르셋을 입은 여자들이 바치는 꽃다발이 놓여 있었다. 종소리가 들린다. 말 울음소리, 기타의 음률, 분수가 치솟는 소리도 들린다. 그 분수에서 내뿜는 물방울은 그 밑에서 미소 짓고 있는 하얀 석상의 발밑에 쌓여 있는 과일더미를 식혀주고 있었다. 그리고 저녁에 두 사람은 어떤 어촌에 도착한다. 거기에는 절벽과 오두막집들 옆에 갈색의 그물이 바람에 나부끼며 널려 있다. 그들은 여기에 정착하여 산다. 그들은 바닷가 깊숙이 들어간 곳에 종려나무의 그늘이 있는 지붕이 납작한 집에서 산다. 그들은 곤도라를 타고 바다에서 놀며 또 해먹에 흔들리면서 쉬기도 하리라. 그들의 생활은 그들이 입은 비단옷처럼 편하고 안온할 것이다. 그들이 바라보는 평온한 밤처럼 따뜻하고 별이 가득 빛날 것이다. 그렇기는 했지만 엠마가 마음에 그리는 이 무한한 미래 가운데서는 하나도 변하는 게 없었다. 화려한 하루하루는 마치 물결처럼 언제나 똑같았다. 무한하게 조화된 푸른빛을 띠고 햇빛에 뒤덮인 끝없는 지평선 근처에서 흔들거리고 있었다. 그러나 여러 가지 몽상이 나래를 폈을 때, 어린아이가 요람 속에서 기침을 시작하고 보바리의 코고는 소리가 점점 더 커져갔다. 엠마는 아침이 되어서야 겨우 잠이 들었다. 그때는 이미 새벽빛이 유리창을 희끄무레하게 물들이고 있었고, 광장에서는 벌써 어린 쥐스탱이 약방 문을 열 무렵이었다.

엠마는 뤼르 씨를 집으로 불러서 이렇게 말했다.

"망토가 하나 필요해요. 커다란 망토 말이에요. 칼라가 넓고 안을 넣은 것으로 말예요."

"여행을 하시렵니까?"

그가 물었다.

"아뇨. 하지만…… 그런 거야 아무려면 어때요? 아무튼 부탁하겠어요. 아시겠어요? 빨리요."

뤼르는 황송해서 머리를 숙였다.

"그리고 또 있어요. 여행용 트렁크를 하나…… 그다지 무겁지 않고…… 적당한 것으로요."

"네, 네, 잘 알았습니다. 50센티에 92센티 가량이면 되겠군요. 요새 유행하는 것 말입니다."

"그리고 손가방도 하나."

'아하, 틀림없이 무언가 있구나.'

뤼르는 생각했다.

"그리고 저어……."

보바리 부인은 허리춤에서 회중 시계를 꺼내 들었다.

"이것을 받아주세요. 계산도 이것으로 하세요."

그러나 상인은 아니라고 거절했다. 서로 모르는 사이도 아니고, 제가 부인을 못 믿을 거라고 생각하시냐며 쓸데없는 흉내는 내지 말라고 했다. 그러나 엠마는 상인에게 그렇다면 시곗줄만이라도 받아달라고 고집을 부렸다. 뤼르가 그것을 주머니에 넣고 막 돌아가려고 하는데 엠마가 그를 다시 불러세웠다.

"물건은 모두 당신네 가게에 두세요. 망토는……."

엠마는 잠깐 생각하는 듯하다가 말했다.

"그것도 역시 거기 두세요. 다만 그 망토 직공의 주소만 알려주세요. 그리고 언제든지 찾아올 수 있도록 일러놔주세요."

두 사람이 함께 도망하기로 한 것은 다음 달이었다. 엠마는 루앙에 볼일이 있어서 가는 것처럼 하여 용빌을 출발하기로 하고, 로돌프는 마차의 좌석을 예약하고 여권을 마련하고, 파리에 편지를 내서 또 마르세이유까지 역마차를 사서 거기서부터 곧장 제노아로 가는 길을 달릴 예정이었다. 엠마는 짐을 미리 뤼르네 가게에 보내놓고 그 짐은 가게에서 직접 '제비'에 싣게 될 테니까 아무도 이상히 생각지 않으리라고 맘놓았다. 그러나 이 모든 계획 가운데 어린아이에 대한 것은 전혀 포함되어 있지 않았다. 로돌프는 말을 꺼내기를 피했다. 아마도 그녀는 거기에 대해 생각지 않는가보다.

로돌프는 뒷마무리를 해야 하니 두 주일 가량의 여유를 달라고 했다. 일주일이 지나자 그는 또 두 주일을 미루고 그 다음에는 병이 났다고 했다. 다음에 그는 혼자서 여행을 했고, 8월이 지나가버렸다. 이토록 여러 번 연기를 한 뒤에 이번에야말로 그들은 9월 4일 월요일에는 틀림없이 떠나기로 결정했다.

드디어 토요일, 예정일 이틀 전이었다.

그날 밤, 로돌프는 전보다도 훨씬 이르게 왔다.

"준비는 다 되었나요?"

엠마는 물었다.

"그럼."

거기서 두 사람은 뜰의 화단 주위를 한 바퀴 돌고 나서 테라스에 가까운 동산 옆으로 가서 앉았다.

"당신 어쩐지 우울하신 것 같군요."

엠마가 말했다.

"그럴 리가 있어, 어째서?"

그렇게 말하면서 그는 깊은 애정이 담긴 눈길로 엠마를 쳐다보았다.

"아주 멀리 떠나기 때문이에요?" 하고 그녀는 말을 이었다. "당신이 사랑했던 여러 가지 물건들, 당신의 생활을 버리고 가게 되니까 그런가보죠? 네, 알 만해요. 알겠어요. 하지만 저는 이 세상에 아무것도 가진 것이 없어요. 저에게는 당신이 전부니까요. 당신 역시 제가 전부이겠죠? 저는 당신의 가족, 그리고 당신의 고향이 되겠어요. 당신을 소중하게 받들고 사랑하겠어요."

"당신은 참으로 귀여운 말을 하는 사람이구려."

그는 품안에 엠마를 껴안았다.

"정말 그렇게 생각하세요? 저를 사랑해주시겠어요? 그럼 맹세해 주세요."

엠마는 관능적인 기쁨을 담은 미소를 띠면서 말했다.

"사랑하고말고! 진심으로 사랑하오, 귀여운 사람!"

자줏빛을 띤 둥근 달이 목장이 있는 지평선 위에 막 떠올랐다. 달은 백양나무 가지 사이로 빨리 떠올라 나뭇가지가 구멍이 뚫린 흑막처럼 군데군데 달의 이면을 가렸다. 그리고 달은 구름 한 점 없는 맑은 밤하늘에 나타나 새하얗게 빛나면서 땅 위를 비췄다. 달은 점점 걸음을 늦추어서 강물 위에 무수한 별을 뿌린 것처럼 커다랗게 반사했다. 은빛 광채가 반짝이는 비늘을 단 머리 없는 뱀처럼 물 밑에까지 꿈틀거리며 들어가는 것 같은 풍경이었다. 또한 그것은 녹은 금강석 같은 물방울이 뚝뚝 떨어지는 신기한 샹들리에와도 흡사했다. 두 사람의 주위에는 조용하고 아늑한 밤이 펼쳐졌다. 가지의 잎 사이에 그림자가 여러 겹으로 겹쳐 있었다. 눈을 절반쯤 감은 엠마는 산들거리는 차가운 바람을 커다란 한숨과 함께 들이마셨다. 꿈을 꾸는 듯한 황홀한 기분에 잠긴 두 사람은 말없이 조용히 앉아 있었다. 지난날의 살뜰한 애정이 흐르는 강물처럼 조용히 넘쳐흘러 산매화의 향기에서 전달되는 달콤한 감각처럼 그들의 가슴에 되돌아왔다. 그리고 풀 위에 늘어져 꼼짝하지 않는 버드나무의 그림자보다도 더 크고 더 우울한 그림자를 추억 속에 던져넣었다. 가끔 산들바람이 고슴도치라든가 족제비 같은 야행성 동물이 먹을 것을 찾고 있듯 나뭇잎을 조그맣게 소리내어 흔들기도 했다. 또 때로는 무르익은 복숭아가 과수원에서 저절로 떨어지는 소리가 들려왔다.

"아아! 참 좋은 밤인걸!"

로돌프가 말했다.

"앞으로는 이런 밤이 얼마든지 있을 거예요!"

엠마가 대답했다. 그리고 자기 자신에게 들려주는 것처럼 말했다.

"그래요, 여행할 때에는 틀림없이 기분이 좋을 거예요……. 그런데 어째서 이렇게 마음이 슬픈지 모르겠군요? 아직 알 수 없는 미래가 걱정스러운 것일까요……? 지금까지의 습관을 버려야 하기 때문일 거예요. 저 참 약하지요? 그렇죠? 용서하세요."

"아직 늦지는 않았소! 잘 생각하오! 나중에 후회하리다."

로돌프가 빠른 말로 대답했다.

"아뇨, 절대로 안 해요!"

엠마가 힘차게 말했다. 그리고 로돌프에게 다가앉으며 말을 이었다.

"정말 저에게 무슨 불행한 일이 생기겠어요? 당신하고 함께라면 저는 사막이든 절벽이든 바다든 어디고 넘을 수 있어요. 우리들이 함께 살아간다면 매일매일 더욱더 힘껏 껴안고 지낼 수 있어요. 괴로움도 근심 걱정도 아무런 방해자도 있을 수 없어요. 두 사람만이 서로 모든 것을 바치고 영원토록…… 그렇죠? 무엇이라고 말 좀 해주세요. 대답해주세요."

사나이는 띄엄띄엄 "그렇지…… 그래……" 하고 대답했다. 엠마는 양손으로 사나이의 머리를 쓰다듬고 커다란 눈물방울을 흘리면서도 어린애 같은 목소리로 되풀이했다.

"로돌프! 로돌프…… 아! 로돌프, 정다운 로돌프!"

자정을 알리는 종소리가 울렸다. 그녀가 말했다.

"12시예요! 자, 이제는 드디어 내일이에요! 이제 하루뿐이에요."

로돌프가 일어나서 돌아가려고 했다. 그의 몸짓이 마치 도피행의 신호인 것처럼 엠마는 갑자기 들떠서 떠들어댔다.

"여권은 틀림없이 가지고 있죠?"

"물론."

"잊으신 건 없어요?"

"응."

"틀림없죠?"

"아암."

"프로방스 호텔이라고 했죠. 거기서 기다리는 거죠……. 정오?"

그는 고개를 끄덕였다.

"그럼 내일이에요!"

엠마는 마지막 애무와 함께 말했다. 그리고 사나이가 멀어져가는 모습을 배웅했다. 로돌프는 돌아보지 않았다. 그녀는 그의 뒤를 쫓아서 뛰어갔다. 물가의 가시덤불 속에 허리를 구부리면서 소리질렀다.

"내일이에요!"

그는 이미 강 저쪽으로 건너가 목장 안을 빠르게 걸어가고 있었다.

몇 분이 지난 후 로돌프는 걸음을 멈추었다. 그리고 하얀 옷을 입은 엠마가 유령처럼 조금씩 어둠 속으로 사라져가는 것을 보고는 격한 가슴의 고동으로 쓰러져 넘어지지 않으려는 듯 나무에 기대어 섰다.

'나는 어쩌면 이다지도 바보일까!'

그는 심한 욕지거리를 하며 자신을 꾸짖었다.

"그렇기는 하지만…… 어쨌든 엠마는 아름다운 여자였어!"

그러자 별안간 엠마의 아름다운 모습이 그 사랑의 갖가지 쾌락과 함께 그의 마음속에 다시금 떠올라왔다. 처음에는 그저 그리운 마음에 젖었으나 이윽고 그 여자에 대한 반발심으로 옮아갔다.

"어쨌든……" 그는 몸짓을 하면서 소리내어 말했다. "나는 고국을 뛰쳐나가거나 아이의 양육을 짊어질 수는 없어!"

그는 더욱 결심을 굳게 하려고 이런 말을 스스로에게 중얼거렸다.

"무엇보다도 여러 가지 귀찮은 일이 생길뿐더러 비용이 든다……. 아니 안 된다. 안 돼, 도저히 안 될 일이다! 너무나도 어리석은 짓이다!"

13

집으로 돌아오자마자 로돌프는 사냥 기념으로 벽에 장식한 사슴의 머리 바로 밑에 있는 책상에 앉았다. 그러나 펜을 잡기는 했지만 쓸 것이 아무것도 머리에 떠오르지 않아서 팔꿈치를 괴고 골똘히 생각에 잠겼다. 결심을 하고 나니 두 사람 사이에는 별안간 엄청난 거리가 생겨서 엠마는 먼 과거 속으로 사라져버린 것처럼 느껴졌다.

엠마에 대한 것을 무엇인가 생각해내려고 그는 침대 머리맡에 있는 벽장에서 오래 된 랭스 지방의 과자 상자를 꺼냈다. 그는 여자들에게서 온 편지를 항상 그 상자 속에 넣어두었다. 퀴퀴한 먼지 냄새와 시든 장미 향기가 거기서 풍겨나왔다. 먼저 희미한 얼룩이 묻은 손수건이 눈에 띄었다. 엠마의 손수건이었다. 언젠가 함께 산책할 때 그녀가 코피를 흘린 일이 있었다. 그는 벌써 그런 일은 다 잊어버리고 있었다. 그 옆에는 네 귀가 모두 접혀 있는 엠마가 보내준 작은 초상화가 있었다. 새삼스럽게 들여다보니 의복은 매우 부자연스러워 보였고, 새촘한 눈길은 마치 '추파'를 던지는 것처럼 보여서 좋지 않았다.

로돌프가 초상화를 들여다보면서 얼굴을 생각해내려 하자 엠마의 용모는 살아 있는 얼굴과 초상화에 그려져 있는 얼굴이 서로 부딪치고 뒤섞여 양쪽이 모두 지워져버리는 것처럼 그녀의 얼굴 윤곽이 점점 흐려져갔다. 이제 그는 그녀의 편지를 읽었다. 모두가 여행에 대한 의논뿐이어서 사무적인 것처럼 간단하고 형식적이었고, 조급해하는 내용들뿐이었다. 그는 훨씬 옛날에 온 긴 편지를 읽고 싶어졌다. 상자 밑바닥에서 그 편지를 찾아내려고 쌓인 종이며 물건들을 기계적으로 뒤집어가자 꽃다발이며 양말 대님이며 검은 가면이며 머리핀이며 머리카락들이 뒤죽박죽으로 섞여 나왔다. 머리카락! 갈색도 있고 금발도 있었다. 그 중의 어떤 것은 상자의 쇠장식에 걸려서 뚜껑을 열 때 끊어져버렸다.

이렇게 여러 가지 추억 속을 방황하면서 철자법이 다르듯이 온갖 양상의 편지의 글씨체와 글귀를 보았다. 다정한 것, 쾌활한 것, 장난스럽게 쓴 것, 우울한 것, 가지각색이었다. 그중에는 사랑을 요구하는 것도 있었고, 또 돈을 요구하는 것도 있었다. 그 한 줄 한 줄에서 갖가지 표정의 얼굴이며, 몸짓이며, 목소리의 음향을 생각해냈다. 어떤 편지에서는 아무것도 생각나지 않았다.

사실 그의 머릿속에는 이러한 여자들이 한꺼번에 밀려와서 밀고 당기면서 똑같은 정도의 사랑으로 고르게 균일화된 것처럼 조그맣게 오그라져버렸다. 그는 그들의 뒤섞인 편지를 한 움큼 움켜쥐고 오른손에서 왼손으로 번갈아 폭포처럼 떨어뜨리면서 잠시 동안 장난을 쳤다. 그러다가 마침내 싫증이 나고 졸음이 와서 로돌프는 그 상자를 벽장에 도로 넣어두러 갔다.

'모두 거짓말투성이야.'

이것이 그의 생각을 요약한 한마디였다. 그대로였다. 쾌락이 학교 운동장에서 놀고 있는 학생들처럼 그의 마음을 마구 짓밟아버려서 이제 거기에는 푸른 풀이라고는 조금도 나지 않게 되었다.

그리고 그곳을 지나가는 사람은 학생들보다도 더 경박하고, 흔히 학생들이 하는 것처럼 벽에 이름을 새겨서 남겨두는 일조차 하지 않았다.

"자아 이제 써야지!"

그는 혼잣말을 했다. 그러고는 이렇게 썼다.

용기를 내시오. 엠마! 용기를 내시오! 나는 당신의 일생을 불행하게 하고 싶지 않소…….

'어쨌든 이건 진실이야' 하고 로돌프는 생각했다. '그 여자를 위한 것이니까 나는 성실한 것이다.'

당신은 당신의 결심에 대해 차분하게 생각해보셨습니까?

내가 당신을 어떠한 깊은 못 속으로 끌어넣었는지 당신은 알지 못합니다. 그렇죠? 당신은 행복을 믿고, 미래를 믿고, 완전히 마음을 맡기고 정신없이 걸어간 것입니다……. 아아, 우리는 참으로 불행하고 무모한 사람들이었습니다!

로돌프는 이쯤에서 무어라고 적당한 변명을 해야겠다고 생각하고 펜을 놓았다.

'재산을 완전히 잃어버렸다고 하면 어떨까……? 아니다. 그건 안 된다. 그런 말 정도로 마음을 돌릴 여자가 아니야. 그러다가는 다시 처음부터 시작하게 된다. 그런 여자에게 도리를 알게 한다는 것은 불가능한 일이다.'

생각하다가 그는 다시 덧붙였다.

나는 결코 당신을 잊지 않을 겁니다. 이것은 꼭 믿어주십시오. 그리고 나는 언제까지나 당신에게 몸도 마음도 깊이 바칠 것을 맹세합니다. 그러나 조만간 언제인가는 이 격렬한 감정도 틀림없이 엷어질 겁니다. 그것이 인간이니까요. 권태가 찾아올지도 모릅니다. 당신 자신이 심한 괴로움 속에서 후회를 맛보고, 나 자신 그 고통을 일으킨 당사자로서 역시 괴로워해야 하는 그러한 일이 없으리라고 누가 단언할 수 있겠습니까? 당신을 괴롭힌다는 생각만 해도 나는 견딜 수 없습니다. 엠마! 나를 잊어주시오. 어찌하여 내가 당신을 알게 되었을까요? 어째서 당신은 그토록 아름다웠더란 말입니까? 내 죄였을까요? 아니, 아니, 그렇지는 않습니다. 다만 운명만을 원망하여주십시오!

'이 말은 효험이 있을 게다. 경험이 있는걸.'

그는 생각했다.

아아! 만일 당신이 세상에서 흔히 볼 수 있는 경박한 여자 중의 한 사람이었다면, 나는 기필코 내 이기적인 마음으로 그런 여자인 당신에게 별로 위험하지도 않은 계획을 했을지도 모릅니다. 그러나 당신의 매력이기도 한 동시에 고통이기도 한 그 순진한 정열 때문에, 사랑하는 당신이여, 우리의 장래의 입장이 얼마나 불안한 것인지 짐작할 수조차 없습니다. 나 역시 애당초 이것을 잘 생각하지 못했던 것입니다. 그렇게 결과를 예상하지 못하고 만치닐*의 그늘이기라도 한 것처럼 그 이상의 행복의 그늘 밑에서 편안하게 쉬고 있었던 겁니다.

'그 여자는 내가 돈이 아까워서 그만둔 걸로 알겠는걸……. 아무려면 어때, 그래도 그만이지. 어쨌든 결말을 지어야 해.'

엠마! 세상은 냉혹합니다. 우리가 어디로 가든지 그 냉혹한 세상이 우리를 쫓아다닐 겁니다. 특히 당신은 무례한 질문이나 중상모략이나 멸시, 그리고 아마도 모욕까지도 받아야 할 겁니다. 당신이 모욕을 받다니! 아아…… 그런 일이 있을 수 있습니까? 나는 당신을 여왕의 옥좌에 앉히고 싶었는데 말입니다. 나는 당신에 대한 추억을 부적처럼 꼭 껴안고 떠나려는 것입니다. 당신을 괴롭힌 벌을 받기 위해 혼자 떠날 작정입니다. 먼 곳으로 가렵니다. 어디냐고요? 저 자신도 알 수 없습니다. 나는 지금 올바른 정신이 아닙니다. 안녕히! 언제나 정다운 분이기를 빕니다. 당신을 잃은 불행한 인간을 잊지 마십시오. 당신의 어린아이에게도 내 이름을 가르쳐주십시오. 기도할 때 이 이름을 언제나 부르도록 말입니다.

두 개의 양초 심지가 떨고 있었다. 로돌프는 창문을 닫으려고 일어섰다. 그리고 다시 앉아서는 생각했다.

'이것으로 모두 끝낸 것 같군. 아니 또 뭐라고 울고불고하면 난처

---

* 열대산의 유독 식물

하니까 좀 더 덧붙여야겠다.'

당신이 이 슬픈 글을 읽을 때에 나는 이미 멀리 떠나가 있을 것입니다. 왜냐하면 나는 또다시 당신을 만나고 싶은 유혹을 피하기 위하여, 될 수 있는 대로 빨리 멀리 도망쳐야겠다고 생각하기 때문입니다. 지금 마음을 약하게 가져서는 안 됩니다. 저는 다시 돌아옵니다. 그리고 좀 더 시간이 지난 뒤에 아마 우리는 같이 지난날의 사랑에 대한 이야기를 지극히 냉정하게 이야기하게 될 것입니다. Adieu*.

그리고 더욱이 마지막 Adieu를 일부러 A Dieu(하느님에게)의 두 마디로 갈라서 쓰고 이것은 괜찮은 취미라고 생각했다.

"그럼 이제 어떻게 서명을 하나?" 하고 중얼거렸다. "당신의 충실한……이라고 할까? 아니 당신의 벗…… 그렇지 이것이 좋겠다."

당신의 벗

그는 편지를 다시 읽어보고 그것으로 됐다고 생각했다.

'가련한 여자로군!' 그는 약간 감상적이 되어 생각했다. '그 여자는 나를 바위같이 무정한 사나이라고 생각하겠지. 편지에 조금 눈물의 흔적이 묻어 있는 게 좋겠군. 하지만 눈물이 나오지 않는걸. 이건 나로서도 어쩔 수 없군.' 로돌프는 컵에 물을 따라서 손가락을 담갔다가 커다란 방울을 편지 위에 뚝 떨어뜨렸다. 그러자 잉크 위에 엷게

---

* '안녕'의 프랑스어

파란 얼룩이 생겼다. 그리고 편지 봉투에 봉인을 하려고 찾다가 마침 Amor nel cor(사랑을 마음에)라고 한 엠마가 보내준 도장이 눈에 띄었다.

"이럴 때 이것은 좀 어울리지 않지만…… 어때? 괜찮겠지?"

일을 마치고 그는 담배를 석 대 피운 뒤 잠자리로 들어갔다.

그다음 날 아침 로돌프는 일어나서(늦게 잠들었기 때문에 일어난 것은 2시경이었다) 살구를 한 바구니 따오라고 했다. 그는 편지를 바구니 밑바닥에 포도잎으로 가려서 넣고 밭일을 하는 하인인 지라르에게 그것을 소중하게 보바리 부인에게 가져다드리라고 일렀다. 로돌프는 철따라 과일이라든가 사냥에서 잡은 짐승을 그녀에게 이러한 방법으로 보내서 편지를 주고받곤 했다.

"부인께서 나에 대해서 묻거든 여행을 떠났다고 대답해라. 바구니는 부인 손에 직접 드려야 한다……. 자, 그럼 갔다 와, 조심해서!"

그는 하인에게 일렀다. 지라르는 새 작업복을 입고 손수건을 살구 주위에 붙들어 매고 투박스러운 쇠창을 박은 나막신을 신고 느릿느릿 큰 걸음으로 유연하게 용빌로 향했다.

보바리 부인은 이 남자가 도착했을 때 펠리시테와 함께 부엌 탁자 위에서 빨래 거리를 매만지고 있었다.

"저의 주인 어른께서 부인께 보내드리는 겁니다."

하인이 말했다.

엠마는 어떤 예감으로 매우 놀랐다. 그리고 주머니에서 잔돈을 찾으면서 당황한 눈초리로 이 농부를 지켜보았다. 하인은 이런 선물을 가지고 지나치게 놀라는 게 이해되지 않는 듯 멍하니 그녀를 바라보았다. 이윽고 하인이 나갔다. 그러나 펠리시테는 아직도 거기에 남아 있었다. 엠마는 더는 참을 수 없어서 살구를 가지고 가는 척하면서 방으로 뛰어들어갔다. 바구니를 둘러엎었다. 잎사귀를 잡아 뜯어버리고 편지를 찾아내서 겉봉을 뜯었다. 그리고 등 뒤에 무서운 불길이 다가오는 것처럼 엠마는 정신없이 거실로 뛰어갔다.

샤를이 거기에 있었다. 엠마는 그의 모습을 보았다. 샤를이 무어라고 말을 걸었으나 그녀의 귀에는 전혀 들리지 않았다. 그녀는 가쁜 숨을 몰아쉬면서 미친 사람처럼, 취한 사람처럼, 이 두려운 종이 쪽지를 움켜쥔 채 허둥지둥 계단을 오르기 시작했다. 편지는 손가락 사이에서 함석 조각처럼 소리를 냈다. 3층에 있는 다락방 문 앞에서 그녀는 발을 멈추었다. 문은 닫혀 있었다.

엠마는 여기서 마음을 진정시키려고 했다. 엠마는 편지를 생각했다. 읽어봐야 했다. 그러나 그녀는 읽기가 무서웠다. 용기가 나지 않았다. 게다가 어디서? 어떻게 읽는다는 말인가? 들킬 것 같았다.

'아니, 여기라면 안전해.'

그녀는 생각했다.

엠마는 문을 밀고 안으로 들어갔다.

지붕 슬레이트에서 답답한 무더운 열기가 그녀의 이마를 짓누르는 것 같아서 숨이 막혔다. 그녀는 닫혀 있는 채광창까지 간신히 가서 빗장을 뽑았다. 그러자 눈이 부실 만큼 강한 햇빛이 쏟아져 들어왔다.

맞은편 지붕 너머로 넓은 들판이 눈이 닿지 않는 멀리까지 펴져 있었다. 보도의 조약돌이 반짝이며 빛나고 집집마다 바람개비가 꼼짝도 하지 않고 멈춰 있었다. 마을 모퉁이의 아래층 방에서 날카로운 이상한 음향이 울리는 소리가 들려왔다.

비네가 녹로를 돌리는 소리였다.

그녀는 창가에 기대어 치밀어오르는 분노로 차가운 웃음을 띠면서 그 편지를 되풀이해서 읽었다. 그러나 주의를 집중하려고 하면 할수록 머릿속은 혼란해졌다. 로돌프의 모습이 보였다. 그의 목소리가 들렸다. 그녀는 두 팔로 힘껏 사나이를 껴안았다. 종을 치는 것처럼 가슴을 치는 고동은 불규칙해지면서 점점 속도가 빨라졌다. 엠마는 대지가 무너져버렸으면 좋겠다고 바라면서 날카로운 눈초리로 자신의 주위를 둘러보았다. 어째서 죽어버리지 못하는 것일까? 무엇이 그녀를 막는단 말인가? 자신은 자유로운 것이다. 그리고 그녀는 창가에 서서 돌을 깔아놓은 보도 위를 내려다보았다. 그리고 자신에게 명령했다.

"자아, 뛰어내려라!"

밑에서부터 똑바로 솟아오르는 광선이 목소리를 맞추어서 그녀의 몸의 무게를 깊은 구렁 속으로 잡아끄는 것 같았다. 광장의 지면이 벽을 따라 흔들거리면서 솟구쳐 올라오고, 서 있는 마루가 앞뒤로 흔들리는 배처럼 기울어지는 것같이 보였다. 그녀는 광막한 공간에 둘러싸여 그 맨 끝 하늘에 거의 대롱대롱 매달려 있는 것 같았다. 하늘의 푸른빛이 그녀의 몸 속에 스며들고 바람이 그녀의 텅 빈 머릿속을 마구 휘젓고 다녔다. 이제 몸을 내맡기고 몸을 내던지기만 하면 되는 것이다.

녹로를 돌리는 소리도 그녀를 불러대는 끔찍한 소리처럼 여전히 계속되었다.

"엠마! 엠마!"

샤를이 불렀다.

엠마는 발을 멈췄다.

"도대체 어디에 있소? 빨리 이리 오구려!"

그녀는 한 걸음만 나서면 죽음의 찰나라는 생각이 들자 무서워서 기절할 것만 같았다. 그녀는 두 눈을 감았다. 그러나 그녀의 소매를 잡는 사람이 있어서 깜짝 놀라 돌아보았다. 펠리시테였다.

"나리께서 기다리셔요, 마님. 수프가 다 되었는데요!"

그래서 내려가지 않으면 안 되었다. 식탁에 앉지 않으면 안 되는 것이었다.

그녀는 애써 먹으려 했지만, 음식이 목에 걸려서 넘어가지 않았다. 그래서 꿰매야 할 곳을 살펴보려는 것처럼 냅킨을 펼쳐보았다. 그리고 실제로 그 일을 하려는 것처럼 그 헝겊의 실눈을 세어보려 했다. 그러자 그 편지 생각이 났다. 그 편지를 잃어버린 것일까? 그 편지는 어디에 두었을까? 그러나 그녀는 몹시 지쳐버려서 식탁을 떠날 구실을 생각해내지도 못했다. 게다가 엠마는 마음이 약해졌다. 샤를이 두려웠다. 남편은 모든 것을 다 알고 있다. 틀림없이 그렇다. 사실 그는 우연히 이런 말을 했다.

"로돌프 씨를 우린 당분간 못 만날 것 같군."

"누가 그래요? 그런 말을?"

그녀가 몸을 부르르 떨면서 말했다.

"누가 그러더냐고?"

샤를은 아내의 갑작스러운 어조에 조금 놀라면서 대답했다.

"지라르가 그러더군. 조금 아까 '카페 프랑세' 앞에서 만났는데 그러던걸. 주인 어른께선 여행을 떠났다던가, 이제부터 떠나기로 되었다던가 하더군."

엠마는 흐느껴 울었다.

"뭐 그렇게 놀랄 것 없어요. 그 사람은 가끔 그렇게 기분 전환을 하러 가는걸. 사실 그러는 게 당연하지. 재산도 있고 독신이니까……. 게다가 그 사람, 호탕하다더군. 그 방면엔 상당하다고 하던걸. 랑글르와 씨의 이야기로는…….”

하녀가 들어왔기 때문에 그는 조심하며 입을 다물었다.

하녀는 선반 위에 흩어진 살구를 바구니 속에 담았다. 샤를은 아내가 얼굴을 빨갛게 붉힌 것도 깨닫지 못하고 살구를 가져오라고 하여 그중 하나를 집어 그대로 깨물었다.

“호오, 맛이 참 좋은데! 자, 하나 먹어보구려.”

그는 바구니를 내밀었다. 엠마는 그것을 가만히 밀어놓았다.

“그러면 냄새라도 맡아보구려. 아주 냄새가 좋은걸.”

그는 살구를 몇 번이고 엠마의 코밑에 대주었다.

“아이 숨이 막히는 것 같아요!”

엠마는 벌떡 일어섰다. 그러나 가까스로 자제해서 경련은 멈췄다.

“아무것도 아녜요. 이제 괜찮아요. 신경이 예민해서 그래요! 앉으세요. 그리고 어서 잡수세요!”

그녀는 말했다.

그녀는 샤를이 이것저것 질문을 하거나 위로를 하거나, 옆에 붙어 떠나지 않을까 봐 겁이 났다.

샤를은 엠마가 이르는 대로 다시 앉았다. 그리고 살구씨를 손바닥에 뱉어서 다시 그 씨를 접시 위에 올려놓았다.

마침 그때 파란 이륜 마차가 황급히 광장을 달려 지나갔다. 엠마는 외마디 소리를 지르면서 마루 위에 굳어진 채 쓰러졌다.

여러 가지를 생각한 끝에 로돌프는 루앙으로 떠나기로 결심했던 것이다. 그런데 위셰트에서 뷔시까지 가는 데는 용빌 거리를 지나가는 길밖에는 없었으므로 그는 어쩔 수 없이 이 마을을 가로질러 가지 않으면 안 되었다. 그래서 엠마는 번개처럼 저녁 어둠을 가르는 램프의 불빛으로 사나이의 모습을 확인했던 것이다.

집 안이 떠들썩했기 때문에 약제사가 달려왔다. 식탁이 위에 올려져 있던 접시와 함께 뒤집혀 있었다. 소스와 고기와 나이프와 소금 그릇과 기름병들도 온 방 안에 흩어져 있었다. 샤를은 도와줄 사람을 부르고 있었고, 겁에 질린 베르트는 소리내어 울었다. 펠리시테는 벌벌 떨리는 손으로 전신에 경련을 일으키는 부인의 옷을 늦추어주었다.

"제가 약국에 가서 방향 초산을 가져오겠습니다."

약제사가 말했다. 그리고 엠마가 가져온 병의 향내를 들이마시고 두 눈을 뜨자 말했다.

"역시 잘 듣는군. 이 약이면 죽은 사람이라도 깨어날 겁니다."

"어디 말 좀 해보구려?" 샤를이 말했다. "이봐요, 정신 차려요. 나라고, 나. 샤를이란 말이오. 알겠소? 자아, 이 애는 당신의 딸이오. 자아, 엄마에게 키스해라!"

어린아이는 엄마 목에 매달리려고 양팔을 내밀었으나 엠마는 얼굴을 돌리고 띄엄띄엄 말했다.

"싫어, 싫어…… 아무도 다 싫어."

다시금 그녀는 정신을 잃었다. 그녀는 그대로 침대로 실려갔다.

입을 벌리고, 눈을 감고 팔을 내던진 채 그녀는 꼼짝도 하지 않고 밀랍 인형처럼 창백해져서 누워 있었다. 그녀의 눈에서 흐르는 두 줄기 눈물이 베개 위로 천천히 떨어졌다.

샤를은 침대 가까이에 우두커니 서 있었다. 그 곁에서 약제사는 인생의 엄숙한 순간에는 당연히 이렇게 하는 것이라는 듯 명상적인 침묵을 지키고 있었다.

"안심하십시오" 하고 팔꿈치로 샤를을 치면서 그렇게 말했다. "발작은 이제 지나간 것 같습니다."

"네에, 좀 진정이 되는 것 같군요."

샤를은 아내의 자는 얼굴을 보면서 말했다.

'불쌍하게도…… 또다시 병이 시작된 모양이군.'

그러자 오메는 도대체 어떻게 이 지경이 됐느냐고 물었다. 샤를은 아내가 살구를 먹다가 갑자기 발작이 일어났다고 대답했다.

"이상한 일이군……" 하고 약제사가 말을 이었다. "그러나 살구가 졸도를 일으킬 수 없다고는 할 수 없지요! 어떤 종류의 냄새에 대해서 매우 민감한 사람이 있거든요! 이건 병리학상으로나 생리학상으로도 매우 좋은 연구 주제가 될 겁니다. 신부들은 이러한 문제의 중요성을 잘 알고 있어 옛날부터 종교 의식에서 향료를 쓰지 않습니까? 이성을 마비시켜서 황홀한 기분을 자아내려는 방법이지요. 특히 남성보다는 여성이 민감하기 때문에 곧 여기에 걸려들지요. 아니 그 중에는 동물의 뿔을 태우는 냄새라든가 새로운 빵 냄새에 기절했다는 예도 있더군요……."

"아내가 깨지 않도록 조심해주십시오!"

보바리는 낮은 소리로 주의를 주었다.

"사람뿐 아니라 동물도 이러한 변태 증상에 빠집니다." 약제사는 계속 말했다. "이를테면, 저 네페타카타리아, 즉 흔히 고양이풀이라고 하는 풀은 참으로 이상 야릇한 최음 효과가 있다는 것을 아시겠지요? 그리고 또 제가 확실히 보증할 수 있는 일인데 브리두라는 남자가(그는 지금 말팔뤼 거리에 점포를 열고 있는 나의 옛 친구인데) 개를 한 마리 길렀죠. 이 개가 말입니다, 담뱃갑만 들이대면 곧 경련을 일으키는 겁니다. 브리두는 여러 번 브와 기욤에 있는 자기 별장에서 친구들을 모아놓고 실험을 해보였답니다. 코담배처럼 단순한 재채기를 나게 하는 자극물이 동물의 생리에 이러한 영향을 준다는 것은 믿을 수 없는 일이지만, 이상하지 않습니까?"

"과연 그렇군요."

그 이야기를 조금도 듣지 않고 있던 샤를이 말했다.

"신경 계통의 장애라는 것이 무수하게 존재한다는 증거지요" 하고 약제사는 순진하게 웃으면서 말했다. "댁의 부인도 전부터 그렇게 생각했습니다만 몹시 감수성이 예민하십니다. 과민증이죠. 그렇기 때문에 병을 치료한답시고 체질 그 자체에 충격을 줄 것 같은 그런 약은 어떤 것이든 절대로 권하고 싶지 않습니다. 안 됩니다. 무익한 약은 쓰지 않는 편이 낫습니다. 규칙적인 양생이 가장 좋습니다. 진정제, 완화제, 감미제, 이러한 것이 좋습니다. 그리고 상상을 약간 자극할 필요가 있다고 생각하시지 않습니까?"

"그건 어떤 거지요? 어떻게 하는 겁니까?"

보바리가 물었다.

"글쎄요, 그것이 문제입니다! 사실상 거기에 문제가 있는 겁니다. 일전에 신문에도 났지만 바로 '그것이 문제로다(That is the question!)' 입니다."

그때 엠마가 눈을 뜨면서 소리쳤다.

"편지는? 편지는?"

사람들은 그녀가 헛소리를 한다고 생각했다. 실제로 그녀는 한밤중부터 헛소리를 하기 시작했다. 뇌염이었다.

43일 동안 샤를은 아내의 곁을 떠나지 않았다. 그는 자기의 환자들까지도 모두 내팽개쳐두었다. 그는 잠자리에 눕지도 않고 쉬지 않고 그녀의 맥을 짚으며 겨자 고약을 붙여주고 얼음 찜질을 해주며 붙어 있었다. 그는 얼음을 구하러 쥐스탱을 뇌샤텔까지 보내기도 했으나 그 얼음은 가져오는 도중에 녹아버렸다. 그러면 다시 쥐스탱을 보내곤 했다. 카니베 박사에게 진찰을 부탁하기도 했고, 루앙에 있는 옛 스승이었던 라리비에르 박사에게도 와달라고 했다. 샤를은 절망적인 마음이었다. 그가 무엇보다도 근심한 것은 엠마가 형편없이 쇠약해진 것이었다. 엠마는 말도 하지 않고, 무슨 말을 해도 알아듣지 못했으며, 또 고통을 느끼는 것 같지도 않아 보였다. 마치 육체와 정신에서 모든 작용이 빠져나가 버려서 쉬고 있는 것 같았다.

10월 중순경 엠마는 등에 베개를 대고 침대에 앉을 수 있게 되었다. 아내가 처음으로 잼을 바른 빵 조각을 먹는 것을 보았을 때, 샤를은 울었다. 엠마는 소생하기 시작했다.

오후에는 몇 시간 동안 일어나 앉아 있게 되었다. 어느 날 그녀가 기분이 좋다고 해서 샤를은 엠마를 부축하여 뜰을 한 바퀴 돌았다. 길에 깔린 조약돌은 낙엽에 덮여 있었다. 엠마는 한 걸음 한 걸음 슬리퍼를 끌면서 거닐었다. 그리고 샤를에게 어깨를 의지하고 시종 미소지었다.

두 사람은 이렇게 해서 뜰 안쪽에 있는 동산 곁에까지 걸어갔다. 그녀는 조용히 몸을 세우고 한 손을 이마에 대고 아득히 먼 곳을 바라보았다. 그러나 지평선 위에는 풀을 태우는 불꽃이 언덕 여기저기에 자욱하게 보일 뿐이었다.

"피곤하겠소, 여보."

샤를이 말했다. 그리고 조용히 엠마를 밀어서 푸른 잎으로 덮인 정자 밑으로 들어가게 하려 했다.

"자아, 이 의자에 앉아요. 그럼 편할 테니."

"오오! 싫어요. 거기는 싫어요!"

엠마는 꺼질 듯한 목소리로 외쳤다.

그녀는 현기증을 느꼈다. 그리고 그날 밤부터 그녀의 병세는 다시 나빠졌다. 전보다도 불안전하게, 그런 만큼 더욱 까다로워져서 증세를 알 수가 없었다. 어떤 때는 가슴이 괴롭기도 했고, 그런가 하면 가슴이라든가 머리라든가 또는 손발이 아프기도 했다. 그녀가 느닷없이 토하기까지 했기 때문에 샤를은 암 증세라고 생각했다.

더욱이 이 불쌍한 사내에게는 돈에 대한 걱정까지 있었다.

14

우선 그는 오메 씨 가게에서 가져온 약품 값 전부를 어떻게 갚아야 할지 알 수 없었다. 물론 의사 입장에서 모르는 척할 수도 있었지만 그래도 이러한 부채를 진다는 것은 매우 부끄러운 일이었다. 다음에는 부엌에서 쓴 여러 가지 잡비였다. 하녀에게 맡겨둔 채였기 때문에 굉장한 금액이 되었다. 여러 가지 청구서가 사방에서 날아들어왔고, 드나드는 장사꾼들은 투덜투덜 불평을 했다. 그중에서도 뤼르가 누구보다도 그를 괴롭혔다. 사실 이 남자는 엠마의 병세가 가장 나쁠 때에, 이 기회를 이용해서 계산서를 늘리려는 생각으로 망토며 여행가방, 그것도 한 개가 아니라 두 개씩을, 그리고 그밖에 갖가지 물건들을 가져왔다. 샤를이 그런 것들은 필요없다고 아무리 말해도, "이 물건은 모두 댁에서 주문하신 물건이라서 도로 가져갈 수가 없습니다. 만약 그렇게 하면 부인께서 병환이 다 나으신 뒤에 역정을 내실 겁니다. 선생께서도 그 점을 잘 생각해주셔야 할 겁니다" 하고 마구 지껄였다. 요컨대 장사꾼은 자기의 권리를 버리고 물건들을 지고 돌아가는 것보다는 차라리 소송이라도 제기하는 편이 낫겠다고 단단히 결심을 하고 달라붙은 것이다. 샤를은 나중에야 어찌 되든 그 물건을 뤼르의 가게로 다시 돌려보내라고 일렀다. 그러나 펠리시테는 전할 것을 잊어버리고 말았다. 샤를도 또 그 밖에 다른 여러 가지 걱정거리가 많았기 때문에 그 일에 대해서는 까맣게 잊어버리고 있었다. 그러자 뤼르는 다시금 지불을 재촉하러 왔다. 위협하는 말로 협박하기도 하고 우는 소리를 늘어놓기도 해서 결국 샤를은 끝내 6개월 만기의 어음에 서명하지 않으면 안 되게 되었다. 그런데 막상 그 어음에 서명하자, 문득 대담한 생각이 머리에 떠올랐다. 뤼르에게서 1천 프랑의 돈을 빌리는 것이었다. 그래서 샤를은 매우 말하기 어려운 듯이 이 돈을 장만해줄 수 없겠느냐고 물었다. 그리고 기한은 1년이고 이자는 얼마라도 상관없다고 덧붙여 말했다. 뤼르는 곧 자기 가게로 뛰어가서 돈을 가지고 와서는 또 한 장의 어음에 서명하게 했다. 그에 의하면 보바리는 다음해 9월 1일에 1천 70프랑의 금액을 뤼르나 또는 그의 지명인에게 틀림없이 지불해야 한다고 되어 있었다. 이 금액은 이미 약속이 끝난 180프랑을 합해서 꼭 1천 250프랑이 되는 것이었다. 이리하여 이것을 6푼의 이자로 빌고 4분의 1의 수수료를 합하면, 납품한 물건에서 적어도 3분의 1은 회수할 수 있다 하더라도 12개월 후에는 130프랑의 이익이 생긴다는 계산이 되었다. 더욱이 뤼르는 아직 이것으로 끝난 게 아니라고 생각했다. 그는 샤를이 1년 뒤에 그 어음을 지불할 수 없을 것이라고 생각했기 때문이다. 그렇게 되면 틀림없이 다시 고쳐 쓰러 올 것이다. 이렇게 되면 그가 내놓은 얼마 되지 않는 돈이 마치 요양원에 들어가서 잘 자라듯이 이 의사에게서 자라 장래에 알아볼 수 없을 만큼 살이 토실토실 찌고 주머니가 터질 만큼 커져서 자기에게로 돌아올 것이라고 속으로 계산했다.

게다가 뤼르에게는 무슨 일이든 다 좋은 일뿐이었다. 뇌샤텔 병원에 사과주를 납품할 입찰에 낙찰이 되었고, 기요맹 씨는 그뤼메닐 탄광의 주권을 몇 주 그에게 나누어주겠다고 약속했다. 그리고 또 그는 아르괴이유와 루앙 사이에 새로운 승합 마차 사업을 시작하려고 구상하고 있었다. 이것만 되면 '금사자'의 포장마차 같은 것은 곧 차버릴 수 있다. 마차삯을 싸게 하여 좀 더 빠르게 달리게 하고, 게다가 짐을 많이 실을 수 있으니까. 이것으로 용빌의 모든 상거래는 자기 혼자서 도맡아 해나가게 될 것이라고 생각했다.

내년이 되면 이 엄청난 돈을 어떻게 해서 갚아야 할지, 샤를은 이따금 깊은 생각에 잠기곤 했다. 부친에게 도와달라고 부탁을 할까, 아니면 무엇이든 물건을 내다 팔까 이리저리 해결 방법을 궁리했다. 그러나 부친은 승낙하지 않을 것이고 또 자기에게는 팔 만한 물건이라고는 없었다. 이러고 보니 정말 어찌해야 할지 알 수 없어서 괴로워지는 골치 아픈 생각들을 머릿속에서 재빨리 쫓아내버리려 애썼다. 그런 와중에도 그는 그런 마음의 고민 때문에 가장 소중한 엠마를 소홀히하면 안 된다고 생각했다. 마치 자신의 모든 생각은 아내에게 바쳐야 하는 것이고 한순간일지라도 아내에 대한 생각을 잊는 것은 아내의 소유물을 훔치는 것과 같은 일인 것처럼 생각했다.

그해 겨울의 추위는 혹심했다. 엠마의 회복은 오랜 시간이 걸렸다. 날씨가 좋을 때는 팔걸이 의자에 기대 앉아 광장이 바라다보이는 창문 옆으로 가까이 데려다달라고 했다. 엠마가 이제는 뜰을 무척 싫어해서 그쪽의 덧문을 닫았기 때문이다. 엠마는 또 말을 팔아버렸으면 좋겠다고 했다. 예전에 좋아하던 것들이 지금은 모두 싫어졌다. 그녀의 머리에는 이젠 다만 자기 자신을 돌보는 일, 그 생각밖에 없는 것 같았다. 엠마는 자리에 누운 채 가벼운 식사를 하고 초인종을 눌러서 하녀를 불러다가 달이고 있는 약이 다 되었는지를 확인하기도 하고 또는 그녀와 잡담을 하기도 했다. 그러는 동안 시장의 지붕에 쌓인 눈이 하얗게 움직이지 않고 반사를 방 안에 던지더니 이윽고 비가 왔다. 그리고 엠마는 별로 달라지지도 않는 그날 그날의 사소한, 그녀에게도 별로 아무 관계도 없는 일뿐인데, 그래도 날마다 왠지 불안한 마음을 안고 지냈다. 사소한 일 중에서도 가장 신경 쓰이는 일은 매일 저녁 '제비'가 도착하는 일이었다. 여관집 여주인이 커다랗게 소리를 지르면 다른 목소리가 거기에 대답을 했다. 그리고 포장 위의 짐을 찾는 이폴리트가 든 초롱불이 어둠 속에 별처럼 보였다. 정오에 샤를이 돌아왔다가 다시 나간다. 그러고 나면 엠마는 수프를 마신다. 그리고 5시경 해 질 무렵이 되면 학교에서 돌아오는 아이들이 보도 위를 나막신을 끌면서 연방 덧문의 걸고리를 자막대기로 두드리면서 지나갔다.

부르니지앙 신부가 그녀를 방문하러 오는 것도 바로 이 시간이다. 그는 엠마의 건강 상태를 묻기도 하고, 여러 가지 세상 이야기를 들려 주기도 했다. 재미있고 우습게 비위를 맞추어주는 듯한 어조로 지껄이면서 그녀에게 교묘히 신앙을 권했다. 법의를 보기만 해도 그녀는 마음 든든한 기분이었다.

병이 몹시 악화되어서 이제는 도저히 살아날 것 같지 않다고 생각했던 어느 날, 그녀는 성체를 받고 싶다고 한 일이 있었다. 그래서 그녀의 방 안에 식을 올릴 준비를 하고, 과일즙을 넣어둔 벽장을 제단으로 하여 펠리시테가 다알리아를 마루 위에 뿌리는 것을 보고 있던 엠마는 몸 속에 무언가 힘센 것이 흘러서 고통 속에서 모든 지각과 감정으로부터 자기가 해방되는 듯한 마음이 들었다. 가뿐해진 육체에서는 이미 모든 번뇌가 다 사라지고 새로운 생명이 시작되었다. 그녀의 존재 그 자체가 하느님 쪽으로 올라가서 마치 연기가 되어서 사라지는 향이 허공에 빨려들어가는 것처럼, 끝없이 천주님의 사랑 속으로 꺼져 없어지는 것은 아닌가 하고 생각되었다. 침대의 시트 위에 성수가 뿌려지자 신부는 그릇 속에서 하얀 성체 빵을 끄집어냈다. 그리고 엠마가 하느님의 성체를 받기 위해서 입술을 내밀었을 때에는 이 세상 것이 아닌 기쁨으로 해서 기절이라도 할 것 같았다. 침대 앞의 커튼은 구름처럼 엠마의 주위에 부드럽게 부풀어오르고 조그만 옷장 위에서 타고 있는 두 개의 촛불은 눈부신 후광처럼 보였다. 그때 주위에 세라핌*이 켜는 현금의 음율이 들리고 푸른 하늘 속에 있는 금빛 왕좌 위에는 초록빛 월계수를 손에 든 성자들에게 둘러싸여서 사랑의 날개가 있는 천사들에게 하계로 내려가 그녀를 데리고 가라고 눈짓을 하시는 장엄한 천주님의 모습이 보이는 듯하여 엠마는 고개를 숙였다.

이 찬란한 환각과도 같은 광경은 극히 아름답게 그녀의 기억에 남았다. 그래서 그녀는 그때만큼 격렬하지는 않지만 지금도 아직 계속되고 있는 기분 좋은 이 감각을 한 번 더 단단히 잡아보려고 애썼다. 심하게 자존심에 상처입은 엠마의 넋은 간신히 그리스도교적인 겸허한 마음속에서 쉬게 되었다. 이리하여 엠마는 한 인간으로서의 쾌감을 마음깊이 맛보면서 자신의 마음속의 아집이 허물어져가는 모습을 가만히 눈여겨보았던 것이다. 거기에 생긴 커다란 틈 사이로 천주님의 은총이 흘러들어올 것이다. 현세적인 행복 대신에 보다 더 큰 기쁨이 있었던 것이다. 모든 사랑을 초월한 또 하나의 다른 사랑이 있고, 그것은 끊기는 일도 없이 영원토록 이어져가는 것이다. 엠마는

---

* 천사들 중에서 가장 지위가 높은 천사

자기의 희망이 그려내는 꿈 속에서 대지의 아득한 위를 감돌다가 하늘 속에 녹아들어가는 깨끗한 경지를 언뜻 보고 거기에 들어가고 싶다고 소망했다. 그녀는 성녀가 되고 싶었다. 그녀는 묵주를 사기도 하고 부적을 몸에 지니기도 했다. 머리맡에 에메랄드를 박은 성자의 유물 상자를 놓고 밤마다 그것에 입맞추기를 원했다.

사제는 이렇게 마음을 쓰는 것에 눈을 휘둥그렇게 뜨고 놀라면서도, 엠마의 열렬한 신앙이 지나쳐서 사교(邪敎) 비슷해지거나 극단적인 것이 되어버리지는 않을까 하고 근심했다. 아무튼 사제는 이런 일에는 그다지 아는 바가 없기 때문에 그 태도가 어느 한도를 넘었을 때, 부랴부랴 사교님의 단골 서점 주인인 불라르 씨에게 편지를 내서 '매우 교양 있는 부인의 신앙 지도를 할 만한 좋은 책'을 보내달라고 했다. 서점 주인은 마치 검둥이에게 냄비를 보내는 것처럼 무관심하게 당시에 일반적으로 팔리고 있던 종교 서적 몇 가지를 뒤섞어서 보내왔다. 그것들은 문답체로 씌어진 입문서로 드 메스트르 식의 엄한 문장으로 쓴 팸플릿이며, 장밋빛의 두꺼운 표지를 붙인 달콤한 문장으로 된 소설 같은 것으로 풍류 시인인 체하는 신학생이라든가 참회한 여류 작가가 쓴 작품이었다.《잊지 말지어다, 이것은》이라든가 여러 종류의 훈장을 단 드 ×××씨가 쓴《마리아의 발밑에 무릎 꿇는 귀족》이라든가 또 청소년들에게 맞을《볼테르의 편견을 들추어내다》와 같은 것들이었다.

보바리 부인은 아직 뭣이든 간에 그것에 온 정신을 쏟아부을 만큼 정신 상태가 분명하지 못했다. 게다가 그녀는 이러한 잡다한 책을 너무나 초조하게 빨리 읽어버리려고 했다. 종교에 대한 여러 가지 규칙이 귀찮을 만큼 나와 있는 것이 괴로웠다. 거만한 투의 교의 논쟁 같은 문장은 그녀가 알지도 못하는 인물을 공격하려고 지나치게 기를 쓰는 것 같아 불쾌했다. 또 종교 냄새를 섞어서 쓴 현세대풍의 통속 소설은 너무도 세상 일을 모르고 쓴 것처럼 느껴져서 실제를 증명하기를 기대하고 있는 진리로부터 모르는 사이에 점점 그녀를 멀리하게 하는 결과가 되었다. 그러나 엠마는 참을성 있게 읽었다. 그리고 그 책이 어떻게 하다 자기 손에서 멀어질 때는 동경에 찬 영혼이 안을 수 있는 가장 미묘한 카톨릭적인 우울한 마음에 젖어 있는 것처럼 자신을 느끼는 것이었다.

로돌프에 대한 기억은 그녀의 마음속 깊은 바닥에 묻어놓았다. 그것은 마치 지하에 묻어놓은 왕자의 미라보다도 더 장엄하고 더 조용하게 거기에 누워 있는 것이다. 이 고아한 위대한 사랑에서는 어떤 향기가 감돌아나와 그것이 모든 것을 꿰뚫고, 그녀가 생명을 갈구하는 정결한 분위기 속에까지도 다정하게 향기를 피워주었다. 그녀가 고딕풍 기도대 앞에 무릎을 꿇고 왕에게 바치는 말은 옛날의 불륜한 사랑에 가슴을 두근거리면서 속삭이던 것과 같은 달콤한 말이었다. 그것은 신앙을 가까이 부르기 위한 기도였다. 그러나 진정한 아무런 기쁨도 하늘에서는 내려오지 않고 그녀는 손발이 지치고 몹시 속은 것 같은 막막한 기분으로 다시 일어났다. 이렇게 열심히 신앙을 구하는 것도 역시 선행의 하나다 하고 속으로 생각했다. 그리고 그 믿음의 깊이를 자부하는 마음에서 엠마는 자신을 옛날의 귀부인들과 비교했다. 예전에 라 발리에르 공작 부인의 초상화를 보고 그 영화를 꿈꾸어본 적이 있다. 긴 의상의 화려한 치맛자락을 당당하게 끌면서, 속세에서 상처받은 마음에서 넘쳐흐르는 눈물을 생각나는 대로 그리스도의 발밑에 쏟으려고 물러갔던 그와 같은 귀부인에 대해서였다.

그리고 엠마는 자선을 베푸는 데 극단적으로 몰두했다. 가난한 사람들의 옷을 지어주기도 하고 해산한 여자들에게 장작을 보내주었다. 어느 날 샤를이 집으로 돌아와 보니, 부엌에 거지처럼 보이는 사나이 셋이 앉아서 수프를 마시고 있었다. 엠마가 앓는 동안 남편이 유모에게 맡겨두었던 어린 딸도 집으로 다시 데려왔다. 딸에게 글 읽는 것을 가르쳐주려고 했다. 베르트가 아무리 울어도 그녀는 화를 내지 않았다. 그것은 어디까지나 인종(忍從)하려는 생각이었고, 누구에게나 너그럽게 하려는 태도였다. 그녀의 말씨는 어떠한 말을 하든 정신적인 표현들로 가득 차 있었다. 자기 아이에게는 "귀여운 천사 아가씨, 이제는 배가 아프지 않아요?"라고 말했다.

보바리 노부인도 이제는 며느리에게 잔소리할 것이 없었다. 굳이 말하라고 한다면 며느리가 내 집 행주 떨어진 것은 깁지 않고 고아들을 위하여 웃옷을 짜주곤 하는 일이었다. 그러나 집안 싸움에 지쳐버린 노부인은 이 평온한 가정에서 사는 기분이 나쁘지 않았다. 그래서 샤를의 아버지가 싫은 소리 하는 것을 피하기 위하여 부활제가 끝날 때까지 머물러 있었다. 이 아버지란 분은, 금요일에는 정해놓고 돼지 순대를 먹고 싶다고 하는 인물이었다.

야무진 판단과 엄숙하고 진지한 태도 때문에 마음이 든든해지는 시어머니를 상대하는 외에도 엠마는 거의 매일처럼 여러 사람들과 교제했다. 랑글르와 부인, 카롱 부인, 뒤브뢰이유 부인, 튀바슈 부인 그리고 언제나 정해놓고 2시부터 5시까지는 사람 좋은 오메 부인이 반드시 찾아왔다. 그녀만은 세상 사람들이 엠마에 대해서 수군대는 소리를 절대로 믿으려 하지 않았다. 오메 씨네 아이들도 엠마를 보러 왔다. 아이들의 시중을 들기 위해 함께 온 쥐스탱은 아이들과 함께 방으로 올라와서 방문 앞에 잠자코 서 있었다. 보바리 부인은 그런데 마음을 쓰지 않고 화장을 하기 시작하는 때도 종종 있었다. 그녀는 먼저 머리를 흔든 다음 빗으로 빗어내렸다. 이 가련한 소년은 머리 전체가 검은 타래가 모인 듯 퍼져서 무릎까지 늘어지는 것을 처음 보았을 때 이상스러운 세계에 홀연히 발을 들여놓은 것같이 생각되어 그 아름다움에 몸을 부르르 떨 정도였다.

엠마는 이 소년의 말없는 호의도, 겁먹은 것 같은 태도에도 마음을 쓰지 않았다. 그녀는 자기의 삶에서 사라져버린 사랑이 바로 그곳에, 자기 옆에, 그 투박한 광목 셔츠 밑에, 그녀의 발산하는 아름다움을 느끼려고 열어젖힌 젊은이의 가슴속에서 숨쉬고 있으리라고는 꿈에도 생각하지 못했다. 게다가 지금 그녀는 이미 모든 일에 대하여 극히 무관심했다. 그녀의 말씨는 다정했으나 눈길은 몹시 방자하고 태도가 한결같지 않았기 때문에, 제멋대로인지, 자비심이 깊은 것인지, 몸가짐이 옳지 않은 것인지 정숙한 것인지 도무지 구별할 수가 없었다. 이를테면 어느 날 밤 외출을 하고 싶다면서 분명치 못한 말로 변명을 하려는 하녀에게 화를 냈다. 그런가 하면 느닷없이 "그럼 너는 그 남자가 좋단 말이로구나?" 하고 말했다.

그러고는 얼굴이 빨개진 펠리시테가 대답할 틈도 없이 그녀는 슬픈 듯한 모습으로 이렇게 덧붙였다.

"갔다 오렴! 어서 가서 즐기고 오너라!"

엠마는 이른 봄이 되자 보바리가 여러 가지로 주의를 주는 것도 아랑곳하지 않고 뜰의 모습을 구석에서 구석까지 바꾸어버렸다. 그러나 샤를은 어쨌든 아내가 무슨 일이라도 하겠다는 뜻을 나타냈다는 데 기뻐했다. 엠마는 회복됨에 따라 점점 더 그러한 의욕을 보였다. 우선 그녀는 유모인 롤레 아주머니를 쫓아버렸다. 이 여자는 엠마가 요양 중일 때 자기가 맡고 있는 두 젖먹이와, 맡아 기르는 사내아이를 데리고 귀찮을 만큼 자주 부엌에 왔다. 이 맡아 기른다는 아이는 식인종 이상으로 많이 먹었다. 다음에 엠마는 오메네 가족을 적당히 멀리하고 이어서 다른 손님들도 차례차례로 몰아내고는 자신 역시 그다지 성당엘 다니지 않게 되었다. 이러한 일은 약제사도 대단히 찬성하여 그는 엠마에게 다정하게 마음을 털어놓는 것처럼 이렇게 말했다.

"그동안 부인께는 성직자 같은 태도가 엿보이셨습니다!"

부르니지앙 신부는 전과 다름없이 아이들의 교리문답을 끝내면 매일 찾아오곤 했다. 그는 집 안에 있는 것보다 문 밖 '나무 그늘'에서 서늘하게 쉬는 것이 좋다고 했다. 나무를 올린 정자 밑을 말하는 것이었다. 그때는 마침 샤를이 집에 돌아오는 시간이었다. 두 사람 다 더워했기 때문에 달콤한 사과주를 내놓았다. 그들은 부인이 완쾌한 것을 축하하며 잔을 들어 건배했다.

비네는 그 가까이에, 조금 아래쪽 뜰 안 동산의 담에 기대 서서 가재를 잡고 있었다. 보바리는 함께 와서 한 잔 들자고 권했다. 비네는 병마개 뽑는 명수였다.

"우선 병을 이렇게 탁자 위에 똑바로 세워놓고, 끈을 끊은 다음 막상 코르크를 밀어낼 때는 천천히 덤비지 않고 조용히 밀어냅니다. 가만가만히 요릿집에서 탄산수의 마개를 뽑는 그 요령으로요."

그는 자기 주위에서부터 훨씬 먼 곳까지를 의기양양한 눈길로 둘러보았다. 그러나 그가 한참 실연을 해보이는 도중에도 사과주가 뿜어져 나와 모든 사람들의 얼굴에 튈 때가 있었다. 그러면 신부는 흐흐하고 입 속 웃음을 웃으면서 이런 농담을 했다.

"아주 기막히게 연기가 좋은데!"

사실 그는 세상일에 익숙했으며, 부드럽고 좋은 신부였다. 어느 날인가 약제사가 샤를에게 권해서 부인의 기분 전환도 될 테니 루앙에 있는 극장으로 유명한 테너 가수 라가르디를 보러 같이 가달라고 했을 때도 신부는 하나 언짢은 표정을 짓지 않았다. 이 신부가 잠자코 있는 것이 뜻밖이었던 오메 씨는 그의 의견을 듣고 싶어 했다. 그러자 신부는 음악은 문학만큼 풍속에 해가 되지는 않는다고 생각한다고 분명하게 말했다.

그러나 약제사는 문학을 변호했다. 이를테면 연극이라는 것은 여러 가지 편견을 타파하는 데 소용되는 것으로 재미를 느끼게 하면서 도덕을 가르친다고 주장했다.

"카스티가트 리덴도 모레스*라고 하지요. 부르니지앙 신부님! 그러니까 볼테르의 비극 대부분을 보십시오. 거기에는 철학적 고찰이 재치 있게 들어 있어서 민중에게 도덕이나 처세술을 가르치는 참으로 좋은 학교가 되고 있지요."

그러자 비네가 말참견을 했다.

"나는 말이죠, 옛날에 〈파리의 장난꾸러기〉라는 연극을 보았는데 그중에서도 나이 많은 늙은 장군의 역이 참으로 좋았어요. 이 노장군이 시내에서 일을 하고 있는 처녀를 유혹한 양갓집 자제를 혼을 내는 거였어요. 그 자제는 그 후……."

"확실히" 하고 오메가 말했다. "세상에는 좋지 못한 약제사가 있는 것처럼 나쁜 문학도 있습니다. 그러나 그렇다 해서 최고의 예술이라고 할 수 있는 연극을 여러 가지 것들과 함께 몰아 욕을 한다는 것은 어리석은 일이라고 생각해요. 갈릴레이를 옥에 집어넣었던 그 나쁜 시대에나 어울린 중세기적 사상이죠."

"좋은 책도, 훌륭한 작가도 있다는 것은 저도 알고 있어요." 신부

---

* Castigat ridendo mores, '그녀는 미소지으며 풍속을 고친다'의 라틴어

는 반박했다. "보세요. 극장이라고 하면, 경박하고 과장된 장식으로 예쁘게 만든 방에 모인 그러한 남녀, 이교도와 같은 분장, 야하게 치장한 화장, 눈이 부시도록 화려한 등불, 여자와 같은 가냘픈 목소리, 이러한 모든 것들이 드디어는 마음의 방종이라고도 할 수 있는 것을 길러서, 비뚤어진 생각이나 좋지 않은 유혹을 준다고 성당 지도자들은 생각하니까요."

그는 코담배를 한줌 집어 엄지손가락으로 동그랗게 뭉치면서 갑자기 신비스러운 어조로 덧붙였다.

"아무튼 가톨릭 성당이 연극을 나쁘다고 해서 금한 것은 그만한 이유가 있는 겁니다. 우리도 그 규칙에 따라야 되는 겁니다."

"어째서 성당에서는 배우를 파문하는 겁니까?" 하고 약제사가 물었다. "옛날에는 그들도 종교 의식에 공공연히 협력했었습니다. 그렇고말고요. 합창대의 한복판에서 성사극(聖史劇)이라고 불리우는 희극 같은 것을 공연했지요. 그 희극 속에는 예의범절이 아주 나쁜 것도 종종 있었다던걸요."

신부는 그저 한마디 낮게 신음했을 뿐이었다. 약제사는 다시 말을 계속했다.

"그렇게 말하자면 성서의 경우도 마찬가지입니다. 성서에는…… 당신도 모른다고 할 수는 없을 겁니다……. 군데군데 있지 않습니까……. 다시 생각되는 곳이…… 한마디로 말해서 이렇게…… 그 외설이라고 해도 좋은…… 그런 데가 말입니다."

그리고 부르니지앙 신부가 화난 듯한 몸짓을 하자 덧붙였다.

"자, 어떻습니까? 성서는 젊은 처녀에게 읽힐 만한 책은 될 수 없겠지요. 저 역시 난처합니다. 만약 우리 집 아탈리가……."

"성서를 자꾸 읽으라고 권하는 건 신교도입니다. 우리가 아니에요."

신부는 더 참을 수가 없어 소리를 질렀다.

"하여튼 말입니다" 하고 오메가 말했다. "오늘 같은 문명 개화 시대에 해가 되지 않고 도덕적이고 또 때로는 위생적이기조차 한 정신적 오락을 아직껏 금지하려고 고집부리는 것은 참으로 놀라운 일입니다. 그렇지요? 네! 선생?"

"딴은 그렇군요."

의사는 찬성한다는 것인지 누구의 기분도 상하게 하고 싶지가 않아서인지 그것보다는 전혀 의견을 갖지 않은 것인지 애매한 대답을 했다.

이야기가 이 정도에서 일단락되었다고 생각했을 때 약제사가 기회는 바로 이때다 하고 생각이나 한 듯 말했다.

"성직자들 가운데도 보통 복장을 하고, 여자들이 춤추는 것을 구경하러 가는 사람도 있더군요. 저도 조금은 알고 있지요."

"그럴 리가!"

신부가 말했다.

"아니, 아니! 확실히 알고 있습니다!"

그리고 오메는 말을 한마디 한마디 잘라서 되풀이했다.

"저는, 잘, 알고, 있습니다."

"정말 그렇단 말이오? 그렇다면 그런 패거리는 괘씸한 놈들이지."

상대방이 어떠한 싫은 소리를 하더라도 어쩔 수 없다고 각오한 부르니지앙 신부는 슬쩍 말을 돌렸다.

"그것뿐이 아닙니다! 또 있어요! 별별 짓을 다 하던걸요!"

약제사가 큰 소리로 말했다.

"여보시오, 오메 씨!"

신부의 눈초리가 너무도 험악해졌기 때문에 약제사는 겁을 먹었다.

"아닙니다. 제가 말씀드리고 싶었던 것은 다만…… 너그러운 것이 인간의 마음을 종교에 가깝게 당기는 가장 확실한 방법일 것이다, 그러한 뜻입니다."

"그것은 사실이죠! 바로 그대로입니다!"

사람 좋은 신부도 깨끗하게 양보하고 의자에 다시 앉았다.

그러나 신부는 잠시 후 곧 일어나서 돌아가버렸다. 그러자 오메 씨는 얼른 의사에게 말했다.

"이것이 바로 입씨름에 이긴 겁니다! 보시다시피 저렇게 해치우지 않았습니까! ……그저 제가 말씀드리는 것을 믿으십시오. 그런데 아까 하던 이야기의 계속인데 말입니다. 부인을 모시고 극장에 가십시오. 선생의 일생에 저러한 신부를 한번 단단히 화를 내게 하기만 해도 가치가 있을 겁니다. 만약 우리 가게를 보아줄 사람이 있다면 저도 함께 모시고 가고 싶습니다. 빨리 가시는 게 좋습니다! 라가르디가 출연하는 것은 이번 한 번뿐이고, 그 남자는 엄청난 보수를 받고 영국으로 건너갈 계약을 하고 있다나 봅니다. 소문으로 참으로 빈틈 없는 사람이라고 하던걸요! 돈도 많고요! 여자 세 사람 하고 요리사를 한 사람 데리고 다닌답니다! 저런 인기인 같은 사람들은 마음껏 화려한 살림을 한다더군요. 조금쯤은 상상을 자극하는 것 같은 방종한 생활이 필요할 겁니다. 그러나 그런 사람들은 젊었을 때는 절약할 마음이 생기지 않으니까 결국은 자선 병원에서 죽는 거겠죠. 아, 벌써 식사 시간이군요. 그럼 내일 또 뵙겠습니다!"

샤를은 극장에 갈, 이 생각이 머릿속에서 당장 생겨난 것처럼 곧장 그 일을 아내에게 이야기했다. 엠마는 처음엔 거절했다. 피로하다느니, 귀찮다느니, 돈이 든다느니 하는 이유를 들었다. 그러나 샤를은 놀랍게도 뒤로 물러서지 않았다. 그만큼 이 기분 전환은 아내를 위하여 좋은 일이라고 생각했던 것이다. 아무것도 걸리는 일이 없었다. 어머니에게서 기대하지도 않았던 돈이 3백 프랑 왔고, 현재 지고 있는 빚도 그다지 대단한 금액은 아니고, 뤄르에게 지불할 어음의 기한도 아직 먼 일이기 때문에 벌써부터 근심할 건 없다고 생각했다. 그래서 그는 엠마가 일부러 마음을 써서 사양하는 것이라 생각하고 더욱더 권했다. 나중에는 엠마도 마침내 승낙하고 말았다. 그래서 다음 날 8시에 부부는 '제비'를 집어탔다.

약제사는 용빌에 반드시 그가 있어야 할 이유 같은 것도 없을 터인데, 자신은 나갈 수 없는 몸이라고 단념해버리고 부부의 출발을 보며 한숨을 쉬었다.

"그럼, 다녀오십시오! 참으로 부럽습니다."

그러고는 옷 가장자리에 네 개의 장식을 단 파란 비단옷을 입은 엠마에게 말했다.

"참으로 아름답습니다! 루앙에서도 틀림없이 모든 사람들이 놀랄 겁니다."

승합 마차는 보브와진느 광장의 '적십자' 여관 앞에 섰다. 지방 도시의 변두리에서 흔히 보는 커다란 외양간이 있고, 조그만 객실과 안뜰 한복판에는 이곳저곳 떠돌아다니는 상인들의 진흙투성이 이륜 마차 옆에서 암탉이 보리쌀을 쪼아먹고 있는 그러한 여관이었다. 벌레먹은 나무로 된 발코니가 달려서 겨울 밤에는 바람에 삐거덕 소리를 내는 낡은 여관이었다. 언제나 손님들이 가득 몰려들어서 소란했고, 먹을 것이 가득히 늘어놓인, 더러워진 탁자는 글로리아*가 쏟아져서 끈적끈적했으며, 두꺼운 창 유리는 파리 똥으로 누렇게 되고, 축축하게 젖은 냅킨은 싸구려 포도주의 얼룩으로 더럽혀져 있었다.

마치 도회지의 옷차림을 한 농사꾼 남자처럼 역시 마을의 냄새가 마구 풍겼으며, 앞쪽 한길에 카페가 하나 있었고, 뒤안의 들판 쪽으로는 채소밭이 있는 그러한 모습이었다. 샤를은 곧 표를 사러 나갔다. 그는 무대 옆에 있는 좌석과 2층의 좌석과 무대 전면에 정방형으로 칸막이한 좌석을 구별할 줄 몰랐기 때문에 여러 가지 설명을 들었으나, 그럼에도 확실히 모르는 채 매표구에서 주임에게로 갔다가 일단 다시 여관으로 돌아왔다가 또 표파는 곳으로 되돌아갔다. 몇 번씩이나 이렇게 극장과 한길 사이를 왔다 갔다 했다.

엠마는 모자와 장갑과 꽃다발 등을 샀다. 남편은 막이 오르는 시간에 늦지는 않을까 너무 걱정스러워서 수프를 마실 여유도 없이 극장으로 갔다. 그러나 문은 아직 닫혀 있었다.

---

* 브랜디를 넣은 커피나 홍차

15

모여든 군중은 질서 정연하게 난간 사이로 들어가 벽을 따라 늘어서서 기다렸다. 가까운 거리 모퉁이에 붙어 있는 커다란 포스터에는 '뤼시 드 람메르무어……라가르디……오페라……' 등등이 눈길을 끄는 이상야릇한 글씨체로 씌어 있었다. 날씨는 맑고 더웠다. 땀이 고수머리 속을 흘렀고, 손수건을 꺼내 빨개진 이마를 닦았다. 이따금 개울에서 불어오는 미지근한 바람이 여기저기 술집 입구에 매달아 놓은 천막 가장자리를 흔들어주었다. 거기서 조금 내려간 곳에서는 찬 바람이 서늘하게 불어서 비계와 무두질한 가죽과 기름 냄새가 풍겼다. 그것은 샤레트 거리에서 오는 냄새로 근처에는 어두운 큰 창고가 늘어서 있고 인부들이 술통을 굴리고 있었다.

엠마는 너무나도 허둥지둥 달려와서 남들에게 우습게 보이기라도 하면 어떻게 할까 하여 입장하기 전에 항구 쪽을 한바퀴 돌아오고 싶다고 했다. 보바리는 입장권을 소중하게 쥔 손을 바지주머니에 넣고 그곳을 배에 힘을 주어 눌렀다.

드디어 입구로 들어서자 엠마는 가슴이 두근두근했다. 자신이 '일등석'으로 통하는 계단을 올라가는 동안, 많은 손님이 오른편의 다른 통로로 밀려가는 것을 보고 불현듯 득의에 찬 미소가 떠올랐다. 융단으로 감싼 커다란 문을 손으로 밀 때는 어린애 같은 기쁨이 솟아올랐다. 그녀는 복도의 먼지 냄새를 가슴 가득히 들이마셨다. 그리고 자기의 좌석에 앉자 마치 공작 부인같이 익숙한 태도로 몸을 뒤로 젖혔다.

극장 안으로 점점 사람들이 모여들었다. 오페라 감상용 안경을 안경집에서 꺼내는 사람도 있었고, 항상 오는 단골 손님들은 멀리서 낯익은 사람을 알아보고 서로 인사를 주고받았다. 그들은 장사의 피로를 예술로 풀려고 찾아온 것이다. 그러나 자기네들의 '거래'에 대한 것은 역시 잊지 않고 여전히 무명이라든가 브랜디라든가 또는 염료에 대하여 얘기하고 있었다. 노인들의 얼굴도 보였다. 아무런 표정도 없고, 평온하고, 머리카락도 얼굴빛도 허연게, 마치 은메달처럼 보였다. 젊은 멋쟁이 청년들은 조끼를 열어놓은 가슴에 장밋빛이나 엷은 초록빛 넥타이를 자랑스런 듯 매고, 무대 전면에 있는 칸막이한 좌석 사이를 어정거렸다. 보바리 부인은 이러한 젊은이들이 노란 장갑을 꼭 맞게 낀 손에 금손잡이가 달린 가느다란 단장을 짚고 서 있는 모습을 위에서 황홀하게 내려다보았다.

이윽고 오케스트라석의 촛불이 켜졌다. 커다란 샹들리에가 천장에서 내려왔다. 그 유리 단면이 찬연히 빛나는 것과 동시에 장내는 갑자기 활기를 띠었다. 이윽고 악사들이 차례차례 들어왔다. 맨 처음에는 낮게 울리는 콘트라베이스의 소리가 났고, 높게 울리는 바이올린 소리와 밝은 음을 울리는 코넷과 날카로운 비명소리를 내는 플루트와 플래절렛, 이런 것들의 길고 불규칙한 소리가 들려왔다. 무대에서 박자나무〔拍子木〕의 소리가 세 번 울리자 심벌즈가 울리고 금관 악기가 음조를 맞추었다. 이어서 막이 오르고 한 경치가 나타났다.

숲속의 네 갈래 길로 왼쪽의 떡갈나무 그늘이 있는 곳에 샘이 보였다. 농부며 귀족들이 바둑판 무늬가 있는 망토를 어깨에 걸치고 사냥의 노래를 합창했다. 거기에 갑자기 한 장교가 나타나서 두 팔을 하늘 높이 쳐들면서 악마에게 기도를 올렸다. 또 다른 한 남자가 나타났다. 두 사람이 퇴장하자 사냥꾼들이 다시 노래를 부르기 시작했다.

엠마는 처녀 시절에 읽은 책의 세계 속에, 즉 월터 스콧의 소설 속에 지금도 빠져 있는 것 같은 기분이 들었다. 안개 속, 관목이 우거진 숲속에서 메아리치는 스콧의 뿔피리 소리를 듣는 것 같았다. 그뿐 아니라 이 소설을 기억하고 있었기 때문에 그 가극 극본의 줄거리를 쉽게 알아들을 수가 있었다. 엠마는 그 줄거리를 한마디 한마디 더듬었다. 그러나 되살아오는 어렴풋한 기억들은 곧 다시 음악의 강한 울림으로 흩어져버리고 말았다. 그녀는 멜로디가 흐르는 대로 몸을 맡기고 마치 바이올린의 활로 그녀의 신경이 연주되는 것처럼 온몸이 떨리는 것을 느꼈다. 엠마에게는 의상이며 배경이며 배우며, 배우가 걸을 때마다 흔들리는 나무 장치며, 벨벳 모자며, 망토며, 칼 등 모든 것이 별세계의 분위기 속에서처럼 음악 소리에 맞추어 움직이고 있는 이러한 상상의 산물에 완전히 현혹되어 가만히 보고 있을 수가 없었다. 그때 한 젊은 여자가 앞으로 나와서 푸른빛 옷을 입은 종자(從者)에게 돈지갑을 던져주었다. 무대에는 그 여자 혼자 있었다. 그러자 샘의 속삭임 같은, 또는 새가 지저귀는 듯이 플루트가 소리를 내기 시작했다. 뤼시는 정중한 곡조로 G장조의 짧은 카바티나를 부르기 시작했다. 그녀는 사랑을 탄식했고, 간절히 날개를 바라고 있었다. 엠마도 마찬가지로 누군가의 포옹 속에서 이 세상을 떠나 어디로든지 날아가고 싶었다. 그때 갑자기 '에드가 역을 맡은, 더욱이 그 이름이 같은' 에드가 라가르디가 등장했다.

그는 남부 태생의 열정적인 사람으로 대리석 같은 위엄을 주는, 하얗게 빛나는 피부를 지녔다. 그의 건강한 몸집은 갈색의 짧은 조끼에 꼭 맞게 감싸였고, 조각을 한 단검이 그의 왼쪽 넓적다리를 찰싹찰싹 때렸다. 그리고 그는 하얀 이를 드러내며 번민하는 빛으로 눈을 움직였다. 소문에 따르면 비아리츠의 바닷가에서 아직 이 남자가 보트 수선공이었을 무렵, 폴란드의 어떤 신분 높은 여성이 어느 날 밤 그의 노랫소리를 듣고 그를 사랑하게 되었다고 한다. 그 여성은 그 남자 때문에 재산을 다 버렸으나 그는 이 여자를 버리고 다른 여자에게로 갔다는 것이다. 아무튼 이 유명한 연애 사건은 오히려 그의 배우로서의 명성을 높이는 데 도움이 되었을 뿐 상처를 주지는 않았다. 처세술에 능란한 이 유랑하는 배우는 광고문에 자신의 매력적인 모습이라든가 다정한 마음씨에 대해서 시적인 문구를 적어두는 것을 잊지 않았다. 아름다운 목소리와 그 당당한 태도와 지적이라기보다는 오히려 열정적이고, 서정적이라기보다는 과장적인, 태연자약한 이러한 특징은 이발사나 혹은 투우사와 같은 풍모를 지닌 이 사기꾼 같은 인물을 더욱 돋보이게 했다.

첫 장면부터 관중들은 열광했다. 그는 뤼시를 힘껏 껴안고는 곁을 떠났다가 다시 돌아와서 절망한 것 같은 모습을 보였다. 그러고는 분노의 고함을 질렀는데 그 소리는 다시금 참으로 감미로운 슬픔의 신음으로 변했다. 그리고 흐느낌과 키스로 가득 찬 그 노랫소리는 그의 드러난 목에서 흘러나왔다. 엠마는 좌석의 벨벳을 손톱으로 긁으면서 이 남자를 보려고 몸을 앞으로 내밀었다. 세차게 부는 폭풍 속을 뚫고 희미하게 들리는 파선한 조난자들의 외침처럼 콘트라베이스의 반주에 맞추어가면서 끌려가는 아름다운 선율의 비탄으로 그녀의 가슴은 꽉 메워졌다. 자기가 그 때문에 죽으려 했던 도취와 고뇌의 모든 것이 지금 귀에 들리는 것이었다. 여배우의 목소리는 자신의 마음의 메아리처럼밖에는 보이지 않고, 또 이토록 꿈꾸는 것 같은 마음에 취하고 있는 환상은 자신의 생활의 일부인 것 같았다. 그러나 이와 같은 사랑으로 그녀를 사랑해준 사람은 이 지구상에 단 한 사람도 없는 것이다. 마지막 날 밤 "내일이에요!" 하고 서로 말을 주고받았을 때, 그 사람은 에드가처럼 울지는 않았다. 극장 안은 갈채 소리로 떠나갈 듯했다. 막이 끝나는 마지막 구절의 전부가 다시 한번 되풀이 되었다. 사랑하는 두 사람은 자기들 무덤의 꽃이며 맹세며 이별이며 운명과 희망에 대하여 이야기했다. 그리고 두 사람이 마지막 이별을 고하는 순간 엠마는 날카로운 비명을 질렀다. 그 소리는 마지막 화음의 울림 속에 지워져버렸다.

"그런데 어째서 저 귀족 사나이는 여자를 괴롭히는 거지?"

보바리가 중얼거렸다.

"아니에요. 그는 그녀의 애인이에요."

그녀는 대답했다.

"하지만 남자는 저 여자 가족에게 반드시 복수를 하겠다고 하고, 또 한쪽에서는 방금 나왔던 딴 남자가 '나는 뤼시를 사랑한다. 그리고 뤼시도 나를 사랑하고 있다'고 말했단 말이오. 게다가 저 남자는 여자의 아버지와 정답게 손을 맞잡고 나가버리지 않았소, 그렇지? 저 남자가 아버지 아니오. 모자에 닭털을 꽂은, 조그맣고 못생긴 남자 말이오."

엠마가 여러 번 되풀이해서 설명했는데도 질베르가 자기의 음모를 주인인 아슈통에게 고백하는 이중창이 시작되었을 때부터 샤를은 뤼시를 속이는 가짜 약혼반지를 보고, 그것이 에드가한테서 온 사랑의 기념품이라고 믿어버렸다. 아무튼 샤를은 음악 때문에 가사가 방해되어서 줄거리를 도무지 알 수 없다고 말했다.

"모르면 모르는 대로 괜찮지 않아요. 좀 잠자코 계세요!"

엠마가 말했다.

"그러나 당신도 잘 알다시피 나는 그 까닭을 완전히 알아야 직성이 풀린단 말이오."

샤를이 엠마의 어깨에 몸을 바싹 대면서 말했다.

"쉬잇! 잠자코 계세요!"

엠마는 화를 냈다.

뤼시는 시녀들에게 떠받쳐지는 것처럼 부축을 받으면서 앞으로 나왔다. 머리에 오렌지 화환을 쓴 얼굴은 드레스의 흰 공단보다도 더 희었다. 엠마는 자신이 결혼하던 날을 아련하게 꿈꾸고 있었다. 고향 성당을 향해 걸을 때, 보리밭 사이 오솔길을 지나가던 자신의 모습이 눈앞에 떠올랐다. 나는 어째서 저 여자처럼 반항하거나 애원하지 않았을까? 그뿐만 아니라 자신이 나중에 떨어질 깊은 늪도 깨닫지 못하고 명랑했다. 아아! 내가 아직 싱싱한 아름다움을 지니고 있었을 때, 결혼 생활의 더러움이며 부정에 대한 환멸도 알지 못했을 때, 굳고 고귀한 마음에 나의 생명을 맡길 수가 있었다면, 그야말로 미덕과 애정과 쾌락이 하나로 녹아들어 한평생 그 높은 행복에서 굴러떨어지는 일은 없었을 것이다. 그러나 지금 눈앞에 보이는 이러한 행복은 모든 욕망을 형편없이 초라하게 보이기 위해서 만들어낸 거짓일 것이다. 이제 그녀는 예술이 과장해서 보여주는 정열의 비참함을 알았다. 그래서 엠마는 생각을 다른 데로 돌리려고 노력하면서 자신이 맛본 괴로움을 재현해 보이는 이 연극 속에서 다만 눈을 즐겁게 하는 감각적인 재미만을 보려고 했다. 그리고 무대 안쪽의 벨벳 장막을 젖히며 까만 망토를 입은 한 남자가 나타났을 때 그녀는 마음속으로 경멸의 웃음을 띠기까지 했다.

이 남자가 쓴 커다란 스페인식 모자가 그가 몸짓을 함과 동시에 떨어졌다. 그러자 곧 악기와 가수가 육중창을 부르기 시작했다. 불을 뿜는 것처럼 화가 난 에드가는 한층 더 낭랑한 목소리로 다른 노랫소리를 압도했다. 아슈통은 기분이 언짢을 만큼 낮은 음조로 그에게 결투를 하자는 문구를 노래하고, 뤼시는 날카롭고 드높은 탄성을 울리고 아르튀르는 외따로 혼자 떨어져서 중음으로 노래했다. 그리고 선교사의 저음은 파이프오르간처럼 신음했다. 그러는 사이에 여자들의 합창 소리가 또한 듣기 좋은 코러스로 선교사의 노래 가사를 되풀이했다. 그들은 모두 한 줄로 늘어서서 몸짓을 하고 있었다. 그리고 반쯤 열린 입에서 분노와 복수와 공포와 질투와 자비와 놀라움이 한꺼번에 튀어나왔다. 모욕을 당한 연인 에드가는 뽑은 칼을 휘둘렀다. 레이스 장식을 단 칼라가 가슴이 움직이는 것과 함께 심하게 흔들렸다. 그리고 복숭아뼈께에서 넓어진 부드러운 장화의 도금한 박차로 무대의 마루 판자를 차서 소리를 내며 성큼성큼 좌우로 뛰어다녔다. 이 남자가 많은 관객에게 이처럼 풍부하게 사랑을 쏟는 이상 그 남자에게는 틀림없이 마르지 않는 사랑이 있을 것이라고 그녀는 생각했다. 이 역할이 지니는 시(詩)의 힘에 감동되어서 나쁘게 말하고픈 마음이 완전히 사라져버렸다. 그리고 분장한 인물이 주는 착각 때문에 이 남자에게 마음이 쏠려서 그 생활하는 모습, 화려하고 이상야릇한 멋진 생활을 마음속에 그려보려고 했다. 그리고 그녀 자신도 운만 좋았다면 그처럼 될 수가 있었을지도 모른다고 생각했다. 그랬다면 두 사람은 서로 알게 되고 서로 사랑했을지도 모른다. 이 사람과 함께 유럽의 여러 나라를 방문하고 괴로움도 즐거움도 함께하고, 손님들이 던지는 꽃을 주워서 자신이 손수 그의 옷에 수를 놓을 기회가 있었을지 모른다. 그리고 매일 밤 좌석의 안쪽 깊숙한 곳 금빛 창살이 달린 창문 뒤에서 오로지 그녀만을 위하여 노래해주는, 저 영혼에서 넘쳐나오는 목소리를 황홀하게 받아들였을지도 모른다. 저 사람은 틀림없이 무대에서 연기를 하면서도 자기를 바라보아줄 것이다……. 여기까지 공상했을 때, 그녀는 미칠 것 같은 마음이 되었다. 저 사람은 지금 자기를 보고 있는 것이다. 분명히 그렇다! 그녀는 뛰어나가서 그 남자의 품에 뛰어들어 사랑의 화신 속에서처럼 그 힘 속에 뛰어들고 싶었다. 그리고 "데려가주세요. 저를 데리고 가주세요. 자아, 함께 달아납시다! 나의 사랑도 꿈도 모두 당신 거예요!" 하고 외치고 싶었다.

막이 내렸다.

가스 냄새가 사람들의 숨결과 섞여 있었다. 부채에서 이는 바람으로 공기는 한층 숨막힐 듯했다. 엠마는 밖으로 나가고 싶었다. 복도는 사람들로 가득 찼다. 그녀는 숨막히도록 가슴이 뛰어서, 다시 의자에 힘없이 주저앉았다. 샤를은 아내가 정신을 잃는 것이나 아닌가 걱정이 되어 휴게실로 달려가 설탕을 탄 보리차를 한 잔 구해왔다.

제자리로 다시 돌아오는 데는 퍽 힘이 들었다. 양손에 컵을 들고 있었기 때문에 걸음을 옮길 때마다 팔꿈치가 사람들에게 부딪히곤 했다. 그러다가 그는 끝내 짧은 소매 옷을 입은 루앙의 한 부인의 양어깨에 컵 속의 물을 10분의 8가량 엎지르고 말았다. 그 부인은 찬물이 허리로 흘러들어가는 바람에 마치 살인자라도 만난 듯이 공작새처럼 외마디 소리를 질렀다. 방직 공장의 주인인 그녀의 남편은 이 서투른 행위에 대해서 화를 내며, 아내가 벚꽃빛 호박단의 아름다운 나들이옷에 묻은 얼룩을 손수건으로 닦는 동안, 손해배상이 어떠니, 비용이 어떻다는 둥, 변상을 하라며 화가 나서 떠들어댔다. 간신히 샤를은 아내 옆으로 되돌아와서 숨을 헐떡거리며 말했다.

"난 정말 거기서 선 채 죽을 뻔했어! 굉장히 붐벼! ……굉장히!"

그러고는 덧붙여 말했다.

"당신, 2층에서 내가 누구를 만났는지 알아? 레옹 군이야."

"레옹?"

"그렇다니까! 조금 있으면 당신에게 인사하러 올 거요."

말이 채 끝나기도 전에, 예전 용빌의 서기가 좌석으로 들어왔다.

그는 신사처럼 거침없는 태도로 손을 내밀었다. 그러자 보바리 부인도 자신의 의지보다 강한 어떤 인력에 끌린 듯 기계적으로 손을 내밀었다. 그녀는 푸른 잎사귀 위에 비가 내리던 그 봄날 오후, 창문 곁에 가만히 서서 작별을 고한 이후로 이러한 힘을 느낀 적이 없었다. 그러나 곧 제정신으로 돌아와서 추억에서 오는 취한 듯한 마음을 떨쳐버리고 재빨리 말했다.

"어머! 안녕하세요……. 하지만 어떻게! 레옹 씨가 여기 오셨죠?"

"조용히 해요!"

아래층에서 누군가 소리쳤다. 3막이 막 시작되려고 했기 때문이다.

"지금 루앙에 와 계시나요?"

"네, 그렇습니다."

"언제부터죠?"

"나가요! 시끄럽군요!"

모든 사람들이 얼굴을 이쪽으로 돌리고 있었다.

두 사람은 입을 다물었다.

그러나 그 순간부터 그녀는 이미 아무것도 듣고 있지 않았다. 초대

받은 손님들의 합창도, 아슈통과 하인이 주고받는 대화도, 멋진 D장조의 이중창도, 모두가 그녀에게는 아득히 먼 곳에서 일어나는 일들이었다. 마치 악기의 소리가 하나도 울리지 않게 되고, 배우들도 멀리 희미해져버린 것 같았다. 엠마의 마음은 약제사의 집에서 놀던 트럼프 놀이라든가, 둘이 유모네 집에 갔던 일이며, 푸른 나무를 올린 그늘 밑에서 책을 읽던 일이며, 난롯가에 마주 앉아 있었던 일, 조용하고 안온하게 계속되던 조심스럽고 다정했던 그 아련했던 사랑, 더욱이 여태까지 까맣게 잊고 있었던 사랑을 생각해냈다. 그런데 어찌하여 이 사람이 또다시 나타났단 말인가? 어떤 인연의 힘이 이 사람을 또 자신의 인생 속에 던져넣었단 말인가? 그는 벽에 어깨를 기대고 엠마 뒤에 서 있었다. 이따금 그녀는 머리카락에 스며드는 그의 코에서 새어나오는 훈훈한 숨결로 가볍게 떨리는 자신을 느꼈다.

"어떠세요. 재미있으십니까?"

레옹은 그녀에게 몸을 굽히고 말했다. 콧수염 끝이 그녀의 뺨에 살짝 닿았다.

그녀는 아무렇지도 않게 대답했다.

"아뇨! 별로."

그러자 그는 어디 가서 아이스크림이라도 먹자고 끌었다.

"아니! 아직 멀었는걸! 좀 더 보고 갑시다. 저 여자가 머리를 풀어헤친 걸 보니 이제부터 진짜 연극다워질 거요."

샤를이 말했다.

그러나 이 광란의 장면은 엠마에게 조금도 재미가 없었고, 여자 가수의 연기는 좀 과장된 느낌이었다.

"저 배우는 너무 지나치게 외쳐대는군요."

그녀는 열심히 귀를 기울이고 있는 샤를 쪽을 바라보고 말했다.

"응…… 그러고 보니…… 조금 그런 것도 같군!"

샤를은 솔직히 재미있다고 말할 것인지, 아내의 의견을 언제나처럼 존중할 것인지 결단을 내리지 못하고 애매한 대답을 했다.

잠시 후 레옹이 한숨을 쉬며 말했다.

"원 이렇게 더워서야……."

"정말이에요. 견딜 수가 없어요!"

"기분이 언짢소?"

보바리가 물었다.

"네, 숨이 막힐 것 같아요. 나갑시다."

레옹은 그녀의 어깨에 긴 레이스의 숄을 익숙한 솜씨로 살짝 걸쳐주었다. 그리고 세 사람은 나란히 창구 옆 카페의 유리창 앞에 앉았다.

맨 처음엔 엠마의 병이 화제에 올랐다. 엠마는 레옹 씨에겐 그런 이야기가 지루할 거라고 하면서 몇 번인가 샤를의 이야기를 가로막았다. 그러자 레옹은 파리에서 취급하는 사무가 노르망디 지방의 사무와는 다르기 때문에, 여기에 익숙해지기 위하여 2년 가량 루앙의 어떤 큰 법률 사무소에서 공부하러 와 있다고 했다. 그러고서 그는 베르트의 일이며 오메 씨댁 일이며, 르프랑수와 여주인에 대해 물었다. 엠마도 레옹도 남편이 있는 데서는 더 이야기를 할 수 없었기 때문에 이야기는 거기서 끊어졌다.

극장에서 나오는 사람들이 "오오, 아름다운 천사여 나의 뤼시여!" 하고 콧노래를 부르기도 하고 큰 소리로 고함을 지르면서 지나갔다. 레옹은 보통 수준 이상으로 잘 알고 있는 양 음악 이야기를 시작했다. 그는 탐부리니도 루비니도 페르시아니도 그리지도 모두 보았지만 그들에 비하면 라가르디는 그저 무턱대고 과장만 했지 비교도 할 수 없을 만큼 엉터리라고 말했다.

“그러나” 하고 럼주가 들어 있는 소르베를 조금씩 먹던 샤를이 가로막았다. “라가르디는 마지막 막이 내릴 때에는 아주 훌륭했다는 평판이던걸. 끝까지 보지 못한 것이 아무래도 유감이오. 그때부터 재미있어지려던 판이었는데 말요.”

“아무튼. 얼마 안 있다가 또 한 번 공연하는 모양이더군요.”

서기가 말했다.

그러나 샤를은 자기네는 내일이면 돌아가야 한다고 대답했다.

“글쎄, 당신 혼자서 남는다면 별문제겠지만.”

그는 아내를 돌아보며 덧붙였다.

전혀 예상치 못했던 소망을 이룰 수 있는 이런 기회가 생기자 청년은 재빨리 말을 바꾸어 마지막 장면의 라가르디는 참으로 장하고 숭고한 것이라고 칭찬하기 시작했다.

그러자 샤를은 덩달아 아내에게 권했다.

“당신은 일요일에 돌아와요. 알겠소? 그렇게 해요! 그게 좋겠구려. 당신이 조금이라도 몸을 보양하는 데 좋다고 생각한다면 말요.”

그러는 동안에 주위의 식탁에는 손님의 모습이 보이지 않게 되었다. 한 사환이 조심스럽게 그들 앞에 와서 섰다. 샤를이 그것을 깨닫고 지갑을 꺼내자, 서기는 샤를의 팔을 누르고, 계산을 끝냈을 뿐 아니라 은화 두 닢을 대리석 식탁 위에 짤그랑 하고 던져주었다.

“이러시면 난처한데요” 하고 보바리가 중얼거렸다. “당신에게 돈을 치르게 해서야…….”

레옹은 이 정도쯤이야 당연하죠 하는 몸짓을 하고 모자를 집어들고는 말했다.

“그럼 약속하시죠, 내일 6시에?”

샤를은 다시 한번, 자기는 이 이상 집을 비울 수 없기 때문에 곤란

하지만 그러나 아내가 남는 것은 별 상관없다고 말했다.

"하지만 전" 하고 그녀는 어색한 미소를 지으며 더듬거리면서 말했다. "어떻게 해야 좋을지 모르겠어요……."

"자 잘 생각해보구려, 천천히 말이오. 오늘 밤에 생각해보구려!"

그러고 나서 그들을 따라오는 레옹에게 말했다.

"이제는 이렇게 우리와 가까운 곳에 사시니 이따금 우리 집에 오셔서 저녁식사라도 같이 하시지요."

"틀림없이 찾아뵙겠습니다. 게다가 용빌에는 사무소의 용무로 가야 할 일도 있으니까요."

서기는 약속했다. 그리고 세 사람이 생 테르블랑의 골목 앞에서 헤어졌을 때 성당에서 11시 반을 알리는 종이 울렸다.

3부

1

레옹은 법률 공부를 하는 한편 '쇼미에르'에도 자주 드나들어 여점원들에게 대단히 평판이 좋았다. 그는 학생으로서는 꽤 얌전한 편이었다. 머리는 너무 길지도 짧지도 않게 깎았고, 학기 초에 3개월 분의 학비를 다 써버리는 일도 없었으며, 교사들과도 언제나 사이가 좋았다. 선천적인 두려움과 조심성 탓으로 지나친 행동은 일절 삼갔다.

방에서 독서를 하고 있을 때나 저녁에 뤽상부르 공원의 보리수 아래 앉아 있을 때 가끔 그는 손에 쥔 법률 서적을 땅에 떨어뜨리며 엠마를 생각할 때가 있었다. 차츰 이러한 기분도 꽤 많이 희미해지고 그 위에 갖가지 다른 욕망들이 쌓였으나 그럼에도 역시 일말의 추억이 그 모든 욕망 뒤에 끈질기게 도사리고 있었다. 그는 아주 희망을 버리지는 않았다. 그의 마음속에는 황금 열매가 환상적인 나뭇잎 그늘에 무르익어 있듯 불확실한 약속 같은 것이 미래라는 무한한 공간 속에 떠서 흔들리고 있었다.

그런데 3년 만에 엠마를 만나자 그의 정열은 다시 눈떴다. 그는 이번에야말로 그녀를 자기 것으로 만들겠다고 굳게 결심했다. 게다가 그의 소심한 천성은 쾌활한 녀석들과 접촉하는 동안 많이 없어져 있었다. 파리의 큰길을 에나멜 구두를 신고 걸어보지 못한 사람들을 경멸하며 시골로 돌아온 그였다. 가난한 법률 선생인 레옹은 훈장과 마차를 가진 명의의 객실에서 레이스에 둘러싸인 파리 여자 옆에 나갔다면 아마 틀림없이 쩔쩔 맸을 것이다. 그러나 여기 루앙이라는 항구 도시에서 이런 돌팔이 의사의 부인을 상대하는 이상, 그도 상대를 현혹시킬 자신이 있었고, 그러므로 아주 침착했다. 침착하고 못하고는 그때 그때 경우에 따라 다른 것이다. 2층과 5층에서는 하는 말도 각각 다르게 마련이다. 게다가 돈 있는 여자는 정조를 지키기 위해 코르셋 안쪽에 갑옷을 대는 것처럼 몸 전체에 있는 그대로 지폐를 감고 있는 것처럼 보인다.

전날 밤 레옹은 보바리 부부와 헤어지고 나서 멀리서 뒤를 쫓았다. 그리고 그들이 적십자 여관 앞에서 발걸음을 멈추는 것을 보고 발길을 돌려 밤새워 계획을 짰다.

이리하여 이튿날 저녁 5시경, 그는 그 여관 식당으로 숨을 헐떡이며 얼굴이 창백해져 뭔가 결심을 한 겁쟁이 특유의 표정을 하고 들어갔다.

"나리는 지금 안 계신데요."

하인이 대답했다. 천행이라 생각하고 그는 계단을 올라갔다.

엠마는 그가 온 것을 보고도 별로 당황하지 않았다. 뿐만 아니라 자기들의 숙소를 잊고 알려주지 않은 것을 사과했다.

"아! 뭐 대강 짐작은 했습니다."

레옹은 대답했다.

"어떻게요?"

레옹은 직감으로 당신에게 이끌리어 따라왔다고 말했다.

그러나 엠마가 미소를 짓자 바보 같은 이야기를 했나 하고 생각한 청년은 오전 내내 시내 여관을 모조리 뒤졌노라고 고쳐 말했다.

"그럼 부인은 남아 계시기로 작정하셨습니까?"

"네. 하지만 괜한 짓을 한 것 같아요. 여러 가지 해야 할 일도 많은 사람이 이렇게 엉뚱한 놀이나 하고 있어서야 되겠어요……."

그녀는 대답했다.

"하지만 제 생각에……."

"아니에요! 당신은 여자가 아니니까 제 심정을 모르실 거예요."

그러나 남자에게도 괴로운 마음은 있었다. 그래서 두 사람의 대화는 갖가지 인생관에 대한 이야기로 흘렀다. 엠마는 이 세상의 애정의 비참함과 인간의 마음이 누구한테도 이해되지 못하는 영원한 고독에 대해 이야기했다.

아첨하려고인지, 아니면 상대의 우울한 마음에 자극을 받아 아무 생각 없이 흉내낸 것인지, 청년은 공부하는 동안 내내 마음이 우울해 견딜 수 없었다고 호소했다. 소송 절차에 대한 공부가 짜증이 나 다른 직업에 마음이 끌린다는 둥 어머니는 편지할 때마다 계속 잔소리만 한다는 둥 이런 식으로 두 사람은 차차 자기들의 고민을 하나씩 자세히 털어놓았다. 이야기가 진행됨에 따라 그들은 이 솔직한 이야기에 차차 흥분을 느꼈다.

그러나 가슴속에 있는 생각을 몽땅 털어놓는 것만은 피했다. 그리고 그럴 때는 뭔가 완곡한 표현으로 진정을 은근히 나타낼 말을 찾으려고 했다. 엠마는 다른 남자를 사랑했다는 것만은 고백하지 않았다. 그 또한 그녀를 잊고 있었다는 말은 하지 않았다.

어쩌면 레옹은 가면무도회가 끝난 다음에 노동자로 가장한 여자들과 밤참을 함께 한 것을 이미 잊어버렸는지도 모르고, 엠마도 아침 일찍 풀을 밟으며 정부의 집으로 달려갔던 일을 몽땅 잊고 있는지도 몰랐다. 두 사람의 귀에 거리의 소음은 거의 들려오지 않았다. 그리고 그 방은 두 사람의 고독을 한층 더 오붓하게 하기 위해 고의로 작게 만든 것 같았다. 엠마는 능직 실내복을 입고, 낡은 의자등에 틀어올린 머리를 기대고 있었다. 노란 벽지가 그녀의 뒤에 금빛 배경을 만들어주었다. 아무것도 쓰지 않은, 하얀 가리마를 사이에 두고 양쪽으로 갈라 땋아 늘인 머리 밑으로 하얀 귓불이 보였다.

"용서하세요" 하고 그녀가 말했다. "제가 실례를 했어요! 이런 불평만 늘어놓고. 진력이 나셨죠?"

"아니, 천만에요!"

"만약 당신이 아신다면, 내가 꿈꾸고 있었던 것을 당신은 상상도 못하실 거예요!"

엠마는 눈물이 글썽한 아름다운 눈으로 천장을 올려다보며 말했다.

"저도! 아, 저도 몹시 고통스러웠습니다! 몇 번이나 하숙을 나와 강변을 방황했는지 모릅니다. 떠들썩한 사람들 틈에 끼어 기분을 풀지 않고는 머리에 딱 달라붙어 떨어지지 않는 생각을 도저히 쫓아낼 수가 없었죠. 늘 다니는 길가 어느 판화 상점에 뮤즈의 여신을 그린 이탈리아의 판화가 있었습니다. 그 여신은 튜닉을 입고 길게 늘인 머리에 물망초를 꽂고 달을 보고 있었지요. 저는 매일 무엇에 끌리듯 그것을 보러 갔습니다. 그리고 몇 시간이고 꼼짝하지 않고 그 그림 앞에 서 있었습니다."

그리고 그는 목소리를 떨며 덧붙였다,

"그 여신은 다소 당신과 비슷했어요."

보바리 부인은 자기도 어쩔 수 없게 입가에 떠오르는 미소를 보이지 않으려고 얼굴을 돌렸다.

"몇 번이나 편지를 썼다가는 찢어버렸습니다."

엠마는 아무 말도 하지 않았다. 레옹이 계속해 말했다.

"때때로 우연히 당신을 만날 수 있지 않을까 상상하곤 했습니다. 길 모퉁이에서 문득 당신의 모습을 본 것 같기도 했고, 역마차 승강구에 당신 것과 비슷한 숄이나 베일이 하늘거리는 것을 보면 정신없이 그 마차를 따라가곤 했습니다."

엠마는 그의 말을 가로막지 않고 그대로 떠들도록 내버려두었다. 팔짱을 끼고 고개를 숙이고는 덧신의 꽃장식을 그윽이 내려다보았다. 그리고 이따금 발끝으로 덧신의 공단을 가만히 움직였다.

한참 후에 그녀는 한숨을 쉬며 말했다.

"뭐니 뭐니 해도 가장 불쌍한 건 나처럼 아무 쓸데없는 생명을 질질 끌며 사는 것이 아닐까요? 차라리 제 고통이 누구에게 도움이라도 된다면 희생을 한다 여기고 마음을 위로하겠지만!"

레옹은 미덕이니 의무니 감추어진 희생이니 하는 것들을 찬양하기 시작했다. 그리고 자신도 아직 적당한 일은 찾지 못했으나 뭔가에 헌신하고 싶은 욕구를 강하게 느낀다고 말했다.

"전 병원에 근무하는 수녀가 되고 싶어요."

"아!" 하고 그는 말했다. "애석하게도 남자에겐 그런 신성한 일이 없습니다. 전 제게 적당한 직책을 아직 아무데서도 발견하지 못했습니다. 의사라도 되면 또 모를까……."

엠마는 가볍게 어깨를 추스르며 그의 말을 가로막았다. 그리고 죽을 병이 걸렸을 때 죽지 못한 것을 한탄하고, 만일 그때 죽었으면 지금과 같은 이런 고통은 없었을 것이라고 말했다. 레옹은 곧 '무덤의 정적'을 찬양했다. 그리고 어느 날 밤엔 자기의 유해를 엠마가 선물로 보내준 벨벳 장식이 달린 그 아름다운 무릎 덮개에 싸달라고 유언을 써놓은 일이 있다고 말했다. 그러면서 두 사람 다 숫제 그랬으면 좋았을 것이라고 생각했다. 제각기 하나의 이상을 가지고 그 이상에 과거의 생활을 두드려 맞춰 이러쿵저러쿵 상상하고 있는 것이다. 게다가 언어란 감정을 길게 늘이는 압연기 비슷한 것이었다.

그런데 무릎 덮개 운운하자 엠마는 물었다.

"어머, 왜 그러셨어요?"

"왜 그랬느냐고요?"

레옹은 잠시 주저했다.

"그야 제가 당신을 무척 사랑하고 있기 때문이죠."

그렇게 말하고 겨우 난관을 돌파한 것에 안도하며 그는 흘낏 곁눈질로 그녀의 얼굴을 살펴보았다.

그 얼굴은 마치 바람이 구름을 말끔히 걷어간 하늘과 같았다. 어둡게 덮였던 슬픔이 푸른 눈에서 자취를 감추었다. 얼굴 전체가 환하게 빛났다.

레옹은 가만히 기다렸다. 이윽고 그녀가 대답했다.

"저도 이미 알고 있었어요."

거기에서 두 사람은 흘러간 과거의 기쁨이며 슬픔을 단 한마디로 요약해 나타낼 수 있었다. 그리고 과거의 사소한 일들을 낱낱이 주고받았다. 레옹은 줄장미덩굴을 올린 요람이며 그녀가 입고 있던 옷이며 방의 가구, 그녀의 집에 대한 모든 것을 회상했다.

"그 선인장, 참 그 뒤 어떻게 되었습니까?"

"그해 겨울에 얼어 죽어버렸어요."

"아! 전 그 선인장을 얼마나 생각했는지 모릅니다. 여름날 아침 햇빛이 창살 위에 비치면 전 옛날처럼 곧잘 그 선인장을 생각하곤 했지요. 당신의 맨팔이 꽃 사이를 움직이고 있는 것이 눈앞에 훤히 보이는 것 같았습니다."

"어머, 어쩌면!"

그녀는 손을 내밀었다.

레옹은 재빨리 그 손에 입술을 댔다. 그리고 숨을 커다랗게 쉬고는 말했다.

"그때 제게 당신은 제 목숨을 사로잡는 불가해한 힘이었죠. 언젠가 당신 집에 갔을 때의 일, 당신은 아마 벌써 그 일을 잊으셨을 겁니다."

"잘 기억하고 있어요." 엠마는 말했다. "계속 얘기하세요."

"그때 마침 당신은 외출하려고 제일 아래 계단에 서 계셨습니다. 당신은 작은 푸른 꽃이 달린 모자를 쓰고 계시더군요. 전 당신이 청하지도 않았는데 당신을 따라나섰습니다. 그러나 마음속으로는 괜한 짓을 한 건 아닌가 자꾸 후회가 되더군요. 그렇다고 그 자리에서 헤어질 수도 없고, 또 따라가야겠다는 분명한 용기도 없이 전 그저 우물우물 부인을 따라갔습니다. 부인이 어느 상점을 들어갔을 때 전 거리에 우두커니 서서 유리창 너머로 당신이 장갑을 벗고 카운터에서 셈을 하고 계신 것을 바라보았습니다. 그러고서 당신은 튀바슈 부인 댁의 초인종을 눌렀죠. 문이 열리고 당신이 들어갔어요. 문이 쾅 닫힌 다음에도 전 그 육중한 문 앞에서 한참 동안이나 바보처럼 멍하니 서 있었습니다."

보바리 부인은 그 이야기를 들으면서 자기가 무척 늙은 것에 놀랐다. 기억에 떠오른 이러한 모든 일들이 그녀에게 자기의 생애를 다시 열어주는 것같이 생각되었다. 지극히 광막한 감정의 세계로 다시 발걸음을 들여놓는 것 같았다. 그녀는 반쯤 눈을 감은 채 나지막한 목소리로 말했다.

"아, 그래요……! 그랬어요! 사실이에요……."

그들은 보브와진느 근처의 시계들이 8시를 치는 소리를 들었다. 이 근처에는 기숙사며 교회며 낡은 대저택들이 많았다. 두 사람은 이야기를 그쳤다. 그리고 말없이 서로의 얼굴을 보는 동안 머리에 뭔가 울려오는 것을 느꼈다. 마치 서로 바라보는 두 사람의 눈동자에서 뭔가 울리는 것이 흘러나오는 것 같았다. 두 사람은 아까부터 서로 손을 잡고 있었다. 과거도 미래도 추억도 공상도 모두 이 황홀한 도취 속으로 녹아 들어갔다. 밤의 그림자가 벽에 짙은 그림자를 던졌다. 그러나 벽에 걸린 판화 넉 장의 강렬한 빛은 반쯤 어둠에 잠겨 있으면서도 번쩍번쩍 빛났다. 그 판화는 '넬 탑'의 네 장면을 그린 것으로 밑에 스페인어와 프랑스어로 설명이 붙어 있었다. 창문으로는 뾰죽뾰죽 치솟은 지붕 사이로 밤하늘이 한 조각 보였다.

엠마는 일어나 옷장 위에 있는 두 자루의 촛대에 불을 켜놓고 다시 자리에 앉았다.

"그런데……."

레옹이 말했다.

"그런데라뇨……?"

엠마가 물었다.

그는 끊어진 대화를 어떻게 이을까 생각했다. 그때 그녀가 말했다.

"지금까지 아무도 그런 기분을 멋있게 이야기해준 사람이 없었는데 왜 그런지 모르겠어요."

그러자 그는 이상적인 성격이란 누구에게나 쉽게 이해되기 어렵기 때문이라고 힘주어 말했다.

"하지만 저는 당신을 한 번 보고 좋아졌습니다. 만일 운이 좋아 좀 더 일찍 만나 서로 헤어질 수 없이 굳게 맺어졌더라면 우리는 얼마나 행복했을까요."

이렇게 중얼거리며 그는 절망을 느낀다고 말했다.

"저도 가끔 그런 생각을 했어요."

"꿈에 불과합니다!"

레옹은 속삭였다. 그리고 엠마의 길고 흰 허리띠의 푸른 선을 살짝 건드리며 덧붙였다.

"처음부터 다시 시작하는 것이 어째서 죄가 된단 말입니까?"

"아, 안 돼요. 레옹 씨, 나는 이제 너무 나이가 들고…… 당신은 아직 젊어요……. 제발 저 같은 건 잊어주세요! 다른 여자가 당신을 사랑하게 될 것이고…… 당신도 그분을 좋아하게 될 거예요."

"당신만큼은 사랑하지 못해요!"

그가 소리 높여 말했다.

"어린애같이! 자, 떼쓰지 말아요, 네?"

엠마는 자기들의 사랑이 이루어지기 어려운 이유를 설명하고 예전처럼 그냥 남매처럼 다정하게 지내는 것으로 만족해야 한다고 말했다.

그녀는 진심으로 그런 말을 한 것일까? 물론 그녀 자신도 잘 알지 못했다. 왜냐하면 그녀는 유혹에 이끌리면서도 거기에서 자신을 지켜야 한다는 생각에 온통 정신을 빼앗기고 있었으니까. 그녀는 감동한 눈으로 청년을 보면서 그가 떨리는 손으로 주저주저 애무의 손길을 내미는 것을 부드럽게 물리쳤다.

"아, 용서하십시오!"

레옹은 뒤로 물러나 앉았다.

엠마는 이 태도를 보고 막연한 공포에 휩싸였다. 로돌프의 그 대담성보다 이 소심함이 어쩐지 더 위험한 것같이 생각되었다. 어떠한 남자도 지금까지 이렇게 아름답게 보인 적이 없었다. 그 태도에는 뭐라 말할 수 없는 순진한 매력이 넘치고 있었다. 그는 구부러져 올라간 아름다운 긴 속눈썹을 부끄러운 듯 내리깔고 있었다. 매끄럽고 아름다운 볼이 그녀의 육체를 탐하여(적어도 그녀는 그렇게 생각했다) 빨갛게 물들어 있었다. 엠마는 그 뺨에 입술을 갖다 대고 싶은 강렬한 충동을 느꼈다. 그래서 그녀는 시간을 보는 척 시계 쪽으로 몸을 돌리면서 말했다.

"어머 벌써 저렇게 되었어요! 꽤 오래 이야기했나 봐요!"

레옹은 그 말의 뜻을 알고 모자를 집으려 했다.

"이야기하느라고 연극 구경을 가는 것도 잊고 있었군요! 주인은 그 때문에 절 일부러 두고 갔는데! 그랑퐁 거리에 사는 로르모 씨가 부인과 함께 절 데리러 오기로 했어요."

그렇다면 또 기회는 사라졌다. 왜냐하면 그녀는 내일 떠나지 않으면 안 되니까.

"정말이십니까?"

레옹이 물었다.

"네."

"하지만 저와 꼭 한번 다시 만나주시지 않으면 안 됩니다. 드릴 말씀이 있어요……."

"어떤 이야기인데요?"

"저…… 아주 중대하고 진지한 이야기입니다. 아아, 당신은 떠날 리가 없습니다. 그럴 리가 없어요! 이런 일을 아신다면…… 들어주십시오……. 부인은 제 마음을 이해해주지 않으셨군요. 그렇지요? 제 마음을 알아주지 않으셨군요."

"벌써 분명히 말씀하지 않으셨어요?"

"아 제발 절 놀리지 마십시오! 그만하세요! 제발 부탁이니 꼭 한 번만 더 절 만나주십시오……. 한 번만…… 꼭 한 번만이라도."

"그럼……!"

그녀는 말을 끊고 생각을 고친 듯 말했다.

"하지만 여기선 안 돼요!"

"어디라도 좋습니다."

"그럼……."

그녀는 잠시 생각에 잠겼다. 그러고는 쌀쌀한 어조로 말했다.

"내일 11시 성당에서."

"가겠습니다!"

그는 엠마의 손을 잡고 외쳤다. 그녀는 재빨리 손을 뺐다.

그리고 둘은 일어나 레옹은 엠마의 뒤에 서서 엠마가 고개를 숙이고 있을 때 그녀의 목 위에 몸을 굽히고 오랫동안 목덜미에 키스했다.

"어머, 나쁜 분! 안 돼요. 정말!"

그녀가 킥킥 소리 내어 웃는 동안 키스는 몇 번이고 거듭됐다.

그리고 그는 엠마의 어깨 너머로 얼굴을 내밀고 그녀의 눈에서 승낙의 표현을 찾으려고 했다. 그러나 엠마의 눈은 얼음같이 쌀쌀한 위엄을 지니고 그를 쳐다보았다.

레옹은 세 발자국을 뒷걸음질해 밖으로 나가려고 했다. 그러다 문간에서 우뚝 걸음을 멈추고 떨리는 목소리로 속삭였다.

"그럼 내일 다시."

그녀는 고개를 끄덕이고 새처럼 달려 옆방으로 사라졌다.

그날 밤 엠마는 레옹에게 밀회를 거절하는 긴 편지를 썼다. 이젠 모든 것이 끝이다. 우리는 서로의 행복을 위해 더는 만나서는 안 된다고 썼다. 그러나 편지를 봉투에 넣었을 때 그녀는 레옹의 주소를 모른다는 것을 문득 깨닫고 당황했다.

'내가 직접 주지 뭐. 그 분이 오실 테니까.'

그녀는 생각했다.

이튿날 레옹은 창문을 살짝 열어젖힌 발코니에서 콧노래를 부르며 구두를 정성껏 닦았다. 흰 바지를 입고, 화려한 양말을 신고, 푸른 웃옷을 입고 손수건에는 향수를 있는 대로 뿌렸다. 그리고 이발소에서 머리도 지졌는데 역시 자연스러운 것이 좋을 것이라고 생각하고 지진 것을 도로 폈다.

'아직 너무 이르군!'

이발소의 뻐꾸기 시계를 보며 그는 생각했다. 시계는 9시를 가리키고 있었다.

그는 낡은 유행 잡지를 읽다가 집을 나섰다. 엽궐련을 한 대 피워 물고 거리를 세 구역이나 지나 올라가다가 적당한 시간이라고 생각되는 때에 노트르담 성당 앞 광장을 향해 빠른 걸음으로 걸어갔다.

맑게 개인 여름 아침이었다. 금은방에 진열된 은그릇이 햇빛에 번쩍번쩍 빛났다. 대성당 위에도 햇빛이 비스듬히 비쳐 회색빛 돌들이 반짝반짝 빛나고 있었다. 한 떼의 새가 클로버 모양의 조그만 첨탑을 지나 푸른 하늘에서 맴돌았다. 사람 소리로 시끄러운 광장에서는 포도를 둘러싸고 있는 장미꽃과 재스민과 카네이션과 수선화의 향기가 진하게 풍겼다. 그리고 나무들 사이에 고양이풀과 별꽃 등 이슬에 젖은 푸른 풀들이 불규칙하게 섞여 있었다. 광장 한가운데는 분수가 소리를 내며 뿜어나왔다. 그리고 커다란 파라솔 아래에 꽃파는 여자들이 모자를 쓰고 앉은 채 잔뜩 쌓아놓은 참외 사이에 앉아 제비꽃을 종이에 싸고 있었다. 레옹은 그것을 한 다발 샀다. 그가 여자를 위해

꽃을 산 건 처음이었다. 그래서 그의 가슴은 그 냄새를 맡자 자부심으로 한껏 부풀었다. 흡사 다른 사람에게 바치는 경의가 거꾸로 자기에게 돌아온 것처럼.

그러나 남의 눈에 띄는 것이 신경 쓰였다. 그는 마음을 단단히 먹고 성당 안으로 들어갔다.

마침 성당지기가 왼쪽 현관 중앙 '춤추는 마리안느' 아래 있는 입구에 서 있었다. 성당지기는 모자에 깃털을 꽂고 정강이까지 닿는 긴 칼을 차고 단장을 손에 들고 있었다. 그 모습은 추기경보다도 더 위엄이 있고 마치 신성한 성체기처럼 빛나 보였다.

그는 레옹 쪽으로 다가왔다. 그리고 신부가 어린 아이에게 뭘 물어볼 때 띠는 것 같은 온화하고 친절한 표정으로 물었다.

"젊은인 이 근처 사람이 아닌 모양인데 이 성당의 보물이나 구경하시지 않겠습니까?"

"아니, 괜찮습니다."

레옹은 대답했다.

레옹은 먼저 바깥 복도를 한 바퀴 돌았다. 그리고 마지막에 광장으로 갔다. 엠마는 와 있지 않았다. 그는 다시 성가대까지 올라갔다.

본당의 아치형 기둥 끝과 스테인드글라스의 일부분이 물이 가득 찬 성수반 속에 비쳤다. 그러나 스테인드글라스 그림의 반사는 대리석 기둥 끝에 닿아 부서져서 그 저쪽 돌바닥 위에까지 갖가지 색의 융단을 그려놓고 있었다. 밖의 밝은 햇빛은 열려진 세 개의 문에서 굵은 세 줄의 광선이 되어 본당 속에 뻗어 있었다. 때때로 제단 안쪽으로 성당지기가 지나가며 성급한 신자가 하듯 제단 앞에 가볍게 무릎을 꿇고 예배를 하고 갔다. 세공된 유리 샹들리에가 가운데에 그림처럼 매달려 있었다. 성가대에는 은으로 만든 램프가 타고 있었다.

그리고 옆의 예배당과 성당 안의 컴컴한 곳에서는 가끔 탄식과도 같은 소리가 흘러나왔고, 그 소리에 섞여 철창문 소리가 높은 천장에까지 울렸다.

레옹은 조용한 걸음으로 벽을 따라 걸어갔다. 그에게 인생이 이처럼 즐겁게 생각된 일은 없었다. 곧 그녀가 올 것이다. 요염하게, 가슴을 두근거리며, 사람들 눈길을 꺼리며, 가장자리에 장식이 달린 옷을 입고, 금테 안경을 쓰고, 화려한 구두를 신고, 그가 지금껏 맛본 일이 없는 갖가지 우아함을 몸에 지닌 채 그러면서도 곧 무너지려는 정조의 그 말할 수 없는 매력을 풍기며 걸어올 것이다. 성당은 마치 부인의 거대한 거실처럼 주위에 모든 것을 준비하고 있었다. 둥근 천장은 그녀의 사랑 고백을 몰래 엿들으려고 허리를 굽히고, 스테인드글라스는 그녀의 얼굴을 비추려고 빛나고, 향로는 향기 속에 그녀를 천사처럼 나타나게 하려고 타올랐다.

그런데도 그녀는 오지 않았다. 레옹은 의자에 걸터앉았다. 그러자 바구니를 나르는 뱃사공을 그린 푸른 유리 그림이 눈에 띄었다. 그는 주의 깊게 그 그림을 바라보며 물고기의 비늘과 단추의 구멍을 세었다. 그러는 동안에도 그의 마음은 줄곧 엠마를 찾아 방황했다. 성당지기는 이 남자가 제멋대로 성당을 구경하는 것을 보고 옆에서 은근히 화가 났다. 그건 자기의 권위를 침범하고 신성을 모독하는 것 같은 그런 기분이어서 정말 괘씸했던 것이었다.

그때 포석 위에 비단옷 끌리는 소리가 나고 천이 달린 모자와 검은 케이프가…… 그녀다! 레옹은 벌떡 일어나 그녀를 향해 달려갔다.

엠마는 얼굴이 창백해진 채 빠른 걸음으로 걸어왔다.

"읽어보세요!"

그녀는 종이 한 장을 내밀었다……. "아, 역시 안 돼요!" 하고 그녀는 재빨리 손을 빼고 성모를 모셔놓은 예배당으로 들어가 한 쪽 의자에 무릎을 꿇고 앉아 기도를 올리기 시작했다.

청년은 이런 신심을 가장한 행동에 화가 치밀었다. 그러나 밀회를 하는 동안 그녀가 안달루시아의 후작 부인처럼 이렇게 기도에 열중하고 있는 것을 보고 또 다른 매력을 느꼈다. 그러나 그녀가 언제까지나 끝내려 하지 않자 차차 지루함을 느꼈다.

엠마는 뭔가 돌연한 결심을 하늘에서 내려주기를 바라며 빌었다. 아니 빌었다기보다 빌려고 노력했다. 그리고 천주의 구원을 간구하기 위해 번쩍번쩍 빛나는 성체를 똑바로 쏘아보고 큰 화병에 꽂혀 있는 활짝 핀 흰 줄리엔느 꽃의 향기를 들이마시고 성당 안의 정적에 조용히 귀를 기울였다. 그러나 그 정적은 마음의 동요를 한층 더하게 할 뿐이었다.

그녀는 벌떡 일어났다. 두 사람이 같이 나가려고 하자 성당지기가 바쁜 걸음으로 다가왔다.

"마님, 여기 분이 아니시지요! 성당의 보물을 보지 않으시겠습니까?"

"아, 괜찮다지 않소!"

법률 서기는 화가 나 소리쳤다.

"구경해보는 것도 좋지 않을까요?"

엠마가 대답했다.

사실 그녀는 흔들리는 정조를 지키기 위해 성모 마리아거나 조각이거나 무덤이거나 간에 무엇이나 붙들고 싶은 심정이었다.

성당지기는 순서대로 안내하려고 먼저 두 사람을 광장 근처의 입구까지 안내했다. 그리고 비문도 조각의 흔적도 없는 검은 포석으로 둘러싼 큰 원을 단장으로 가리키며 엄숙한 목소리로 말했다.

"저것은 앙브와즈 거리의 그 유명한 종의 원주입니다. 종의 중량은 무려 4만 파운드로 온 유럽을 다 뒤져도 그리 흔한 물건이 아니죠. 그 종을 만든 사람은 너무나 기쁜 나머지 죽고 말았다고 합니다."

"갑시다."

레옹이 말했다.

성당지기 노인은 다시 걷기 시작했다. 그리고 성모의 예배당으로 들어오자 한꺼번에 전체를 가리키려는 듯 양팔을 벌리고 자기의 과수원을 보여주는 시골 지주보다 더 자랑스러운 어조로 말했다.

"이 포석 밑에는, 바렌느와 브리사크의 영주이셨으며 프와투의 원수이셨던 피에르 드 브레제께서 묻혀 계십니다. 이분은 노르망디의 지방 장관을 지내시다가 1465년 7월 16일 몽레리 싸움에서 전사하신 분입니다."

레옹은 입술을 깨물며 초조하게 발을 굴렀다.

"그리고 저 오른쪽의 온몸에 갑옷을 입고 말을 타고 있는 귀인의 조각은 그 분의 손자 루이 드 브레제입니다. 이 분은 브르발과 몽쇼베의 영주로 계셨는데 몰브리에 백작과 모니 남작을 겸하고 국왕 폐하의 시종관으로 있다가 오르드르 훈장을 받은 기사로서 노르망디의 지방 장관을 지내셨습니다. 비문에도 새겨져 있지만 1531년 7월 23일 일요일에 돌아가셨습니다. 그리고 그 밑에 조용히 최후를 결행하려는 사람은 바로 같은 분의 모습입니다. 인간 세상의 덧없음을 이토록 완전하게 표현한 그림은 딴 데서는 도저히 찾아볼 수 없을 겁니다. 그렇지 않습니까?"

보바리 부인은 안경을 벗었다. 레옹은 성당지기의 말은 한마디도 듣지 않고 똑바로 선 채 부인을 뚫어지게 바라보았다. 고집스럽게도 계속되는 웅변과, 냉담함을 양쪽에서 받고 무척 낙담한 것이었다.

안내인은 지치지도 않고 계속 지껄여댔다.

"그 옆에 무릎을 꿇고 앉아 우는 부인은 바로 그분의 부인인 디안느 드 프와티에인데 이 분은 브레제 백작 부인, 혹은 발랑티느와 공작 부인이라고도 하고, 1499년에 탄생하시어 1566년에 돌아가셨습니다. 그리고 그 왼쪽 어린이를 안고 계신 분이 성모 마리아십니다. 자, 그럼 이번엔 이쪽을 보십시오. 여기에 있는 이게 앙브와즈 가문의 묘석입니다. 이 명문 집안에서 태어나신 분들은 두 분 다 당시 대주교를 지내셨죠. 이 분은 루이 12세 폐하의 장관을 지내신 분인데 이 성당을 위해 막대한 돈을 희사하셨죠. 이 분의 유언장에는 금화 3만 에퀴를 빈민들에게 나눠주라는 유언이 씌어 있었답니다."

거침없이 떠들어대면서 성당지기는 난간이 복잡한 예배당으로 두 사람을 억지로 끌고 들어갔다. 그리고 몇 개의 난간을 움직여 그 중 실패한 조각인 듯싶은 덩어리 하나를 가리켰다. "이거야말로" 긴 한숨과 함께 그가 말했다.

"옛날 영국 왕과 함께 노르망디 공을 함께 지내신 리샤르 쾨르 드 리옹의 분묘를 장식했던 것입니다. 그걸 이 꼴로 만들어놓은 것은 그 칼뱅파의 이교도들이죠. 그 고약한 놈들은 대주교 님이 아직 재직중에 이 조각을 땅 속에 묻어버렸습니다. 자, 이것 보세요. 이게 대주교님의 저택으로 들어가는 입구입니다. 다음엔 홈통 주위에 낀 그림 유리를 보여드리겠습니다."

이때 레옹은 재빨리 주머니에서 은화 한 닢을 꺼내주고 엠마의 팔을 잡았다. 성당지기는 다른 곳에서 온 사람이라면 아직 볼 것이 많이 있는데 벌써 사례를 하는 것이 이상한 듯 어이가 없는 표정을 지었다. 그리고 그를 불러 세웠다.

"여보세요, 여보세요, 손님들 저 탑, 저 탑은!"

"아, 이젠 됐어요."

"그래선 안 돼요! 탑 높이는 440피트나 됩니다. 이집트의 대 피라미드보다 9피트밖에 낮지 않죠. 전부 쇠로 되어 있는데 이거야말로……."

레옹은 뛰기 시작했다. 어느 환상적인 주물사의 엉뚱한 시도인 양 본당 위에 부러진 채 제멋대로 놓인 가는 파이프가 마치 투명하게 생긴 굴뚝처럼 보이는 그 첨탑에서 두 시간 가깝게 돌처럼 움직이지 않았던 연심(戀心)이, 이번에는 연기처럼 사라져가는 것이 느껴졌기 때문이었다.

"대체 어디로 가시는 거예요?"

엠마는 말했다.

레옹은 대답하지 않고 계속 빠른 걸음으로 걸어갔다. 그런데 보바리 부인이 입구의 성수반에 손가락을 담갔을 때 그들 뒤에서 단장이 뛰는 소리에 섞여 가쁜 숨소리가 들려왔다. 레옹이 고개를 돌렸다.

"여보세요!"

"왜 그러시오?"

보니까 성당지기였다. 그는 대부분이 가철한 책 스무 권쯤을 아랫배로 겨우 균형을 유지하며 안고 왔다. 그리고 '이 성당의 내력을 적은 책'이라고 설명했다.

"병신 같으니라구!"

레옹은 중얼거리며 성당 밖으로 뛰어나갔다.

성당 앞 뜰에 어린애 하나가 놀고 있었다.

"마차를 한 대만 불러줘!"

아이는 카트르 방 거리로 총알처럼 뛰어갔다. 그래서 그들은 한참 동안 마주 서서 얼굴을 바라보며 어색한 기분이 되었다.

"아아! 레옹 씨…… 정말 전…… 어떻게 하면 좋죠!"

그녀는 억지로 웃었다. 그러나 곧 심각한 얼굴로 덧붙였다.

"정말 그러면 안 돼요, 네?"

"뭘 말씀입니까? 이런 일은 파리에서 얼마든지 있습니다!"

한마디 말이 거역할 수 없는 논거이기나 하듯 그녀의 마음을 결정적으로 움직였다.

그러나 아무리 기다려도 마차는 오지 않았다. 레옹은 그녀가 다시 성당으로 들어가지 않을까 걱정이 되었다. 마침내 마차가 나타났다. 성당 입구에 서 있던 성당지기가 다시 불렀다.

"그러면 차라리 북쪽 문으로 나가셔서 〈부활〉이나 〈최후의 심판〉이나 〈낙원〉 〈다윗 왕〉, 불타는 지옥에 떨어진 〈악인들〉이라도 보시고 가시지 그러세요."

"나리, 어디로 모실까요?"

마부가 물었다.

"당신이 좋을 대로!"

레옹은 마차 속에 엠마를 밀어넣으며 대답했다.

이윽고 무거운 마차는 구르기 시작했다.

마차는 그랑 퐁 거리를 내려가, 아르 광장과 나폴레옹 강둑, 뇌프 다리를 건너 피에르 코르네이유 석상 앞에 가서 갑자기 멈췄다.

"세우지 말고 가요!"

차 안에서 소리가 들려왔다.

마차를 다시 움직이기 시작했다. 그리고 라파이에트 광장 네거리를 지나서부터는 언덕 길이기 때문에 전속력으로 내려가 기차 정거장으로 들어갔다.

"아니, 곧장 가요!"

같은 목소리가 다시 소리쳤다.

마차는 울타리를 나와 잠시 후 산책로에 이르자 키 높은 느릅나무 사이를 천천히 달렸다. 마부는 이마에 흐르는 땀을 닦아내고 가죽 모자를 무릎 사이에 낀 채 마차를 인도 밖 물가 잔디밭 쪽으로 몰아갔다.

마차는 강가 자갈이 깔린 예선도를 따라 성 저쪽 오와셀 쪽으로 한참 동안 달렸다.

그러나 마차는 갑자기 한달음에 카트르마르와 소트빌과 그랑드쇼세와 엘뵈프 거리를 가로질러 식물원 앞에서 세 번째로 멈추었다.

"그냥 가라니까."

아까보다 한층 짜증 난 목소리가 외쳤다.

마차는 곧 다시 달리기 시작하고 생스베르와 퀴랑디의 나루터와 뮐르 나루터를 지나 다시 한번 다리를 건너 샹드 마르스 광장을 가로질러 양로원 뒤뜰을 지나갔다. 양로원 마당에는 검은 옷을 입은 노인들이 등나무 덩굴이 푸르게 덮인 전망대 위에서 햇볕을 쬐며 산책하고 있었다. 마차는 부브뢰이유 큰길을 올라가 코슈와즈 거리를 거쳐 이윽고 드빌 언덕까지 몽리부데를 두루 달렸다.

마차는 다시 거기서 돌아섰다. 그리고 거기서부터는 어디라고 목표도 없이 방향도 정하지 않은 채 되는 대로 달렸다. 그 마차 모습은 생폴이고 레스퀴르고, 가르강산이고, 라루우쥬 마르나 가이야르브와 광장이고, 말라드르리 거리고, 디낭드리 거리고, 생 로멩이고, 생 버비앙이고 생 마클루고, 생 니케즈 앞이고(즉 세관 앞), 바스 비에이유 투르고, 트롸 피프고, 기념 묘지 앞이고 어디서고 볼 수 있었다. 이따금 마부는 마부석에서 거리의 술집을 실망에 가득 찬 눈으로 바라보았다. 그리고 이 손님들이 무엇 때문에 이처럼 멈추지 않고 돌아다니고 싶어 하는지 알 수 없었다. 때때로 멈추어보았지만 그때마다 안에서는 여전히 외치는 소리가 울려나왔다. 그래서 마부는 앞서보다 한층 더 심하게 말채찍을 휘날렸다. 마차가 어떻게 흔들리거나 상관하지 않고 여기저기 함부로 부딪쳐도 조금도 상관하지 않고 거의 자포자기가 되어, 목이 마르고 피로하고 겁도 나고 하여 울음이 터질 지경이었다.

그리고 선창가에서 짐마차와 나무통 사이를 지나가고, 경계표가 있는 길모퉁이를 지나자 거리의 사람들은 시골에서 좀처럼 볼 수 없는, 이상한 광경, 커튼을 내린 마차가 무덤보다도 엄중하게 문을 꼭꼭 닫은 채 배처럼 마구 흔들거리며 이처럼 자주 나타나는 것에 눈을 둥그렇게 떴다. 단 한 번 마차 옆에 붙은 낡은 은등에 햇빛이 비칠 때, 들판 한복판에서 조그만 노란 커튼 아래로 장갑을 끼지 않은 손이 나오더니 발기발기 찢어진 종이를 던졌다. 그 종이는 바람에 날려서 저쪽 한참 빨간 꽃이 만발한 토끼풀 밭에 하얀 나비처럼 날아가 앉았다.

이윽고 6시경에 마차는 보브와진느 구의 어느 뒷골목에 가 섰다. 그리고 안에서 한 여자가 베일을 쓴 채 내려 뒤도 돌아보지 않고 걸어갔다.

2

숙소로 돌아온 보바리 부인은 승합 마차가 보이지 않는 것에 깜짝 놀랐다. 이베르는 53분 동안이나 기다리다 결국 가버리고 만 것이다.

꼭 돌아갈 이유는 없었지만, 그녀는 그날 밤 안으로 돌아가기로 약속이 되어 있었다. 게다가 샤를이 기다릴 것이 마음에 걸렸다. 그리고 많은 여자들에게 간통 뒤의 형벌이며 보상이라고 할 수 있는 힘없는 복종심이 그녀의 마음속에 이미 움터 있었다.

그녀는 서둘러 돌아갈 준비를 하고 셈을 치른 다음 안뜰에서 이륜마차에 올라탔다. 그리고 마부를 재촉해 달리며 쉴 새 없이 시간과 거리를 물어가며 겨우 캥캉프와 마을의 집들이 보이기 시작하는 지점에서 '제비'를 탔다.

한쪽에 자리를 잡자 그녀는 곧 눈을 감았다. 그리고 한참 후 언덕 기슭에 다다라서 눈을 뜨니 멀리 하녀 펠리시테가 대장간 앞에서 기다리고 서 있는 것이 보였다. 이베르가 말을 세우자 하녀는 마차 창까지 발돋움을 하고는 뭔가 뜻있는 듯한 목소리로 말했다.

"마님, 곧장 오메 씨 댁으로 가세요. 급한 일이 있다나 봐요."

마을은 보통 때와 다름없이 조용했다. 길가에는 장밋빛 무더기가 가는 곳마다 있어 무럭무럭 김을 뿜어내고 있었다. 마침 잼을 만드는 계절로 용빌에서는 어느 집이나 1년치 잼을 같은 날 만든다. 약방 앞에는 특히 큰 무더기가 있어 지나는 사람마다 보고 감탄했다. 그것이 다른 집의 것보다 유별나게 큰 이유는 약국엔 보통 집의 가마보다 훨씬 큰 약국용 가마가 있었고 일반적 수요가 개인적 기호 이상이었기 때문이다.

그녀는 집안으로 들어갔다. 커다란 팔걸이 의자가 아무렇게나 뒤집혀 있고 〈루앙의 등불〉도 바닥에 떨어진 채 두 개의 절구공이 사이에 굴러다니고 있었다. 엠마는 마루 문을 밀었다. 그러자 부엌 한복판에 따다놓은 까치밥이며 가루설탕과 각설탕을 가득 담은 누런 항아리며, 테이블에 놓인 저울, 불 위에 얹어놓은 냄비 같은 것이 잔뜩 흩어져 있는 속에 오메집 식구들이 몽땅 어른이건 아이건 턱에까지 닿는 앞치마를 두르고 손에는 삼지창을 쥐고 있는 것이 보였다. 쥐스탱이 서서 고개를 떨구고 있고 약사는 소리를 꽥꽥 지르고 있었다.

"창고로 누가 가지러 가라고 했어?"

"뭘 말이에요? 왜 그러세요?"

"왜 그러느냐고요?"

약사는 대답했다.

"다 함께 잼을 만들고 있었어요. 잼은 다 익었는데 거품이 너무 나서 넘칠 것 같기에 냄비를 하나 더 가져오라고 보냈죠. 그랬더니 저 애가 우물쭈물 게으름을 부리고, 약국의 못에 걸린 창고의 열쇠를 가지러 갔군요!"

약제사 오메는 약제 도구며 약품이 가득 들어 있는 지붕 밑 방 하나를 카파르나움이라고 불렀다. 그는 여기서 곧잘 오랜 시간을 혼자 보내며 라벨도 붙이고, 약을 옮겨 담기도 하고 끈을 다시 매기도 했다. 그리고 그는 여기를 단순한 창고로만 생각하지 않고 무슨 성소처럼 생각했다. 그의 손으로 조제된 갖가지 종류의 환약이며 큰 환약과 탕약, 세척제, 물약 따위가 여기서 나와 각지에 그의 명성을 널리 선전해주었다. 그는 아무도 이 방에 발을 들여놓지 못하게 하고 청소도 자신이 직접 할 정도로 소중히 여겼다. 굉장히 아꼈다. 즉 누구나 출입할 수 있는 약국이 그의 자랑을 과시하는 장소라면 이 창고는 오메가 혼자 열심히 생각하고 또 하고 싶은 대로 해 만족을 얻는 숨은 곳이었다. 때문에 그에게 쥐스탱의 경솔한 행동은 도저히 그냥 넘길 수 없는 일이었다. 그래서 오메는 까치밥 열매보다 더 얼굴이 빨개져 되풀이해 외쳤다.

"그렇지, 창고 열쇠! 산과 알칼리의 극약을 넣고 잠가둔 열쇠로! 따로 둔 냄비를 가져오다니! 뚜껑이 달린 냄비를 말이지! 더구나 나도 잘 쓰지 않던 그 냄비를! 내 제약술의 까다로운 일에는 뭐든지 귀중품이야! 이 망할 녀석! 그렇게도 분별이 없어 가지고 어떻게 하지. 제약용으로 정해놓은 물건을 부엌 일에 쓰면 어떻게 해. 그건 마치 해부도로 닭고기를 써는 것과 마찬가지야. 다시 말해서 사법관이……."

"아이 여보, 조용히 좀 하세요!"

오메 부인이 말했다.

아탈리도 오메의 프록코트를 잡아당기며 말했다.

"아버지! 아버지!"

"넌 가만히 있어, 이 바보 같은 녀석! 너 같은 놈은 식료품 가게나 해야 해. 그래 마음대로 해라! 마음대로 부숴! 마음대로 깨고, 마음대로 거머리를 놓아주고, 마음대로 접시꽃을 내다 태우고, 마음대로 유리병에 오이를 절이고, 마음대로 붕대를 내다 찢어 써!"

"저, 제게 무슨……."

엠마가 말했다.

"아아, 잠깐 기다려주십시오! 네가 지금 얼마나 위험한 짓을 했는지 알고 있니? 왼쪽 구석 셋째 선반에서 너 아무것도 보지 못했니? 자, 대답해봐, 대답해봐, 대답해보란 말이야!"

"모, 몰라요."

소년은 작은 소리로 말했다.

"뭐, 모른다고! 흥 그렇다면 가르쳐주지! 너 거기서 황납으로 봉한 푸른 유리병을 봤지? 안에 흰 가루가 들어 있고 병엔 '위험'이라는 글씨가 써 있어. 그 속에 뭐가 들어 있는지 아니? 비소야, 비소! 그런데 넌 거기에 손을 댄 거야! 그 바로 옆에 있는 냄비를 집어왔으니!"

"바로 옆에."

오메 부인은 두 손을 합장하며 소리쳤다.

"비소! 너 잘못했으면 우리 식구 전부를 독살할 뻔했구나!"

그 말을 듣자 아이들은 벌써 배가 아픈 듯 소리를 지르기 시작했다.

"그렇지 않으면 환자를 독살했을지도 몰라!"

약제사는 말을 이었다.

"너 나를 중죄 재판소 피고석에 앉히고 싶니? 단두대에 끌려가는 꼴을 보고 싶어? 익숙한 나도 약을 다룰 때는 얼마나 조심하는지 알아? 나는 내 책임을 생각하면 가끔 등골이 오싹해져. 왜 그런지 아니? 정부가 우리를 괴롭히고 지배하려고 불합리한 법률을 마치 다모클레스의 칼처럼 머리 위에 들이대고 있기 때문이야!"

엠마는 자기가 무슨 일로 불려왔는지 물어볼 생각도 까맣게 잊고 있었다. 약제사는 여전히 숨을 헐떡거리며 어마어마한 말을 늘어놓았다.

“이게 우리가 친절하게 대해준 데 대한 보답이냐! 정말이지 너를 아버지처럼 돌보아준 데 대한 답례야? 정말이지 내가 없었다면 넌 어떻게 될 뻔했니? 지금쯤 어떻게 되었겠어? 지금쯤 뭘 하고 있었겠냐 말이야. 네게 밥을 주고 공부를 시키고 옷을 해 입히는 게 누구니? 후일 사회에 나가서 존경을 받을 수 있도록 여러모로 기초를 닦아주는 게 누구냔 말야? 하지만 그렇게 되려면 땀을 흘리고 노력을 해야 한다. 세상 사람들이 하는 말이 있지. 손에 못 박히도록 일해라. Fabricando fit faber, age guod agis(사람은 대장간 일을 함으로써 대장장이가 된다. 너의 하는 바를 관철시켜라)!”

그는 라틴어까지 인용할 만큼 흥분해 있었다. 만일 알았더라면 중국어와 그린란드어까지도 인용했을는지 몰랐다. 왜냐하면 마치 큰 바다가 무서운 폭풍으로 둘로 딱 갈라져 해변의 해초에서부터 밑바닥의 모래에 이르기까지 온통 다 들여다보이는 것처럼 영혼 전체가 속에 간직하고 있는 것을 몽땅 털어놓고 싶은 발작을 일으켰기 때문이다.

그는 다시 말을 이었다.

“난 너 같은 놈을 맡게 된 걸 대단히 후회하고 있다. 차라리 그때 너를 구해주지 말고 태어난 그대로 가난 속에 처박아두었던들 이런 후회는 없었을 텐데. 너는 겨우 소나 키우고 살 놈이야. 학문에는 전혀 소질이 없어! 약 이름 하나 제대로 못 붙이지 않니! 그런데도 너는 우리집에서 할 일 없는 신부처럼 빈둥빈둥 놀며 밥이나 축내고 있어!”

엠마는 오메 부인 쪽을 향해 말했다.

"저보고 이리로 오라고 하셨다는데……."

"아아! 참 저걸 어쩌지."

오메 부인은 엠마의 말을 가로막았다.

"뭐라고 말씀드려야 좋을까……. 정말 안됐습니다만!"

그녀는 말을 하다 말았다. 약제사는 여전히 소리를 고래고래 질렀다.

"냄비를 비워라! 그리고 깨끗이 닦아 있던 자리에 도로 갖다둬! 빨리 하라니까!"

그리고 쥐스탱의 작업복 목덜미를 움켜쥐고 힘껏 흔들자 그의 주머니에서 책이 한 권 탁 떨어졌다.

소년은 허리를 굽혔다. 그러나 오메 쪽이 더 빨랐다. 그는 책을 펴 들고 눈을 동그랗게 뜨고 입을 딱 벌린 채 들여다보았다.

"부부의…… 사랑!"

그는 이 두 마디를 천천히 떼어가며 읽었다.

"아아! 과연! 과연! 굉장하구나! 게다가 덤으로 삽화까지 있어. 허, 대단한데! 이건 정말 너무한데!"

오메 부인이 앞으로 다가갔다.

"안 돼, 저리 가!"

아이들은 삽화를 보고 싶어 야단이었다.

"나가, 밖으로 나가!"

오메는 꽥 소리쳤다. 아이들은 밖으로 나갔다.

오메는 책을 펴든 채 눈동자를 데굴데굴 굴리며 얼굴을 잔뜩 부풀리고 마치 뇌일혈 환자처럼 방 안을 왔다 갔다 했다. 그리고 제자 앞으로 성큼성큼 걸어가더니 팔짱을 끼고 그 앞에 우뚝 섰다.

"정말 너 큰일났구나……. 나쁜 짓은 돌아가며 몽땅 배웠구나! 생각해봐라. 넌 하마터면 어이없는 실수를 저지를 뻔했지……. 이 더러운 책이 아이들의 손에라도 들어가서 애들 머리에 조금이라도 영향을 주어 아탈리의 순결을 더럽히고 나폴레옹을 타락시키면 어떻게 하지, 넌 그런 생각을 해본 일 있느냐, 응? 그애들은 이제 벌써 어른이 다 됐다. 설마 애들은 이 책을 읽지 않았겠지? 그걸 보증할 수가 있겠니?"

"저어, 제게 하실 말씀이……?"

엠마가 다시 물었다.

"아, 부인…… 저, 부인의 시아버님이 돌아가셨습니다!"

노(老)보바리 씨는 사실 그 전전날 밤 식사를 마치고 갑자기 뇌일혈을 일으켜 세상을 떠났다. 그래서 샤를은 엠마의 민감한 신경을 염려하고 혹시 마음에 상처를 입지 않을까 하여 일부러 오메 씨에게 흉보를 적당히 전해달라고 부탁해놓았던 것이다.

오메는 처음에는 말을 잘 골라 극히 세련되고 부드러운 듣기 좋은 말만을 준비해놓았다. 그것들은 가장 신중하고 원만하고 완곡한 낱말들이었으나 분노가 그 모든 아름다운 말들을 어디론지 훽 날려보내고 말았다.

엠마는 자세한 이야기를 듣기를 단념하고 약방에서 나왔다. 오메 씨가 또 욕을 퍼붓기 시작했기 때문이었다. 그러나 그는 차차 침착성을 되찾아 이번에는 터키 모자로 부채질을 해가며 어버이 같은 어조로 말했다.

"그렇다고 내가 이 책이 전부 나쁘다는 얘기는 아니다! 이걸 쓴 사람은 의사야. 이 책 속에는 어른은 누구나 알아서 나쁠 것 없는, 아니 어른이면 누구나 알아두어야 할 과학이 있다. 하지만 네겐 아직 일러, 아직 까마득해! 네가 어른이 되고 하나의 완전한 인간으로 자립했을 때 그때 읽어야 할 책이란 말이야."

엠마가 문을 노크하자 그녀가 돌아오기를 기다리고 있던 샤를이 두 팔을 벌리고 다가와 눈물 어린 목소리로 말했다.

"아! 당신이구려……."

그렇게 말하고 그는 다정하게 허리를 굽혀 키스했다. 그러나 그의 입술이 닿았을 때 엠마는 딴 남자를 생각하고 몸을 떨며 손을 얼굴로 가져갔다. 그리고 나지막이 이렇게 말했다.

"아, 들었어요……. 다 들었어요……."

샤를은 어머니가 쓸데없는 감정 같은 것은 조금도 섞지 않고 사실만을 알려온 편지를 엠마에게 보여주었다. 어머니는 편지 속에서 다만 남편이 퇴역 장교들의 애국적인 모임을 마치고 돌아오는 도중 두드빌 거리의 어느 술집 문턱에서, 즉 길거리에서 죽었기 때문에 종교의 구원을 받지 못한 것만을 애석하게 생각한다고 적었을 뿐이었다.

엠마는 편지를 읽고 돌려주었다. 저녁식사 때는 예의상 일부러 식욕이 없는 체했다. 그러나 남편이 끈질기게 권하자 못 이기는 체 먹기 시작했다. 샤를은 엠마와 마주 앉은 채 맥이 풀린 듯 꼼짝하지 않았다.

그는 때때로 얼굴을 들어 슬픔에 가득 찬 눈으로 엠마를 바라보았다. 그리고 깊은 한숨을 내쉬고는 말했다.

"꼭 한 번만 더 뵙고 싶었는데!"

그녀는 잠자코 아무 말도 하지 않았다. 그러나 무슨 말이든 해야 한다고 생각하고 물었다.

"연세가 몇이셨죠, 아버님이?"

"쉰여덟!"

"아, 그렇죠!"

그것으로 대화는 그쳤다.

한참 후에 그가 다시 덧붙였다.

"가엾은 어머님이 이제부터 어떻게 사시지?"

엠마는 자기도 모르겠다는 몸짓을 했다.

그녀가 이렇게 말없이 앉아 있는 것을 보고 그는 그녀도 슬퍼한다고 추측했다. 그래서 아내를 그토록 시무룩하게 만드는 그 슬픔을 더 자극하지 않기 위해 아무 말 하지 않기로 마음먹었다. 그래서 그는 자기의 슬픔을 누르고 물었다.

"어제는 재미있었소?"

"네."

식탁이 치워졌지만 보바리는 일어나지 않았다. 엠마도 일어나지 않았다. 남편의 그 무표정한 얼굴을 자세히 바라보는 동안 차차 미안한 마음이 사라지는 것을 느꼈다. 그녀에게는 샤를이 인색하고 궁상스럽고 나약하고 무능한, 다시 말해서 어느 모로 보나 취할 점이 없는 남자로밖에 보이지 않았다. 어떻게 하면 이 사내에게서 자유로워질 수 있을까! 어쩌면 이 밤은 이렇게도 지루할까! 마치 아편 연기와도 같은 마취성의 그 무엇이 엠마의 마음을 서서히 마취시켰다.

그때 문득 막대로 마루를 쾅쾅 울리는 듯한 소리가 복도에서 들려왔다. 이폴리트가 엠마의 짐을 날라온 것이다. 그는 그 짐을 내려놓느라고 의족으로 4분의 1쯤 되는 원을 그리고 있었다.

'남편은 벌써 이 남자 일을 까맣게 잊어버렸나 봐!'

엠마는 빨간 머리를 아무렇게나 흐트러뜨리고 땀을 흘리는 가엾은 사내를 보면서 생각했다.

보바리는 지갑 속에서 잔돈을 찾았다. 그리고 자신의 아무것도 할 수 없는 무능함을 비웃는 듯이 이 남자가 옆에 서 있는 것만으로도 그에게는 얼마나 굴욕인지 샤를은 못 느끼는 것 같았다.

"아아! 아주 예쁜 꽃다발이 있군!"

난로 위에 놓인 레옹이 준 오랑캐꽃을 보고 샤를이 말했다.

"네, 아까 산 거예요……. 여자 거지한테서."

그녀는 아무렇지도 않게 대답했다.

샤를은 오랑캐꽃을 손에 들고, 울어 빨개진 눈을 그것에다 식히며 기분 좋게 꽃 냄새를 맡았다. 엠마는 얼른 꽃다발을 그의 손에서 빼앗아 컵에 꽂으려고 가지고 갔다.

이튿날 보바리 노부인이 도착했다. 어머니와 아들은 몹시 울었다. 엠마는 지시해야 할 일이 있다고 핑계 대고 자리를 피했다.

그다음 날은 모두 함께 상복 같은 것을 준비하지 않으면 안 되었다. 바느질 상자를 들고 강가에 있는 푸른 잎으로 덮인 가지 밑으로 갔다.

샤를은 아버지를 못 잊어했다. 그리고 지금까지 그렇게 좋아하지도 않았던 아버지에게 이렇게까지 깊은 애정을 가진 것에 스스로 놀랐다. 보바리 노부인도 남편을 생각했다. 전에 가장 불행했던 날들이 모두가 그립게 생각되었다. 오랜 동안의 습관인 본능적인 슬픔에 의해 모든 것이 다 흘러가버렸다. 바늘을 놀리고 있으려니까 굵은 눈물 방울이 때때로 코를 타고 내려와 코 끝에 매달리곤 했다.

그러나 엠마는 달랐다. 엠마는 약 48시간 전, 레옹과 단둘이서 세상을 멀리 떠나 정신없이 도취하여 서로 상대방의 눈을 지칠 줄 모르고 바라보던 일을 생각했다. 이미 지나가버린 그날의 극히 사소한 일까지도 다시 회상하려고 했다. 시어머니와 남편이 옆에 있는 것이 방해가 되었다. 그녀는 사랑의 꿈을 흐트러뜨리지 않기 위해 아무것도 듣지 않고 또 아무것도 보지 않으려 했다. 그러나 아무리 애써도 그 꿈은 밖에서 오는 감각에 뒤섞여 점점 사라져갔다.

그녀는 옷 안감을 뜯고 있었다. 옷조각들이 주위에 흩어졌다. 시어머니는 고개를 숙이고서 가위 소리를 내고 있었다. 샤를은 장식이 달린 덧신을 신고 실내복으로 입는 낡은 밤색 프록코트를 걸치고 양손을 주머니에 찌른 채 역시 입을 꽉 다물었다. 그 옆에는 베르트가 작은 앞치마를 두르고 삽으로 모래를 긁으며 놀았다.

별안간 포목상 뤼르 씨가 문을 열고 들어오는 것이 보였다.

'불행한 일을 당해' 혹시 뭐 도와드릴 일이라도 없나 하여 들렀노라고 그는 말했다. 엠마는 별로 일이 없다고 대답했다. 상인은 이런 대답에도 물러가지 않고 이렇게 말했다.

"아, 대단히 실례인 줄 압니다만, 좀 조용히 드릴 말씀이 있는데요."

그리고 목소리를 훨씬 낮추어 말했다.

"바로 그 건 때문에 그러는데 저, 그것……."

샤를은 귀까지 빨개졌다.

"아아! 그렇지…… 그래."

그리고 당황하여 아내 쪽을 향해 말했다.

"어때…… 당신 생각엔……?"

엠마는 알아들은 듯 일어났다. 샤를은 어머니에게 말했다.

"뭐 아무것도 아니에요! 그냥 사소한 집안일이에요."

그는 어음에 관한 일을 어머니에게 알리고 싶지 않았다. 잔소리를 들을 것이 두려웠던 것이다.

뤼르 씨는 엠마와 단둘이 되자 노골적인 말투로 유산 상속을 축하했다. 그리고 과수원에 대한 이야기며 수확, 자기의 건강 등 쓸데없는 이야기들을 늘어놓고 자기의 형편은 '그저 지낼' 만하다고 말했다. 사실은 세상 소문과는 달리 빵에 바를 버터를 얻을 만한 벌이도 못 하면서 큰소리를 치고 있었다.

엠마는 상인이 마음대로 지껄이도록 내버려두었다. 그녀는 요 이틀 동안 정말 기분이 우울했다!

"그런데 부인은 이제 완전히 회복되셨습니까. 주인이 무척 걱정하시더군요! 좋은 분이에요. 저와는 약간 말다툼을 하긴 했지만."

엠마는 그 말다툼이 무엇이었냐고 물었다.

샤를은 그 물건에 대한 논쟁을 아내에겐 숨겨왔던 것이다.

"왜 부인도 알고 계실걸요! 그 특별히 주문한 여행 가방 때문에 말입니다."

뤼르는 모자를 깊숙이 눌러쓰고 뒷짐을 지고는 벙글벙글 웃는 얼굴로 낮게 휘파람을 불어가며 아주 대담하게 그녀의 얼굴을 정면에서 바라보았다. 이 남자는 혹시 뭘 눈치 챈 거 아닐까? 그녀는 이것저것 상상해보았다. 이윽고 상대가 다시 입을 열었다.

"주인하고는 벌써 화해를 했습니다. 그런데 한 가지 더 결정을 할 일이 있어서."

그것은 샤를이 서명한 차용증서를 갱신하는 일이었다. 보바리는 뤼르가 하라는 대로 할 것이고 더구나 골치 아픈 일이 많이 생기려는 지금, 이런 일 때문에 고통을 당해서는 안 되었다.

"차라리 주인은 그 어음을 누군가에게 넘기는 편이 나을 것입니다. 가령 부인에게라도 위임장 하나만 있으면 그런 건 아무것도 아니에요. 그렇게 되면 부인과 저 두 사람으로 간단히 해결될 것입니다……."

엠마는 잘 납득이 가지 않았다. 상인은 입을 다물었다. 이윽고 뤼르는 다시 장사 이야기로 돌아가 부인에게 무엇이든 팔아달라면서 옷 한 벌감, 까만 얇은 나사를 12미터 보내겠다고 말했다.

"지금 입고 계신 것은 집 안에서는 괜찮으나 밖에 나가시는 옷은 따로 또 한 벌 더 있으셔야겠습니다. 전 여기 들어서자마자 바로 그렇게 생각했어요. 제 눈은 보통 눈이 아니니까요."

그는 옷감을 보내지 않고 손수 가지고 왔다. 그러고서 다시 치수를 재러 왔다. 그 외 여러 가지 구실을 만들어 찾아와서는 그때마다 친절과 성의를 보이며, 오메 씨가 말한 대로 온갖 충성을 다 바치고 그러면서도 돌아갈 때는 꼭 위임장에 대하여 한마디씩 암시하곤 했다. 그러나 상인은 어음에 대해서는 한마디도 하지 않고 엠마도 그것을 잊고 있었다. 물론 병이 다 회복되어갈 무렵 그 건에 대해 샤를에게서 다소 들은 이야기는 있었지만, 그 후 엠마의 머릿속에는 여러 가지 동요가 일어났기 때문에 이미 기억에서 사라졌던 것이다.

게다가 엠마는 금전상의 문제로 이러쿵저러쿵 떠들기를 피했다. 보바리 노부인은 엠마의 이러한 태도를 보고 놀랐다. 그리고 이토록 엠마의 마음이 변한 것은 병을 앓고 난 후부터라고 생각했다.

그러나 시어머니가 돌아가버리자 곧 엠마는 그 착실한 실무의 재능을 발휘하여 보바리를 놀라게 했다. 여러 가지를 조회하고, 담보물건을 조사하고 경매나 청산당할 우려가 없는가 확인해야 한다고 말했다.

그녀는 또 곧잘 전문 용어를 써 일의 순서라든가 장래라든가 선견지명이라든가, 과장된 말을 해가며 끊임없이 유산 상속의 어려움을 떠들어댔다. 그러던 어느 날 그녀는 결국 남편에게 '사무를 관리하고 채무를 정리하고 모든 차용증서에 서명과 보증을 서고 또 일체의 금액을 지불하는 등' 전반적인 위임 승인서의 견본을 보여주었다. 그녀는 뤼르가 가르쳐준 것을 활용한 것이었다.

샤를은 이런 서류는 어디에서 났느냐고 어수룩한 질문을 했다.

"기요맹 씨한테서요."

그렇게 말하고 그녀는 침착한 어조로 덧붙였다.

"하지만 전 그 사람을 별로 믿지는 않아요. 공증인이란 대개가 평판이 좋지 않으니까요! 하지만 아무하고라도 의논을 해야 할 게 아녜요……. 우리하고 그리 친한 사람이라면 오직…… 아니! 아무것도 없어요."

"혹시 레옹 군이라면……."

생각에 잠겨 있던 샤를이 대답했다.

그래도 편지로 의논하기는 어렵다는 이유에서 그녀는 자기가 직접 다녀오겠다고 말했다. 샤를은 그럴 필요까지는 없다고 말했으나 엠마는 굳이 고집을 부렸다. 호의를 보이려던 끝이므로 마침내 그녀는 일부러 앵돌아진 척하며 말했다.

"당신이 뭐라 해도 저는 꼭 가겠어요."

"정 그렇다면 고맙긴 하군!"

그는 엠마의 이마에 키스를 하며 말했다.

이튿날 그녀는 곧장 '제비'를 타고 레옹과 의논하기 위해 루앙으로 떠났다. 그리고 사흘 동안 그곳에서 묵었다.

3

가슴 뿌듯하고 달콤한 멋진 사흘이었다. 문자 그대로 밀월이었다.

두 사람은 부둣가에 있는 '불로뉴 호텔'에 묵었다. 덧문을 꼭 닫고 문을 잠그고 마루에는 꽃을 장식하고 아침부터 아이스 시럽을 마시며 보냈다.

저녁이 되면 두 사람은 지붕이 있는 배를 타고 섬으로 식사를 하러 갔다.

조선소 공사장에서 선체를 두드리며 배의 갈라진 틈을 메우는 직공들의 망치 소리가 울려퍼지는 시각이었다. 타르를 태우는 연기가 나무숲에서 흘러나오고 강변에는 커다란 기름 반점이 붉은 석양에 비쳐 마치 커다란 청동판처럼 이리저리 물결쳤다.

두 사람은 강가에 매놓은 배들 사이를 누비며 강을 따라 내려갔다. 비스듬히 맨 닻줄이 그들이 탄 배 위를 아슬아슬하게 스쳐 지나갔다.

거리의 소음은 어느새 멀어져갔다. 마차가 구르는 소리도, 사람들이 떠드는 소리도, 다른 배 위에서 짖어대는 개 소리도 아득히 멀어졌다. 그녀는 모자를 벗었다. 그들은 곧 섬에 당도했다.

그들은 문에다 검은 망을 친 술집 지하실에 자리를 잡았다. 그리고 은어 튀김과 크림과 버찌를 먹었다. 그들은 또 풀 위에 눕기도 하고 백양나무 그늘에서 남몰래 포옹하기도 했다. 그들은 마치 로빈슨 크루소처럼 이 작은 곳에서 영원히 살고 싶었다. 행복에 취해 있는 그들에게 그곳은 이 세상에서 가장 멋진 곳이라고 여겨졌다. 물론 그들이 나무와 푸른 하늘과 잔디밭을 보고, 흐르는 물이며 나뭇잎을 흔드는 산들바람 소리를 처음 듣는 것은 아니었다. 그러나 적어도 그러한 것들이 가지는 매력에 이토록 마음이 흔들리는 것은 처음이었다. 흡사 자연이라는 것이 존재하지 않다가 욕망이 충족된 지금에야 아름답게 느껴지는 것 같았다.

해가 지자 두 사람은 돌아가는 배를 탔다. 배는 섬이 많은 해안을 따라 천천히 움직였다. 두 사람은 어두운 배의 바닥에 몸을 숨긴 채 아무 소리도 내지 않았다. 네모난 노가 쇠고리 사이에서 삐걱삐걱 요란한 소리를 냈다. 그 소리는 정막 속에서 메트로놈같이 박자를 맞추고, 고물에서는 물에 드리운 키가 끊임없이 물결 소리를 냈다.

조금 있자 달이 떴다. 두 사람은 달이 슬픈 시정에 가득 차 있다는 둥, 아름다운 말들을 늘어놓았다. 그녀는 노래까지 불렀다.

지난밤 잊지 않으셨겠죠. 당신과 둘이서 배를 타던 일……

곡조가 잘 맞는 가냘픈 음성은 파도 위로 사라져갔다. 레옹은 그 소리가 바람을 타고 사라지는 것을 바로 옆을 스쳐 지나가는 새의 날개 소리처럼 들었다.

그녀는 배 칸막이에 기댄 채 남자와 마주 앉아 있었다. 열어놓은 문 틈으로 달빛이 배 안에 비쳐들었다.

그녀의 까만 옷주름은 부채살 모양으로 퍼져 그녀를 한층 날씬하게 보이게 했다.

그녀는 고개를 들고 두 손을 마주 잡고 두 눈은 허공을 바라보았다. 때때로 버드나무 그림자가 그녀의 모습을 가렸다가는 홀연히 환상처럼 달빛 속에 나타내주곤 했다.

옆에 앉아 있던 레옹은 문득 자기 손 아래 붉은 비단 리본이 떨어져 있는 것을 발견했다.

뱃사공은 리본을 찬찬히 본 후 이렇게 말했다.

"아, 이건 아마 바로 전에 태워드렸던 손님 것인가 봅니다. 남자와 여자 여럿이들 같이 타서는 과자에다 샴페인에 나팔까지 가지고 와서 법석을 떨다 갔죠. 그중에서도 키가 크고 콧수염을 조그맣게 기른 남자 손님은 정말 재미있는 분이었어요! 그 손님한테 다른 사람들이 모두 '어이, 무슨 말이라도 해, 아돌프……' 아니 로돌프라고 했던가 하여튼 그러면서 떠들어댔지요."

그녀는 깜짝 놀라 몸서리를 쳤다.

"왜 기분이 나빠?"

레옹이 바싹 다가앉으며 물었다.

"아뇨! 아무것도 아네요. 그냥 밤바람이 좀 차서."

"그분도 손님처럼 여자한테 정말 친절하시더군요."

늙은 뱃사공은 레옹에게 아첨할 심산으로 이렇게 넌지시 말했다. 그리고 두 손에 침을 바르더니 노를 다시 고쳐 쥐었다.

마침내 헤어져야 할 시간이 다가왔다! 이별은 무척 슬펐다.

레옹은 롤레 아주머니에게 편지를 보내겠다고 했다. 그러자 엠마가 이중으로 편지를 봉해 보내라고 자세한 주의를 해서 레옹은 그녀의 사랑의 기교에 감탄했다.

"당신 그 일은 정말 틀림없으시죠?"

그녀가 작별의 키스를 하며 말했다.

"응, 그럼 물론이지!"

그 뒤 그는 혼자 돌아오며 생각했다.

'그런데 그 위임장인가 뭔가에 왜 그렇게 신경을 쓰는 걸까?'

4

레옹은 이윽고 동료들을 더 경멸하게 되고 사귀지도 않았으며 소송 서류 같은 건 일절 거들떠보지도 않았다. 그는 여자한테서 편지가 오기만을 기다렸다. 그리고 어쩌다 편지가 오면 몇 번이고 되풀이해 읽었다. 그는 답장을 썼다. 그리고 욕망과 추억의 힘을 빌려 열심히 그녀를 그려보았다. 만나고 싶은 생각은 헤어져 있다고 해서 덜해지기는커녕 날이 갈수록 더해져서 마침내 그는 토요일 아침 법률 사무소를 살짝 빠져나왔다.

언덕 꼭대기에 이르자 골짜기 사이에 있는 종루와 그 종루의 양철 풍향계가 바람에 빙글빙글 도는 것이 보였다. 그러자 그는 백만장자가 고향을 방문했을 때 느낄 만한 잔뜩 부푼 허영심과 이기적인 감동이 뒤섞인 환희를 느꼈다.

그는 그녀의 집 근처를 배회했다. 등불이 하나 부엌에서 빛나고 있었다. 그는 엠마의 그림자가 아닌가 하고 커튼 뒤를 엿보았으나 아무것도 보이지 않았다.

르프랑수와 아주머니는 그를 보자 대단히 기뻐하며 "키가 커지고 몸이 야위었다"고 말했다. 그와 반대로 아르테미즈는 "튼튼해지고 얼굴이 그을렀다"고 했다.

레옹은 그전처럼 좁은 방에서 저녁식사를 했다. 그러나 수세 관리 비네와 함께가 아니고 혼자였다. 왜냐하면 비네는 이제 '제비'를 기다리는 데 진절머리가 나서 식사를 한 시간 앞당겨 5시에 들기로 결정했기 때문이다. 그래도 여전히 '낡아빠진 마차'가 또 늦었다고 투덜댔다.

레옹은 결심하고 의사의 집을 방문했다. 부인은 거실에 있었는데 15분이나 지나서야 겨우 내려왔다. 샤를은 그와 만나서 무척 기뻐하는 것 같았다. 그러나 그날 밤도 또 그 이튿날도 하루 종일 그는 집을 비우지 않았다.

레옹은 그날 밤이 다 저물어서야 겨우 뒤쪽 샛길에서 혼자 있는 엠마와 만났다. 전번 남자와 만난 바로 그 오솔길에서! 때마침 폭풍우가 불어 두 사람은 한 우산 속에서 번갯불이 번쩍이는 것을 보며 이야기를 주고받았다.

헤어지는 것이 괴로워 정말 견딜 수가 없었다.

"차라리 죽어버렸으면!"

엠마가 말했다.

그녀는 울면서 레옹의 팔에 매달려 몸부림쳤다.

"안녕……! 안녕……! 다음엔 또 언제 만날 수 있을까?"

그들은 헤어져 가다가는 다시 돌아와 서로 꼭 껴안았다. 그리고 그때 그녀는 레옹에게 무슨 방법으로라도 최소한 일주일에 한 번씩은 자유롭게 만날 수 있는 기회를 가까운 시일 안에 만들겠다고 약속했다. 그녀는 그럴 자신이 있었다. 게다가 밝은 희망이 있었다. 돈이 손에 들어올 전망이 있었던 것이다.

돈이 들어오자 그녀는 거실에 치기 위해 뤼르가 헐값이라고 떠벌이는 노란 바탕에 큰 무늬가 있는 커튼을 두 폭 샀다. 그녀는 양탄자도 깔고 싶어 했다. 그러자 뤼르는 "뭐 별 거 아닙니다" 하고 한 장 갖다주마고 약속했다. 그녀는 이제 이 상인의 도움 없이는 아무것도 할 수 없게 되었다. 하루에 몇 번 불러도 그는 불평 한마디 없이 자기 일을 버리고라도 달려왔다. 또 롤레 할멈이 왜 매일같이 그녀의 집에 와서 점심식사를 하는지, 또 왜 특별히 엠마를 만나러 오는지 세상 사람들은 몰랐다.

초겨울인 요즘 엠마는 무척 음악 열에 들떠 있는 것같이 보였다.

어느 날 밤 샤를이 듣고 있을 때 그녀는 같은 곡을 연거푸 네 번이나 되풀이해 치며 몹시 안절부절못했다. 그러나 보통 때와 다르다는 것을 별로 눈치 채지 못한 샤를이 말했다.

"좋은데! 멋져……. 그냥 하지 그래…… 자, 계속해!"

"아아! 안 되겠어요! 엉망이에요! 손가락이 아주 굳어버렸어요."

이튿날 샤를은 다시 그녀에게 뭣이든 좀 쳐보라고 했다.

"좋아요. 정 그러시다면."

다 듣고 난 샤를이 조금 서툴러진 것 같다고 말했다. 그녀는 악보를 보지 않고 아무렇게나 쳤다. 그리고 쾅 하고 멈추더니 탄식했다.

"아아! 이젠 틀렸어, 개인 지도를 받아야 해요. 하지만……."

그녀는 입술을 깨물고 덧붙였다.

"수업료가 매번 20프랑씩이라니 너무 비싸요!"

"음, 그렇군…… 약간."

샤를은 사람 좋은 웃음을 띠며 말했다.

"하지만 좀 더 싸게 배울 수도 있을 거요. 이름 없는 음악가라도 유명한 선생보다 잘 가르치는 수가 있으니까."

"그런 사람을 찾을 수 있으면 좋을 텐데."

엠마는 대답했다.

이튿날 밖에서 돌아온 샤를은 짓궂은 눈초리로 엠마를 바라보았다. 그리고 끝내 참지 못하고 이렇게 말했다.

"당신은 가끔 이상하게 고집을 부리는 일이 있어! 오늘 내가 바르포셰르에 다녀왔소. 그런데 거기 리에자르 부인 말이 수도원에 다니는 자기 딸 셋은 한 번에 2프랑 반을 내고 레슨을 받고 있다나. 게다가 선생도 아주 유명한 여자분이래."

엠마는 어깨를 으쓱했다. 그리고 다시는 피아노 뚜껑을 열지 않았다.

그러나 그 옆을 지날 때는(물론 샤를이 있을 때에 한해서) 한숨을 쉬며 말했다.

"아아! 피아노가 가엾기도 해라!"

그리고 손님이 오면 반드시, 자기는 피치 못할 사정으로 음악을 포기했다고 말했다. 그러면 손님들은 모두 썩 애석하게 여겼다. 딱하기도 해라! 그렇게 소질이 있는데! 하며 샤를에게도 그 말을 하고 그가 나쁘다고 대놓고 나무랐다. 특히 약제사는 제일 앞장서서 나무랐다.

"선생, 그래서는 안 됩니다! 천부적 재능을 썩혀서는 안 돼요. 게다가 생각해보시오. 부인에게 공부를 시켜두면 후에 댁의 아이들에게 음악 교육을 시키는 데 비용이 들지 않을 게 아닙니까! 난 이렇게 생각합니다. 아이들의 교육은 반드시 어머니가 해야 한다고. 이건 바로 루소의 사상입니다만, 아직까지도 약간 새로운 생각일지는 모르지만 이 사상은 언젠가는 반드시 승리를 거둘 것입니다. 모유 양육이라든지 종두(種痘)처럼."

이리하여 샤를은 다시 피아노 문제를 꺼냈다. 엠마는 이런 거 차라리 팔아버렸으면 좋겠다고 불쾌하게 대답했다. 자기에게 그토록 큰 자부심과 만족을 주던 피아노가 어딘가로 팔려간다는 것은 보바리 부인에게는 마치 자기의 일부분이 죽는 것만큼이나 괴로운 일이기는 했다.

"자주는 못 받더라도 레슨을 가끔 받아보는 게 어떻겠소? 그러면 비용도 그렇게 많이 들지는 않을 테니까……"

"레슨은 계속 받지 않으면 손에 익지 않아요."

이렇게 하여 결국 그녀는 일주일에 한 번씩 애인을 만나러 시내로 갈 수 있는 허락을 남편에게서 얻었다. 한 달이 지나자 모두들 부인의 솜씨가 상당히 늘었다고 말했다.

5

목요일이었다. 엠마는 일어나서 샤를이 깨지 않도록 조심스럽게 옷을 주워 입었다. 너무 일찍부터 준비하는 것을 보면 혹시 남편이 잔소리를 할지 모르기 때문이었다. 옷을 다 입자 그녀는 방 안을 왔다 갔다 했다. 그리고 창가에 서서 한참 광장을 내려다보았다. 약방 문은 아직 닫혀 있고 간판의 큰 글자만이 희끄무레한 빛 속에 훤히 떠 보였다.

시계가 7시 15분을 가리키자 그녀는 '금사자'로 갔다. 아르테미즈가 하품을 하며 문을 열었고 부인을 위해 잿속에 묻어둔 불을 꺼내 주었다. 엠마는 혼자 우두커니 부엌에 있었다. 그리고 이따금 밖으로 나가 보았다. 이베르는 천천히 말을 마차에 매면서 르프랑수와 아주머니가 목면 보닛을 쓴 머리를 창 밖으로 내밀고 여러 가지 부탁을 하고 다른 사람이라면 귀찮아할 정도로 설명하는 것을 듣고 있었다. 엠마는 발이 시려워서 구둣바닥을 안뜰 돌 위에 탕탕 굴렀다.

드디어 이베르가 식사를 끝내고 외투를 입고 파이프를 피워 물고는 채찍을 쥐고 천천히 마부석에 올라 앉았다. '제비'는 가벼운 걸음으로 달리기 시작했다. 그리고 10킬로미터쯤 오는 동안 여기저기 멈추어 서서 길바닥이나 집 울타리 앞에서 마차를 기다리는 손님을 태웠다. 전날 자리를 예약해놓은 사람들이 기다리고 있었으나 그중에는 아직 집에서 일어나지도 않은 사람도 있었다. 그럴 때마다 이베르는 소리쳐 부르기도 하고, 욕설을 퍼붓기도 하고, 일부러 마부석에서 내려가 부서져라고 탕탕 문을 두드리기도 했다. 틈이 많이 갈라진 마차 창문으로 바람이 세차게 불어 들어왔다.

그러는 동안 의자 네 개가 모두 찼고, 마차는 빠른 속도로 달리기 시작했다. 능금나무들이 쭉 줄지어 서 있는 것이 보였다. 그리고 누런 물이 괸 두 개의 도랑 사이로, 길은 지평선 저쪽 끝까지 차차 가늘게 아득히 뻗쳐 있었다.

엠마는 이 길의 끝에서 끝까지를 모두 알고 있었다. 목장 다음에는 도표가 있고, 그 앞에는 느릅나무며 창고 그리고 도로 수리공의 오막살이가 있었다. 어떤 때는 "어머" 하고 깜짝 놀라게 되나 보려고 일부러 눈을 감을 때도 있었다. 그러나 역시 앞에 남은 거리만은 언제나 느낌으로 분명히 알 수 있었다.

이윽고 벽돌 건물들이 차차 많아지자 지면은 차바퀴 밑에서 소리를 내며 울리고 '제비'가 뜰과 뜰 사이를 누비며 지나갔다. 뜰에는 석상이며 포도나무며 잘 다듬은 주목(朱木)이며 그네가 엉성한 울타리 사이로 보였다. 그러다가 문득 거리가 눈 앞에 나타났다.

거리는 마치 계단식 언덕 모양으로 아래로 차차 내려가고 안개 속에 잠겨 다리 저쪽에 흐릿하게 펼쳐졌다. 저 멀리에는 널따란 벌판이 단조로운 기복을 이루며 희뿌옇고 아득한 하늘 밑까지 끝없이 이어졌다. 이렇게 높은 곳에서 보니 전체의 경치는 한 폭의 그림처럼 고요했다. 닻을 내린 배들이 한쪽에 모여 있고, 강물은 푸른 언덕 밑으로 굽이치고, 길쭉한 섬들은 마치 꼼짝하지 않는 커다란 검은 물고기처럼 물 위에 둥둥 떠 있었다. 공장의 굴뚝은 커다란 갈색 연기를 내뿜고 연기는 위에서부터 차차 사라져갔다. 주물 공장에서 나는 울부짖는 듯한 소음이 성당의 낭랑한 종소리와 함께 아득히 들려왔다. 큰길가의 가로수는 잎이 다 떨어지고, 집집의 뜰 한복판에는 자줏빛 가시덤불이 무성했다. 그리고 비에 젖은 지붕이 집의 높이에 따라 높게 또 낮게 빛을 반사했다. 때때로 바람이 휙 불어와 구름을 생트카트린느 언덕 쪽으로 몰아갔다. 그 모습은 커다란 파도가 절벽에 부딪쳐서 소리없이 부서져 사라지는 광경과 흡사했다.

엠마에게는 여기 이렇게 모여 사는 모든 것으로부터 눈부신 무엇인가가 발산되는 것처럼 생각되었고, 거기에서 움직이는 12만의 영혼의 정열이 열풍처럼 한꺼번에 몰려오는 것 같아 가슴이 한껏 부풀었다. 그녀의 사랑은 이 넓은 공간 앞에서 한층 넓게 퍼지고 주위에 피어오르는 막연한 소음 속에서 한층 소란하게 흔들렸다. 그녀는 애정을 밖으로, 또 광장으로, 산책로로, 길거리로 돌아가며 쏟았다. 그러자 그 노르망디의 옛 도시는 그녀가 들어가려는 한없이 넓은 도시, 마치 바빌론의 도시처럼 눈 아래 펼쳐지는 것이었다. 그녀는 두 손으로 창틀을 잡고 몸을 내밀어 시원한 바람을 마셨다. 삼두 마차는 쏜살같이 달리고 진흙 속에서 조약돌 소리를 내며 차체가 마구 흔들렸다. 이베르는 멀리서 큰길을 지나가는 이륜 마차를 향해 소리쳤다. 브와 기욤에서 밤을 보낸 시민들은 조그마한 가족용 마차로 천천히 언덕을 내려가고 있었다.

마차는 거리 입구에서 멈추었다. 엠마는 덧신을 벗고 장갑을 바꾸어 끼고 숄을 고쳐 두르고 스무 걸음쯤 더 가 '제비'에서 내렸다.

마침 거리가 막 잠에서 깨어나려 하고 있었다. 터키 모자를 쓴 점원들은 가게 진열장을 닦고, 허리에 바구니를 찬 행상 여인들은 길모퉁이에서 소리를 질렀다. 엠마는 검은 베일을 늘어뜨리고 기쁨에 얼굴을 빛내며 눈을 내리깔고 걸어갔다.

평소에 그녀는 남의 눈을 꺼리어 지름길을 이용하지 않았다. 그녀는 어두운 뒷골목으로 들어가 나시오날 거리를 분수가 있는 곳까지 땀투성이가 되도록 한달음에 걸어갔다. 이 곳은 극장과 선술집과 창부들이 모여 있는 거리였다. 짐마차가 연극 배경을 싣고 흔들거리며 엠마의 곁을 지나갔다. 앞치마를 두른 급사들이 길 옆 푸른 관목 사이에 모래를 뿌렸다. 독한 압생트주와 엽궐련과 굴 냄새가 풍겨왔다.

그녀는 어떤 골목을 돌아 들어갔다. 그리곤 모자에서 빠져나온 곱슬머리로 대뜸 그의 모습을 알아보았다.

레옹은 보도 위를 멈추지 않고 계속 걸어갔다. 엠마는 그의 뒤를 따라 호텔까지 갔다. 그는 층계를 올라가 방문을 열고 들어갔다…….
아아, 얼마나 열렬한 포옹인가!

키스에 이어 이야기가 끝없이 쏟아져나왔다. 그들은 그 주일에 일어났던 슬픈 일, 예감 그리고 초조하게 기다린 편지에 대해 이야기했다. 그러나 지금은 모든 것을 잊어버릴 수 있었다. 두 사람은 즐겁게 웃고 다정하게 서로 이름을 부르며 서로의 얼굴을 마주 보았다.

침대는 배 모양을 한 커다란 마호가니였다. 빨간 터키 비단 커튼이 천장에서부터 베개 바로 옆으로 늘어져 아치형으로 낮게 매어져 있었다. 엠마가 부끄러운 듯 두 손으로 얼굴을 가리며 살이 드러난 팔을 오므릴 때, 그 붉은빛 바탕 위에 뚜렷이 드러나는 그녀의 갈색 머리와 흰 살결, 그것만큼 아름다운 것은 이 세상에 없었다. 수수한 양탄자에 화려한 장식품, 게다가 빛이 조용히 비쳐드는 이 따뜻한 방은 그야말로 사랑을 풀기에는 가장 적당한 곳이었다. 화살처럼 끝이 뾰족한 막대며, 구리로 된 커튼 핀이며, 난로 옆 장식 선반의 굵직한 구슬 장식들이 햇빛이 비치자 반짝하고 빛났다. 벽난로 위의 촛대 사이에는 귀를 갖다 대면 바다의 파도 소리가 들려온다는 커다란 장밋빛 조개껍질이 두 개 놓여 있었다.

화려한 아름다움은 약간 퇴색해 있었지만 밝고 편안한 이 방은 두 사람에게 얼마나 마음에 드는가! 가구는 언제 보아도 제자리에 놓여 있었다. 지난 목요일에 그녀가 잊어버리고 간 머리핀이 시계 받침 밑에 그대로 놓여 있을 때도 있었다. 그들은 난로 옆, 자단을 박은 작은 원탁에서 식사를 했다. 엠마는 한껏 애교 있는 목소리로 말하며 요리를 잘게 잘라 레옹의 접시에 놓아주었다. 그리고 샴페인의 거품이 가벼운 술잔에서 넘쳐 그녀의 반지에 흐르면, 엠마는 드높은 소리로 장난스러운 웃음을 터뜨렸다. 그들은 서로가 상대를 완전히 자기 것으로 만든 기분에 잠기고, 그들 자신의 집에 있는 것 같은 착각에 빠졌다. 그리고 젊은 부부처럼 언제까지나 죽을 때까지 그 곳에 살고 싶다고 생각했다. 그들은 곧잘 우리들의 방이니, 우리들의 양탄자, 우리들의 소파라고 말했다. 또 엠마는 내 덧신이라고까지 했다. 그것은 엠마가 가지고 싶어 해서 레옹이 선사한 백조의 깃털로 가장자리를 장식한 장밋빛 공단으로 만든 실내화였다. 레옹의 무릎에 앉으면 그녀의 두 다리는 언제나 바닥에 닿지 않고 매달려 흔들흔들했다. 그러면 뒤축이 없는 그 귀여운 신발은 그녀의 맨발 발가락 끝에 겨우 걸쳐져 있곤 했다.

처음으로 레옹은 여자의 우아함에서 뭐라 형용할 수 없는 미묘한 기분을 맛보고 있었다. 지금같이 그는 그토록 애교 있는 말씨와 이토록 꼭 맞는 옷과 잠든 비둘기 같은 황홀한 자태를 본 일이 없었다. 그는 엠마의 흥분한 영혼과 치마에 달린 레이스에 함빡 빠졌다. 게다가 이 여자는 '상류 부인'이고 남의 아내가 아닌가! 그런 만큼 더욱 정부다운 여자가 아닌가?

더욱이 본래가 변덕스러운 성미인 그녀는 기분이 내키는 대로 때때로 침울했다가, 떠들다가, 조용했다가, 흥분했다가, 화를 내서 끊임없이 레옹으로 하여금 무수한 욕망을 일으키고 갖가지 본능과 추억을 불러일으키게 했다. 그녀는 모든 소설 속에 등장하는 연인이었으며, 모든 희곡의 여주인공이었고, 또 모든 시집 속에 나오는 막연한 '그녀'였다. 레옹은 엠마의 어깨에서 '목욕하는 할렘 여인'의 호박색을 연상했다. 그녀는 긴 가운을 걸친 봉건 시대 성주의 부인 같았고, 또한 '바르셀로나의 창백한 여인'과도 비슷했다. 그러나 무엇보다도 그녀는 천사였다!

그녀를 보고 있노라면 레옹의 영혼은 그녀를 향해 빠져나가 그녀의 얼굴 주위에서 파도처럼 퍼지고 그녀의 하얀 가슴속에 그대로 빨려들어가는 것 같은 느낌이었다.

레옹은 엠마 앞에 무릎을 꿇고 앉았다. 그리고 무릎에 양팔을 괴고, 미소지으며 얼굴을 말없이 바라보았다.

그녀는 레옹에게 몸을 굽혀 황홀하게 취한 목소리로 숨이 막힌다는 듯 속삭였다.

"움직이지 마세요! 아무 말도 하지 마세요! 나만 똑바로 봐요! 당신 두 눈에서 뭔가 즐겁고 정다운 것이 풍겨 정말 기분이 좋아요!"

그리고 그를 '도련님'이라고 불렀다.

"도련님, 내가 좋아요?"

그러고서 대답도 듣지 않고 곧장 입술을 레옹의 입에 갖다 대었다.

탁상시계 위에는 청동으로 만든 작은 큐피드가 황금빛 화환 밑에 두 팔을 꾸부리고 교태를 부리고 있었다. 둘은 그것을 보고 곧잘 웃었다. 그러나 그것도 헤어질 때가 되면 우습게 보이지가 않았다.

서로 마주 앉아 꼼짝도 하지 않은 채 그들은 되풀이해 말했다.

"자, 다음 목요일……! 목요일이에요!"

갑자기 엠마는 레옹의 머리를 두 팔로 껴안고 안녕히, 라고 말하며 이마에 키스를 한 다음 재빨리 계단을 뛰어내려갔다.

그녀는 머리를 고치러 코미디 거리에 있는 미장원으로 갔다. 벌써 해가 져 밤이 되어 있었다. 미장원에는 가스등이 켜져 있었다.

극장에서 배우들에게 공연 시간을 알리는 종소리가 들렸다. 그러자 바로 눈 앞에 얼굴에 하얀 칠을 한 남자와 빛이 바랜 의상을 입은 여자들이 분장실로 들어가는 것이 보였다.

천장이 몹시 낮고 가발과 포마드가 잔뜩 늘어서 있는 사이에서 난로가 소리를 내며 타고 있는 이 방은 무척 더웠다. 머리를 지지는 냄새와 함께 기름 묻은 손이 머리를 매만져주자 그녀는 곧 나른해져서 화장옷을 입은 채 한참 동안 꾸벅꾸벅 졸았다. 미장원의 미용사들은 머리를 매만지면서 가면무도회의 표를 그녀에게 억지로 권했다.

얼마 뒤 엠마는 거기를 나왔다. 그리고 거리를 몇 개 거슬러 올라가서 '적십자' 여관에 도착했다. 거기에서 그녀는 오늘 아침 의자 밑에 숨겨두었던 비신을 꺼내 신고, 기다리기에 지친 승객들 틈 사이를 헤치고 자기 자리에 가 털썩 주저앉았다. 몇 사람은 언덕 밑에서 내렸다. 어떤 때는 그녀 혼자만 마차 속에 남는 때도 있었다.

모퉁이를 돌아갈 때마다 거리의 등불들이 뚜렷이 밝게 비쳤다. 분별할 수 없을 정도로 옹기종기 모인 집들 위에 뿌연 광선이 안개처럼 짙게 깔려 있었다. 엠마는 의자의 방석 위에 무릎을 꿇고 앉아 그 눈부신 등불이 빛나는 쪽을 바라보았다. 그러면서 그녀는 흐느끼며 레옹의 이름을 불렀다. 그에게 사랑의 말과 키스를 보냈으나, 그것은 곧 불어오는 바람에 휘말려 어디론가 사라져버리고 말았다.

언덕 위 길가에 거지가 한 사람 지팡이를 짚고 서서 마차가 오는 것을 기다리고 있었다. 겹쳐 댄 낡아빠진 옷을 걸쳐 입고, 얼굴은 주발처럼 둥그래진 낡은 모자에 가려 거의 보이지 않았다. 그러나 그 모자를 벗자 거의 눈꺼풀이 없는 핏발 선 커다란 두 눈이 나타났다. 빨갛게 짓무르고 고름이 흘러 코 근처까지 푸른 옴병처럼 눌어붙어 있었다. 그리고 시커먼 콧구멍에서는 쉴 새 없이 찌륵찌륵 소리가 났다. 무슨 말을 할 때는 하늘을 쳐다보며 백치처럼 웃었다. 그럴 때면 푸른 빛을 띤 눈동자는 관자놀이 근처로 바싹 달라붙어, 그 위에 있는 커다란 상처 끝에 가 닿았다.

거지는 마차 뒤를 따라가며 낮은 소리로 노래를 불렀다.

구름 한 점 없이 맑게 갠 날
아가씨는 사랑을 꿈꾼다.

그리고 그 다음에는 새들과 햇빛과 나뭇잎의 노래가 이어졌다. 이따금 거지는 모자도 쓰지 않은 채 불쑥 엠마의 뒤에 나타나곤 했다. 그녀는 놀라 소리를 지르며 뒤로 물러섰다. 그러면 마부 이베르는 그 거지를 놀리며 생 로맹 시장에 판잣집을 하나 구하라는 둥 네 정부는 어찌 되었느냐는 둥 웃으며 물었다.

마차가 달릴 때, 거지의 모자가 창 밖에서 불쑥 안으로 들어올 때도 있었다. 거지는 마차 바퀴의 진흙을 뒤집어쓰면서도 한 팔로 마차 발판에 바싹 달라붙어 있었다. 그의 목소리는 처음에는 약하디 약한 어린애의 울음소리 같았으나 차차 날카로워졌다. 그러면 그 소리는 뭐라 형용할 수 없는 고통을 호소하는 울부짖음처럼 어둠 속에 긴 여운을 남기고 사라졌다. 방울소리와 우수수 흔들리는 나뭇가지 소리와 함께 덜커덕거리는 차 소리는, 마치 아득한 옛날의 무엇을 연상시켜 엠마의 마음을 견딜 수 없이 흔들어놓았다. 회오리바람이 일어나듯 엠마의 영혼 깊숙이 파고들어와 끝없는 울음의 세계로 몰고 갔다. 그러나 마차가 한쪽으로 기우는 것을 알자 이베르는 채찍을 들어 그 장님을 힘껏 내리쳤다. 가죽 채찍이 상처를 찰싹하고 때렸다. 그러자 장님 거지는 비명을 지르며 진창 속으로 나가떨어졌다.

이윽고 '제비'에 탄 손님들이 꾸벅꾸벅 졸기 시작했다. 입을 쩍 벌린 사람, 고개를 푹 숙인 사람, 또 옆사람 어깨에 기대어 가죽 손잡이를 잡은 채 흔들리는 마차에 따라 규칙적으로 흔들리는 사람도 있었다. 말 방둥이께에 걸려 있는 불빛이, 밤색 옥양목 커튼을 통해 차 안에 비쳐들어 꼼짝 않고 있는 손님들 위에 핏빛 같은 그림자를 던졌다. 엠마는 슬픔으로 옷 속에서 바들바들 떨었다. 점점 발끝은 시려오고 금방 죽을 것 같은 느낌이었다.

샤를은 집에서 그녀를 기다렸다. '제비'는 목요일이면 언제나 연착했다. 드디어 부인이 돌아왔다. 그녀는 딸에게 변변히 키스도 해주지 않았다. 저녁 준비도 아직 되어 있지 않았다. 그러나 그런 건 아무래도 좋았다. 그녀는 하녀를 나무라지도 않았다. 이제는 하녀가 무슨 짓을 해도 상관하지 않았다.

남편은 엠마의 얼굴이 창백한 것을 보고 병이 난 게 아니냐고 곧잘 물었다.

"아니에요."

"하지만 오늘밤은 당신 아무래도 이상한데?"

"아니라니까요! 아무것도 아니에요! 아무것도!"

어떤 날은 돌아오자마자 곧장 위층으로 올라가버리는 때도 있었다. 그러면 마침 와 있던 쥐스탱이 발끝으로 조심스레 다니며, 눈치 빠른 하녀보다 더 능란하게 그녀의 시중을 들었다. 성냥과 촛대와 책 같은 걸 적당한 장소에 놓아주고 잠옷을 꺼내고 이불을 내어 잠자리까지 준비해주었다.

"자, 이제 됐으니까 돌아가요."

엠마는 말했다.

쥐스탱이 갑자기 망상의 무수한 실오라기 속에 얽힌 듯, 손을 축 늘어뜨리고 눈을 멍하니 뜬 채 우두커니 서 있었기 때문이었다.

이튿날은 괴로운 하루였다. 그리고 그 다음 며칠 동안은 행복을 다시 잡고 싶은 초조감과 눈앞에 어른거리는 환영에 한층 자극받은 욕망때문에 잠시도 가만히 있지 못했고, 그 욕망은 일주일 후 다시 레옹의 품에 안길 때까지 타올랐다. 레옹의 정열은 엠마에 대한 감탄과 감사의 기분을 나타내는 데 온 정신이 빼겨 그 그늘 밑에 깊이 감추어져 있었다. 엠마는 이러한 사랑을 조심스럽게 음미하며 사랑의 기교를 다해 유지하려 하면서도, 이런 것이 언젠가는 모두 사라져버릴 것이 아닌가 늘 불안해했다.

이따금 그녀는 부드럽고 낮은 목소리로 말했다.

"아아! 당신은 언젠가는 나를 버릴 테죠, 네…… 당신은 결혼하시겠죠……. 당신도 딴 남자들과 마찬가지겠죠."

"딴 남자?"

"세상 남자들 말이에요."

그녀는 대답했다. 그리고 그를 살짝 밀며 덧붙였다.

"남자들은 전부 뻔뻔스럽거든요!"

어느 날 두 사람이 이 세상의 덧없음에 대해 각기 자기 철학을 이야기하던 도중, 엠마는 (레옹의 질투심을 시험하기 위해서였는지, 혹은 자신의 마음속에 있는 비밀을 몽땅 털어놓지 않고는 견딜 수 없어서였는지) 일찍이 레옹을 사랑하기 전에 다른 남자를 사랑한 일이 있다고 고백해 버렸다.

"그렇지만 당신만큼은 사랑하지 않았어요."

엠마는 덧붙였다. 그리고 '아무 일도 없었다는 것'을 딸의 목숨을 걸고 맹세했다.

청년은 엠마의 말을 믿었다. 그러나 그가 무엇을 하는 사람인가 물었다.

"해군 대령이었어요."

이 대답은 그의 모든 쓸데없는 질문을 막고, 또 동시에 호탕한 성격으로 세상의 인기를 모으는 남자를 매혹시켰다는 것으로 자기를 한층 훌륭하게 보이려고 한 것이 아니었을까?

서기는 그때 자기의 지위가 비천함을 느꼈다. 견장과 훈장과 직함이 부러웠다. 엠마는 이런 것들을 좋아하는 게 틀림없었다. 그는 그녀의 사치한 생활로 미루어 전부터 그것을 알았다.

그러나 엠마는 그 외에도 어이없는 사치한 소망들을 가슴에다 간직하고 있었다. 예를 들어 루앙에 갈 때는 파란 칠을 한 이륜 마차에 영국 말을 달고 승마 구두를 신은 마부에게 고삐를 쥐게 하는 따위였다. 이러한 허영심을 부채질한 것은 쥐스탱으로, 그는 그녀에게 자기를 마부로 써달라고 부탁했다. 이러한 자가용 마차가 없다고 해서 밀회 때마다 루앙에 도착했을 때의 기쁨이 감소되는 것은 아니었지만, 만나고 나서 돌아올 때의 고통은 확실히 더해지는 것이었다. 둘이서 파리 얘기를 한 다음이면 엠마는 곧잘 이렇게 속삭이곤 했다.

"아아! 파리에 가서 산다면 얼마나 좋을까!"

"지금은 행복하지 않소?"

청년은 엠마의 머리를 쓰다듬으며 부드럽게 말했다.

"물론 행복하죠. 자, 키스해주세요!"

엠마는 전보다는 다정하게 남편을 대했다. 낙화생 크림을 만들어 주기도 하고, 저녁식사 후에는 왈츠를 쳐주기도 했다. 샤를은 자기가 세상에서 제일 행복한 사람이라고 생각했다. 아무 걱정도 없이 지내던 엠마에게 어느 날 밤 불쑥 샤를이 물었다.

"랑프뢰르 양이라고 했지, 당신이 피아노 레슨받고 있는 선생이?"

"네."

"사실은 조금 전에 리에자르 부인 댁에서 그분을 만났소. 그런데 당신 이야기를 했더니 그 사람 당신을 모르던데."

굉장한 충격이었다. 그러나 엠마는 천연덕스럽게 대답했다.

"그럴 리가 있겠어요! 제 이름을 잊어버린 모양이군요!"

"루앙에 랑프뢰르라는 피아노 선생이 또 있나 보지?"

"아, 그럴 수도 있겠네요!"

그렇게 말하고는 덧붙여 말했다.

"그분 영수증을 제가 이렇게 가지고 있는데요, 자! 이것 보세요."

그리고 그녀는 책상 쪽으로 가서 모든 서랍을 뒤지고 서류를 온통 뒤섞어놓았다. 그녀가 너무나 정신없이 굴었기 때문에, 샤를은 그런 아무것도 아닌 영수증으로 그렇게 애를 쓸 필요 없다고 거듭 말했다.

"아니에요! 꼭 찾고야 말겠어요."

사실 그 다음 금요일에 샤를은 자기 옷을 넣어두는 방에서 신을 신다가 구두 바닥에 뭔가 종잇조각이 들어 있는 것을 발견했다. 그는 그것을 꺼내 읽어보았다.

65프랑,

위 금액을 수업료와 기타 작품비로 정히 영수함.

음악 교사 펠리시 랑프뢰르

"도대체 왜 이런 것이 내 구두 속에 들어 있지?"

"아마, 선반 위 낡은 서류통에서 떨어진 모양이네요."

엠마는 말했다.

이 무렵 엠마의 생활은 온통 거짓말투성이였다. 그녀는 그 거짓말 속에 마치 베일로 싸듯 자기의 사랑을 싸 감추었다.

거짓말하는 것이 어쩔 수 없는 필요가 되고, 광적인 버릇이 되고, 쾌락이 되어서, 끝내는 이런 상태에까지 이르렀다. 즉 그녀가 만일, 내가 어제 오른쪽 길로 갔다고 말한다면, 그건 사실은 왼쪽 길로 간 것이라고 생각해야 할 정도였다.

어느 날 아침, 엠마가 언제나처럼 상당히 얇은 옷을 입고 집을 나갔는데 이내 갑자기 눈이 내리기 시작했다. 샤를이 창가에 서서 눈내리는 걸 보고 있으니까 부르니지앙 신부가 튀바슈 군이 모는 마차를 타고 루앙에 가는 것이 보였다. 그래서 샤를은 곧 뛰어내려가 신부에게 두꺼운 숄을 건네주며 '적십자' 여관에 당도하면 엠마에게 전해달라고 부탁했다. 부르니지앙은 여관에 도착하자 즉시 용빌의 의사 부인은 어디 있느냐고 물었다. 여관집 안주인은 그 부인은 이 여관에선 별로 묵지 않는다고 대답했다. 그런데 그날 밤 '제비'에서 보바리 부인을 만나자 신부는 자기가 그 여관에서 당황했던 이야기를 들려주었다. 물론 신부는 이 일을 대수롭지 않게 생각했다. 왜냐하면 신부는 그 이야기 끝에 요즘 대성당에서 대단한 인기를 끌고 있는 설교사에 대한 이야기를 하고, 거리의 부녀자들이 모조리 그 설교를 들으러 간다는 말을 했기 때문이다.

그러나 신부가 설사 이유를 묻지 않았더라도 다른 사람들이 앞으로 더욱더 거리낌 없이 호기심을 나타낼는지 몰랐다. 그래서 그녀는 다음부터는 루앙에 갈 때마다 매번 '적십자' 여관에 묵는 것이 이로울 것이라고 판단했다. 그러면 용빌에서 온 사람들은 그 여관 계단에 그녀가 서 있는 것을 보고 아무 의심을 하지 않을 것이기 때문이다.

그러던 어느 날, 엠마가 레옹과 팔짱을 끼고 '불로뉴' 호텔에서 나오는 것을 마침 뤼르가 지나가다 보았다. 엠마는 그가 소문을 퍼뜨리지 않을까 걱정했지만 그는 그런 바보는 아니었다.

그로부터 사흘 후에 그는 엠마의 방으로 들어와 문을 닫고 말했다.

"돈이 좀 필요한데."

지금은 줄 수 없다고 엠마는 딱 잘라 말했다. 뤼르는 여러 가지 불평을 늘어놓으며 우는 소리를 했다. 그리고 지금까지 그녀에게 해온 여러 가지 친절을 하나하나 들먹였다.

사실 샤를이 서명한 두 장의 차용증서 중 엠마는 지금까지 한 장밖에 지불하지 못했다. 게다가 그 남은 서류도 그녀의 간청에 따라 다른 두 장과 교환하고, 그 두 장조차 지불 기한을 훨씬 연기하여 놓았던 것이다. 이어서 그는 외상 목록을 주머니에서 꺼냈다. 그 목록들이란 커튼, 양탄자, 의자 커버용 천, 몇 벌의 옷, 그리고 여러 가지 화장품 등으로 그것들의 대금은 무려 2천 프랑이나 되었다.

엠마는 고개를 떨어뜨렸다. 뤼르는 말을 계속했다.

"현금은 없지만 '재산'은 가지고 있으시죠?"

그렇게 말하면서 그는 오말 부근 바르느빌에 있는 거의 쓸모없는 쓰러져가는 집 얘기를 꺼냈다. 샤를의 아버지가 옛날에 팔아버린 작은 농지에 딸린 건물이었다. 뤼르는 이러한 사정을 모두 알고 있었고, 면적은 몇 헥타르쯤 되며 근처에는 누가 산다는 것까지 상세히 알았다.

"나 같으면 그 집을 팔겠습니다. 그러면 빚도 다 갚고 돈도 얼마쯤 남을 텐데요."

엠마가 살 사람을 찾기가 어려울 것이라고 하니까 뤄르는 있을 것 같다고 대답했다. 그녀는 자기 명의로 팔려면 어떻게 해야 하는가를 물었다.

"위임장을 가지고 계시지 않습니까?"

그는 대답했다.

이 말은 엠마에게 마치 한 줄기의 신선한 바람처럼 느껴졌다.

"그 청구서는 놓아두고 가세요."

"아니! 그럴 필요는 없습니다!"

뤄르는 대답했다.

다음 주일에 그가 다시 찾아왔다. 그리고 여기저기 알아본 결과, 값은 확실히 말하지 않으나 전부터 그 땅에 눈독을 들이고 있는 랑글르와라는 남자를 찾았다고 자랑스럽게 말했다.

"값 같은 건 아무래도 좋아요!"

엠마는 말했다.

그러나 그는 그렇게까지 말할 건 없고, 조금 기다리면서 그 남자의 심중을 알아보아야 한다고 했다. 즉 이쪽에서 한번 찾아갈 필요는 있지만 부인이 일부러 가는 건 좀 뭣하니 자기가 랑글르와와 흥정을 하러 가겠다고 나섰다. 한 번 다녀오더니 그는 살 사람이 4천 프랑을 내겠다 한다고 말했다.

엠마는 이 소식을 듣고 굉장히 기뻐했다.

"솔직히 말해서 정말 좋은 값입니다."

그는 덧붙여 말했다.

그녀는 곧 그 반액을 받았다. 그리고 그 계산서의 금액을 지불하려고 하자 상인은 말했다.

"이렇게 소중한 돈을 한꺼번에 내놓게 되시다니 정말 안됐습니다."

엠마는 그 지폐를 내려다보았다. 그리고 그 2천 프랑으로 할 수 있는 수없이 많은 밀회를 머리에 그리며 중얼거렸다.

"뭘요, 뭘요!"

"그렇지 않지요! 계산서에는 아무렇게나 좋은 대로 쓸 수 있습니다. 제가 이래 뵈도 살림살이엔 훤한 인간입니다."

뤄르는 일부러 호인다운 미소를 띠고 말했다.

그는 긴 종잇조각 두 장을 손가락 사이에 끼고 그녀를 똑바로 바라보았다. 그리고 서류 가방을 열고 1천 프랑짜리 약속어음 넉 장을 테이블 위에 늘어놓았다.

"여기에 서명해주시지요. 그리고 돈은 전부 넣어두십시오."

엠마는 너무나 노골적이서 반대했다.

"하지만 어차피 잔금을 치르게 될 테니까, 이렇게 하는 게 당신을 위해서도 좋지 않겠습니까?"

뤄르는 뻔뻔스럽게 대답했다. 그리고 그는 펜을 들고 계산서 밑에 썼다.

일금 4천 프랑

보바리 부인에게서 정히 영수함.

"아무 걱정하실 것 없습니다. 여섯 달만 있으면 저 집의 잔금을 받게 될 테고, 마지막 어음 지불 기일을 그 돈이 들어오고 난 후로 잡을 테니까요!"

엠마는 그 계산에 약간 당황했다. 마치 금화가 자루에서 터져나와 그녀 주위의 마룻바닥 위로 온통 소리를 내며 떨어지기나 한 듯 그녀의 귀는 웅웅거렸다. 마침내 뤄르는 루앙의 은행가에 뱅사르라는 친구가 있는데, 그 사람에게 가서 이 넉 장의 어음의 돈을 미리 받아 가지고 자기 자신이 부인에게 실제 부채를 제한 나머지를 내어드리겠다고 설명했다.

그러나 2천 프랑 대신 뤄르는 1천 8백 프랑밖에 가져오지 않았다. 왜냐하면 친구인 뱅사르는 (당연한 권리로서) 수수료로 2백 프랑을 미리 떼었기 때문이다.

그러고 나서 그는 또 뻔뻔스럽게 영수증을 청구했다.

"아시겠지만…… 장사에서는…… 때때로…… 그러니 날짜를 부탁합니다, 부디 날짜를요."

모든 것이 자기 하고 싶은 대로 될 것 같은 전망이 엠마의 눈앞에 펼쳐졌다. 그녀는 2천 프랑을 몽땅 저금해놓고 차례로 기한이 차는 대로 처음 석 장의 어음을 처리했다. 그러나 어찌 된 영문인지 넉 장째 어음이 어느 목요일에 불쑥 이 집에 날아들었다. 그러자 샤를은 질겁을 하여 아내가 돌아오기를 기다렸다가 그 이유를 물었다.

엠마는, 지금까지 어음에 대한 이야기를 전혀 하지 않은 것은 그가 집안의 번거로운 일에 신경을 쓰지 않게 하려는 것이었다고 말했다. 그리고 남편의 무릎에 올라앉아 남편을 애무하며 다정한 소리로 불가피하게 외상으로 산 물건들을 하나하나 열거했다.

"어때요, 가짓수에 비해선 그렇게 비싼 편은 아니지요?"

난처해진 샤를은 역시 뤄르를 찾아가 도움을 청했다. 뤄르는 만일 당신이 두 장의 어음에 서명만 해준다면 사건을 무사히 처리해주겠다고 말했다.

두 장 중의 한 장은 7백 프랑짜리로 3개월이 만기였다. 샤를은 어머니에게 도움을 청하는 비통한 편지를 썼다. 어머니는 답장을 쓰는 대신 직접 찾아왔다. 엠마가 샤를에게 어머니한테서 얼마를 받았느냐고 묻자 그는 이렇게 대답했다.

"아, 하지만 어머니는 계산서를 보자고 하시는데."

이튿날 아침 일찍 엠마는 뤼르에게로 달려가서 1천 프랑이 넘지 않는 계산서를 한 장 더 만들어달라고 부탁했다. 왜냐하면 4천 프랑의 계산서를 보이는 경우 자연히 그녀가 3분의 2를 지불했다고 말하지 않으면 안 되었고, 그렇게 되면 부동산을 매각한 일과 이 상인의 손으로 유리하게 거래되었다는 것을 고백하지 않으면 안 되었기 때문이었다. 뤼르가 그 일을 잘 처리했기 때문에 그 사실이 드러난 것은 훨씬 뒤였다.

물건들은 모두가 대단히 값이 싼 것이었는데도 보바리 노부인은 낭비가 심하다고 생각했다.

"양탄자 같은 건 없어도 살 수 있잖니? 그리고 의자 커버는 또 왜 바꿨느냐? 내가 젊었을 땐 의자는 한 집에 하나밖에 없었다. 게다가 그건 노인들만이 썼어. 다른 집은 어떤지 몰라도 적어도 우리 어머니는 그러셨어. 정말 짜임새 있는 분이셨지. 아무나 부자 흉내를 내는 줄 아냐! 돈이란 물쓰듯 쓰기 시작하면 한이 없는 거야! 난 부끄러워서도 너희 같은 사치스런 생활은 못 하겠다! 나이도 먹고 해서 정말 이젠 누가 좀 돌보아주었으면 하는 나이가 됐어도…… 아이구! 또 있구나, 사치품이! 뭐! 안감으로 2프랑이라고…… 10수, 아니 8수만 내면 아주 훌륭한 면사를 살 수 있는데."

엠마는 소파에 기대앉아 되도록 침착하게 대답했다.

"아아! 알았어요, 이제 그만 하세요!"

노부인은 설교를 계속하면서, 너희는 결국 돈 한푼 없이 자선병원에서 죽을 것이라고 했다. 그리고 이렇게 된 건 뭐니 뭐니 해도 샤를 탓이라고 말하고, 다행히 그 애는 이제라도 그 위임장을 무효로 하겠다고 약속했다고 말했다.

"뭐라고요?"

"그래! 단단히 약속했다."

노부인은 대답했다.

엠마는 창문을 열고 샤를을 불렀다. 샤를은 할 수 없이 어머니에게 언질을 주었다고 고백할 수밖에 없었다.

엠마는 밖으로 나갔다. 그리고 곧 돌아와서 커다란 종이 한 장을 어머니에게 내밀었다.

"고맙다."

노부인은 말하고 위임장을 불 속에 던져버렸다.

엠마는 깔깔 웃기 시작했다. 드높은 격렬한 웃음이었다. 신경 발작이 일어난 것이다.

"아! 큰일났군!"

샤를이 소리쳤다.

"어머니, 어머니도 나쁘세요! 어머니는 뭐 엠마하고 싸움이나 하러 오셨습니까!"

어머니는 어깨를 으쓱하며 "저건 다 연극이다"라고 딱 잘라서 말했다.

그러나 샤를도 이번만은 반항하여 아내의 편을 들었기 때문에 보바리 노부인은 곧 돌아가겠다고 했다. 이튿날 일찍 어머니는 떠났다.

문간에서 샤를이 붙잡으려고 하자 이렇게 말했다.

"싫다, 싫다! 넌 나보다는 네 처를 더 사랑하지 않느냐. 하긴 그것이 당연하지, 당연하고말고. 할 수 없는 노릇이지! 어쨌든 당분간은 서로 헤어져 있자! 그동안 몸조심이나 해라……. 네 말대로 아마 이제부턴 그 애와 싸우러 오진 않을 거다."

그러나 샤를은 엠마와 마주 앉자 또 당황했다. 자기를 믿지 않았다고 엠마가 노골적으로 불만을 나타냈기 때문이었다. 그래서 샤를은 몇 번이나 빌고 애원한 끝에 전처럼 다시 그녀 앞으로 위임장을 만들어주기로 약속했다. 그들은 곧 기요맹 씨 집으로 가서 먼저처럼 위임장을 해서 받았다.

"당연한 말씀입니다." 공증인이 말했다. "학자가 자질구레한 살림살이에 신경을 쓰시면 안 돼지요."

샤를은 이 말을 듣고 안도의 숨을 내쉬었다. 왜냐하면 이 말로 그의 무능이, 고상한 일에 몰두하고 있기 때문이라는 그럴듯한 구실로 변명되었기 때문이었다.

다음 목요일 호텔 방에서 레옹과 만났을 때, 그녀는 얼마나 격렬한 감정을 느꼈던가! 웃고, 울고, 노래하고, 춤추고, 얼음 과자를 먹고, 담배를 피우고 싶어 했다. 레옹에게는 그러는 그녀가 어처구니없는 여자로 보였지만, 아주 멋지고 매력적으로 보이기도 했다.

엠마의 생에 일어난 어떠한 반동이 그녀를 인생의 향락으로 한층 몰아대고 있는 건지 레옹은 짐작이 가지 않았다. 그녀는 더욱 예민해지고 먹고 싶어 하고 음탕해졌다. 그리고 한길에서도 아무 거리낌 없이, 그녀의 말대로 두려울 것 없이 레옹과 함께 활개치며 걸었다. 그러는 중에도 그녀는 가끔, 혹시 이러다 로돌프와 마주치는 건 아닌가 생각하고 몸을 떨곤 했다. 로돌프와 영원히 헤어지긴 했지만 그 남자의 그림자가 아직 그녀의 어딘가에 남아 있는 것 같아 견딜 수가 없었다.

어느 날 밤, 엠마는 용빌로 돌아오지 않았다. 샤를은 거의 제정신이 아니었다. 어린 베르트는 엄마 없이는 자지 않겠다고 애처롭게 울었다. 쥐스탱은 어디라 할 것 없이 길거리로 헤매며 찾으려 돌아다녔다. 오메까지도 약방에서 밖으로 나왔다.

11시가 되자, 더는 참을 수 없어진 샤를은 마차에 말을 매고 뛰어올라 말을 채찍질해 새벽 2시경 '적십자' 여관에 당도했다. 여관엔 아무도 없었다. 엠마는 서기와 만난 게 틀림없다. 그럼 그 남자의 주소는 어딜까? 다행히 그의 주인의 주소를 생각해낸 샤를은 그리로 달려갔다.

날이 훤히 밝아오기 시작했다. 그는 한 대문 위에 공증인의 문패가 붙어 있는 것을 발견했다. 그는 대문을 두드렸다. 누군가가 문도 열지 않은 채 날카로운 소리로 묻는 말에 대답하며, 누가 밤중에 시끄럽게 남의 집 문을 두드리느냐고 욕설을 퍼부었다.

서기의 집에는 초인종도, 두드리는 문고리도, 문지기도 없었다. 그는 창문을 세게 두드렸다. 순경이 지나갔다. 그는 무서워 그 자리를 피했다.

"아아, 미칠 것 같군. 아마 로르모 씨 댁에서 저녁식사 끝에 붙들린 모양이야."

샤를은 혼자 중얼거렸다.

로르모 씨 가족은 벌써 루앙을 떠난 지 오래였다.

"어쩌면 뒤브뢰이유 부인을 간호하느라고 남아 있는지도 모르겠군. 참, 뒤브뢰이유 부인은 벌써 열 달 전에 죽었지……! 그럼 대체 어디 있단 말인가?"

한 가지 생각이 문득 떠올랐다. 그는 카페에서 연감을 빌려 급히 랑프뢰르 양의 이름을 찾아냈다. 그녀는 르넬 데 마로키니에 거리 74번지에 살고 있었다.

그 거리로 들어섰을 때 저쪽 끝에서 엠마가 나타났다. 샤를은 껴안는다기보다는 거의 달려들다시피하며 이렇게 외쳤다.

"어젠 왜 못 돌아왔소!"

"아팠어요."

"아니, 어디가……? 어디가 아팠어……? 어떻게……?"

엠마는 이마에 손을 대고 말했다.

"랑프뢰르 선생 댁에서."

"그러리라고 생각했소! 지금 거기로 가던 길이오."

"어머! 그럴 필요 없어요." 엠마는 말했다. "선생님은 조금 전에 나가셨어요. 하지만 앞으론 이렇게 걱정하지 마세요. 조금만 늦어도 당신이 이렇게 신경을 쓰신다고 생각하면 전 정말 불편해요."

이제 말하자면, 거리낌 없이 외출할 수 있는 허락을 얻은 것과 같이 되어 엠마는 멋대로 그것을 이용했다. 레옹과 만나고 싶으면 그녀는 무슨 핑계를 대서라도 곧 집에서 나갔다.

그런 날에는 레옹이 기다리고 있지 않기 때문에 그녀는 스스로 법률 사무소까지 찾으러 갔다.

처음에 그것은 무척 재미있는 일이었다. 그러나 조금 지나자 레옹은 솔직하게 털어놓았다. 즉 그런 행동을 주인이 퍽 싫어한다는 것이었다.

"아아, 그래요! 그럼 그냥 나와요."

그 말을 듣고 레옹은 사무소를 빠져나왔다.

엠마는 레옹에게 검은 색으로만 옷을 입으라고 하고, 루이 13세의 초상처럼 턱에 수염을 기르기를 권했다. 그리고 레옹의 하숙집을 보고 싶다고 하고, 보고 나자 평범하다고 했다. 레옹은 얼굴을 붉혔다. 엠마는 상관하지 않고 자기네 커튼과 같은 것을 사라고 하고 청년이 돈이 든다고 반대하자 "어머! 어머! 꽤나 쩨쩨하네요!" 하고 웃었다.

만날 때마다 언제나 레옹은 전번 밀회 이후에 한 일을 낱낱이 보고해야 했다. 언젠가는 시를 보내달라고 했다. 자기를 위한 시를, 자기를 찬양하는 '사랑의 시'를 받고 싶다고 했다. 그러나 레옹은 아무리 해도 둘째 줄의 운(韻)을 생각해낼 수가 없어서 하는 수 없이 삽화가 든 시집에서 소네트 하나를 뽑아 베껴 보냈다.

허영이라기보다는 오로지 엠마의 마음에 들고 싶어서였다. 그는 언제나 그녀의 생각에 반대하는 법이 없었다. 그녀의 어떠한 취미도 다 받아들였다. 그녀가 레옹의 정부라기보다는 차라리 레옹이 엠마의 정부라는 편이 더 적당했다. 엠마는 상냥한 말과 그의 혼을 빼앗는 키스를 지니고 있었다. 너무나 깊이 감추어져 있어 거의 정신적이라고 해도 좋을 이런 기교를 엠마는 도대체 어디서 배웠을까?

6

그녀를 만나러 일부러 왔을 때 레옹은 곧잘 약방 오메의 집에서 식사를 했다. 그래서 이번엔 그 답례로 이쪽에서 약사를 초대해야겠다고 생각했다.

"아, 물론 가고말고!" 오메 씨는 대답했다. "나도 이런 데만 맨날 처박혀 있어서야 되겠나. 기운을 좀 내야지. 자네와 같이 극장에도 가고 요릿집에도 가보세. 한번 실컷 놀아보자고!"

"혹시! 여보, 당신이!"

오메 부인은 남편이 저지르려고 하는 뭔지 모르는 위험한 일을 걱정하며 이렇게 다정하게 나무랐다.

"뭐라고? 당신은 내가 1년 내내 약국에서 약 냄새만 맡아 건강을 해치고 있는 건 생각지 않소? 하긴 여자들이 그렇지. 여자는 학문에도 질투를 하고 또 사람이 기분 전환 한번 한다는 데도 반대를 한단 말이야. 자, 그런 건 신경쓸 것 없고, 레옹 씨, 다 내게 맡기쇼. 그리고 우리 멀지 않은 장래에 루앙에 가 돈을 마음껏 뿌려봅시다. 염려 마시오."

그전 같으면 오메는 이런 말을 삼갔을지 모르나 요즘은 들뜬 파리 취미에 영향을 받아 그것을 좋은 취미라고 생각했다. 그리고 옆집 보바리 부인처럼 도회지의 풍습을 쉴 새 없이 듣고 싶어 했다. 속물들을 놀라게 해주려고 은어까지 써서 '튀른느'(집) '바자르'(집) '쉬카르'(고급) '쉬캉다르'(아주 고급) '브레다 스트리트'(창녀 거리)라든가, '쥐 망 베'(나는 간다)라고 할 것을 일부러 '쥐 므 라 카스'(작별이다)라는 말을 썼다.

어느 목요일에 엠마는 '금사자'의 식당에서 여행복 차림의 오메 씨를 맞닥뜨리자 깜짝 놀랐다. 약제사는 본 적 없는 낡은 외투를 걸치고, 한 손에는 여행 가방을, 다른 한 손에는 약방에 언제나 있던, 발을 쬐는 난로를 들고 있었다. 약방을 비워 단골을 불안하게 해선 안 된다고 그는 이번 여행을 아무한테도 말하지 않았다.

그는 젊은 시절을 보냈던 땅을 오랜만에 보는 것이 자못 즐거운지 차 속에서도 내내 떠들었다. 그리고 루앙에 당도하자마자 마차에서 뛰어내려 곧장 레옹한테로 갔다. 서기가 사양하는 것도 듣지 않고 그는 그를 '노르망디'라는 커다란 술집으로 끌고 갔다. 그리고 이런 유흥장에서 모자를 벗는 건 시골뜨기 같다고 하면서 모자를 쓴 채 위풍당당히 들어갔다.

엠마는 레옹을 45분 동안이나 기다렸다. 기다리다 못한 그녀는 레옹의 사무소로 달려갔다. 그리고 여러 가지 억측을 한 끝에 레옹의 박정함을 원망하고, 자기의 유약함을 나무라며 유리창에 이마를 대고 오후를 보냈다.

두 남자는 2시가 되어서도 그대로 식탁을 사이에 두고 마주 앉아 있었다. 큰 홀은 점점 사람이 줄어들었다. 종려나무 모양을 한 난로의 굴뚝이 흰 천장을 배경으로 금빛 잎사귀 무더기를 동그랗게 펼치고 있었다.

두 사람이 앉아 있는 유리창 너머 저쪽에는 작은 분수가 햇빛을 받으며 대리석 수반에 소리를 내며 떨어지고, 수반에는 겨자나무와 아스파라거스 사이로 축 늘어진 세 마리의 큰 새우가 옆으로 쌓아놓은 메추라기들 앞에까지 발을 쭉 뻗었다.

오메는 무척 기분이 좋았다. 음식보다는 화려한 분위기에 도취되었는지, 포마르주가 몇 순배 돌고 럼주가 든 오믈렛이 나올 때쯤에는 부당한 여성론을 폈다. 그가 특히 매력을 느끼는 것은 멋있는 여자라고 했다. 좋은 가구가 놓인 방에 화려한 옷을 입은 여인이 좋고 몸집은 작은 편이 좋다고 했다.

레옹은 낙심하며 벽시계만 바라보았다. 약사는 마시고 먹고 지껄이다 뚱딴지 같은 말을 했다.

"자네, 루앙에선 부자유스러울걸. 하긴 자네가 좋아하는 사람이 가까운 데 살고 있긴 하지만."

상대가 얼굴이 빨개지는 것을 보자 약제사는 또 말했다.

"자, 고백하지 그래! 그렇지 않다고 말하진 못 하겠지, 용빌에서……."

청년은 말문이 막혀 우물쭈물했다.

"보바리 부인 댁에서 꾀었지?"

"누, 누구를요?"

"하녀 말이야!"

오메가 농담을 한 것은 아니었다. 그러나 레옹은 자존심 때문에 조심해야 할 것도 잊고 진심으로 부정했다. 첫째 그가 좋아하는 여자는 머리가 갈색이어야 한다고 말했다.

"나도 거기엔 동감이야." 약사는 말했다. "그런 여자가 정감도 짙거든."

그리고 상대의 귀에 입을 갖다 대고 여자의 정감이 농후한 것을 어떤 것으로 알 수 있는가를 가르쳐주었다. 이윽고 이야기는 인종론으로까지 발전해 독일 여자는 신경질적이고, 프랑스 여자는 방종하고, 이탈리아 여자는 정열적이라고 했다.

"흑인 여자는 어때요?"

"예술가들이 좋아하지!"

오메는 말하고는 이어서 사환을 불렀다.

"이봐, 커피 두 잔!"

"일어날까요?"

레옹은 참다못해 말했다.

"그럽시다."

그렇게 대답은 해놓고도 오메는 또 나가기 전에 그 건물의 주인을 만나겠다더니 그를 만나 두세 마디 치사의 말을 늘어놓았다.

청년은 오메와 헤어지기 위해서 자기에겐 해야 할 일이 있다고 핑계를 대었다.

"아! 그럼 내가 데려다주지!"

길을 함께 걸으면서 오메는 자기 아내에 대한 이야기, 아이들에 대한 이야기, 약국이 옛날엔 얼마나 형편없었으며, 그것을 자기가 어떻게 오늘날과 같은 훌륭한 가게로 만들었는가 하는 것 등을 이야기했다.

'불로뉴' 호텔 앞에까지 와서 레옹은 즉시 오메와 헤어졌다. 그리고 층계를 뛰어올라왔다. 연인은 잔뜩 흥분해 있었다.

약사의 이름을 듣기가 무섭게 그녀는 화를 발칵 냈다. 레옹은 어쩔 수 없었던 이유를 이것저것 들었다. 내가 일부러 그런 게 아니다, 당신도 오메가 어떤 인물이라는 걸 알지 않느냐, 그리고 그런 남자와 같이 있기를 좋아할 사람이 누가 있겠느냐고 했다. 그러나 그녀는 앵 돌아져 밖으로 나가려고 했다. 레옹은 그녀를 붙들었다. 그리고 털썩 무릎을 꿇고 앉아 욕망과 애원에 가득 찬 괴로운 몸짓으로 그녀의 허리를 두 팔로 껴안았다.

엠마는 똑바로 서 있었다. 타는 듯한 커다란 눈이 무섭도록 똑바로 레옹을 쏘아보았다. 이윽고 두 눈이 차차 눈물로 흐려졌다. 장밋빛 눈꺼풀이 내리깔리고, 엠마는 두 손을 그에게 내밀었다. 레옹이 미친 듯 그 손을 입으로 가져가려고 할 때였다. 사환이 들어와서 어떤 손님이 그를 찾아왔다고 알렸다.

"만나고 돌아오실 거예요?"

"그럼."

"하지만 언제?"

"곧."

"내가 잠깐 계략을 부렸지." 약사는 레옹을 보자 말했다. "내가 여길 찾아오는 걸 싫어하는 것 같아서 아까는 일찌감치 헤어졌던 거야. 어때, 브리두 집에 가서 가뤼스나 한 잔씩 하지 않겠나."

레옹은 사무소에 꼭 돌아가봐야 한다며 거절했다. 그러자 약사는 그런 별것도 아닌 소송 서류며 소송 수속 같은 걸 가지고 뭘 그러느냐며 농담을 했다.

"퀴자스랑 바르토르 같은 건 잠시 좀 잊게나. 그게 뭐 대수야! 자, 안 그렇소. 용기를 내요, 용기를! 이제 브리두로 갑시다. 거기 가면 개가 한 마리 있는데 그놈이 아주 또 별난 놈이죠."

서기가 여전히 고집을 부리자 이렇게 말했다.

"그럼 나도 사무소로 가지. 자네를 기다리는 동안 신문이라도 읽으면 되지 않나, 아니면 법전을 읽든가."

엠마의 화와 오메의 쓸데없는 잡담으로 머리가 아픈 데다, 조금 전에 먹은 점심까지 체해 레옹은 분명히 결단을 내리지 못한 채 약사의 마술에 걸린 듯 우두커니 서 있었다.

"브리두로 가자고! 말팔뤼 거리에서 조금만 더 가면 돼."

이리하여 레옹은 우유부단하고 어리석고, 게다가 마음 내키지 않는 일에도 곧잘 끌려다니는 그런 성격 때문에 어기적어기적 브리두 집으로 따라갔다. 브리두는 좁은 안뜰에서 셀츠 광천수 제조기의 커다란 바퀴를 숨가쁘게 돌리는 세 젊은이를 감독하고 있었다. 오메는 젊은 사람들에게 일일이 말을 걸고 나서 브리두를 껴안았다. 그들은 앉아서 술을 마셨다. 레옹은 몇 번이나 일어서려고 했다. 그러나 그때마다 오메가 번번이 그의 팔을 잡았다.

"조금만 기다려! 나도 갈 테니까. 같이 〈루앙의 등불〉사에 가서 여러 사람들을 만나보세. 토마셍 씨를 소개해주지."

그러나 레옹은 오메를 뿌리치고 날 듯이 호텔로 달려갔다. 그러나 엠마는 이미 그곳에 없었다.

엠마는 화가 잔뜩 나서 이미 나와버렸다. 이제는 레옹 생각만 해도 지긋지긋했다. 밀회의 약속을 어긴 것은 그녀에게는 모욕과 마찬가지였다. 그녀는 그것 말고도 그와 헤어질 구실을 이것저것 찾아보았다.

그는 남자답지 못한 데다가 겁쟁이고, 평범하고, 여자보다 더 소극적이고, 게다가 인색하고 비겁했다.

잠시 후 기분이 좀 가라앉자 엠마는 자기가 너무 지나쳤다는 것을 깨달았다. 그러나 사랑하는 사람을 비방하다 보면 우리는 그 사람과의 사이에 으레 메울 수 없는 거리를 두게 되는 법이다. 우상에 손을 대서는 안 된다. 금박이 벗겨져 손에 남게 되기 때문이다.

그 뒤부터 두 사람은 자기들의 사랑과는 관계없는 일들을 화제로 삼게 되었다. 그리고 엠마가 보내는 편지 속에는 곧잘 꽃이니, 시니, 달이니, 별이니 하는 이야기가 나왔다. 말하자면 엷어진 정열을 외부의 온갖 도움을 받아서나마 되살려보려는 유치한 수단이었다. 그녀는 매번 이번에야말로 꼭 깊은 기쁨을 맛보고 오리라 다짐하지만, 돌아올 때는 번번이 전번과 조금도 다름이 없었다는 것을 인정하지 않을 수 없었다. 그러나 이러한 환멸은 곧 새로운 희망으로 바뀌어 엠마는 전보다 더 강한 정염에 불타고, 전보다 더 레옹을 탐하며 그를 찾아갔다. 그녀는 옷을 거칠게 벗어젖히고 코르셋 끈을 마구 잡아당겼다. 끈은 미끄러져나가는 독사처럼 그녀의 허리께에서 소리를 냈다. 맨발의 발끝으로 걸어서 문이 잘 잠겨졌는가 다시 한번 살펴보고 돌아올 때는 입은 옷을 몽땅 한꺼번에 벗어던졌다. 그리고 창백한 얼굴로 입을 굳게 다문 채 심각한 표정으로 몸을 부들부들 떨며 상대의 가슴에 몸을 던졌다. 그러나 식은땀에 흠뻑 젖은 그 이마에는, 그리고 잘 알아들을 수 없는 말을 중얼대는 그 입술에는, 겁에 질린 듯한 눈동자에는, 필사적으로 껴안은 팔에는 뭔가 막연하지만 심상치 않은 어두운 그림자가 있었다. 레옹은 거기에서, 그 두 사람 사이에 교묘하게 끼어든 그 무엇에서, 두 사람을 갈라놓으려는 뭔가 알 수 없는 어두운 그림자를 직감했다.

그는 이것저것 그녀에게 물어볼 용기가 없었다. 그러나 그녀가 이러한 행위에 익숙한 것을 보면 이러한 일에 고통도 쾌락도 충분히 맛본 여자라고 생각했다. 전에는 그를 매혹시켰던 것들도 이제는 다소 언짢게 느껴졌다. 무엇보다도 자기 자신이 날이 갈수록 그녀에게 흡수되어가는 것에 반발심이 일었다. 그리고 언제나 이기기만 하는 엠마가 원망스러웠다. 그래서 이제 이 여자와 헤어지리라 마음먹다가도 그녀의 구두 소리만 들리면 곧 다시 독한 술의 중독자처럼 끌려들어가는 것이었다.

사실, 엠마는 그에게 음식 맛을 음미하는 것에서부터 의복의 맵시를 내는 법, 육감적인 눈초리를 하는 것에 이르기까지 섬세하게 신경을 써주었다. 용빌에서 장미꽃을 몰래 가지고 와서는 레옹의 얼굴에 뿌리기도 하고, 레옹의 건강을 염려하는가 하면 또 그의 평소의 행동을 충고해주기도 했다. 레옹을 언제까지나 가까이 붙들어 매놓기 위해 하느님의 도움을 청하는 듯 그의 목에 성모상 메달을 달아주기도 했다. 엠마는 또 엄격한 어머니처럼 레옹의 친구 관계를 묻고는 이렇게 말했다.

"그런 사람들과 만나지 마세요! 그렇게 자꾸 밖에 나다니면 안 돼요! 오로지 우리들 일만 생각하세요. 저만을 사랑해줘요! 네!"

그녀는 레옹의 생활을 감시하고 싶었다. 누구를 시켜 미행해볼까 하는 생각이 문득 떠올랐다. 항상 호텔 근처에 서서 행인들을 따라다니는 그 부랑자 같은 남자한테 부탁하면 혹시 들어줄는지도 모른다……. 그러나 막상 구체적으로 생각하자 자존심이 고개를 들었다.

"괜찮아, 상관없어. 속아도 할 수 없지 뭐. 아무렴 어때."

어느 날, 레옹과 일찍 헤어져 혼자 큰길을 걸어 돌아오던 엠마의 눈에 옛날 그녀가 살던 수도원의 벽이 보였다. 그녀는 느릅나무 그늘에 놓인 벤치에 가서 앉았다. 그 시절은 얼마나 태평스러웠던가! 책에서 읽은 대로 상상하려 애쓰던 말로 표현할 수 없는 사랑의 정서를 얼마나 동경했던가!

결혼하고 처음 몇 달 동안 말을 타고 숲속을 산책하던 일이며, 왈츠를 같이 추던 자작, 또 노래를 부른 라가르디, 그런 것들이 모두 눈앞에 떠올랐다……. 그리고 갑자기 레옹의 모습도 다른 남자들과 똑같이 아득히 멀리 보였다.

'하지만 역시 나는 레옹을 사랑하고 있어!'

엠마는 생각했다.

그러나 뭐라 해도 그녀는 행복하지 않았다. 지금까지 한 번도 행복한 적이 없었다. 인생에 대한 이 불만은 대체 어디서 오는 걸까? 의지했던 모든 것들이 차례로 무너지는 건 왜일까? 하지만 만일 어딘가에 아름다운 사람이 있다면, 열정적이고 품위 있는 성격! 천사와 같은 시인의 마음, 하늘의 마음, 하늘을 향해 애조 띤 축혼가를 부르는 청동 하프 같은 마음, 이런 것들을 지닌 사람이 있다면, 그러나 그런 사람이 있다면 왜 만나지 못했겠는가? 아! 다 틀렸다! 일부러 애써 찾을 만한 가치 있는 것은 하나도 없다. 모두 거짓이다! 어떠한 미소에도 권태의 하품이 숨겨져 있다. 어떤 환희에도 저주가, 어떤 쾌락에도 혐오가 숨겨져 있다. 황홀한 키스에조차 충족되지 못한 더 큰 쾌락의 욕망이 입술에 남는 법이다.

금속성의 쓸쓸한 울림이 공중에 긴 꼬리를 끌며, 수도원의 종이 네 번 울렸다. 4시! 엠마는 자기가 영원한 옛날부터 그 벤치에 앉아 있었던 것같이 생각되었다. 무한한 정념은 마치 군중이 비좁은 장소에 모여들 듯 삽시간에 모여드는 법이다. 엠마는 스스로 정념의 포로가 되어 매일매일을 보냈다. 그리고 마치 왕비처럼 돈에 대해서는 전혀 걱정을 하지 않았다.

어느 날, 얼굴이 빨갛고 머리가 벗어진 궁상스러워 보이는 남자 하나가 루앙의 뱅사르 씨 심부름이라면서 엠마를 찾아왔다. 그는 녹색의 긴 프록코트 옆주머니에 찌른 핀을 빼고 그것을 소매에 꽂더니, 서류 한 장을 꺼내 정중하게 내밀었다.

그것은 엠마가 서명한 7백 프랑짜리 어음으로, 그렇게 단단히 한 약속을 깨고 뤼르가 뱅사르에게 넘긴 것이었다.

엠마는 곧 뤼르 집에 하녀를 보냈다. 그는 올 수 없다고 거절했다.

그러자 짙은 갈색 눈썹 아래로 신기한 듯 주위를 둘러보고 서 있던 낯선 남자가 맘씨 좋은 웃음을 띠고 물었다.

"뱅사르 씨에게는 뭐라고 전할까요?"

"글쎄요. 이렇게 전해주세요……. 지금은 가진 게 없다고……. 네, 다음주까지요."

엠마는 대답했다.

그러자 그 남자는 아무 말도 하지 않고 돌아갔다.

그러나 이튿날 정오에 엠마는 어음 지불 거절 증서를 받았다. 인지가 붙은 서류에 '뷔쉬시(市) 집달리 아랑'이라는 커다란 글자가 몇 개나 씌어 있는 것을 보고, 엠마는 몹시 놀라 부리나케 포목상 집으로 달려갔다.

그는 마침 상점에서 포장한 물건에 끈을 묶는 중이었다.

"아, 어서 오세요! 잠깐만 기다리십시오."

말은 그렇게 하면서도 뤼르는 가게 일과 부엌일을 함께 보는 열세 살 난 꼽추 계집애의 도움을 받으며 계속 일을 했다.

이윽고 일이 다 끝나자 그는 마룻바닥에 나막신 소리를 내며 2층으로 올라가 그곳의 작은 방으로 그녀를 안내했다. 거기에는 큰 전나무 책상 위에 장부가 몇 권 놓여 있고 그 장부는 모두 자물쇠가 달린 쇠막대로 가로질러 있었다. 벽에는 큰 무늬가 요란한 인도 천이 걸려 있었고, 그 밑에 금고가 하나 눈에 띄었다. 그 크기로 보아 현금과 증서 이외에 또 무엇이 들어 있는 것 같았다. 사실 뤼르는 전당포를 하고 있었다. 그는 보바리 부인의 금시계 줄도, 저 가엾은 텔리에 노인의 귀걸이도 모두 이 금고 속에 넣어두었다. 그 노인은 마침내

가게를 팔아치우게 되어 캥캉프와 마을에 조그마한 잡화상을 하나 샀으나, 그곳에서 그는 지병인 카타르로 자기가 팔고 있는 초보다도 더 샛노란 얼굴로 거의 죽어가고 있었다.

뤼르는 짚으로 만든 널찍한 팔걸이 의자에 걸터앉으며 말했다.

"무슨 일이라도 생겼습니까?"

"이것 보세요."

"저보고, 어떻게 하란 말씀입니까?"

그러자 엠마는 화가 발끈 나서 어음은 절대로 딴 사람한테 넘기지 않겠다고 약속하지 않았느냐고 따졌다.

"그건 그렇소" 하며 그도 그 말은 인정했다. "하지만 저도 도저히 어쩔 수가 없어서 한 노릇입니다. 저도 요즘엔 아주 힘들거든요."

"그럼 앞으로 어떻게 해야 되는 거죠?"

"아, 그야 뭐 뻔한 이야기죠. 법정에서 재판이 열리고 나면 그다음엔 차압…… 이젠 어쩔 수 없어요."

엠마는 그의 얼굴을 힘껏 때려주고 싶은 것을 참았다. 그리고 조용히 뱅사르 씨를 달랠 방법이 없겠느냐고 물었다.

"허, 과연! 뱅사르 씨를 달랜다? 하지만 부인은 그 남자를 잘 몰라서 그럽니다. 그자는 아랍인보다도 더 지독한 자랍니다."

그래도 당신이 어떻게 좀 힘을 써줘야 하지 않겠느냐고 하자 그는 말했다.

"아, 들어보세요! 저야 오늘날까지 부인을 위해서 해드릴 만큼 충분히 해드린 셈이죠."

그는 장부 하나를 펼치면서 말했다.

"자아, 이것 보세요!"

그리고 손가락으로 페이지를 거슬러 올라가며 읽었다.

"에…… 이것 보십시오……. 8월 3일, 2백 프랑…… 6월 17일에 1백 50프랑…… 3월 23일에 46프랑. 4월에는……."

뤼르는 거기에서 뭔가 실수를 할까 겁내는 듯 멈췄다.

"게다가 주인께서 서명하신 7백 프랑짜리 어음 하나와 3백 프랑 어음은 또 따로 있습니다! 부인께서 조금씩 가져가신 돈에다 이자를 합치면 이루 다 따질 수도 없습니다. 저도 이런 일은 더 하고 싶지 않습니다!"

엠마는 웃었다. 그리고 상대를 "친절한 뤼르 씨"라고까지 불렀다. 그러나 뤼르는 끝까지 "그 악당 뱅사르"한테만 책임을 씌우고 자기는 살짝 피했다. 그리고 하여튼 자기한테는 지금 한푼도 없고, 요새는 누구 한 사람 돈을 제대로 돌려주는 사람이 없어 이쪽은 거의 빈털터리 신세며, 누가 이따위 시시한 장사꾼한테 자꾸 돈을 대주겠느냐고 했다.

엠마는 잠자코 있었다. 뤼르는 잠시 새털 펜의 털을 씹고 있다가 엠마의 침묵이 마음에 걸리는지 다시 말을 이었다.

"아무튼 며칠 새에 돈이 좀 들어오면…… 어떻게……."

"저도, 저 바른느빌 땅의 잔금만 들어오면……."

"뭐라고요?"

랑글르와가 아직 돈을 다 치르지 않았다는 말을 듣고 그는 무척 놀라는 시늉을 했다. 그리고 은근한 목소리로 말했다.

"그럼 어떻게 해보죠……. 얼마 정도나?"

"아! 되시는 대로!"

뤼르는 눈을 감고 잠시 생각하는 듯하더니 이것저것 숫자를 써가며 계산해보았다. 그리고 무척 귀찮다는 둥, 위험한 일이라는 둥, '피를 짜내는' 것 같다는 둥 하며 한 달 기한으로 해서 2백 50프랑짜리 어음을 넉 장 써주었다.

"이제 뱅사르 씨만 이쪽 말을 들어주면 되겠군요! 아무튼 잘 알았습니다. 전 일단 마음을 먹으면 우물쭈물하지 않습니다. 아주 시원한 사람이죠."

그리고 여러 가지 상품들을 보여주고는 새로운 물건들이긴 하지만 부인 취미에 맞을 건 하나도 없다고 말했다.

"이건 1미터에 7수 하는 옷감인데 그 대신 염색은 보증합니다! 그렇게 말하면 모두 제 말을 믿고 사가죠! 아시다시피 장사꾼이란 참말을 이야기하는 법이 없는데도 말입니다."

다른 손님은 속일지라도 그녀에게 만큼은 정직하게 한다는 듯한 말투였다. 그러고서 그는 돌아가려고 하는 그녀를 불러세우고 최근 '경매에서' 찾아낸 진귀한 물건이라며 3미터쯤 되는 레이스를 보여주었다.

"어때요, 괜찮지요? 요샌 이걸 흔히 팔걸이 의자 커버로 많이들 씁니다, 한창 유행이죠."

그리고 요술쟁이보다 더 재빨리 그것을 푸른 종이에 싸 엠마의 손에 쥐어주었다.

"하지만, 값이 얼마나 되는지?"

"뭐 나중에 되는 대로 주십시오."

이렇게 대답하고 그는 돌아서버렸다.

그날 밤 엠마는 샤를을 졸라, 어머니한테 편지로 나머지 유산 전부를 보내달라고 하라고 했다. 시어머니한테서 이제 남은 것은 아무것도 없다는 회답이 왔다. 모든 계산은 끝났고 너희들한테는 바른느빌 땅 외에 6백 프랑의 연금이 남아 있을 뿐으로 그 돈은 자기가 꼬박꼬박 보내주겠다는 것이었다.

그래서 보바리 부인은 환자 두세 사람 집에 청구서를 보냈다. 그리고 성공하자 맛을 들인 그녀는 계속 이 방법을 썼다. 그리고 청구서 뒤에는 반드시 '주인은 아시다시피 자존심이 강한 분이시라 부디 비밀로 해주십시오……. 언짢게 생각지 마시기를……. 이만' 하고 덧붙였다.

돈을 만들기 위해 그녀는 자기의 낡은 장갑이며, 오래된 모자며, 고철들을 팔기 시작했다. 그것도 아주 악착같이 팔았다. 몸 속에 흐르는 피가 그녀를 돈벌이에 혈안이 되도록 만들었다. 게다가 시내에 다녀올 때마다 달리 살 사람이 없더라도 뤠르만은 살 듯 싶은 여러 가지 잡동사니들을 사들였다. 타조의 깃털이라든가, 중국 도자기라든가, 낡은 궤짝 같은 것을 샀다. 펠리시테고 르프랑수와 부인이고 '적십자'의 안주인이고 가릴 것 없이 아무한테서고 돈을 꾸었다. 그리고 마침내 바른느빌에서 잔금이 들어오자 그 돈에서 어음 두 장을 갚았다. 그리고 나머지 1천 5백 프랑은 모두 써버렸다. 그리고 또 빚을 졌다. 이러한 상태가 쭉 계속되었다.

가끔 빚이 얼마쯤 되는가 계산해볼 때도 있었다. 그러나 너무나 엄청나서 쉽게 믿어지지 않았다. 그래서 다시 계산을 시작했으나 뒤죽박죽이 되어 그대로 집어던지고 다시는 생각하지 않기로 했다.

요즈음 집안은 아주 우울하기 짝이 없었다. 드나드는 상인들은 모두 성난 얼굴로 나갔다. 난로 위에는 손수건이 함부로 던져져 있었다. 베르트가 구멍 난 양말을 신고 있는 것을 보고 오메 부인은 어이가 없어 눈살을 찌푸렸다. 샤를이 눈치를 봐가며 잔소리라도 할라치면 엠마는 그건 내 잘못이 아니라고 퉁명스럽게 대답했다.

어째서 이렇게 화를 낼까? 샤를은 모든 것이 다 그녀가 이전에 앓은 신경병 때문이라고 생각했다. 그리고 아내의 병을 결점처럼 잘못 생각한 자기를 나무라고 자기 멋대로 판단한 것을 반성하며 아내의 곁으로 다가가 꼭 안아주고 싶은 충동을 느꼈다.

'아니! 그만두자, 오히려 귀찮아할 거야.'

샤를은 마음속으로 중얼거렸다. 그러고서 그만두었다.

저녁식사를 한 다음 그는 혼자서 정원을 거닐었다. 베르트를 무릎에 앉히고 의학 신문을 펼쳐든 다음, 딸에게 글자를 가르치려고 했다. 아직까지 공부라는 것을 해본 일이 없는 어린애는 슬픈 눈을 커다랗게 뜨고 울기 시작했다. 그래서 그는 어린애를 달랬다. 물뿌리개에 물을 담아다가 모래땅에 강을 만들어주기도 하고 쥐똥나무 가지를 꺾어 화단에 심어주기도 했다. 이런 일을 해도 잡초가 무성한 뜰은 별로 보기 싫지 않았다. 레스티부드와에게 일을 시키려 해도 품삯이 꽤 밀려 있었다! 그러는 동안에 아이는 추워서 어머니를 찾았다.

"언니를 부르자. 응, 내 딸아. 엄마는 귀찮게 구는 걸 싫어하니까."

샤를은 말했다.

초가을이라 벌써 나뭇잎들이 떨어지고 있었다. 2년 전 엠마가 앓을 때와 똑같이! 대체 이런 일은 언제가 되어야 끝날까? 샤를은 뒷짐을 지고 왔다 갔다 하며 생각했다.

아내는 늘 자기 방에 있었다. 거기에는 아무도 올라가지 않았다. 그녀는 거의 옷도 제대로 갈아입지 않은 채 마비된 것처럼 하루 종일 그곳에 틀어박혀 있었다. 그리고 때때로 루앙에 있는 알제리 사람의 가게에서 산 향을 피웠다. 밤에는 옆에서 기다랗게 누워 자는 남편이 보기 싫어 몇 번이나 얼굴을 찡그리고는 끝내 그를 3층으로 쫓아버렸다. 그리고 피비린내 나는 사건과 음란한 장면을 묘사한 형편없는 책을 아침까지 읽었다. 그러다 정 못 견디게 무서울 때면 혼자 소리를 질렀다. 샤를이 놀라 달려오면 "아아! 저리 가세요!" 하고 말했다.

또 어떤 때는 불륜에 자극받은 마음의 정열이 점점 심하게 불타 올라 숨이 가쁘고 욕정의 포로가 되면 그녀는 가슴이 답답해 창문을 열고 찬 바람을 쏘이며 숱 많은 머리를 바람에 날리고 하늘의 별을 보며 고귀한 사랑을 그리워했다. 그리고 그 남자, 레옹을 생각했다. 이런 때에는 그와 만날 수 있는 단 한 번의 밀회를 위해서 그녀는 자기가 가지고 있는 모든 것을 던져도 아깝지 않을 것 같았다.

그날만이 그녀에게는 가장 소중한 날이었다. 그녀는 그날이 항상 멋지기를 바랐다. 레옹 혼자서 비용을 부담할 수 없을 때 엠마는 모자라는 돈을 보탰는데 그건 거의 매번이다시피 했다. 레옹은 어딘가 좀 더 싼 호텔에 가자고 했으나 엠마는 반대했다.

어느 날 그녀는 손가방에서 은도금을 한 수저 여섯 벌을 꺼냈다. (아버지 루올 노인이 준 결혼 선물이었다.) 자기 대신 그것을 전당포에 가지고 갔다와 달라고 부탁했다. 레옹은 하라는 대로 하기는 했지만 기분은 별로 좋지 않았다. 나중에 귀찮은 일이 생길까 겁났던 것이다.

그런데 곰곰이 생각해보니 엠마의 태도가 아무래도 이상해, 그녀와 손을 끊으라는 사람들의 말도 어쩐지 일리가 있는 것 같았다.

사실은 누군가가 레옹의 어머니에게 익명의 긴 편지를 보내 아들이 '어떤 유부녀 때문에 몸을 망치고 있다'고 경고해주었다. 그래서 늙은 어머니는 곧 항상 가정을 위협하는 공포의 대상, 사랑의 심연에 사는 정체 불명의 괴상한 요사스런 여자, 괴물의 모습을 상상하고 레옹의 주인 뒤보카쥬 변호사에게 편지를 띄웠다. 주인은 이 사건에 대해 더할 나위 없는 훌륭한 태도를 취했다. 그는 레옹을 한 시간

동안 붙들어놓고, 방황에서 눈뜨게 하고, 그것은 바로 신변을 위협하는 심연이라고 경고해주었다. 그런 연애는 장래에 입신 출세하는 데 방해가 될 뿐이다. 꼭 손을 끊어라. 만일 자기 자신을 위해 그것이 안 될 것 같으면 나 자신, 뒤보카쥬를 위해서라도 꼭 결행해달라고 부탁했다.

결국 레옹은 다시는 엠마와 만나지 않겠다고 맹세했다. 그리고 아침결에 난로 옆에서 동료들에게 놀림을 받는 건 고사하고라도 그녀 때문에 자기가 어떤 난처한 입장에 빠질지, 또 어떤 소문이 퍼질지 모른다 싶어 이 약속을 지키지 않았던 것을 후회했다. 뿐만 아니라 그는 가까운 장래에 서기장이 될 예정이었다. 점잖게 행동할 시기였다. 그렇게 생각하고 그는 플루트 연습도 그만두고 열렬한 감정이며 공상도 버렸다. 어떤 평범한 사람이라도 젊은 피가 끓을 때는 하루에 단 1분일망정 터무니없는 정열이나 어이없는 계획을 세우고 한번 해보겠다고 생각하는 법이다. 어떤 평범한 난봉꾼도 터키의 후궁을 첩으로 가지고 싶어 하는 법이다. 어떤 공증인도 시인의 편린쯤은 가슴에 간직하는 것이다.

요즈음은 갑자기 엠마가 그의 가슴에 쓰러져 흐느껴 울기라도 하면 레옹은 귀찮은 생각이 들었다. 그의 마음은 마치 어느 일정량의 음악밖에는 들을 줄 모르는 사람처럼 이미 사랑의 미묘한 매력을 식별하지 못하게 되었다. 그래서 소음으로밖에 들리지 않는 사랑의 소리에는 이제 거의 무관심하게 되었다.

그들은 이제 너무 가까워져 기쁨을 백 배나 더해주는 그 소유의 놀라움을 느끼지 못하게 되었다. 레옹이 엠마에게 질린 그만큼 엠마도 상대에게 싫증을 느꼈다. 엠마는 간통 속에서도 결혼 생활의 모든 평범한 면을 발견하고 있었다.

하지만 어떻게 해야 그와 헤어질 수 있단 말인가? 그녀는 이처럼 저속한 행복에 굴욕을 느끼면서도 어쩔 수 없었고 또한 오랜 습관에서 혹은 타락에서 그것에 집착했다. 지나치게 큰 행복을 바라다 행복의 샘을 모두 말려버리고 날이 갈수록 더욱 열을 냈다. 그녀는 마치 레옹이 자신을 배반하기라도 한 것처럼 자기의 변심을 남자의 탓으로 돌렸다. 헤어질 결심을 할 용기가 없기 때문에 어쩔 수 없이 우연히 헤어질 파국이 일어나길 바라기까지 했다.

그러면서도 그녀는 여자란 항상 애인에게 편지를 써야 한다는 생각에서 계속 편지를 썼다.

그러나 쓰는 동안에 그녀의 눈앞에는 다른 남자의 모습이 떠올랐다. 가장 열렬한 추억과 가장 아름다운 책의 내용과 가장 강한 욕망, 그러한 것에서 떠오른 환영이었다. 마침내 그 환영은 실제화되어 손에 잡힐 듯이 되었다. 그녀는 감탄하며 가슴을 두근거렸다. 대단히 놀랐다. 그러나 신이 갖가지 속성을 지니고 있으면서 확실한 모습을 나타내지 않는 것처럼 그 환영도 확실한 모습은 그릴 수 없었다. 그 사나이는 하얀 달빛을 받으며 서 있고, 꽃바람 속에 비단 그네가 발코니에서 흔들리고 있었다. 엠마는 바로 몸 가까이에서 그러한 사람을 느꼈다. 그는 지금이라도 곧 다가와서 그녀에게 키스를 퍼부은 다음 그녀를 빼앗아가지고 달아나려고 하는 것 같았다. 이윽고 엠마는 기진맥진하여 쓰러졌다. 이러한 막연한 흥분은 격한 음란한 짓보다 그녀를 더욱 피로하게 만들었다.

그녀는 이제 몹시 피로하고 지쳤다. 때때로 소환장을 받았지만 인지가 붙은 서류는 일절 거들떠보지도 않았다. 이제는 살고 싶지 않았다.

영영 잠들어버리고 싶었다.

사순절 날(마침 목요일이었다) 엠마는 용빌로 돌아가지 않고 밤이 되자 가면무도회에 갔다. 벨벳 바지에 빨간 양말을 신고 구식 가발에 사각 모자를 비스듬히 썼다. 그녀는 트럼펫의 광적인 소리에 맞춰 밤새 춤을 추었다. 사람들이 그녀를 둘러쌌다. 아침이 되어 보니 인부와 뱃사공을 가장한 남녀 대여섯 명과 함께 극장 문 앞의 기둥 옆에 서 있었다. 그들은 모두 레옹의 친구로, 이제 식사를 하러 가자고 했다.

근처의 카페는 모두 만원이었다. 그들은 선창가에서 아주 싼 음식점을 발견했다. 주인은 그들을 5층 작은 방으로 안내했다.

남자들은 비용에 대한 의논을 하는지 한구석에서 수군거렸다. 서기가 한 사람, 의학생이 둘, 그곳의 점원이 한 사람 있었다. 보잘것없는 패들이군, 엠마는 속으로 생각했다. 여자 쪽은 거의 모두가 더 형편없는 패들이라는 걸 그 어조로 알 수 있었다. 엠마는 무서워서 의자를 뒤로 밀고 눈을 감고 앉았다.

모두 먹기 시작했다. 엠마는 먹지 않았다. 머리는 불같이 뜨겁고, 눈두덩은 지끈지끈 쑤시고, 살갗은 얼음처럼 차가웠다. 또 머릿속에서는 무도장의 마루가 춤추는 무수한 다리의 리듬에 따라 마구 뛰놀았다. 퐁쉬* 냄새와 담배 연기로 머리가 빙빙 돌았다. 그녀는 정신이 아득해졌다.

그래서 사람들이 그녀를 창가로 데려다 앉혔다.

해가 서서히 떠올랐다. 진홍색 커다란 빛이 생트 카트린느 언덕 위 하얀 하늘에 퍼졌다. 다리 위엔 사람의 그림자 하나 없었고 가로등은 전부 꺼져 있었다.

---

* 술에 홍차, 설탕, 레몬 따위를 넣어 끓여 마시는 것

엠마는 차차 정신을 차렸다. 그러자 멀리 집의 하녀 방에서 잠자고 있을 베르트가 생각났다. 그러나 그 생각은 기다란 철판을 가득 실은 짐마차가 집집의 벽에 귀청이 떨어질 듯한 진동을 일으키며 지나가는 소리에 곧 지워졌다.

엠마는 급히 그 자리를 떠나 입고 있던 옷을 벗어버리고, 이젠 돌아가봐야겠다고 레옹에게 말한 다음 곧 혼자 '불로뉴' 호텔로 돌아왔다. 모든 것이, 자기 자신까지도 견딜 수가 없었다. 그녀는 새처럼 도망쳐 어딘가 아득히 먼 곳, 깨끗하고 순결한 공간 어딘가에서 자기의 젊음을 되찾고 싶었다.

그녀는 밖으로 나왔다. 큰길 코슈와즈 광장과 마을을 지나 집 정원들이 내려다보이는 넓은 길로 나왔다. 그녀는 빠른 걸음으로 걸어갔다. 신선한 공기가 마음을 가라앉혀주었다. 군중의 얼굴도, 가면을 쓴 모습도, 카드릴 춤도, 샹들리에도, 밤바람도, 그 여자들도, 모두 날아가는 안개처럼 사라져버리고 말았다. 그녀는 '적십자' 여관으로 돌아와 '넬 탑' 그림이 걸려 있는 3층 작은 방의 침대에 몸을 던졌다. 저녁 4시가 되자 이베르가 그녀를 깨우러 왔다.

엠마가 집에 돌아가자 펠리시테가 괘종시계 뒤에 감추어두었던 회색빛 서류를 꺼내 보여줬다. 엠마는 읽었다.

"집행문을 첨부한 판결의 등본에 입각하여……."

무슨 판결이란 말인가? 사실은 전날 또 다른 서류가 한 장 와 있다는 것을 그녀는 알지 못했다. 때문에 그녀는 다음 문구를 읽고는 깜짝 놀랐다.

"국왕과 법률과 재판소의 이름으로 보바리 부인에게 명하노니……."

그리고 몇 줄 띄어 다음 줄을 읽어보았다. "지체없이 24시간 내에" …… 대체 이게 무슨 말이야? "8천 프랑 전액을 지불하도록" 그리고 또 다음에는 "모든 법률 조치 특히 동산의 차압에 의해 강제 집행을 행함" 어떻게 하지? ……24시간 이내라면 바로 내일이다! 뤼르가 또 틀림없이 위협하려고 그러는 것이로구나! 엠마는 생각했다. 이번엔 그녀도 뤼르의 온갖 술책, 친절을 가장한 목적을 알아챈 것이다. 더구나 금액이 엄청나게 불어난 것이 엠마를 오히려 안심시켰다.

사실 그녀는 물건을 사도 값을 지불하지 않고 빚을 계속 지고 어음에 서명하고 그 어음을 몇 번이나 고쳐 써왔기 때문에, 새 지불 기한이 올 때마다 어음의 액수는 차츰 불어나 결국은 뤼르에게 한 밑천 잡아주는 결과가 되었다. 뤼르는 자기의 투기 사업을 위해 이러한 결과를 이제나저제나 하고 고대했던 것이다.

엠마는 아무렇지도 않은 표정으로 뤼르의 집에 갔다.

"알고 계시죠, 저에게 일어난 일을? 물론 농담이시겠죠!"

"아닙니다."

"뭐라고요?"

뤼르는 천천히 돌아서서 팔짱을 끼고 말했다.

"부인, 제가 언제까지나 부인의 어용 상인이나 돈을 융통해주는 사람 노릇이나 할 줄 아셨습니까? 저도 제 돈을 언젠가는 받아야 할 게 아닙니까? 무리한 소리는 마십시오!"

엠마는 빌린 돈이 그렇게 많을 리가 없다고 화를 냈다.

"하지만 그건 어쩔 수 없습니다! 재판소가 빚을 인정하고 판결을 내려 통지가 온 다음에는! 물론 그건 제가 한 일이 아니고 뱅사르가 한 일이긴 합니다만."

"당신의 힘으로 좀 어떻게……."

"아니! 도저히 어쩔 수 없습니다."

"하지만…… 어떻게 좀 다시 생각을 하셔서."

그리고 엠마는 마구 되는 대로 지껄였다. 자기는 아무것도 모르고 있었다……. 정말 이건 아닌 밤중에 홍두깨다…….

"그게 다 누구 탓입니까?" 뤼르는 빈정대며 말했다. "전 피땀을 흘리며 일했습니다. 그런데 그동안 부인은 아주 즐거운 일만 하며 지내지 않았습니까?"

"아! 설교는 그만하세요!"

"들어서 해롭진 않을 겁니다."

그도 지지 않고 대답했다.

그녀는 맥이 빠져 그에게 울며 애원했다. 희고 화사한 손을 상인의 무릎에 올려놓기까지 했다.

"저리 비키십시오! 그게 뭡니까, 마치 창녀처럼!"

"어머, 어쩌면 뻔뻔스럽게도!"

엠마는 꽥 소리질렀다.

"허어? 대단한 기세로군!"

그는 웃으며 대답했다.

"당신의 정체를 모두 밝히겠어요. 주인한테……."

"좋습니다. 그럼 이쪽에서도 보여줄 게 있습니다, 주인한테!"

뤼르는 금고에서 1천 8백 프랑짜리 영수증을 꺼냈다. 뱅사르가 어음을 할인해주었을 때 엠마가 건네준 영수증이었다.

"어떻습니까. 주인도 이것을 보면 당신이 수상한 짓을 한 걸 알 것 아닙니까?"

몽둥이로 호되게 맞은 듯한 타격을 받고 그녀는 의자에 쓰러질 듯 기대 앉았다. 뤼르는 창문과 책상 사이를 왔다 갔다 하며 이렇게 되풀이해 말했다.

"보여야 하고말고…… 이걸 보여야지……."

그리고 엠마 옆으로 가까이 다가와 교활한 목소리로 말했다.

"그렇죠, 이건 물론 즐거운 이야기는 못 됩니다. 하지만 결국 이런 일로 사람이 죽을 것도 아니고 이런 수단이라도 쓰지 않으면 부인한테선 도저히 돈을 받아낼 수 없을 것 같아서 그러는 겁니다……."

"하지만 그 돈을 대체 어디서 구해 온단 말예요?"

엠마는 자기의 두 팔을 꼬고 몸부림치며 말했다.

"뭐! 좋은 남자 친구가 많이 있잖습니까!"

그렇게 말하고 뤄르는 날카롭고 무서운 눈으로 그녀를 쏘아보았다. 엠마는 내장까지 떨리는 듯했다.

"약속하겠어요, 저 서명하겠어요……."

"필요 없습니다, 이제 부인의 서명 같은 건!"

"또 팔겠어요……."

"농담 마십시오!" 그는 어깨를 으쓱하며 말했다. "부인이 뭘 가졌다고 그러십니까?"

그리고 가게를 내려다볼 수 있게 만든 창으로 아래를 향해 말했다.

"안네트! 14번 이자표 석 장을 잊지 말아."

하녀가 나타났다. 엠마는 눈치를 챘다. 그래서 물었다.

"고소를 취소시키려면 얼마 만큼의 돈이 필요하죠?"

"이미 늦었습니다!"

"하지만 몇 천 프랑을 가져온다면, 전액의 4분의 1이나 3분의 1, 혹은 거의 전부를 가져오면?"

"아뇨, 다 소용없습니다!"

그는 엠마를 계단 쪽으로 몰았다.

"아, 제발 뤄르 씨, 이삼 일만 더 기다려주세요!"

엠마는 흑흑 흐느껴 울었다.

"아아, 울지 마십시오! 운다고 해결됩니까!"

"전 이제 절망이에요!"

"제가 알 바 아닙니다!"

문을 닫으며 그는 말했다.

7

이튿날 집달리 아랑이 차압 조서를 작성하기 위해 입회인 두 사람을 데리고 왔을 때, 그녀는 조금도 동요하지 않았다.

그들은 먼저 샤를의 진찰실부터 시작했다. 골상학용 두개골은 '직업상의 기구'로 보고 목록에 기입하지 않았다. 그러나 부엌에서는 접시며 냄비며 의자며 촛대를, 또 침실에서는 선반 위에 얹힌 하찮은 물건까지 낱낱이 기입했다. 엠마의 옷이며 속옷이며 화장실까지도 들춰냈다. 그리하여 엠마의 생활이 마치 해부당한 시체처럼 가장 비밀스러운 곳까지 모조리 이 세 남자의 눈앞에 드러났다.

꽉 끼는 연미복 단추를 꼼꼼하게 잠그고 흰 넥타이를 매고, 바지의 허리띠를 꽉 졸라맨 아랑은 이따금 말했다.

"죄송합니다. 부인, 아, 실례……" 그러면서 "훌륭한데요! 아주 썩 아름답습니다!" 하고 이따금 탄성을 올렸다.

그리고 왼손에 든 뿔 잉크병에 펜을 적셔 다시 쓰기 시작했다. 방이 다 끝나자 다락방으로 올라갔다.

거기엔 로돌프의 편지를 넣어둔 책상이 있었다. 그것도 열지 않으면 안 되었다.

"아아, 편지가 있군요."

아랑은 은근한 미소를 띠며 말했다.

"하지만 이것도 잠깐 봐야겠는데요! 이 상자 속에 뭔가 다른 물건이 없는가 확인해야 하니까요."

그리고 마치 금화라도 떨어뜨리려는 듯, 편지를 슬쩍 옆으로 기울여 보았다. 엠마는 전에 그처럼 가슴 두근거리게 하던 이 편지들 위에 징그러운 벌레 같은 붉은 손이 닿자 뭐라 말할 수 없는 노여움이 확 치밀어 올랐다.

이윽고 그들은 밖으로 나갔다. 펠리시테가 돌아왔다. 샤를이 집에 오지 않게 하려고 망을 보러 내보냈던 것이다. 둘은 재빨리 차압 입회인을 다락방으로 몰아넣었다. 그리고 거기에서 꼼짝도 하지 않겠다는 약속을 받았다.

그날 밤 엠마의 눈에는 샤를의 얼굴이 무척 슬프게 보였다. 엠마는 남편의 주름진 얼굴을 보자 자기가 비난받는 듯한 기분이 들어, 불안한 눈초리로 몇 번이나 그의 모습을 훔쳐보았다. 그리고 중국 병풍 앞에 놓인 난로며, 넓다란 커튼, 팔걸이 의자 등 지금까지 자기 생활의 불만을 어느 정도 완화시켜주었던 이런 물건들을 보자 그녀의 양심은 가책보다 끝없는 후회를 느꼈다. 그리고 그 기분은 정념을 짓뭉개버리기는커녕 오히려 더욱 부채질했다.

샤를은 장작 받침대 위에 두 다리를 포개 올려놓고 천천히 불을 일구고 있었다.

입회인이 다락방에서 지루한 듯 가끔 작은 소리를 냈다.

"누가 위에서 걸어 다니는 것 같은데."

샤를이 말했다.

"아니에요! 열린 천장 문이 바람에 흔들리는 소리예요."

이튿날 일요일, 엠마는 이름을 알고 있는 대금업자들을 만나려고 루앙으로 출발했다. 그들은 대개가 시골 별장에 가 있거나, 여행 중이었다. 그러나 그녀는 단념하지 않았다. 만나는 사람마다 붙들고, 꼭 필요한 돈이다, 틀림없이 갚겠다며 돈을 빌려달라고 부탁했다. 어떤 사람은 코웃음을 쳤으며, 아무도 그녀의 말을 들어주지 않았다.

2시에 엠마는 레옹의 집으로 가 문을 두드렸다. 그러나 문은 좀처럼 열리지 않았다. 한참 뒤에야 겨우 레옹이 나타났다.

"무슨 일이야?"

"왜, 방해가 돼요?"

"아니…… 하지만……."

그러면서 레옹은, 집주인이 '여자'가 방에 찾아오는 걸 좋아하지 않는다고 말했다.

"당신한테 할 말이 있어요."

그러자 그는 자기 방의 열쇠를 집으려 했다. 엠마는 그것을 막았다.

"아니에요! 저기 우리 방에 가서."

그들은 '불로뉴' 호텔의 그 방으로 갔다.

엠마는 들어가자 큰 컵에 물을 하나 가득 따라 단숨에 들이켰다. 얼굴이 백지장처럼 창백했다.

"레옹, 당신이 제 부탁을 들어줘야겠어요."

그러고는 꼭 잡고 있던 남자의 손을 마구 흔들며 덧붙였다.

"지금, 8천 프랑이 꼭 필요해요!"

"당신, 정신이 어떻게 된 게 아니오!"

"정신이 나간 게 아네요!"

그리고 곧 엠마는 차압당한 이야기를 하고 자기의 딱한 처지를 설명했다. 샤를은 아무것도 모르고, 시어머니한테서는 미움을 받고 있으며, 친정 아버지도 도저히 어쩔 도리가 없다. 하지만 당신이라면, 레옹, 당신이라면 어떻게든지 필요한 돈을 구해주려고 애써줄 것 같아서…….

"내가 어떻게 그런 일을……?"

"아이, 고집부리지 마시고!"

엠마는 소리쳤다.

그러자 레옹이 무뚝뚝하게 내뱉었다.

"당신 너무 사태를 비관적으로 생각하고 있는 거 아냐. 아마 3천 프랑만 주면 상대방을 어떻게 무마시킬 수 있을걸."

그렇다면 더욱 애써줄 만하다. 3천 프랑쯤 변통 못할 리가 없다. 첫째 레옹이 자기 대신 직접 돌려줄 수도 있지 않은가.

"어떻게 좀 해봐요! 하지 않으면 안 돼요! 응, 빨리…… 빨리 좀 해봐요! 당신을 더욱 사랑해줄 테니까!"

레옹은 나갔다가 한 시간쯤 지나 돌아왔다. 그리고 어두운 표정으로 말했다.

"세 사람이나 만나보았는데…… 모두 안 되겠다는데."

두 사람은 난로 옆에 마주 앉아 입을 다문 채 꼼짝하지 않았다. 엠마는 발을 탁탁 구르며 어깨를 으쓱했다.

"내가 당신이라면 꼭 구해올 거예요!"

"어디서?"

"당신 사무실에서!"

그렇게 말하고 그녀는 그를 똑바로 쏘아보았다.

그 타는 듯한 눈동자에는 악마 같은 대담성이 번뜩였다. 눈꺼풀은 요염하게 상대를 저주하듯 반쯤 감기어졌다. 자기에게 나쁜 일을 권하는 이 여자의 침묵에 눌려 청년은 차차 마음이 약해지는 것을 느꼈다. 어쩐지 무서웠다. 그래서 여러 가지 설명을 피하기 위해 이마를 두드리면서 말했다.

"아, 참 모렐이 오늘 밤 돌아올 거야! 그 친구라면 아마 거절하지 않을 거야(이 사람은 레옹의 친구로 돈 많은 장사꾼의 아들이다). 그럼 내가 내일 당신에게 전하지."

엠마는 레옹이 상상했던 만큼 이 희망에 기뻐하는 기색이 없었다. 거짓말이라고 의심하는 건가? 레옹은 얼굴을 붉히면서 말을 이었다.

"하지만 만일 내가 3시가 되어도 오지 않으면 기다리지 말아요. 자, 그럼 이제 가봐야겠으니까, 이만 실례하오. 안녕!"

그는 엠마의 손을 잡았으나 그것은 전혀 살아 있는 사람의 손 같지 않았다. 그녀에게는 이미 아무것도 느낄 힘이 없었다.

4시를 치는 소리가 들렸다. 그러자 그녀는 마치 인형처럼 습관에 쫓겨 용빌로 돌아가기 위해 일어났다.

청명한 날씨였다. 태양은 새파란 하늘에서 빛나고 햇빛은 하얗게 바스라졌다. 나들이옷으로 갈아입은 루앙 시민들은 즐거운 듯 산책을 했다. 엠마는 성당 앞 광장에 다다랐다. 마침 저녁 미사가 끝났는지, 군중이 세 개의 문에서, 마치 다리 밑 세 개의 아치 사이로 흐르는 강물처럼 흘러나왔다. 그리고 그 한가운데는 성당지기가 바위처럼 버티고 서 있었다.

엠마는 불안에 떨면서도 희망을 안고 커다란 본당으로 들어가던 날, 저 깊숙한 그곳도 자기의 사랑만큼 깊지는 않다고 느끼던 그 옛날을 회상했다. 그리고 베일 속에서 흐느껴 울며 현기증에 비틀거리며 거의 실신할 듯한 걸음걸이로 걸어갔다.

"위험해요!"

조금 열린 어느 저택의 대문 안에서 소리가 튀어나왔다.

그녀가 걸음을 멈추자, 검은 말 한 필이 아슬아슬하게 옆을 스치고 지나갔다. 말은 이륜 마차의 끌채 속에서 제자리 걸음을 했다. 담비 모피를 입은 신사가 말을 몰고 있었다. 누구던가? 어디서 본 듯한 얼굴이었다……. 마차는 달려나가 어느새 보이지 않았다.

아! 그렇다, 그 사람이다, 자작이다!

엠마는 획 돌아섰다. 그러나 길거리에는 이미 사람의 그림자 하나 보이지 않았다. 그녀는 맥이 빠지고 슬픔이 복받쳐 쓰러지지 않으려고 벽에 몸을 기댔다.

잠시 후 그녀는 그건 자기의 착각이었을 것이라고 생각했다. 사실 아무것도 확실하게 알 수가 없었다. 그녀의 마음도 주변의 모든 것도 그녀를 버렸다. 그녀는 파멸하여 아무렇게나 자신이 깊디깊은 심연 속으로 한없이 굴러떨어지는 것같이 생각되었다. 그래서 '적십자' 여관에 닿아 낯익은 오메의 모습을 보았을 때는 거의 기쁨에 가까운 감정을 느꼈다. 오메는 시내에서 구입한 커다란 약상자를 '제비'에 실어올리는 것을 지켜보고 서 있었다. 그는 아내한테 줄 선물로 빵을 여섯 개 사서 비단 손수건에 싸 들고 있었다.

오메 부인은 터번형의 딱딱하고 작은 이 빵을 무척 좋아했다. 사순절에 사람들이 간맞춘 버터를 발라 먹는 빵이었다. 그리고 옛날, 용맹한 노르만 민족은 누런 횃불 빛에서, 식탁에 놓인 이포크라스* 병들과 굉장히 큰 돼지고기 사이에 내던질 사라센인의 머리를 상상하면서, 이 빵을 입안 하나 가득 넣고 배가 가득 차도록 먹었다고 한다.

---

* 계피를 넣은 포도주의 일종이자 강장제

약제사 아내는 이가 나빴으나 용감한 노르만 민족답게 이 빵을 아주 잘먹었다. 때문에 오메 씨는 시내에 갈 때마다 아내를 위해 마사크르 거리의 빵집까지 일부러 가서 이 빵을 사오는 것을 절대로 잊지 않았다.

"아, 이거 반갑습니다."

오메는 그렇게 말하면서 손을 내밀어 엠마가 '제비'에 올라타는 것을 거들어주었다.

그리고 그는 그물 선반 가죽 끈에 빵을 달아매고 모자를 벗은 다음, 팔짱을 끼고 명상에 잠긴 듯한 나폴레옹 같은 자세를 취했다.

잠시 후 언제나처럼 언덕 밑에서 장님이 나타나자 그는 큰 소리로 말했다.

"당국이 아직도 그따위 못된 장사를 묵인하다니, 도무지 이해할 수 없단 말야! 이따위 건달은 당장 감금시켜 강제 노동을 시켜야 해! 진보는 맨날 가도 거북이 걸음처럼 느리단 말이야. 우린 아직도 야만 속에서 쩔쩔 매고 있어!"

장님이 모자를 내밀었다. 그것은 못이 빠져 흔들흔들하는 커튼처럼 마차의 창문께에서 흔들거렸다.

"연주창 환자로군!"

약사가 말했다.

그리고 그는 거지를 잘 알고 있으면서 마치 처음 보는 것처럼 각막이니, 불투명 각막이니 공막(鞏膜)이니 안면 특징이니 하고 한참 떠들어대고 아주 친절한 척 이렇게 물었다.

"이런 나쁜 병에 걸린 지 꽤 오래 됐지? 선술집에서 술이나 퍼 마시지 말고 병을 먼저 고쳐야지, 병을."

그리고 고급 포도주와 고급 맥주와 고급 불고기를 먹으라고 권했다. 장님은 계속 노래를 흥얼거렸다. 그는 거의 백치에 가까운 것 같았다. 오메는 마침내 지갑을 열었다.

"자, 1수 줄게, 2리아를 거슬러줘. 그리고 내가 알려준 걸 잊지 말아. 그러면 틀림없이 몸이 좋아질 테니까."

글쎄, 그럴까, 하고 마부가 큰 소리로 말했다. 그러자 약사는 자기가 조제한 소염 연고로 꼭 치료해 보이겠다고 장담했다. 그리고 자기의 주소를 가르쳐주었다.

"시장 옆의 오메 약국, 그러면 다들 알아."

"어이, 그 답례로 재주나 부려."

마부 이베르가 말했다.

장님은 무릎을 꿇고 주저앉았다. 그리고 머리를 뒤로 젖히고 푸른 눈동자를 데굴데굴 굴리며 혀를 내밀고 두 손으로 가슴께를 비비며 굶주린 개 같은 독특한, 둔한 울음소리를 냈다.

엠마는 보고 있을 수가 없어, 어깨 너머로 5프랑짜리 금화를 던져주었다. 그녀의 전 재산이었다. 그녀는 이처럼 던져준 것을 잘한 일이라고 생각했다.

마차가 다시 움직이기 시작했다. 갑자기 오메는 창 밖으로 몸을 내밀고 고함을 질렀다.

"전분이나 유류는 먹으면 안 되네! 털옷을 입고 상처 자리는 노가주나무 열매의 연기를 내서 쏘여, 알겠나?"

눈 앞에 전개되는 낯익은 풍경을 보자 엠마는 차차 고통이 엷어지는 것을 느꼈다. 몹시 피로했다. 이윽고 정신이 아득해지고 거의 반수면 상태로 집에 닿았다.

"될 대로 되라지!"

엠마는 혼자 속으로 중얼거렸다.

어쩌면 갑자기 천지이변이 일어날는지 모른다. 뤼르가 혹시 갑자기 죽을지 누가 안담.

그녀는 아침 9시에 공장에서 들리는 사람들의 웅성거리는 소리에 눈을 떴다. 시장 근처에 사람들이 모여 서서 기둥에 붙인 커다란 벽보를 읽고 있었다. 쥐스탱이 경계표 위에 올라가 그 벽보를 찢으려고 하는 것이 보였다.

그러자 마을의 경관이 그의 목덜미를 낚아챘다. 오메 씨는 약방에서 뛰어나왔다. 르프랑수와 아주머니가 사람들 한가운데서 뭐라고 지껄이고 있는 모양이었다.

"마님! 마님! 큰일났어요!"

펠리시테가 들어와 소리쳤다.

하녀는 잔뜩 흥분해서 집 문 앞에서 찢어온 누런 종이를 엠마에게 내밀었다. 엠마는 흘끗 보고 자기 집의 동산 전부가 경매에 붙여졌다는 것을 알았다.

두 사람은 아무 말도 못 하고 서로 얼굴을 쳐다보았다. 하녀와 여주인은 서로 아무런 비밀이 없는 사이였다. 잠시 후, 펠리시테는 한숨을 쉬었다.

"저 같으면 기요맹 씨를 찾아가보겠어요."

"그렇게 생각하니?"

이 반문은 이러한 뜻이었다.

'넌 그 집 하인과 친해서 그 집 내용을 잘 알 터인데, 혹시 그 집주인이 이따금씩 내 이야기를 하든?'

"네, 찾아가보세요. 틀림없이 좋은 일이 있을 거예요."

엠마는 외출 준비를 했다. 검은 옷을 입고 검은 구슬을 박은 모자를 썼다. 그리고 (광장엔 여전히 사람들이 웅성거리고 있었기 때문에) 사람들의 눈에 띄지 않게 살짝 개울가 오솔길로 해서 마을을 벗어났다.

그녀는 가쁜 숨을 몰아쉬며 공증인 기요맹 씨 집 문 앞에 당도했다. 하늘은 잔뜩 흐려 눈이 펄펄 날렸다.

초인종 소리를 듣고 빨간 조끼를 입은 테오도르가 현관 돌계단에 나타났다. 그리고 마치 아는 사람이라도 대하듯 친절하게 문을 열고 그녀를 식당으로 안내했다.

커다란 도기 난로가 움푹 들어간 벽 가득히 놓인 선인장 아래서 소리를 내며 타고 있었다. 떡갈나무 무늬 같은 벽지에는 검은 액자에 낀 스퇴방의 〈에스메랄다〉와 쇼팽의 작품인 〈퓌티파르〉가 걸려 있었다. 준비가 다 된 식탁과 은으로 만든 두 개의 풍로, 그리고 크리스털로 된 유리문 손잡이, 모자이크로 된 마룻바닥에서부터 수정으로 된 초인종 단추와 각종 가구에 이르기까지 모두가 영국식으로 극히 청결하게 반짝였다. 유리창의 네 구석은 모조리 색유리로 장식되어 있었다.

'우리도 이런 식당이 하나 있었으면.'

엠마는 생각했다.

공증인은 종려나무 무늬가 있는 실내복 앞자락을 왼손으로 누르며 들어왔다. 그리고 다른 한 손으로 밤색 벨벳 모자를 벗었다 썼다. 그리고 다시 부자연스레 오른쪽으로 삐딱하게 썼다. 모자 밑으로 뒤로 벗어진 대머리를 싸고 있는 세 묶음의 금발 끝이 살짝 늘어져 있었다.

그는 의자를 권한 후, 몇 번이나 실례한다면서 식탁에 마주 앉아 식사를 시작했다.

"저 청이 좀 있어서……."

"무슨 용건이십니까? 들어봅시다."

엠마는 사정을 설명하기 시작했다.

기요맹은 그 포목상과 단단히 결탁해 있었기 때문에 그 사정을 잘 알았다. 그는 언제나 사람들로부터 저당 의뢰를 받으면서 그 자본을 그 상인에게서 융통해왔던 것이다.

때문에 기요맹은 이 어음의 복잡한 내력을 엠마 이상으로 잘 알고 있었다. 즉 이 어음은 처음에는 아주 소액이었으나, 여러 사람이 바꿔 가며 서명하고 또 각 어음 사이에는 상당히 긴 지불 시간이 있었기 때문에, 그사이에 끊임없이 갱신이 되었다. 그리고 마침내 마지막에 가서는 직물상 뤄르가 자기 동네에서 지독한 놈이라는 소리를 듣기가 싫으니까 친구인 뱅사르한테 의뢰하여 그 이름으로 필요한 소송을 일으켰던 것이었다.

엠마는 이야기하는 도중 가끔 뤄르를 비난하는 말을 집어넣었다. 공증인은 그 말을 적당히 흘려 넘겼다. 그는 커틀렛을 먹고 홍차를 마시면서 하늘색 넥타이에 턱을 파묻었다. 그 넥타이는 짧은 금 사슬에 매달린 두 개의 다이아 핀으로 고정되어 있었다. 그는 친절한 듯하면서도 어딘가 애매한 기분 나쁜 미소를 띠었다. 엠마의 발이 젖어 있는 것을 보고 말했다.

"좀 더 난로 옆으로 가까이 앉으시지 그러세요……. 좀 더 가까이…… 그 도기 쪽에……."

엠마는 도기 난로를 구두로 더럽히지 않을까 겁을 냈다. 공증인은 부인에게 친절한 말투로 말했다.

"아름다운 것은 아무것도 더럽히지 않습니다."

엠마는 이 남자의 마음을 움직이려고 애썼다. 그러나 먼저 흥분해서 자기 집의 어려운 점이며 고생이 많은 것, 돈이 상당히 필요한 것 등을 몽땅 털어놓고 말았다. 그는 사정을 알았다. 취미가 고상한 부인이 참 안됐다며, 여전히 쉬지 않고 먹으면서 엠마 쪽으로 몸을 한껏 돌리고 있었기 때문에 무릎 끝이 엠마의 구두에 슬쩍 닿았다. 엠마는 구두 바닥이 휘도록 구두를 난로에 대고 있었으므로 김이 무럭무럭 났다.

그러나 엠마가 돈 3천 프랑을 부탁하자, 그는 입을 꽉 다물었다. 그리고 미리 그에게 재산 관리를 일임하지 않은 것을 무척 애석해했다. 부인들도 손쉽게 돈을 늘릴 길이 얼마든지 있는데, 그렇게 했다면 그뤼메닐 탄광이라든가, 르 아브르 땅 같은 것에 투자해서 돈을 벌써 많이 벌었을 것이라고 말했다. 믿을 수 없을 만큼 많은 돈을 확실히 벌었을 것이라는 말에 엠마가 무척 분해하는 것을 보고 공증인이 말을 이었다.

“왜 지금까지 저한테 한 번도 의논하러 오지 않았습니까?”

“별로 다른 이웃도 없이 그냥…….”

“왜 그러셨습니까, 네……? 제가 무서웠습니까? 원망을 하고 싶은 건 오히려 제 쪽입니다. 지금까지 서로 별로 거래가 없었습니다. 그렇지만 전 부인께 뭐든지 도움이 될 수 있는 일을 다 해드릴 작정입니다. 그 점은 의심하지 않으시죠?”

그는 손을 뻗쳐 엠마의 손을 잡고 미친 듯 키스를 하고 나서 그 손을 자기 무릎 위에 올려놓았다. 그리고 달콤한 목소리로 이야기하며 엠마의 손을 살짝 만지작거렸다.

남자의 특징 없는 목소리가 마치 냇물이 흐르듯 속삭였다. 안경 너머 눈동자에선 불꽃처럼 번쩍이는 빛이 타올랐다. 그의 두 손이 엠마의 팔을 더듬으려고 소매 속에서 한껏 길게 뻗쳐 나왔다. 엠마는 갑자기 그의 가쁜 숨결을 볼에 느꼈다. 이 남자가 몸서리치도록 싫었다. 엠마는 벌떡 일어나며 말했다.

"전 지금, 기다리고 있는데요."

"뭘 말입니까?"

얼굴이 파래진 공증인이 말했다.

"그 돈을……."

"하지만……."

잠시 후, 너무나도 강렬한 욕망을 도저히 참을 수 없는 듯 그가 말했다.

"조, 좋습니다……!"

그는 무릎을 꿇고 실내복이 더러워지는 것도 개의치 않고 엠마에게로 다가갔다.

"제발 부탁입니다. 돌아가지 마십시오. 전 부인이 좋습니다."

그가 엠마의 허리를 안았다.

보바리 부인의 얼굴에 피가 단번에 몰렸다. 그녀는 무서운 얼굴을 하고 뒤로 물러서며 소리쳤다.

"당신이 제 약점을 이용해 이렇게 뻔뻔스럽게 구시는 겁니까? 전 지금 난처한 입장이긴 하지만 몸은 팔지 않아요."

이렇게 말하고 그녀는 밖으로 뛰어나갔다.

공증인은 어리둥절해진 채 자기가 신은 아름답고 알록달록한 실내화를 내려다보았다. 사랑의 선물이었다. 그 신발을 보니 다소 마음이 가라앉았다. 그리고 이런 일에 발을 들여놓았다가 나중에 너무 깊이 빠지기라도 하면 큰일날 뻔했다고 혼자 속으로 생각했다.

"뻔뻔스런 놈! 야비한 남자…… 어쩌면 그런 더러운 짓을 한담!"

엠마는 포플라가 늘어선 길을 떨리는 다리로 뛰며 중얼거렸다. 뜻대로 되지 않았다는 실망이, 모욕받은 데 대한 분노를 한층 부채질했다. 하느님이 자기만을 열심히 괴롭히려는 것만 같았다. 그럴수록 그녀는 자신 속에서 강한 자존심과 긍지를 느꼈다. 그리고 지금까지 느껴보지 못한 심정으로 모든 사람들에게 경멸감을 느꼈다. 그녀는 호전적인 기분에 한껏 흥분했다. 남자란 남자는 모두 갈겨주고 얼굴에 침을 뱉어주고 하나 남기지 않고 몽땅 유린하고 싶었다. 그녀는 창백한 얼굴로 분노에 몸을 떨며 텅 빈 지평선을 눈물에 젖은 눈으로 노려보면서 숨막힐 듯한 증오를 마치 마음속에서 즐기기라도 하듯 점점 잰걸음으로 달음질치듯 걸어갔다. 집이 보이자 온몸이 마비되는 것 같았다. 한 걸음도 앞으로 내디딜 힘이 없었다. 그러나 역시 걷지 않으면 안 되었다. 이제 와서 도망칠 곳이 어디 있단 말인가?

펠리시테가 문 앞에서 기다리고 있었다.

"어떻게 됐어요?"

"틀렸어."

엠마가 말했다.

그리고 약 15분 정도, 두 사람은 용빌에서 엠마를 도와줄지도 모를 사람들을 이 사람 저 사람 생각해보았다. 그러나 펠리시테가 이름을 댈 때마다 엠마는 대답했다.

"설마? 그 사람이 들어줄라고."

"하지만 곧 주인님이 돌아오실 텐데요."

"알아……. 저리 좀 가 있거라."

그녀는 할 수 있는 모든 일을 다 해보았다.

이제는 더는 해볼 길이 없었다. 샤를이 돌아오면 이렇게 말하자.

"물러서세요. 당신이 밟고 있는 그 양탄자는 이제 우리 것이 아니에요. 당신 집에 있는 가구 하나, 바늘 하나, 지푸라기 하나도 당신 것이 아니에요. 당신을 파산시킨 건 바로 나예요."

남편은 몹시 흐느껴 울겠지. 그리고 한없이 눈물을 흘리겠지. 하지만 그 놀람이 어느 정도 가라앉으면 마침내는 나를 용서해줄 것이다.

"그렇지만" 엠마는 어금니를 꽉 깨물며 중얼거렸다. "나를 알게 된 대가로 백만금을 내놓는다 해도 결코 좋아할 수 없는 남자인 그런 남자에게 용서를? ……싫어, 싫어, 아, 정말 안 돼!"

남편이 자기에게 콧대를 높일 것을 생각하자 엠마는 화가 나 견딜 수가 없었다. 첫째 자기가 고백하든 안 하든 이 사실은 지금, 아니면 오후, 적어도 내일까지는 남편에게 알려질 것이다. 그러므로 그 끔찍한 장면을 기다리다가 남편이 관대한 태도로 가하는 압박을 견디지 않으면 안 되는 것이다. 다시 한번 뤼르의 집에 가 보고 싶은 생각이 들었다. 하지만 가서 어쩐단 말인가? 아버지에게 편지를 내볼까. 그것도 이미 때가 늦었다. 이제 엠마는 조금 전의 그 남자에게 몸을 맡기지 않은 것을 후회했다. 그때 오솔길에서 말발굽 소리가 들렸다. 남편이었다. 그는 울타리 문을 열었다. 그의 얼굴은 회칠한 벽보다 더 창백했다. 엠마는 층계를 뛰어내려가 재빨리 광장으로 도망쳐버렸다. 성당 앞에서 레스티부드와와 이야기하고 있던 촌장 부인이 엠마가 수세 관리 집으로 들어가는 것을 보았다.

촌장 부인은 카롱 부인한테 뛰어가서 그 사실을 알렸다. 두 사람은 다락방 창고로 올라가 막대기에 걸쳐놓은 빨래 뒤에 숨어 비네의 방 안 전체가 잘 내려다보이는 곳에 자리를 잡았다.

비네는 다락방에 혼자 처박혀 초생달 모양을 서로 엇갈리게 놓아 전체적으로 오벨리스크 같은 모양을 한, 아무짝에도 소용이 없고 뭐라고 형용할 수 없는 상아 세공품을, 나무에다 그대로 모조하는 참이었다. 그는 거의 마지막 손질을 하고 있었다.

어두컴컴한 작업장에서 금빛 먼지가 마치 달리는 말발굽에서 이는 불꽃처럼 튀었다. 두 개의 바퀴가 빙빙 돌며 요란한 소리를 냈다.

비네는 턱을 내리고 콧구멍을 벌름거리며 만족한 웃음을 띠었다. 별 대단한 노력도 들지 않는 일로 지성을 즐겁게 해주고, 완성의 만족을 얻게 해주고, 게다가 작업중에는 전연 헛된 생각이 개입되지 않는 소일거리로서, 충만한 행복감에 남자는 젖을 수 있었다.

"봐요, 봐요, 저기 왔어요."

튀바슈 부인이 말했다.

그러나 선반(旋盤) 소리 때문에 엠마가 하는 말을 거의 알아들을 수가 없었다.

겨우 두 여자는 프랑이라는 말을 알아들었다. 그러자 튀바슈의 아내가 작은 소리로 속삭였다.

"저 여자 아마 세금 좀 연기해달라고 부탁하러 온 모양이지."

"글쎄 그런 것 같군."

상대는 대답했다.

엠마는 방 안을 왔다 갔다 하며 벽에 걸린 냅킨 집게며 촛대며 난간의 둥근 손잡이를 쳐다보고 있었다. 한편 비네는 만족한 듯 수염을 쓰다듬고 있었다.

"혹시 뭘 주문하러 온 건가?"

튀바슈 부인이 말했다.

"하지만 저 남자는 아무것도 팔지 않아요."

수세 관리는 상대의 말을 잘 알아들을 수 없는지 눈을 둥그렇게 뜨고 귀를 기울이는 듯했다. 엠마는 상냥하게 애원하는 듯한 태도로 말을 계속하고 있었다. 그녀는 가까이 다가갔다. 가슴이 마구 두근거렸다. 그들은 이제 아무 말도 하지 않았다.

"남자를 설득하는 건가?"

튀바슈 부인이 말했다.

비네는 귀까지 새빨개졌다. 엠마는 남자의 손을 잡았다.

"어머, 어쩌면 저런 짓을."

엠마는 확실히 뭔가 부당한 부탁을 하는 게 틀림없었다. 수세 관리는, 전에 보첸과 뤼첸 전투에 참가한 일이 있고, 프랑스 군의 한 사람으로 '레지옹도뇌르 훈장'까지 받은 용사 비네는, 갑자기 뱀이라도 본 듯 껑충 뛰며 외쳤다.

"부인, 그건 천부당만부당한 얘깁니다."

"저런 여자는 채찍으로 후려쳐야 해."

튀바슈 부인이 말했다.

"어, 어디로 갔지?"

카롱 부인이 소리쳤다.

그녀들이 말하는 사이에 그녀가 모습을 감춘 것이다. 잠시 후 엠마가 그랑뤼로 나와 묘지로라도 가는지 오른쪽으로 꾸부러지는 것을 보자, 두 여자는 이러쿵저러쿵 온갖 추측을 맘껏 했다.

"롤레 아주머니."

엠마는 유모의 집에 닿자 말했다.

"숨이 막혀…… 옷끈을 좀 풀어주세요."

그녀는 침대 위에 쓰러졌다. 그리고 어깨를 들먹거리며 울었다. 롤레 아주머니는 그녀를 페티코트로 덮어주고 그 옆에 우두커니 서 있었다. 그러나 기다려도 아무런 말이 없자 그곳을 떠나 물레를 잡고 실을 잣기 시작했다.

"아아, 좀 그만두세요."

비네의 선반 소리가 들리는 것 같아 엠마는 소리쳤다.

'무슨 걱정이라도 있나. 왜 여긴 찾아왔을까.'

유모는 이상하게 생각했다.

엠마는 일종의 공포감에 쫓겨 집에 있지 못하고 이곳으로 달려온 것이다.

꼼짝하지 않고 반듯이 누운 채 눈을 똑바로 뜬 엠마는 백치같이 주의력을 집중했는데도 주위의 사물들이 희미하게만 보일 뿐 도무지 식별할 수가 없었다. 그녀는 벽의 칠이 벗겨진 자국, 포개져 연기를 내는 두 개의 장작, 머리 위 대들보 틈 사이로 기어다니는 기다란 거미, 그런 것들을 보고 있었다. 차차 머릿속이 정리되어 왔다. 생각이 났다……. 어느 날 레옹과…… 아아, 그건 벌써 아득한 옛날 일이다……. 햇빛은 냇물 위에서 빛나고 작약 향기가 어디선가 진하게 풍겨왔다……. 이렇게 급류 속에 휘말리듯 추억 속을 헤매는 엠마의 머리에 이윽고 어제 저녁의 일이 떠올랐다.

"지금 몇 시예요?"

엠마가 물었다.

유모는 밖으로 나가 하늘이 좀 더 밝게 빛나는 쪽에 오른손을 쳐들어 보이며 천천히 들어왔다.

"곧 3시쯤 되겠어요."

"그래, 고마워, 고마워."

조금만 있으면 레옹이 올 것이다. 그녀는 생각했다. 꼭 올 거야! 하지만 내가 여기 온 줄은 모르고 곧장 집으로 갈는지도 모른다. 그렇게 생각한 엠마는 유모에게 빨리 집에 가서 그를 데려와달라고 부탁했다.

"빨리 가줘."

"네, 곧 갑니다. 곧 가요."

엠마는 처음부터 그 사람을 잊고 있었다는 것이 이상했다. 어제 그 사람은 약속했다. 약속을 어길 리가 없었다. 그녀의 눈에는 벌써 뤼르의 집에 가서 책상 위에 지폐 석 장을 늘어놓는 자기의 모습이 보였다. 그 다음에는 샤를에게 적당히 얼버무릴 거짓말을 생각해내지 않으면 안 되었다. 뭐라고 거짓말을 할까?

그러나 시간이 꽤 흘렀는데 유모는 좀처럼 오질 않았다. 그녀는 이 집에 시계가 없기 때문에 그렇게 느껴지는 것이 아닌가 생각했다. 울타리 옆 오솔길을 따라 올라갔으나 혹시 유모가 다른 길로 올지도 모른다는 생각에 급히 돌아왔다. 기다리다 지친 그녀는 아무리 떨쳐내려 해도 엄습해오는 갖가지 의혹에 쫓기다 끝내는 자기가 여기에 아주 옛날부터 있는 것인지, 아니면 조금 전에 온 것인지조차 구별할 수 없이 되어 한쪽에 털썩 주저앉아 눈을 감고 귀를 틀어막았다. 문이 열리는 소리가 들렸다. 엠마는 벌떡 일어났다. 그녀가 입을 열기 전에 롤레 유모가 말했다.

"집에는 아무도 안 오셨는데요."

"뭐라고?"

"네, 아무도 없어요. 나리는 울기만 하시고, 아씨를 찾고 계세요. 모두가 아씨를 찾고 계세요."

엠마는 아무 말도 하지 않았다. 주위를 둘레둘레 둘러보며 숨을 헐떡거렸다. 그 표정에 놀란 유모는 그녀가 혹시 미친 것이 아닌가 생각하고 본능적으로 뒷걸음질쳐 물러섰다. 갑자기 엠마는 자기 이마를 때리며 "아아" 하고 외쳤다. 로돌프 생각이 마치 어두운 하늘을 달리는 번갯불처럼 마음속에 휙 스치고 지나갔기 때문이었다. 그 사람은 친절하고 다정하고 마음이 넓었다. 설사 그가 처음에는 다소 자기의 말에 주저할지라도 곧 교태를 부려 옛 사랑을 상기시켜 자기 일을 돕게 할 수 있다. 그것만은 자신 있다. 엠마는 당장에 위셰트로 떠났다. 전에 그녀를 그토록 화나게 했던 장본인에게 스스로 몸을 바치러 달려가고 있다는 것도, 또 그것이 바로 몸을 파는 것이라는 것도 그녀는 전혀 깨닫지 못했다.

8

엠마는 걸어가면서 생각했다.

'어떤 말을 할까? 무슨 말부터 시작할까?'

걸어갈수록 언젠가 보았던 언덕 위의 풀숲과 나무숲, 그리고 골풀과 멀리 저택이 나타났다. 옛 사랑의 감각이 되살아났다. 그녀의 짓눌렸던 가련한 마음은 이 감각 속에 아름답게 퍼져나갔다. 훈훈한 바람이 엠마의 얼굴을 쓰다듬었다. 눈이 녹아서 나무에 움튼 싹에서부터 풀잎 위로 물방울이 떨어졌다.

그녀는 예전처럼 뜰의 조그마한 문으로 들어가서 안뜰로 나갔다. 거기에는 우거진 두 줄의 보리수들로 울타리가 둘러쳐져 있었다. 나무가 우수수 바람 소리를 내면서 긴 가지를 흔들었다. 개집 안에 있던 개들이 한꺼번에 짖어댔다. 개 짖는 소리가 사방으로 울려퍼졌으나 아무도 모습을 보이지 않았다.

그녀는 나무로 된 난간이 붙어 있는 똑바른 큰 계단을 올라갔다. 계단은 먼지투성이인 돌로 바닥을 깔아놓은 복도와 통했고 거기에는 수도원이나 여관처럼 많은 방의 입구가 한 줄로 늘어서 있었다. 로돌프의 방은 왼쪽 맨 끝에 있었다. 문 손잡이에 손을 대자 갑자기 맥이 빠졌다. 어쩌면 그가 부재중일지도 모르겠다는 생각이 들었다. 그러면서도 한편 차라리 부재중이기를 바라는 심정도 있었다. 그러나 이 사나이야말로 지금의 유일한 희망의 끈이고 마지막 구제의 기회였다. 그녀는 잠시 마음을 진정시켰다. 그리고 눈앞에 닥친 절박한 사정을 생각하고 용기를 내서 들어갔다.

그는 난로 앞에서 양쪽 다리를 난로의 가름나무 위에 올려놓고 파이프를 빨고 있었다.

"아아, 당신이었군요."

그가 벌떡 일어섰다.

"네, 저예요……. 로돌프 씨, 당신에게 좀 의논하고 싶은 일이 있어서 왔어요."

그렇게 말했을 뿐 아무리 애를 써도 엠마는 이야기를 꺼낼 수가 없었다.

"당신은 조금도 달라지지 않았군요. 언제 보아도 아름답구려."

"오오!" 하고 그녀는 씁쓸하게 말했다. "아무 소용도 없는 하찮은 아름다움인 걸요. 어차피 당신에게 경멸당할 것이니까요."

그래서 로돌프는 자기가 했던 행동에 대해서 변명을 하기 시작했다. 그러나 그럴듯한 교묘한 말이 생각나지 않아 애매한 말만 되풀이했다.

그녀는 그의 말에 끌려 들어갔다. 아니 그보다는 오히려 그 목소리와 그 풍채에 마음이 끌려갔다. 그래서 그녀는 서로 인연이 끊어진 일에 대해 남자가 하는 변명을 그대로 진지하게 받아들이는 것 같은 태도를 취했다. 혹은 진심으로 받아들였는지도 알 수 없는 일이었다.

어떤 제삼자의 명예 아니 생명에 관계되는 비밀이 있어서 그 때문에 부득이 서로 헤어지게 되었다는 그러한 구실이었다.

"그렇다고 해도" 하고 그녀는 슬픈 듯이 사나이를 바라보면서 말했다. "저는 무척 괴로웠어요."

로돌프는 잘 안다는 표정으로 대답했다.

"인생이란 이런 것 아니겠습니까?"

"하지만 그 인생이 적어도 우리가 서로 헤어지고 나서도 당신은 행복했나요?"

그녀는 물었다.

"뭘요! 좋을 것도 없고…… 그렇다고 불행할 것도 없었지요."

"그렇게 헤어지지 않았던 편이 좋았는지도 모르겠군요."

"글쎄요……. 그런지도 모르지요."

"그렇게 생각하세요?"

엠마가 가까이 다가가면서 말했다. 그리고 그녀는 한숨을 쉬었다.

"오오, 로돌프! 당신에게 제 마음이 이해된다면…… 전 당신을 무척 사랑했어요……."

그리고 엠마는 그의 손을 잡았다. 두 사람은 서로의 손을 깍지낀 채 한동안 잠자코 있었다. 처음 만났던 날 농사 공진회가 열렸던 때처럼, 사나이는 자존심 때문에 감상과 싸우고 있었다. 그러나 엠마는 사나이의 가슴에 바싹 몸을 붙이고 말했다.

"저는 당신 없이 살아갈 수는 없어요. 행복이라는 것을 한번 알고 나니 잊혀지지 않는군요. 저는 이미 자포자기해버렸어요. 앞이 캄캄했던 그때의 마음을 어떻게 설명해야 할지요. 이제는 그대로 죽는 거로구나 했어요. 나중에 그걸 모두 이야기해드리겠어요. 당신은…… 당신은 참으로 무정한 분이에요……. 당신은 나한테서 달아나버린 거예요!"

사실 이삼 년 동안 로돌프는 남성의 특질인 타고난 비겁성으로 철저히 엠마를 피해왔다. 엠마는 사랑스럽게 목을 흔들면서 매달리는 고양이보다도 더 아양을 떨면서 말을 이었다.

"당신은 저 말고도 사랑하는 여자를 잔뜩 만드셨겠죠. 고백하세요. 그 여자들의 마음을 알 것 같아요. 참아드리겠어요. 당연한걸요. 당신이 조금만 유혹하면 모두 꼼짝 못할 테니까요. 저도 꼭 그랬으니까요. 하지만 당신은 남자다운 남자예요. 당신은 하나에서 열까지 여자를 정신 못차리게 하도록 생겨져 있는 분이에요. 우리 다시 새롭게 시작하기로 해요. 네? 서로 사랑하기로 해요. 자, 저는 웃고 있어요. 행복한 거예요. ……이봐요, 무어라고 말 좀 해주세요."

그리고 빗방울이 파란 꽃받침 속에서 떨리는 것처럼, 눈물방울을 눈에 가득 담은 엠마의 모습은 정신을 빼앗길 만큼 아름다웠다.

로돌프는 그녀를 무릎 위로 끌어당기고 그녀의 윤기 흐르는 머리를 손등으로 쓰다듬었다. 그 머리에는 저녁놀의 마지막 햇빛이 황금빛 화살처럼 빛났다. 그녀는 얼굴을 숙이고 있었다. 로돌프는 드디어 입술 끝으로 그녀의 눈꺼풀 위에 살그머니 키스했다.

"이런 당신 울었군. 왜 우는 거죠?"

그가 말했다. 그러자 엠마가 갑자기 몹시 울기 시작했다. 로돌프는 여자의 그리움이 한꺼번에 폭발한 것이라고 생각했다. 엠마가 잠자코 있으므로 그는 그 침묵을 마지막 부끄러움이라고 생각했다. 그래서 그는 말했다.

"아아! 용서해주구려. 내가 사랑하는 사람은 당신뿐이오. 언제까지나 사랑할 거요……. 왜 그러오? 자, 말해봐요."

그는 무릎을 꿇고 있었다.

"저 말이죠……. 실은 저 파산했어요. 로돌프! 저에게 3천 프랑만 빌려주세요!"

"아니…… 하지만……."

그는 천천히 일어나면서 말했다. 그와 동시에 그의 얼굴 표정은 엄숙해졌다.

"사실은……" 하고 엠마는 재빠르게 말을 이었다. "저의 주인은 어느 공증인에게 재산을 전부 맡겨두었답니다. 그런데 그 남자가 달아나버렸어요. 환자들이 좀처럼 돈을 내지 않아서 우리는 빚을 졌던 거예요. 하긴 아직 시아버지의 유산 결산이 끝나지 않았으니까 그것이 끝나면 그 가운데서 얼마 가량은 들어오겠죠. 어쨌든 그러나 지금은 3천 프랑이 없어 차압을 당하게 되었어요. 지금 당장 그렇게 될 거예요. 그래서 저는 당신의 호의를 믿고 찾아온 거예요."

'아하! 결국 그 때문에 나를 찾아온 것이었구나.'

로돌프는 갑자기 얼굴이 새파래져서 생각에 잠겼다.

겨우 그는 마음을 진정하고 말했다.

"부인, 내게는 그만한 돈이 없습니다."

거짓말이 아니었다. 아마 그만한 돈을 지금 가지고 있었다면, 아무튼 돈을 낸다는, 선행을 한다는 것이 유쾌한 일은 못 된다고 생각하는 그였지만 주었을 것이다. 돈을 내라고 조르는 것은 사랑 위에 엄습하는 태풍 가운데서도 가장 차갑고 가장 피해가 큰 것이다.

그녀는 한동안 상대편 얼굴을 지켜보았다.

"없으시다고요!"

엠마는 자기의 말을 몇 번이나 되풀이했다.

"가지고 계시지 않다고요! ……아아, 이렇게 심한 창피를 당할 줄 알았더라면 찾아오지 말 걸 그랬군요. 당신은 저를 한번도 사랑한

적이 없었던 거군요. 당신도 결국 다른 남자들과 조금도 다름이 없군요."

그녀는 정신없이 그만 본심을 드러내버렸다. 이제는 어떻게 해야 할지 몰랐기 때문이었다.

로돌프는 그녀의 말을 가로막으면서 자기도 돈 때문에 몹시 곤란한 지경이라고 분명하게 말했다.

"그래요? 그것 참 딱한 일이군요. 매우 안됐는데요."

엠마가 말을 되받았다. 엠마는 벽에 걸린 무기 장식 속에 빛나는 은으로 세공한 기병 소총에 시선을 주면서 말했다.

"하지만 그렇게 가난하다면 총 손잡이에 은 장식 따위는 하지 않을 거예요. 거북이 등껍질을 끼운 시계 따위도 살 수 없었을 거예요." 그녀는 금속면에다 무늬를 새겨서 금을 박은 시계를 손가락으로 가리키면서 말을 이었다. "그리고 채찍에 다는 도금한 은조각도." 엠마는 거기에 손을 댔다.

"회중 시곗줄에 다는 이런 보석 장식도 여간해선 사기 어려울 텐데요. 어쩌면! 이 가난뱅이에게는 무엇이든지 다 있군요. 방 안에 술병 올려놓는 대까지 있잖아요. 이것은 모두 당신이 자기 자신을 사랑하고 그리고 사치를 즐기는 증거가 아니겠어요? 별장도 농장도 숲도 있고 개를 끌고 다니면서 사냥도 하시고 파리에 여행도 하시고……. 이런 것도!" 그녀는 그의 커프스 버튼을 벽난로 위에서 집어들면서 소리쳤다. "여기서는 쓸모없는 이런 하찮은 물건이라도 팔면 돈이 될 수 있어요! ……아뇨, 이런 건 조금도 부럽지 않아요, 소중하게 간직하세요."

그녀는 두 개의 단추를 힘껏 던져버렸다. 그 단추에 달려 있던 금줄이 벽에 부딪쳐서 끊어져버렸다.

"저였다면 무엇이든지 다 당신에게 드렸을 거예요. 이것도 저것도 모조리 팔아버릴 거예요. 그리고 이 두 팔로 노동을 하겠어요. 큰 길가에서 거지 노릇이라도 하겠어요. 단 한 번이라도 당신이 나를 쳐다보아 주시기만 한다면 말이에요. 단 한 번 웃어주시기만 한다면 말이에요. '고맙구려' 하는 단 한마디 말을 위해 그렇게 하겠어요. 그런데 당신은 그렇게 안락의자에 한가하게 앉아 계시다니, 아직까지 나를 괴롭힌 일은 전혀 없었던 사람처럼 말이에요! 당신이 안 계셨더라면 나는 행복하게 지낼 수도 있었던 거예요. 아시겠어요? 누가 당신께 무리하게 그런 짓을 하라고 권했던가요? 누구하고 장난삼아 내기라도 걸었던가요? 하지만 당신은 저를 사랑하셨어요. 당신 자신이 그렇게 말씀하신 걸요……. 바로 조금 전에도 그러셨어요……. 아아! 숫제 처음부터 저를 때려 내쫓아주셨더라면 좋았을 것 아니에요! 아직도 제 손은 당신의 키스로 따뜻해요. 그리고 제 무릎에 매달려서 영원한 사랑을 맹세하신 것도 바로 그 융단 위란 말이에요. 당신은 그것을 내게 믿게 하셨어요. 당신은 저를 2년 동안이나 너무나 화려하고 달콤한 꿈 속으로 다시 없을 기분 좋은 꿈 속으로 끌어넣어 주셨어요……. 우리 둘이 여행하려고 계획했던 것을 기억하고 계시나요? 오오! 당신의 편지, 그 편지! 그 편지는 저의 마음을 갈기갈기 찢어버렸어요……. 그런 일이 있고 나서 오늘 저는 다시 당신을 찾아왔어요. 부유하고 행복하고 자기 마음대로 할 수 있는 그 남자에게로 돌아와서 간절히 애원하면서 제가 가지고 있는 애정을 전부 털어놓으면서 어느 누구라도 해줄 수 있을 만한 도움을 청했더니 그분은 저를 뿌리친 거예요. 3천 프랑이 아까워서요."

"나는 돈이 없단 말이오."

로돌프는 마치 방패로 막는 것처럼 꾹 참은 분노를 싼 그 빈틈없이 가라앉은 태도로 말했다.

엠마는 밖으로 나와버렸다. 벽이 부서지고 천장이 당장 무너져 그녀를 짓누를 것처럼 생각되었다. 바람에 흩어지는 낙엽 무더기에 채여 비틀거리면서 그녀는 긴 가로수 길을 되돌아왔다. 간신히 그녀는 철책 문 앞의 물 없는 도랑까지 왔다. 서둘러 자물쇠를 열다가 손톱이 찢겼다. 그리고 백 발자국 가량 더 가자 숨이 막혀 쓰러질 것 같아서 걸음을 멈추었다. 그녀는 뒤를 돌아보고 다시 한번 그 무정한 저택을, 농장을, 정원을, 그리고 세 개의 안뜰을, 그리고 정면에 늘어선 창문 하나하나를 보았다.

엠마는 정신이 빠져서 우두커니 서 있었다. 고막을 때리는 듯한 맥박치는 소리만이 살아 있다는 것을 의식하게 할 뿐 자신에 대한 의식은 없었다. 그 소리는 자신의 몸 밖으로 뛰쳐나가서 주위의 들판 가득히 넘쳐서 귀가 울릴 만큼의 음악처럼 들려왔다. 발밑의 땅은 물결보다도 부드러웠고 밭이랑은 물결치며 부서지는 다갈색의 파도처럼 보였다. 머릿속의 기억이며 모든 생각은 마치 무수한 불꽃처럼 한꺼번에 튀어서 올라갔다.

아버지의 모습, 뤼르의 가게, 아득히 먼 곳에 있는 그들의 방, 그밖의 다른 경치가 보였다. 이대로 미쳐버릴 것 같았다. 무서워져서 간신히 정신을 차리기는 했지만, 그래도 역시 분명한 의식은 아니었다. 엠마 자신을 이처럼 비참한 상태로 만든 그 원인 즉 돈에 대한 문제를 까마득히 잊어버린 것이다. 사랑의 상처만이 마음에 남았다. 그리고 마치 빈사 상태의 중상자가 피가 흐르는 상처를 보면서 생명이 꺼져가는 것을 느끼는 것과 같이, 자신의 영혼이 이 사랑의 추억을 통하여 몸에서 빠져나가는 것처럼 느꼈다.

해가 지려 했다. 까마귀가 날았다.

갑자기 수많은 불빛의 조그마한 구슬들이 작열하는 총알처럼 공중에서 폭발하여 옆으로 퍼지고 빙글빙글 돌면서 나뭇가지 사이의 눈 속에 녹아 들어가는 것 같았다. 그 하나하나의 구슬 한복판에 로돌프의 얼굴이 보였다. 구슬의 수가 점점 늘어갔다. 그것들이 가까이 다가와서 엠마의 몸 깊이 파고 들어가 사라졌다. 엠마는 멀리 안개 속에 빛나는 집들의 불빛을 확실히 보았다.

그때 그녀의 현재 입장이 심연과도 같은 모습을 다시금 나타냈다. 그녀는 가슴이 터질 것처럼 숨이 찼다. 그러나 모든 것을 내팽개쳐버린 비장한 마음이 지금은 거의 기쁨에 가까운 기분이 되어서, 소를 건네는 판자 다리를 건너 오솔길과 가로수 길과 시장을 지나 약제사의 가게 앞에 당도했다.

아무도 없었다. 그녀는 들어가려 했으나 초인종 소리가 나면 사람이 나올지도 모른다는 생각이 들자 사립문으로 살짝 들어가서 숨을 죽이고 벽을 더듬어 부엌 입구까지 갔다. 난로 위에서 촛불 하나가 타고 있었다. 쥐스탱이 셔츠바람으로 음식 접시를 나르고 있었다.

'아아! 저녁식사 중이구나. 조금만 기다리자.'

쥐스탱이 돌아왔다. 엠마는 유리창을 두드렸다. 쥐스탱이 나왔다.

"열쇠를! 지붕밑 방의 열쇠를……."

"뭐라고요?"

쥐스탱은 어둠 속에 허옇게 떠오른 그녀의 얼굴이 창백한 것을 보고 깜짝 놀라면서 엠마를 가만히 쳐다보았다. 그에게는 예사롭지 않은 아름다움이었고 환영처럼 장엄해 보이기까지 했다. 그녀가 무엇을 원하는지 이해하지 못했지만 쥐스탱은 무언지 알 수 없는 무서운 것을 예감했다.

엠마는 나지막하게 상대편을 녹여버릴 듯한 부드러운 목소리로 재빠르게 말했다.

“저 열쇠가 필요해서 그래. 내게 좀 빌려주렴.”

방의 벽이 얇아서 접시에 닿는 포크 소리가 식당에서 들려왔다.

엠마는 쥐가 시끄럽게 굴어서 잘 수가 없어 쥐를 잡으려는 것이라고 변명을 했다.

“주인 나리께 말씀드리고 오겠습니다.”

“아니야, 그만둬!”

그러고는 아무렇지도 않은 듯 말했다.

“괜찮아, 그러지 않아도 돼. 조금 뒤에 내가 말씀드릴 테니까. 자, 내게 불 좀 비춰줘요!”

엠마는 약국 입구로 통하는 복도로 들어섰다. 약국 벽에는 ‘위층 창고’라는 패가 달린 자물쇠가 걸려 있었다.

“쥐스탱!”

약제사가 신경질적으로 소리질렀다. 꾸물거리는 것에 화가 난 모양이었다.

“올라가자!”

쥐스탱은 하는 수 없이 엠마의 뒤를 따라 올라갔다.

열쇠가 자물쇠 속에서 돌았다. 엠마의 기억은 확실했다. 그녀는 셋째번 선반 쪽으로 똑바로 가서 파란 병을 집어들고 마개를 뽑고 그 속에 손을 집어넣었다. 그리고 하얀 가루를 한 줌 집어내 먹기 시작했다.

“안 됩니다!”

쥐스탱은 그녀에게 달려들면서 소리질렀다.

“쉿! 누가 온다!”

쥐스탱은 자기 혼자 어떻게도 할 수가 없어 사람을 부르려고 했다.

"아무 말도 하지 말아줘. 모두 여기 주인의 책임이 되니까."

이윽고 그녀는 갑자기 침착해지고 할 일을 거의 다한 것처럼 명랑한 기분으로 돌아갔다.

차압을 한다는 소식을 듣고 몹시 놀란 샤를이 집으로 돌아왔을 때는 엠마가 막 나가버린 뒤였다. 샤를은 고함을 지르고 기절했다. 그러나 그녀는 돌아오지 않았다. 도대체 어디 간 것일까? 그는 펠리시테를 오메 씨 댁이며, 튀바슈 댁이며, 뤼르의 가게며, '금사자' 등 사방으로 찾으러 보냈다. 그리고 근심이 뒤범벅이 되면 될수록, 이것으로 세상의 존경도 잃고 재산 한푼도 없이 딸 베르트의 장래가 엉망진창이 되어버렸구나 하는 암담한 광경만이 눈에 떠올랐다. 무엇이 원인이란 말인가? ……전혀 영문을 알 수가 없다! 샤를은 저녁 6시까지 기다렸다. 더는 참고 견딜 수가 없어서 엠마가 루앙에 갔을지도 모른다고 짐작하고 큰길로 나갔다. 5마일 가량이나 갔지만 아무도 만나지 못했다. 그래서 한참 기다리다가 다시 되돌아왔다.

엠마는 돌아와 있었다.

"어찌 된 일이오? ……왜 그랬소? 까닭을 좀 말해보구려……."

엠마는 책상 앞에 앉아서 편지를 써서 천천히 봉하고 날짜와 시간을 덧붙여 써넣었다. 그리고 엄숙한 어조로 분명하게 말했다.

"내일 이것을 읽어주세요. 그때까지는 제발 아무 말도 더 묻지 말아 주세요! ……정말 한마디도!"

"하지만…… 여보."

"아아…… 저리 가주세요. 자야겠어요."

그렇게 말하고 그녀는 침대에 길게 드러누웠다. 입 속에 맵싸한 맛을 느끼고 엠마는 눈을 떴다. 그녀는 샤를을 힐끗 보고 나서 다시 눈을 감았다.

그녀는 고통이 있는지 어떤지 주의해서 몸의 상태를 살펴보았다. 아니! 아직 아무렇지도 않다. 괘종시계의 똑딱 소리가 들렸고 불이 튀는 소리와 그녀의 침대 옆에 서 있는 샤를의 숨소리도 들렸다.

'아아! 죽음이란 건 대수로운 게 아니로군. 나는 이제 곧 잠들어버릴 거다. 그것으로 끝나는 거다.'

엠마는 생각했다.

엠마는 물을 한 모금 마시고 벽 쪽으로 돌아누웠다.

잉크를 핥았을 때와 같은 언짢은 뒷맛이 계속되었다.

"목이 마르다! ……아아, 목이 타요."

그녀가 신음했다.

"어찌 된 일이오?"

샤를이 유리컵을 그녀에게 내밀어주면서 말했다.

"아무것도 아녜요! ……창문을 열어주세요……. 아아, 숨이 답답해요!"

이렇게 말하고 나자 갑자기 구역질이 났다. 베개 밑에서 손수건을 꺼낼 사이도 없었다.

"이것을 치워줘요!" 하고 엠마는 단숨에 말했다. "버려주세요."

샤를이 엠마에게 다시 물었으나 그녀는 대답하지 않았다. 조금만 움직여도 토할 것 같아서 꼼짝하지 않았다. 그러는 동안에 그녀는 발에서부터 심장까지 얼음 같은 냉기가 치밀어 오르는 것을 느꼈다.

"아아! 드디어 시작이로구나!"

엠마는 중얼거렸다.

"뭐라고 했소?"

엠마는 혓바닥 위에 무언가 매우 무거운 것이라도 올라앉아 있는 양 끊임없이 입을 벌리고 괴로운 듯이 머리를 조금씩 옆으로 흔들었다. 8시에 또 구토가 시작되었다.

샤를은 세숫대야 밑바닥 안쪽에 하얀 모래알을 같은 것이 붙어 있는 것을 발견했다.

"이거 이상한데? 아무래도 이상해."

그는 되풀이했다.

그러나 그녀는 단호한 어조로 말했다.

"아니에요. 아무것도 이상한 것은 없어요."

그래서 샤를은 가만히 쓸어주는 것처럼 그녀의 배에 손을 대보았다. 엠마는 날카로운 비명을 질렀다. 샤를은 깜짝 놀라서 뒷걸음질쳤다.

조금 뒤에 그녀는 신음소리를 내기 시작했다. 처음에는 희미했지만 극심한 전율이 엠마의 양 어깨를 떨게 했다. 그녀의 얼굴은 경련을 일으킨 손가락이 꽉 움켜쥔 시트보다도 더 희었다. 불규칙한 맥박은 이제는 거의 느껴지지 않을 만큼 약해졌다.

그녀의 해쓱한 얼굴에 땀방울이 맺혔다. 그 얼굴은 마치 금속성에서 발산하는 증기에 싸여서 굳어버린 것 같았다. 이가 맞부딪쳐 소리를 내고 커다랗게 뜬 눈은 주위를 멍하니 둘러보았다. 무엇을 물어도 그저 고개를 흔들 뿐이었다. 더욱이 두서너 번 미소를 띠기까지 했다. 점점 그녀의 신음소리가 높아갔다. 이따금 낮은 신음소리가 새어 나왔다. 잠시 후 그녀는 기분이 나아지는 듯하니 곧 일어나겠다고 했다. 그 순간 경련이 엄습했다. 엠마는 비명을 올렸다.

"아아! 괴로워요. 살려주어요!"

샤를은 그녀의 침대 곁에 무릎을 꿇었다.

"말해주구려! 무얼 먹었소? 여보 대답해주구려. 제발 여보!"

그러면서 그는 엠마가 지금까지 본 일이 없는 애정이 담뿍 담긴 눈으로 그녀를 쳐다보았다.

"저 말이죠, 저기에…… 저기에……!"

그녀는 꺼질 것 같은 목소리로 말했다.

그는 책상 쪽으로 뛰어가 봉투를 찢고 큰 소리로 읽었다. "아무도 비난하지 말아주세요……." 그는 읽기를 멈추고 눈을 비볐다. 그리고 다시 읽기 시작했다.

"아이구! ……이거 큰일났구나! 누구 좀 와주시오!"

그리고 그는 다만 "독약을 먹었다. 독약을 먹었다!" 하고 되풀이할 뿐이었다. 펠리시테가 오메네 집으로 달려갔다. 오메는 그 말을 듣고 광장에 나와 고함을 쳤다. 르프랑수와 부인은 '금사자'에서 그 목소리를 들었다. 두서너 사람이 일어나서 옆집 사람에게 전했다. 이렇게 하여 밤이 새도록 온 마을이 긴장했다.

샤를은 정신이 뒤집혀서 알 수도 없는 말을 지껄이며 쓰러질 듯하면서 온 방 안을 빙빙 돌았다. 그는 가구에 부딪치고 머리카락을 쥐어뜯었다. 약제사는 이러한 무서운 광경이 이 세상에 있으리라고는 상상도 하지 못했다.

약제사는 자기 집으로 돌아가서 카니베 씨와 라리비에르 박사에게 편지를 썼다. 그도 머릿속이 혼란해서 열다섯 장 이상이나 다시 썼다. 이폴리트는 뇌샤텔*로 출발했다. 쥐스탱은 샤를의 말을 타고 달렸는데 너무 지나치게 박차를 가했기 때문에, 브와 기욤 언덕 중간쯤에서 말은 지쳐버려서 죽을 지경이 되어 내버리고 거기서부터는

---

* 보바리 부인의 친정이 있는 곳

걸어야 했다.

샤를은 의학 사전을 찾으려 했지만 줄과 줄이 춤추는 것처럼 헛갈려서 아무것도 보이지 않았다.

"침착하시오!" 약제사가 말했다. "요는 무언가 아주 강한 해독제를 쓰면 될 거요. 독은 무엇이지요?"

샤를은 그 편지를 보았다. 그것은 비소였다.

"그렇다면" 하고 오메가 말을 이었다. "이것은 정성(定性) 분석을 할 필요가 있군요."

그는 어떠한 중독의 경우에도 분석을 할 필요가 있다는 것을 잘 알았던 것이다. 그러자 샤를은 그 뜻을 잘 이해하지 못한 채 대답했다.

"네네, 그렇게 해주십쇼. 부탁합니다. 아내를 구해주시오……."

그러고는 엠마 옆으로 가서 양탄자 위에 무릎을 꿇고, 엠마의 침상 가장자리에 머리를 대고 울었다.

"울지 마세요!" 그녀는 말했다. "이제 조금만 더 있으면 저는 당신을 더는 괴롭히지 않을 거예요."

"어째서였소? 어째서 이런 일을 해야 했단 말이요?"

엠마는 대답했다.

"하는 수 없었어요."

"당신은 행복하지 않았단 말이요? 내가 나빴다는 거요? 나는 그래도 내가 할 수 있는 만큼은 했다고 생각했소."

"네, 네……. 그 말씀대로예요. 당신은 참 좋은 분이에요."

그렇게 말하면서 엠마는 샤를의 머리를 천천히 쓰다듬었다. 이 기분 좋은 감각이 샤를의 슬픔을 한층 더하게 했다. 지금까지 없었던 애정을 이토록 보여주는 아내를 지금 잃지 않을 수 없다고 생각하자 절망으로 자신의 모든 존재가 허물어져버릴 것 같았다. 그러면서도 무엇 하나 해주어야 할 일이 생각나지 않았다. 그리고 도대체 어찌 된 영문인지 알 수가 없었다. 당장 처치를 해야 할 긴급한 상황에 몰려서 완전히 정신을 잃고 만 것이다.

엠마는 지금까지의 수많은 배반과 비열했던 행위와 그리고 자기를 괴롭혔던 수없이 많은 욕망도 이것으로 끝장이 나는구나 하고 속으로 생각했다. 그녀는 이미 아무도 원망하지 않았다. 희미한 황혼이 그녀의 마음속에 몰려왔다. 지상의 온갖 것에서 나는 소리 중에서도 엠마의 귀에 또렷이 들리는 것은 멀어져가는 교향곡의 마지막 여운과도 흡사한 다정하고도 또한 희미한 가엾은 남편의 가슴에서 띄엄띄엄 나오는 한탄하는 목소리뿐이었다.

"어린것을 데려다주세요."

그녀는 한쪽 팔꿈치를 짚고 몸을 일으키면서 말했다.

"아까보다 기분이 나아진 거지? 그다지 아픈 건 아니지?"

샤를이 물었다.

"네, 그래요!"

베르트는 기다란 잠옷 밑으로 맨발을 드러내고 하녀에게 안겨 들어왔다. 언짢은 표정을 하고 아직 꿈이라도 꾸는 것 같았다. 어린아이는 어수선하게 흩어진 방 안을 이상스러운 듯이 바라보았다. 그리고 가구 위 여기저기에서 타고 있는 촛불에 눈이 부시어 눈을 가늘게 떴다. 베르트는 설날이나 사순절의 아직 채 밝지 않은 이른 아침에 깨어나면 꼭 이렇게 촛불을 보곤 했다. 이 촛불을 보자 베르트는 어머니의 침대로 가서 선물을 받던 일이 생각났는지 어머니를 찾았다.

"어디 있어요, 엄마?"

사람들이 모두 잠자코 있자 다시 덧붙였다.

"엄마, 내 예쁜 구두*가 보이지 않는 걸."

펠리시테가 그 아이를 안은 채 침대 쪽으로 몸을 구부렸으나, 베르트는 여전히 난로 쪽에만 눈을 돌렸다.

"유모가 가져갔나요?"

어린아이가 물었다.

유모라는 말을 듣자 보바리 부인은 자신이 저지른 불의의 관계며 괴로웠던 일들이 다시 기억 속에 되살아나서, 또 다른 좀 더 상렬한 독이 입 속에 달라붙는 것 같은 혐오감으로 얼굴을 돌렸다. 베르트는 침대 위에 앉은 채 가만히 있었다.

"어머나, 엄마 눈이 저렇게 크네. 그리고 엄마 얼굴은 파랗고요! 저렇게 땀을 흘리네요!"

어머니는 딸아이를 바라보았다.

"아이, 무서워!"

베르트가 뒤로 물러났다.

엠마가 베르트의 손을 잡고 키스하려 하자 아이는 몸부림쳤다.

"이제 됐어! 아이를 저리로 데려가."

한쪽 구석에서 흐느껴 울던 샤를이 소리질렀다.

증세는 잠시 호전되는 듯했다. 그녀는 편안한 것 같았다. 그리고 샤를은 아무런 의미도 없는 말 한마디 한마디에 그리고 조금 가라앉은 것 같은 가슴의 숨소리를 들을 때마다 희망을 안았다. 마침내 카니베 박사가 들어오자 그는 울면서 그 팔에 매달렸다.

"아아! 선생님이시군요! 고맙습니다! 친절하십니다! 그런데 퍽 좋아지는 것 같습니다. 자아, 좀 보아주십시오……."

---

* 크리스마스 선물을 넣는 구두

그러나 동업자는 샤를과는 전혀 다른 의견이었다. 그는 위장을 깨끗이 씻어내기 위하여 그 자신의 '귀찮은 설명을 빼버린' 말에 의하면 철저한 구토약을 처방했다.

엠마는 잠시 후 피를 토했다. 그녀의 입술은 한층 더 경련을 일으켰다. 손발이 경련을 일으키고 온몸에 갈색 반점이 나타났다. 맥박은 팽팽하게 잡아당긴 실처럼 당장이라도 끊어질 것 같은 하프의 줄처럼 손가락 밑을 달렸다.

이윽고 엠마는 끔찍스러운 소리를 지르기 시작했다. 그녀는 독약을 저주하고 욕하고 어서 결말을 지어 달라고 독약을 향해서 외쳤다. 그리고 샤를이 그녀 이상으로 괴로워하여 뭘 마시게 하려 하면 허약해진 팔로 모조리 밀쳐냈다. 샤를은 손수건을 입에 대고 숨가쁘게 흐느껴 울면서 발뒤꿈치까지 흔들릴 만큼의 오열로 숨이 막혀 서 있었다. 펠리시테는 어쩔 줄 모르고 방을 여기저기 뛰어다녔다. 오메는 꼼짝도 하지 않고 깊은 한숨만 내쉬었다. 그리고 카니베 박사도 여전히 침착하기는 했지만 마음속으로는 역시 당황하기 시작했다.

"이거 야단났는데……. 그러나…… 해독제를 써서 위장은 깨끗해졌을 테고 원인이 없어진 이상……."

"결과도 없어지겠지요. 아주 명백하죠."

오메가 말했다.

"어떻게든 살려주십시오."

보바리는 소리질렀다.

카니베 박사는 약사가 "아마 좋아지기 전에 일어나는 발작이겠죠" 하고 늘어놓는 억측에는 귀도 기울이지 않고 바야흐로 아편성 해독제를 투여하려고 했다. 그러나 바로 이때 채찍질하는 소리가 들려왔다. 유리창들이 모조리 흔들렸다. 그리고 전속력으로 역마차가 귀밑에까지 진흙을 뒤집어쓴 세 마리의 말에 끌려 공동 시장 모퉁이를 단걸음에 달려왔다. 라리비에르 박사였다.

천주님의 출현도 이 이상의 감동을 일으키지는 않았을 것이다. 보바리는 양손을 들고, 카니베는 동작을 멈추고, 그리고 오메는 박사가 들어오기도 전에 모자를 벗어 들었다.

라리비에르 박사는 비샤* 계통의 위대한 외과 학파에 속했다. 지금은 없어졌지만 열광적으로 의술을 사랑하고, 열성적이고 또한 총명하게 의술을 베푼 그 철학자 파의 의사에 속했다. 그가 화를 내면 그의 병원 안의 모든 사람들이 겁을 먹었다. 그를 존경하는 제자들은 개업을 하면 스승을 닮으려고 노력했다. 그 때문에 가까운 마을에서는 제자들이 박사의 것과 같은 메리노 모직의 솜을 넣은 긴 외투며, 똑같이 커다란 검은 예복을 입고 있는 것을 볼 수 있었다. 예복의 단추를 채우지 않은 소매 끝은 보기 좋게 살이 찐 박사의 매우 아름다운 손을 살짝 덮고 있었다. 그 손은 조금이라도 빨리 병고 속으로 들어가려는 듯 장갑 따위는 낄 일이 없었다. 훈장이며 직위며 신분이며 학사원을 경멸하고, 가난한 자에 대해서는 친절하고 관대하고 인자하며, 덕의 보답을 믿지 않고 덕을 실천하는 이 사람은, 그 지성의 날카로움에 의하여 귀신처럼 두려움을 받는 일만 없었다면 거의 성자로 인정되었을 것이 틀림없었다. 수술용 메스보다도 날카로운 그의 눈빛은 사람들의 마음에 똑바로 파고 들어가서 여러 가지 애매한 변명이나 수치심을 뚫고 들어가서 모든 허위를 드러냈다. 이렇듯 박사는 위대한 재능의 자각과 재산과 나무랄 데 없는 부지런한 40년의 생애가 주는 부드럽고 따뜻한 위엄에 가득 차 생활했다.

---

* 18세기 프랑스의 유명한 의학자

그는 입을 벌리고 똑바로 누워 있는 엠마의 죽은 것 같은 형상을 보자 문턱에서부터 눈살을 찌푸렸다. 그리고 카니베의 설명에 귀를 기울이는 척하면서 코밑을 집게손가락으로 쓰다듬으며 이렇게 되풀이했다.

"그래, 좋소. 잘됐군."

그러나 박사는 눈에 띄지 않을 만큼 어깨를 으쓱했다. 보바리는 그 동작을 놓치지 않았다. 두 사람의 눈이 서로 마주쳤다. 그러자 사람이 신음하는 광경에 익숙한 박사도 이때만은 자신의 셔츠 가슴 장식 위로 떨어지는 한 방울의 눈물을 막을 길이 없었다.

그는 카니베를 옆방으로 데려가려고 했다. 샤를이 그 뒤를 따랐다.

"대단히 중태인가 보지요. 네? 겨자 고약을 개서 붙여보면 어떻겠습니까? 저로서는 어떻게 하면 좋을지 모르겠습니다. 어떻게 무슨 수가 없겠습니까? 제발 가르쳐주십시오. 선생님께서는 많은 인명을 구하셨잖습니까? 부탁입니다."

샤를은 두 팔로 박사를 껴안고 거의 실신한 듯 박사의 가슴에 매달려서 겁에 질린 듯 애원하듯 박사를 지켜보았다.

"자, 자네 용기를 내게! 이젠 어찌할 도리가 없네!"

그렇게 말하고 라리비에르 박사는 얼굴을 돌렸다.

"가시렵니까?"

"또 오겠네."

그는 마부에게 이를 말이 있는 것처럼 하고 카니베 씨와 나란히 나갔다. 카니베도 엠마의 최후를 지켜보는 일은 사양하고 싶었던 것이다.

약제사는 광장에서 두 사람에게 따라붙었다. 그는 천성적으로 명사에게서 떨어질 수가 없었던 것이다. 그래서 그는 라리비에르 씨에게 특별히 간청해서 카니베 씨와 함께 점심식사를 드시고 가십사고 애원했다.

곧 '금사자'에서 비둘기를 가져오고, 고깃간에서는 가장 좋은 고기를 있는 대로 가져오고, 튀바슈 집에서는 크림을, 레스티부드와 집에서는 계란을 가져다가 약제사는 스스로 준비를 거들어주었다. 한편 오메 부인은 윗도리의 끈을 잡아매면서 말했다.

"죄송합니다, 선생님. 이렇게 불편한 곳에서는 전날 미리 알시 못하면 이렇게……."

"손잡이 달린 컵을 가져오오."

오메가 낮은 소리로 귀띔을 했다.

"적어도 여기가 시내라면 다진 고기를 넣은 돼지발쯤은 구할 수가 있었겠습니다만……."

"조용히 해요……. 박사님, 식탁으로 가시지요."

오메는 첫 음식이 나오자, 조금 먹다가 차차 이번 사건의 전말에 관해서 자세한 이야기를 조금쯤 말해도 괜찮을 것이라고 생각했다.

"처음에는 인후에 건조감이 있었습니다. 그리고 다음에는 상복부에 심한 통증을 느끼고, 다시 또 심하게 설사를 하고 혼수 상태에 빠졌습니다."

"도대체 어째서 그녀는 독약을 먹었나요?"

"모르겠습니다, 박사님. 게다가 어디서 비소를 구했는지조차 도무지 알 수가 없습니다."

그때 마침 접시를 한아름 포개 안고 들어온 쥐스탱이 갑자기 와들와들 떨기 시작했다.

"왜 그러니?"

약제사가 물었다. 그러자 젊은이는 안고 있던 접시를 와그르르 마룻바닥에 떨어뜨렸다.

"바보 녀석, 경솔한 녀석! 못난이! 짐승 같은 놈!"

오메가 야단을 쳤다.

그러나 갑자기 화나는 것을 누르고 말을 이었다.

"그래서 박사님, 저는 분석을 해봐야겠다고 생각해서 우선 시험관 속에 가만가만 넣어보았습니다."

"그보다는 오히려 그녀 목구멍에 당신의 손가락을 넣어주는 편이 좋았겠는데요."

외과 의사는 말했다.

카니베는 조금 전에 그 구토약 때문에 은밀히 엄한 꾸중을 들었으므로 잠자코 있었다. 그래서 이 사나이는 굽은 다리를 수술할 때는 그처럼 거침없고 말이 많았는데, 오늘은 극히 얌전했고 끊임없이 고개를 끄덕이며 동의를 표하는 미소만 보이고 있었다.

오메는 만찬의 주인 역을 하는 것에 대단히 기분이 좋아서 벙글벙글 웃었다. 가엾은 보바리를 생각하고 그와 자신을 비교해보고는 막연하게 내심 흐뭇해했다. 게다가 박사와 나란히 자리를 함께한 것이 또한 기뻤다. 그는 박식한 것을 늘어놓았고, 칸타리스 약이며, 유파스나무며, 독이 있는 만치닐나무며, 살모사 같은 독이 있는 것을 생각나는 대로 열거했다.

"박사님! 그것뿐만이 아닙니다. 저는 지나치게 유독 가스를 쐬게 해서 해충을 구제한 순대에 여러 사람이 중독되어서 그 자리에서 졸도했다는 예를 읽은 적도 있습니다. 아무튼 어떤 매우 훌륭한 보고 가운데 씌어 있었습니다. 필자는 우리 약학계의 스승이시며 권위자의 한 사람이신 유명한 카데 드 카시쿠르 선생이었습니다."

오메 부인이 알코올의 화력을 사용하는 건들건들하는 곤로를 들고 또 나타났다. 오메가 식탁에서 커피를 끓이고 싶어 했기 때문이다. 더욱이 커피는 이미 손수 볶아서 빻아서 섞어놓았던 것이다.

"설탕입니다. 넣으십시오, 박사님."

그는 설탕을 권하면서 말했다.

이윽고 오메는 아이들의 체력에 대해서 이 훌륭한 외과 의사의 의견을 듣고 싶다면서 2층에서 아이들을 모두 내려오게 했다.

드디어 라리비에르 씨가 돌아가려 하자 오메 부인은 남편을 한번 진찰해달라고 부탁했다. 남편은 매일 저녁식사만 끝나면 조는데 분명 혈액 순환이 점점 나빠진 탓일 거라는 것이었다.

"아아! 그를 괴롭히고 있는 것은 '센스'가 아닙니다."*

그리고 박사는 이런 재담을 도통 알아듣지 못하는 것을 보고 조금 웃으면서 문을 열었다. 그런데 약방 문앞은 사람들로 가득했다. 아내가 평소에 재 속에 가래를 뱉는 버릇이 있기 때문에 폐병이 아니냐고 걱정하는 튀바슈 씨를 비롯해서 때때로 심한 허기증을 느낀다는 비네 씨, 몸이 바늘로 찌르는 것처럼 쑤신다는 카롱 부인, 현기증이 나는 뤼르 씨, 류머티즘에 걸린 레스티부드와, 위산 과다인 르프랑수와 부인 등, 이러한 사람들을 쫓아버리는 것은 이만저만한 일이 아니었다. 가까스로 세 마리의 말이 가볍게 뛰어가기 시작하자 박사가 조금도 친절하지 않았다는 것이 모든 사람의 생각이었다.

그때 성유를 가지고 부르니지앙 신부가 시장 속을 지나오자 사람들은 그에게 주의를 기울였다.

오메는 자신의 주장을 우기기 위해 신부는 죽은 사람의 냄새를 맡

---

* Sang(피)과 Sens(감각, 분별, 센스)의 비슷한 발음을 이용해서 짓궂은 재담을 한 것이다.

고 모여드는 까마귀와 같은 것이라고 했다. 신부의 모습을 보는 것이 천성적으로 못 견디게 싫은 것이었다. 법의는 그에게 죽은 사람의 수의를 연상케 했다. 그런데 그는 수의를 무서워했기 때문에 자연히 법의를 두려워했던 것이었다.

그러나 오메는 아무튼 그의 '나의 사명' 앞에는 감연히 한 발도 물러서지 않고, 카니베 씨와 함께 보바리의 집으로 되돌아갔다. 카니베에게 라리비에르 박사가 출발하기에 앞서 그렇게 하도록 권했기 때문이었다. 그리고 오메는 아내가 만류하지만 않았더라면 두 아들도 데리고 가려던 참이었다. 아이들을 이러한 특별한 장면에 익숙하게 하여 하나의 교훈이 되고 훈계가 되어 나중까지도 머릿속에 장엄하게 기억되도록 하려던 것이다.

그들이 들어갔을 때 방 안은 서글픈 장엄한 분위기에 휩싸여 있었다. 흰 수건이 덮인 재봉대 위에는 불이 켜진 두 개의 촛대 사이의 커다란 십자가 상 옆에 대여섯 개의 조그마한 솜뭉치가 은접시에 담겨 있었다. 엠마는 턱을 가슴에까지 내리고는 눈을 커다랗게 부릅뜨고 있었다. 그리고 보기에도 가련한 두 손은 이미 수의를 입으려는 것 같은, 임종하는 사람들의 불길하고 조용한 몸짓으로 침대 시트 위를 괴로운 듯이 꿈틀거렸다. 조상(彫像)처럼 창백하고 촛불처럼 눈이 빨갛게 부은 샤를은 이제는 울지도 않고 엠마의 바로 앞 침대 다리 밑에 움직이지 않고 있었다. 한쪽에서는 신부가 무릎을 꿇고 나직한 목소리로 기도를 하고 있었다.

엠마는 천천히 얼굴을 돌렸다. 그리고 사제의 몸에 걸려 있는 보랏빛 영대(領帶)를 힐끗 보고 갑자기 기쁨의 미소를 지었다. 아마도 엠마는 잊었던 젊은날의 신비로운 황홀감을 바야흐로 시작되려고 하는 영원한 지복과 함께 이상한 평화 속에서 또다시 발견한 것이리라.

신부는 일어서서 십자가 상을 집어 들었다. 그러자 엠마는 목마른 사람처럼 목을 내밀었다. 그리고 그리스도 상에 입술을 꼭 대고 일생을 통해 가장 열렬한 사랑의 키스를 막 꺼져버리려는 힘을 있는 대로 담아서 거기에 표시했다. 그다음, 신부는 〈천주께서 불행히 여기소서〉와 〈용서하여 주옵소서〉의 기도를 올리고 오른쪽 엄지손가락을 성유에 적셔서 종부성사를 시작했다. 먼저 지상의 모든 영화를 그토록 갈망하던 양쪽 눈 위에, 다음에는 거짓말을 하기 위해 열리고 또 오만 때문에 울고 음란한 기쁨을 부르짖던 그 입에, 다음엔 감미로운 감촉을 즐기던 그 손에, 그리고 마지막에는 옛날 그녀가 그 욕망을 충족시키려고 뛰어다닐 때는 그처럼 민첩했건만 이제는 걸을 수조차도 없게 된 그 양쪽 발바닥에 도유식을 했다.

신부는 자기 손가락을 모두 씻고 기름을 묻힌 솜조각을 불 속에 던졌다. 그리고 죽어가는 여자 옆으로 돌아가 앉아 이제 고통을 예수 그리스도의 고통과 하나로 합치고 신의 자비에 몸을 맡기도록 타일렀다.

설교를 마치자 사제는 엠마의 손에 촛불을 쥐어주려고 했다. 조금 후에 엠마를 둘러싸려는 하늘의 영광의 상징인 것이다. 그러나 엠마는 쇠진해서 이제 손을 움켜쥘 힘도 없었다. 부르니지앙 신부가 손을 내주지 않았더라면 그 촛불은 땅에 떨어져버렸을 것이다.

그러나 엠마의 얼굴은 이제 아까처럼 창백하지 않았다. 마치 비적(秘蹟)에 의하여 치유된 것처럼 활짝 갠 표정을 띠었다.

사제는 그 사실을 지적하는 것을 빠뜨리지 않았다. 그는 주님께서 영원한 구제를 위해 필요하다고 생각될 때는, 사람의 생명을 연장시킬 때도 있다고 보바리에게까지 설명했다. 샤를은 전에 엠마가 지금처럼 빈사 상태에 빠졌을 때 성체를 배수했던 날의 일이 생각났다.

'절망하지 않아도 괜찮을지 모르겠다.'

그는 생각했다.

사실 엠마는 마치 꿈에서 깨어난 사람처럼 가만히 주위를 둘러보았다. 그리고 또렷한 목소리로 거울을 갖다 달라고 하고 잠깐 동안 그 거울을 들여다보다가 이윽고 커다란 눈물방울을 뚝뚝 떨어뜨렸다. 그리고 한숨을 크게 쉬더니 머리를 젖히고 베개 위에 푹 쓰러졌다.

그녀의 가슴이 갑자기 가쁘게 뛰었다. 혀는 입 밖으로 축 늘어졌다. 두 눈은 빙빙 돌면서 두 개의 꺼져가는 램프의 등피처럼 빛을 잃어갔다. 영혼이 몸에서 빠져나가려고 몸부림을 치는 것인지 늑골이 심한 숨결에 흔들려 움직였다. 차차 속도를 빨리하는 그 움직임이 보이지 않았더라면 이미 죽었다고 생각될 정도였다. 펠리시테는 십자가 상 앞에 꿇어앉았다. 정평 있는 약제사도 무릎을 약간 굽혔다. 카니베 씨는 멍하니 뜰을 바라보았다. 부르니지앙 신부는 침대 모서리에 얼굴을 기울이고 기도하기 시작했다. 그 기다란 검은 법의 자락이 마룻바닥에 끌렸다. 샤를은 그 맞은편 쪽에 무릎을 꿇고 앉아서 엠마에게 두 팔을 내밀었다. 그는 엠마의 두 손을 잡아 움켜쥐고 심장이 고동칠 때마다, 건물이 쓰러지는 바람에 그 여세로 충격을 받은 것처럼 몸을 떨었다. 죽음이 가까워진 마지막 헐떡임이 더욱 강해짐에 따라 신부의 기도문 외는 속도가 빨라졌다. 그 소리는 보바리의 절박한 흐느낌과 섞여서 이따금 조종(弔鐘)처럼 은은하게 울리는 라틴어의 낮은 중얼거림 속으로 사라지는 것 같았다.

갑자기 보도 위에 무거운 나막신 소리가 지팡이를 질질 끄는 소리와 함께 들려왔다. 그리고 노래하는 목소리까지 들렸다. 그것은 목쉰 소리로 이렇게 노래했다.

따뜻하고 날씨가 좋은 날에는

아가씨는 사랑의 꿈을 꾼다네.

엠마는 전기가 통한 시체처럼 벌떡 일어났다. 머리는 헝클어지고 눈길은 꼿꼿한 채, 입을 크게 벌렸다.

낫으로 베어진 보리 이삭들

그것을 열심히 모으느라고,

나네트 아가씨 애를 쓰시네

보리가 무르익은 밭이랑에서.

"장님이군!"

엠마가 소리질렀다.

그리고 엠마는 웃기 시작했다. 거지의 추악한 얼굴이 괴물처럼 지옥의 영원한 암흑 속에 우뚝 서 있는 것이 보이는 것 같아서, 소름이 오싹 끼치도록 잔인하게 미친 듯이 절망적으로 웃었다.

그날은 몹시도 바람이 세어

짧은 치마가 날려버렸네!

경련이 엠마를 이불 위에 쓰러뜨렸다. 모두 가까이 다가갔다. 엠마는 이미 숨이 끊어져 있었다.

9

언제나 사람이 죽은 뒤에는 정신을 잃고 어리둥절하는 상태가 일어나는 법이다. 뜻하지 않게 엄습하는 허탈감을 받아들이고 체념하기란 그만큼 어려운 것이다. 엠마가 꼼짝하지 않는다는 것을 깨달았을 때 샤를은 아내의 몸 위에 자신의 몸을 던지면서 이렇게 소리질렀다.

"잘 가오! 이것이 이별이란 말이오?"

오메와 카니베는 그를 방 밖으로 데리고 나갔다.

"좀 진정하시오! 단념해야 해요."

"아아, 알았어요" 하고 그는 몸부림치면서 말했다. "괜찮아요, 조용히 하겠습니다. 쓸데없는 짓은 하지 않아요. 그러니 좀 내버려둬 주시오! 저 사람의 얼굴이 보고 싶은 겁니다. 저 사람은 내 아내란 말이오!"

이렇게 말하면서 샤를은 울었다.

"우십시오" 하고 약제사가 말했다. "인간의 본성이 시키는 대로 하시오. 울고 싶은 만큼 울고 나면 마음도 한결 편해질 겁니다!"

어린아이보다도 더 마음이 약해진 샤를은 얌전하게 아래층 방으로 이끌려갔다. 오메 씨는 잠시 후 자기 집으로 돌아갔다.

그는 광장에서 붙들렸다. 그 장님은 염증을 가라앉히는 고약을 구하러 용빌까지 다리를 질질 끌면서 와서는 지나가는 사람마다 붙들고 약제사가 어디에 사느냐고 물었던 것이다.

"고르고 골라서 하필이면 이런 때 왔어! 나는 지금 다른 일로 몹시 바빠서 자네를 보고 있을 겨를이 없네! 안됐지만 나중에 다시 오게!"

그렇게 말을 던지고 나서 그는 약방으로 뛰어들어갔다.

그는 편지를 두 통 써야 했고 보바리에게 진정제를 만들어주어야 했다. 죽은 부인이 약을 먹은 진상을 감출 거짓말을 생각해내야만 했고, 〈루앙의 등불〉에 실을 이 사건의 기사를 추려야 했다. 게다가 여러 가지 자세한 사정을 들으려고 기다리는 사람들이 있었다. 결국 오메는 바닐라를 넣은 크림을 만들면서, 보바리 부인은 비소를 설탕으로 잘못 알았다고 용빌 사람들에게 말해주고 다시 보바리네 집으로 되돌아갔다.

샤를은 혼자서 (카니베 씨는 방금 돌아갔다) 창가의 소파에 앉아 넓은 방의 바둑판 무늬를 멍하니 바라보았다.

"그럼 식을 치를 시간을 정해야겠는데요."

약제사가 말했다.

"뭐라고요? 식이라니 뭐 말인가요?"

그리고 겁먹은 것처럼 분명하지 못한 말로 말했다.

"아니, 안 됩니다! 그렇지 않아요? 그건 안 됩니다. 저 사람은 집에 있게 해야 합니다."

오메는 하는 수 없이 선반에서 물뿌리개를 가져다 제라늄 화분에 물을 주었다.

"아아, 고맙소. 이렇게 친절하게!"

샤를은 말하려 했으나 이 약제사의 행동만 봐도 떠오르는 많은 일들이 가슴에 밀려와 끝까지 말할 수가 없었다.

그러자 그의 기분을 전환시키기 위해서 오메는 원예에 관한 이야기를 해보면 어떨까 하고 생각하고, 식물에는 수분이 필요하다고 했더니 샤를은 찬성하는 뜻으로 고개를 끄덕였다.

"이제 곧 봄이 올 겁니다."

"아아, 봄이 말이죠!"

보바리는 대답했다.

약제사는 할 말이 없어져서 유리창의 조그만 커튼을 살그머니 젖혀 보았다.

"아아, 저기 튀바슈 씨가 지나가네."

샤를은 기계처럼 말을 따라 했다.

"튀바슈 씨가 지나가."

오메는 장례식 준비에 대한 말을 다시 꺼낼 용기가 나지 않았다. 간신히 그것을 납득시킨 것은 신부였다.

샤를은 서재에 틀어박혀서 펜을 들었다. 그리고 한참 흐느껴 울고 나서 이렇게 썼다.

엠마에게 결혼식 때의 의상을 입히고 흰 구두를 신기고, 머리에는 꽃으로 만든 화관을 씌워서 묻어주기 바랍니다. 그녀의 머리카락을 어깨 위로 늘어져 퍼지게 해주십시오. 관을 세 겹으로 하고 그중의 하나는 참나무, 하나는 마호가니, 하나는 납으로 해주시기 바랍니다. 저에게는 아무 말도 하지 말아주시기 바라며 정신은 또렷하므로 절대로 이성을 잃지는 않을 겁니다. 그녀의 몸 위에는 커다란 초록빛 벨벳 천을 덮어주시기 바랍니다. 이것은 제가 원하는 바입니다. 그렇게 해주시기 바랍니다.

이것을 읽은 두 사람은 보바리의 지나치게 환상적인 생각에 적잖이 놀랐다. 약제사는 곧 샤를에게 가서 이렇게 말했다.

"벨벳은 아무래도 좀 불필요한 것 같군요. 무엇보다 비용이……."

"내 아내의 장례입니다. 그건 당신이 관계하실 일이 아닙니다. 제가 하는 대로 내버려두십시오! 당신은 그 사람을 사랑한 일이 없는 사람입니다! 돌아가주십시오!"

샤를은 소리질렀다.

신부는 샤를의 팔을 끼고 뜰 안을 한 바퀴 돌면서 산책을 시켰다. 신부는 이 세상의 모든 것이 허망하다고 설명해주었다. 신은 진정 위대하고 자비로우므로 사람은 불평하지 말고 신의 명령에 복종해야만 하고 또 감사해야만 한다고 했다.

샤를은 그 순간 큰 소리로 신을 저주했다.

"미워요, 당신께서 말씀하시는 그러한 신이 저는 제일 싫습니다!"

"아직 당신에게는 반항심이 깃들어 있군요."

신부는 한숨을 쉬었다.

보바리는 그 자리를 떠나서 담을 따라 과일나무 울타리 옆을 성큼성큼 걸었다. 그리고 이를 악물고 저주하는 눈빛으로 하늘을 향해서 눈을 부릅떴다. 그러나 그런다고 해서 나뭇잎 하나 까딱할 리가 없었다.

보슬비가 내렸다. 샤를은 앞가슴을 열어젖히고 있었기 때문에 드디어 떨기 시작했다. 그는 부엌으로 되돌아와서 앉았다.

6시에 광장에서 요란한 소리가 들렸다. '제비'가 도착한 것이다. 그러자 샤를은 유리창에 이마를 대고 승객이 차례차례로 내리는 것을 바라보았다. 펠리시테가 그를 위하여 거실에 잠자리를 마련해주었다. 샤를은 거기에 몸을 던지고 잠이 들었다.

반 종교주의자인 오메 씨도 죽은 사람에 대해서는 경의를 나타냈다. 그래서 그는 가엾은 샤를에 대해서는 책망하지 않고 세 권의 책과 기록할 서류첩을 한 권 가지고 그날 밤 밤샘을 하러 왔다.

부르니지앙 신부도 와 있었다. 침대는 원래 놓여 있던 자리에서 끌어내지고 그 베갯머리에는 촛불 두 개가 타고 있었다.

약제사는 아무 말도 하지 않고 가만히 있기가 힘든지 마침내 이 불운한 젊은 여자에 대하여 추도하는 말을 늘어놓았다. 신부도 지금에 와서는 그녀의 명복을 비는 것 외에는 없다고 대답했다.

"그러나" 하고 오메가 말을 이었다. "두 가지 중에 한 가지일 겁니다. 만약 이 부인께서 신의 은총을 받고 돌아가셨다면 (성당에서 사용하는 말을 빌리면) 구태여 우리들이 기도해드릴 필요가 없다는 겁니다. 또 만약 부인이 참회하지 않고 돌아가셨다면 (아마 신부께서 그렇게 말씀하시는 것 같습니다) 그런 경우에는."

부르니지앙 신부가 그의 말을 가로막고 어떻든 간에 기도는 반드시 드려야 한다고 무뚝뚝하게 대답했다.

"그러나 천주께서 우리의 요구를 모조리 알고 계시다면 기도라는 게 무슨 소용이 있다는 겁니까?"

약제사는 반대했다.

"무슨 말씀을 하시는 겁니까?" 하고 신부가 말했다. "기도가 무슨 소용이냐고요? 그렇다면 당신은 그리스도 신자가 아니군요?"

"아니, 아니" 하고 오메가 말했다. "저는 그리스도를 찬미합니다.

그리스도는 우선 노예를 해방시키고 이 세상에 하나의 도덕을 이루어놓은……."

"그런 것은 아무래도 좋아요! 모든 성경의 구절은 모두……."

"웬걸, 성경에 대한 거라면 역사를 펼쳐보십시오. 성경의 문구는 모두 예수회파 성직자들이 위조한 것이라는 것은 누구나 다 아는 일인걸요."

샤를이 들어왔다. 그는 침대 쪽으로 걸어가서 가만히 커튼을 젖혔다.

엠마는 머리를 오른쪽 어깨로 기울이고 있었다. 벌어진 입매가 얼굴 밑에 어두운 구멍처럼 보였고, 양쪽 엄지손가락은 손바닥 안으로 접혀 들어가 있었다. 흰 가루 같은 것이 눈썹 위에 뿌려진 것처럼 보였고, 눈은 마치 거미가 그 위에 줄을 친 것처럼 엷은 천과 흡사한 끈적끈적한 창백한 빛깔 속으로 사라져가려 했다. 그녀를 덮은 홑이불은 젖가슴에서 무릎까지 쑥 들어갔고 발가락께에서 다시 불룩해져 있었다. 그래서 샤를에게는 무한히 크고 엄청나게 무거운 힘이 엠마를 누르고 있는 것처럼 생각되었다.

성당의 종소리가 새벽 2시를 알렸다. 어둠 속을 뚫고 정원의 동산 밑을 흐르는 개울물 소리가 크게 들려왔다. 부르니지앙 신부는 이따금 요란스럽게 코를 풀고, 오메 씨는 종이 위에 펜을 긋는 소리를 냈다.

"자아, 선생께선 저리로 가서 쉬십시오. 이런 것을 보고 있으면 가슴이 아플 뿐이니까요."

그는 말했다.

샤를이 나가자 약제사와 사제는 또다시 토론을 시작했다.

"볼테르를 읽으시오! 올바크도 읽으시오. 그리고 《백과사전》을 읽으시오!" 하고 한쪽이 말했다.

"저《포르투갈계 유태 사람의 서간집》을 읽으시오! 전에 사법관이었던 니콜라스의《그리스도의 교론》을 읽으시오!"

상대방이 맞섰다.

두 사람은 흥분했다. 얼굴이 새빨개져서 서로 상대방의 말을 듣지도 않고 동시에 떠들어댔다. 부르니지앙 신부가 그런 난폭한 말이 어디 있느냐고 눈살을 찌푸리면 오메는 그런 어리석은 일은 없다면서 어이없어 했다. 드디어 두 사람이 서로 욕설을 주고받으려는 형국이 되었을 때, 갑자기 샤를이 다시 모습을 나타냈다. 그는 역시 어떤 정체를 알 수 없는 힘에 끌리는 것처럼 곧 다시 2층으로 올라온 것이었다.

샤를은 엠마를 좀 더 자세히 봐두려고 그녀 앞에 망연히 서서 가만히 지켜보았다. 너무나도 깊게 파고드는 것 같은 그 모습엔 이젠 슬픈 빛조차 없는 듯했다.

샤를은 전신 경직에 대한 이야기며 동물 자기의 기적을 생각해냈다. 그는 만약 진정으로 한결같이 갈망한다면 엠마를 소생시킬 수 있을지도 모른다고 생각했다. 한번은 그녀의 시체 쪽으로 몸을 굽히고 "엠마! 엠마!" 하고 나지막하게 불러보기도 했다. 격렬하고 강한 한숨이 촛불을 벽 쪽으로 흔들흔들 나부끼게 했다.

새벽에 보바리의 모친이 도착했다. 샤를은 어머니를 얼싸안고 또 다시 한바탕 울었다. 어머니는 앞서 약제사가 했던 것처럼 샤를에게 의견을 말해보았으나 샤를이 몹시 화를 냈기 때문에 입을 다물었다. 더욱이 샤를은 필요한 물건들을 사러 즉시 도시에 다녀와 달라고 어머니에게 부탁했다.

그날 오후 한나절 동안 샤를은 혼자 남아 있었다. 베르트는 오메 부인에게 맡겨두었다. 펠리시테는 르프랑수와 부인과 함께 2층 방에 있었다.

밤이 되자 그는 여러 사람의 조문을 받았다. 그는 일어서서는 말을 할 기운도 없이 손님과 악수를 했다. 손님은 난로를 둘러싸고 앉은 사람들 틈에 끼어서 앉았다. 모두 고개를 숙이고 다리를 꼬고 이따금 생각난 듯 커다란 한숨을 쉬면서 다리를 흔들었다. 그리고 어느 누구할 것 없이 모두 지루해했지만, 자리를 뜨지 않고 참는 내기를 하는 것 같은 모습이었다.

오메가 9시에 다시 돌아왔을 때는 (지나간 이틀 동안 그만이 혼자서 광장을 뛰어다녔다) 장뇌(樟腦)며 안식향이며 향초들을 잔뜩 안고 있었다. 그리고 또 독기를 빼기 위하여 클로르 수(水)를 가득 넣은 병도 가지고 왔다. 마침 그때 하녀와 르프랑수와 부인과 보바리 노부인은 엠마의 수의를 갈아입히는 중이어서 매우 바쁘게 움직이고 있었다. 그녀들은 뻣뻣한 긴 베일을 엠마의 공단 구두의 끝에까지 덮어주었다.

펠리시테가 흐느껴 울었다.

"참으로 불쌍한 마님! 가엾게도 마님께서!"

"저걸 좀 보세요" 하고 여관집 여주인이 한숨지으며 말했다. "아직도 저렇게 아름다우시군요. 당장에라도 곧 자리를 털고 일어날 것만 같아요."

그러고 나서 여자들은 엠마에게 화관을 씌워주려고 몸을 굽혔다.

머리를 조금 쳐들지 않으면 안 되었다. 그러자 구역질이라도 하는 것처럼 그녀의 입에서 꺼먼 물이 흘러나왔다.

"저런, 큰일났군요! 저 옷이 더러워지겠어요, 조심해야지!"

르프랑수와 부인이 소리질렀다.

"좀 도와주세요!" 하고 그녀는 약사에게 말했다. "뭐예요? 당신은 겁이 나시는 모양이지요?"

"내가 겁을 낸다고요?"

오메는 어깨를 으쓱하면서 대답했다.

"흐음, 그렇죠! 내가 약학 공부를 할 때 시립병원에서 이런 것은 신물이 나도록 보았어요! 해부학 강의실에서 퐁쉬 술을 만들어 마시기도 했어요. 철학자는 죽음을 무서워하지 않아요. 나는 자주 말해왔듯이 내가 후일에 죽으면 학문상의 도움이 되도록 시체를 병원에 기부할 작정이에요."

사제는 방 안에 들어오자 곧 샤를의 안부를 물었다. 그리고 약제사의 대답을 듣자 그는 덧붙였다.

"당신도 아시다시피 아직 충격이 생생하니까 무리도 아니지."

그러자 오메는 신부에게 당신은 세상 사람들처럼 사랑하는 아내를 잃을 염려가 없어서 좋겠다고 했다. 그것이 도화선이 되어 성직자의 독신 생활에 대하여 한바탕 논쟁이 벌어졌다.

"도대체가" 하고 약제사가 말했다. "남자가 여자 없이 지낸다는 것은 부자연스러운 일이에요! 그래서 곧잘 많은 범죄가……."

"무슨 또 음란한 소리를 하는 거요!" 하고 신부는 커다란 소리로 외쳤다. "결혼 생활에 시달리는 인간이 이를테면 고해의 비밀 같은 것을 확실하게 지킬 수 있다고 생각할 수 있겠소?"

오메는 고해 따위에 대하여 비난했다. 부르니지앙 신부는 그것을 변호해서 고해가 인간으로 하여금 올바른 마음으로 돌아오게 한다는 것을 길게 역설하고 도둑이 별안간 참사람이 된 여러 가지 예를 증거로 들었다. 군인들이 고해실에 가까이 와서야 간신히 혼미한 생각에서 깨어난 일도 있었다는 이야기와, 또 프라이부르그에서는 어떤 장관이…….

상대방은 졸고 있었다. 이윽고 방 안의 공기가 답답하고 숨이 막힐 것 같아져서 신부는 창문을 열었다. 그 소리에 약제사는 눈을 떴다.

"자, 코담배 한 대, 어떠십니까?" 하고 신부가 권했다. "한 대 피우세요. 기분이 거뜬해집니다."

어디선가 멀리서 개짖는 소리가 승냥이 울음처럼 길게 꼬리를 끌고 있었다.

"개짖는 소리가 들리십니까?"

약제사가 말했다.

"개는 사람이 죽는 것을 안다고 하더군요" 하고 사제가 대답했다. "마치 꿀벌처럼 말이죠. 꿀벌은 사람이 죽으면 한꺼번에 벌통에서 날아나옵니다."

오메는 그러한 미신에 이의를 제기하지 않았다. 또다시 잠들어버렸기 때문이었다.

부르니지앙 신부는 오메 씨보다 건강했으므로 한참 동안 조용히 입술을 움직이면서 낮은 소리로 뭔가 외고 있었으나, 이윽고 자기도 모르는 사이에 점점 턱을 내려뜨리며, 들고 있던 까맣고 두꺼운 책을 손에서 떨어뜨리고 코를 골았다.

두 사람은 배를 쑥 내밀고 얼굴이 부어서 무뚝뚝한 표정으로 마주 앉아 있었다. 한동안 서로 말다툼을 한 끝에 끝내 인간 공통의 약점에서 서로 화합한 셈이다. 두 사람은 옆에서 잠자는 것처럼 보이는 시체와 마찬가지로 조금도 움직이지 않았다.

샤를이 들어왔으나 두 사람은 깨어나지 않았다. 이것이 마지막인 것이다. 샤를은 엠마에게 작별 인사를 하러 온 것이다.

향초는 아직 연기를 올리고 있었고 푸르스름한 연기의 소용돌이가 창문께에서 들어오는 안개와 혼합되었다.

별이 몇 개 반짝이는 평온한 밤이었다.

큰 촛대의 초가 커다란 눈물방울이 되어 시트 위에 떨어졌다. 샤를은 누런 불길의 빛에 눈의 피로를 느끼면서 촛불이 타는 것을 가만히 지켜보았다.

물결 무늬가 달빛처럼 흰 공단 옷 위에서 떨고 있었다. 엠마는 그 밑에 숨겨져서 보이지 않았다. 샤를에게는 엠마가 자신의 몸 밖으로 퍼져 나와서 주위의 모든 것들 속으로, 침묵 속으로 어둠 속으로 지나가는 바람 속으로 피어오르는 축축한 향기 속으로 녹아 들어가는 것처럼 생각되었다.

갑자기 샤를의 눈에는 토스트 뜰 안의 가시 울타리를 따라 놓여진 걸상 위에, 루앙의 거리 거리에, 이 집 문턱 위에, 베르토의 안뜰에 있는 엠마의 모습이 보였다. 또 사과나무 그늘에서 춤추던 발랄한 젊은 남자들의 웃음소리도 귀에 들려왔다. 그때 방 안은 엠마의 머리카락 냄새로 가득 차 있었다. 그리고 그녀의 웃옷은 샤를의 두 팔 안에서 불꽃처럼 소리를 내면서 떨고 있었다. 이것은 바로 그때의 그 옷과 같은 종류의 옷이었다.

샤를은 이렇게 오랫동안 지나가버린 모든 행복을, 엠마의 여러 가지 태도를, 몸짓을, 그녀의 음성을 회상했다. 절망은 절망에 이어져 마치 아무리 퍼내도 끝없이 밀려드는 조수의 물결처럼 닥쳐왔다.

샤를은 어떤 무서운 호기심을 일으켰다. 그는 가슴을 두근거리면서 손가락 끝으로 천천히 그녀의 베일을 걷어올렸다. 그러나 곧 공포의 외침을 올렸다. 그 목소리가 두 사람을 잠에서 깨어나게 했다. 그들은 샤를을 아래층 방으로 끌고 갔다.

그러자 펠리시테가 와서 샤를이 엠마의 머리카락을 갖고 싶어 한다고 말했다.

“잘라 가렴!”

약제사가 대답했다.

그러나 펠리시테가 겁을 먹고 자르지를 못하므로 약제사는 손수 가위를 손에 들고 앞으로 다가갔다. 그는 몹시 떨면서 엠마의 관자놀이께의 피부를 여기저기 쿡쿡 찔렀다. 겨우 가슴의 고동을 누르고 오메는 무작정 두서너 번 뭉턱뭉턱 가위질을 했다. 그 때문에 그 아름다운 까만 머리 속에 허연 자국이 몇 군데 생겼다.

약제사와 신부는 또다시 그들의 일을 시작했으나 때때로 졸지 않을 수가 없었다. 두 사람은 잠이 깰 적마다 서로 상대편이 잠든 것에 대해서 책망했다. 부르니지앙 신부는 성수를 방 안에 뿌리고 오메는 약간의 클로르 수를 마루에 뿌렸다.

펠리시테가 재치 있게 그들을 위해서 옷장 위에 브랜디 한 병과 치즈 한 조각과 커다란 빵 과자를 놓아두었다. 그래서 약제사는 새벽 4시쯤이 되자 이제 더는 견딜 수 없다는 듯이 이렇게 한숨 섞어 말했다.

“조금 영양 보충을 해야겠는데요!”

신부는 조금도 사양하지 않고 찬성했다. 그리고 그는 성당의 미사 시간에 나갔다가 서둘러서 돌아왔다. 그리하여 두 사람은 먹고 그리고 마셨다. 두 사람은 다 슬픈 자리에 오랜 동안 함께 있던 뒤에 느끼는 막연한 들뜬 기분에 젖어서 서로 까닭도 없이 웃으면서 마지막 잔을 들었을 때 신부는 약제사의 어깨를 두드리며 말했다.

“우리들도 그러는 동안에 서로 이해하게 될 겁니다.”

그들은 아래층 현관에서 들어오는 일꾼들과 만났다. 그로부터 샤를은 두 시간 동안 관의 널빤지 위에 울리는 쇠망치 소리를 가슴을 졸이면서 들어야 했다. 이윽고 엠마는 참나무 관 속에 넣어지고 그 관은 또 다른 두 개의 관 속에 겹쳐 넣어졌다. 그러나 맨 겉의 관은 너무 커서 침대 요의 양털로 틈바구니를 메워야 했다. 마지막에 세 개의 뚜껑을 대패질하고 못을 치고 땜질을 끝내자 관은 대문 앞으로 옮겨졌다. 대문은 활짝 열어젖혀졌고 용빌 사람들이 차차 모여들었다.

루올 노인이 도착했다. 노인은 관을 덮은 검은 천을 보자 그 자리에서 졸도했다.

10

루올 노인은 사건이 일어난 지 서른여섯 시간 만에야 비로소 약제사의 편지를 받았다. 오메는 노인이 놀라지 않도록 빙 둘러서 어물어물 썼기 때문에 무슨 말인지 도무지 알 수가 없었던 것이다.

노인은 편지를 읽고 처음엔 뇌일혈이라도 일으킨 것처럼 쓰러졌다. 그다음에 그는 엠마가 아직 죽은 것은 아니라고 생각했다. 아니 어쩌면 죽었는지도 모른다……. 결국 노인은 부랴부랴 작업복을 걸치고 모자를 쓰고 구두에 박차를 걸고 전속력으로 말을 몰았다. 그리고 먼 길을 오는 내내 숨을 헐떡이고 심한 불안에 시달렸다. 한번은 부득이 말에서 내려야만 했다. 눈이 보이지 않게 되고 주위에 사람의 목소리가 들려서 정신이 돌아버리는 것 같았기 때문이다.

해가 떠올랐다. 문득 세 마리의 검은 암탉이 나무 그늘에서 조는 것이 보였다. 노인은 이 흉조에 놀라 몸서리를 쳤다. 그러고는 성모님께 예복 세 벌을 바칠 것과 베르토의 묘지에서 바송빌의 성당까지 맨발로 참배할 것을 맹세했다.

노인은 멀리서부터 여인숙 사람을 불러대며 마롬므 마을로 들어가서는 여인숙의 문을 어깨로 밀고 들어가 말먹이 통에 귀리와 달콤한 능금주를 한 병 부어준 뒤 다시 말 위에 올라탔다. 말은 네 개의 편자에서 불꽃을 일으키며 달렸다.

반드시 내 딸은 살아날 것이다 하고 그는 생각했다. 의사가 무슨 좋은 치료약을 발견해줄 것이다. 틀림없이 그럴 것이다. 노인은 기적으로 병이 나은 사람들의 이야기를 머릿속에 떠올렸다.

그러자 또 딸이 죽은 것같이 생각되었다. 딸이 바로 눈앞에 길 한복판에 벌렁 넘어져 있었다. 노인은 고삐를 잡아당겼다. 그러자 그 환상은 사라졌다.

캥캉프와에서 그는 기운을 내려고 커피 석 잔을 연거푸 마셨다.

노인은 이름을 잘못 적었는지도 모른다고 생각하고 주머니 속에서 편지를 찾아서 손으로 만졌으나 그것을 펴볼 용기는 없었다.

드디어 노인은 틀림없이 이것은 장난일 것이다, 라고 생각하기에 이르렀다. 어떤 사람의 앙갚음이든가 아니면 어느 장난꾸러기가 한 잔 마신 김에 한 장난이리라고 상상했다. 만약에 딸이 죽었다면 여느 때와 다른 어떤 낌새가 어디엔가 있었을 터이다. 그런데 어떠냐? 주위의 들판에는 아무런 변화도 없지 않은가, 하늘은 푸르고 나무들은 흔들거리고 양 떼가 지나갔다. 용빌 마을이 보였다. 마을 사람들은 노인이 말에 엎드려서 달려오는 것을 보았다. 노인은 힘껏 채찍질을 했다. 말의 뱃대끈에서 피가 흘렀다.

노인이 다시 정신을 차리자, 그는 보바리의 양팔에 쓰러져 울었다.

"내 딸! 엠마가! 내 딸이! 어떻게 된 일인가……?"

그러자 상대방도 흐느껴 울면서 대답했다.

"모르겠습니다. 저도 모르겠습니다! 생각지도 못한 일이었으니까요!"

약제사가 그들 사이에 끼어들었다.

"이러한 끔찍스러운 이야기를 자세히 해보았자 소용없는 일입니다. 이분에게는 이제 제가 말씀드리지요. 보시오, 손님들이 많이 와 계십니다. 마음을 굳게 먹고……. 자! 침착하시오!"

가련한 샤를은 굳세게 보이려고 했다. 그리고 몇 번이나 되풀이해 말했다.

"네네…… 마음을 단단히 먹어야죠!"

"그래!" 하고 노인은 소리쳤다. "나도 기운을 차려야 해! 그렇고말고, 나는 마지막까지 저 애를 따라갈 테요."

종소리가 울렸다. 모든 준비는 다 되었다. 이제 출발하지 않으면 안 되었다.

이윽고 안쪽 자리에 나란히 앉은 두 사람은, 세 명의 성가대원이 성가를 부르면서 그들의 앞을 왔다 갔다 하는 것을 보았다. 나팔수는 숨이 끊어져라 하고 나팔을 불어댔다. 부르니지앙 신부는 정장을 하고 있는 힘을 다해서 노래하면서 성궤에 예배하고 손을 높이 들어 팔을 뻗었다. 레스티부드와는 고래 뼈 단장을 들고 성당 안을 돌아다녔다. 성가대 옆에는 사방이 큰 촛불로 둘러싸인 관이 안치되어 있었다. 샤를은 일어서서 촛불을 꺼버리고 싶었다.

그러나 샤를은 스스로 신앙심을 돋우려고 애썼고, 엠마를 또다시 만날 저 세상이 있다는 희망을 가지려고 노력했다. 아내는 벌써 오래전부터 먼 나라로 여행을 떠나 있는 것이라고 상상해보았다. 그러나 그녀는 현재 저 밑에 있다. 모든 것은 끝났다. 엠마는 땅 속에 묻혀버리는 것이다. 이렇게 생각하자 샤를은 거칠고 캄캄한 절망적인 노여움에 사로잡혔다. 그러나 때때로 아무런 감각도 느낄 수가 없게 된 것같이 생각되기도 했다. 그는 자신을 불쌍한 인간이라고 여기면서도 자기의 고통이 조금씩 누그러지고 있음을 가만히 맛보고 있었다.

끝에 쇠가 달린 단장으로 일정한 간격을 두고 포석을 두드리는 것 같은 메마른 소리가 들려왔다. 그 소리는 뒤쪽에서 와서 성당 옆에서 갑자기 멈췄다. 두꺼운 갈색 재킷을 입은 한 사나이가 힘들게 간신히 무릎을 꿇었다. '금사자'의 하인 이폴리트였다. 그는 새 의족을 달고 있었다.

성가대원 한 사람이 헌금을 모으려고 성당 안을 한바퀴 돌아다녔다. 그러자 2수짜리 동전이 차례 차례로 은접시에 소리를 내며 떨어졌다.

"자, 빨리 일을 끝마쳐주게! 나는 괴로워서 견딜 수가 없어."

보바리는 5프랑의 금화를 화가 나는 듯 던지면서 말했다.

성당의 남자는 정중하게 인사를 했다.

그들은 노래를 하기도 하고 무릎을 꿇기도 하고 일어서기도 하여 언제 끝날지 알 수 없었다! 샤를은 갓 결혼했을 때 엠마와 둘이 함께 미사에 참석하여 저쪽 벽 옆에 앉았던 일을 생각해냈다. 종이 또 울렸다. 여러 개의 의자가 덜컹 소리를 내며 흔들렸다. 관을 나르던 사람들이 관 밑에 세 개의 막대기를 집어넣었다. 모두 성당을 나왔다.

그때 쥐스탱이 약방 문 앞에 나타났다. 그는 갑자기 새파랗게 질려서 비틀거리면서 약방으로 들어가버렸다.

사람들은 장례 행렬이 지나가는 것을 보려고 창가에 나와 있었다. 샤를은 맨 앞에 서서 몸을 젖히고 걸었다. 그는 씩씩한 체하고 있었다. 그리고 골목이며 문에서 나와서 한 줄로 늘어서 있는 사람들에게 일일이 가벼운 눈인사를 했다. 관의 양쪽에 세 사람씩 여섯 사나이가 조금 잔걸음으로 약간 숨차하면서 걸어갔다. 사제들이며 성가대원들이며 두 사람의 소년 찬양대원은 애도하는 노래를 되풀이해 불렀다. 그 목소리는 높게 얕게 파도치면서 벌판으로 퍼져갔다. 이따금 그들의 모습은 오솔길 모퉁이에서 보이지 않곤 했다. 그러나 커다란 은십자가가 언제나 나무 숲 사이에 우뚝 솟아 있었다.

부인들은 두건을 뒤로 젖힌 검은 소매 없는 망토를 입고 뒤를 따랐다. 그녀들은 타고 있는 큰 촛불을 손에 들고 있었다. 샤를은 끊임없이 계속되는 기도와 촛불과 법의에서 나는 야릇한 냄새 때문에 정신이 아득해지는 것 같았다. 시원한 산들바람이 불어오고 보리와 채소들은 보기에도 푸르렀다. 이슬방울이 길가의 가시 울타리에서 조그맣게 떨었다. 여러 가지 즐거운 듯한 소리들이 주위에 가득 차 있었다. 바퀴 자리를 따라서 덜컹거리며 굴러가는 짐마차 소리가 멀리서 들려오고, 연달아 울어대는 수탉 소리, 사과나무 그늘로 뛰어드는 망아지의 종종걸음 소리가 들려왔다. 맑은 하늘에는 장밋빛 구름이 점점이 걸려 있었다. 푸르스름한 연기의 소용돌이가 불꽃으로 뒤덮인 초가 지붕 위에 길게 끼어 있었다. 걸어가는 도중 샤를은 이곳저곳의 낯익은 뜰을 보았다. 그는 순간 이런 날 아침 환자를 왕진하고 환자의 집을 나와서 아내가 기다리는 집으로 돌아가던 때를 회상했다.

흰 눈물 무늬를 뿌려놓은 검은 천이 이따금 바람에 날려서 관을 드러내보였다. 관을 맨 일꾼들은 지쳐서 걸음을 늦추었다. 그 관은 파도에 부딪칠 때마다 옆으로 흔들리는 배처럼 끊임없이 불규칙하게 흔들리면서 앞으로 나아갔다.

가까스로 묘지에 도착했다.

남자들은 아래쪽 잔디밭 속의 구덩이를 파놓은 데까지 들어갔다.

모두들 그 주위를 에워쌌다. 사제가 무언가를 외는 동안 구덩이 가장자리에 파 올려놓은 붉은 흙이 한쪽 구석에서 소리도 없이 자꾸 흘러떨어졌다.

이윽고 네 줄의 밧줄이 준비되자 관을 그 위에 올려놓았다. 샤를은 그 관이 내려가는 것을 지켜보았다. 관은 한참이나 내려갔다.

겨우 밑바닥에 덜커덕하고 닿는 소리가 들려왔다. 밧줄은 스치는 소리를 내면서 다시 올라왔다. 그러자 부르니지앙 신부가 레스티부드와가 건네주는 삽을 받았다. 그리고 오른손으로 성수를 뿌리면서 왼손으로는 흙을 크게 한 삽 떠서 뿌렸다. 관의 널빤지에 작은 돌멩이가 부딪쳐서 마치 저 세상의 메아리인가 여겨질 만큼 기분 나쁜 소리를 냈다.

신부는 관수기(灌水器)를 옆사람에게 건네주었다. 그는 오메 씨였다. 그는 엄숙한 표정으로 그것을 흔들고 다시 샤를에게 내밀었다. 샤를은 흙 속에 무릎까지 묻혀서 "잘 가요!" 하고 소리치면서 두 손에 힘껏 흙을 담아서 던졌다. 그는 그녀에게 키스를 던지고 자신도 함께 파묻히겠다고 구덩이로 기어들려고 했다.

사람들이 모두 그를 끌어냈다. 조금 지나자 그도 진정이 되었다. 다른 사람들과 마찬가지로 이제 겨우 일이 끝났다는 막연한 만족을 느낀 때문일 것이다.

루올 노인도 돌아가는 길에는 한가하게 담배를 피우기도 했다. 오메는 내심 그것을 못마땅하게 생각했다. 오메는 또 비네 씨가 장례에 참석하지 않은 일이며, 튀바슈 씨가 미사가 끝나자 '도망가버린' 사실이며, 공증인의 하인인 테오도르가 (관습으로서 검은 옷쯤은 어떻게 마련할 수가 있었을 터인데도) 푸른 옷을 입고 온 것 등을 그대로 보아 넘기지 않았다. 그리고 그것을 퍼뜨리기 위해서 사람들이 모여 있는 곳을 여기저기로 왔다 갔다 했다. 사람들은 모두 엠마의 죽음을 슬퍼했다. 특히 뤼르가 그러했다. 그는 묘지까지 의리를 지켜서 따라

왔다.

“가엾은 부인입니다! 주인께서는 얼마나 슬프시겠습니까?”

약제사가 그 말에 대답해서 말했다.

“내가 신경을 쓰지 않았다면 저 선생은 경솔한 짓을 했을지도 모릅니다.”

“참으로 좋으신 분이었습니다. 바로 요전 토요일에도 우리 가게에 오셨었는데 말입니다.”

“정말 묘 앞에서 드릴 추도사를 생각해둘 겨를도 없을 만큼 갑작스러워서 말이에요.”

오메는 말했다.

집에 돌아오자 샤를은 옷을 갈아입었다. 루올 노인도 다시 푸른 작업복을 걸쳤다. 아직 새것이었는데 그가 오는 도중에 몇 번씩이나 그 소매로 눈물을 닦아서 그의 얼굴에 퍼런 물이 들어 있었다. 그리고 눈물자국이, 먼지로 더럽혀진 얼굴에 몇 줄의 선을 긋고 있었다.

샤를의 어머니도 곁에 있었다. 세 사람이 모두 잠자코 있었다. 드디어 노인이 한숨지으며 탄식했다.

“자네도 생각나겠지, 응. 자네가 첫 번째 처를 잃은 직후에 내가 한 번 토스트에 간 일이 있었는데 그때는 내가 자네를 위로해주었어. 위로할 말도 있었지. 그런데 지금은…….”

그리고 노인은 가슴에 가득한 긴 신음소리를 내면서 말을 이었다.

“아아! 이것으로 나도 이제 마지막이다. 알겠나! 마누라도 앞서 가버리고…… 그리고 아들도…… 그리고 오늘은 내 딸이!”

노인은 이 집에서는 도저히 잘 수가 없을 것 같다면서 곧 베르토로 돌아가겠다고 했다. 그는 손녀딸을 만나는 것까지도 거절했다.

“아냐, 아냐! 만나면 오히려 더 슬퍼지네. 그저 자네가 손녀에게도 잘 말해주게나. 그럼 잘 있게! ……자네는 좋은 사람이야. 그리고 내 다리를 고쳐준 것은 한평생 잊지 않겠네!"

노인은 자신의 넓적다리를 두드리며 말했다.

"염려 말게! 칠면조는 계속해서 보내줌세."

그러나 언덕 꼭대기에 이르렀을 때 노인은 그 옛날 딸과 헤어지면서 생 빅토르 길에서 그랬던 것처럼 고개를 돌려 돌아보았다. 마을 집들의 창문은 목장 끝에 지는 석양의 비스듬한 광선에 빨갛게 빛났다. 그는 이마 위에 한 손을 쳐들었다. 그러자 지평선 저 너머에 담을 길게 쌓은 성벽이 보였다. 거기에는 나무들이 하얀 묘석 사이에 군데군데 검은 숲을 이루고 있었다. 노인은 말이 다리를 절기 때문에 서두르지 않고 천천히 걸어갔다.

샤를과 그 어머니는 그날 밤 피로했으면서도 상당히 오랫동안 이야기했다. 그들은 지난날의 이야기며 앞날의 이야기를 했다. 어머니는 용빌로 옮겨와서 살림을 돌보겠다고 하며, 이제부터는 모자가 서로 떨어지지 말자고 했다. 그녀는 오랫동안 잃어버렸던 애정을 되돌리는 것이 기뻐서 매우 다정하게 대했다.

자정을 알리는 종이 울렸다. 마을은 언제나와 마찬가지로 고요했다. 그러나 샤를은 잠을 이루지 못하고 끊임없이 그녀를 생각했다.

로돌프는 그날 하루 종일 마음을 달래려고 숲속으로 사냥을 다녔고, 지금은 편안히 집에서 잠들어 있었다. 그리고 레옹도 또한 그 마을에서 잠들어 있었다.

한데 이 시각에 잠을 이루지 못하는 사람이 샤를 말고도 또 한 사람 있었다.

전나무 숲속의 무덤 위에서 한 소년이 무릎을 꿇고 울고 있었다. 흐느낌으로 미어지는 소년의 가슴은 달빛보다도 적막하고, 어둠보다도 한량없는 애석한 이별의 정에 짓눌려 어둠 속에서 헐떡이고 있었다. 이때 별안간 철문이 삐걱 소리를 냈다. 레스티부드와였다. 그는 낮에 잊어버리고 간 삽을 찾으러 온 것이었다. 그는 쥐스탱이 담을 기어오른 뒤에 도망가는 모습을 확인하고 언제나 자기네 감자를 훔쳐가는 도둑놈의 정체를 알아냈다고 생각했다.

11

샤를은 다음날 어린아이를 데려오도록 했다. 아이는 어머니를 찾았다. 모두들 어머니는 지금 밖에 나가셨는데 곧 장난감을 많이 사가지고 올 거라고 대답했다. 베르트는 여러 번 어머니 얘기를 되풀이했으나 이윽고 잊어버리고 말았다. 이 어린아이가 명랑하게 떠들어대는 것이 보바리의 마음을 더욱 어둡게 했다. 게다가 또 귀찮을 만큼 늘어놓는 약제사의 위로의 말을 참고 들어야만 했다.

뤼르 씨가 또다시 한패인 뱅사르 씨를 들쑤셨기 때문에 곧 돈 때문에 시비가 벌어졌다. 샤를은 엄청나게 많은 돈을 지불하겠다고 약속해버렸다. 그는 아내가 가지고 있던 가구류는 아무리 하찮은 물건일지라도 절대로 팔려고 하지 않았다. 어머니는 그것을 보고 몹시 화를 냈다. 샤를은 어머니 이상으로 화를 냈다. 샤를은 아주 딴사람처럼 변해버렸다. 어머니는 집을 나가버렸다.

이렇게 되자 어느 누구 할 것 없이 '빼어 먹으려고' 덤벼들었다. 랑프뢰르 양은 엠마가 단 한 번도 레슨을 받은 일이 없었음에도 (엠마가 남편에게 영수증을 보인 적이 있긴 했지만) 6개월 분의 수업료를 청구했다. 두 여자 사이에 타협된 것이었다. 책방에서는 3년 분의 구독료를 청구했다. 유모 롤레는 약 스무 통의 편지 우편 요금을 달라고 했다. 그래서 샤를이 그 이유를 묻자 유모는 교묘하게 이렇게 대답했다.

"아아, 저는 아무것도 모르겠습니다. 마님이 하신 일이었으니까요."

빚을 갚을 때마다 샤를은 이것으로 끝났겠지 하고 생각했으나 또 다른 일이 자꾸자꾸 나타났다.

샤를은 밀린 왕진료를 받아내려고 했다. 상대편은 엠마가 보낸 편지를 내보였다. 오히려 이쪽에서 거꾸로 사과를 하지 않으면 안 될 형편이었다.

펠리시테는 이제 마님의 옷을 모두 입었다. 그러나 다는 아니었다. 왜냐하면 샤를이 그중의 몇 벌을 간직해두고는 옷방에 처박혀서 그 옷들을 바라보곤 했기 때문이다. 펠리시테는 몸집이 거의 엠마와 같았기 때문에 샤를은 펠리시테의 뒷모습을 보고는 번번이 착각을 일으켜서 소리를 지르곤 했다.

"이봐 그대로! 가만히 그대로 있어!"

그러나 성신강림절 날 펠리시테는 테오도르의 유혹으로 옷장에 남아 있던 물건을 모조리 훔쳐가지고 용빌에서 도망쳐버렸다.

그즈음 미망인 뒤퓌 부인이 샤를에게 "이브토 마을의 공증인인 자기 아들 레옹 뒤퓌가 봉드빌에 사는 레오카디 르뵈프 양과 혼약이 이루어져서" 운운 하는 소식을 보내왔다. 샤를은 미망인에게 보내는 축사에 다음과 같은 문구를 썼다.

"제 아내가 이 세상에 있었다면 얼마나 기뻐했겠습니까!"

어느 날 샤를은 집안을 서성거리다가 지붕밑 다락방에까지 올라갔다. 그때 엷은 종이를 조그맣게 뭉친 것이 덧신 밑에서 밟혔다. 그는 주워서 펴 읽었다. "용기를 내시오, 엠마! 용기를 내시오! 나는 당신의 일생을 불행하게 하고 싶지 않소……." 로돌프가 보내온 편지였다. 상자들 사이의 마룻바닥에 떨어져서 그대로 내버려져 있던 것을 채광 창문에서 불어온 바람이 문쪽으로 날려보낸 모양이었다. 샤를은 꼼짝도 하지 않고 입을 멍하니 벌린 채, 그 옛날 엠마가 샤를보다도 더 창백해져 너무나 절망하여 죽으려고 했던 바로 그 자리에 우뚝 섰다. 드디어 그는 두 번째 페이지 끝에서 조그마한 R자를 발견했다. 누구일까? 그는 로돌프가 아내에게 친절했던 일, 또 그가 갑자기 모습을 보이지 않게 된 일, 그 후 두서너 번 만났을 때 거북해하던 태도 등이 머리에 떠올랐다. 그러나 그 편지의 예의바른 말투에 속아넘어가 '두 사람은 아마 플라토닉한 사랑을 했겠지' 하고 생각했다.

원래 샤를은 어떤 일을 깊이 파고드는 성질이 아니었다. 그는 여러 가지 증거 앞에서 주저했다. 그의 분명치 못한 질투는 현재의 무한한 비애 속으로 사라졌다.

누구든지 엠마를 좋아했음에 틀림없다고 샤를은 생각했다. 남자란 남자는 모두 엠마에게 마음을 두었을 것이다. 이렇게 생각하자 죽은 아내가 한층 더 아름답게 느껴졌다. 그리고 그는 지금 새삼스럽게 미치도록 끈질긴 욕망을 엠마에게 느꼈다. 이미 채워질 수 없는 욕망인 만큼 한이 없었다.

아내가 아직 살아 있는 것처럼 샤를은 그녀의 기분을 맞추어주려는 듯 그녀가 좋아하는 것들을 사들이고 사용했다. 그는 에나멜 장화를 샀고 또 흰 넥타이를 맸다. 콧수염에 포마드를 바르고 또 엠마처럼 약속어음에 서명했다. 이처럼 엠마는 무덤 속에서 그를 타락시켰다.

그는 은그릇을 하나씩하나씩 팔지 않으면 안 되었다. 그 다음에는 거실의 가구를 팔았다. 이렇게 해서 어느 방이나 모두 텅텅 비어버렸다. 그러나 침실만은, 엠마의 침실만은 옛날 그대로 두었다. 저녁식사를 끝내면 샤를은 그 방에 올라갔다. 그는 난로 앞에 둥근 탁자를 끌어당기고 아내가 쓰던 팔걸이 의자를 가까이 대어놓았다. 그리고 자기는 그 맞은 편에 앉았다. 촛불 한 자루가 도금한 촛대에서 타고 있었다. 베르트는 그의 옆에서 그림에 색칠을 했다.

베르트의 옷이 너무나 초라하여 아버지로서 가슴 아팠다. 편상화에는 끈이 떨어져 있었고 위에 입은 블라우스의 소맷부리가 허리께까지 찢어져 있었다. 가정부가 제대로 돌보아주지 않았던 것이다. 그러나 딸아이는 매우 얌전했고 아주 귀여웠다. 귀여운 금발을 장밋빛 뺨에 늘어뜨리고 조그마한 머리를 조숙한 아이처럼 갸웃이 기울이는 모습을 보기만 해도 샤를은 참으로 즐거웠다. 송진 냄새가 풍기는 잘못 담근 포도주처럼 조금 쓴 맛이 섞인 것 같은 기쁨이었다. 그는 딸아이의 장난감을 수선해주기도 하고, 두꺼운 종이로 인형을 만들어주기도 하고, 인형의 배가 찢어진 것을 꿰매주기도 했다. 그리고 재봉 상자며, 흩어져 있는 리본이며, 더욱이 테이블의 갈라진 틈새에 떨어져 있는 바늘만 발견해도 곧 생각에 잠기곤 했다. 아버지가 너무나 슬픈 표정을 지었기 때문에 어린 베르트도 그와 함께 슬퍼졌다.

이제는 아무도 그를 찾아오지 않았다. 쥐스탱은 루앙으로 도망가서 식료품 상점의 점원이 되었고, 약제사의 아이들도 점점 베르트네로 오지 않았다. 서로 사회적인 신분이 달라진 것을 보고 이제 오메 씨는 친밀한 교제를 계속하고 싶은 마음이 없어져버렸다.

오메의 고약으로 낫지 않은 그 장님은 브와 기욤 언덕으로 돌아가서, 약제사의 약은 엉터리여서 낫지 않는다고 오고가는 사람들에게 떠들어댔다. 그것이 너무 심했기 때문에 오메는 시내에 들어갈 때는 장님과 마주치지 않도록 '제비'의 커튼 뒤에 숨을 정도였다. 그는 장님이 미워서 견딜 수가 없었다. 그리고 자기 자신의 평판을 위해서도 어떻게 하든지 이 거지를 쫓아버리려고, 그의 깊은 지혜와 자만심에서 생기는 나쁜 근성을 드러내는 공격법을 이 장님에게 대해서 계획했다. 그래서 계속해서 6개월 동안 다음과 같은 짧은 기사가 〈루앙의 등불〉 지면에 실렸다.

기름진 피카르디 지방으로 가는 사람은, 누구를 막론하고 브와기욤 언덕에서 얼굴에 무서운 흉터가 있는 처참한 한 거지를 보았을 것이다. 이 거지야말로 사람들에게 귀찮게 조르고 달라붙고 마치 세금을 받아내는 것처럼 여행하는 사람들에게 금전을 강요한다. 우리는 지금 아직도 옛날의 부랑자들이 저 십자군 전역에서 가지고 온 문둥병과 연주창을 공공연하게 사람들 앞에 드러내는 것을 허용했던 그 기괴하기 짝이 없는 중세 시대에 살고 있는 것인가?

또한 방랑자 금지법이 존재함에도 불구하고 우리나라 대도시의 가까운 변두리는 여전히 거지 떼들이 횡행하는 장소가 되어 있다. 그들 중에는 혼자서 돌아다니는 자도 있으나 아마도 그 위험성만큼은 마찬가지일 것이다. 시 당국은 무엇을 하고 있는가?

그리고 오메는 여러 가지 이야기를 꾸며냈다.

어제 브와 기욤 언덕에서 한 마리의 사나운 말이…….

이렇게 시작하여 그 뒤에는 장님이 나타났기 때문에 일어난 우발적인 사건의 이야기가 이어졌다.

오메의 방법이 먹혀들어 장님은 구류되었다. 그러나 곧 석방되었다. 장님이 다시 시작하자 오메도 또 시작했다. 그것은 싸움이 되었고, 드디어 오메가 이겼다. 그의 적은 빈민구제소에 종신 감금을 선고받았다.

이 성공으로 그는 대담해졌다. 그래서 그 뒤에는 마을 안에서 개가 한 마리 치어죽거나, 헛간이 하나 불에 타거나, 한 부인이 매를 맞는 사건이 일어나도 그는 항상 그것을 진보를 사랑하는 마음과 성직자에 대한 미움을 주로 해서 세상에 공표했다. 그는 공립 초등학교와 신부가 가르치는 자선학교를 비교하여 후자를 맹렬히 공박하고, 성당에 백 프랑의 보조금이 주어진 데 대하여는 저 생 바르텔르미의 대학살을 끄집어내어 사람들의 주의를 환기시켰다. 이렇게 사리에 어두운 것을 고발하고 맹렬한 공격을 퍼부었다. 그 자신의 말로는 근본을 파괴하는 일이었다. 말하자면 그는 매우 위험한 인물이 되어갔다.

그러나 그는 신문이라는 조그마한 세계가 갑갑해졌다. 이윽고 그에게는 한 권의 서적이, 저술이 필요해졌다. 그는《용빌 지구의 일반 통계 및 풍토학적 관찰》을 저술했다. 그리고 이 통계학에서 계급의 교육 문제, 양어법(養魚法), 탄성(彈性), 고무, 철도 등의 커다란 문제에 몰두했다. 드디어 그는 자기가 단순한 마을 사람이라는 것을 부끄러워하게까지 되었다. 그래서 예술가인 체하기를 즐겼고, 담배를 피우기 시작했다! 그리고 거실을 장식하려고 퐁파두르형의 멋진 조각을 두 점 사들였다.

그렇다고 해서 약국업을 등한히한 것은 아니었다. 오히려 그와 반대로 그는 여러 가지 새로운 발견들에 정통했다. 초콜릿 경기가 좋은 것을 주목하고, '쇼카' 며 '르발렌시아' 초콜릿 원료를 세느 엥페리외르 지방에 처음 도입한 것도 그였다. 그는 퓔베르마셰식 수력 응용 전기 건강대(健康帶)에 열을 올려서 자신도 그것을 몸에 달고 다녔다. 그래서 밤에 오메가 플란넬 조끼를 벗으면, 오메 부인은 남편의 몸을 감싼 황금빛 나선(螺旋)을 보고 눈이 휘둥그레지곤 했다. 그리고 야만 인종인 스키타이인보다도 더욱 굳게 몸을 졸라맨 베들레헴의 성직자처럼 장엄한 이 남편에게 더욱더 정열이 불타오르는 것을 느꼈다.

오메는 엠마의 무덤에 대하여 몇 가지의 명안을 생각해냈다. 그는 우선 조그마한 원주에 천을 감은 모양은 어떠냐고 했다. 그다음에는 피라미드형을, 이어서 둥근 지붕형의 베스타 신전처럼…… 그렇지 않으면 '폐허의 산'은 어떠냐고 했다. 어떤 안(案)에도 수양버들을 곁들여야 한다고 우겼다. 비애를 상징하는 그것을 절대로 빼뜨릴 수 없다고 오메는 생각했다.

샤를은 오메와 함께 루앙으로 가서 어떤 돌비석 집에서 무덤 견본을 여러 가지로 구경했다. 브리두의 친구이며 항상 재담만 뇌까리는 보프릴라르라는 화가가 안내했다. 백 장 가량의 설계도를 살펴보고 견적서를 쓰도록 하고, 다시 한번 루앙에 오고 나서야 겨우 샤를은 그 양면에 '꺼진 횃불을 손에 든 정령'을 그린 대형 묘를 만들기로 정했다.

비문에 대해서 오메는 '나그네여, 발길을 멈추라(Sta viator)'가 역시 가장 좋다고 생각했고, 그 이상의 문구는 도무지 떠오르지도 않았다. 그는 '나그네여, 발길을 멈추라……'라는 말을 거푸 되풀이하다가 드디어 '이 밑에 고이 잠든 이는 사랑하는 나의 아내로다!(Amabilem conjugem calcas)'라는 문구를 생각해냈고 그것이 채택되었다.

이상한 일이지만, 보바리는 노상 엠마를 생각하면서도 엠마를 잊어갔다. 그리고 그 모습을 잡아두려고 무진 애를 쓰는데도 그 모습이 그의 기억에서 빠져나가는 것을 느끼고 안타까워했다. 그러나 매일 밤 그는 엠마의 꿈을 꾸었다. 언제나 똑같은 꿈이었다. 그가 엠마에게로 가까이 다가가서 꼭 껴안았다고 생각하는 순간에 품속에서 떨어져나가는 그러한 꿈이었다.

한 주일 동안 저녁때가 되면 샤를이 성당으로 들어가는 것이 사람들의 눈에 띄었다. 부르니지앙 신부는 두서너 번 그를 방문해주었으나 이윽고 귀찮아졌는지 오지 않았다. 무엇보다도 오메의 의견으로는 이 신부에게 요사이 점점 고집이 센 신앙과 광신의 경향이 보인다는 것이었다. 그는 시대 정신에 대하여 매우 분개하고 두 주일마다 하는 강론에서는, 자신의 배설물을 먹으면서 죽었다는 누구나가 잘 아는 볼테르가 죽을 때의 이야기를 반드시 들려주곤 한다는 것이다.

검소한 생활을 했는데도 샤를은 도저히 옛 부채를 갚아나갈 수가 없었다. 뤼르는 이제는 어떤 어음으로도 갱신하는 것을 거절했다. 다시 차압이 임박해왔다. 그러자 샤를은 어머니에게 울며 매달렸다. 어머니는 자기 재산의 일부를 저당에 넣는 것을 승낙해주었으나, 그 편지에 엠마에 대해서 심하게 욕설을 써놓은 뒤 자기의 희생에 대한 보상으로 펠리시테가 훔쳐가고 남은 엠마의 숄을 하나 달라고 했다. 샤를은 거절했다. 그래서 모자간에 싸움이 벌어졌다.

마침내 어머니 편에서 먼저 화해를 청해와서 손녀딸 베르트를 자기가 맡겠다고 했다. 자기에게 데려다 노후의 위로를 삼겠노라는 것이었다. 샤를은 승낙했다. 그러나 드디어 딸이 떠날 때가 되자 용기가 꺾여버렸다. 이번에야말로 완전히 서로 사이가 나빠져버리고 말았다.

애정을 쏟을 곳이 없어지자 샤를은 더욱더 딸아이를 귀여워하는 데 집착했다. 그러나 딸아이의 건강이 걱정이 되었다. 아이는 기침을 자주 하고 양볼에 빨간 점이 생겨났다.

그에 반하여 약제사 가족들은 경기가 매우 좋아 모두가 흡족하고 경쾌하며 발랄한 모습이었다. 나폴레옹은 이제 제법 약국에서 아버지를 도왔고, 아탈리는 아버지 모자의 수를 놓고, 이르마는 잼에 덮을 둥그런 종이를 오리고, 또 프랭클린은 구구셈 표를 단숨에 암송해 들려주었다. 오메는 이 세상에서 가장 행복한 아버지였고 가장 운이 좋은 사람인 것 같았다.

아니다. 크게 잘못 짚었다! 그는 남모르는 야심으로 번민했다. 오메는 훈장이 꼭 갖고 싶었다. 자격은 충분하다고 생각했다.

첫째 콜레라가 유행했을 때 방역에 헌신적으로 봉사하여 인정을 받은 일, 둘째 여러 가지 공공 이익에 기여하는 각종 저술을 자비로 출판한 일, 이를테면……(하고 오메는 '사과주와 그 제조법 및 그 효능'이라는 제목의 그의 연구 논문을 비롯해서 루앙의 과학협회에 제출한 '잔털이 있는 진딧물'에 대한 관찰과 통계학상의 서적 그리고 약제사 자격, 논문에 이르기까지를 증거로 끌어내놓고) 더욱 덧붙인다면 여러 학회의 (사실은 하나에 불과하지만) 회원이라는 것이었다.

"요컨대 불이라도 나서 남들이 놀랄 만한 공을 세워 보이기만 하면 되는 거야!"

오메는 한쪽 발끝으로 빙그르르 돌면서 소리쳤다.

그래서 오메는 권력이 있는 사람에게 접근할 것을 계획했다. 그는 선거 때에는 도지사를 위하여 남모르게 충성된 일을 했다. 그는 드디어 몸을 팔고 절조를 굽히는 일까지 했다. 그는 국왕에게까지 탄원서를 보내서 '공정한 처리'를 애원했다. 그는 국왕을 '우리들의 가장 좋은 국왕 폐하'라고 부르고 명군인 앙리 4세와 비교했다.

그리고 매일 아침 약제사는 자기에게 훈장이 수여되는 것을 알리는 기사가 실리지나 않았나 하여 신문에 달려들곤 했다. 도무지 그러한 기사는 실리지 않았다. 드디어 참을 수 없어진 오메는 훈장의 별 모양을 닮은 잔디를 자기 집 뜰에 만들게 하고 그 꼭대기에서부터 시작되는 꽈배기 모양의 조그마한 두 가닥의 리본을 풀로써 모방하여 곁들였다. 그는 이 주위를 팔짱을 끼고 걸으면서 정부의 무능과 인간의 배은망덕에 대하여 눈을 감고 깊이 생각하는 것이었다.

샤를은 죽은 사람에 대한 존중에서 그대로 소중하게 간직해주고 싶었는지, 아니면 조사를 천천히 미뤄둠으로써 느끼는 어떤 관능의 욕구 때문이었는지는 알 수 없으나 엠마가 평소에 사용하던 자단(紫檀) 책상의 비밀함을 아직 열어본 일이 없었다. 어느 날 드디어 그는 그 책상 앞에 앉아서 열쇠를 돌리고 용수철을 밀었다. 그 속에는 레옹에게서 온 편지가 전부 들어 있었다. 이번에야말로 의심할 여지가 없었다. 샤를은 마지막 한 통의 편지까지 정신없이 읽고 구석이란 구석, 가구라는 가구, 서랍, 벽 뒤까지도 모조리 찾았다. 흐느껴 울고 고함을 지르고 넋을 잃고 미친 사람 같았다. 그는 상자 하나를 발견하고 그것을 발로 밟아서 뭉개 부숴버렸다. 사랑의 편지 무더기를 뒤집어엎자 로돌프의 초상이 튀어나와서 샤를의 얼굴에 부딪쳤다.

사람들은 매우 넋이 빠진 샤를을 보고 놀랐다. 그는 이젠 문 밖에도 나가지 않고 찾아오는 손님도 만나지 않고 환자를 왕진하는 것도 거절하는 지경이었다. 사람들은 그가 "방구석에 처박혀서 술을 마시고 있다"고 쑤군댔다.

그러나 때때로 호기심 많은 사람들이 뜰 울타리 너머로 발돋움을 하고 들여다보고는, 샤를이 수염이 자랄 대로 자라고 더러워진 남루

한 옷을 입고 걸으면서 소리를 내어 우는 모습을 보고 깜짝 놀랐다.

여름날 저녁 샤를은 어린 딸을 데리고 곧잘 무덤에 가곤 했다. 그들은 밤이 되고 이미 광장에서는 비네 씨네 창문의 불밖에 보이지 않을 무렵에야 비로소 돌아오곤 했다.

그러나 이렇게 해도 자신의 슬픔에 잠기는 즐거움을 맛보기에는 충분하지 않았다. 그것을 나누어 함께 슬퍼해줄 사람이 아무도 그의 곁에 없었기 때문이었다. 그래서 샤를은 '엠마'의 이야기를 하려고 르프랑수와 부인을 가끔 찾아갔다. 그러나 그 여관집 여주인은 자신에게도 역시 걱정거리가 있었던 탓에 그의 말을 그저 지나가는 말로밖에는 들어주지 않았다. 왜냐하면 뤼르 씨가 드디어 '파보리트 뒤 코메르스'라는 승합 마차업을 시작했기 때문이었다. 지금까지 일을 아주 잘해서 인기가 좋은 마부인 이베르가 급료를 올려달라, 그렇지 않으면 경쟁 상대에게로 자리를 옮기겠다고 위협을 했기 때문이었다.

어느 날 샤를은 드디어 마지막 돈을 마련할 방책으로 말을 팔려고 아르괴이유 시에 나갔다가 거기서 로돌프와 딱 마주쳤다.

두 사람 다 서로 얼굴을 보자 파랗게 질렸다. 로돌프는 다만 명함을 보내서 인사를 했을 뿐이었으므로 처음에는 무엇이라고 변명 비슷한 것을 중얼거렸으나, 그러는 동안에 대담해져서 뻔뻔스럽게도 (8월이어서 매우 더운 날이었다) 맥주나 마시자고 끌었다.

로돌프는 샤를과 마주 보고 자리를 잡자 팔꿈치를 괴고 지껄여대면서 잎담배를 씹었다. 샤를은 옛날에 아내가 사랑하던 이 사나이를 마주 대하자 여러 가지 생각이 오락가락했다. 그는 아내의 남겨진 어떤 면을 다시금 보는 것 같은 생각도 들었다. 찬미하는 것 같은 마음이었다. 그는 자기가 이 사나이가 되고 싶었다.

상대방은 그 일에 대하여 쏟아져 나오려는 말을 아무렇게 꾸며대어 슬쩍슬쩍 피하면서 밭갈이에 대한 일이며, 가축에 대한 일이며, 가축의 사료에 관한 이야기를 계속했다. 샤를은 하나도 듣고 있지 않았다. 로돌프는 그것을 알아차렸다. 그리고 샤를의 표정이 움직이는 데에 추억이 지나가는 것을 좇아서 보고 있었다. 샤를의 얼굴은 점점 붉어지고 콧구멍이 벌름거리고 입술이 떨렸다. 샤를이 우울한 분노에 찬 눈길로 로돌프를 가만히 노려보자 로돌프는 두려워하며 입을 다물었다. 그러나 곧 샤를의 얼굴에는 또다시 언제나처럼 슬픈 듯한 권태의 빛이 나타났다.

"나는 당신을 원망하지는 않소."

샤를이 말했다.

로돌프는 줄곧 입을 다물고 있었다. 그러자 샤를은 양손으로 머리를 감싸고 꺼져 들어가는 목소리로 무한한 고통을 견디는 듯한 어조로 말을 이었다.

"그렇소, 나는 당신을 원망하지는 않소."

게다가 샤를은 태어나서 여지껏 한 번도 입에 올려본 일도 없는 과장된 말까지 한마디 덧붙였다.

"그것은 운명의 죄입니다!"

이러한 운명을 이끌었던 당사자인 로돌프에게는 이 말은 이러한 입장에 놓인 사나이가 하는 말로서는 너무나도 마음 좋게 들릴 뿐 아니라 우스꽝스럽기조차 했고 약간 비굴하게도 느껴졌다.

다음 날 샤를은 덩굴을 올린 가자(架子) 밑 의자에 가서 앉았다. 햇빛이 얽어맨 나무 틈 사이로 흘러들어왔다. 포도 잎이 모래 위에 그림자를 만들었다. 재스민꽃이 향기를 풍겼다. 하늘은 푸르고 만발한 백합꽃 주위에는 땅가뢰가 날개 소리를 냈다. 샤를은 괴로운 가슴을 부풀게 하는 막막한 사랑의 충동에 사로잡힌 청년처럼 답답함을 느꼈다.

7시가 되자 그날 오후 내내 아버지의 모습을 보지 못한 어린 베르트가 그를 저녁식사에 부르러 왔다.

아버지는 머리를 뒤로 젖히고, 벽에 기대어 눈을 감고 입을 벌리고, 길고 까만 머리카락 한 묶음을 손에 쥐고 있었다.

"아빠, 어서 오세요!"

베르트는 아버지가 장난을 치고 있는 줄 알고 아빠를 가만히 밀었다. 아버지는 땅바닥에 쓰러졌다. 그는 죽어 있었다.

서른여섯 시간 뒤에 약제사의 부탁을 받고 카니베 씨가 달려왔다. 그는 샤를을 해부해보았으나 아무것도 발견되지 않았다.

살림살이 일체를 파니 12프랑 75상팀이 남았다. 그 돈은 어린 보바리 양이 할머니에게로 가는 여비로 쓰였다. 노부인도 같은 해에 죽었다. 루올 노인은 중풍에 걸렸기 때문에 어린 보바리 양은 고모가 데려갔다. 그 고모는 가난하여 생활비를 받기 위해 베르트를 어떤 방직 공장에 보내서 일을 시켰다. 보바리가 죽은 후 세 사람의 의사가 연달아 용빌에서 개업했는데, 오메 씨에게 곧 심하게 당하곤 해서 세 사람 다 성공하지 못했다. 오메는 엄청나게 많은 단골 손님을 만들었다. 당국에서도 이 사나이를 좋게 보았고 사회 여론도 그를 옹호해주었다.

그는 최근 레지옹도뇌르 명예훈장을 받았다.

작품 해설

귀스타브 플로베르는 1821년, 아버지가 외과 부장으로 있던 프랑스 북부 도시 루앙의 시립병원에서 태어났다. 이 병원은 어린 플로베르가 주로 시간을 보낸 곳인데, 아버지는 병원의 우울한 분위기가 가정에 스며드는 것을 막고, 어머니는 세상의 모든 쾌락을 경멸하면서 남편과 어린아이를 보살피는 데 힘을 기울였다. 플로베르는 여동생과 함께 담에 올라가 포도넝쿨 사이로 보이는 병원 해부실에 줄지어 놓인 시체를 바라보며 자랐다. 이 경험은 훗날 "어린이를 보면 노인을 생각하고, 요람을 보면 무덤을 생각하고, 여자의 나체를 보면 그 해골을 생각한다"라는 말을 하는 등, 플로베르에게 염세주의적인 사고를 갖게 했다. 반면 학교에 들어가 여동생, 그리고 몇 명의 친구들과 함께 '당구대를 무대 삼아' 상연했던 연극은 그가 유머와 해학을 갖춘 작가가 되는 데 영향을 주었다. 이러한 염세주의와 해학 정신은 자동차의 바퀴처럼 두 축을 이루며 끝까지 플로베르의 사고 밑바탕에서 공존한다. 그런가 하면 세르반테스의 작품《돈키호테》는 셰익스피어의 작품과 더불어 그가 제일 사랑하는 책이었고 이들에 대한 존경심이 그의 정신을 뒷받침하는 양식이 되었다.

열두 살에 플로베르는 중학교에 입학했으며 여기서 오는 환경 변화는 그에게 중요한 의미를 갖게 했다. 즉 타인과의 공동 생활이다. 시대가 왕정복고에서 루이 필립 시대로 변화했지만 루앙중학은 나폴레옹 시대의 군국주의 유풍을 지니고 있어서 기숙사에서는 일과 후 자유 독서가 금지되어 플로베르는 촛불을 켜놓고 침대 속에서 빅토르 위고의 작품을 읽어야 했다.

고등학교에 입학한 플로베르는 바이런과 뮈세 등 당시 한창 유행하던 우울한 낭만주의의 영향을 받아 '광기와 자살 사이에서 방황하는' 소년이 되어 많은 습작을 한다. 그 중에는《정열과 미덕》처럼《보바리 부인》의 원형이라고 할 수 있는 작품도 있다. 평생 독신으로 지내던 그는 1836년 여름, 휴가를 보내던 트루빌 해안에서 그가 진심으로 사랑한 유일한 여성 엘리자 푸코를 만난다. 그녀의 이미지는《광인일기(*Mémoires d'un fou*)》(1838)에서 처음으로 묘사되고, 22세 때의 작품《11월(*Novembre*)》(1842)을 거쳐《감정교육(*L'Éducation sentimentale*)》(1869)의 여주인공 아르누 부인의 모델이 된다.《광인일기》에서 이미 플로베르는 역사 속에서 인간의 정열을 꿈꾸기보다는 그 역사의 바퀴 아래에서 루앙의 부르주아에 대한 권태와 인간의 영원한 비참, 그리고 어리석음을 보고 있었다. 그러나 플로베르의 청춘을 이해하는 데《광인일기》와 함께 중요한 것은 그보다 4년 후에 쓴 최초의 걸작《11월》이다. 이 작품에서 그는 청년 시대의 주제를 더욱 발전시켜 완성했으며 연애의 생리도 더욱 정확하게 표현했다. "연애에 대해서 꿈꾸는 것은 모든 것에 대해서 꿈꾸는 것이다. 그것은 행복 속에 넘치는 무한이고 환희가 낳은 신비이다"라고 플로베르는 그의 작품《11월》에서 말하고 있다.

한편 플로베르는 1843년 파리대학 법학부에 입학하지만 적성에 맞지 않아 우울한 나날을 보내다 이듬해 파리에서 학생 생활을 소재로 하여《감정교육》을 쓰기 시작했다. 스물네 살이 되던 1844년, 플로베르는 자신이 모는 마차에서 간질로 추정되는 신경 발작을 일으켜 떨어지는 사고를 당하자, 루앙으로 돌아와 요양을 한다. 이 일을 계기로 플로베르는 문학에 일생을 바치겠다는 결심을 굳히고 루앙 근교의 크롸세에 있는 집으로 옮겨 집필에 전념한다.

1851년, 플로베르는 이집트 여행에서 돌아온 직후《보바리 부인》을집필하기 시작했으며, 하루에 열두 시간씩이라는 고된 작업 끝에 1856년 마침내《보바리 부인》을 탈고했다. 그의 친구 막심 뒤 캉의 소개로《보바리 부인》이《파리평론(*Revue de Paris*)》에 연재되자 이 소설에 대한 일반의 인기는 그야말로 폭발적이었다. 그러나 풍속과 종교를 모독하는 내용이라는 반발을 사게 되었고 결국 기소를 당했다. 플로베르는 이 재판을 풍속이나 도덕의 문제라기보다는 정치적인 것으로 보고 사회의 위선을 비판했다. 당시《파리평론》은 정권과 타협하지 않고 자유와 독립을 지향하고 있었으므로 정부로부터 위험시 되어온 잡지였다.

이후《살람보(*Salammbo*)》(1862)와《감정교육》(1869), 그리고《성 앙투안느의 유혹(*La Tentation de Saint Antoine*)》(1872)을 발표했다.《감정교육》은 2월 혁명을 중심으로 1840년부터 1851년까지 프랑스 사회를 묘사한 작품으로 객관성과 정확성에 입각하여 세밀한 자료 조사와 주관적 편향성이 없는, 과학자와도 같은 입장으로 소설을 써 나가야 한다는 그의 리얼리즘 입장을 명백히 보여주는 작품이다. 1877년에는 단편집《세 가지 이야기(*Trois Contes*)》를 발표했으며, 결국 미완성으로 끝난《부바르와 페퀴셰(*Bouvard et Pecuchet*)》를 집필하다가, 1880년에 뇌일혈로 사망한다.

《보바리 부인》은 플로베르가 30세에서 35세까지 5년 동안 완성시킨 고심의 역작으로 빈틈없는 조사와 치밀하고 정확한 연구, 다듬고 다듬은 아름다운 문체가 돋보이는, 프랑스 사실주의 문학의 효시로 평가받는 작품이다. 주관적인 감정과 공상을 조금도 가미하지 않고 어디까지나 가능한 한 진실을 파내려고 하는 플로베르의 냉철한 리얼리즘 정신이 흐르지만, 그 밑바닥에는 플로베르의 어쩔 수 없는 낭만적 심정이 흐른다. "보바리 부인은 나 자신이다"라는 플로베르의 유명한 말과 같이 분명 이 평범한 여성 속에는 아름다운 꿈도 희망도 상실한, 평범하고 용렬하면서 무능하고 비속한 당시 부르주아에 대한 작가의 혐오가 담겨 있다. 시골에서 일어난 통속적인 사건을 있는 그대로 묘사한 이 작품의 주인공 엠마의 심정이나, 한편으로는 비참하기도 하고 다른 한편으로는 어리석고 못난 엠마의 운명이 수많은 독자들의 심금을 울리는 것은 이러한 이유 때문이다.

《보바리 부인》은 잡지《파리평론》에 연재되자마자 풍속 교란, 종교모독의 혐의로 작가가 기소되는 등 법정 논쟁으로 치달았지만 결국 무죄 판결을 받았다. 그러나 이 사건으로 플로베르의 이름은 단번에 유명해졌다.

《보바리 부인》의 작품 줄거리는 대강 이렇다.

평범한 의대생 샤를 보바리는 준의사시험에 합격한 후 노르망디 지방 루앙 근교의 작은 마을에 자리를 잡고 나이 많은 미망인과 결혼한다. 병원을 개업한 샤를은 부유한 농장주 루오의 집으로 왕진을 갔다가 그의 딸 엠마에게 마음을 빼앗기고, 아내가 죽자 그녀와 재혼

한다.

그러나 수도원에서 지내던 시절부터 귀족의 화려한 생활을 동경하며 매혹적인 결혼 생활을 꿈꾸던 로맨틱한 여성 엠마는 이렇다 할 변화가 없는 단조로운 결혼 생활과 지극히 평범한 남편에게 만족하지 못한다. 어느 날 우연히 귀족 저택에서 열린 파티에 초대되어 그들의 호화로운 생활을 직접 본 후로는 자신의 권태로운 일상을 더욱 견디기 힘들어하며 우울한 나날을 보낸다. 샤를은 그런 아내를 걱정하여 환경을 바꿔주려고 용빌로 이사한다.

용빌도 약제사 오메를 비롯하여 속물적인 사람들로 가득 찬 마을이다. 엠마는 그곳에서 공증인의 서기로 일하는 레옹과 서로 호감을 주고받지만 마음을 고백하기도 전에 레옹은 공부를 위해 파리로 가버린다. 다시 고독한 나날을 보내는 엠마 앞에 호색한 로돌프가 나타나고 그는 교묘한 말재주로 그녀의 마음을 사로잡는다. 점점 무서운 것이 없어진 엠마가 둘이 도망치자고 조르자, 이미 그녀에게 싫증이 나 있던 로돌프는 가차 없이 그녀에게서 등을 돌린다.

로돌프에게 버림받은 엠마는 앓아누웠으나, 거의 회복될 무렵 루앙의 극장에 갔다가 파리에서 돌아온 레옹과 우연히 다시 만난다. 두 사람 사이에 한동안 잊힌 사랑이 다시 불타오르지만 엠마는 레옹과의 사랑에서 늘 뭔가 채워지지 않는 부족함을 느끼고 점점 쾌락만을 추구하는 타락한 생활을 하게 된다.

이윽고 경제적인 면에서 파국이 찾아온다. 레옹과의 사랑을 유지하는 데 돈을 쏟아부어 엄청난 빚을 진 엠마는 결국 파산한다. 그러나 아무도 도와주는 사람이 없자 절망한 엠마는 비소를 먹고 스스로 목숨을 끊는다. 남겨진 샤를은 병에 걸려 죽고 오메는 '명예의 훈장'을 받는다.

《보바리 부인》에서 엠마 보바리의 모델이 된 사람은 루앙 근교 작은 마을의 개업의인 으젠느 들라마르(플로베르 아버지의 제자)의 아내로, 비윤리적인 사랑 때문에 빚을 지고 괴로워하다 음독자살한 델피누라고 한다. 그러나 플로베르가 "나의 가여운 보바리는 지금 이 순간에도 프랑스의 스무 개 마을에서 괴로워하며 눈물짓고 있다"라고 말했듯이, 엠마는 들라마르 부인이라는 한 개인을 그린 것이 아니라, 프랑스의 시골에 사는 보통 여성의 실상을 그렸다고도 할 수 있다.

엠마는 자신을 둘러싼 환경, 이를테면 지겨운 시골 생활, 한심한 부르주아 사회, 단조롭기 짝이 없는 일상, 그리고 무엇보다도 '보도(步道)처럼 평범한' 생각밖에는 못 하는 우직한 남편 등 하찮은 현실을 혐오한다. 그리고 또한 그녀는 어느 "한정된 지역에서만 자라는 식물이 있듯이 지상 어딘가에는 행복을 낳는 곳이 있다"고 믿으며 그곳을 동경하고 몽상에 잠긴다. 엠마와 같은 성격을 주르 드 고티에는 '보바리즘'이라고 명명했고 이후 일반적으로 사용되었다.

엠마의 일생은 자신이 놓인 현실에서 시간적, 공간적으로 동떨어진 몽상의 세계를 직접 접하고 확인해보려다 실패하는 과정의 연속이다. 그녀의 몽상의 대상은, 예를 들어 로돌프 같은 천박한 남자를 멋진 남성이라고 믿어버리는 점에서도 알 수 있듯이 대부분 평범하고 우스꽝스러운 사람이며, 그녀의 행동도 평범한 정사에 지나지 않는다. 마지막에 가서 엠마는 오메를 비롯한 다른 등장인물들과 마찬가지로, '판에 박힌 뻔한 기준'에 의해 좌우되는 한심한 존재로서 저자의 단죄 대상이 되었다.

그러나 동시에 "보바리 부인은 바로 나 자신이다"라는 플로베르의 말에서 상징적으로 드러나듯이 엠마는 편협하고 비속한 부르주아가 지배하는 세계에 대한 깊은 절망과 상처받기 쉬운 예민한 감수성을 지닌 인물이라는 점에서 작가 플로베르의 분신이며,《보바리 부인》은 프랑스 문학 중에서도 독자적인 개성을 갖는 작품으로 우뚝 서 있다.

옮긴이

귀스타브 플로베르 연보

1821년 아버지가 외과 부장으로 일하던 프랑스 루앙의 시립병원에서 태어났다.

1831년 중학교에 들어갔다. 학교에서 일과 후 자유 독서를 금지해 촛불을 켜놓고 침대 속에서 빅토르 위고의 작품을 읽었다고 한다.

1836년 휴가지에서 엘리자 푸코를 만났다. 평생 독신으로 지낸 플로베르가 평생 진심으로 사랑한 유일한 여성이었다. 엘리자 푸코는《광인일기》,《11월》,《감정교육》등 그가 쓴 여러 작품 속 인물의 모델이 되었다.

1838년 루앙의 부르주아에게서 느낄 수 있는 권태와 인간의 비참, 어리석음에 대한 관찰을 담은 자전적 이야기《광인일기》를 출간했다.

1842년 또 다른 자전적 이야기《11월》을 썼다. 청년기에 포착한 주제를 더욱 발전시켰고, 연애의 생리도 더욱 정확하게 표현했다고 평가받는다.

1843년 파리대학교의 법학부에 입학하지만 적성에 맞지 않아 우울한 나날을 보냈다.

1844년 자신이 몰던 마차에서 간질로 추정되는 신경발작을 일으켜 떨어지는 사고를 당했다. 이후 루앙으로 돌아와 요양하며 문학에 일생을 바치겠다는 결심을 굳혔다.

1851년 이집트 여행을 다녀온 후 본격적으로《보바리 부인》을 집필하기 시작했다.

1856년 몇 년간 하루에 열두 시간씩 집필에 매달린 끝에《보바리 부인》을 발표했다.

1857년 《보바리 부인》이 출간 후 선풍적인 인기를 끌었으나 풍속과 종교를 모욕했다는 이유로 기소당했다. 얼마 지나지 않아 무죄 판결을 받았다.

1862년 역사소설《살람보》를 발표해 또 한 번 큰 성공을 거두었다.

1869년 1864년부터 쓰기 시작한《감정교육》을 발표했다. 19세기 중반의 프랑스 사회를 철저한 리얼리즘의 관점으로 그려낸 작품이다.

1872년 플로베르가 '내 평생의 작품'이라 칭한 희곡《성 앙투안느의 유혹》을 발표했다.

1877년 어머니와 친구의 죽음 등 개인사적 어려움을 겪으며 글쓰기의 회의에 빠졌을 때 쓴 작품을 모아 단편집《세 가지 이야기》를 발표했다.

1880년 《부바르와 페퀴셰》를 집필하던 중 뇌일혈로 사망했다.

옮긴이 민희식

서울대학교 불문과를 졸업하고 프랑스 스트라스부르대학에서 박사 학위를 받았다. 성균관대, 이화여대, 한양대 교수를 역임했으며, 1986년 프랑스 최고 문화훈장을 받았다. 지은 책으로 《프랑스 문학사》, 《불교와 서구사상》, 《법화경과 신약성서》 등이 있으며, 옮긴 책으로 플로베르 《감정교육》, 라블레 《가르강튀아와 팡타그뤼엘》 등이 있다.

보바리 부인

1판 1쇄 발행 1974년 10월 15일
4판 1쇄 발행 2025년 5월 23일

지은이 귀스타브 플로베르 | 옮긴이 민희식
펴낸곳 (주)문예출판사 | 펴낸이 전준배
출판등록 2004. 02. 11. 제 2013-000357호 (1966. 12. 2. 제 1-134호)
주소 04001 서울시 마포구 월드컵북로 21
전화 02-393-5681 | 팩스 02-393-5685
홈페이지 www.moonye.com | 블로그 blog.naver.com/imoonye
페이스북 www.facebook.com/moonyepublishing | 이메일 info@moonye.com

ISBN 978-89-310-2504-0 04800
ISBN 978-89-310-2365-7 (세트)

■ 문예세계문학선

★ 서울대, 연세대, 고려대 필독 권장 도서 ▲ 미국대학위원회 추천 도서
● 《타임》 선정 현대 100대 영문 소설 ▽ 《뉴스위크》 선정 세계 100대 명저

1 **젊은 베르테르의 슬픔** 괴테 / 송영택 옮김
▲▽ 2 **멋진 신세계** 올더스 헉슬리 / 이덕형 옮김
▲●▽ 3 **호밀밭의 파수꾼** J. D. 샐린저 / 이덕형 옮김
4 **데미안** 헤르만 헤세 / 구기성 옮김
5 **생의 한가운데** 루이제 린저 / 전혜린 옮김
6 **대지** 펄 S. 벅 / 안정효 옮김
●▽ 7 **1984** 조지 오웰 / 김승욱 옮김
▲●▽ 8 **위대한 개츠비** F. 스콧 피츠제럴드 / 송무 옮김
▲●▽ 9 **파리대왕** 윌리엄 골딩 / 이덕형 옮김
10 **삼십세** 잉게보르크 바흐만 / 차경아 옮김
★▲ 11 **오이디푸스왕 · 안티고네** 소포클레스 · 아이스킬로스 / 천병희 옮김
★▲ 12 **주홍글씨** 너새니얼 호손 / 조승국 옮김
▲●▽ 13 **동물농장** 조지 오웰 / 김승욱 옮김
★ 14 **마음** 나쓰메 소세키 / 오유리 옮김
★ 15 **아Q정전 · 광인일기** 루쉰 / 정석원 옮김
16 **개선문** 레마르크 / 송영택 옮김
★ 17 **구토** 장 폴 사르트르 / 방곤 옮김
18 **노인과 바다** 어니스트 헤밍웨이 / 이경식 옮김
19 **좁은 문** 앙드레 지드 / 오현우 옮김
★▲ 20 **변신 · 시골 의사** 프란츠 카프카 / 이덕형 옮김
★▲ 21 **이방인** 알베르 카뮈 / 이휘영 옮김
22 **지하생활자의 수기** 도스토옙스키 / 이동현 옮김
★ 23 **설국** 가와바타 야스나리 / 장경룡 옮김
★▲ 24 **이반 데니소비치의 하루** A. 솔제니친 / 이동현 옮김
25 **더블린 사람들** 제임스 조이스 / 김병철 옮김
★ 26 **여자의 일생** 기 드 모파상 / 신인영 옮김
27 **달과 6펜스** 서머싯 몸 / 안흥규 옮김
28 **지옥** 앙리 바르뷔스 / 오현우 옮김
★▲ 29 **젊은 예술가의 초상** 제임스 조이스 / 여석기 옮김
▲ 30 **검은 고양이** 애드거 앨런 포 / 김기철 옮김
★ 31 **도련님** 나쓰메 소세키 / 오유리 옮김
32 **우리 시대의 아이** 외된 폰 호르바트 / 조경수 옮김
33 **잃어버린 지평선** 제임스 힐턴 / 이경식 옮김
34 **지상의 양식** 앙드레 지드 / 김붕구 옮김
35 **체호프 단편선** 안톤 체호프 / 김학수 옮김
36 **인간 실격** 다자이 오사무 / 오유리 옮김
37 **위기의 여자** 시몬 드 보부아르 / 손장순 옮김
●▽ 38 **댈러웨이 부인** 버지니아 울프 / 나영균 옮김
39 **인간희극** 윌리엄 사로얀 / 안정효 옮김
40 **오 헨리 단편선** O. 헨리 / 이성호 옮김
★ 41 **말테의 수기** R. M. 릴케 / 박환덕 옮김
42 **파비안** 에리히 케스트너 / 전혜린 옮김
★▲▽ 43 **햄릿** 윌리엄 셰익스피어 / 여석기 옮김
44 **바라바** 페르 라게르크비스트 / 한영환 옮김
45 **토니오 크뢰거** 토마스 만 / 강두식 옮김
46 **첫사랑** 이반 투르게네프 / 김학수 옮김
47 **제3의 사나이** 그레이엄 그린 / 안흥규 옮김
★▲▽ 48 **어둠의 속** 조셉 콘래드 / 이덕형 옮김
49 **싯다르타** 헤르만 헤세 / 차경아 옮김
50 **모파상 단편선** 기 드 모파상 / 김동현 · 김사행 옮김
51 **찰스 램 수필선** 찰스 램 / 김기철 옮김
★▲▽ 52 **보바리 부인** 귀스타브 플로베르 / 민희식 옮김
53 **페터 카멘친트** 헤르만 헤세 / 박종서 옮김
★ 54 **몽테뉴 수상록** 몽테뉴 / 손우성 옮김
55 **알퐁스 도데 단편선** 알퐁스 도데 / 김사행 옮김
56 **베이컨 수필집** 프랜시스 베이컨 / 김길중 옮김
★▲ 57 **인형의 집** 헨리크 입센 / 안동민 옮김
★ 58 **소송** 프란츠 카프카 / 김현성 옮김
★▲ 59 **테스** 토마스 하디 / 이종구 옮김
★▽ 60 **리어왕** 윌리엄 셰익스피어 / 이종구 옮김
61 **라쇼몽** 아쿠타가와 류노스케 / 김영식 옮김
▲▽ 62 **프랑켄슈타인** 메리 셸리 / 임종기 옮김
▲●▽ 63 **등대로** 버지니아 울프 / 이숙자 옮김
64 **명상록** 마르쿠스 아우렐리우스 / 이덕형 옮김
65 **가든 파티** 캐서린 맨스필드 / 이덕형 옮김
66 **투명인간** H. G. 웰스 / 임종기 옮김
67 **게르트루트** 헤르만 헤세 / 송영택 옮김
68 **피가로의 결혼** 보마르셰 / 민희식 옮김

(뒷면 계속)

★ 69 **팡세** 블레즈 파스칼 / 하동훈 옮김
70 **한국 단편 소설선** 김동인 외
71 **지킬 박사와 하이드** 로버트 L. 스티븐슨 / 김세미 옮김
▲ 72 **밤으로의 긴 여로** 유진 오닐 / 박윤정 옮김
★▲▽ 73 **허클베리 핀의 모험** 마크 트웨인 / 이덕형 옮김
74 **이선 프롬** 이디스 워튼 / 손영미 옮김
75 **크리스마스 캐럴** 찰스 디킨슨 / 김세미 옮김
★▲ 76 **파우스트** 요한 볼프강 폰 괴테 / 정경석 옮김
▲ 77 **야성의 부름** 잭 런던 / 임종기 옮김
★▲ 78 **고도를 기다리며** 사뮈엘 베케트 / 홍복유 옮김
★▲▽ 79 **걸리버 여행기** 조너선 스위프트 / 박용수 옮김
80 **톰 소여의 모험** 마크 트웨인 / 이덕형 옮김
★▲▽ 81 **오만과 편견** 제인 오스틴 / 박용수 옮김
★▽ 82 **오셀로 · 템페스트** 윌리엄 셰익스피어 / 오화섭 옮김
★ 83 **맥베스** 윌리엄 셰익스피어 / 이종구 옮김
▽ 84 **순수의 시대** 이디스 워튼 / 이미선 옮김
★ 85 **차라투스트라는 이렇게 말했다** 니체 / 황문수 옮김
★ 86 **그리스 로마 신화** 에디스 해밀턴 / 장왕록 옮김
87 **모로 박사의 섬** H. G. 웰스 / 한동훈 옮김
88 **유토피아** 토머스 모어 / 김남우 옮김
★▲ 89 **로빈슨 크루소** 대니얼 디포 / 이덕형 옮김
90 **자기만의 방** 버지니아 울프 / 정윤조 옮김
▲ 91 **월든** 헨리 D. 소로 / 이덕형 옮김
92 **나는 고양이로소이다** 나쓰메 소세키 / 김영식 옮김
★ 93 **폭풍의 언덕** 에밀리 브론테 / 이덕형 옮김
★▲ 94 **스완네 쪽으로** 마르셀 프루스트 / 김인환 옮김
★ 95 **이솝 우화** 이솝 / 이덕형 옮김
★ 96 **페스트** 알베르 카뮈 / 이휘영 옮김
▲ 97 **도리언 그레이의 초상** 오스카 와일드 / 임종기 옮김
98 **기러기** 모리 오가이 / 김영식 옮김
★▲ 99 **제인 에어 1** 샬럿 브론테 / 이덕형 옮김
★▲100 **제인 에어 2** 샬럿 브론테 / 이덕형 옮김
101 **방황** 루쉰 / 정석원 옮김
102 **타임머신** H. G. 웰스 / 임종기 옮김
●103 **보이지 않는 인간 1** 랠프 엘리슨 / 송무 옮김
●104 **보이지 않는 인간 2** 랠프 엘리슨 / 송무 옮김
▲105 **훌륭한 군인** 포드 매덕스 포드 / 손영미 옮김
106 **수레바퀴 아래서** 헤르만 헤세 / 송영택 옮김
▲107 **죄와 벌 1** 표도르 도스토옙스키 / 김학수 옮김
▲108 **죄와 벌 2** 표도르 도스토옙스키 / 김학수 옮김
109 **밤의 노예** 미셸 오스트 / 이재형 옮김
110 **바다여 바다여 1** 아이리스 머독 / 안정효 옮김
111 **바다여 바다여 2** 아이리스 머독 / 안정효 옮김
112 **부활 1** 레프 톨스토이 / 김학수 옮김
113 **부활 2** 레프 톨스토이 / 김학수 옮김
▲●114 **그들의 눈은 신을 보고 있었다**
조라 닐 허스턴 / 이미선 옮김
115 **약속** 프리드리히 뒤렌마트 / 차경아 옮김
116 **제니의 초상** 로버트 네이선 / 이덕희 옮김
117 **트로일러스와 크리세이드**
제프리 초서 / 김영남 옮김
118 **사람은 무엇으로 사는가**
레프 톨스토이 / 이순영 옮김
119 **전락** 알베르 카뮈 / 이휘영 옮김
120 **독일인의 사랑** 막스 뮐러 / 차경아 옮김
121 **릴케 단편선** R. M. 릴케 / 송영택 옮김
122 **이반 일리치의 죽음** 레프 톨스토이 / 이순영 옮김
123 **판사와 형리** F. 뒤렌마트 / 차경아 옮김
124 **보트 위의 세 남자** 제롬 K. 제롬 / 김이선 옮김
125 **자전거를 탄 세 남자** 제롬 K. 제롬 / 김이선 옮김
126 **사랑하는 하느님 이야기** R. M. 릴케 / 송영택 옮김
127 **그리스인 조르바** 니코스 카잔차키스 / 이재형 옮김
128 **여자 없는 남자들** 어니스트 헤밍웨이 / 이종인 옮김
129 **사양** 다자이 오사무 / 오유리 옮김
130 **슌킨 이야기** 다니자키 준이치로 / 김영식 옮김
131 **실종자** 프란츠 카프카 / 송경은 옮김
132 **시지프 신화** 알베르 카뮈 / 이가림 옮김
133 **장미의 기적** 장 주네 / 박형섭 옮김
134 **진주** 존 스타인벡 / 김승욱 옮김
135 **황야의 이리** 헤르만 헤세 / 장혜경 옮김